AtV

GERHARD SEYFRIED, Jahrgang 1948, genießt als Cartoonist und Comic-Zeichner einen legendären Ruf. Daß er auch als Erzähler zur Meisterklasse gehört, beweist er mit diesem Roman, für den er mehrere Jahre lang recherchierte.

Kunstvoll und akribisch erzählt Gerhard Seyfried von einem unerhörten Ereignis in der deutschen Geschichte. Carl Ettmann kommt 1903 an das Kaiserliche Vermessungsamt nach Windhoek. Doch wenig später bricht der Aufstand der Hereros los, und Ettman wird zur kaiserlichen Armee eingezogen. Tag für Tag zeichnet er auf, wie die Deutschen mit aller Macht gegen die Aufständischen vorgehen und sie schließlich vernichten.

Mit großer Überzeugungskraft gibt Gerhard Seyfried einem Land von grandioser Schönheit, den Weißen und den Hereros eine Sprache und formt aus einem beinahe vergessenen Stück deutscher Geschichte große, beeindruckende Literatur.

Gerhard Seyfried

Herero

Roman

Aufbau Taschenbuch Verlag

Dieser Roman wurde nach den Regeln der Rechtschreibreform
vom 1. Januar 1903 geschrieben.
Die geschilderten Ereignisse des Jahres 1904 sind, ebenso wie
die Verhältnisse im Lande, mit Sorgfalt recherchiert worden.
Einige Erläuterungen sind im Anhang zu finden.

Die Umschlagphotographie, vermutlich ein halbes Jahr vor
Ausbruch des Herero-Aufstandes aufgenommen, zeigt
den Häuptling der Otjimbingwe-Hereros, Zacharias Zeraua
(dritter von rechts) mit seinen Großleuten, sowie
den Bezirksamtmann von Otjimbingwe, Leutnant d. R.
Victor v. Frankenberg (fünfter von rechts).

ISBN 3-7466-2026-0

3. Auflage 2005
Aufbau Taschenbuch Verlag GmbH, Berlin 2004
© Eichborn AG, Frankfurt am Main, Februar 2003
Umschlaggestaltung gold, Anke Fesel/Kai Dieterich
unter Verwendung einer Gestaltungsidee
von Christa Hucke, Eichborn-Verlag
Druck und Binden Druckerei C. H. Beck, Nördlingen
Printed in Germany

www.aufbau-taschenbuch.de

TEIL I

Kartenland

29. Dezember 1903 (Dienstag):

Carl Ettmann glättet mit der linken Hand das Blatt und zieht mit der rechten die Leselampe näher heran, bis ihr Licht genau auf die Mitte der Landkarte fällt. Das Papier zeigt einen warmen Gelbton, wie sonnenbeschienener Sand. Ein wirres Geflecht feiner schwarzer Linien überzieht die Karte, ein morsches, löcheriges Fischernetz mit zu großen Maschen, das sind die Verkehrswege, Straßen oder Pfade. Von der Küste her windet sich ein kräftigerer Strich ins Binnenland und markiert die einzige Eisenbahnstrecke. Blaßblau gefärbte Adern stellen die Flüsse dar. Von ihnen wiederum verzweigen sich nach allen Seiten feine und feinste Äste und tasten sich durch unzählige Täler und Schluchten in die mit zarter Schraffur in Hellbraun markierten Berge und Hochflächen vor.

Carl Ettmann ist nicht nur Kartenzeichner, sondern auch Kartenliebhaber, ein »Gourmet des Cartes«, wie es ein Kollege einmal ausgedrückt hat. Das Bild des dargestellten Geländes entsteht ganz plastisch vor seinem geistigen Auge – so wie ihm Handlung, Charaktere oder Umgebung aus den Buchstaben einer Novelle erwachsen. Höhenlinien, Schraffuren oder Farbtöne formen sich für ihn zu Hängen, Hügeln, Tälern und Schluchten. Aus den Signaturen der Bodenbewachsung und aus den Vegetationszeichen wachsen ihm Wälder, Buschgruppen, Sümpfe und Steppe, Weideland und Karst, gangbares und unwegsames Gelände.

Ettmann zieht ein zweites Blatt aus der Mappe, faltet es auf und legt es über das erste. In der rechten oberen Ecke steht: Otawi. Das Kartenwerk besteht aus insgesamt acht Blättern und einer Übersicht, denn Deutsch-Südwestafrika ist groß, viel größer als das Deutsche Reich.

Auf dieser Karte ist das Geflecht der Verkehrslinien und das Geäder der Flüsse viel dünner, kaum besiedeltes, karges Steppenland hat er hier vor Augen, und er sieht den Wassermangel, ahnt die Hitze und den Staub. Auf der rechten Seite ist fast ein ganzes Viertel völlig weiß geblieben, entweder Wüste oder Terra incognita, vermutlich beides. Mitten in das weiße Nichts gedruckt steht das Wort Omaheke, darunter kleiner und in Klammern: Sandfeld.

Eine sonderbare Formation in der Mitte des Blattes zieht seine Aufmerksamkeit auf sich, ein seltsam geformter Berg. Den Formschraffen nach handelt es sich um einen Tafelberg von beträchtlicher Ausdehnung, wohl mehr als vierzig Kilometer lang und an die zwanzig breit. Omuweroumwe-Plateau sagt der Aufdruck, darunter steht, wiederum in Klammern: Waterberg. Das Plateau scheint gänzlich flach zu sein. Zur Vegetation ist auf der Karte nichts angegeben; Ettmann weiß aber, daß in diesen Breiten in der Regel Steppe oder Savannenland vorherrscht.

Seine Hand streift über das Papier, der Wanderung der Augen folgend. In der Rechten hält er den Stechzirkel, die feinen Nadelspitzen einen Zentimeter auseinander, acht Kilometer sind das im Maßstab der Karte. Aus der langen, nach Südosten weisenden Steilwand dieses Tafelberges scheint eine Vielzahl von Bächen hervorzufließen, die sich zu vier stärkeren Flüssen vereinigen und endlich in einen großen Strom namens Omatako münden, der sich nach Nordosten in die rechte obere Ecke des Blattes zieht und dieses dort verläßt. Um richtige Flüsse scheint es sich aber nicht zu handeln. Riviere, sagt die Legende am unteren Kartenrand und erklärt: Flußbetten (nur zeitweise, nach heftigem Regen, Wasser führend).

Ettmann lehnt sich zurück und verschränkt die Arme hinter dem Kopf. Die Augen brennen ihm ein wenig, und der Rücken schmerzt von der gebückten Haltung. Er hört die gedämpften Geräusche des Schiffes, den stetig stampfenden Takt der Maschine, das leise Knarren der Holzverkleidung. Draußen rauscht das Wasser am Rumpf entlang und zischt und poltert dazu. Die Leselampe an ihrem Messingarm zittert.

Seltsame Bezeichnungen gibt es in diesem Land! Er lauscht den Namen nach, den klingenden, fremdartigen Bezeichnungen des zentralen Herero- oder Damara-Landes, die zumeist mit O beginnen: Otjimbingwe, Otjiwarongo; melodische Namen, ein Genuß, sie auszusprechen: Otschi-wa-rongo. Es gibt aber auch reichlich Zungenbrecher wie Okahoamosondjupa oder Owikangowiagandjira. Weiter südlich im Namaqualand gibt es Namen, deren Herkunft oder Bedeutung ihm ganz rätselhaft ist: Aredareigas, Tsaobis. Klein-Onanis. Nachas, Tinkas.

In der Landesmitte und im Süden finden sich kap-holländische Bezeichnungen, die ihre eigene Faszination haben: Jakalswater, Twyfelfontein; Dorstrivier und Stinkwater, Besondermaid und Kinderzit. Was mag sich hinter derlei Namen verbergen, in der Wirklichkeit? Ortschaften? Quellen? Eingeborenendörfer? Eine verlassene Farm? Leere Fensterhöhlen, im Wüstenwind knarrende Türen, das Holz in der Sonne zu grauem Silber verdorrt?

Vor der südlichen Küste lagern kleine Inseln, die alle den Engländern gehören, vielleicht von ausgehungerten Seeleuten benannt: Possession Island, Plum Pudding, Roast Beef Island. Und endlich sind da die von Deutschen benannten Plätze: Geduldsprobe, Hoffnung, Ausdauer. Paulinenhöhe. Und immer wieder Kaiser Wilhelm: Wilhelmshöhe, Wilhelmstal, Wilhelmsfeste. Unwillkürlich kommt ihm der Fehrbelliner Reitermarsch in den Sinn. Irgendwann nach dem Tode des alten Kaisers Wilhelm I. und nach den ersten innen- wie außenpolitischen Lausbubenstreichen Wilhelm II. fing das Volk, oder, besser gesagt, das freche Berliner Volksmaul, an, zu der schmissigen Melodie zu singen:

»Wir wollen unsern alten Kaiser Wilhelm wieder hamm!
Wir wollen unsern alten Kaiser Wilhelm wieder hamm!
Mit 'm Bart, mit 'm Bart, mit 'm laaangen Bart!«

Wilhelm II., Sohn Friedrichs III. und dritter deutscher Kaiser seit der Reichsgründung, läßt sein Kinn glattrasieren und trägt nur einen Schnurrbart, dessen Enden der Hoffriseur in kunstvollen, mit Bartwachs verstärkten Spitzen nach oben zwirbelt. »Es ist erreicht!« heißt die Allerhöchste Barttracht im Volksmund.

Ettmann hatte schon als Kind, kaum daß er lesen konnte, Phantasiekarten gezeichnet, von Daniel Defoes ROBINSON CRUSOE fasziniert und natürlich auch von Stevenson: Pläne von Schatzinseln und tropischen Eilanden mit Buchten und Lagunen, mit

Palmenhainen, Bergen, Höhlen und Quellen, garniert mit vergrabenen Schätzen, Schiffswracks und palisadenbewehrten Forts, bestürmt von Piraten und Menschenfressern. Träumerische Abenteuerspiele mit dem Bleistift, später Flucht aus dem Klassenzimmer in die Zauberwelten der Südsee.

Die Vorstellungskraft des Knaben entzündete sich an Dingen, die rund ums Elternhaus nicht zu finden waren und auch nicht draußen vor der Stadt; entzückte sich an Bezeichnungen, die mit ihrem fremden und rätselhaften Klang eine ganz andere, aufregendere Welt versprachen: Melanesien! Koromandelküste! Die Inseln unter dem Wind! Lockende Bilder in Abenteuerbüchern: schwerbeladene Ostindienfahrer mit geblähten Segeln auf blauer See! Buntgefiederte Papageien in Palmenhainen über der rauschenden Brandung! Buschtrommeln und prächtige Kriegskanus!

Ettmann sieht sich als Bub im düsteren Treppenhaus bei den Großeltern: Helle Stellen gab es an der rauchbraunen Wand, dort, wo der Putz aufgeblättert und abgefallen war. In den millimeterflachen Vertiefungen sah er die Umrisse von Teichen und Seen und brach mit dem Fingernagel Kanäle aus der brüchigen, dünnen Gipsschicht, verband Seen miteinander zu Binnenmeeren, kratzte Buchten und Lagunen und ließ da und dort Inseln stehen. Er bahnte dem Schiff seiner kindlichen Neugierde einen Seeweg, schuf und entdeckte Küsten, Landengen und Meerbusen und träumte sich in eine verkehrte Welt, so verkehrt, wie es Seekarten sind, mit ihren blauen Meeren voller Tiefenangaben und Strömungspfeilen und den präzise umrissenen Kontinenten, die aber nur leere weiße Flecken sind, denn ihr Inhalt interessiert den Navigator nicht. Mehr als einmal vergaß er die Zeit im Halbdunkel zwischen dem ersten und dem zweiten Stock, stochernd und träumend, weißer Staub und Putzbröckchen auf den altersdunklen und blankgewachsten Holzstufen.

In späteren Jahren versank er genauso tief in Büchern, etwa in Humboldts ATLAS DES NEUEN KONTINENTS, reisend und suchend, forschend und phantasierend, den Stechzirkel gezückt, stets bereit, Entfernungen zu messen. Vier Tage durch dieses Tal, schätzte er etwa, ohne Weg und Steg, dann der Sumpf, ein Tag länger; so träumte er sich hinein, und der Kragen wurde ihm eng in der feuchten Dschungelhitze. Irgendwo in dieser grünen Hölle mag es Inkaschätze geben, verborgen in einer überwucherten Stufenpyramide, von einem schrecklichen Fluch beschützt und von teuflischen Fallen. Links und rechts hackt er mit der Machete, hindurch durch das Lianengeschlinge, durch den betäubenden, schweren und süßen Blütenduft, durch Wolken bunt und wirr gaukelnder Schmetterlinge. Und fern in den Tiefen dieser unermeßlichen Urwälder das dumpfe Tamtam von Kriegstrommeln! Kopfjäger! Er blickt sich um nach seinen Matrosen, gottlob ist er nicht allein in dieser fremden Welt, da kommen sie hinter ihm her im schneeweißen Zeug, fröhlich und selbstbewußt unter ihren Tropenhelmen, die Bajonette blitzen auf den Gewehren!

Längst hatte es den älteren Bruder hinausgezogen auf See und in die weite Welt, er aber wählte den Beruf des Kartenzeichners, saß zu Hause über seinen Büchern und Atlanten und träumte von fernen Ländern. Und ganz leise war da eine Angst, die echte Welt könne mit der Welt seiner Phantasie nicht mithalten und sei eine Enttäuschung, die ihm die Freude an den Karten rauben könnte.

Ettmann wacht aus seinen Gedanken auf, denn draußen tut sich etwas. Das Stampfen der Maschine verlangsamt sich, Rufe sind zu hören, die Schiffsglocke schlägt an. Es ist sieben Uhr abends, die vorgesehene Ankunftszeit! Ettmann schlüpft in seinen Rock und eilt nach draußen, den kurzen Korridor entlang, den Niedergang hoch und auf das Bootsdeck hinaus. Es ist bereits dunkel hier im Südatlantik, die Lampen werfen einen gelblich-trüben Schein auf die Planken. Die Luft ist warm und schmeckt salzig, und ein neuer, ungewohnter Geruch ist darin, wie nach Sand und Staub. Unter seinen Füßen ändert sich die Bewegung des Schiffes. Schwerfällig dreht die »Helene Woermann« nach Steuerbord und legt sich dabei ein wenig nach der anderen Seite über. Von der Brücke wird ein lauter Befehl gerufen: »Wahrschau Back! Backbordanker klar zum Fallen!« Vom Vorschiff singt es zurück: »Backbordanker ist klar zum Fallen!« Immer langsamer wird die »Helene«, bis die Fahrt fast gänzlich aus dem Schiff ist. Entlang der Bordwand kreiseln Strudel im schwarzen Wasser. Ettmann geht ein paar Schritte bis zu der Kette, die das Bootsdeck von der

Brücke trennt, und schaut nach vorn, wo Matrosen im Schein einer grellen Lampe auf der Back hantieren. Vom Peildeck über ihm schallt es durchs Sprachrohr: »Backbordanker: Laß fallen!« Die Befehlswiederholung geht in dröhnenden Hammerschlägen unter. Lautes Quietschen, ein mächtiges Aufklatschen, weiß spritzt das Wasser am Bug. Mit rasselndem Getöse rauscht die schwere Kette aus, unter der Backlaterne verweht eine rotbraune Wolke aus Roststaub. Träge treibt der Dampfer mit dem Strom über den Achtersteven ab, minutenlang, bis die Ankerkette sich strafft und das 2500 Tonnen große Schiff mit dem Bug nach Süden zur Ruhe kommt. Aus dem Steuerhaus klingt das wiederholte Ding-Ding des Maschinentelegraphen. Im Bauch des Schiffes verstummt die Maschine. Wellen klatschen an den graugestrichenen Eisenrumpf.

Einer nach dem anderen tauchen die übrigen Passagiere auf, sammeln sich an der Reling und schauen nach dem Land hinüber. Da drüben, vielleicht tausend Meter an Backbord, funkeln die Lichter von Swakopmund wie eine Handvoll hingestreuter Sterne, darüber blitzt zweimal in der Minute das Blinkfeuer des Leuchtturms.

Die Ausschiffung ist erst für den nächsten Morgen vorgesehen, wenn Brandung und Nebel es zulassen. Nach dem verspäteten Abendessen zieht sich Carl Ettmann in seine kleine Kabine zurück, um zu lesen oder seine Landkarten zu studieren; die meiste Zeit während der vierwöchigen Überfahrt hat er so verbracht. Vom Rauchsalon her kann er lautes Gelächter hören. Das sind die Ingenieure, die ihre Ankunft feiern, aber ihm ist nicht nach Gesellschaft. Seine elf Mitreisenden sind alle Ingenieure der Otavi-Minen- und Eisenbahn-Gesellschaft, der OMEG, die gerade die neue Bahn von Swakopmund zu den Kupferminen im Norden baut. Die Gespräche im kleinen Rauchsalon oder auf dem Bootsdeck der »Helene« haben sich während der langen Reise hauptsächlich um Kupfertagebau und Verhüttung gedreht; oder es ging um die Bahnstrecke, und die Herren unterhielten sich über Kurvenradien, Steigungsgradienten und Achslasten.

Ettmanns Kabine II. Klasse ist eine Doppelkabine. Er hat sie aber für sich allein, da so wenig Passagiere an Bord sind; das Schiff wäre eigentlich für vierundfünfzig Fahrgäste eingerichtet. Die Woermann-Linie bedient die Strecke einmal im Monat, an jedem 25. ab Hamburg. Die »Helene Woermann« ist jedoch als Extra-Dampfer gefahren, in Charter der OMEG, und hat mit einer Verspätung von nur fünf Minuten auf der Reede vor Swakopmund Anker fallen lassen.

Afrika! Noch vor einem Jahr hätte ihn eine solche Reise in einen wahren Freudentaumel versetzt. Jetzt ist er hier, ohne Elisabeth, die so gern die Welt gesehen hätte. Nun ist alles ohne Glanz. Noch immer fühlt er sich verschlossen und stumm, ein ernster und in sich gekehrter Mann. Zur Trauer um Elisabeth kommen Bitterkeit und Resignation über diesen sinnlosen, grausamen Schlag des Schicksals. Aus ist der Traum von der ewigen Jugend, die Sorglosigkeit bedeutet.

Und doch glimmt in ihm ein Hoffnungsschimmer, ein Fünkchen, von den Träumen seiner Kindheit gespeist: Er wird einen fremden Kontinent betreten, und vor ihm liegt ein neues Leben, eine unbekannte Zukunft.

30. Dezember 1903 (Mittwoch):

Als Ettmann morgens an Deck kommt, ist die Welt in graue Watte gepackt. Vorschiff und Achterschiff verlieren sich im Nichts. Er beugt sich über die Reling und schaut hinunter aufs Wasser, dunkelgraugrün klatscht es an die Bordwand und strudelt und gurgelt. Von den Booten tropft es auf das Deck, Tropfen reihen sich unter dem Handlauf der Reling, und feine Nebeltröpfchen schlagen sich wie Reif auf seinen Rockärmeln nieder. Das Schiff wiegt sich kaum merklich, und ein Schott knarrt auf und zu. Über sich hört er die Schritte der Offiziere auf dem Peildeck. Er steht eine Weile an der Reling und lauscht in den Nebel hinaus, aber es ist nichts zu hören außer dem Glucksen und Spülen des Wassers und alle paar Minuten das dumpfe Brummen eines Nebelhorns irgendwo da draußen.

Endlich scheint es etwas heller zu werden, der Nebel beginnt zu treiben, in dichten Schwaden zuerst, die ganz allmählich lichter werden, große Flächen der stumpfgrauen See werden sichtbar, das Wasser wogt sacht auf und ab. Dann wird es sehr schnell hell. Ein leichter Wind kommt auf und riffelt die Wogen, die Sonne bricht durch und löst den Morgennebel endgültig auf. Mit einem Male ist es ringsum klar, als wäre es nie neblig gewesen.

Zwei weitere Schiffe liegen mit ihnen vor der Küste, noch ein Woermann-Dampfer und ein kleineres weißes Kriegsschiff mit gelbem Schornstein und Segelschiffsmasten. Das Land an Backbord ist flache Sandwüste. Nichts wächst da, nichts Grünes, soweit das vom Schiff aus zu sehen ist. Der Hafenplatz Swakopmund ist eine Ansammlung von Hütten und Schuppen im graugelben Sand unter gleißender Sonne, dazwischengestreut ein paar weiße Häuser. Die Ingenieure kommen an Deck, die meisten in hellen Sommeranzügen, und schauen hinüber und schütteln die Köpfe. »Sieht ja nicht gerade sehr einladend aus!« und »Das soll Afrika sein?« sind die Kommentare, und einer von ihnen sagt: »Für die paar Buden da haben sie wohl alle Bäume weit und breit umgehauen!«

Neun Uhr, Ausschiffung! Vom Schornstein brüllt die Dampfpfeife und ruft den Schlepper zum Ankerplatz. An der Reling stapelt sich das Gepäck, vorne und achtern werden von der Mannschaft die Persenninge von den Luken abgezogen und das Ausladen vorbereitet.

Kapitän Meyer, weißbärtig und rotgesichtig mit vergnügt zwinkernden Augen, gibt an der Relingspforte jedem seiner zwölf Passagiere die Hand und wünscht: »Viel Glück im deutschen Afrika!« Das Aussteigen per Ladebaum und Netz bleibt ihnen erspart, denn die See ist heute friedlich, und so geht es das Seefallreep hinunter ins auf- und abwiegende Brandungsboot.

Swakopmunds einziger kleiner Schlepper »Pionier« nimmt das Boot auf den Haken und dampft los in Richtung Land und in die blendende Morgensonne, durch funkelnde Lichtreflexe auf dem grünrollenden Wasser. Ettmann schaut nach vorne zum Land hin, heller Sand über dem weißen Schaumstreifen der Brandung, der graue Steinarm einer Mole streckt sich ihm entgegen. Klank-klank-klank macht der Schlepper, und die See rauscht und gurgelt fröhlich an der Bordwand entlang.

Ein paar Minuten sind es nur bis zur Mole. Der Schlepper wirft die Leine los und fährt im Bogen zurück auf die Reede. Zwei, drei

Schläge mit den Riemen, und das Boot stößt an den Steinwall, hölzerne Fender knarren, tropfende Seile fliegen. Ein ratternder Dampfkran schwenkt eine kleine Plattform an vier Ketten über das Boot, drei, vier Mann stellen sich darauf, Fäuste fest um die Kette, und hinauf geht's.

Oben drängen sich Leute, auch Damen unter weißen Sonnenschirmchen sind dabei. Die Ingenieure werden von einer Gruppe hüteschwenkender Herren begrüßt. Ettmann, der doch niemand im Lande kennt, erhält einen kräftigen Händedruck von einem schnauzbärtigen Zivilisten: »Willkommen! Willkommen in Deutsch-Südwestafrika!«

Von der Mole geht es direkt in den Zollschuppen. Dort werden an einem langen Tisch seine Koffer und die große Seekiste gewogen und dann mit preußischer Gründlichkeit nach zollpflichtigen Waren durchsucht. Dazu Fragen in barschem Ton: »Was ist das? Wozu brauchen Sie das?« Das Ganze dauert beinahe zwei Stunden. Es soll jedesmal allen Passagieren so gehen, ohne Rücksicht auf Rang und Namen, sagt der Ingenieur Raspinger; fast schon demokratische Zustände.

31. Dezember 1903 (Donnerstag):

Abends, als es dunkel ist, so gegen sieben Uhr, geht Carl Ettmann in Rock und Zylinder hinüber ins Hotel »Fürst Bismarck«, dem besten Haus am Platze. Es ist aber auch nur ein niedriger Holzbau aus Fertigteilen, und in Berlin wäre es weiter nichts als eine Baracke.

Er hat den ganzen Tag auf dem Bett liegend verbracht, von einer unbekannten Müdigkeit oder Apathie erfaßt, matt und lustlos, aber doch nicht krank, eher in melancholischer Stimmung. Vielleicht ist das ja auch normal, nach einer so langen Seereise; 6000 Seemeilen von Deutschland! Entfernung wird Vergangenheit, Meile für Meile und Stunde um Stunde. Alles hat er hinter sich gelassen, Elisabeth in ihrem einsamen Grab auf dem Petri-Friedhof; Vater und Mutter und alle seine Freunde; das ganze Berlin, das sich nach den vier eintönigen Wochen auf See in seiner Erinnerung zu einem kochenden Hexenkessel verquirlt, mit seinem Rauch und Lärm, dem Hufgetrappel und Räderrollen auf dem Pflaster, dem Geschrei der Zeitungsjungen und all dem Gehaste und Gerenne und Durcheinanderwimmeln von Fußgängern und Fuhrwerken, Droschken, Fahrrädern, qualmenden Automobilen und bimmelnden Straßenbahnen, mit seinen Fabriksirenen, Kirchenglocken und dem heiseren Tuten und Pfeifen der Lokomotiven und Schleppdampfer.

Auf dem Schiff, trotz aller Einsamkeit der hohen See, war es doch nie ganz still gewesen, denn Tag und Nacht ging die Maschine, unermüdlich, ein stampfender Puls, der nach wenigen Tagen in Fleisch und Blut überging und zum eigenen Herzschlag wurde, unhörbar und doch immer da, den Rhythmus des Atems, der Sprache, sogar der Träume beeinflußte und sichtbar ward im Beben der Gläser auf dem Mittagstisch, im Zittern der Leselampe. Einmal hatte er den Finger an die Bordwand gehalten und mit der Uhr den Schiffspuls gemessen: einhundertundvierzig.

Und hier nun diese Ruhe, wie auf dem Lande. So lag er nur da und lauschte der Stille. Schließlich, am späten Nachmittag, hat er sich ein wenig besser gefühlt und beschlossen, unter die Leute zu gehen. Es ist ja immerhin Silvesterabend, es geht zu Ende mit diesem Unglücksjahr. Elisabeth ist tot und begraben, die Wohnung aufgelöst, die Stellung gekündigt. Die Eltern werden alleine zu Hause sein, von Butzke, dem Faktotum, abgesehen, denn sein drei Jahre älterer Bruder Claus ist ebenfalls in Übersee, in Ostasien. Claus dient auf dem Großen Kreuzer »Fürst Bismarck« und hat es bereits bis zum Kapitänleutnant gebracht. Sie werden also beide die Jahreswende im »Fürst Bismarck« verbringen; der Bruder auf dem Schiff, er im gleichnamigen Hotel. Das ist nicht der erste Zufall dieser Art.

Das Restaurant ist fast voll. Ettmann teilt sich den Tisch mit dem Bahningenieur Raspinger, einem der OMEG-Ingenieure vom Schiff, einem vollbärtigen, vierschrötigen Mann, und seinem Begleiter, einem blassen Jüngling, dem Ingenieursaspiranten Conradi. Der ist schon ein Vierteljahr länger im Lande. Zum Abendessen gibt es frischgefangenen Kabeljau oder Rinderbraten mit Nudeln und Gemüsen, und dazu gekühlten Weißwein vom Schiff. Ettmann ißt nicht viel. Er fühlt sich appetitlos und fremd, trotz des deutschen Stimmengewirrs ringsum. Vielleicht auch gerade

16

deswegen; es ist doch merkwürdig, nach vierwöchiger Reise mit dem Dampfschiff bis hinab ins südliche Afrika, in diese Wüstnis aus schier unendlichem Sand, in einer deutschen Gaststätte zu landen. Sogar die vertraute Maggiflasche steht auf dem Tisch.

Zehn Minuten vor Mitternacht stehen sie alle draußen, gut hundert oder hundertzwanzig Herren und knapp zwei Dutzend Damen. Die Nacht ist sternenklar, und es ist recht kühl, obwohl es mitten im Südsommer ist. Auf der Reede blinzeln die Lichter der vor Anker liegenden Schiffe. An einer langen, weißgedeckten Tafel lassen Schiffsstewards und die Kellner des Hotels »Fürst Bismarck« die Sektkorken knallen. Fast alle haben jetzt ihre Uhren in der Hand und zählen die Sekunden: »Jetzt! Zwölf Uhr!«

Auf der Reede blitzt es. Wie Donner kommt ein Kanonenschuß über das dunkle Wasser gerollt, der Neujahrssalut von Seiner Majestät Kanonenboot »Habicht«; eine weiße Signalrakete und Tuten von den zwei Dampfern. Hinter ihnen bimmelt die kleine Glocke der katholischen Mission, Hurra!- und Prosit!-Rufe.

Eine befehlsgewohnte Stimme schneidet in den Lärm: »Seine Majestät, unser Allergnädigster Herr und Kaiser, er lebe – hoch!« und hundert Stimmen fallen ein: »Hoch! Hoch! Hoch!« Instrumente blinken, ein Taktstock fährt in die Höhe, die Musik fällt mit der Nationalhymne ein. Ettmann, Raspinger und Conradi stoßen miteinander an: »Prosit Neujahr!« und: »Auf Ihr Wohl!« Ein neues Jahr beginnt, auf einem neuen Kontinent! Einen neuen Anfang machen, dem Vergangenen den Rücken kehren, ermahnt er sich im stillen. Den Mut wiederfinden! Es sind die Ratschläge der Freunde daheim, die er da wiederholt.

Hernach gibt es drinnen eine gute Gulaschsuppe. Viel Gerede im dichten Tabaksqualm über den Aufstand der Bondelzwart-Hottentotten im Süden. Große Tabletts mit Kognakschwenkern werden vorbeigetragen. Die Stimmung steigt, aus dem Grammophontrichter schmettert Ludwig van Beethovens »Yorckscher Marsch«. Eine laute Stimme setzt sich mit einem Trinkspruch durch: »Vivat, crescat, floreat Deutsch-Südwestafrika!« Alle erheben sich von ihren Plätzen, Gläser hoch und: »Prosit!« Tabakschleier wogen im Raum, es ist warm und die Luft ist zum Schneiden. Lachsalven, Gläser klingen im Stimmengewirr. Ettmann ist müde, und seine Aufmerksamkeit läßt stark nach. Bis es zwei Uhr morgens ist, hat er fast zwei Flaschen Wein getrunken. Dazu sein Anteil am Sekt! Die Rechnung ist dann auch 14 Mark und 50 Pfennige.

1. Januar 1904 (Freitag):

Ettmann schläft bis neun Uhr und hat Mühe, wach zu werden. Er frühstückt in der Faberschen Gaststube. Viel Appetit hat er nicht, aber er zwingt sich, ein wenig Zwieback mit Butter und Johannisbeermarmelade zu essen, und der Kaffee vertreibt ihm die Benommenheit. Hinterher erhält er, wie gestern schon, ein Kännchen heißes Wasser, mit dem er auf sein winziges Zimmer geht und Schaum zum Rasieren schlägt. Er rasiert sich auf dem Bette sitzend, vor seinem Spiegel, den er auf das Fensterbrett gestellt hat. Für seine dreiunddreißig Jahre sieht er nicht übel aus. Die dunkelblonden Haare weichen aber allmählich zurück und geben immer mehr Stirn frei, und der Kummer des vergangenen Jahres hat ihm zwei tiefe Faltenstriche in die Mundwinkel gegraben. Viel zu ernst blicken ihn seine blauen Augen aus dem Spiegel an. Mit der kleinen Nagelschere stutzt er den Schnurrbart zurecht. Er trägt keine Bartbinde, nachdem er in zwei langen, ungemütlichen Nächten herausgefunden hat, daß er damit nicht schlafen kann. Lieber verzichtet er auf hochgebrannte Schnurrbartenden. Es muß ja nicht jeder wie Seine Majestät aussehen.

Ettmann steht auf und schlüpft in seinen Rock. Er wird ein wenig spazierengehen und sich den Ort ansehen. Nach Herrn v. Frankenberg, den er hier treffen soll, hat er sich gleich nach der Ankunft erkundigt, aber der Mann scheint noch nicht da zu sein und hat auch keine Nachricht hinterlassen. Da heißt es eben warten. Die Post ist heute, am Neujahrstag, geschlossen. Morgen früh muß er dort seine derzeitige Anschrift in der »Pension & Gastwirthschaft Jacob Faber« hinterlegen, damit dieser Frankenberg ihn findet oder für den Fall, daß etwa ein Kabel ankäme.

Der schwarze Hausbursche eilt und hält ihm die Türe auf, dabei verbeugt er sich lächerlich tief. Draußen wallt dichter Nebel. Außer der zertretenen beigegrauen Sandfläche vor den Füßen ist fast nichts zu sehen. Vom Meer her tönt ein fernes, dumpfes Tuten, geisterhafte Elefantenlaute, aber es sind nur die Nebelhörner der Ankerlieger. Es ist kühl, beinahe kalt, bestimmt nicht wärmer als vierzehn oder fünfzehn Grad.

Erst schwankt er, ob er sich den Mantel holen soll, dann geht er doch so los, angetan mit Rock, Weste und Hut, an einem Wellblechzaun entlang, jetzt ein schemenhaftes Holzhaus, alles naßglänzend vom Nebel. Durch den Sand hinab zu den rauschenden Brechern am Strand und dem schrillen Gekreische der Möwen. Beim besten Willen bekommt er nicht das Gefühl, in Afrika zu sein. Es ist zu sehr wie an der Nordsee oder auf einer der Inseln, Borkum oder Norderney. Grau ist alles und klamm, auch der Sand. Es herrscht Windstille, und der Nebel ist dick, die Sonne kann sich nicht durchbeißen. Er geht so nahe ans Meer, bis er in dem feuchten Grau den Schaum der Brecher auf den Sand zischen sieht. Ein wenig ist ihm, als würde er eine Glocke läuten hören. Er ist sich aber nicht sicher.

Ettmann fröstelt. So kehrt er schließlich um und geht den Weg zurück, den er gekommen ist.

Kaum eine Stunde später hat sich der Nebel verzogen, die Sonne lacht von einem blauen Himmel und lockt ihn hinaus ins grelle Licht. Er schlendert in Richtung Strand bis zum Fuß des runden, aus Bruchsteinen gemauerten Leuchtturmes. Oben krönen ihn eine kupfergrüne Kuppel und eine Wetterfahne, und über dem Eingang steht das Baujahr: 1903.

Schon brennt die Sonne heiß auf die Schultern. Vor einer Stunde war ihm noch kalt, jetzt ist der schwarze Rock zu warm. Vorhin hat er die Hand nicht vor Augen gesehen, jetzt ist die Luft klar wie Kristallglas, und die Sicht geht dreißig Meilen weit. Er steht eine Weile und schaut hinaus aufs Meer. Vor ihm dehnt sich der Atlantische Ozean, tintenblau unter stählern blauem Himmel, der Horizont eine messerscharfe Linie. Grünglasige Brecher branden rauschend auf den Sand, ihre Schaumkämme leuchten im Sonnenschein. Möwen kreisen und kreischen.

Die »Helene Woermann« liegt noch immer da draußen, Prähme und Boote an der Seite; über dem grauen Rumpf glänzen die Aufbauten weiß in der Sonne. Die gelben Masten ein wenig nach achtern geneigt, wie der schwarze Schornstein mit den weiß-grün-weißen Ringen der Woermann-Linie. Vorn und achtern arbeiten die Ladebäume, in der Entfernung feiner als Zahnstocher, hieven Kisten aus dem Schiffsbauch und schwenken sie über die Seite in die flachen Leichter. Der Rest der Ladung wird gelöscht. Morgen wird sie weiter nach Süden dampfen, nach Lüderitz-Bucht, wie es auf dem Fahrplan heißt, dann weiter zur Kapstadt und anschließend zurück nach Hamburg.

Es tut ihm wohl, allein zu sein, nach der Enge an Bord, und die Sonne scheint herrlich. Von der Anhöhe, auf der der Leuchtturm steht, geht er vorsichtig, um nicht zuviel Sand in die Schuhe zu bekommen, den Abhang hinab in die sogenannte Schlucht. Die ist nichts weiter als das zum Strand hin absinkende westliche Ende der Poststraße. Nach Süden zu schlendert er am Strand entlang und wendet sich nach ein paar hundert Metern wieder nach Osten, vom Meer weg und in die Kaiser-Wilhelm-Straße.

Swakopmund ist ein kleiner Ort, mit nur etwa siebenhundert weißen Einwohnern, aber ausgedehnt, da es reichlich Platz gibt. Die Straßen laufen von Osten nach Westen zum Meer hin, oder aber von Süden nach Norden, längs der Küste. Sie sind um ein Vielfaches breiter als in Deutschland üblich. Natürlich sind sie nicht gepflastert, sondern bestehen im Gegenteil nur aus Sand. Ganz Swakopmund liegt im Sand. Kein Baum, kein Strauch, kein Kaktus, kein Grashalm. Nichts als Sand, zernarbt von Tausenden von Füßen und Schuhen und Hufabdrücken. Holzhäuser reihen sich zu beiden Seiten der breiten Hauptstraße, nur fünf oder sechs niedrige Steinbauten dazwischen. Mitten auf der Straße laufen schmalspurige Lorenschienen. Hier und da steht eine Laterne auf vierkantigem Holzpfahl, nur wenig mehr als mannshoch und schwarzweißrot geringelt. Es sind Petroleumlaternen, denn Swakopmund hat bis jetzt weder Gasbeleuchtung noch elektrisches Licht. Man ist hier eben doch am Rande der Welt, und die Geldmittel werden knapp sein, denkt Ettmann und klammert sich an nüchterne Überlegungen. Wie gestern schon läßt ihn ein vages Gefühl der Unwirklichkeit nicht los. Da ist er nun in Afrika, aber irgendwie will es nicht echt erscheinen.

Wie still es ist! Es ist heller Tag, aber es sind kaum Leute unter-

wegs. Eine Dame geht dort unter einem Sonnenschirm, von zwei
Kindern gefolgt. Ein Eselchen, von einem vielleicht zehnjährigen
blonden Buben geführt, zieht mit hängendem Kopf eine mit Kisten und einem Korbstuhl beladene Lore. Ein Trupp schwarzer
Arbeiter trottet zu den Lagerhäusern am Strand. Ganz am Ende
der Straße sticht der spitze Uhrturm des Bahnhofs in den tiefblauen Himmel. Über dem heißen Sand flimmert die Luft.

Vor dem von Wellblechzäunen flankierten Fachwerkbau der
katholischen Mission sind zwei kümmerlich dürre Sträucher in
den Sand gepflanzt. Wären Blätter daran, wären sie das einzige
Grün in Swakopmund.

Petrus

Tief im Hereroland brennt die Mittagssonne erbarmungslos auf
die Dornbuschsavanne herab. Petrus hockt auf den Fersen, im
kärglichen Schatten, den der stachelige, fast blätterlose Busch
spenden will. Es ist jetzt zu heiß, um weiterzulaufen. Ein glühender, hauchschwacher Wind läßt die vertrockneten Blättchen
an den Büschen zittern. Über ihm ist der Himmel tiefblau und
klar, aber im Süden bezieht er sich mit schleierigen Wolken. Dort,
fern und kaum sichtbar, schwimmen die Onjatiberge in der hitzeflimmernden Luft. Völlige Stille herrscht ringsum, alle Tiere
haben sich verkrochen, kein Vogel zieht seine Kreise am Himmel.

Petrus wird bald an die Wasserstelle Owikokorero kommen.
Dort, mitten in der endlosen Buschsteppe, hält sich fast immer
Wasser in einer flachen Senke. Schon öfter haben da Versamm-
lungen der Hereros stattgefunden, und auch jetzt wird er auf
Leute treffen, die wie er nach Osona wollen. Die Hereros wollen
dort, in der großen Onganda von Osona, über die Nachfolge
Kambazembis beraten. Der alte und ehrwürdige Häuptling der
Waterberg-Hereros, Kambazembi, blind die letzten Jahre seines
Lebens, war schon vor vier Monden zu seinen Ahnen gegangen,
aber seine beiden Söhne streiten sich noch immer darum, wer der
Nachfolger werden solle. Wer auch immer das werden wird, Da-
vid oder Salatiel, er wird nicht mehr das gleiche Gewicht in den

Ratsversammlungen haben wie der alte Häuptling. Seit einiger Zeit tut sich immer mehr Samuel Maharero, der Chef der Oka-handja-Hereros, hervor. Und in deren Land, im großen Dorf Osona, findet nun das große Treffen statt. Das größte Treffen soll es sein, das es je gegeben hat bei den schwarzen Menschen!

Langsam, langsam wandert das Schattengeflecht der Zweige, und allmählich zieht der flammende Sonnenball westwärts. Es wird Zeit, weiterzulaufen.

Petrus läuft. Er ist ein großer, breitschultriger Mann mit dunkel-brauner, fast schwarzer Haut. Ein rotes Hemd hat er an und grau-gelbe Hosen, aber die Hosenbeine hat er an den Knien abge-schnitten. Sein Gesicht unter dem weichen, alten Schlapphut ist von Falten durchfurcht, spärliches Barthaar kräuselt sich graugе-sprenkelt auf seiner Oberlippe und am Kinn. Er zählt so an die vierzig Sommer, aber seine breite Brust atmet ruhig, atmet die heiße und trockene Luft ein und läßt sie wieder ziehen. Er läuft nicht besonders schnell, aber stetig und geräuschlos, nur Staub pufft unter den Sandalen hervor.

Er läuft auf dem heißen Sand durch den lichten Busch, ver-meidet, ohne recht achtzugeben, die scharfkantigen Steine und die nadelspitzen Dornen und denkt dabei an Osona und das große Palaver. Wichtig ist die Häuptlingsnachfolge, das hat man auch überall den Deutschmännern erzählt, aber beim Palaver in der Onganda Osona wird es um etwas viel, viel Wichtigeres gehen. Um was es da geht, das hat den Deutji keiner gesagt, das sollen sie nicht wissen. Nur die schwarzen Menschen wissen, daß es um die große Angst und um die große Wut geht und um die gelben Dinger. Es geht um die Otjirumbu.

Swakopmund

2. Januar (Samstag):

Ettmann sitzt in der leeren Faberschen Gaststube, trinkt Kaf-fee und schreibt an seine Eltern:

Swakopmund, den 2. Januar 1904.

Liebe Mutter, mein lieber Vater,

heute bin ich den 4. Tag in Südwestafrika. Die Seereise war schön und wenig ereignisreich, mit Ausnahme des Besuches in Monrovia, wovon ich Euch in meinem letzten Briefe ja bereits berichtet habe. Heiligabend waren wir noch auf See, außer Sicht von Land, etwa auf sechs Grad südlicher Breite. Kapitän Meyer hatte eine echte kleine Tanne im Speisesalon aufstellen lassen, und so hatten wir eine richtige Weihnachtsfeier, wozu es Schweinebraten mit Trockenkartoffeln und Dörrgemüse gab und zur Nachspeise Pudding. Jeder von uns Passagieren bekam eine Flasche Zeltinger Mosel als Weihnachtsgeschenk von der Reederei. Am 29. Dezember sind wir pünktlich vor Swakopmund angekommen, wurden jedoch, da es schon dunkel war, erst am nächsten Morgen an Land gebracht. Es hat mich doch ein Gefühl der Verlassenheit übermannt beim Anblick dieser »Hafenstadt«. Dieselbe besteht nur aus einer Handvoll Baracken und Wellblechschuppen, dazwischen ein paar wenige weißgestrichene Häuser aus Stein. Der Leuchtturm ist niedrig und sieht aus wie ein umgedrehter Blumentopf. All dies in unendlicher Sandwüste! Da es keine Palmen, keine Sträucher, ja nicht einmal einen einzigen Grashalm gibt, ist der Anblick recht trostlos. Um Windhuk, drinnen im Lande, soll es aber besser sein, mit Bäumen und Wild, sogar Weinbergen.

Silvester fand hier eine schöne Feier am Strande statt, an der die gesamte Einwohnerschaft teilnahm. Ich wohne derzeit im Hotel Faber und warte auf den Landvermesser, der mich nach Windhuk begleiten soll. Das Hotel ist eher ein Schuppen mit Bretterboden und Bretterwänden, dazu zugig. Sand auf dem Fußboden, Staub auf dem Mobiliar. Das Zimmer wird aber täglich einmal sauber gemacht, und so ist es doch auszuhalten.

Nun will ich fürs erste schließen, viel zu berichten gibt es ja noch nicht, Ihr sollt aber doch schnell erfahren, daß ich gut angekommen bin und nun mit Zuversicht und einiger Neugier meiner Tätigkeit hier entgegensehe. Claus wird wohl noch immer in Ostasien sein, ich werde ihm dieser Tage auch schreiben. Ich freue mich sehr auf Post von Euch, die mich voraussichtlich erst in Windhuk erreichen wird. Grüßt Butzke und auch Frau Thiel herzlich von mir und Petz, den kleinen Kläffer, den ich sehr vermisse. Ich wünsche Euch und allen Freunden und Bekannten ein frohes und gesundes Jahr 1904.

Lebt wohl nun,

Euer Carl.

Ettmann wischt die Feder ab, schraubt das Tintenglas zu und verschließt das Kuvert. Von den Flöhen im Hotel hat er nichts geschrieben, die ein Dutzend juckende, rote Bisse an seinen Handgelenken und Armen hinterlassen haben. Er schlüpft in seinen Rock, setzt den Hut auf und macht sich auf den Weg hinüber zur Poststelle. Die ist im Erdgeschoß eines zweistöckigen Holzhauses untergebracht. Das hohe, steile Dach mit Aussichtsplattform und Ziergeländer läßt das Gebäude irgendwie französisch aussehen.

Er gibt den Brief auf, hinterlegt seine Anschrift und spaziert danach am Bezirksgericht vorbei und unter den Telegraphendrähten hindurch über die große Sandfläche bis zum Bahnhof, einem großen, ganz neuen Gebäude aus Stein, mit zweigeschossigen Flügelbauten und spitzbedachtem Uhrturm. Der wirkt wie ein Ausrufezeichen, hier am Ausgangspunkt der Bahn.

Das pompöse Gebäude scheint deplaciert und viel zu groß für die schmalen Gleise im Sand. Man hat wahrscheinlich an die Eventualität gedacht, die Feldbahn eines fernen Tages durch eine normalspurige Bahn zu ersetzen. Zu beiden Seiten des Bahnhofes geht der Blick ungehindert in die weite Wüste hinaus. Ettmanns Auge vermißt noch immer Bäume, Hecken und Rasen. Ein sehr leichter Wind weht, er kann ihn gerade noch auf der Wange spüren, und die Sonne brennt heiß.

Fünf breite Stufen führen hinauf in den Empfangssaal. Im Gebäude ist es kühl, das grelle Tageslicht ist angenehm gedämpft. Gelblich getönt sind die Wände, Wartebänke und Mobiliar sind aus dunklem, beinahe schwarzem Holz. Über dem geschlossenen Schalterfenster schaut Seine Kaiserliche Majestät mit kühnem Blick auf die Wand gegenüber. Ein Stationsbeamter kommt auf

Ettmann zu, in dunkelblauer Uniform mit blanken Messingknöpfen und goldener Uhrkette, ein Schwabe, der einen mar-
tialischen blonden Schnurrbart trägt und sich auf seinen Gruß
hackenknallend mit »Hälberle, Bahnhofsvorschtand, zu Diensch-
ten!« vorstellt. Dabei legt er die Hand an den Mützenschirm und
verbeugt sich militärisch knapp. Im Hintergrund der Halle, vor
dem rückwärtigen Ausgang, fegt ein schwarzer Boy mit einem
breiten Besen den glänzenden Steinboden. Sonst ist niemand zu
sehen.

Ettmann erkundigt sich nach der Bahnverbindung mit Windhuk, und Herr Hälberle gibt ihm bereitwillig Auskunft: Der Personenzug nach Windhuk gehe einmal pro Woche, nämlich an jedem Montag morgen um acht Uhr. Ankunft in Windhuk sei am
Dienstag abend, in der Regel dauere die Fahrt etwa zweiunddreißig Stunden, wobei in Karibib, ungefähr in der Mitte der Strecke,
übernachtet werde. Verpflegung und Getränke seien in begrenz-
tem Umfang unterwegs zu bekommen. Donnerstags früh fahre
der Zug von Windhuk zurück und sei Freitag abend wieder in
Swakopmund.

Sie unterhalten sich noch ein paar Minuten. »So, aus Berlin send
Sie! Reschpekt!« sagt Hälberle, der selbst nur aus Biberach
kommt, und klappt bei der Erwähnung der Reichshauptstadt
noch einmal die Hacken zusammen. Ettmann sieht, an Hälberle
vorbei, wie der schwarze Boy versucht, das Hackenschlagen nachzumachen. Mit gerunzelter Stirn blickt er nach unten, die Zungenspitze zwischen den Zähnen. Scheinbar macht er es nicht zum
erstenmal, denn er hebt dabei gekonnt die Fersen, es knallt aber
nicht, denn der Knabe hat keine Schuhe an. Vielleicht versucht er,
dem Geheimnis des Knallens auf die Spur zu kommen.

Ettmann bedankt sich bei dem Beamten, verläßt die kühle Ein-
gangshalle und spürt die Mittagshitze gleich doppelt so stark. Das
grelle Sonnenlicht blendet. Er zieht sich den Rock aus und hängt
ihn über die Schulter, dann krempelt er auch die Hemdsärmel
hoch und lockert Kragen und Krawatte.

Wie still es ist! Er beschattet die Augen mit der Hand und sieht
sich auf dem Bahngelände um. Hier liegen die Gleise der sogenannten Staatsbahn Swakopmund–Windhuk. Die schmalspurigen

Schienen, Spurweite nur sechzig Zentimeter, verlieren sich in der weiten Sandfläche vor dem Gebäude. Ein paar Weichenstellhebel ragen da und dort aus der Fläche hervor. Von hier zweigt vorläufig auch die Strecke der OMEG ab, die einmal zu den Kupferminen im Norden des Landes führen soll, mit deren Bau aber erst im Oktober letzten Jahres begonnen worden ist. Die Bauspitze ist bis jetzt nicht weiter als acht oder neun Kilometer von Swakopmund entfernt. Das weiß er alles von Raspinger.

Ein weiteres Gleis führt im Bogen nach der Mole hin. Nach links zu steht ein langer Lokomotivschuppen mit einer Reihe ganz kleiner Lokomotiven davor, daneben eine Wagenremise und ein Werkstattgebäude. Auf Stelzen erhebt sich ein vierkantiger Wassertank. Darunter schnauft eine Lokomotive und pufft weiße Rauchwölkchen. Zwei Männer sind mit dem Wassereinfüllen beschäftigt. Ein Stapel Schürholz, daneben Haufen von Steinkohlen und Eierbriketts, ordentlich getrennt und eingezäunt. Vier braune Personenwägelchen mit Sonnenblenden vor den Fenstern warten auf einem Abstellgleis. Wie Straßenbahnanhänger sehen sie aus.

Das Ganze macht einen schläfrigen Eindruck. Von der geschäftigen Betriebsamkeit auf einem deutschen Bahnhof ist hier nichts zu spüren.

Langsam geht Ettmann zurück, die Poststraße hinunter zum Strand. Trotz der ungewohnten Hitze schwitzt er nicht, die Luft ist trocken und raubt jeden Tropfen Feuchtigkeit. Vielleicht zieht es ihn deshalb ans Meer.

Die »Helene Woermann« ist nicht mehr da. Es gibt ihm einen kleinen Stich. Die letzte Verbindung zur Heimat ist fort. Der andere Dampfer und das Kanonenboot liegen aber immer noch draußen vor Anker.

Er fühlt sich seltsam, wie in einem Traum gefangen, wie in einer Nebelzone zwischen zwei Welten. Dieses Afrika hier will ihm noch immer nicht wirklich scheinen, während die ferne Heimat mit jedem Tag ein wenig mehr an Realität verliert. Seine ganze Existenz, sein bisheriges Leben, mit all seinen tragischen wie schönen Ereignissen, scheint mit der Heimat in die Ferne gerückt und kommt ihm mit einem Male irgendwie unbedeutend, ja beinahe unglaubhaft vor, aber das Jetzt ist wie ein Traum, wie ein Traum mit ungewöhnlich klaren Bildern. Und was vor ihm liegt, weiß er nicht. Verirrt kommt er sich vor, als hätte er sich verlaufen, nicht nur zwischen Europa und Afrika, sondern auch zwischen gestern, heute und morgen.

Es wird Zeit, daß er mit der Arbeit beginnen kann, um wieder Boden unter den Füßen zu gewinnen.

3. Januar (Sonntag):

Der erste Sonntag im neuen Jahr. Als Ettmann aus seinem Zimmer kommt, trifft er auf Herrn Faber, den Gastwirt, der mit Frau und Tochter gerade zum Strand aufbricht. Familie Faber hat sich herausgeputzt, der Vater im Frack, die Damen in Weiß, denn um neun Uhr ist Strandgottesdienst beim Leuchtturm, im Freien also, weil es in Swakopmund noch keine evangelische Kirche gibt, wie ihm Faber erklärt. Ettmann hat aber gestern schon den Zettel gesehen, der vor der Pension angeschlagen ist: »Herr Missionar Böhm hält Sonntags-Gottesdienst, bei gutem Wetter am Flaggenmast, bei herrschendem Nebel im Saale des Bezirksgerichts«.

»Wollen Sie uns nicht begleiten, Herr Ettmann?« fragt Faber, der mit seinem angegrauten Spitzbart, im Sonntagsstaat mit gestärkter Hemdbrust und Glanzzylinder sehr feierlich wirkt. Ettmann holt also seinen steifen Hut und will sich anschließen, aber Faber winkt ihn an seine Seite. So gehen sie die paar Meter zum Leuchtturm, die Herren voraus, die Damen hinterher, beide, Frau Faber wie auch das Fräulein Tochter, mit spitzen Fingern ein wenig die Röcke anhebend, damit die Säume nicht im Sand schleppen.

Swakopmund hat sich mit schwarzweißroten Fahnen geschmückt, und vom Mast beim Leuchtturm wehen bunte Signalflaggen aus. Am Fuß des Mastes steht der Flaggenschrank, auf ihm zwei große Schiffslaternen für Nachtsignale, ihr poliertes Messing blitzt in der Sonne.

Beinahe die gesamte protestantische Einwohnerschaft hat sich hier um den weißbärtigen Missionar versammelt, dabei sind auch drei Schutztruppenoffiziere in Grau und Silber, und vom

Kanonenboot ein paar Marineoffiziere in Weiß und Gold. Neben den Offizieren hat sich der Swakopmunder Männer-Gesangs-Verein aufgestellt, zwanzig bärtige Herren, alle in Frack und Zylinder, dahinter der Kriegerverein mit schwarzweißroten Schärpen, dann die weniger betuchten Zivilisten, ein paar Matrosen und ein halbes Dutzend Schutztruppensoldaten oder Polizisten in Khaki. Die Honoratioren und die wenigen Damen sitzen auf Stühlen. Oben am Strandweg stehen gut fünfzig Schwarze und recken neugierig die Hälse.

Es weht ein kräftiger Südwestwind von See her, Rockschöße flattern, die Herren halten ihre Zylinder und Hüte fest. Dazu rauscht die Brandung. Der Prediger unter den straff auswehenden Signalflaggen muß schreien, um verstanden zu werden, trotzdem hört Ettmann nur die Hälfte, Wind und Brandung reißen ganze Fetzen aus der Predigt:

»An diesem ersten Sonntag im neuen Jahr, in diesem noch jungfräulichen Jahrhundert … fernen und geliebten Heimat, der wir voll Dankbarkeit gedenken!«

Ettmann steht neben Faber, die Hände über der Weste gefaltet, Hut unterm Arm. Der Wind bläst. Am Mast knallen und knattern die Flaggen.

»… sein Antlitz zum Herrn emporhebt und mit gottgefälligem Streben … Widrigkeiten zum Trotze! Lasset uns also und vielleicht einmal ganz und gar ohne … denn wo würden Fleiß und Tatkraft nicht ihren verdienten Lohn finden? Und gilt es denn nicht …«

Die Wellen tragen weiße Schaumkämme, die blaugrüne See glitzert in der Morgensonne. Ettmann schaut zu den Schiffen hinaus. Der Dampfer liegt da wie zuvor, aber das weiße Kanonenboot hat sich im Wind vor seinem Anker gedreht und zeigt nun dem Land das Heck. Die Predigt scheint zu Ende zu gehen. Ettmann muß sich anstrengen, die Worte zu verstehen:

»… besonderem Maße den tapferen Männern der Schutztruppe, welche dieser Tage fern im kargen Süden … gegen einen bösen und arglistigen Feind! … zum Wohle und Nutzen, liebe Brüder und Schwestern! … ein Trost sein. Der Herr sei mit euch …«

Hüte und Mützen werden abgenommen, Haare wehen im Wind, Köpfe senken sich zum Gebet. Der Geistliche spricht mit großem Stimmaufwand den Segen:

»Der Herr segne euch und behüte euch, der Herr lasse sein Angesicht leuchten über euch und sei euch gnädig, der Herr erhebe sein Angesicht auf euch und gebe euch Frieden.« Er schlägt das Kreuzzeichen über die Menge.

»Amen«, brummt die Gemeinde. Der Männerchor singt laut gegen den Wind an: »Ein feste Burg ist unser Gott, ein gute Wehr und Waffen!«

Gleich nach dem Lied flaut der Wind spürbar ab. Die Flaggen schlängeln noch ein paarmal, dann hängen sie wie ermattet an ihren Leinen. Es ist ein wenig, als wolle der Himmel ein Zeichen geben, denkt Ettmann. Doch was für eines?

»Wär' eine feine Sache, auf einem Segelschiff!« sagt da eine jugendliche Stimme neben ihm, ein junger, bartloser Seeoffizier in blütenweißer Uniform, der das so vor sich hin gesagt hat. Als er gewahr wird, daß Ettmann sich angesprochen glaubt, sagt er: »Pardon: Selbstgespräch!« und stellt sich mit knapper Verneigung vor: »Gestatten: Eckolt, Leutnant zur See, III. Offizier auf Seiner Majestät Schiff ›Habicht‹«. Also zieht Ettmann den Hut und erwidert die Vorstellung: »Ettmann, Kartograph bei der kaiserlichen Landesvermessung, ich habe die Ehre!« Sie gehen ein Stück nebeneinander. Das Kanonenboot »fliegt den blauen Peter«, erfährt Ettmann von dem Leutnant, das heißt, der »Habicht« wird morgen früh nach der Kapstadt auslaufen, zum Eindocken. Fällige Reparaturen, Erholung der Besatzung. Sie freuen sich alle auf Cape Town. Der »Blaue Peter« ist die Signalflagge P, weiß mit blauem Rand, läßt er sich erklären, und bedeutet: »Alles an Bord, gehe binnen vierundzwanzig Stunden in See!«

Mit bloßem Auge ist die Flagge kaum zu erkennen, obwohl sie doch größer als ein Bettlaken sein muß. Vom Strande aus gesehen ist das ganze Kriegsschiff nicht mal eine Daumenbreite lang. Vier Matrosen in weißem Zeug mit Gewehren stehen Wache bei den beiden weißgelben Beibooten. Es ist auch noch ein Boot von dem Frachtdampfer da. Außerhalb der Brandung hängt der kleine Dampfschlepper, »Pionier« an seinem Anker und reitet wie ein

Schaukelpferd auf den hereinrollenden Wogen. Er darf gleich die Boote hinausschleppen, heim zu ihren Schiffen.

Die Seeoffiziere und Matrosen des »Habicht« kehren auf ihr Schiff zurück; die Herren Landratten ziehen zum Frühschoppen ins »Hôtel zum kühlen Strande« an der Landungsstelle oder in eins der anderen Gasthäuser. Ettmann schließt sich Raspinger an. An der Theke stehend, trinkt er ein Glas Swakopmunder Weißbier mit dem Ingenieur und lauscht mit halbem Ohr einem Streitgespräch sonntäglich gekleideter Herren in blauen Tabakrauchschwaden:

»Wenn es nach dem Fürsten gegangen wäre, wären wir alle nicht hier. Bismarck war doch von Anfang an gegen Kolonien!«

»Aber nein, das war er ganz und gar nicht, er war nur dagegen, die immensen Kosten dem deutschen Steuerzahler aufzubürden! Die Kolonien sollten sich selbst tragen, sollten gewinnbringende Handelsunternehmungen in privater Hand sein! Die Flotte ist schließlich teuer genug, und ohne den Schutz einer starken Flotte kann es nun einmal keine Kolonien geben!«

»So sprechen Sie doch nicht immer von Kolonien, meine Herren! Das Südwesterland steht nur unter dem Schutz des Reiches und ist deshalb, und nicht nur formaljuristisch, ein Schutzgebiet, ein Protektorat, wenn Sie so wollen!«

»Spielt doch keine Rolle, mein lieber Zunderberg, Schutzgebiet – Protektorat – Pachtgebiet – Kolonie, wo ist da der Unterschied? Das Land gehört uns, punktum!« – »Jawoll!« – »Prösterchen, die Herren, auf unser Südwest!«

Zunderberg erregt sich: »Ja, aber sehen Sie denn nicht …?«

Später, am frühen Abend, unterhält sich Ettmann mit seinem Wirt. »So betrachtet, sind wir natürlich Eindringlinge in einem fremden Lande«, brummt Herr Faber und streicht sich mit dem Daumennagel die Schnurrbartspitzen, »aber dieses kolossal große Gebiet ist doch weitgehend leer und unbesiedelt, also herrenlos gewesen. Besonders hier an der Küste, im Wüstengürtel. Kann ja auch niemand leben. Und drinnen im Binnenlande, da gibt es bloß Kaffern und Hottentotten, die einen sind Viehzüchter, die anderen Viehdiebe. Ergänzen sich großartig!«

Faber nimmt einen tiefen Zug aus seinem Bierhumpen. Er tupft sich mit dem Schnupftuch den Schaum aus dem Schnurrbart und fährt fort:

»Bei jeder Gelegenheit haben die sich gegenseitig umgebracht! Glauben Sie mir, die können froh sein, daß wir hier sind. Im Grunde sind das arme Schweine. Wir sind hier, um Ordnung in ihr armseliges Leben zu bringen. Wir sind die Lehrmeister, die Erzieher, die ihnen eines Tages den Weg in die Welt der Moderne öffnen.« Faber sinnt eine Weile und pafft an seiner Zigarre. »Von Gott gesandt, wenn Sie so wollen.« Ettmann weiß nichts dazu zu sagen. Er ist zu neu im Lande, um sich eine Meinung zu erlauben. Auch weiß er so gut wie gar nichts über die hiesigen Eingeborenen, die Hottentotten oder »die Gelben«, wie sie genannt werden. Die Kaffern oder Hereros dagegen sollen schwarz sein.

Der Korbsessel ächzt. Er sitzt mit Faber vor dem Haus, vor sich die weite, abendstille Straße. Nur ganz weit hinten geht jemand mit einem Hund. Sonst wirkt der Ort menschenleer. Es ist schon fast dunkel, aber die Luft ist milde und riecht nach Tang und Meer. Alle vier oder fünf Sekunden rauscht die Brandung auf, nur ein paar hundert Meter weiter. Auf einem Beistelltischchen stehen ihre Bierkrüge und zwei Kognakschwenker.

»Stotterer!« hat Raspinger erwidert, als er ihn fragte, was »Hottentotten« bedeute. »Ist wohl holländisch. Die Holländer waren ja als erste hier. Hört sich wie Stottern an, wenn die reden.« Jetzt stellt er Faber die gleiche Frage. Der überlegt eine Weile. »Nun, es heißt, das Wort soll ihre Sprache nachmachen. Die haben da nämlich so Schnalz- und Klicklaute«, er schnalzt mit der Zunge, dann zuckt er die Achseln, »so etwa. So hab ich das gehört. Das Wort soll von den Holländern oder von den Buren kommen.« Seine Stimme bekommt einen mißbilligenden Beiklang: »Verrücktes Geschnatter, wenn Sie die schwatzen hören. Sind eben Wilde.«

Fabers Gesicht glüht rot, als er an seiner Zigarre zieht; sein linkes Augenlid zuckt. Mit seinem Spitzbart sieht er aus wie ein diabolischer Gymnasialdirektor.

Nach allem, was Ettmann bisher gehört hat, gibt es in Südwest auch Weiße, die im Lande geboren sind. Die hätten daher ebenfalls

Anspruch auf die Bezeichnung »Eingeborene«, erheben diesen aber vermutlich nur selten. Das Wort hat einen geringschätzigen Klang, wird es doch mit Naturvölkern assoziiert, mit unzivilisierten Wilden und ähnlichen Vorstellungen. Dabei sind zum Beispiel die Brandenburger in Preußen natürlich auch Eingeborene, geht man nach des Wortes ursprünglicher Bedeutung. Im Süden Deutschlands zieht man die Bezeichnung »Einheimische« vor. Wird ein Bayer in Pommern oder ein Sachse in Baden zwangsläufig zum Ausheimischen? Zum Ausgeborenen, zur Ausgeburt?

Jedenfalls, so lernt Ettmann allmählich, gibt es in Südwest mindestens sechs verschiedene Eingeborenenvölker. Da sind ganz oben im Norden die Ovambos, im zentralen Hochland die Hereros und dazu die Damaras oder Bergdamaras, die am längsten im Lande leben. Alle diese sind Schwarze, werden zu den Bantu-Negern gezählt und von den Deutschen samt und sonders als Kaffern bezeichnet.

Südlich von Windhuk, um Rehoboth, leben die Baster oder Bastards, wie sie sich selbst nennen. Diese sind in der Hauptsache Abkömmlinge von weißen, meist burischen Vätern und Hottentottenweibern. Im Osten, in den Wüstengebieten, leben die kleinwüchsigen und hellhäutigen Buschleute, und in den südlichen Landesteilen schließlich leben die Völker der Hottentotten oder Nama.

Ettmann hatte gelesen, daß die Bezeichnung »Hottentotten« in Deutschland erst nach 1894 geläufig wurde, als nämlich Hendrik Witboois Stamm gegen die Deutschen aufgestanden war. Hottentotten: In deutschen Ohren klang das lustig und verächtlich zugleich, es erinnerte an Stottern, aber auch an Trottel, und klang überhaupt ganz kindisch. Eltern, Lehrer, Lehrmeister und Unteroffiziere griffen das Wort mit Begeisterung auf und titulierten fortan unartige Kinder, vergeßliche Schüler, schlampige Lehrbuben und begriffsstutzige Rekruten »Hottentotten«.

Ettmann muß an eine Szene im Zeichensaal bei Ernst Vohsen denken. Der alte Eissenzwerg in der Tür, Arme in die Seiten gestemmt, und brüllt, daß die Scheiben klirren: »Was ist das hier für eine gottverdammte Hottentottenwirtschaft?!« Weil sie sich gerade um Masietzki geschart hatten und über eine Karikatur lachten, statt auf ihren Plätzen zu sitzen, als er hereinkam. Meister Eissenzwerg war ein grimmiger, kleiner Mann, und Ettmann war sicher, daß sein Name nicht unschuldig daran war.

Am nächsten Morgen hatte Masietzki eine neue Zeichnung herumgereicht: ein rundes Gasthausschild an verschnörkeltem Ausleger, darauf ein grinsender Mohrenkopf mit Knochen im Kraushaar und darum kunstvoll im Kreise geschrieben: »Gastwirthschaft zum Hottentotten, Inh. W. Eissenzwerg«.

4. Januar (Montag):

Um sechs Uhr hört Ettmann einen dumpfen Kanonenschuß, die Fensterscheibe klirrt leise; er ist gerade eben wach geworden. Er zieht sich an und eilt an den Strand. Heute morgen ist es nicht neblig, denn wie gestern weht ein frischer Wind. Unterhalb des Leuchtturmes hat sich eine Anzahl Neugieriger versammelt und hält Ausschau nach See zu, die gleißende Morgensonne im Rücken. Wie schwarze Finger zeigen ihre Schatten bis ans Wasser.

Das Kanonenboot läuft nach Kapstadt aus. Der gelbe Schornstein qualmt dunklen Rauch, der gleich aufs Wasser gedrückt und weggerissen wird. Das alte Kriegsschiff ist heute das einzige Fahrzeug in Sicht. Jetzt zeigt sich ein weißes Dampfwölkchen und verweht, es dauert drei oder vier Sekunden, bis das dumpfe Tuten der Pfeife den Strand erreicht. Langsam nimmt das Schiff Fahrt auf, am vorderen Mast entfalten sich Segel. Am Signalmast neben dem Leuchtturm knattert der letzte Flaggengruß an den »Habicht«. Ettmann kann Flaggensignale nicht lesen, es wird wohl so etwas wie »Gute Reise« oder »Glückliche Wiederkehr« bedeuten.

Schließlich sind die Segel nur noch ein heller Fleck im Südwesten. Das Schutzgebiet ist wieder allein.

Ettmann sieht sich am Strand um. Lange Bretterzäune und endlose Reihen von Säcken, aufeinandergeschichtet wie eine Mauer. Große Stapel von Balken und Schienen lagern hier, ein Teil der Ladung der »Helene«. Dahinter die elenden Baracken und Hütten von Swakopmund und die fünf oder sechs »richtigen« Häuser. Der moderne und stattliche Bahnhof. Danach nichts. Nur Sand, Sand bis zum Horizont und ab und zu ein paar Steine.

Er stapft durch den Sand der Poststraße hinauf, zurück zur

Pension, um sich zu rasieren und vielleicht ein bißchen zu lesen. Gut zwanzig Eingeborene hocken schweigend in der prallen Sonne und schauen aufs Meer hinaus. Die sind auch nicht so, wie er sie sich vorgestellt hat. Diese mageren kleinen Hottentotten mit ihrer gelblichbraunen Haut, in alten deutschen Drillichjakken oder abgelegten Herren-Oberhemden ohne Krägen, in abgeschnittenen oder langen Hosen, sehen eher wie schwindsüchtige sächsische Tagelöhner aus. Die Kru-Boys, die in Monrovia aufs Schiff gekommen waren, hatten eine dunkelbraune, fast schwarze Hautfarbe und sahen viel afrikanischer aus, aber sie hatten auch ganz normale Hosen an, nicht etwa Baströcke, und auch keine Knochen durch die Nase, ein Bild, das aus den Kinder- und Abenteuerbüchern hängengeblieben ist. Ein Haus weiter dreht sich Ettmann nach der Gruppe um. Sie haben sich nicht bewegt. Keiner sieht ihm nach.

Der montägliche Personenzug nach Windhuk pfeift, also wird es acht Uhr sein. Nicht weit vom niederen Holzbau der Kaserne begegnet er Raspinger und Conradi, die auf dem Weg zum Bahnhof sind. Von dort soll in einer Stunde mit dem Güterzug ein Gebirgsgeschütz nach Windhuk abgehen, das wollen sie sich ansehen. Ettmann geht mit, weil er nichts Besseres zu tun hat. Auch mag er Raspinger. Der bärtige Ingenieur hat viel Einfühlungsvermögen bewiesen und ihn auf See hin und wieder aus seiner Einsamkeit geholt, ohne je aufdringlich zu sein.

Der Zug steht vor dem Bahnhof in der weiten Sandfläche, eine lange Reihe kleiner Güterwägelchen, mit einer Lokomotive vorn und einer in der Mitte des Zuges. Die Wagen sind hoch beladen und mit Planen abgedeckt. Der Wind bläst nach wie vor kräftig, weht Staubwolken über den Platz und läßt die Planen flattern. »Eine richtige Zigeunerfuhre ist das!« sagt Raspinger und schüttelt den Kopf.

Die Kanone steht auf einem Flachwagen verzurrt und ist enttäuschend klein. Die Räder sind nicht einmal hüfthoch. Das kurze Rohr ist unter einem ledernen Bezug versteckt. Auf einem zweiten Wagen steht die dazugehörige Protze mit gesenkter Deichsel. Lafette und Protze sind himmelblau lackiert. Vier Schutztruppler in sandfarbenen Uniformen sitzen auf den Wagen, rauchen

Pfeife und baumeln mit den Beinen. Sie bewachen das Geschütz und den mit Munitionskisten beladenen Waggon. Punkt neun Uhr stößt die Lokomotive einen schrillen Pfiff aus, und der Zug setzt sich langsam in Bewegung.

Geht man die Kaiser-Wilhelm-Straße vom Strande weg, quert man nacheinander die Bismarckstraße, dann die Moltkestraße und kommt schließlich auf die Roonstraße. Offiziell befinden sich die Straßennamen, die dem Monarchen gewidmete Hauptstraße ausgenommen, noch im Zustand der Planung.

In der nach dem alten Kriegsminister Roon zu benennenden Straße hat die Deutsche Kolonial-Gesellschaft in einem Holzbau die »Swakopmunder Buchhandlung« nebst Druckerei eingerichtet. Ettmann ersteht dort nach einigem Suchen DEUTSCHLANDS KOLONIEN von Rochus Schmidt, siebenhundert Seiten dick in zwei Bänden, wegen leichter Salzwasserschäden zu herabgesetztem Preis. Darin werden zwar alle deutschen Schutzgebiete behandelt, doch ist ein ansehnlicher Teil auch Südwestafrika gewidmet. Es ist an der Zeit, daß er mehr über das Land erfährt, nachdem er durch die Umstände versäumt hat, sich in der Heimat mit geeigneter Literatur zu versorgen. Nur zwei der Ingenieure auf dem Schiff, nämlich Müller und Raspinger, waren zuvor schon im Lande gewesen und haben auf Drängen auch ab und zu mal etwas erzählt, zumeist jedoch Anekdoten. Ein rechtes Bild hat Ettmann davon nicht erhalten.

Ettmann steht in seinem winzigen Hotelzimmerchen, die Hände in den Hosentaschen vergraben, und betrachtet das Übersichtsblatt zur Karte von Deutsch-Südwestafrika, das er auf der Bettdecke ausgebreitet hat. Die Umrisse des Landes, die Grenzen des Schutzgebietes, erinnern ihn an einen der Länge nach halbierten Rinderschädel, ein seltsamer Vergleich, aber Länder haben die seltsamsten Umrisse, man denke nur an den Stiefel Italien oder an Dänemark im Haifischmaul Skandinaviens. Hier hat er es allerdings nicht nur mit natürlichen Umrissen zu tun, sondern auch mit von Menschen gemachten Grenzen; auf Anweisung irgendeiner Grenzkommission von Leuten seines Fachs gezogen. Er ruft sich ins Gedächtnis, was er über ihre Entstehung gelesen hat. 1884 hatte das Deutsche Reich seine Schutzherrschaft über die ein Jahr zuvor von Adolf Lüderitz erworbenen Gebiete erklärt und 1885 waren diese in den Besitz der Deutschen Kolonial-Gesellschaft für Südwest-Afrika übergegangen. Südwestafrika sollte ursprünglich, wie die anderen Schutzgebiete auch, keine Kronkolonie sein, also kein Reichsgebiet im juristischen Sinn, sondern hauptsächlich Privatbesitz, erworben von Siedlern und Farmern, Siedlungsgesellschaften, Bergbaugesellschaften et cetera. So wollte Bismarck dem deutschen Steuerzahler, der keineswegs kolonialbegeistert war, die Kosten ersparen, staatliche Verpflichtungen zu übernehmen, wie etwa den Bau von Verkehrswegen, Krankenhäusern, die Unterhaltung von Polizei und Truppen und dergleichen mehr. Es zeigte sich schon bald, daß es so einfach nicht ging und das Reich sich nicht lange heraushalten konnte. Es wurde notwendig, die Truppe zu verstärken, es wurde notwendig, eine Art Hafen zu bauen, dann mußte eine Bahn her, Telegraph und Telephon, bei aller preußischen Sparsamkeit wuchsen die Kosten rasch in schwindelnde Höhen.

Zurück zu dieser halben Rinderschädelform des Landes, zu seinen Grenzen. 1886 hatten sich das Deutsche Reich und Portugal über die Nordgrenze geeinigt. Diese führte vom Atlantik ausgehend ein Stück den krummen Kunene-Fluß entlang, und am östlichen Ende folgte sie dem Lauf des Okavango. Zwischen diesen beiden Flüssen zog man eine vierhundert Kilometer lange schnurgerade Linie mitten durch das Land der Ovambos. Mit einem Schlag gab es portugiesische und deutsche Ovambos.

Vier Jahre später, 1890, wurde der Vertrag von Sansibar zwischen dem Deutschen Reich und Großbritannien unterzeichnet. Im Tausch gegen die Insel Sansibar erhielt das Reich endlich Helgoland, und Deutsch-Südwestafrika bekam mit dem nach dem seinerzeitigen Reichskanzler benannten »Caprivi-Zipfel« Zugang zum Sambesi-Fluß. Der Sambesi fließt in den Indischen oder Stillen Ozean. Die Globalstrategen feierten den Vertrag als großen Schritt in Richtung einer Verbindung mit Deutsch-Ostafrika, bis sich herausstellte, daß der Sambesi wegen der vielen Katarakte im Oberlauf nicht schiffbar war.

Wie auch immer, jedenfalls ließ sich nun ein noch viel längerer Grenzschnitt ziehen: Vom Caprivi-Zipfel zog man die Ostgrenze kerzengerade vierhundert Kilometer nach Süden hinunter und zackte dann bei Rietfontein auf 22° südlicher Breite einhundert Kilometer nach Westen. Von da führte die Grenze zwischen Deutsch-Südwestafrika und Britisch-Betschuanaland auf dem 20. Längengrad in einem Strich runter bis zum Oranje, pfeilgerade, ein sauberer Trennschnitt, siebenhundert Kilometer lang durch beinahe sieben Breitengrade. Säuberlich wurde das in die Karten eingetragen oder, in der Sprache seines Berufsstandes: Es ging in die Karten ein.

Deutsch-Südwestafrika war nun oben im Norden, rechts im Osten und unten im Süden von sauber gezogenen Grenzen umrandet; links bildete der Südatlantik die Begrenzung. Fest umrissen erst wird ein Land zum Staatsgebilde.

Das zerschnittene Land an der Ostgrenze ist zum größten Teil Wüstengebiet, das Omaheke-Sandfeld und die Kalahari. Dort soll es nur ein paar Buschleute geben. Natürlich wurden sie nicht gefragt. Sie hätten es auch gar nicht verstanden.

Wenn man in Südwest einen nach dem Weg fragen kann, dann ihn, den Neuankömmling Carl Ettmann. Seine Kartenausrüstung ist umfangreich und auf dem neuesten Stand:

Da ist einmal die ÜBERSICHTSKARTE VON AFRIKA UND DEN KABELVERBINDUNGEN, herausgegeben 1901 von der Deutschen Kolonialgesellschaft; sowie die dreiteilige Karte DEUTSCH-SÜDWESTAFRIKA. In diesem neun Jahre alten Werk ist Swakopmund noch als »Station« bei der Tsoakhaub-Mündung bezeichnet. Aus Tsoakhaub oder »Tsoa-ʔaub« wurde »Swachaub« und endlich Swakop. Das Wort kommt aus der Nama-Sprache und bedeutet, mit aller Vorsicht umschrieben, Anus und Exkrement. Der Ausdruck bezieht sich auf die braune, schlammige Flut, mit der sich das sonst trockene Swakopbett während der Regenzeit füllt.

Am wichtigsten aber ist das zwar gedruckte, aber noch unveröffentlichte neue Kartenwerk DEUTSCH-SÜDWESTAFRIKA im Maßstab 1 : 800 000; bestehend aus acht Blatt. Es befindet sich noch im Entwurfsstadium, denn eine das gesamte Gebiet erfassende regelrechte Landesaufnahme wurde in Südwestafrika bisher nicht durchgeführt, nur die Küste ist von deutschen Kanonenbooten exakt vermessen worden. Die Karte basiert im wesentlichen auf der ORIGINAL MAP OF GREAT NAMAQUALAND AND DAMARALAND, 1879 von dem Rheinischen Missionar Dr. Theophilus Hahn gezeichnet. Im Lauf der Zeit ist sie mit einzelnen Übersichtskarten der Bezirke und einer Vielzahl von topographischen Beobachtungen der Schutztruppe ergänzt worden. Dennoch ist sie noch weit von der Vollständigkeit entfernt. Vor seiner Abreise hatte Ettmann bei einer Zusammenkunft mit den Kolonialkartographen Paul Sprigade und Max Moisel unter anderem erfahren, daß ausgedehnte Gebiete, die abseits der Wege und Routen liegen, völlig unerforscht sind. Die Wasserarmut des Landes zwingt zu beschleunigtem Marsch von Wasserstelle zu Wasserstelle und läßt kaum größere Abweichungen von der Route zu. Die meisten Reisenden oder Expeditionen haben sich deshalb darauf beschränkt, die Richtung zu bestimmen und die Anzahl der Reitstunden bis zur nächsten Wasserstelle zu notieren. Dazu kam, daß die weiten Wüstengebiete der Namib und der Kalahari für kolonialwirtschaftlich wertlos erachtet wurden und daher kein besonderer Anreiz bestand, eine gründliche Kartographie durchzuführen. Allmählich wird aber nun die Forderung nach einer guten und verläßlichen Karte von Deutsch-Südwestafrika laut. Vor allem soll dem raschen Ausbau der Wege-, Bahn- und Telegraphenverbindungen seit 1902 Rechnung getragen werden. Das wird seine Aufgabe werden: Mitarbeit an einer neuen und lückenlosen Landesaufnahme und an der Ausarbeitung der 1 : 800 000 Karte.

Längst kennt er die kartographischen Kürzel und Begriffe für Südwest auswendig. Wasser spielt eindeutig eine Hauptrolle, wie der Aufdruck am unteren Kartenrand zeigt:

›st. W. = stets Wasser;
zw. W. = zeitweise Wasser;
k. W. = kein Wasser‹.

Dort sind auch kap-holländische Bezeichnungen aufgelistet: Eine »Drift« ist eine Furt, zum Beispiel Raman's Drift am Oranje-

Fluß. »Fontein« bedeutet Quelle, und Twyfelfontein, gesprochen Tweifelfontein, ist demnach eine zweifelhafte Quelle, die wohl nicht immer sprudelt. Auf dem untersten Rand der Karte ist rot aufgedruckt:

N.B. Die der Karte zugrundeliegenden Materialien beruhen zum Teil nur auf flüchtigen Krokis.

Krokis sind nach Augenmaß und durch Abschreiten hergestellte Geländezeichnungen. Nicht etwa flüchtende Krokodile; ein alter Kalauer aus dem topographischen Institut, mit dem auch gern die Lehrlinge an der Nase herumgeführt wurden.

Nonplusultra ist für Ettmann das Mit-eigenen-Augen-Sehen, ist der Vergleich der Karte mit der Wirklichkeit, die Bereisung der dargestellten Landschaften; die Vervollständigung oder Perfektionierung der Karte durch persönliche Inaugenscheinnahme. Jede Landmarke, jedes Haus, jeder Baum, jeder größere Felsbrocken soll – bei Wahrung der Übersichtlichkeit und soweit es der Maßstab erlaubt – eingezeichnet sein, jede Telegraphendrahtführung; alle Wege, Furten, Durchlässe, Brunnen und Wasserstellen. Dann erst wird die Karte dem Benützer nützlich.

Die Topographie, die Beschreibung eines Ortes oder einer Gegend also, ist sein Beruf; aber sein eigentliches Interesse geht weit darüber hinaus und gilt dem zu kartographierenden Land in seiner Gesamtheit. Ettmann will nicht nur die Karte mit Inhalten füllen, sondern das gezeichnete Gebiet auch kennenlernen und soweit wie möglich verstehen, so daß es sein Land wird. Deshalb zeichnet er auch viel, zumeist Landschaftsskizzen und Ortsansichten, die ihm helfen, in seiner Vorstellung ein realistisches und dreidimensionales Bild der Gegend entstehen zu lassen. Die Silhouetten der Bergzüge, die Formen der Bäume, die Tiere und Menschen, ihre Eigenarten, Geschichte und Gebräuche, Baustile, Klima und Wetter, alles, alles und jedes interessiert ihn. Darin ist er Alexander v. Humboldt nicht unähnlich, dessen Beobachtungsgabe oder »Sehvermögen« er genauso bewundert wie sein unermüdliches Streben nach Kenntnis und Verständnis, nach umfassendem Begreifen. Was man nicht versteht, schrieb Goethe, besitzt man nicht.

Ettmann faltet die Karten zusammen, packt sie in ihre Mappen und gähnt. Zu dumm, daß keine Nachricht von diesem Frankenberg kommt. Wie wird es weitergehen? Mit der kleinen Bimmelbahn nach Windhuk? Und dann? Ärgerlich, daß man ihm so wenig Informationen gegeben hat. Er holt seine sorgsam gefaltete Anweisung hervor und liest sie zum zigsten Male:

Auswärtiges Amt, Kolonialabteilung
Berlin, Wilhelmstraße 62, den 4. November 1903
Sehr geehrter Herr Ettmann,
Sie wollen wie vereinbart mit dem Dampfschiff »Helene Woermann« der Woermann-Reederei am 29. November 1903, 3 Uhr nm., von Hamburg, Am Petersenkai (Baakenhafen), die Ausreise nach Deutsch-Südwestafrika antreten und nach Ankunft in Swakopmund, welche für den 29. Dezember 1903, 7 Uhr nm., veranschlagt ist, das Eintreffen des Herrn v. Frankenberg erwarten. Sie wollen sich sodann mit Genanntem ohne Verzug in die Gouvernementshauptstadt Windhuk begeben und dortselbst beim Kaiserlichen Vermessungsamt vorstellig werden.
Mit vorzüglicher Hochachtung
gez. Dr. Lengenbrecht,
Sekretär des Kolonialdirektors im Auswärtigen Amt.

Für Ihre Passage ist eine Kabine II. Klasse reserviert. Einzelheiten dazu wollen Sie den beigefügten Unterlagen entnehmen, die Sie darüber hinaus über die finanzielle Regelung für die Dauer Ihres Aufenthaltes in Deutsch-Südwestafrika im Rahmen der vertraglichen Vereinbarung in Kenntnis setzen werden.
Der Empfang ist zu quittieren.

Das ist alles. Es liest sich wie ein Marschbefehl. Im Grunde ist es auch einer. Die beigefügten Unterlagen enthalten nur seine Schiffskarte und die Abschrift der vertraglichen Vereinbarung. Warum er auf Herrn v. Frankenberg warten soll, weiß er nicht, nur daß der Mann Landvermesser ist und ihn nach Windhuk begleiten wird. Auch beim Gespräch mit Dr. Lengenbrecht hat er eigentlich kaum Konkretes erfahren. Es ging nur darum, ob er sich für mindestens drei Jahre nach Südwest verpflichten wolle, um dort als Kartenzeichner für das Windhuker Vermessungsamt an der erweiterten Landesaufnahme zu arbeiten. Er hatte sich die große Karte von Deutsch-Südwestafrika in Dr. Lengenbrechts Bureau betrachtet und ja gesagt.

»Unternehmen Sie eine Reise, junger Freund. Sehen Sie sich die Welt an!« hatte ihm der alte, weißbärtige Dr. Birnbaum geraten, dem selbst die Tränen in den Augen gestanden hatten. »Es gibt Gelegenheiten genug auf Reichskosten, gerade in Ihrer Profession. Es wird Ihnen helfen!« Das war vor fast einem Jahr gewesen, am Abend nach Elisabeths Beisetzung.

Nachts wacht er einmal auf, weil Regen an die Scheiben prasselt. Kann gar nicht sein, denkt er, aus einem wirren Traum gerissen, in Afrika regnet es nicht. Und schläft wieder ein.

Ovakuru

Die Sonne brennt auf den Indischen Ozean. Wasser verdunstet und wird zu Gewölk. Wolkengebirge quellen, türmen sich übereinander und breiten sich aus, Wolkenmassen von Horizont zu Horizont, wasserschwer und blauschwarz. In den brodelnden Wolken wetterleuchtet es, Windschauer rasen schiefersilbern über die bleifarbene See.

Der Ostwind treibt die Wolken in breiter Front den südlichen Wendekreis entlang, westwärts über Madagaskar hinweg, über Mozambique hin, treibt sie über das Transvaal und das Matabele-Land und über die glühende Kalahari hinein nach Südwestafrika. Ein wandernder Ozean aus schwebenden Wassertröpfchen, Hunderte von Meilen weit, Hunderte von Meilen tief. Um Gobabis gewittert es schon, in Windhuk jagt der Wind weiße Staubwolken die Straßen entlang.

Am Swakop biegen sich die Bäume im Sturm, Staub weht in Schleiern aus dem sandtrockenen Flußbett, Gras und Blätter, Gezweig und losgerissenes Strauchwerk wirbeln durch die Luft.

Im inneren Kraal drängen sich die Kälber aneinander und blöken. Wind wimmert in den Lücken der krummen Zaunhölzer und Dornhecken und macht den Ahnenbaum knarren und ächzen. Der Regen streift daher, silbergrau und rauschend, und das Ahnenfeuer in der heiligen Hütte flackert über den Boden hin. Amanda schützt die Flammen vor dem Wind. Das heilige Feuer darf niemals erlöschen. In ihm leben die Ahnen weiter, in ihm wohnen die Kraft und Einheit des Stammes. Amanda, Tochter des Häuptlings Zacharias Zeraua, hütet das Feuer, seit der weiße Händler die ältere Schwester ermordet hat. Fast ein Jahr ist seither vergangen.

Jeden Tag facht sie nun, sobald die Sonne aufgeht, die glimmende Holzkohle zu hell auflodernden Flammen an. Dies ist das Zeichen zum Melken der Kühe. Nun kommt auch der Häuptling, setzt sich an die Feuerstelle und kostet die saure Milch vom Vortag. Findet er sie gut, dürfen alle davon trinken.

Um dieses Ahnenfeuer, im Mittelpunkt der Onganda gelegen, dreht sich alles. Am heiligen Feuer erhalten die neugeborenen Kälber ihre Namen, am Feuer werden Mann und Frau getraut, und ans Feuer werden die Verstorbenen gelegt, bevor man sie zu ihren weit abgelegenen Gräbern bringt. Um das Feuer setzen sich die Ältesten zu Beratungen oder zum Gericht zusammen, und hierher werden die Kranken gebracht und mit der heiligen Asche eingerieben, denn diese hat große Heilkraft.

Am Ahnenfeuer spricht der Häuptling mit den Ovakuru, den Vorvätern. Dazu stellt er die Feuerquirlstäbe der verstorbenen Väter im Kreise um die Feuerstelle. Nun kann er mit ihnen reden, als säßen die Väter mit ihm am Feuer, und ihnen alles erzählen, was sie über den Stamm wissen müssen. Die Namen der Ahnen dürfen natürlich nicht in Vergessenheit geraten, und ihre Feuerstäbe müssen sorgfältig bewahrt werden, sonst geht das nicht. Mit den Stäben kann der Häuptling auch das Feuer wieder entzünden, sollte es wirklich einmal verlöschen.

Zacharias Zeraua, der Häuptling der Otjimbingwe-Hereros, weiß, daß es Leute gibt, die behaupten, die Vorväter hätten sich von seinem Stamm abgewandt, weil er ihre Namen vergessen habe. Aber das ist nicht wahr, und dumm sind diese Leute und zerfressen vom Neid auf die Macht seiner Ahnen, die seinen Stamm und ganz besonders ihn selbst zu einem der wohlhabendsten des Landes gemacht haben.

Wer das Ahnenfeuer pflegt, besitzt zugleich die heilige Rinderherde und die Kalebassen, aus denen die geweihte Milch genossen wird. Nur ein solcher Mann ist ein »Häuptling von Geburt«.

Er, Zacharias, besitzt all dies und mehr. Und als der Händler Dietrich, der weiße Halunke, ihm die älteste Tochter totschoß, vor Jahresfrist, siehe, da besaß er eine zweite Tochter, Amanda, die die heilige Pflicht der Hüterin des Feuers übernahm.

Beinahe wären ihm da seine jungen Männer durchgegangen, besonders, als der Mörder von den Deutji freigesprochen wurde. Aber da hat sich der Majora eingeschaltet. Leutwein, der Chef der Deutschmänner, ist selbst zu ihm, Zacharias Zeraua, gekommen und hat ihm gesagt, daß er mit dem Urteil nicht einverstanden sei, aber keinen Einfluß auf dasselbe nehmen könne. Es war aber auch der Staatsanwalt nicht einverstanden, oder vielleicht hat der Majora doch Einfluß genommen, denn sogar der Hauptmann Franke aus Omaruru ist nach Windhuk geritten und hat den Dietrich einen ganzen Tag lang verhört, wie es heißt. Jedenfalls ist noch einmal über den Händler Dietrich zu Gericht gesessen worden, und dieses Mal ist der Dietrich zu Gefängnis verurteilt worden, wenn auch nur zu drei Jahren. Für dasselbe Verbrechen wäre einem Herero der Strick sicher gewesen. Immerhin, es gab ein Schuldeingeständnis und eine Strafe für den Schuft, und so ließen sich mit viel Mühe und noch viel mehr Worten die Gemüter einigermaßen beruhigen. Zacharias weiß aber, daß in seinem Stamm viele murren und das Blut des weißen Mörders verlangen. Doch er lebt mit seinen Leuten im Swakoptal, mitten in dem Gebiet, in dem die Deutji am stärksten sind, und in jedem größeren Ort haben sie eine Militärstation gebaut und an den kleinen Plätzen ihre Unterstationen und dazwischen ihre Eisenbahn. »Arrangieren« muß er sich mit den Deutji, so heißt das Wort, das Johannes Olpp, der Missionar, gebraucht hat, denn sonst gibt es Krieg, und Blut wird fließen, und aller Wohlstand wird dahin sein, denn er glaubt nicht, daß es gegen die mächtigen Deutji einen Sieg geben kann.

Zacharias weiß wohl, wie sehr es unter den Hereros im Osten gärt. Er kennt den Brief, den verzweifelte Herero-Großleute aus Otjihaenena am 19. August 1901 durch Missionar Lang an Gouverneur Leutwein schreiben ließen. Er hat sogar eine Abschrift davon. Unter anderem steht in diesem Brief:

»Aber nun, geehrter Herr Gouverneur, wo sollen wir bleiben, wenn unser ganzer Fluß und alles Land uns abgenommen wird? Anbei legen wir ein Verzeichnis aller Werften, welche im Gebiete von Otjituepa bis Omitava liegen. Diese alle tränken ihr Vieh im weißen Nossob. Und so fragen wir nochmals, wo sollen alle diese Leute hin?

Wir sehen mit Entsetzen, wie ein Platz nach dem anderen in die Hände der Weißen übergeht, und bitten wir daher unsern Herrn Gouverneur unterthänigst, doch keinen weiteren Verkauf hier im Gebiet des weißen Nossob zu genehmigen und alles Land, welches noch nicht verkauft ist, zu einem großen Hereroreservat zu machen, denn dann sind wir und unsere Kinder geborgen, d. h. wir haben einen Platz, wo wir wohnen können, und Gärten machen.«

Ja, die Reservatsfrage. Seit Jahren wird darüber gestritten. Zacharias lebt mit seinem Stamm im ersten Reservat, das vor zwei Jahren im Hereroland gebildet wurde, jedoch erst vor einem Monat gesetzlich verankert worden ist. Ein Teil des Bezirks Otjimbingwe wurde von den Deutji als unveräußerliches Stammesland Zacharias' Volk zugesprochen. In allen anderen Stammesgebieten, etwa um Okahandja, Gobabis oder Omaruru, sind Reservate erst geplant. Der Unterhäuptling der Osthereros, Kajata von Okatumba, gehört zu den einflußreicheren Großleuten, die für die Schaffung von Reservaten sind und diese möglichst groß haben wollen. Auch Asser Riarua aus Okahandja setzt sich dafür ein, jetzt, wo klar wird, daß die Deutji hier nicht mehr weggehen werden. Es kommen von Jahr zu Jahr immer mehr. Und die meisten wollen Land und fangen an, Rinder zu züchten. Und fast alle handeln sie mit Dingen, denen kein Herero widerstehen kann, mit schönen Kleidern und Stoffen, Töpfen, Messern und Gewehren, mit süßen Kuchen und natürlich auch mit Suppi, das ist Branntwein, obwohl das streng verboten ist, viele tun es aber trotzdem. Nun kann der Herero aber nicht mit dem Geld der Weißen zahlen, weil er nämlich keines hat. So nehmen ihm die Händler seine Ozongombe weg, die geliebten Rinder, die nicht nur Reichtum und Ansehen bedeuten, sondern auch die wichtigste Nahrungsquelle des Stammes sind, denn sie ernähren sich ja fast ausschließlich von Milch und von der Omeire. Ein Ochse wird nur zu den seltensten Anlässen geschlachtet, Kühe überhaupt nie. Ein bestimmter Teil der Rinder ist heilig und darf weder geschlachtet noch verkauft werden. Hin und wieder wird gejagt, auf die fetten kleinen Perlhühner oder auf das Warzenschwein oder was immer sich erlegen läßt. Hat man kein Jagdglück, wird auch mal das Fleisch der Bokkies, der kleinen Ziegen mit den langen Ohren, gegessen. Ansonsten lebt man von Maispapp und von Ointjes, kleinen Feldzwiebeln, von Kräutern und Wurzeln.

Da ist nun der Samuel Maharero, der Oberhäuptling der Okahandja-Hereros, der ein großer, schöner Mann ist, auch gar nicht dumm, und mit allen in Frieden leben möchte. Er ist aber genußsüchtig wie kein zweiter und will schöne Kleider haben und bunte Stoffe für seine vielen Madams und dazu Suppi und Wein, aber er will natürlich nicht noch mehr von seinen schönen Ozongombe dafür weggeben, denn sonst wäre er bald kein großer Herr mehr. Da gibt er den Deutji eben Land. Land, das doch gar nicht ihm, sondern allen Hereromenschen gehört!

Nun brauchen die Rinder aber viel Platz zum Weiden, denn das Gras wächst spärlich im Hereroland, da ein Büschel und dort eins, fahlgelb und dürr, außer in der Regenzeit. Weit müssen die Herden am Tage wandern, um genug Gras zu fressen zu bekommen. Daher stecken die Deutji Meile um Meile ab, große, große Gebiete, zu denen sie Farmen sagen und die immer bei der besten Wasserstelle liegen. Aber das Wasser ist ja auch nicht überall und reicht oft nur für die Rinder des deutschen Farmers, und der jagt sie weg mit ihrem eigenen Vieh und läßt sie auf einmal nicht mehr auf das Land, auf dem ihre Herden doch aber immer schon geweidet haben, jedenfalls seit die Väter und die Väter der Väter vor drei oder vier Menschenaltern aus dem Norden hierhergezogen sind. Dabei haben sich die Herden noch immer nicht richtig erholt, seit vor nicht ganz sieben Jahren die große Rinderpest im Lande gewütet hat und die Ozongombe überall zu vielen, vielen Tausenden verreckt sind und es im ganzen Lande nach Aas gestunken hat.

So werden ihre Rinder weniger und immer noch weniger durch die gierigen Händler, die für hundertfünfzig Mark Schuld schon bis zu drei Tiere wegnehmen, und nur die fetten und schönsten dazu, und das Weideland wird weniger, und das Wasser wird weniger, und nur die Deutji werden immer mehr. Und ihre Rinder werden auch immer mehr. Und je mehr Deutji kommen, desto mehr schauen sie auf die schwarzen Menschen herab und reden mit ihnen, als ob sie ihre Sklaven wären, und es heißt: »Kaffer, mach das!« und »Hau ab, Kaffersau!« und »Dreckiger Kaffer, halt's Maul!«, und dazu gibt es oft Schläge mit dem Tschambock, der Nilpferdpeitsche. Nicht alle Deutji sind so, aber doch viele, vielleicht die meisten.

Zacharias Zeraua mag aber den Majora Leutwein gut leiden, den Gouverneur und Stellvertreter des fernen Kaisers. Der Majora ist ihm immer mit Respekt und Freundlichkeit begegnet, und dann hatte er ja den Hendrik Witbooi in der Naukluft besiegt, mit seinen wenigen Soldaten, darum genießt er bei den Hereros hohes Ansehen. Wohlgelitten sind auch die meisten Missionare und sogar der Hauptmann Franke, so sagen es jedenfalls die Omaruru-Hereros, obwohl sie oft Streit wegen der Klippkaffern mit ihm haben, weil er nicht will, daß die Sklavenarbeit für die Hereros machen müssen. Dabei war das schon immer so, und daß die Klippkaffern, die sogenannten Bergdamaras, zu nichts anderem taugen, das weiß jedes Kind. Darum heißen sie ja Ovazorotua, schwarze Sklaven!

Das Jahr vor einem Jahr, zu dem der Majora neunzehnhundertundzwei sagt, ist bei den Hereros Ojovurande jovineja – das Jahr der Händler und des Betruges. Damals hatte sich Zacharias Zeraua mit dem Großmann Asser Riarua zusammengesetzt und über

die Reservatsfrage gesprochen. Der Edle Asser war zwar für die
Einrichtung von Reservaten, glaubte aber nicht richtig an die Ehr-
lichkeit der Deutji, und Zacharias merkte schon nach kurzer Zeit,
daß Asser am liebsten Krieg gegen die Deutji führen würde. Vor
drei Jahren war Asser, als er Brot kaufen wollte, mit dem Windhuker Bäckermeister Schäfer in Streit geraten, und der hatte ihn
mit der Nilpferdpeitsche aus seinem Laden geprügelt.

Asser Riarua haßte die Deutschen schon, seit nach dem Aufstand
der Mbanderu oder Osthereros 1896 sein Stiefbruder Nikodemus
hingerichtet worden war. Zu dem Aufstand war es gekommen, als
Samuel Maharero mit den Deutji einen Grenzregulierungsvertrag
schloß, in dem die Südgrenze des Hererolandes weiter nach Norden verlegt wurde. Der Majora Leutwein wollte so Farmland für
deutsche Siedler gewinnen und gleichzeitig eine neutrale Zone zwischen Namas und Hereros schaffen, um weiteren Auseinander-
setzungen zwischen den beiden Völkern vorzubeugen. Häuptling
Nikodemus, der Anspruch auf die oberste Häuptlingswürde erhob,
und Häuptling Kahimema sprachen Samuel Maharero das Recht
ab, Hereroland an die Deutji zu verkaufen. Samuel aber zog an der
Seite der Deutji gegen Nikodemus und Kahimema ins Feld. Nach
der Niederlage bei Sturmfeld wurden die beiden Anführer festgenommen, nach Okahandja gebracht und vor ein Kriegsgericht
gestellt, dessen Vorsitz der Majora führte. Es heißt, daß Samuel
Maharero, der einer der beiden Beisitzer war, auf der Todesstrafe bestand, obwohl sich Leutwein für eine Begnadigung der beiden
Häuptlinge einsetzte. Es war eine gute Gelegenheit, Nikodemus
als Konkurrent um die Oberhäuptlingswürde aus dem Weg zu
schaffen. Die Häuptlinge Nikodemus und Kahimema wurden am
11. Juni 1896 erschossen, und Samuel Maharero fühlte sich nach
ihrer Hinrichtung als Oberhaupt aller Hereros. Für seine Teilnahme
am Feldzug gegen die Osthereros hatte ihm der Majora bestimmt
versprochen, daß er ihm helfen werde, Oberhäuptling aller Hereros zu werden und zu bleiben. Der Majora ist ein schlauer Mann,
Zacharias Zeraua weiß das wohl und zollt ihm Anerkennung dafür.

Zacharias hatte selbst mehrere Male mit dem Majora über die
Probleme zwischen den Deutji und den Hereromenschen debat-
tiert. Leutwein war längst zum Oberst befördert worden, aber

alle nannten ihn nach wie vor den Majora. Leutwein versuchte, die hohe Verschuldung der Eingeborenen abzubauen, indem er vorschlug, das Kreditwesen, also den Kauf auf Schuld und Zins, zu verbieten und dafür Barzahlung durchzusetzen. Der eingeborene Käufer würde auf diese Weise Vieh direkt gegen Ware eintauschen und wäre nicht nach Monaten oder gar Jahren mit gewaltigen Forderungen konfrontiert, deren Berechtigung er nicht kontrollieren konnte und deren Ursache er womöglich längst vergessen hatte.

In langen und zähen Verhandlungen mit dem Kolonialrat wurde schließlich im Juli 1903 ein Kompromiß erarbeitet. Leutweins Barzahlungsvorschlag wurde abgelehnt und statt dessen eine Verordnung erlassen, nach der Kredite an Eingeborene nach einem Jahr verfielen. Diese gutgemeinte Verordnung, die die Eingeborenen vor überzogenen Forderungen schützen sollte, bewirkte das genaue Gegenteil: Die Händler bekamen nun Angst um ihre Außenstände, trieben sie mit noch größerer Rücksichtslosigkeit ein und pfändeten auf eigene Faust Vieh und Weideland, denn die Polizei hatte, wo es um Privatschulden ging, kaum Befugnisse. Diese Eintreiberei jagte den Hereros einen gewaltigen Schrecken ein, denn sie glaubten nun, man wolle ihnen alles wegnehmen, was sie hatten.

Schon kurz nach der Jahrhundertwende hatten die Missionsgesellschaften vorgeschlagen, Reservate einzurichten, denn die Landnahme weißer Siedler war für die Existenz der Hererovölker und damit für eine friedliche Entwicklung der Kolonie bedrohlich geworden. In den Reservaten sollten die Hereros ungestört von Weißen und einigermaßen autonom leben können.

Nachdem die Deutji 1902 das Reservat um Otjimbingwe eingerichtet hatte, gaben sie am 30. September 1903 den übrigen Hereros die vorgesehenen Reservatsgebiete bekannt. Als größtes Reservat war das trostlose Sandfeld der Omaheke vorgesehen. Auch gemäßigte Hereros, die wegen der großen Landverluste durch Enteignung oder privaten Verkauf die Zweckmäßigkeit von Reservaten erkannt hatten, mußten nun befürchten, daß man sie in unfruchtbare und wasserlose Gebiete abschieben wollte. Die Kriegspartei gewann immer mehr die Oberhand. »Seht, wie wenig Soldaten der Kaiser hier hat!« Kajata wurde nicht müde, darauf hinzuweisen: »Es sind nicht einmal tausend! Mehr kann er nicht entbehren, denn sonst würde er sie doch schicken! Wir aber sind viele, viele, viele tausend! Was sollen wir uns da ducken und zusehen, wie man uns von unserem Land verjagt?«

Molenstory

5. Januar (Dienstag):

Der Morgennebel löst sich schnell auf. Die Sonne frißt ihn zum Frühstück, und um acht Uhr ist die Luft klar wie Glas. An diesem Nebel ist eine kalte Meeresströmung schuld. Der antarktische Benguela-Strom bringt kaltes Wasser an die Küste vor Swakopmund und kühlt die See auf durchschnittlich vierzehn Grad Celsius ab. Wenn das Wasser ein wenig wärmer wäre, könnte Swakopmund ein richtiges Seebad werden, wie Heringsdorf oder Binz auf Rügen etwa. Aber der Atlantik ist hier beinahe das ganze Jahr zu kalt zum Baden; nur im Südsommer, im Januar und im Februar, mag die Wassertemperatur siebzehn, vielleicht sogar einmal achtzehn Grad erreichen.

Ettmann steht, die Hände in den Taschen, und besieht sich die Mole, über die er an Land gekommen ist. Offensichtlich wird daran noch gearbeitet, gut hundert Eingeborene sind draußen auf dem Molenkopf beschäftigt, drei oder vier Weiße haben die Aufsicht. Auf dem planierten Damm, als Zufahrt aufgeschüttet, stapeln sich Fässer und Kisten, Balken und Bretter, dazu Ketten und große Rollen von Seilen und fast armdicken Hanftauen. Die schmalen Schienen der Bahn führen auf die Mole hinaus, und rauchende Feldbahnlokomotiven schieben Loren, die mit großen Steinen oder Betonwürfeln beladen sind. Die Brandung rauscht, die kleinen Räder der Lokomotiven quietschen in den engen Kurven, ein Dampfkran rattert und rasselt.

Wie er ein Stück auf die Mole hinausschlendert, um dem arbeitenden Dampfkränen zuzusehen, holt ihn ein Mann ein, ein etwa vierzigjähriger Weißer in knielangen Hosen und Hemdsärmeln, in der Hand einen gerollten Plan. Ettmann lüftet grüßend den

Hut, und der Mann hebt seinen Tropenhelm an, bleibt stehen und sagt: »Morgen! Sind 'n Landsmann, wie?« Ettmann nickt: »Guten Morgen! Ich bin erst vorige Woche angekommen. Sie gestatten: Ettmann, Kartograph!« Der Mann streckt ihm die Hand hin und erwidert: »Angenehm! Kastow, Konrad Kastow aus Brandenburg, Ingenieur!« Er klemmt sich den Plan unter den Arm und zieht eine Schachtel aus der Brusttasche und sagt dabei: »Ja, hier gibt's 'ne Menge zu sehen, was! Zijarre jefällig?« Kastow bietet Ettmann eine Regenta an, die der gern annimmt. Er beißt die Spitze ab, spuckt sie aus und läßt sich von Kastow Feuer geben. Als er mit der Glut zufrieden ist, bläst er einmal sacht durch die Zigarre, und erst dann nimmt er den ersten Zug. Der schmeckt nicht schlecht in der frischen Seeluft.

Kastow ist braungebrannt und trägt einen kurzgeschnittenen blonden Vollbart, Kneifer und auf dem Kopf den khakifarbenen Tropenhelm. Er ist vor einem halben Jahr mit Herrn Solioz, dem Chefingenieur der Otavibahn, ins Land gekommen, übrigens auch mit der »Helene Woermann«. Zur Zeit ist er sozusagen detachiert, zur Arbeit an der Mole. »Wenn Sie's interessiert, denn komm' Se mit raus!« sagt er und weist mit dem Kinn zur Baustelle hin.

Nebeneinander gehen sie den Steindamm entlang, unter dem Gerüst zum Steinesetzen durch bis hinaus zum Molenkopf. Eine halbrunde Brüstungsmauer schließt das Bauwerk hier ab. Auf einer Steinsäule die Kopflaterne der Mole und an ihrem Fuße der Schlußstein mit dem Datum 12. 2. 1903. Rechts hinter ihnen wird am Querarm gebaut.

Die Wellen branden rauschend gegen die Steine an. Kastow hat ein Opfer gefunden, und Ettmann bekommt die ganze Geschichte des Molenbaus zu hören, Vorgeschichte eingeschlossen.

»Gibt nur zwei natürliche gute Häfen an der südwestafrikanischen Küste, und die ist ja immerhin tausendvierhundert Kilometer lang!« sagt der Ingenieur: »Einmal Lüderitzbucht, das liegt aber viel zu weit im Süden und hat keine natürliche Wasserversorgung, und zum anderen Walfisch-Bai, aber das gehört den Engländern, und die machen ja dauernd Schwierigkeiten und erheben Zoll!«

So sah man sich gezwungen, um die deutschen Siedlungen im zentralen Hochland zu versorgen, eine halbwegs geeignete Stelle vierzig Kilometer nördlich von Walfisch-Bai an der Mündung des Swakop als Anlandestelle zu benützen. Das Kanonenboot »Hyäne« hatte 1892 diese Stelle mit zwei Baken als »Swakopmünde« bezeichnet. Dort gab es genug Süßwasser, und kein Dünengürtel versperrte den Weg ins Inland. Schiffe mußten wegen des flachen Wassers allerdings 1000 bis 1500 Meter vom Land ab ankern, dazu kamen der häufig auftretende Nebel und eine oft gefährliche Brandung, die das Anlanden sehr erschwerte und auch schon zu tödlichen Unfällen geführt hatte. Am 2. September 1899 wurde daher mit dem Bau der steinernen Mole begonnen. Diese sollte nicht bis zu den Schiffen, sondern nur über die Brandung hinausreichen, um die geschützte Anlandung von Booten und Leichtern ermöglichen.

»Kolossales Projekt!« sagt Kastow neben ihm und beschreibt einen allumfassenden Kreis mit seiner Zigarre. »Die Baukosten haben schon zweieinhalb Millionen Mark verschlungen! Der Steindamm ist 375 Meter lang und reicht bis über die Brandung hinaus ins tiefe Wasser, der 35 Meter lange Querarm schafft ein Bassin ruhigen Wassers, in dem Leichter und Boote von den Seeschiffen entladen werden können.«

Die Verbindung zu den Schiffen auf der Reede stellen der kleine Woermann-Schlepper »Pionier« und drei 30-Tonnen-Leichter her. Vier Dampfkräne auf der Mole be- und entladen mittlerweile die Leichter, die Feldbahn sorgt für die Weiterbeförderung der Güter zu den Lagerplätzen und ins Inland. Die Leichter, große, rechteckige Prähme, sind an der Mole vertäut. Eine ganze Reihe Möwen sitzt auf ihren Dollborden und läßt sich auf- und abwiegen.

Weit und blau dehnt sich das sonnenbeschienene Meer, weiße Wolkenstreifen am fernen Horizont. Kein Schiff ist zu sehen. Zwischen dem Anrauschen der Brecher gluckst und spült und murmelt das Wasser, durchsichtig und dunkelgrau und dunkelgrün. Rote und weiße Quallen treiben darin. Möwen jagen kreischend tief über den Wellenkämmen daher.

Vier Schwarze schieben eine beladene Lore vorbei und schauen sie neugierig an. Es sind große, starke junge Männer. »Ovambos!«

sagt Kastow und zeigt mit der Zigarrenspitze auf die Arbeiter. »Eigentlich soll man Ambos sagen. Kommen aus dem Norden, vom Kunene herab. Wanderarbeiter. Kräftige Kerle, nicht wahr? Sehen Sie sich diese Muskeln an! So was kriegen Sie bei uns nicht mal im Zirkus geboten, was!« Er zieht an seiner Zigarre und nickt ein paarmal.

»Klippkaffern arbeiten auch hier, das sind Bergdamaras«, fährt Kastow fort, »aber keine Hereros, die sind sich nämlich zu gut für harte Arbeit.« – »Und Hottentotten?« fragt Ettmann, um Interesse zu zeigen. Der Ingenieur lacht ein schiefes Lachen: »Geborene Drückeberger, um nicht zu sagen: faule Schweine! Durch und durch! Völlig unbrauchbar. Ihre Weiber waschen uns die Wäsche, das ist schon alles, wozu sie gut sind.«

Aber Kastow interessiert nur die Mole, und man sieht ihm den Stolz auf das Bauwerk an. Jetzt zieht er die Brauen zusammen und vertraut Ettmann an, daß es auch Probleme gibt: Mit Sorge beobachte man schon seit dem letzten Sommer eine zunehmende Versandung. Man hatte vermutlich der Süd-Nord-Strömung des Atlantiks nicht genügend Beachtung gezollt, denn an der Südseite des Steindammes sammeln sich schon jetzt große Sandmengen an, die sich über den Molenkopf hinaus fortzusetzen drohen, so daß mit der Entstehung einer Sandbarriere an der Einfahrt zu rechnen ist. Vorläufig wird versucht, dem mit einer Erweiterung des Molenkopfes nach Süden zu begegnen, das heißt, man versenkt weiter große Betonblöcke und Felsbrocken im Wasser. Just damit ist er im Augenblick beschäftigt.

Blick auf die Taschenuhr: »Niedrigwasser!« Der Ingenieur muß an die Arbeit und verabschiedet sich mit mannhaftem Händedruck: Kopf hoch, fester Blick ins Auge und: »Na, vielleicht läuft man sich mal wieder über den Weg, Herr Kamerad!« Ettmann lüftet den Hut und bedankt sich für die interessanten Ausführungen und die Zigarre.

Auf dem Weg zur Pension sieht er das Sonnenlicht auf der Leuchtturmkuppel blinken. Da bekommt er Lust, den Turm zu zeichnen und holt sein Skizzenbuch. Hinter dem Bezirksgericht findet sich eine gute Stelle, von der aus auch der Flaggenmast mit auf das Bild passen würde und wo die Sonne nicht zu sehr blen-

det. Zwar ist das Meer verdeckt, aber Turm und Mast nebeneinander, das gefällt ihm, ebenso wie die harten, beinahe schwarzen
Schatten im grellen Licht. Er krempelt sich die Hemdsärmel hoch,
setzt sich vor dem Hintereingang des Gerichts auf die Stufen und
fängt an zu zeichnen.

Später sitzt Ettmann im Schatten der Hauswand in einem
Decksstuhl und liest in DEUTSCHLANDS KOLONIEN über den
Aufstand der Witbooi-Hottentotten vor zehn Jahren:

»In einer Reihe blutiger Gefechte, in denen sich sowohl der
Kommandeur der Truppe, Major Leutwein, wie die Offiziere und
Mannschaften in ganz hervorragendem Maße bewährten, wurde
Hendrik Witbooi geschlagen. Neben der Leiche des in den
Gefechten der Naukluft den Heldentod gestorbenen Adjutanten
der Schutztruppe, des Premierlieutenant Diestel, lag ein Brief
Witboois an Major Leutwein, der folgendermaßen lautete:

Gurus, 3. September 1894.

Viel edler Herr Major Leutwein, hierdurch gebe ich Ihnen diese
Zeilen bei Ihren fünf Toten.

Mein lieber edler Herr, ich bitte Sie, lassen Sie mich doch endlich stehen, verfolgen Sie mich nicht weiter. Sie sehen ja, daß ich
fliehe. Ich bin doch nicht so schuldig für Sie.

In der Hoffnung, daß Sie dies thun, bin ich der Kapitän Hendrik Witbooi.

Ich bitte Sie, hören Sie doch mit dem Blutvergießen auf, lassen
Sie ferner kein Blut mehr fließen.«

Ettmann liest den Brief noch einmal, die Zeilen rühren ihn seltsam an. So ein Schreiben entspricht gar nicht dem Bild, das die
Zeitungsberichte und Geschichten über den Anführer der Witbooi-Hottentotten in ihm haben entstehen lassen. Ein Wilder, ein
Viehräuber, ein Mordbrenner; und schreibt doch höfliche Briefe
an seinen Gegner. Die Leute hier sprechen mit einer gewissen
feindseligen Achtung über ihn, das ist ihm schon aufgefallen.
Hendrik Witbooi: Hottentott, aber nicht auf den Kopf gefallen,
der Kerl! Gerissener Gegner, aber jetzt hält er Ruhe, seit beinahe
zehn Jahren schon. Es heißt, er hat dem Gouverneur sogar die
Heerfolge geschworen. Ettmann liest weiter:

»Da aber durch diesen Brief noch keine ernstliche Unterwerfung ausgesprochen war, fanden in den folgenden Tagen noch weitere Kämpfe statt, bis am 9. September Hendrik Witbooi, durch das schneidige Vorgehen der Schutztruppe in allen ihren Abteilungen, die Rastlosigkeit und Energie des Kommandeurs fast zur Verzweiflung gebracht, rückhaltlos die deutsche Herrschaft anzuerkennen und sich ihr zu unterwerfen erklärte.«

Vom Bahnhof her weht der lange, dünne Pfiff einer Lokomotive. Die Sonne sticht. Zwischen den Häusern, am Ende der Straße, flimmert die Ferne über dem Sand.

6. Januar (Mittwoch):

Am Morgen liegt dichter Nebel über Swakopmund. Gegen neun Uhr lichtet er sich allmählich, dafür wälzen sich dicke graue Wolken über die See heran. Auf einmal beginnt es heftig zu regnen. Im Nu wird aus dem Sand Schlamm, die Fassaden sind dreckbespritzt. Niemand geht nach draußen. Es regnet so stark, daß Ettmann die gegenüberliegenden Häuser nicht mehr sehen kann, aber schon nach fünf Minuten hört es wieder auf, und die Sonne bricht durch. Augenblicklich beginnt alles zu dampfen, der Sand und die Dächer. Kurze Zeit später ist alles trocken. Die Sonne brennt von einem wolkenlosen Himmel herab.

Zu Mittag ißt er allein in der Faberschen Gaststube. Das Essen ist nicht besonders. Reis mit Dörrobst. Hartbrot aus der Dose und Käse. Aus irgendeinem Grund gibt es keine Eier. Es gäbe Fisch, aber so wild ist er nicht auf Fisch, daß er ihn jeden Tag essen möchte.

Immerhin gibt es ganz guten Kaffee und sogar Zucker dazu. Daran ist, scheint's, kein Mangel. Er kauft eine Flasche Weihenstephaner und nimmt sie mit ans Meer. Bier aus Deutschland ist teuer: 1,25 Mark zahlt er für die Literflasche. Zu Hause wären es 20, höchstens 25 Pfennige! Das Jauchsche Bier, das hier am Ort gebraut wird, kostet nur 35 Pfennige die Flasche, ist ihm aber zu süß.

Die Flasche kommt am Strand ins kalte Wasser, mit Schnur an einen Pfahl gebunden, nach einer Stunde wird sie schön kühl sein.

Man muß sie natürlich im Auge behalten, und die Brandung darf auch nicht zu wild sein. Heute geht's jedenfalls.

Strandsüchtig, denkt er, es ist, als ob er sich am Wasser nicht satt sehen könnte. Der Strand ist eine Grenze, auf einer Seite das Meer, auf der anderen die Wüste, sonst nichts. Nichts, außer Swakopmund hinter ihm. Er setzt sich in den Sand, das Buch auf den Knien, den zweiten Band von DEUTSCHLANDS KOLONIEN. Vor ihm rauscht das Meer. Ein Dutzend schwarzer Kapkormorane kommt von Norden her angeflogen, in schnurgerader Reihe die Küste entlang. Er schaut ihnen nach, bis sie nicht mehr zu sehen sind. Eine Möwe sitzt ein paar Schritt entfernt und starrt ihn abschätzend aus einem Auge an. Er schlägt das Kapitel über Südwestafrika auf und liest. »Die Beschaffenheit der Küste ist eine trostlose«, steht da.

Auf dem Rückweg sieht Ettmann vor der Polizeiwache ein großes Frachtgespann und geht hin, um es näher zu betrachten. Es ist ein mit zwanzig Ochsen bespannter Kapwagen, ein schwer gebautes Fahrzeug auf mächtigen Rädern, mit einer Plane überspannt. Die graubraunen und schwarzen Tiere haben lange, geschwungene Hörner, deren Spitzen fast zwei Meter auseinanderstehen. Es sind recht magere Ochsen, die Rippen zeichnen sich deutlich ab. Immer zwei stehen, fast bewegungslos, nebeneinander unter einem Joch. Der Jochbalken ist nur ein einfaches Rundholz, durch das zwei Paar Pflöcke getrieben sind. Der Planwagen wird von einem Landespolizisten durchstöbert, während ein zweiter neben dem Fahrer steht und stirnrunzelnd etwas in ein Büchlein schreibt.

Der Fahrer ist ein kleiner, zerknittert aussehender Mann mit braunlockigem Vollbart und einem Zwicker auf der Nase. Bestimmt ein Bure, denkt Ettmann, und geht ein paar Schritte näher. Der Fahrer trägt eine weiße Leinenjacke, einen breitkrempigen, ausgefransten Strohhut und muß zu dem hochgewachsenen Polizeisergeanten aufsehen. Der Sergeant, in verwaschener Khakiuniform mit grünem Kragen, klappt sein Notizbuch zu und steckt es in die Rocktasche. Aus dem, was der Polizist sagt, schließt Ettmann, daß das Gespann nach Walfisch-Bai will, etwa vierzig Kilometer südlich von Swakopmund. Was der Bure sagt, kann er nicht recht verstehen, es ist wohl kap-holländisch. Man hat ihm erzählt, daß die Buren alle riesengroße Kerle sind. Der hier ist aber einen ganzen Kopf kleiner als der Sergeant. Der Südwester Landespolizist springt vom Wagen herab und nickt seinem Kollegen zu.

»Schluß mit Palaver, kannst abtrekken, Mijnheer«, sagt der Sergeant zum Buren und: »Mach, daß du weiterkommst mit deine Stinkbiester!«

Der Bure nickt. Er hat es nicht eilig. Klopft sein Pfeifchen am Rad aus, dann klettert er bedachtsam auf den Bock. Drei eingeborene Treiber hat er dabei und einen abgemagerten, gelben Hund. Der Bure nickt seinem Tauleiter zu und stopft sich sein Pfeifchen neu. Der Tauleiter zerrt am Leittau, der Treiber knallt mit der langen Peitsche und schreit: »Werk, Osse, werk! Hott, hott, Frangs-WAA! Treck, treck, Chamber-LAIN!«

Die Ochsen lehnen sich träge nach vorn und ziehen an. Langsam mahlt sich der schwere Kapwagen durch den Sand, knarrt in weitem Bogen herum. Die Polizisten schauen ihm nach, die Hände in die Seiten gestemmt.

Ettmann kehrt zur Pension zurück und bestellt sich bei der schüchternen Gastwirtstochter Kaffee. Gerade da bringt ein Botenjunge von der Swakopmunder Ausgabestelle ein paar Ausgaben der wöchentlichen DEUTSCH-SÜDWESTAFRIKANISCHEN ZEITUNG. Die ist gestern erst, am Dienstag, erschienen. Er nimmt sich eine, setzt sich in einen der Korbstühle vor dem Haus und blättert darin herum. Auf der letzten Seite fängt er an zu lesen. Dort werden in den »Swakopmunder Schiffsnachrichten« die angekommenen und abgegangenen Dampfer aufgeführt und jeder einzelne Passagier mit Namen genannt. Da steht, zwischen den elf anderen, auch sein Name:

Dampfer **Helene Woermann,** (Kapt. Meyer)
Von Hamburg, an Swakopmund 29. Dezember 1903
Passagiere, Herren:
… C. Ettmann, Kartograph …

Am Montag, den 4. Januar 1904, ist
S. M. Kanonenboot **Habicht**
von hier zur Jahresüberholung nach Kapstadt ausgelaufen.

Weiter vorn liest er über die Unruhen im Süden, wo der Stamm der
Bondelzwart-Hottentotten aufständisch geworden ist. Hauptmann Frankes 2. Feldkompanie, heißt es da, ist mit einem Feldgeschütz nach dem Süden in Marsch gesetzt. Damit befänden sich
dann mehr als drei Viertel der Schutztruppe im Namaland. Als Ersatz hat man in Windhuk und anderen Orten im Hereroland Reservisten eingezogen. Unter dem kurzen Artikel fällt ihm eine
kleine Notiz ins Auge:

»Swakopmund, den 4. Januar 1904.
Ein mit dem letzten Dampfer eingetroffenes Gebirgsgeschütz ist
zusammen mit reichlichem Proviant von hier nach Windhuk ab-
gesandt worden. Zwei Maschinengewehre folgen in den nächsten
Tagen.«

Das muß die kleine Kanone sein, die er vorgestern, am Montag
morgen, auf dem Zug gesehen hat. Die ist demnach auch mit der
»Helene« angekommen.

Die Unruhen im Süden sind vor fast drei Monaten in der Nähe
von Warmbad ausgebrochen und noch immer nicht beendet, obwohl der Stamm der Bondelzwarts nur gerade dreihundert Krieger stark sein soll. Nun schickt man also immer noch Truppen
und sogar Kanonen dorthin. Es ist weit weg, beinahe tausend
Kilometer sollen es von Swakopmund bis Warmbad sein.

Bevor es dunkel wird, geht er noch einmal zum Strand hinunter. Es wetterleuchtet in den violettgrauen Wolkenbänken im
Westen, weit draußen über dem Atlantik. Die See geht hoch. Die
Brandung tost und donnert, haushoch spritzt die Gischt am Molenkopf empor.

7. Januar (Donnerstag):

Am frühen Morgen unternimmt Ettmann einen Ausflug zu Pferde vor die Stadt, weg vom Meer und etwa zweieinhalb Kilometer in die Wüste hinaus, das Lokomobil anschauen.

»Viel zu sehen gibt's freilich nicht in der Gegend!« hatte Raspinger gestern abend übers Bierglas hinweg gesagt, »aber Sie könnten ja mal zum Martin Luther 'rausreiten! Bißchen Wüstenluft schnuppern!« Der Ingenieur, der selbst keine Zeit hat, weil er am heutigen Tage zur Bauspitze der Otavi-Bahn aufbricht, hat ihm das Pferd und den eingeborenen Führer samt Maulesel besorgt. Ein Hottentotte stand auch pünktlich um sieben Uhr mit den Tieren vor dem Haus, hat seine Mütze abgenommen und vor die Brust gehalten und sich in strammer Haltung vorgestellt: »Herr, ik bin – Johannes, halt' zu Gnaden – Wohlgeboren!« Ein kleiner, schon älterer Mann, ein zerfurchtes und gelbbraunes Gesicht mit weißgrauem Stoppelbart unter einer ausgebleichten grün-weißen Studentenmütze. Eine nicht mehr recht weiße Drillichjacke hat er an, ein blaues Hemd darunter, und an einem Strick baumelt eine verbeulte Blechtasse an der karierten Hose.

Ettmann reitet hinter Johannes her, gemächlich, im Schritt. »Niet weit, Herr!« hat der Mann gesagt und dazu genickt. Er nickt immer noch. Das liegt am eigenartigen Gang seines Maulesels.

Bald liegen die Häuser hinter ihnen. Ein paar mit Sand gefüllte Blechtonnen, verwehte Huf- und Karrenspuren markieren den Weg, dazu Bierflaschen und rostige Büchsen und jetzt ein zerbrochenes Karrenrad. Links, kaum zweihundert Meter ab, verläuft ein gerader Strich im Sande, die Bahnstrecke nach Windhuk. Rechterhand zieht sich der graugrüne Buschstreifen des Swakop-Riviers entlang, und vor ihnen erstreckt sich öde und leer die Wüste Namib.

Am Wege liegen zwei vertrocknete, fast mumifizierte Ochsenkadaver, die Stute schnaubt und drängt von den Tierleichen weg, Ettmann muß sie fest an die Kandare nehmen und klopft ihr beruhigend auf den Hals. Johannes' Maulesel trottet unberührt weiter.

Das Lokomobil mit seinen drei leeren Anhängern ist schon von weitem zu sehen. Sie kommen hin und steigen ab.

»Hier steh ik – Gott helf mir – ik kann niet andas!« sagt Johannes stockend, aber ganz korrekt auf und zeigt grinsend schwärzliche Zahnstummel. »Deswegen heißt das – Martin Luther – das Biest.«

Diesen Scherz kennt Ettmann schon von Raspinger. Johannes nimmt ihm die Zügel ab und hockt sich auf die Fersen. Dann stopft er sich ein Pfeifchen und schaut gelassen zu, was Ettmann macht. Ab und an pafft er ein blaues Rauchwölkchen in die heiße Luft.

Ettmann besieht sich das Ding. Der rostige Koloß sieht aus, als könne man ihn wieder zum Fahren bringen, nur die runde Tür der Rauchkammer ist ab und liegt vorn im Sand. Sonst scheint nichts zu fehlen. Im Grunde ist es eine Dampflokomotive, nur eben nicht für Gleise gebaut. Die hinteren Räder sind mannshoch und gute fünfundsiebzig Zentimeter breit, von mächtigen Zahnrädern getrieben und ganz aus Eisen mit Rippen darauf. Im ersten der zweiachsigen Anhänger wird man Feuerholz oder Kohlen und Wasser für den Kessel mitgeführt haben, die beiden anderen Hänger blieben für die Nutzlast. Wie hat man dieses tonnenschwere Monstrum überhaupt vom Schiff an Land gebracht?

Er geht langsam um das Ding herum. Da steht es, mitten in der Wüste, seine Spur ist längst verweht. Irgendwie betont es noch die Einsamkeit und Stille dieser ebenen Sandlandschaft, setzt einen Kontrapunkt, schwarz und eisern, besiegt und gelähmt, gleichwohl trotzig. Ettmann lauscht hinaus in diese Stille. Hitzeflimmernd verschmelzen Himmel und Sand am Horizont. Nur im Osten schwimmen blau die Kuppen ferner Berge. Dort erhebt sich das zentrale Hochland aus der Wüste, sechzig und mehr Kilometer entfernt, das weiß er aus der Karte. Wie mag es dort aussehen? Wie lange würde man brauchen, mit dem Pferd, bis dorthin? Er geht durch den Sand zu seinem Führer zurück und fragt ihn: »Sag mal, Johannes, zu den Bergen da, wie lang reitet man da?« Der steht auf und schaut nach dem Hochland hin und wiegt den Kopf hin und her und hustet und sagt endlich: »Oh, lang, Herr, ganz lang! Ganz' Tag reiten!« Ettmann fragt ihn: »Gibt es Wasser unterwegs?« Der Mann schüttelt den Kopf: »Is kein Wassa niet – untawegs! Reit in die Bett von die Swakop, dardie is Wassa – vielleicht.«

Ettmann hat nicht vor, zu jenen fernen Bergen aufzubrechen. Er zieht sein Notizbuch aus der Rocktasche und zeichnet eine flüchtige Skizze von dem Fahrzeug mitsamt seinen Anhängern, danach reiten sie langsam zurück nach Swakopmund. Es ist sehr heiß.

Dem Johannes gibt er vier Zigarren, obwohl Raspinger gesagt hat, er brauche dem Mann nichts geben. Die Leute sollen nicht verwöhnt werden. Aber das kann er nicht, er käme sich wie ein Rüpel vor, auch wenn er es nicht richtig zugeben mag. Johannes nimmt die Zigarren, riecht daran und nickt zufrieden. Er steckt sie in die Jackentasche, nimmt seine Mütze ab und die Pfeife aus dem Mund und sagt: »Herr, das is sehr – gut von dir. Gut is das, Herr!«

Ettmann wird verlegen, ohne richtig zu wissen, warum. »Ist schon gut«, murmelt er und wendet sich zum Gehen.

Zum Abendessen geht er ins »Hôtel zum kühlen Strande«. Dort sitzt Herr Hälberle alleine an einem Tisch und lädt ihn mit einer Verbeugung ein, bei ihm Platz zu nehmen. Der Bahnhofsvorsteher ist seit 1897 im Lande. Er ist mit dem Eisenbahnbataillon gekommen, das damals die Bahn gebaut hat, und geblieben. Inzwischen hat er sich verheiratet und hat zwei Kinder. Hälberle weiß natürlich alles über das Lokomobil in der Wüste und wie es dorthin kam:

»Die Ochsewage hen drei Woche gebraucht von hier bis nach Windhuk, und die Karreposcht war zehn Tag unterwegs! Mit der Bahn dauert's heut bloß noch drei Tag, es isch aber sehr teuer, wenn einer Fracht transportiere will. Hen Sie g'wißt, daß die Bahn für die Steinkohle, mit der die Lokomotive g'heizt werde, siebzig Mark bezahle muß, für die Tonn und ab Hafe Swakopmund? Siebzig Mark! Ei, schtellet Sie des vor!«

Hälberle schüttelt den Kopf ob dieser Unsumme. Er nimmt einen tiefen Zug aus seinem reichverzierten Reservistenkrug und wischt sich mit dem Handrücken den Schaum aus dem Schnurrbart.

»Der Dampf, der hat ehe sein Preis! Aber mir sin beim Martin Luther g'wese, gell. Also des Ding hat der Edmund Troost komme lasse, Anno 96 aus Halberstadt. Eine dampfgetriebene Fuhrlinie nach Windhuk hat er einrichte wolle, damit mer nimmer auf die Ochsewage ang'wiese isch. Des isch natürlich g'wese, bevor die Bahn gebaut worde isch. Zuerscht einmal isch die Maschin in Walfisch-Bai stehe gebliebe, dort isch sie nämlich an Land gebracht worde. Ein guts Vierteljahr hat's gedauert, bis mer sie erscht zum Laufe und dann hierher nach Swakopmund gekriegt hat. Unmenge von teurem Süßwasser hat des Ding verbraucht, in große Fässer hat mer des auf Ochsewage hinterher schicke müsse!«

Der Gedanke daran läßt Hälberle wieder durstig werden, und er nimmt noch einen ordentlichen Schluck Bier, bevor er fortfährt:

»Der mitg'lieferte Führer hat sich nach ein paar Monat aus'm Staub g'macht, weil sein Kontrakt ausg'laufe isch. Wie die Maschin schließlich nach einige mühselige Fahrte da drauße im Sand schtehebliebe isch, hat's g'heiße: ›Nicht ganz bei Troost – eine Meil fehlt noch. Der Herr Troost hat sich aber nit mehr drum kümmert. Jedefalls hat sich koiner die Müh g'macht, den Martin Luther zum repariere und so hat mer ihn einfach schtehe g'lasse, wo er g'schtande isch. Als Trakteur taugt er im Sand nit viel, aber er könnt doch gut Maschine in einer Werkstätt antreibe, oder Pumpe fürs Grundwasser, moinet Sie net? Aah, da kommt ja unser Esse!« Hälberle, noch in Uniform, knotet sich die Serviette sorgfältig um den Hals. Seine rote Dienstmütze hängt hinter ihm am Wandhaken.

»Übrigens isch er nit im Sand schtecke gebliebe! Unsachgemäße Behandlung isch die Ursache g'si! Der letschte Führer, ein Bur, der hat den Wasserschtand zu weit absinke lasse und da is die Feuerbüchs ausgeglüht. Na, jedefalls ich wünsch Ihne ein gute Appetit, Herr Ettmann!«

Dann faltet er zu Ettmanns Überraschung die Hände, senkt den Kopf und betet laut: »Komm, Herr Jesus, sei unser Gascht, und segne, was du uns bescheret hascht. Amen.« Wie Eselsohren stehen die Zipfel der Serviette über seinem Kopf nach oben.

8. Januar (Freitag):

Die See ist leer. Graugrün erstreckt sie sich unter einem Wolkenschleier zum Horizont. Dagegen wölbt sich der Himmel über dem Land blau und wolkenlos.

Ettmann läßt sich morgens, gleich um acht Uhr, beim Barbier rasieren und die Haare schneiden. Anschließend kauft er sich einen breitkrempigen Strohhut mit flacher Krone im Ladengeschäft Von Tippelskirch & Co. und bezahlt dafür 4 Mark und 50 Pfennige. Es ist ein ganz gut verarbeiteter Hut, der eine Weile halten sollte. Strohhüte werden hier auch gern getragen, hat er bemerkt, in der Sonnenglut sind sie sicher leichter und angenehmer als sein Filzhut. Dann spaziert er die Küste entlang nach Norden.

Wie ihn das Meer anzieht! Ganz selbstverständlich geht er morgens zum Strand hinab, an den Atlantik. Die Verbindung zur Heimat! Genausogut könnte er ja nach Osten gehen, und sei es auch nur an den Ortsrand, in die Wüste, die Namib, einen Blick nach Afrika hineinwerfen. Das hat er nur gestern einmal getan, zu der Dampfmaschine hinaus, die auch aus der Heimat kam und nun dort steckengeblieben ist. Wie ein Schiffbrüchiger fühlt er sich, gestrandet an einem fremdartigen Gestade. Das Gefühl der Unwirklichkeit, das er in den ersten Tagen an Land hatte, ist beinahe vergangen, es scheint ihm aber nun, daß er sich vor Afrika fürchtet, sich am Rande hält, sich nicht hineinwagt. Unsinn, sagt er sich, bald muß ich ja ohnehin ins Landesinnere, wenn dieser Frankenberg endlich kommt, also wozu soll ich in der öden Sandwüste herumspazieren? Das Meer ist interessanter, und immer lauert die Möglichkeit eines Schiffes unter dem Horizont. Doch ganz innen, in dem Selbst, das vor sich selbst nichts verbergen muß, weiß er, daß es stimmt. Afrika, dieser riesengroße Kontinent hier hinter ihm, trotz allem Kartenstudium fremd und unbekannt, macht ihn doch beklommen. Was mag hier auf ihn warten? Die mahnenden Worte des Vaters zum Abschied fallen ihm ein: »Komm nur heil wieder, Carl, und bleibe nicht etwa da draußen! Denk an das alte Auswandererwort: Der ersten Generation der Tod, der zweiten die Not, erst der dritten das Brot!«

Zwei Stunden bleibt er am Strande sitzen, hinter sich die Dünen. Schließlich, da weit und breit kein Mensch zu sehen ist, entkleidet er sich und watet in die schäumend anrollenden Brecher. Hinauszuschwimmen wagt er nicht, aber er läßt sich von den Wellen gehörig untertauchen. Es ist ein erfrischender Genuß, aber nach ein paar Minuten schon wird ihm das Wasser doch zu kalt, und er eilt zu seinen abgelegten Kleidern zurück. Er zieht sich, naß wie er ist, das Hemd über und setzt den Hut auf, um keinen Sonnenbrand zu bekommen; man hat ihn gehörig vor der Sonne gewarnt.

Diese steht übrigens in diesen südlichen Breiten am Mittag im Norden. Das darf man nicht vergessen, sonst verläuft man sich.

Möwen segeln ganz nah an ihm vorbei, eine bleibt mit gespreizten Schwingen fast in der Luft stehen, keine zwei Meter weg, und beobachtet ihn aus einem starren, kalten Auge. Mit einem heiseren Schrei kippt sie ab und läßt sich vom Wind davontragen.

In der Sonne wird es schnell heiß, und das Hemd trocknet im Nu. Auf dem Rückweg geht er beim Postamt vorbei. Diesmal gibt es eine Nachricht für ihn, ein Telegramm aus Karibib:

C. Ettmann, Swakopmund.
Wegen dringender Dienstgeschäfte leider unabkömmlich. Bitte fahren Sie ohne mich nach Windhuk. Bedaure Verzögerung,
gez. v. Frankenberg

Aha. Frankenberg kommt also nicht! Vom Postagenten erfährt er, daß dieser nicht nur Landmesser ist, sondern auch der Bezirksamtmann von Otjimbingwe. Das erklärt die Dienstgeschäfte. Otjimbingwe liegt im Swakoptal, ziemlich in der Mitte zwischen Swakopmund und Windhuk, aber nicht an der Bahn, die verläuft weiter im Norden. »Der Herr Bezirgsamtmann wird mol wieder Ärcher mit seinen Nechern haben«, sächselt der Postagent, »doran gewehnd man sich hier, guder Herr.«

Nun, denkt sich Ettmann, dann werde ich eben Montag früh mit dem Zug nach Windhuk fahren. Es wird auch langsam Zeit, er ist doch sehr neugierig auf seine neue Stelle und auf das Amt und die dortigen Kollegen.

Am Abend kommt ein Dampfer in Sicht, der eine Stunde später draußen Anker wirft. Ettmann steht mit Faber vor der Tür der Pension und schaut aufs Meer hinaus. Die Sonne geht gerade unter, das Schiff steht schwarz und filigran vor einem rotglühenden Wolkenhimmel. Ein paar Fenster und Bullaugen sind erleuchtet. Ein weißer Stern strahlt eine blinkende Spur ins schwarzviolette Wasser, die Ankerlaterne am Bug des fremden Schiffes.

Wegen der einbrechenden Dunkelheit findet kein Bootsverkehr statt, auch kein Signalverkehr; der Besucher hat, scheint's, kein dringendes Anliegen.

Faber hat sein Teleskop aus der Wohnung geholt, ein altmodisches Perspektiv, das sich auf Armlänge ausziehen läßt, und betrachtet das Schiff. »Kann nicht sagen, was für ein Landsmann das ist!« murmelt er. Er schiebt das Fernrohr wieder zusammen und sagt: »Immerhin, ein Ereignis! Ein Schiff außer der Reihe ist immer ein Ereignis!«

9. Januar (Samstag):

Gegen zehn Uhr lichtet sich der Morgennebel, und das dumpf klagende Nebelhorn verstummt. Ettmann macht sich auf zum Strand. Dort steht schon eine ganze Reihe Neugieriger und schaut aufs Meer hinaus, Zigarren im Mund und Hände in den Hosentaschen. Weiße Wolken wandern über den Himmel, aber die Luft ist nicht so klar wie sonst, der Horizont ist dunstig, die See bewegt und bleifarben. Der Schlepper ist heute nicht da. Er ist gestern nach Walfisch-Bai gedampft und wird nicht vor Mittag zurückerwartet. Vom Dampfer kommt ein großes Boot, von zehn Matrosen mit dem Flutstrom durch die heute nur einigermaßen zahme Brandung gerudert. »Keine Kru-Ruderer!« sagen die Zuschauer zueinander und wiegen zweifelnd die Köpfe. »Wenn das man gut geht!« Die Kru, das weiß Ettmann inzwischen, kommen aus Liberia und von der Goldküste und werden von der Woermann-Linie angeheuert, um in Swakopmund beim Anlanden zu helfen. Die Kru sind nämlich hervorragende Schwimmer und Ruderer und praktisch in der Brandung groß geworden. Auf der Rückfahrt nimmt sie der jeweilige Dampfer wieder mit zurück nach Monrovia.

Das Boot hält sich im Schutz der Mole, die Insassen bekommen trotzdem reichlich Spritzwasser ab. Ein halbes Dutzend Kru-Boys und Hottentotten stehen schon bereit, bis an die Knie im schäumenden Wasser, und helfen den Reisenden aus dem Boot, tragen sie einen nach dem anderen an Land. Ein schnauzbärtiger Zivilist im braunkarierten Paletot, zwei Damen in langen, grauen Mänteln und ein Schiffsoffizier sind so an Land gekommen und unterhalten sich jetzt mit den beiden Landespolizisten und dem bärtigen Zolloffizier Schmidt. Zwei Herren in Hemdsärmeln und Westen kommen durch den Sand auf die Gruppe zugestapft, hinter ihnen folgt im Gänsemarsch eine Reihe Eingeborener. Aus dem Boot werden ein halbes Dutzend schwere Kisten und Seekoffer ausgeladen.

Schnell spricht sich unter den Umstehenden der Schiffsname herum, und Ettmann hört, es sei der englische Steamer »Cawdor Castle« der Union Castle Mail Steamship Company, auf dem Weg von Southampton nach Cape Town. Als Ettmann gegen ein Uhr noch einmal zur Landungsstelle zurückkehrt, kommt von Süden her der »Pionier« angedampft. Eine halbe Stunde später schleppt er das Boot durch die Brandung wieder hinaus zum Dampfer. Der fährt nicht lange danach weiter. Der Zivilist, die Damen und die Kisten sind an Land geblieben, erfährt Ettmann.

Den Rest des Tages verbringt er in der Pension, über seinen Karten, den Kopf in die Hände gestützt. Bald zwei Wochen hat er nun in Swakopmund herumgesessen. Welch eine Zeitverschwendung, in Berlin wäre das undenkbar! Wenigstens braucht er sich um die Hotelkosten keine Sorgen zu machen – die übernimmt das Auswärtige Amt, solange er in Swakopmund warten mußte. Als er Faber sagt, daß er Montag morgen abreisen werde, und dabei beiläufig bemerkt, daß er eigentlich längst in Windhuk sein müsse, sagt der nur: »Nun, das ist eben Afrika. Hier gehen die Uhren anders, und der Kalender auch.«

Deutji

Ganz jung ist der Tag, und die Sonne brennt schon heiß zwischen den wandernden Wolkenschatten. Weit gelaufen ist Petrus in der Nacht, und jetzt ruht er sich aus. Viele strömen nach Okahandja, nach Osona, um zu hören, was die Herero-Großleute beschließen; Dutzenden ist er auf dem Weg begegnet.

Zu fünft sitzen sie jetzt im mageren Schatten einer Schirmakazie und sehen dem weißen Reiter entgegen. Sandgedämpft kommt das Hufgeklopfe näher. Petrus kennt den Deutschmann, der Niet Alexander ist das. Vom Kandu her kommt er geritten, sein Schatten reitet neben ihm her auf dem Schatten von seinem Gaul, nach Okahandja will er wohl. Klipp und klopp, da zieht er vorbei und schaut auf sie herunter, finster, mit zusammengekniffenen Augen, sonnverbranntes Gesicht unterm Hut, gelber Bart. Im Gürtel, da hat er einen Revolver, im Sattelschuh das Gewehr. Petrus schaut durch ihn hindurch in die Luft und schnauft ruhig. Keiner von ihnen rührt sich.

Da verhält der Deutschmann den Gaul, der tänzelt unruhig und prustet. Er dreht sich im Sattel und schaut auf sie herunter, er wartet wohl, daß sie ihn grüßen. Vielleicht will er auch fragen, warum sie da herumsitzen. Keiner rührt sich, keiner sagt »Morro Mister Niet« oder so was. Jetzt schaut der Weiße sich um. Da hinter ihnen, im Busch, da hocken ja auch noch zweimal zwei Hände viele. Und auf der andern Seite ist auch Busch. Da hockt der Gabriel und schmaucht sein Pfeifchen, und alle seine Männer hat er dabei. Viele schwarze Menschen sitzen ganz still ringsum. Die sieht der Deutschmann jetzt alle. Da überlegt er es sich anders und sagt nix außer »Hü!« zu seinem Pferd und reitet weiter. Mißtrauisch blickt er sich noch zweimal nach ihnen um. Und dann noch mal. Und wie er schon weit weg ist, noch mal. Petrus denkt an Ezechiel. Der alte Ezechiel mit den gelben Schlitzaugen in seinem zerknitterten Gesicht bläst auf den Flaschenhals, und die grüne Flasche brummt blau. Er, der Petrus, er war dabei, als der alte Ezechiel dem Farmer Krohmann die Fliegen gemacht hat. Der Deutschmann Krohmann mit dem roten Kopf hat dem alten

Ezechiel einen Tritt gegeben, weil er mit dem Wassereimer gestolpert und hingefallen ist, und ihm, dem Petrus, hat er mit dem
Stock ins Gesicht geschlagen, daß er zwei schöne Zähne ausge-
spuckt hat, obwohl er gar nicht hingefallen ist. Dann ist er in sein
Haus gestampft, der Krohmann. Da hat der Alte seinen Atem
hinter ihm her geblasen und ihm die Fliegen geschickt, und seither brummen immer drei oder vier dicke fette Fliegen um dem
Krohmann seinen hornlosen Schädel herum, und ganz gleich wie
er um sich wedelt und flucht und mit der Pfeife qualmt, die Fliegen sind immer um ihn rum, und wenn er eine erwischt, dauert's
nicht lang, dann ist eine neue da. Jetzt ist er wohl an die Fliegen
gewöhnt und merkt sie gar nicht mehr, aber er zuckt mit dem
Kopf und wischt mit der Hand in der Luft herum, und das weiß
er aber nicht, und wer hinschaut, muß lachen, aber das darf der
Krohmann bloß nicht sehen, sonst schlägt er seine Leute, ob sie
hinfallen oder nicht.

Einladung

10. Januar (Sonntag):

Ettmann geht morgens nicht zum Strandgottesdienst. Statt
dessen unternimmt er seinen schon beinahe zur Gewohnheit ge-
wordenen Spaziergang am Strand, in Hemdsärmeln und Weste.
Eine Zeitlang streunt er durch das Buschwerk in der Swakop-
mündung. Das Flußbett ist hier sehr breit, ohne weiteres fünfhundert Meter, von Wasser aber keine Spur. Nur tiefer, weicher
Sand, Kies und Geröll. Alle paar Jahre mal soll in der Regenzeit
soviel Wasser den Fluß runterkommen, daß es bis ins Meer fließt.
Meist versickert es aber schon weit draußen in der Wüste. Unter-
irdisch soll es aber durchaus bis ins Meer gelangen; im Wasser-
werk, ein paar hundert Meter nördlich des Swakop, pumpen sie
Grundwasser herauf. Es schmeckt ein wenig brackig, und manche
bekommen Durchfall davon, die »Swakopmundia«.

Wenn er immer weiter nach Süden ginge, an den Dünen entlang, müßte er zur Walfischbucht kommen, wo die Engländer sitzen. Ein guter Tagesmarsch oder vielleicht vier Reitstunden. Ob

sich ein Besuch lohnen würde? Aber dazu ist es jetzt keine Zeit mehr, morgen früh geht es ja endlich nach Windhuk! Das englische Gebiet beginnt jedenfalls gleich am entfernten Ufer des Swakop. Dort steht eine Grenztafel und daneben ein kleines Postenhäuschen. Ettmann schlendert darauf zu, da niemand zu sehen ist. Auf der englischen Seite erstrecken sich Sand und Dünen bis zum Horizont. Der Posten ist tatsächlich nicht besetzt. Der Grenzpfahl steht wohl mitten auf der Grenzlinie, denn auf der gußeisernen Tafel heißt es links »Deutsches Schutzgebiet« und rechts »British Territory«. So macht er einen Schritt und stellt sich auf das Territorium der Engländer.

Nach diesem Ausflug ins benachbarte Ausland gelangt Ettmann beim Lazarett wieder in die »Stadt« zurück. Wind kommt auf, und das Licht wird grau, tiefhängende schwere Wolken ziehen vom Meer her. Es regnet aber nicht. Es fällt ihm auf, daß er nirgendwo Hottentotten oder Schwarze gesehen hat. Sonst hocken doch immer welche herum, im Schatten von Zäunen oder am Strand.

Beim Mittagessen reicht ihm Herrn Fabers Töchterchen mit anmutigem Knicks ein Kuvert. Darin ist ein Schreiben in gestochen schöner Handschrift:

Hotel »Fürst Bismarck«
Swakopmund, den 10. Januar 1904

Sehr geehrter Herr Ettmann,
ich würde mich freuen, wenn Sie meiner Gemahlin und mir die Ehre erweisen würden, heute abend um 7 Uhr zum Diner in der Restauration des Hotels Fürst Bismarck mein Gast zu sein.

Ich möchte mir erlauben, Ihnen bei diesem Anlaß Frl. Cecilie Orenstein vorzustellen, die im Auftrage unserer Compagnie das Land bereist. In der Hoffnung, Ihnen keine Inkonvenienz zu verursachen, bin ich
mit vorzüglicher Hochachtung Ihr ergebener
Dr. Siegfried McAdam-Straßfurt
Kapstädter Repräsentant der South West Africa Company Ltd.

Verwundert liest Ettmann die Karte noch einmal. Von der South West Africa Company hat er natürlich gehört, aber ihr Kapstädter Repräsentant ist ihm völlig unbekannt. Und zwei Damen? Handelt es sich gar um die Gesellschaft, die der englische Dampfer gestern an Land gesetzt hat? Und warum will ihn dieser Dr. McAdam-Straßfurt noch heute abend zum Essen einladen? Überhaupt, woher kennt er seinen Namen und weiß, daß er sich hier aufhält? Nun, das kann er eigentlich nur aus der Kolonialabteilung erfahren haben. Die Gesellschaft wird eben gute Beziehungen zum Auswärtigen Amt haben.

Nachdenklich ißt er zu Ende, in nobler Einsamkeit in Fabers leerem Speisesaal.

Obwohl das »Fürst Bismarck« nur eine Holzbaracke ist, so hat es doch innen ein gewisses Niveau und verfügt über ein richtiges Restaurant mit weißgedeckten Tischen. Oberkellner und Kellner sind Deutsche und tragen Frack und Fliege.

Madam Eulalia McAdam-Straßfurt ist eine kleine und fröhliche Person. Diener und Handkuß. Fräulein Orenstein ist eine hübsche junge Dame in einem schlichten, weißen Kleid mit feinen, schwarzen Streifen, kastanienbraune Haare im Nacken hochgesteckt, breitkrempiger weißer Hut. Aus welchem Grunde bereist eine so junge Frau wohl das Land im Auftrag unserer Compagnie, und was hat das mit mir zu tun, fragt sich Ettmann, während er sich zum angedeuteten Kuß über ihre Hand neigt.

Herr Dr. McAdam-Straßfurt schüttelt ihm kräftig die Hand. Er ist Deutsch-Brite, in London geboren als Sohn des Direktors eines deutschen Bankhauses und einer schottischen Mutter. Sein angegrauter Schnauzbart wirkt englisch genug, aber sein Deutsch ist so deutsch, wie Deutsch nur sein kann.

Bis das Essen aufgetragen wird, unterhalten sie sich über London, das sie alle vier kennen. Ettmann war mit Elisabeth dort, im Frühjahr 1900, und hat natürlich das Old Royal Observatory und den Null-Meridian in Greenwich besucht, für einen Kartographen gehört das ja buchstäblich ins Pflichtenheft. Fräulein Orenstein hat ein Jahr Photographie in London studiert, und davor bereits zwei Jahre in Berlin. Ihre Familie stammt jedoch aus Potsdam, der Vater ist ein bedeutender Großindustrieller. Seit der Jahrhundertwende wohnt sie in Berlin. Tochter reicher Leute, denkt Ettmann mit leisem Unbehagen, aber wenigstens keine Adelsfamilie. Adligen gegenüber, pflegte sein Vater zu sagen, ist man immer Mensch zweiter Klasse.

Der Hauptgang wird aufgetragen. Ettmann hatte sich den Tafelspitz mit Kren und Petersilienkartoffeln bestellt, und der schmeckt ihm jetzt ganz ausgezeichnet. Zum erstenmal, seit er in Südwest ist, speist er mit richtigem Appetit.

Nach dem Essen kommt McAdam-Straßfurt zur Sache. Er und seine Gemahlin sind zusammen mit Fräulein Orenstein vor dreieinhalb Wochen von London abgereist, wo in Euston der englische Zweig der Company sitzt. Die South West Africa Company Ltd. ist Ettmann nicht unbekannt. Diese deutsch-englische Gesellschaft, zu der auch die OMEG als Tochter gehört, hat die Landesaufnahme und Kartenzeichnung von Deutsch-Südwestafrika finanziert. Eben jenes Kartenwerk liegt der 1 : 800 000 Karte vom letzten Jahr zugrunde.

Die Company hat nun vor, ein Bilderbuch oder Album über Deutsch-Südwestafrika herstellen zu lassen, welches Land und Leute in photographischen Aufnahmen dem Publikum in Deutschland vorstellen soll. Mutige Menschen werden gesucht, die sich als Farmer und Siedler in Südwest niederlassen wollen. Man denkt besonders an eine Besiedlung des Hererolandes entlang der geplanten Otavi-Bahnlinie. Den Auftrag, die Aufnahmen für so ein Buch herzustellen, hat Fräulein Orenstein erhalten, die maßgebliche Herren der Company bereits mit ihren Portraits südenglischer Landschaften beeindruckt hat.

Ettmann sagt mit einer leichten Verneigung zu ihr hin: »Meine Hochachtung, Fräulein Orenstein!«, und die junge Frau dankt ihm mit einer huldvollen Neigung ihres Hauptes. »Nun hat man sich ausgedacht«, fährt McAdam-Straßfurt fort, »und hat dafür auch das Einverständnis des Kolonialdirektorats DSWA gefunden, daß die junge Dame sich Ihnen, Herr Ettmann, anschließen könnte, zumindest auf einigen der Exkursionen, die im Hinblick auf die durchzuführende Landesaufnahme ohnehin notwendig würden.«

Fräulein Orenstein bedenkt ihn mit einem freundlichen Blick aus grünen Augen und speist ansonsten ruhig weiter oder tut zumindest so, denn was sie auf die Gabel spießt, ist so wenig, daß man es kaum speisen nennen kann. Wahrscheinlich schmeckt es ihr nicht, ihm ging es die ersten Tage nach der Ankunft genauso.

Ettmann bleibt gar nichts anderes übrig, als sein Einverständnis zu erklären, erst recht nicht, nachdem ihm McAdam-Straßfurt in aller Diskretion eine Note von Lengenbrecht zugesteckt hat:

Auswärtiges Amt, Kolonialabteilung

Lieber Herr Ettmann,
gegen eine Teilnahme der Photographin Frl. C. Orenstein – auf ihre eigene Gefahr – an Exkursionen im Auftrage des Windhuker Vermessungsamtes bestehen von unserer Seite keine Einwendungen. Im Gegenteil erscheint uns das Projekt eines mit Photographien illustrierten Buches über das Schutzgebiet Südwestafrika, welches für jedermann zu erwerben sein wird, von Nutzen für die Besiedelung des Landes zu sein.

Wir wären Ihnen daher verbunden, wenn Sie aus genannten Gründen Frl. Orenstein bei ihrer Arbeit nach Maßgabe und soweit es Ihnen Ihre Thätigkeit gestattet Unterstützung zuteil werden ließen. Das Kaiserl. Vermessungsamt in Windhuk ist von hier dahingehend unterrichtet worden.

Seien Sie meiner aufrichtigen Hochachtung versichert, Ihr
gez. Dr. Lengenbrecht
Sekretär des Kolonialdirektors im Auswärtigen Amt.

Der Herr Sekretär befördert ihn darin vom »sehr geehrten Herrn Ettmann« zum »lieben Herrn Ettmann«, noch bevor er seine Stelle antreten konnte! Das ist immerhin auch etwas! Dahinter steckt wahrscheinlich ein nicht unerheblicher finanzieller Beitrag der South West Africa Company zu den geplanten Kartographierungsarbeiten. Seltsam, daß die Engländer in eine deutsche Kolonie investieren, wo sie doch sonst immer alle möglichen Schwierigkeiten machen, wenn es um Deutschlands Entwicklung nach Übersee geht! Wahrscheinlich wollen sie beim Kupferabbau mitverdienen. Und wer weiß, vielleicht gibt es ja auch Gold hier! Ettmann hat schon mehrmals Vermutungen in diese Richtung

gehört. Nicht zuletzt ist die Company ja auch keine rein englische, sondern eine deutsch-englische Gesellschaft.

Das einzige Anliegen der McAdam-Straßfurts scheint jedenfalls, diese alleinreisende junge Dame unter männlichen Schutz
zu stellen. Dies bürdet ihm natürlich eine gewisse Verantwortung
auf, andererseits kann er sich auch geehrt fühlen. Die Dame ist zudem nicht unsympathisch, wenn auch wortkarg. Nun, das ist er
auch. »Maulfaul« nannte es ein Lehrer. Ganz offensichtlich hat
sie außerdem beste Beziehungen.

Er wird ja morgen früh den Zug nach Windhuk nehmen, die
junge Dame aber ist gerade angekommen und möchte noch ein
paar Tage an der Küste bleiben und sich akklimatisieren. Sie ver-
bleiben so, daß das Fräulein eine Woche später nach Windhuk reisen werde und sie sich dann dort treffen. Danach wird man
weitersehen.

Ovita

»Samuel! Samuel kommt! Die Beratung ist zu Ende!« So murmelt
und flüstert und zischt es von allen Seiten. Viele hundert Hereros
drängen sich vor den Ratshütten von Osona und warten auf den
Beschluß. Petrus steht auf und späht zu dem großen Ahnenbaum
hin. Ja, da steht Samuel Maharero, der Häuptling der Okahandja-
Hereros und Oberhäuptling aller Stämme, umgeben von seinen
versammelten Großleuten, und jetzt hebt er die Arme und sofort
wird es still auf dem weiten Sandplatz.

Samuel ist ein noch jugendlich wirkender Mann von achtund-
vierzig Jahren, schlank, hochgewachsen und von würdevoller Haltung. Er trägt einen hellgrauen Offiziersrock, den ihm der Gouverneur geschenkt hat, lange dunkelgraue Hosen und auf dem
Kopf einen grauen Filzhut mit hochgeklappter Krempe. Sorgen-
falten furchen seine Stirn, die Großleute hinter ihm machen ernste Gesichter. Es war ein langes und anstrengendes Palaver, und
sein Vetter, der Vornehme Asser Riarua, hat gleich am Anfang gesagt: »Du mußt den Kampf befehlen oder gehen!« Auch die Feldhereros verlangen den Krieg, und der arg verschuldete Quandja

vom Großen Omuramba-Fluß ist mit allen seinen Kriegern hierher nach Osona gezogen und drängt und droht.

Und dann war da die greuliche Geschichte mit der Hand! Kajata kam mit der abgehauenen Hand eines Weißen an, ein verdorrtes Ding mit gekrümmten Fingern, nicht allzu alt. »Da ist die Hand von deinem hochverehrten Majora!« hat er zu Samuel gesagt und sie ihm hingehalten. »Der Hottentottenkapitän Hendrik Witbooi schickt sie und läßt dir sagen: Gefangen ist der Gouverneur, der Majora Leutwein, und wenn du ihn noch einmal sehen willst, dann schickt er dir seine Leiche gegen hundert Ochsen!« Samuel starrte entsetzt auf die übelriechende braunfleckige Hand, während Kajata fortfuhr: »Der Kapitän sagt dir, daß die Hott' den Orlog machen gegen die Deutji im Süden, und zusammen sind sie ganz leicht zu besiegen! Es muß aber nun gleich geschehen, solange die meisten Soldaten so weit weg sind!«

Fast hätte Samuel es geglaubt, das mit dem Majora, aber die Hand war so komisch, obwohl, wer will das sagen, bei so einem vertrockneten Ding. Aber es ist auch merkwürdig, daß Hendrik Witbooi mit einer derart wichtigen Nachricht keinen Boten mit einem Brief schickt, wo doch jeder weiß, daß er immer viele Briefe schreibt, an seine Kapitäne und an die Häuptlinge und sogar an den Gouverneur. Samuel hat Kajata gefragt, und die Antwort war ausweichend, er hat dabei auf den Boden geschaut oder auf Samuels Hut, aber nicht in die Augen: »Der Bote hat banja schnell wieder zurück müssen.« Ohne Antwort? Ohne Antwort? Nein, er glaubt es nicht, nicht das mit der Hand und nicht das mit dem Orlog der Witboois. Dennoch hat er sich für Ovita, für den Krieg, entschieden, auch wenn es ihm nicht leicht gefallen ist und obwohl ihm Petrus, der beim Reden ein wenig pfeift, erzählt hat, was ihm der alte Ezechiel aufgetragen hat: Omuhongere, Samuel, die Ahnen warnen! Blut wird die heiligen Feuer löschen! Weißes Blut und schwarzes Blut! Die aber, die leben bleiben, wird der Westwind mit sich nehmen und wie Asche verstreuen! Sogleich sind ihm da die letzten Worte seines Vaters Maharero eingefallen.

Kataree, seine Mutter und Mahareros Hauptfrau, hatte den Vater vergiftet mit dem Fleisch einer ungehörnten Ziege. Maharero

73

wollte nämlich ihn, seinen Sohn Samuel, nicht zu seinem Nachfolger als Häuptling machen, weil er so oft betrunken war. Kataree hat ihn so lange bearbeitet, bis er endlich seine Zustimmung gab. Dann aber bekam sie Angst, er könne sein Versprechen brechen, und dachte, es wäre besser, wenn er vorher stürbe. Nicht lange darauf kam der Deutji-Hauptmann François dahergezogen und brachte ein Kamel mit, ein Tier, das kein Herero je zuvor gesehen hatte. Nun muß man wissen, daß Maharero zum Kudu-Oruzo gehörte, und wer Teil dieser Gemeinschaft war, durfte kein Fleisch von ungehörnten Tieren essen. Wer es etwa versehentlich aß, mußte daran sterben, und nur ein Zauberer konnte ihn davor retten.

Das Kamel, dieses ungehörnte und unheimliche große Tier, lief nun in der Onganda herum, was Maharero nicht weiter störte, denn er wollte es ja nicht essen. Doch am nächsten Morgen, als die Sonne aufging und Kataree aus der Hütte kam und als Hauptfrau und Feuerhüterin das Feuer entzünden wollte, da sah sie das Kamel dastehen, und der Schatten seines ungehörnten Kopfes fiel genau auf die Asche der heiligen Feuerstelle. Sofort war ihr klar geworden, daß das ein böses Vorzeichen sei und daß Maharero nicht mehr lange leben werde. Sie beschloß, die Sache selbst in die Hand zu nehmen und ihn zu vergiften, und Maharero aß das Fleisch der ungehörnten Ziege, obwohl er wußte, was Kataree ihm da vorgesetzt hatte und mit welcher Absicht. So aß er das Fleisch und sprach zu seinem Halbbruder Asser Riarua: »Ich weiß alles, was Kataree und Samuel mir antun. Samuel wird nach mir Häuptling werden; aber das sage ich, er wird es nur für eine kurze Zeit werden, und in einem fernen Lande wird er sterben.« Dies waren die letzten Worte seines Vaters. Jeder Herero weiß, daß ein Verstorbener, ein Ahne, die Macht hat, seine Voraussagen Wahrheit werden zu lassen. Beim Gedanken daran packt Samuel die Angst, und es wird ihm ganz weich in den Knien.

Aber das ist dreizehn lange Jahre her, und da sind die Schulden, die schlimmen Schulden bei den Deutschtraders, und das wäre schon gut, wenn man die Bücher und das Papier und alles verbrennen würde, dann wären auch die Schulden weg, und das Land würde wieder ihnen gehören. Und dann ist ja ein Händler totgeschlagen worden im Veld, das wird die Deutji ganz fürchterlich aufbringen. Man läßt ihm eigentlich keine Wahl. Alle wollen den Orlog, und sie schreien und schimpfen und verlangen, daß er sie führt, und so wird er es eben tun müssen, auch wenn er ahnt, daß es ein schlimmes Ende nehmen wird.

Samuel schaut in die vielen hundert erwartungsvollen schwarzen Gesichter, lauscht einen langen Augenblick auf das gespannte, beinahe zitternde Schweigen, und es wird ihm auf einmal klar, daß der Orlog ausbrechen wird, ob er ihn nun befiehlt oder nicht. Sie haben Angst. Sie haben alle große Angst, aus ihrem eigenen Land vertrieben zu werden. Die Angst ist nun zu groß geworden und wandelt sich zu Wut. Sagt er nein, werden sie einfach nicht mehr auf ihn hören, und es wird vorbei sein mit seinen Häuptlingsehren. Zehn lange Jahre hat er mit dem Majora, mit den Deutji, zusammengearbeitet und in diesen zehn Jahren seine Würde als Oberhäuptling aller Hereros gefestigt. Viel hat er den Deutji in dieser Zeit gegeben, viel, viel Land. Mit eigener Hand hat er die Verträge unterzeichnet, die das Hereroland im Norden und im Süden begrenzen, und hat den Deutji im Orlog gegen die Mbandjeru, die Osthereros, und gegen die Khauas-Hottentotten geholfen. Nun spürt er selbst: Genug ist genug.

Er macht einen tiefen, tiefen Atemzug und reckt sich hoch auf. Mit weithin schallender Stimme verkündet er den Befehl zum Aufstand:

»Ich kämpfe! Tötet alle Deutji!«

Die Jungen springen hoch in die Luft und recken die Arme und tanzen im Kreis herum und schreien: »Ovita! Iiiih! Tötet die Deutji!« und: »Jagt sie davon! Schlagt ihnen die Köpfe ein!« Die Alten nicken sich zu und nehmen die Pfeifen aus dem Mund und sagen: »Iiih, ja, fort mit die Otjideutji! Sind die Deutji einmal weg, sind auch unsere Schulden weg! Dann gehört unser Land wieder uns, und keiner kommt und nimmt uns unsere Ozongombe fort und sagt zum Dank Kaffersau zu uns!«

Samuel Maharero hebt noch einmal die Arme. Es dauert lange, bis es wieder still wird auf dem großen Platz. Der Häuptling hat ein Blatt Papier in der Hand, und davon liest er nun herunter:

»An alle Großleute meines Landes. Ich bin der Oberhäuptling der Hereros, Samuel Maharero. Ich habe ein Gesetz erlassen und ein rechtes Wort, und bestimme es für alle meine Leute, daß sie nicht weiter ihre Hände legen an folgende: nämlich Engländer, Bastards, Bergdamaras, Namas, Buren. An diese alle legen wir unsere Hände nicht. Ich habe einen Eid dazu getan, daß diese Sache nicht offenbar werde, auch nicht den Missionaren. Genug.«

Er mahnt die Großleute noch einmal zur Besonnenheit:

»Schlagt die Deutjisoldaten und die Händler tot, aber tut ihren Frauen und Kindern nichts und auch nichts den Gottesmännern mit ihren Familien und keinem von den Engländern!«

Samuel Maharero ist sich des Sieges nicht so sicher. Er will sich doch eine Brücke offenhalten, einen letzten Ausweg, wenn schon nicht zu den Deutji, dann doch mindestens zu den Engländern, falls es doch so kommen sollte, daß sie fliehen müssen, dorthin, wo die Sonne aufgeht, ins Betschuana-Land. Ist das das ferne Land, in dem er sterben wird? Er wiederholt es noch einmal eindringlich:

»Legt nicht die Hände an die Weiber und Kinder! Laßt die Missionare in Frieden und die Engelsmänner!«

Der Oberhäuptling legt seinen Großleuten außerdem ans Herz: »Laßt auch den Farmer Conradt in Orumbo leben und auch die Voigtsa-Brüder!« Damit meint er die Gebrüder Voigts der Firma Wecke & Voigts, die an vielen Orten Kaufläden oder Stores unterhält. Er ist immer gut mit ihnen ausgekommen, jeder weiß das. Viel zu gut, sagen manche.

»Aber alle anderen Otjirumbu, Otjideutji, alle Händler, Farmer und Soldaten schlagt tot! Morgen, wenn die Sonne aufgegangen ist!«

Asser Riarua tritt nach vorn, ein großer, hagerer Herero, hohlwangig, mit tief in den Höhlen liegenden Augen. Asser wird der Feldhauptmann sein, er und Kajata. Seinen Schlapphut hat er mit grauen Straußenfedern geschmückt, die über die Krempe wallen, und an der Seite hat er einen langen Säbel. Er hat einen Fetzen roten Stoff in der Hand, den hält er nun hoch und ruft mit mächtiger Stimme: »Ovita! Schaut her! Das soll unsere Kriegsfarbe sein: Rot!«

Petrus sitzt schweigend und kaut auf seinem Pfriem und spuckt ab und zu ein wenig braunen Tabaksaft aus. »Warne sie!« hatte Ezechiel zu ihm gesagt. »Warne die Häuptlinge! Warne Maharero und Quandja und Michael Tjijesata! Und geh auch zu Zeraua, warne sie alle! Sage ihnen, die Geister der Ahnen haben es mir im Traum gezeigt, und ich habe es in den Wolken gesehen: Das Blut der Deutji wird über unsere Menschen kommen! Rot wird das ganze Land sein: Rot wie der Zorn in den Augen und rot vom Blut der schwarzen Menschen und rot vom Feuer, das die Hütten verzehrt! Rot, rot, rot!«

Zülows Zug

11. Januar (Montag):
Ettmann macht sich auf den Weg zum Bahnhof. Fabers Hausbursche ist mit seinem Gepäck vorausgeschickt, die Hotelrechnung ist unterschrieben. Es ist erst halb sieben Uhr, reichlich Zeit, die Fahrkarte zu kaufen und sein Gepäck aufzugeben; da der Zug nur einmal die Woche geht, scheint es ihm aber doch ratsam, frühzeitig da zu sein. Es ist feucht und neblig. Ettmann stapft durch den Sand bis zur Poststraße. Die Häuser sind dunkle, verschwommene Umrisse. Vor der Kasernenbaracke stehen Leute herum, der Leuchtturm ist in der grauen Watte unsichtbar. Am Bahnhof glimmen ein paar Lampen trüb im Nebel. Im Eingang wird er fast umgerannt, zwei Männer laufen in Hast und Eile an ihm vorbei, und er schaut ihnen erstaunt nach. In der ganzen Zeit, die er in Swakopmund war, hat er nicht einmal jemand gesehen, der es eilig gehabt hätte. In der Halle sind gut drei Dutzend Leute versammelt, ein ziemliches Durcheinander und erregtes Stimmengewirr. Er erkennt Hälberle, den Bahnhofsvorsteher, aber der ist von fünf Herren umringt, die alle gleichzeitig auf ihn einreden. Der Eisenbahner erhebt seine Stimme: »Ei, so warte Sie doch ab, meine Herren! Ich kann Ihne doch auch net mehr sage!« Ettmann stellt seine Tasche ab und schaut sich erstaunt um. Was ist bloß der Grund für diese ganze Aufregung? Hat es ein

Zugunglück gegeben? Nun kommt ein Offizier herein, zieht Hälberle ohne viel Federlesens am Ärmel aus der Gruppe heraus und führt ihn auf die Seite. Dort stecken sie die Köpfe zusammen und bereden irgend etwas. Die Tür zu den Diensträumen geht auf, und ein Eisenbahner, ein Polizist und ein Mann im hellen Anzug kommen heraus. Der Eisenbahner und der Polizist laufen eiligen Schrittes nach draußen. Der Mann im Anzug bleibt stehen und zündet sich eine Zigarre an. Es ist der Ingenieur, den er letzte Woche auf der Mole getroffen hat. Wie hieß er noch mal? Richtig, Kastow! Ettmann geht zu ihm hin und sagt: »Guten Morgen, Herr Kastow! Was ist denn los?« Kastow schwenkt das Zündholz, bis es erlischt, und sagt: »Sie haben noch nichts gehört? Es sind Warnungen vor einem Aufstand eingetroffen! Die Hereros sollen Okahandja belagern!« Sie gehen ein paar Schritte zur Seite und Ettmann sagt: »Wirklich? Glauben Sie, daß eine Gefahr für den Zug nach Windhuk besteht?« Kastow sagt: »Wollten Sie den Zug nehmen? Der ist zurückgehalten worden, bis man Näheres weiß! Es sind nämlich auch aus dem Bezirk Karibib Fälle von Ungehorsam berichtet worden. Eben soll ein Telegramm gekommen sein, in dem es heißt, Gruppen bewaffneter Hereros würden in der Nähe der Bahn herumstreifen.«

Der Bahnhofsvorstand bestätigt, daß der Zug vorläufig nicht abfährt. Man will erst genauere Nachrichten abwarten. Eine halbe Stunde später heißt es, die Abfahrt sei auf morgen früh verschoben. Ettmann nimmt seine Tasche und macht sich auf den Rückweg zu Fabers Pension. Schöne Bescherung! Ein wenig ist es, als solle er nicht nach Windhuk. Erst das lange Warten auf Frankenberg, und jetzt das! Na, morgen wird er ja hoffentlich fahren. Einen richtigen Aufstand, das kann er sich gar nicht vorstellen. Sicher handelt es sich um eine lokale Angelegenheit, die sich irgendwie schlichten oder bereinigen lassen wird. Inzwischen hat sich der Nebel aufgelöst, und Swakopmund badet in heißem Sonnenschein. Unter dem Vordach der Militärbaracke ist eine uniformierte Wache aufgezogen. Leute stehen zusammen und Ettmann stellt sich dazu, um zu hören, ob es etwas Neues gibt. Niemand weiß etwas Genaues, aber schon brodeln die Gerüchte. Tausende von Hereros sollen sich um Okahandja zusammenziehen! Und

Gouverneur Leutwein ist mit fast der ganzen Schutztruppe in Keetmannshoop, drei, vier Wochen weit weg unten im Süden, wegen den aufständischen Bondelzwarts. Darauf hat die schwarze Sippschaft hier natürlich nur gewartet! Diese Teufel! Undankbare Bande! Bestimmt wird man jetzt überall Reservisten einziehen, in Windhuk ebenso wie in Karibib und hier in Swakopmund. In der Militärstation herrscht mittlerweile hektische Betriebsamkeit, Soldaten und Polizisten laufen hinein und hinaus. Es ist aber doch nichts Konkretes zu erfahren, und Ettmann macht sich auf zu Faber. Sein Magen knurrt. Mal sehen, ob er ein zweites Frühstück bekommen kann.

Er hat kaum den letzten Bissen gegessen, da kommt ein atemloser junger Bursche in einer viel zu großen Khakiuniform herein, und hinter ihm Faber, händeringend. »Herr Carl Ettmann?« fragt der Soldat und als Ettmann bejaht, reicht er ihm einen Zettel, sagt: »Direkt in der Kaserne melden!«, dreht sich auf dem Absatz um und verschwindet wieder. Ettmann ist wie vom Donner gerührt. Er hält seinen Gestellungsbefehl in der Hand. Da steht es schwarz auf weiß auf dem gestempelten Vordruck:

Kaiserliche Schutztruppe
Mobilmachungsbefehl
Einberufung aller Mannschaften
a) der Reserve und
b) der Landwehr ersten und zweiten Aufgebots.

Die Einberufung der Landwehr sagt ihm, daß es sich nicht bloß um eine Übung handelt. Jeder deutsche Mann zwischen achtzehn und fünfundvierzig ist damit aufgeboten, das ganze Zivilleben wird darunter leiden, die Geschäfte und Kontore, die Farmen, die Bäckereien genauso wie die Minen im Norden, einfach alles. Es muß also wirklich eine sehr ernste Situation eingetreten sein.

Eine halbe Stunde später steht er vor dem Schreibtisch des Oberleutnants v. Zülow stramm, während der den Brief der Kolonialabteilung überfliegt. »Ich setze Ihre Order vorübergehend außer Kraft«, sagt v. Zülow, »für die Dauer des militärischen Notstandes. Sobald es die Verhältnisse erlauben, werden Sie sich

auftragsgemäß, wenn auch verspätet, in Windhuk melden können.« Er reicht Ettmann den Brief zurück und entläßt ihn.

Draußen läßt sich Ettmann einschreiben: Ettmann, Rufname
Carl, zweiter Vorname Gustav; Zivilberuf Kartograph, geboren
am 12. März 1870 zu Berlin. Der Unteroffizier blättert stirnrunzelnd in seinem Militärpaß.

»Wo zuletzt gedient?«

»3. Feldartilleriebatterie, Lehr-Regiment der Artillerie-Schießschule in Jüterbog.«

»Artillerist! Soso! Könn' Se reiten?«

»Jawohl.«

»Jawohl, HERR UNTEROFFIZIER!«

»Jawohl, Herr Unteroffizier!«

»Abtreten. Der Nächste!«

In Swakopmund mag es an allem möglichen fehlen, an Militär-
ausrüstung mangelt es nicht. Es ist alles reichlich auf Lager: Waffenrock und Hose, zwei Unterhosen, zwei Paar Strümpfe, Hemd,
Halsbinde, Mantel, Stiefel, Hut und Feldmütze für jeden Mann;
sauber aufeinandergelegt wird es Ettmann über den Tisch geschoben: »Mittelgroß!« Mit dem Stapel auf den Armen folgt er
dem Fingerzeig des Unteroffiziers: »Einkleiden dort drin!« Dort
gibt es noch mehr: Seitengewehr und Patronentragegeschirr,
Feldflasche und Vorratsbeutel, eine wollene Decke, zwei Dosen
Dauerwurst und Hartbrot als eiserne Ration, ein Päckchen Verbandszeug. Der Empfang muß durch Unterschrift quittiert werden. Danach geht es zurück zu dem Unteroffizier am Schreibtisch, und der knallt einen Stempel in Ettmanns Militärpaß.

Die Sachen sind ein wenig zu weit, aber es geht. In der steifen,
ungewohnten Korduniform mit den großen Stiefeln steht er vor
der Swakopmunder Militärstation mit gut dreißig Schicksalsgenossen. Es sind nur wenig ganz junge Kerle dabei, die meisten
sind Reservisten in den späten Zwanzigern und darüber. Reservist
ist, wer seinen Militärdienst abgeleistet hat, in Deutschland oder
hier. Nach sechs Jahren erfolgt Übertritt zur Landwehr 1. Aufgebotes, wie es im Militärpaß heißt. Mit neununddreißig Jahren
kommt man zur Landwehr 2. Aufgebotes. Nach dem fünfund-

vierzigsten Lebensjahr gehört man, militärisch betrachtet, zum alten Eisen.

Reserveleutnant Oswald läßt die gerade Eingezogenen in Reihe antreten und abzählen.

»Gerade Zahlen – ein Schritt vortreten!«

Ettmann tritt mit den anderen geraden vor. Die ungeraden bleiben stehen.

»Vordere Reihe: Erster Zug! Hintere Reihe: Zweiter Zug! Merken!«

Zusammen mit der Stammbesatzung hat Swakopmund jetzt an die achtzig Mann unter Waffen. Viel ist das nicht, denkt Ettmann.

Fürs erste werden sie entlassen, denn eine richtige Kaserne mit Schlafsälen gibt es nicht. Ausgang bis morgen früh sechs Uhr. Wer von weiter her kommt, verbringt die Nacht auf dem Boden in der Militärstation. Ettmann bringt seinen Zivilanzug ins Hotel und packt. Koffer und Seekiste wird Faber für ihn aufbewahren, Landkarten und Zeichentasche aber nimmt er mit. Das hat ihm v. Zülow ausdrücklich gestattet. Selbstverständlich kann er auch die kommende Nacht noch hier verbringen. Faber hat ohnehin zur Zeit keine anderen Gäste. Er setzt sich in den leeren Speiseraum, bestellt sich ein Viertel Rotwein und schreibt die Neuigkeiten an seine Eltern und an seinen Bruder Claus.

Kurz vor sieben Uhr, in Uniform, trifft er Herrn McAdam-Straßfurt mit Gemahlin und Frl. Cecilie Orenstein beim Abendessen im »Hotel Fürst Bismarck«.

»Sie ziehen in den Krieg«, sagt Fräulein Orenstein bei der Begrüßung, »das fängt ja gut an.«

Nun ist natürlich erst einmal alles hinfällig geworden. Herr McAdam und Gemahlin werden mit der nächsten Möglichkeit nach Kapstadt aufbrechen. Fräulein Orenstein aber will im Lande bleiben, vorerst hier in Swakopmund. Die McAdams bitten sie dringend, angesichts der Umstände mit nach Kapstadt zu kommen, aber Cecilie lehnt ab: »Haben Sie vielen Dank, aber ich möchte bleiben. Ich muß eben hier mit meiner Arbeit beginnen und, was Aufnahmen im Binnenland betrifft, abwarten, bis sich die Neger wieder beruhigt haben.«

Ein Aufstand, wenn es denn wirklich soweit kommt, wird vermutlich rasch niedergeschlagen werden, denkt Ettmann und sagt: »Ich glaube kaum, daß die Angelegenheit länger als ein paar Wochen dauern wird. Auch kann ich mir nicht vorstellen, daß es wirklich zu Kämpfen kommen wird. Man wird doch vernünftig sein und irgendeine Regelung finden!« McAdam-Straßfurt nickt: »Ich bin da ganz Ihrer Ansicht, Herr Ettmann«, und seine Gattin fügt hinzu: »Recht gesprochen! Schließlich leben wir im zwanzigsten Jahrhundert!«

So vereinbart Ettmann mit Fräulein Orenstein, er werde, sobald er einmal in Windhuk sei, telegraphieren. Dann werde man sehen, wie es weitergeht. Die Dame findet fürs erste Unterkunft im Hause von Amtmann Dr. Fuchs und dessen Gattin Lucy.

Im Lokal speisen wenige Gäste, nur zwei weitere Tische sind besetzt. Just als die Suppe aufgetragen wird, betreten zwei Landespolizisten das Lokal, sehen sich suchend um und steuern auf den Nachbartisch zu, an dem ein einzelner Herr vor einem Bierglas sitzt. Der Mann ist um die Fünfzig und grauhaarig. »Herr Hewitt?« fragt der Sergeant, und als der Mann, offensichtlich Engländer, stirnrunzelnd bejaht, fährt der Sergeant fort: »Herr Hewitt, ich habe Befehl, Sie zur Polizeistation zu bringen. Stehen Sie auf und kommen Sie mit!« Der Mann sagt: »Oh well. Lassen Sie mich bezahlen für mein Bier zuerst.« Der Sergeant erwidert: »Sie können das Bier ruhig austrinken, Herr Hewitt. Es ist ja nicht mehr viel im Glas.« Der Engländer erhebt sich, fingert ein Geldstück aus der Rocktasche und legt es auf den Tisch. Er trinkt sein Glas in einem Zug leer, stellt es zurück und streicht sich mit dem Zeigefinger den Schaum aus dem Schnurrbart. Dann verbeugt er sich in Richtung Ettmanns Tisch, einmal vor den Damen, einmal vor den Herren, und sagt schließlich zum Sergeanten: »Well now, let's go, Constable!«

Nachdem die beiden Polizisten mit ihrem Arrestanten das Lokal verlassen haben, beugt sich McAdam-Straßfurt vor und sagt leise: »Das war Alec Hewitt, ein Engländer, der sich im Auftrag der britischen Goldminengesellschaft von Johannesburg in Swakopmund aufhält, um Eingeborene für die Goldminen anzuwerben. Man nennt ihn hier allgemein den Sklavenhändler. Ich habe auch gehört, daß er für den englischen Geheimdienst arbeiten soll und in Wirklichkeit den Rang eines Captain hat. Ist natürlich nur ein Gerücht. Wie auch immer, es überrascht mich nicht, daß man ihn jetzt festsetzt, denn er wird von den deutschen Behörden schon seit langem des Waffenhandels mit den Hereros verdächtigt.« Cecilie fragt: »Was wird mit dem Mann geschehen?« McAdam-Straßfurt schiebt nachdenklich die Unterlippe vor und sagt schließlich: »Nicht viel. Man wird ihn verhören und dann irgendwann des Landes verweisen. Das heißt, man bringt ihn über die Grenze nach Walfisch-Bai oder aufs nächste Schiff nach Kapstadt.«

Nach dem Essen schlagen die McAdam-Straßfurts einen Spaziergang hinab zum Strand vor. Schweigend gehen Ettmann und Cecilie, die seinen angebotenen Arm nicht ablehnt, entlang der rauschenden Brandung, ein Dutzend Schritte hinter dem älteren Ehepaar. Es ist kühl und dunstig.

Die Nähe der jungen Frau macht Ettmann verlegen. Sie ist sehr anziehend, ganz gewiß ist sie das, aber Ettmann ist sich seiner selbst nicht sicher. Sein Leben hat sich im Lauf des vergangenen Jahres so sehr verändert, daß er das Gefühl hat, er müsse sich selbst erst wieder kennenlernen. Nach Elisabeths Tod die gute Stellung zu kündigen und die Heimat zu verlassen, das waren schon genug Schritte ins Ungewisse. Und nun, kaum in einem neuen Leben angekommen, wirft das Schicksal schon wieder alles über den Haufen und preßt ihn zum Militär und womöglich in einen Krieg. Und wie zum Hohn schickt es ihm noch diese ausnehmend hübsche junge Dame zum Abschied! Unversehens packt ihn ein jäher Zorn, und er muß an sich halten, um nicht laut mit den Zähnen zu knirschen. Sie geht ganz ruhig neben ihm her. Wer weiß, was sie denkt? Es schießt ihm durch den Kopf, Elisabeth habe sterben müssen, um Platz zu machen für eine neue Frau in seinem Leben. Ein verfluchter Gedanke, sagt er sich und drängt ihn beiseite. Eine wahre Seuche, diese Art Gedanken. Vielleicht ist sie gestorben, damit er nach Afrika könne oder müsse. Oder weil ihre Zeit um war? Aber würde das den Menschen nicht zum Uhrwerk machen? Ob es eine Vorbestimmung gibt? So grübelt er und vergißt das Fräulein an seiner Seite beinahe, und sein Gesicht wird

83

immer finsterer, und der Atlantik rauscht und schickt seine Brecher an den Strand, einen nach dem anderen, immer schon und für alle Zeiten.

Ein leiser Druck ihres Armes holt ihn in die Wirklichkeit zurück, er spürt ihre Nähe und fühlt, daß er es an Liebenswürdigkeit fehlen läßt, daß er etwas zu ihr sagen sollte, aber was? Wie schön das Meer rauscht? Unsinn! Wie ihr Swakopmund gefällt? Wie banal! Er räuspert sich und sagt: »Ich hoffe, daß diese Angelegenheit nicht länger als ein oder zwei Wochen dauern wird, Fräulein Orenstein.« Es hört sich schrecklich geschraubt und steif an. Er bemüht sich um einen weniger hölzernen Tonfall, räuspert sich noch einmal und fährt fort: »Ich werde Sie jedenfalls gleich verständigen, sobald ich in Windhuk angekommen bin!« Sie kommt ihm zu Hilfe: »Bitte tun Sie das, Herr Ettmann! In der Zwischenzeit werde ich es mir hier in Swakopmund gemütlich machen und abwarten, wie sich die Dinge entwickeln. Ich hoffe nur«, sagt sie ernst, »daß ich Sie recht bald heil und gesund wiedersehe!« Er spürt ihren Blick, aber er blickt hinaus aufs abenddunkle Meer und sagt nur: »Haben Sie vielen Dank!«

Nichts weiter fällt ihm ein, das zu sagen wert wäre, und ihr scheint es nicht anders zu gehen. Wortlos folgen sie dem Ehepaar zurück zum Hotel, wo sich Carl Ettmann von ihnen und von Cecilie verabschiedet. Nun, wo es auf einmal ungewiß geworden ist, ob man sich wiedersehen wird, wagt er es, ihr in die Augen zu sehen, und sieht seinen Blick erwidert. Verlegen schlagen sie beide die Augen nieder und sagen gleichzeitig: »Leben Sie wohl!«

Ettmann geht noch einmal zur Militärstation, vor der zwei der wenigen Straßenlaternen brennen. Im Lauf des Abends kommen immer wieder Leute dorthin. Der Zug ist endgültig gestrichen. Es fällt ihm ein, daß er morgens noch gedacht hat, es habe sich etwas dagegen verschworen, daß er nach Windhuk komme.

Nichts Neues auf der Anschlagtafel. Zwei Landwehrmänner stehen Wache mit umgehängtem Gewehr, einer ein älterer Unteroffizier mit dem Winkel am Ärmel. »Gibt nix Neues, Leut. Geht S' nur wieder heim!« sagt der Unteroffizier mit dem grauen, ausgefransten Schnurrbart, ohne die kalte Pfeife aus dem Mund zu nehmen.

12. Januar (Dienstag):

Acht Uhr früh, und Swakopmund liegt in dichtem Nebel, dazu ist es recht kühl. Vor der Station tritt Ettmann mit den anderen Eingezogenen an, graue Schemen unter dem tropfenden Vordach. Naßbeschlagene Gewehre werden ausgegeben, anschließend ist Munitionsempfang, die Patronentaschen werden gefüllt. Dabei machen Neuigkeiten und Gerüchte die Runde: Okahandja soll von den Aufständischen eingeschlossen sein, ebenso Windhuk und Karibib. Telegraph und Telephon dorthin sind unterbrochen. »Hab gehört«, sagt einer, »daß man das Kanonenboot aus Kapstadt zurückrufen will, für alle Fälle!« Das Kanonenboot könnte eine bewaffnete Matrosenabteilung landen, überlegt Ettmann. Wie es aussieht, ist der »Habicht« das einzige deutsche Kriegsschiff in erreichbarer Nähe. Wo sich der »Wolff«, der zweite Westafrika-Stationär, derzeit aufhält, ist nicht bekannt. Ettmann hört, daß das Schiff auf See vermutet wird, irgendwo vor einer der Schwesterkolonien Kamerun oder Togo.

Das Kommando in Swakopmund ist geteilt worden: Bezirksamtmann Dr. Fuchs ist nun für die Ortsverteidigung zuständig, Oberleutnant v. Zülow aber soll in die Offensive gehen und übernimmt den Befehl über eine Truppe von fünfzig Mann, die mit der Eisenbahn in Richtung Okahandja vorstoßen soll, um dem eingeschlossenen Ort Hilfe zu bringen. Am Bahnhof, so heißt es, wird ein Zug zusammengestellt, der mit Wellblech und Säcken voll Hafer und Kohlen behelfsmäßig geschützt und mit einer großen Menge an Proviant, Munition, Werkzeug und Verbandszeug beladen wird.

Um halb zehn Uhr, als sich die Nebel endlich lichten, wird in Kolonne zu zweien zum Bahnhof marschiert, quer durch den Ort. Ein Sergeant führt: »In Kompaniefront – links marschiert auf – Marsch! Marsch!« Aus der Kolonne schwenken sie links in zwei Reihen vor die Wagen. Das klappt so einigermaßen.

»Richt' euch!« Der Sergeant stapft die Reihe entlang, stößt den einen vor die Brust, zieht den nächsten am Ärmel nach vorn. So stehen sie etwa zwanzig Meter vor dem Eisenbahnzug im Sand, fünfzig Mann, sauber ausgerichtet, Gewehr bei Fuß. Der erste Zug vorn, Ettmann steht am rechten Flügel, in der sandfarbenen

Korduniform mit blauem Besatz, in braunen Stiefeln, die fast bis ans Knie reichen, das Patronentaschengeschirr mit den Schultergurten umgeschnallt und auf dem Kopf den Brandenburger Truppenhut mit hochgeschlagener Krempe. Das ganze Zeug ist neu und riecht streng nach Naphtalin, sogar hier im Freien.

Sein Gewehr ist ein Mauser Militärkarabiner Modell 1888. In jeder der acht Patronentaschen hat er drei Patronenrahmen zu fünf Schuß, einhundertzwanzig Schuß insgesamt. Jede Patrone ist so groß wie sein Mittelfinger. Die Munition allein wiegt sieben Pfund. Dazu trägt er Seitengewehr, Brotbeutel und Feldflasche.

Keiner muß mehr ausgebildet werden, sie sind allesamt Reservisten oder Landwehrmänner, gediente Leute also, die ihren Militärdienst längst hinter sich haben. Ein paar der Männer kennt er vom Sehen: den jungen Herrn Delius aus der Buchhandlung zum Beispiel. Da ist auch der jüngere Beamte aus dem Postamt, der Sachse mit dem Monokel, er besinnt sich nicht mehr auf den Namen. Einige der jüngeren Kerls scheinen Farmer oder Söhne von Farmern zu sein. Ein Schwarzbärtiger mit einer eingedrückten Nase ist der Mundart nach ein Österreich-Ungar. Wie es den wohl hierher verschlagen hat? Von den Ingenieuren ist allerdings keiner zu sehen.

Vor der Front gehen Oberleutnant v. Zülow und der Bezirksamtmann Dr. Fuchs auf und ab, in ernste Unterredung vertieft. Von Zülow trägt zum hochgezwirbelten Schnurrbart einen spitzen Kinnbart, die Schirmmütze hat er leger auf dem rechten Ohr. Nun bleiben sie stehen. Der Sergeant brüllt: »Aach-tung!« Von Zülow will ein paar Worte an die Mannschaft richten, trotz der gebotenen Eile, denn der Zug ist noch nicht abfahrbereit. Ein paar Worte im wahrsten Sinn des Wortes, denn einen guten Teil seiner Rede verschlucken die fauchenden Lokomotiven. Ettmann schnappt nicht viel mehr auf als:

»... schwarzen Schurken sich tatsächlich erhoben! ... feige ermordet! Elende Mordbuben ... unsere Landsleute in ... um ihr Leben fürchten! ... Gefahr zum Trotze!«

Pause. Von Zülow wippt auf den Absätzen, Hände auf dem Rücken, er läßt sich Zeit und fixiert sie der Reihe nach, Mann für Mann. Die Maschinen puffen und zischen hinter ihm. Im Führerstand macht der Heizer Dampf, knirschend fährt die Schaufel in die Kohlen. Der Oberleutnant spricht weiter:

»… Halunken eine Lehre erteilen! … also auf und in Gottes Namen an den Feind!«

Fertig. Seine zusammengekniffenen Augen wandern die Reihe hinauf und wieder hinunter.

»Rührt euch!«

Tra-rapp, setzen sie alle den linken Fuß nach vorn. Jetzt läßt er sie erst mal in der heißen Sonne stehen, bis der Zug soweit ist.

»Des isch doch koi Zug, des isch e Züüügle«, mokiert sich ein Schwabe neben Ettmann, und ein paar Leute lachen. »Des Zügle« besteht aus insgesamt drei Lokomotiven und zehn Wagen:

Da sind einmal drei Mannschaftswagen, offene, vierachsige Waggons, die zum Schutz gegen die Sonne mit Leinwandplanen versehen sind. Danach ein Personenwagen für die Offiziere und den Stabsarzt; dann drei gedeckte Güterwagen mit Kohlensäkken, Proviant, Munition und Werkzeugen und zuletzt wieder drei offene, mit je vier Pferden beladene Güterwagen.

Vor dem Zuge zischen und schnaufen gleich zwei Zwillingslokomotiven und blasen heißflimmernden, graubraunen Rauch aus ihren unförmigen Kobelschornsteinen, eine dritte Doppellokomotive dampft am hinteren Zugende. Es sind also eigentlich sechs Lokomotiven. Die kleinen, grün und schwarz lackierten Maschinen stehen paarweise mit ihren hinten offenen Führerständen zueinander, so können Lokführer und Heizer zwei Loks zugleich fahren. An den Führerstandsseiten glänzen polierte Messingziffern, 174 A und 174 B auf dem Zwilling, der Ettmann am nächsten ist. A steht mit dem Schornstein in Richtung Landesinnere und hat das höhere Dach, es überragt das der B-Lokomotive um eine gute Handbreit. Nach heißem Metall und Öl riecht es, nach Schwefel und Kohlengas. Weißer Dampf faucht aus den Zylindern, entweicht in säuselnden Schwaden aus den Sicherheitsventilen am Dom. In der heißen Luft wird er schnell unsichtbar.

Wolken und Nebel haben sich inzwischen ganz und gar verzogen, die Sonne sticht grell, und der feuchte Sand dampft. Die Uhr am Empfangsgebäude zeigt 10 Uhr und 15 Minuten. Der Zug ist ein paar Meter vorgerückt. Oberleutnant v. Zülow steht neben der vorderen Lokomotive und spricht mit dem Lokführer. Die Maschine läßt einen kurzen Pfiff hören, es geht los. Leutnant Oswald baut sich vor ihnen auf und befiehlt laut: »Achtung! Erster Zug: Wagen eins und zwo! Zwoter Zug: Wagen zwo und drei!« Gleich folgt das Kommando: »Tornister aufnehmen!« und: »Einsteigen!«

Ettmann wirft den Tornister über die Bordwand, langt das Gewehr hinterher und klettert in den niedrigen, kleinen Wagen. Jeweils fünfzehn Mann drängen sich in einen Waggon und suchen sich einen Platz. Abschiedsrufe und Winken der Menge der Zuschauer, fast zweihundert Leute haben sich eingefunden, darunter viele Frauen, deren Männer, Brüder, Söhne oder Väter jetzt einem ungewissen Schicksal entgegenfahren. Ettmann sieht kein bekanntes Gesicht unter den Zurückbleibenden, das Fräulein Orenstein scheint sich jedenfalls nicht eingefunden zu haben. Oder ist sie das dort hinten, der weiße Hut, halb verborgen hinter den vielen Menschen? Da drüben ist noch ein weißer Hut und dort noch einer! Er reckt sich im Wagen hoch und späht, aber die Zuschauer wimmeln so durcheinander, und die anderen rempeln ihn an im engen Wagen.

Auf einen Wink Zülows setzt der Hornist die Trompete an die Lippen und bläst das Avancier-Signal »Rasch vorwärts«, jedem Soldaten bekannt als »Kartoffelsupp, Kartoffelsupp«. Noch ein schriller Pfiff und lautes Stampfen der kleinen Lokomotiven, die Räder schleudern und drehen mahlend durch, greifen aber schnell. Der lange Zug ruckt an und rollt unter den brausenden Hurrarufen der Zurückbleibenden los. Hüte und Mützen werden geschwenkt, ein paar Buben laufen noch eine Weile mit. Vorbei an dem weißgestrichenen Tippelskirch-Lagerhaus, an ein paar windschiefen Buden und Baracken. Dann ist Swakopmund schon zu Ende. Langsam geht es schaukelnd und ratternd hinaus in die sonnengrelle Leere der Sandwüste.

Im ersten Waggon hinter den vorderen Lokomotiven hocken sie auf aufgeschütteten Eierbriketts und auf Kohlensäcken. Die hellen Uniformen werden schön schwarz werden auf der Fahrt. Ettmann, in Nummer zwei, hat mehr Glück. Keine Kohlen, sondern weiche Hafersäcke, dazu welche mit Reis und lange Gewehrkisten aus hellem Holz. Jeder sucht sich seinen Platz im Waggon, so gut es eben geht, möglichst im Schatten der Plane. Ettmann sitzt zwischen zwei anderen, die Beine gegen einen Proviantsack mit dem Aufdruck »Königl. Bayer. Prov. Amt.« gestemmt und den Rücken an die Bordwand gedrückt. So eingekeilt geht es einigermaßen. Nun ist er also endlich auf dem Weg ins Inland, zwar mit einem Tag Verspätung und mit ungewissem Ziel, aber immerhin. Von den Männern, die mit ihm im Wagen hocken, kennt er keinen. Ihm gegenüber sitzt ein Aktiver, ein großer Mann, Mitte zwanzig, mit gepflegtem Vollbart, die Schirmmütze schief auf dem Kopf und blanke Gefreitenknöpfe am Kragen. Ettmann schaut ihm zu, wie er eine Zigarre aus der Brusttasche holt, die Spitze abbeißt und über die Wagenwand spuckt und die Zigarre mit einem silbernen Feuerzeug anzündet. Jetzt spürt er seinen Blick, denn er schaut auf und nickt ihm zu. Ettmann nickt zurück. Neben dem Gefreiten sitzt der Österreicher mit dem schwarzen Vollbart, dann ein junger, bartloser Mensch mit einer Drahtgestellbrille und kurzsichtig verkniffenen Augen dahinter. Ein anderer hat ein knochiges Gesicht, wasserhelle Augen und einen blonden Spitzbart, der schaut geradeaus vor sich hin. Ein kleiner, bärtiger Kerl schläft schon, mit offenem Mund, den Kopf in den Nacken gelegt, ganz und gar ungerührt von dem Geschaukel und Geratter. Ein paar stehen, die Arme auf die Bordwand gestützt, und schauen in die langsam vorbeiziehende Landschaft hinaus. Alle stecken in den sandfarbenen Uniformen, die meisten tragen Schirmmützen mit blauem Band, ein paar haben wie er die grauen, blauumsäumten Reiterhüte auf. Der Hut ist natürlich ein besserer Sonnenschutz als die Feldmütze mit dem kleinen Augenschirm. Die rechte Krempe der Hüte ist hochgeklappt und mit der schwarzweißroten Kokarde an der Krone befestigt.

Die Wagen stoßen und rütteln, ab und zu läuft ein Ruck durch den ganzen Zug. Man kann gar nicht auf den Beinen bleiben, ohne sich mit beiden Händen festzuhalten. Das Geratter und Geklirre ist so laut, daß man sich nur rufend verständigen kann. An einer Stirnseite haben die Waggons kleine Plattformen, die Bremserbühnen. Auf jedem zweiten Wagen ist ein Mann als Bremser an

der Handbremskurbel eingeteilt, der auf Signal von den Lokomotiven die Bremsen anziehen soll.

Der Zug fährt so langsam, daß von Fahrtwind nichts zu spüren ist. Statt dessen senkt sich der Qualm der vorderen Lokomotiven aus vier Schornsteinen auf die Waggons, graubraun und
beißend, und hinterläßt rußige Aschebröckchen. Die Leute
schimpfen und wedeln mit den Armen.

Die Fahrt geht nach Osten, auf ferne Berge zu, über denen ein
paar einzelne, weiße Wolken stehen. Durch öde, flache Sandwüste führt das Gleis. Hier kann sich kein Feind verbergen, kein
Strauch, kein Steinblock böte ihm Deckung. Eine Stunde geht es
so dahin, dann tauchen dunkle Hügel auf, nicht besonders hoch,
eher aufgetürmte Steinhaufen, und darunter ein paar Häuser. Der
Zug nähert sich einer Haltestelle, pfeift schrill und verlangsamt
seine Fahrt, hält aber nicht an. Vorn bimmelt die Warnglocke, als
sie in die eingleisige Station Nonidas einfahren. Vor dem dürftigen Bahnstationsbau aus Wellblech stehen vier Weiße, einer von
ihnen der blauuniformierte Stationswärter, zwei im Khaki der
Landespolizei. Dahinter, im Halbdunkel der Türöffnung, eine
Frau und zwei blonde Kinder, die sich scheu an ihre Schürze
drücken. Drei Kamele ruhen im Sand, nur ein Dutzend Meter neben dem Gleis. Von dem laut ratternd daherrollenden Zug lassen
sie sich nicht aus der Ruhe bringen und beäugen ihn verach-
tungsvoll. Die Männer gehen neben Zülows Personenwagen her.
Sie wissen natürlich durch den Telegraphen, was geschehen ist.
Bis Karibib funktioniert die Verbindung noch, aber nach Okahandja und Windhuk ist der Draht ab. Von Aufständischen ist
hier, so nahe bei Swakopmund, nichts bemerkt worden. »Glück
auf, Kameraden!« rufen sie auf den langsam vorbeiratternden Zug
hinauf und: »Zeigt es dem schwarzen Gesindel!«

Mit hämmernden Auspuffstößen ziehen die Lokomotiven ihre
lange Wagenschlange weiter ins Land. Weit und breit nur Sand und
Steine. Blau wölbt sich der Himmel. Ettmann ist jetzt doch beklommen zumute. In was gerät er da hinein? Die Stelle in Windhuk, im Vermessungsamt, was wird jetzt daraus? Dabei fing alles
so ruhig, fast langweilig an, mit der langen, langen Überfahrt, vier
Wochen auf dem Schiff mit den Ingenieuren und ihrem Ingenieurs-

gerede. Dann die Tage in Swakopmund, faule Tage, so kommt es ihm jetzt vor. Und plötzlich ist alles umgekrempelt, plötzlich zieht er mit all diesen Leuten da in, ja in was? In einen Krieg? Gegen einen Aufstand, wie der Boxeraufstand in China einer war, vor vier Jahren, gleich im ersten Frühling des neuen Jahrhunderts? Und wenn es ein richtiger Aufstand ist, was ist dann der Grund?

Er beschäftigt sich mechanisch mit seinem Karabiner, öffnet und schließt das Schloß. Die Waffe ist gut geölt und gepflegt, die stählernen Teile gleiten leicht. Die Putzkette im Kolben, der Schloßschlüssel und ein Schraubenzieher, alles da. Er ist froh, daß er den Karabiner bekommen hat und nicht das lange Infanteriegewehr wie ein paar der anderen. Die kurze Waffe hier ist um einiges handlicher. Sie ist nur 95 Zentimeter lang, auch leichter als das alte 71er, an dem er seinerzeit ausgebildet worden war. Dreizehn oder vierzehn Jahre ist das jetzt her.

An Krieg hat er nie gedacht. Wohl ist zu Hause geredet worden, daß eines Tages ein Krieg gegen England unvermeidbar sein werde, gegen die große Weltmacht, die allen Handel beherrscht und neben sich keinen Konkurrenten groß werden läßt. Vor allen Dingen werde England nicht tatenlos zusehen, bis die deutsche Hochseeflotte eines Tages zu einer Bedrohung der weltmeerbeherrschenden Royal Navy herangewachsen sei. Aber das mochte irgendwann in der fernen Zukunft liegen; schließlich herrscht seit dreiunddreißig Jahren Friede. Und jetzt das! Ob es gefährlich werden wird? Ob er auf Menschen schießen muß? Er vermag sich das alles nicht vorzustellen. Die anderen sind jedenfalls recht ruhig, ernst zwar, aber von großer Aufregung oder gar Angst ist nichts zu merken. Nun ja, es bleibt ihm nichts anderes übrig, als abzuwarten und mitzumachen. Hoffentlich bekommt er sein Arbeitszeug im Seekoffer wieder, wenn das alles vorbei ist. Das wäre ein schlimmer Verlust, gar nicht auszudenken!

Zwanzig Minuten nach der Mittagsstunde gellen zwei heisere Pfiffe: Bremsen anlegen! Die Bremser auf ihren Sitzen kurbeln wie verrückt, die Bremsklötze schleifen kreischend an den Laufflächen der Räder. Vorn bimmelt die Glocke. Der Zug rollt, langsamer werdend, bis das vordere Lokomotivpaar am Wassertank hält. Die Offiziere springen in den Sand. »Fünfzehn Minuten Aufenthalt! Es kann ausgestiegen werden!«

»Richthofen« steht unter dem kleinen Ziergiebel des niedrigen Stationsgebäudes. Links vom Stationsnamen steht, als Richtungsangabe, Swakopmund, rechts Karibib auf der Fassade. Im Schatten der Veranda ein weißgedeckter Tisch. Vor dem Eingang sind zwei armselige, grade mal hüfthohe Aloën in den Sand gepflanzt. Zwei Laternen auf schwarzweißroten Vierkantpfosten flankieren den kleinen Steinbau. Vor dem Aborthäuschen wartet schon eine Schlange Männer.

Ettmann vertritt sich die Beine, geht ein paarmal auf und ab und gesellt sich schließlich zu den anderen, die den Stationsbeamten ausfragen, aber der hat keine Hereros gesehen. Seine beiden schwarzen Arbeiter sind vorige Nacht fort. Sie hätten ihn leicht umbringen können, wenn sie das gewollt hätten. Trotzdem, ein schlechtes Zeichen! Die insgesamt drei Männer auf der Station haben nur eine Jagdflinte. Oberleutnant v. Zülow kommt hinzu, Hände auf dem Rücken. »Bleiben besser nachts im Haus, Herrschaften, und Türen und Fenster gut verriegeln! Seien Sie vorsichtig, kann Ihnen keine Wache hier lassen!« Er läßt der Stationsbesatzung dafür zwei alte 71er Gewehre und siebzig Patronen da.

Es gibt noch einen Militärposten und drei Schuppen aus Holz und Wellblech. Der Militärposten ist aber nicht besetzt. Hinter dem Bahnhof ist nichts. Ettmanns Blick schweift ungehindert bis zum Horizont über die mit Steinbrocken übersäte Sandwüste. Nach vorn zu führen das Gleis und der Telegraphendraht in die Berge. Der Zug rückt vor, das nächste Lokomotivpaar muß an den Wassertank. Bei jedem Halt werden Kohlen in Eimern von den Wagen zu den Lokomotiven gebracht und in deren kleine Vorratsbehälter geschüttet.

Leutnant Oswald bläst in seine Trillerpfeife, und Sergeant Demmel brüllt: »Einsteigen! Einsteigen! Rauf auf die Wagen!« Der Leutnant geht den Zug ab und kräht: »An die Gewehre!« und: »Mündungsschoner abnehmen! Gewehr laden und sichern!«

Ettmann hält sein Gewehr in der linken Armbeuge, mit der rechten Hand legt er den Kammerhebel um und öffnet die Verschlußkammer, dann klappt er eine Patronentasche auf und fingert einen Patronenrahmen mit fünf Schuß heraus. Den drückt er in die Kammer, schließt das Schloß und legt den Sicherungshebel um. Klicken und Klacken den Zug entlang. Patronentasche schließen. Der Sergeant pliert über die Bordwand, ob es auch jeder richtig macht.

»Visier fünfhundert!«

Ettmann schiebt den Visierrahmen auf die 500-Meter-Marke.

»Von jetzt an wird aufgepaßt! Mit Feind muß gerechnet werden!«

Nun knien und hocken sie auf den Wagen, die Gewehrläufe stacheln nach allen Richtungen über die Bordwände.

»Nicht in den Vorderwagen zielen, Sie Rindvieh!«

Achtungspfiff: Ruck, noch ein Ruck. Ettmann hält sich am Spriegel fest, der die Plane trägt.

Knapp einen Kilometer nach der Station geht es erst über einen Damm, dann gleich durch einen vierhundert Meter langen und dreieinhalb Meter tiefen Einschnitt in rotem Granitgestein. Ideale Stelle für einen Hinterhalt, denkt Ettmann; es lauert ihnen aber keiner auf. Hier in der steinigen und wasserlosen Wüste gibt es noch nicht einmal Tiere, geschweige denn Rebellen.

Der Zug rumpelt und wankt auf seinen schmalen Schienen den dunstblauen Bergen entgegen. Unendlich spannt sich der blaue Himmel über ihnen. Ganz allmählich wird die Wüstenlandschaft steiniger und hügeliger, und es geht immer weiter bergan, in quälend langsamer Fahrt, obwohl die kleinen Maschinen in hektischer Eile stampfen und fauchen. Gemächlich wandern die Telegraphenstangen daher und vorbei. Zu beiden Seiten Geröllhaufen, Sand, Kies und wieder Steine, große Brocken, manche mannshoch. Hier und da die Stachelkrone einer niedrigen Aloe. Ettmann döst mit offenen Augen, den linken Arm auf den Rand der Bordwand gelegt, das Gewehr rechts im Arm. Der Stahl der Waffe ist in der Sonne glühend heiß geworden.

Vorhin hat er, aus Langeweile, versucht, alle Bezeichnungen, mit denen die Eingeborenen hier belegt sind, in sein Büchlein zu notieren, aber der Wagen schaukelte derart, daß er das Schreiben aufgeben mußte. Jetzt gehen ihm die Namen im Kopf herum, immer und immer wieder, wie ein Ohrwurm oder, besser gesagt, wie ein Gehirnwurm: Hottentotten. Neger. Buschleute. Krausköpfe. Hereros. Kaffern. Klippkaffern. Ovambos. Schwarze. Gelbe. Baster. Und Beschimpfungen: Mordbuben. Mordbrenner. Viehräuber. Wilde. Heiden. Schwarze Sippschaft. Banditen. Wegelagerer. Die Wörter mischen sich: Mordlagerer. Viehbrenner. Wegebuben.

Wer soll der Feind sein, gegen den sie ins Feld ziehen? Eine Vorstellung des Gegners will ihm nicht recht gelingen. Die Eingeborenen, die er bisher gesehen hat, waren die, die in Swakopmund herumsaßen oder an der Mole bauten oder Loren schoben. Fabers Hausdiener. Und der alte Johannes, mit dem er bei dem Lokomobil in der Wüste war. Der ist aber kein Herero, sondern ein Hottentott. Nur die Hereros sollen sich erhoben haben.

Wie sie, die Deutschen, wohl von den Eingeborenen genannt werden? Ob es jemanden hier im Zug gibt, der die Sprache der Hereros oder der Hottentotten versteht oder gar selbst sprechen kann? Die Wagen stoßen und schwanken. Ettmann hat Mühe, wach zu bleiben.

Der Zug rollt durch Hügelland voller Felsbrocken und roter Steine. Ettmann schätzt ihre Geschwindigkeit auf zehn, höchstens fünfzehn Kilometer in der Stunde. Die Strecke steigt an, und der Zug wird immer langsamer. Im hinteren Wagen spielen sie Karten, und wenn der Waggon allzusehr schwankt, hört man sie johlen: »Holla, Lokführer! Nicht so schnell!«

Ettmann faltet das Kartenblatt Windhuk auf, welches einen streifenförmigen Ausschnitt des Landes zwischen der Atlantikküste und der Ostgrenze des Landes darstellt. Der schwarze Strich der Bahnlinie verläßt hier allmählich das Elfenbeinweiß des Flachlandes und nähert sich dem braun schraffierten Bergland.

Die Lokomotiven müssen sich anstrengen. Sie schnaufen und zischen und wummern schwarzgrauen Qualm in die flirrend heiße Luft. Ohne Halt geht es klirrend und ratternd durch Rössing. »Station ist nach dem Kommandeur der Eisenbahnbrigade benannt!« schreit Leutnant Oswald Ettmann ins Ohr und wiederholt es gleich noch einmal, so laut, daß es jeder im Wagen versteht. Ein Leutnant als Fremdenführer, denkt Ettmann, wir machen eine Art militärische Landpartie, und man weist uns auf die Sehenswürdigkeiten hin. Hörenswürdigkeiten wäre in dem Fall wohl das passendere Wort. Das Stationshaus ist aus Brettern gebaut und hat einen kleinen Uhrturm, der mit Schnitzwerk verziert ist. Ein schwarzweißrot geringelter Flaggenmast krönt das Türmchen, daran schläft reglos die deutsche Fahne. Abseits steht ein kleines Aborthäuschen, ein paar Schritte weiter ein Wellblechschuppen. Es gibt auch noch einen niedrigen Wasserkasten aus Eisen. Ein paar hundert Meter weiter zwei Buden. Noch weiter weg, am Fuß eines Hangs, ein niedriger Lehmziegelbau. Das ist Rössing in seiner ganzen Pracht. Ringsum nichts als Sand und staubig braune Steinbrocken. Graubraune Hügel in der Nähe. Blaue Berge in der Ferne.

Vier Uhr dreißig am Nachmittag, sieht Ettmann und steckt die Uhr wieder ein. Rücken und Beine schmerzen ihm vom beengten Sitzen. Sechseinhalb Stunden sind seit der Abfahrt von Swakopmund vergangen. Der Zug nähert sich jetzt der Station Khanrivier. Die Bahn verläuft hier im 150 Meter breiten Rivierbett des Khan, die Felswände zu beiden Seiten haben wohl keinen anderen Weg zugelassen. Die viergleisige Bahnhofsanlage liegt in einer engen und wild zerklüfteten Gebirgsschlucht, mitten in der Sandfläche des Riviers, die von Felswand zu Felswand reicht. Von den steilen Wänden hallen die Auspuffschläge der sechs kleinen Lokomotiven schier ohrenbetäubend zurück.

Zweihundert Meter vor den Stationsgebäuden geht es nicht mehr weiter. Ettmann sieht Oberleutnant v. Zülow am Wagen vorbeilaufen, nach vorn zu den Loks. Zülow kommt gleich wieder zurück und ruft auf die Wagen hinauf: »Aussteigen, alle Mann! Raus aus den Federn, los, los!« Zum Sergeanten sagt er: »Demmel, holen Sie alle Schaufeln aus dem Waggon mit dem Werkzeug! Vorn gibt's Arbeit!« Ettmann klettert über die Bordwand, springt in den feuchten Sand und läuft mit den anderen nach hinten zum Werkzeugwagen. Schaufeln und Hacken werden herausgezerrt und verteilt. Es gilt, vor dem Zug die Schienen von angeschwemmtem Sand freischaufeln. Für die Gleise war ein Damm aufgeschüttet, mit einem engen Durchlaß über der Abflußrinne im Flußbett. Die Nacht zuvor hat es hier und auf der Hochfläche schwere Regenfälle gegeben, hört Ettmann. Als das Rivier in den frühen Morgenstunden abkam, wurde dieser Damm zum großen

Teil weggeschwemmt, jetzt hängen die Schienen in der Luft und müssen mit Sand unterstopft werden. Dann muß alles festgeklopft und festgetrampelt werden, bevor das schmale Gleis das Gewicht der Maschinen tragen kann. Eine Zwillingslokomotive wiegt immerhin siebzehn Tonnen.

Noch immer gurgelt Wasser in Rinnen durch das Rivier, und Ettmann muß ein paarmal bis zu den Knien in die braunen Schlammfluten. Die kalte, sandige Brühe läuft ihm oben in die Stiefelschäfte, ein ekliges Gefühl! Wie soll er bloß die Strümpfe wieder trocken kriegen? Neben ihm schaufelt der Österreicher mit verbissener Wut. Jetzt spürt er seinen Blick und schimpft: »A trockens Land, hat's g'heißen! Wüstenklima! Daß i net lach!« Seine Hosen sind naß bis zum Rock hinauf.

Der Zug rückt vor, hält wieder an. Die Strecke ist aus fünf Meter langen sogenannten Gleisjochen gebaut, das sind fertige Schienenrahmen, mit Stahlschwellen verschraubt, wie sie bei den Feldbahnbrigaden des Heeres verwendet werden. Sie lassen sich gerade noch von zwei kräftigen Männern tragen. Mit Fußtritten und Hammerschlägen werden die verrutschten Joche in die richtige Lage zurückgestoßen und die Verbindungslaschen der Schienen hastig verschraubt, dann wird das Gleis unterstopft. Der Sand ist naß und schwer, die Schaufelei ist eine Knochenarbeit, das umgehängte Gewehr im Weg. Zülow läßt die Waffen nicht ablegen, weil die Gefahr besteht, daß man von Aufständischen belauert wird. Fast alle Mann müssen ran, bis auf wenige ausgeschickte Posten. Die Felsenschlucht hallt wieder von Hammerschlägen, eisernem Geklirr und Rufen und dem Schürfen und Scharren der Schaufeln.

Ettmann steckt die Schaufel mit einem Ruck in den Boden. Er ist müde und hungrig. Schultern und Arme schmerzen, in den Handflächen haben sich Blasen gebildet. Er zieht die Uhr aus der Rocktasche und wirft einen geistesabwesenden Blick auf das Zifferblatt: Schon halb fünf. Die Sonne ist bereits hinter den zerklüfteten Bergen versunken. Violett düstern die Schatten hier unten in der Schlucht.

Endlich sind das Hauptgleis bis zur Steigung und ein Umfahrgleis benutzbar. Während die Loks der Reihe nach Wasser aus

dem Tank nehmen, dürfen sich die Leute ausruhen und die Feldflaschen auffüllen, es gibt heißen Kaffee und ein Stück Hartbrot
mit Dauerwurst für jeden. Auch die völlig erschöpften Lokomo-
tivführer und Heizer werden verpflegt. Viel Ruhe gibt es für sie
nicht, die Maschinen wollen noch ausgeschlackt und abge-
schmiert sein.

»Gleich geht's bergauf, Kinder!« sagt Sergeant Demmel, mit
vollen Backen kauend. »Steilrampe! Vier Kilometer lang!«

Die Steilrampe beginnt hinter dem Bahnhof und führt mit einer
Steigung von 45 Prozent aus dem Flußtal das zweihundert Meter
hohe östliche Steilufer auf die Wellwitschia-Hochfläche hinauf.
Ettmann weiß aus der Karte, daß die so heißt, und daß sie gewissermaßen eine der Stufen bildet, die zum zentralen Hochland hinaufführen.

Nun schaut er zu, wie der Zug über das geräumte Umfahrgleis
auseinanderrangiert wird. Eine Doppellokomotive mit ihren
zweimal 40 PS kann höchstens zwei beladene Wagen hinauf-
schieben, erklärt der Sergeant, der die Fahrt schon mehr als zehnmal mitgemacht hat. Die Sicherheitsbestimmungen schreiben zudem vor, daß auf Steilrampen die Lokomotive stets am Talende
des Zuges zu sein hat. Man macht die Wagen so leicht wie möglich, alle müssen laufen, und die Pferde werden geführt.

Trotz der nahenden Dunkelheit drängt v. Zülow auf Weiterfahrt. Es fängt auch wieder an zu regnen. Ungeduldig zischend
schwanken die Lokomotiven auf krummen Schienen hinter dem
Bautrupp her, bis endlich die Steigung beginnt. Hier haben die
Wassermassen das Gleis nicht mehr erreichen können. Erleichtert werden die Schaufeln in die Wagen geschmissen oder von den
Männern der Stationsbesatzung zum Bahnhof zurückgebracht.

Der Zug kämpft sich im Schrittempo die Rampe hoch. Ein
leichter Regen fällt aus tiefhängenden Wolken. Die abgesessenen
Soldaten helfen schieben. Feucht und rutschig sind die Schienen,
die Räder schleudern immer wieder. Die Lokführer können die
Hand nicht vom Sandstreuer nehmen. Dazu werfen ein paar der
nebenher Gehenden ganze Hände voll Sand auf die Gleise, damit
die kleinen Räder besser greifen.

Es ist sechs Uhr abends, als endlich die Station Wellwitsch auf der Hochfläche erreicht wird. Ettmann ist erschöpft und müde von dem anstrengenden Marsch in der nassen, rutschigen Dunkelheit. Jetzt können sie sich alle ein wenig ausruhen. Die Lokomotiven fahren gleich wieder hinunter, um die restlichen sechs Wagen heraufzuholen.

Von nun an bleibt der Zug in drei Teilen. Er wird so umrangiert, daß einer der beiden Güterwagen vor dem ersten Lokomotivgespann rollt. Auf diesem Waggon wird eine Barrikade aus Säcken, Wellblech und Kisten errichtet. Schützen gehen dahinter in Stellung. Hinter der Lok hängen noch zwei Wagen. Die beiden anderen Züge, auch mit den Lokomotiven zwischen den Waggons, folgen in wechselndem Abstand von dreihundert bis fünfhundert Meter. Die Maschinen fahren jetzt ohne Licht, auch das Rauchen ist streng verboten worden. »Der Krawall ist schon schlimm genug, da muß man uns nicht auch noch von weitem sehen können«, sagt Leutnant Oswald zu Sergeant Demmel, und der antwortet, wie es sich gehört: »Jawohl, Herr Leutnant!«

Ettmann ist im mittleren Zug. Ein paar haben sich Decken umgehängt oder die Mäntel angezogen. Hier oben geht ein Wind, der es in der klammen Uniform recht kühl und ungemütlich werden läßt.

Der Gefreite beugt sich zu Ettmann hinüber und ruft: »Wird wohl doch ernst! Zülow hat den Kriegszustand für die Bezirke Swakopmund und Karibib erklärt! Hab das unten in Khan gehört, Zülow hat da nämlich ein Telegramm gekriegt, in dem hieß es, daß Aufständische die Bahnstation Waldau angreifen! Außerdem belagern sie die Feste in Okahandja, und dahinter sollen sie die Gleise zerstört haben!« Ettmann fragt zurück: »Okahandja? Ist das ein großer Ort?« Der Gefreite zuckt die Achseln: »Groß nicht, aber wichtig. Es ist der Hauptort im Hereroland. Samuel Maharero, der Häuptling, hat dort sein Haus. Gleich in der Nähe ist auch das große Hererodorf Osona.« Er rückt ein wenig näher heran, damit Ettmann ihn im Geratter des Zuges besser verstehen kann, und sagt laut: »War voriges Jahr dort stationiert, bei der Gebirgsbatterie! Inzwischen bin ich bei der Swakopmunder Polizei. Es hat eine große Feste in Okahandja«, fährt er fort, »Bezirksamt, Post, Bahnhof, Kirche, einen großen Wecke & Voigts-Store,

98

paar Kneipen, alles, was das Herz begehrt. Von Okahandja ist es
dann nicht mehr weit bis Windhuk, vielleicht sieben oder acht
Stunden mit der Bahn.«

Ein leichter Regen fällt. Wegen der tiefhängenden Wolken ist
es stockdunkel, blind rumpelt der Zug durch unsichtbare Landschaft, ohne Licht, aber mit Geklirr und Geratter. Man kann nur
hoffen, daß das Gleis nicht irgendwo kaputt ist.

Die vordere Lokomotive bläst zwei Pfiffe in die Nacht. Ettmann schreckt auf, der Bremser kurbelt wie verrückt. Schleifen
und Kreischen, der Zug bleibt stehen. Häuser! Zwei Petroleumlaternen werfen ihr schwaches Licht auf zwei kleine Bahnhofs-
bauten mit Veranden zur Gleisseite hin. »Jakalswater« liest Ettmann auf der Fassade, das ist einer der seltsamen Namen, die ihm
auf der Karte aufgefallen sind. Eine Wasserstelle, an der Schakale
trinken? Unter einer Wasserstelle kann er sich nicht viel vorstellen, solange er keine gesehen hat. Eine Quelle? Ein Teich? Eine
künstliche Tränke? Leider ist in der Dunkelheit nicht viel von der
Umgebung zu sehen.

Alles ist jedenfalls friedlich, der Bahnhofsvorsteher ist auf seinem Posten und salutiert, die rote Laterne in der Linken. Ettmann
kann hören, wie er sich mit dem Lokführer frotzelt: »Nanu, Victor, so spät noch unterwegs? Zu Hause ausgebüchst, was!« Ha-
stiges Versorgen und Abschmieren der Maschinen und Wassernehmen; auch Feldflaschen können gefüllt werden. Es gibt noch
einmal heißen Kaffee, Frau Haym, die Besitzerin des Stores, verteilt Weihnachtsgebäck und trockenen Christstollen an die Männer. Neben dem Gleis zeigt ein Wegweiser nach Osten in die
nachtdunklen Hügel. Ettmann liest im trüben Laternenschein:
Salem 12 km; Geduldsprobe 37 km ➤➤

13. Januar (Mittwoch):

Wasser klatscht ihm ins Gesicht, und Ettmann wacht jäh auf.
Ein heftiger Regenguß geht nieder, und vom Rand der Plane
stürzt ein wahrer Wasserfall herab. Tiefhängende Wolken ziehen
über den Himmel, der Wind bläst. Der Regen fällt ziemlich schräg
ein, und sie finden nicht alle Schutz unter dem Segeltuch. Ettmann hört die anderen fluchen. Tropfen rinnen ihm von der

Hutkrempe, feucht und klamm wird es im Mantel. Er friert richtig, es ist ganz schön kalt geworden. Wenn der Zug nicht so einen Lärm machen würde, müßte man alle fünfzig Mann mit den Zähnen klappern hören, und die zwölf Pferde dahinten auch. Dabei ist doch jetzt Hochsommer auf der Südhalbkugel! Nach ein paar Minuten hört es auf zu regnen, und die Wolken reißen auf. Durch die Lücken funkeln Sterne. Bald sind die Wolken weitergezogen, und über der kahlen, steinigen Berglandschaft wölbt sich ein großartiger, glitzernder Sternenhimmel. Die Sternbilder sind Ettmann fremd und ungewohnt, das Kreuz des Südens findet er nicht. Vielleicht ist es ja noch nicht aufgegangen.

Ringsum öde Berge und Hügel, Geröllhalden ziehen sich bis an die Gleise. Klack-klack, bumm-bumm geht es über die Schienenstöße, dazu das eifrige Wummern der Lokomotiven; wie magische Trommeln hallt das von den Hängen wider. Mit einem Mal, als hätte man einen Schalter umgelegt, kommt Ettmann die Szene ganz unwirklich vor. So fremd ist die Landschaft, wunderlich fremd und unheimlich. Nirgendwo da draußen ein Licht, nur das kalte Blinken der Sterne. Die Pferde hinten in den drei offenen Wagen tun Ettmann plötzlich leid. Eingepfercht in dem Waggon, im Trab durch die Nacht, ohne ein Bein zu rühren. Was die Tiere dabei wohl empfinden?

Das Gleis führt durch eine Senke zwischen zwei Kuppen und neigt sich auf der anderen Seite wieder hinunter. Der Wind braust und weht Ettmann den Hut vom Kopf. Gerade noch kriegt er ihn zu fassen, bevor er in der Nacht verschwindet. Jetzt drückt er ihn sich fest aufs Haupt. Die Planen auf den Wagen flattern.

In Kubas ist alles soweit in Ordnung. Allerdings haben die Einwohner ihre paar Häuser verlassen und sich ins Stationsgebäude geflüchtet. Nun strömen sie ins Freie und begrüßen jubelnd die Soldaten.

Die Aufregung hier ist groß. In der Richtung von Korners Mine hat man gestern abend Schüsse gehört und gegen Mitternacht in nordöstlicher Richtung, nach Ababis zu, auch Feuerschein gesehen.

Zülow läßt den verängstigten Leuten, die mit nur einer Schrotflinte und einem Tesching so gut wie unbewaffnet sind, vier

100

Gewehre mit Munition da. Der Bitte um eine Schutzmannschaft kann er nicht entsprechen, mitnehmen kann er sie auch nicht.

Es wird sofort weitergefahren. Gleich hinter Kubas geht es mit hohlem Gepolter auf einer Holzbrücke über eine Senke. Grau dämmert der Morgen über den Umrissen der Bergzüge.

Ettmann stemmt sich hoch, steif vom langen Sitzen, mit eingeschlafenen Beinen. Er kniet sich auf einen der Hafersäcke, lehnt sich mit den Ellbogen auf die Bordkante und schaut auf die vorbeiziehende Landschaft hinaus. Da sind nur kahle Hügel und Berge, karstig und steinig ist das Land, hier und da kauern niedrige Schirmakazien, fast ohne Blätter, deutlich sieht er die langen silbrigen Dornen. Jetzt geht über den zerklüfteten Bergketten im Osten die Sonne auf und badet die fremdartige Landschaft in goldenem Licht. Wie schön das ist, denkt Ettmann, und das Fräulein Orenstein wird all dies auch sehen, wenn sie sich, irgendwann in ein paar Wochen vermutlich, in den Zug setzt. Er versucht, sie sich vorzustellen, wie sie aus dem Fenster des Waggons blickt, aber neben ihm taucht das Gesicht des bärtigen Gefreiten auf, bleich und übernächtigt. Der reibt sich die Augen, gähnt ausgiebig und starrt eine Weile stumm hinaus. Dann blinzelt er Ettmann aus rotgeränderten Augen an und sagt: »Willkommen im Kaffernland!«

Ettmann lehnt sich über die Bordwand und schaut nach vorn. Wie betrunken schwanken die Lokomotiven auf den dünnen, krummen Schienen. Die Schatten der Wagen, von der Morgensonne grotesk langgezogen, laufen neben dem Zug her, über Sand und Kies und spärliche Grasbüschel. Voraus sieht er ein paar Bäume mit weitausladenden Kronen, wohl Kameldornbäume. Und da ist ein Haus, nein, nur ein kleiner Schuppen. Die Loks pfeifen, blasen Dampf ab und werden langsamer, die Wagen laufen auf und die Puffer knallen aneinander. Die Bremseisen kreischen, der Zug hält.

Er holt seine Uhr aus der Tasche und wirft einen Blick aufs Zifferblatt, nicht ganz sieben Uhr. Er fängt an, sie aufzuziehen, wie jeden Morgen, und merkt, daß er hungrig ist. Der Himmel ist wolkenlos, die Sonne sticht, als wäre sie nie weg gewesen. »Korners Mine« steht auf einem schiefen Schild. Das Wellblechdach des kleinen Schuppens an der Haltestelle ist herabgerissen und liegt auf dem Gleis, ein paar Telegraphenstangen sind umgeworfen. Zülow läßt sie wieder aufstellen. Der Draht ist nicht einmal zerrissen. Der Wind weht immer noch kräftig, und die Blechplatten auf den Schienen klappern. Ansonsten ist es still, bis auf das Zischen und Klanken der Lokomotiven. Weit und breit ist niemand. Das Dach wird beiseite geräumt, und es wird weitergefahren.

Ababis heißt die nächste Station. Im Näherrollen sieht Ettmann, daß etwas passiert sein muß. Kein Mensch zu sehen, und vor dem Stationshaus sind die Laternen umgeworfen und zerschlagen. Der Zug hält jäh an, ein gutes Stück vor der Station. Zülow schickt einen Trupp von zehn Mann vor. Die Männer nähern sich mit schußbereiten Gewehren der Station. Dort fliegen große Vögel auf. Weiter geschieht nichts.

Der Zug wird herangewunken und rückt bis zum Stationshaus vor. Ein niedergebrannter Schuppen, ausgeglühtes Wellblech, schwarz verkohlte Sparren. »Aussteigen!« heißt es. Ettmann klettert über die Bordwand und springt in den Sand. Die Männer sammeln sich vor dem Gebäude, keiner sagt ein Wort. Im Hingehen sieht Ettmann, da liegen welche.

»Sind alle fünf erschlagen worden, alle außer dem hier. Der hat einen Schuß in der Brust, war auch gleich hin. Ist wohl gestern nachmittag geschehen«, meint Stabsarzt Dr. Jacobs und erhebt sich ächzend. »Eingerostet!« sagt er zu v. Zülow. Der sagt geistesabwesend: »Sie sitzen eben zuviel am Schreibtisch, Herr Stabsarzt. Wird Zeit, daß Sie mal ein bißchen an die frische Luft kommen!« Dr. Jacobs verzieht das Gesicht: »Frische Luft ist gut.« Ettmann steht zwischen den anderen und schaut auf die Toten herunter. Die liegen da im Unterzeug, Rock, Hosen und Stiefel sind ihnen ausgezogen worden. Es sind alles Männer, einer davon der Stationsvorsteher. Das Lokomotivpersonal kennt außer ihm nur zwei, und Leutnant Oswald notiert mit grimmigem Gesicht die Namen. In der heißen Morgensonne löst sich die Totenstarre schon. Fliegen sirren. Zülow nimmt seine Mütze ab und reibt sich mit der anderen Hand die Wange. In der Stille hört Ettmann seine Bartstoppeln schaben. »Müssen sie eingraben!« sagt

v. Zülow endlich. Er schaut sich um, macht ein paar Schritt von der Station weg. Sein Schatten ist eine scharfe Zeichnung im Sand. »Hier!« beschließt er und deutet auf eine Stelle zwischen zwei krummen Bäumen. »Jawohl, Herr Oberleutnant!« antwortet Sergeant Demmel und schnappt sich eine Handvoll Freiwilliger: »Du da! Und ihr zwei! Du auch und du da! Schnappt euch Spaten und Hacken, hopp, hopp! Und bringt ein Beil mit, für die Wurzeln!«

Eilig wird ein Grab in den harten und steinigen Boden gehackt und geschaufelt. Je zwei Mann heben die Leichen an Armen und Beinen an und legen sie in die flache Grube. Ein kurzes Gebet mit gesenktem Kopf: »Herr, nimm unsere ermordeten Landsleute zu Dir und sei ihren Seelen gnädig. Amen.« Dann wird das Grab zugeschaufelt, und Steine werden zusammengetragen und darauf gehäuft. Ettmann schaut stumm zu, froh, daß er nicht mithelfen mußte, die Toten zu tragen. Er fühlt sich wie betäubt. Es ist also doch wahr, ein richtiger Aufstand, die Hereros bringen Deutsche um! Er sieht blasse Gesichter, allen ist nun klar geworden, daß es ernst ist. Die bedrückte Stimmung schlägt um, Wut macht sich Luft: »Totgeschlagen wie Vieh!« und: »Diese schwarzen Schweine, verflucht noch mal!« Ettmann sagt nichts. Er fühlt sich irgendwie hilflos, von den Ereignissen mitgerissen. Dabei ist ihm, als ginge ihn das alles gar nichts an. Er ist doch gerade erst angekommen, hat im Grunde keinen Schimmer, was hier los ist. Zugleich spürt er, noch leise und dunkel wie einen Schatten, eine Ahnung von Furcht.

Zülow schickt einen Trupp los, zwei Lehmziegelhäuser, etwa dreihundert Meter von der Station entfernt, zu untersuchen. Diese werden leer gefunden, bis auf zerschlagenes Mobiliar. Die Aufständischen sind längst weg, die Spuren im Sand hat der Nachtwind schon fast verweht. Zeit für eine kurze Morgenrast, während die Lokomotiven aus dem ganz unbeschädigten Holztank Wasser nehmen. Kohlen werden umgeladen, in die kleinen Vorratsbehälter auf den Führerständen der Maschinen geschüttet. Die Lokomotiven liefern heißes Wasser zum Kaffeekochen. Blechtassen klappern.

Ettmann schlürft seinen Kaffee, und dabei fällt ihm auf, daß auf der Front des Stationsgebäudes »Abbabis« steht, auf seiner

Karte heißt es doch aber Ababis. Er nimmt sich vor, die Karte zu korrigieren. Im Zweifelsfall sollte die Realität recht haben, nicht das Papier. Vorausgesetzt natürlich, der Schriftenmaler hat sich nicht verschrieben. Ich könnte den Stationsvorsteher fragen, denkt Ettmann und beißt im selben Moment die Zähne zusammen. Der ist doch gerade vor seinen Augen begraben worden.

Neun Uhr morgens. Halt bei Kilometer 177. Ettmann blickt auf das Stationshaus Habis, zur Hälfte ausgebrannt, noch rauchend. Ein Toter liegt vor dem Haus auf dem Gesicht, neben der ausgestreckten linken Hand liegt eine unbeschädigte Porzellantasse. Der Schädel ist ihm eingeschlagen. Von anderen Bewohnern keine Spur, Stille ringsumher. Einer dreht den Toten um. Aus dem Mund ist Blut gelaufen und eingetrocknet. Fliegen krabbeln auf der fleckigen Haut herum, fette, glänzende Schmeißfliegen. Leutnant Oswald zückt sein Notizbuch, leckt den Stift an und notiert den Leichenfund.

Sechs Tote haben sie jetzt gefunden, aber weit und breit ist kein Feind zu sehen. Ein Schild ist umgeworfen worden. Ettmann dreht es mit dem Fuß um und liest: »Karibib ↗ 117 km«.

Sergeant Demmel tritt aus dem Haus und ruft zu Leutnant Oswald hinüber: »Telegraphenapparat zertrümmert, Herr Leutnant!« Was immer es sonst hier gab, sagt er, Mobiliar, Geschirr, Werkzeuge oder ähnliches, haben die Schufte weggeschleppt.

Nur Papier liegt überall, aus dem Stationsbuch herausgerissene Seiten, auch welche aus einer Dienstanweisung für Eisenbahnpioniere. Der Wind hat die weißen Blätter weit in der Umgebung verstreut. Noch nach Kilometern sieht Ettmann Papier herumliegen.

»Karibib!« ruft Leutnant Oswald Ettmann ins Ohr, den Finger auf der Karte, »müssen jeden Augenblick dort sein!« Der Leutnant lehnt sich weit aus dem Wagen und schaut nach vorn, die Augen mit der Hand beschattet. »Da kommt schon die Brücke!« Ratternd und scheppernd geht es auf einer eisernen Fachwerkbrücke über ein Rivier, in dem noch Pfützen stehen. Der Himmel bezieht sich wieder, und bald fallen die ersten Tropfen. Flaches Buschland, grauer Himmel, ein naß glänzendes Wellblechdach, noch ein Haus und noch eins. Ein Pfiff, ratternd und stoßend über Weichen hinweg, mit beiden Fäusten hält sich Ettmann im wild schlingernden Wagen aufrecht. Inzwischen gießt es in Strömen aus tiefhängenden Wolken. Zwei elektrische Laternen, die ersten und bislang einzigen in ganz Deutsch-Südwestafrika, blinzeln gelb durch den rauschenden Regen. Verschwommen sieht er dahinter das niedrige Bahnhofsgebäude mit den drei gleich hohen Giebeln und säulengestützten Veranden dazwischen. Kaum steht der Zug, flüchten alle vor dem Regen dort hinein.

Ettmann stellt sich auf der Ortsseite des Bahnhofes unter und schaut über den weiten Vorplatz. Karibib liegt etwa in der Mitte zwischen Swakopmund und Windhuk, weiß er noch von seinem Gespräch mit dem Swakopmunder Stationsvorsteher, und hier übernachten normalerweise die Personenzüge. Deshalb wohl gibt es hier gleich drei Hotels, gegenüber der Station das »Hotel Roesemann« und daneben das »Hotel Rubien«, das sogar eine Kegelbahn aufzuweisen hat. In großen, kunstgeschmiedeten Lettern sind die Namen auf dem jeweiligen Dachfirst angebracht. Das »Roesemann« gefällt Ettmann, es ist eine verwinkelte Angelegenheit mit Veranden, Giebeln und einem Türmchen, das Wellblechdach ist rot und hellgrau gestreift. Ein Haus weiter sieht Ettmann durch den strömenden Regen das zweistöckige »Hotel Kaiserhof«. Das gehört Heinrich Kahl und seiner Frau, die zusammen auch die Bahnhofswirtschaft leiten und zu alledem noch ein Druckereigeschäft mit Postkartenverlag führen, erfährt Ettmann von einem seiner Mitreisenden, dem jungen Mann mit der Drahtbrille. Der Vorplatz ist schön mit weißen Steinen eingefaßt, junge Bäumchen sind gepflanzt, hier hat man sich Mühe gegeben. Augenblicklich aber gleicht der Platz eher einem Sumpf, und die Einwohner haben außen herum alle Häuser mit Barrikaden aus Wagen und Dornbüschen verbunden.

»Hier in Karibib läßt es sich aushalten!« sagt der mit der Drahtbrille zu Ettmann. »Dabei gibt es den Ort grade mal drei Jahre, nämlich erst seit die Bahnbauer hier angekommen sind!«

Es gibt hier aber schon ein Bezirksamt und eine Polizeistation, eine Missionskirche, das Hospital, eine Weißbierbrauerei, ein Ladengeschäft sowie eine Niederlassung der Firma Hälbich & Co., die hauptsächlich Wagen und Karren baut. Anders als in Swakopmund sieht man nur wenig Holz und Wellblech; die Häuser sind niedrige, weißgekalkte Stein- und Ziegelbauten, auch einige recht schmucke Wohnhäuser, eines ist schon fast eine Villa. Karibib prosperiert; in der Nähe sind ergiebige Marmorvorkommen und angeblich sogar eine Goldmine entdeckt worden. Außerdem beginnt hier die große Pad von Karibib nach dem Norden, über Omaruru nach Outjo und weiter zu den Otavi-Minen und nach Grootfontein.

Ettmann bleibt unter dem Vordach der Station, wie ein Vorhang pladdert das Wasser aus der überlaufenden Traufrinne. Oberleutnant v. Zülow und Leutnant Hauber kommen aus dem Haus und bleiben neben ihm stehen. »Noch nie so viel Regen hier erlebt«, sagt der ältere Hauber kopfschüttelnd, »schwimmt ja alles weg! Im Etiro-Rivier sollen gestern ein Bur und sein Kaffer ertrunken sein.« Von Zülow nickt und streicht sich den Bart. »Verdammt nasse Angelegenheit dieses Jahr«, brummt er nur und starrt in den rauschenden Regen hinaus. Bahnbetriebsassistent Paschasius gesellt sich dazu und sagt: »Wenn es nur keine von den Brücken fortgeschwemmt hat!« Paschasius trägt seine Eisenbahneruniform: schwarze Hosen, blaue Litewka mit blanken Knöpfen, blaue Dienstmütze mit Flügelrad und Kokarde. Neben den Offizieren in ihrem durchnäßten und tristen Khaki wirkt er wie ein Großadmiral.

Heftige Regenschauer ziehen rauschend über den Ort hinweg, Sand und Dreck spritzen, es trommelt und dröhnt auf den Wellblechdächern. Wer 'raus muß, rennt. Oberleutnant v. Zülow verstärkt seine Truppe, indem er alle zur Verteidigung Karibibs entbehrlichen Leute mitnimmt, insgesamt zweiunddreißig Mann. Auch einige Eisenbahner sind dabei, denn es ist zu befürchten, daß die Strecke nach Okahandja an vielen Stellen unterbrochen sein wird und repariert werden muß. Zülow organisiert außerdem in den zwei Stunden Aufenthalt die Verteidigung des Ortes und überträgt den Befehl dem Leutnant Hauber.

Kurz vor elf hört es endlich auf zu regnen. Es gibt heißen Kaffee und etwas zu essen für alle. Punkt zwölf Uhr mittags verläßt der Zug mit Proviant für drei Tage Karibib in Richtung Okahandja. Drei zusätzliche Wagen werden mitgenommen, zwei davon sind mit Schienenjochen beladen. Ein leichter Wind weht von Nordosten her und treibt den Rauch der Lokomotiven fast waagerecht vom Zug weg über den Busch davon. Ganz allmählich biegt die Strecke nach Südosten. Es sind noch 117 Kilometer bis Okahandja zu fahren, 188 wären es bis Windhuk. Immer öfter stößt man jetzt auf Zerstörungen. Die Telegraphenleitung ist über viele Kilometer heruntergerissen, die Isolatoren sind zerschlagen, Masten umgeworfen und zerhackt. Auf einer Brücke gerät der Zug ins Schwanken, jemand hat versucht, die Laschen und Bolzen der Schienenverbindung aufzuschrauben.

Die Wolken ziehen weiter, die Sonne scheint, und gleich wird es heiß und schwül. Es sprießt überall saftig grün vom vielen Regen, Blumen und Büsche blühen. Wie schön ist das Land im Sonnenlicht! Weit dehnt sich die buschbestandene Ebene, unendlich weit, bis an die Grenze der Sichtweite. Majestätisch langsam segeln weiße, hoch aufgetürmte Wolkenberge über den stahlblau gleißenden Himmel. Rechts, im Süden, reihen sich ferne Berge aneinander, blaß und blau, in der heißen Luft flimmernd und wabernd.

Ettmann sitzt und schaut, die nie zuvor gesehene Landschaft schlägt ihn in ihren Bann. Die Räder dröhnen auf den Schienen. Im ratternden Wagen fragt der Österreicher mit dem schwarzen Vollbart Leutnant Oswald: »Verzeihn Herr Leitnant, bitt' fragen zu dürfen, ob mir die einzigen san, wo gegen die Neger aufgeboten san?«

Der Leutnant steht mit dem Rücken an die Bordwand gelehnt und liest, hin und herschwankend, in einem kleinen Büchlein. Jetzt schaut er den Österreicher an und runzelt die Stirn. Da der Leutnant nicht gleich antwortet, glaubt der Österreicher, er hätte gegen die militärische Etikette verstoßen, rappelt sich auf und fügt hinzu: »Bitt' Herrn Leitnant gehorsamst um Verzeihung: Ernstl, Veit-Augustin, Freiwilliger! Schützenreservist im k. u. k.- Infanterieregiment Nummero vierzehn in Linz, Herr Leitnant!« Der Leutnant winkt ab und sagt: »Schon gut, lassen Sie nur. Nein, die einzigen sind wir nicht. Reservisten sind überall eingezogen worden, also auch in Okahandja und in Windhuk. Aber Sie wissen ja, der größte Teil der Schutztruppe ist derzeit unten im Süden.«

Ettmann rutscht ein wenig näher, um besser zu hören. Der Leutnant klappt sein Buch zu, behält es aber in der Hand, den Zeigefinger als Lesezeichen darin. »Ein Österreicher sind Sie? Da werden Sie kaum etwas über die militärische Organisation im Schutzgebiet wissen, wie?« Ernstl schüttelt den Kopf und sagt: »Nein, Herr Leitnant, weiß ich gornix drüber!« Oswald nickt und sagt: »So. Also passen Sie auf: Die ganze Südwester Schutztruppe ist zweiundvierzig Offiziere und siebenhundertachtzig Mann stark. Davon sind zweihundertachtzig auf den Polizeiposten tätig und über das ganze Land verstreut. Die können nur zur Verteidigung ihrer Stationen verwendet werden, die ja nicht unbesetzt bleiben dürfen.«

Er schaut Ettmann an und dann die anderen Uniformierten, die im Wagen hocken. »Weiß wahrscheinlich auch keiner von euch. Bleiben also fünfhundert Mann Feldtruppe. Die teilen sich in vier Kompanien und eine Batterie Gebirgsgeschütze. Kompanien sind ungefähr hundert Mann stark, die Gebirgsbatterie mit fünf Geschützen auch.«

Alle im Wagen sind herangerückt und hören zu. Der Leutnant schweigt eine Weile und schaut auf die langsam vorbeiziehende Landschaft hinaus.

»Die 1. und die 3. Feldkompanie sind derzeit im Süden gegen die Bondelzwarts eingesetzt, die Gebirgsbatterie auch. Hauptmann Franke ist mit seiner 2. Kompanie seit fast zwei Wochen auf dem Marsch dorthin. Nur die 4. Kompanie ist im Herero-Land geblieben, aber die steht weit oben in Outjo, an der Grenze zum Ovambo-Land. Was dort im Norden los ist, wissen wir nicht.« Er zieht eine Grimasse und fährt fort: »Nun haben wir durch Einziehung von Reservisten die Zahl der Soldaten in etwa verdoppelt, haben also rund tausendsechshundert ausgebildete Männer zur Verfügung; wohlgemerkt: fürs ganze Land! Das ist gewiß nicht viel für ein Gebiet, das größer ist als das Deutsche Reich, vom Bodensee bis hinauf nach Königsberg! Da kein Punkt des Landes ohne militärischen Schutz bleiben darf, können sie außerdem nie alle zusammengezogen werden. Vergessen Sie auch nicht, daß es so gut wie keine Straßen gibt und nur diese einzige Bahnstrecke hier. Die Truppe ist zwar komplett beritten, bis aber beispielsweise die 1. Kompanie aus der Gegend von Warmbad wieder hier im Herero-Land eintreffen könnte, würden selbst bei größter Eile gut drei Wochen vergehen.«

Einer mit blonder Bartkrause, dem Dialekt nach ein Hamburger, sagt: »Denn sieht das also gar nich gut aus?« Leutnant Oswald schüttelt energisch den Kopf. »Würde ich nicht sagen. Der Herero ist zwar frech, aber im großen und ganzen faul und feige dazu, und einer gut ausgebildeten europäischen Truppe ganz bestimmt nicht gewachsen. Nein, was mir Sorge macht, sind die Familien auf den vielen einsam gelegenen Farmen und auch unsere Polizeiposten, die ja manchmal nur von zwei bis drei Leuten besetzt sind. Die werden sich die Kerle nicht lang vom Leibe halten können.«

Der Österreicher fragt: »Wieviel Hereros hat es denn, Herr Leitnant?«

Oswald nimmt seine Brille ab, hält sie auf Armeslänge von sich und späht hindurch, erst mit dem linken Auge, dann mit dem rechten, so als könnte er die Anzahl irgendwo da draußen lesen. Dann setzt er die Brille wieder auf und sagt: »Na ja, vor ein paar Jahren hat man sie mal auf insgesamt etwa achtzigtausend geschätzt. Wenn alle, also die fünf wichtigsten Häuptlinge mit ihren Stämmen, aufgestanden sind, dann haben wir vielleicht sechstausend Krieger gegen uns. Vielleicht auch achttausend. Schätzungsweise. Gezählt hat sie bislang niemand.«

Die Leute sehen sich an und schweigen nachdenklich. Die Kupplungen klirren, die Wagenkästen knarren und ächzen, klackklack, bumm-bumm rollen die kleinen Räder. Ettmann hat ein unheimliches Gefühl. Drei Kompanien kämpfen im Süden gegen dreihundert Bondelzwart-Hottentotten und werden nicht mit ihnen fertig. Dabei sind die verachteten Hottentotten kleine, schmächtige Kerle.

An der Bahnstation Friedrichsfelde läßt v. Zülow die zwölf Pferde ausladen, ein wenig auf- und abführen und tränken. Zwölf Mann werden ausgesucht, satteln die Tiere, sitzen auf und reiten nun als Vorhut dem Zug voraus.

Heiß brennt die Südsommersonne vom wolkenlosen Himmel. Kurz hinter der verlassenen Station scheuchen die Reiter einen

Schwarm Perlhühner über die Gleise. Die dicken, weißgepunkteten Vögel mit ihren kleinen roten Köpfen und den blauen Hälsen rennen flatternd querfeldein davon. Natürlich gilt Schießverbot.

2 Uhr 10 am Nachmittag ist es, als der Zug in die Station Johann-Albrechts-Höhe rollt und mit Gequietsche zum Stehen kommt. Auf dem Ausweichgleis steht ein langer Güterzug. Drei Leute vom Personal liegen erschlagen in der Nähe der Lokomotiven. Das Gelände ist mit zerrissenen und aufgeweichten und wieder getrockneten Pappschachteln und Zetteln übersät.

Das kleine Empfangsgebäude ist zerstört und verlassen. Ettmann klettert von seinem Wagen herunter, als v. Zülow daherkommt und sagt: »Mitkommen, Sie da, und Sie und ihr dahinten!« Zülow marschiert schnurstracks auf einen etwa fünfhundert Meter entfernten Bau zu, und Ettmann folgt ihm mit fünf anderen, Gewehr in der Hand. Über dem Eingang des Gebäudes steht in sauber gemalten Buchstaben: Polizei. Sie sind noch fünfzig Meter von dem Haus weg, als die Tür auffliegt und an die zwanzig Menschen herausquellen, Männer, Frauen und Kinder. »Gott sei Dank!« ruft ein grauhaariger Mann in Eisenbahneruniform und fällt Zülow beinahe um den Hals, und die Frauen schluchzen vor Erleichterung, während drei Kinder mit großen Augen die Soldaten anstarren. Die Leute haben sich hier im Polizeiposten verschanzt, als die Hereros über den Zug hergefallen sind und die Mannschaft erschlagen haben. Die Wagen waren mit der Jahreszuteilung an Ausrüstung und Bekleidung für die Schutztruppe beladen und sind von den Aufständischen geplündert worden. Hunderte von Uniformen sind ihnen hier in die Hände gefallen. Sie haben aber keinen Versuch gemacht, den Polizeiposten zu stürmen.

Zülow schickt die fünf Frauen und drei Kinder mit vier älteren Männern nach Karibib zurück, mit einer hier vorgefundenen Draisine. Die beiden Polizisten und sechs Männer werden bewaffnet und sollen in den jetzt leeren Pferdewagen mitfahren; danach werden die toten Eisenbahner nicht weit vom Stationshaus begraben. Um drei Uhr kann es weitergehen.

Ein Rudel Antilopen galoppiert kurze Zeit neben dem Zug, biegt dann ab und flüchtet mit unglaublich hohen Sprüngen querfeldein. Die Tiere sind braun mit weißen Bäuchen und haben kurze, lyraförmige Hörner. Leutnant Oswald verfolgt sie mit dem Feldstecher. »Springböcke!« ruft er, »Seht euch an, was die für Hüpfer machen!« Er wendet sich um und sagt zu Ettmann, der ihm am nächsten steht: »Da erwacht doch das Jagdfieber im Manne, nicht wahr?« Ettmann, der nichts dergleichen verspürt, antwortet: »Jawohl, Herr Leutnant!«

Kurz vor fünf Uhr wird Okasise erreicht. Auch diese Station ist am Vortage von den Hereros überfallen worden. Das bescheidene Stationshäuschen ist ausgebrannt und rußgeschwärzt, das Wellblechdach herabgerissen, Mobiliar liegt zerschlagen herum. Gleich vor der Tür liegen zwei Männer tot auf dem Gesicht. Man dreht sie um. Zülow kennt sie beide, der eine ist der Streckenwärter Uhlhorn und der andere ein Kunstmaler namens Hermann. Beiden ist der Schädel eingeschlagen. Der nächtliche Regen hat Blut und Hirn in den Sand gewaschen. Der tote Uhlhorn hält einen Spazierstock fest umklammert. Vielleicht hat er sich noch gewehrt. Dort, wo Hermanns Zelt stand, sieht man die Pflöcke im Boden, liegen aufgeweichtes und wieder getrocknetes Papier und zertretene Farbtuben im Sand.

Neben der Station hatte der Streckenwärter ein dürftiges Küchengärtchen angelegt und mit einer Einfassung aus in den Boden gesteckten Bierflaschen umgeben. Darin wird er nun mit dem Maler begraben. Mit entblößten Häuptern stehen sie im Halbkreis um das Grab, während Oberleutnant v. Zülow ein abgekürztes Vaterunser spricht: »Vater unser, der Du bist im Himmel, geheiliget werde Dein Name, Dein Reich komme. Amen.«

Die Strecke führt vom Haltepunkt François an wieder abwärts, und der Zug rollt mit munteren fünfzehn Stundenkilometern dahin. Hinter ihnen im Westen glüht der Himmel wie eine Feuersbrunst. Zwischen mauvefarbenen, orange gesäumten Wolkenstreifen geht die Sonne in rotgoldener Pracht unter. Die Gesichter sind in Glut getaucht, vor einem blaugrau und violett dämmernden Osthimmel, in dem die ersten Sterne funkeln.

Ein kurzer Pfiff von der Lokomotive. Ettmann schaut nach vorne, aber dort herrscht schon schwarze Dunkelheit. Der Zug wird langsamer. Noch zwei Pfiffe schickt die Lokomotive in die Nacht, lang und drängend, und jetzt wird weit vorn ein rotes Licht sichtbar, das hin- und hergeschwenkt wird. »Das wird Waldau sein!« sagt einer und ein anderer: »Warum machen sie dort kein Licht?« Ein dritter warnt: »Vielleicht sind da die Kaffern!« Ettmann hört ein Klicken, da entsichert einer ohne Befehl sein Gewehr neben ihm. Er hat ein mulmiges Gefühl. Wer schwenkt die Laterne da vorn? Der Stationsvorsteher oder ein Aufständischer? Da geht auf einmal die Stirnlampe der Lokomotive an. Ihr greller Schein reißt graue Gestalten aus der Dunkelheit, Männer, weiße Männer, die sich Hüte und Mützen vom Kopf reißen und schwenken. Die Bremsen greifen und kreischen, lautes Rufen und Johlen von vorne. Laternen werden angezündet, Leute kommen an den Zug gelaufen. »Gott sei Dank, daß ihr da seid!«

Mehr Lichter und Laternen tauchen auf, Unbekannte klopfen Ettmann auf die Schultern, und neben ihm fragt v. Zülow einen uniformierten Eisenbahner: »Was war hier los?« Der Eisenbahner antwortet: »Die Kaffern haben uns angegriffen, ein dutzendmal seit gestern früh!« Der Schein einer Blendlaterne fällt auf ein braungebranntes Gesicht, Schnauzbart und unrasiertes Kinn, Aufregung und Erleichterung sind ihm deutlich anzusehen. Ein Farmer mit Gewehr in der Hand sagt: »Haben die Schweinehunde nur mit Müh' und Not abgewehrt! Beim letzten Angriff waren es mehr als dreihundert, das war vor vier oder fünf Stunden!« Er schaut den Eisenbahner an und sagt: »Hab meine Farm stehen und liegen lassen. Jetzt ist sie wahrscheinlich verbrannt und mein Vieh gestohlen!«

Bahnhof und Maschinenhaus sind von Bahnpersonal und geflüchteten Siedlern besetzt. Etliche Häuser sind während der Schießereien in Flammen aufgegangen. Den Verteidigern ist die Munition schon knapp geworden.

Es ist kurz vor Neumond und daher stockdunkel, wegen der dichten Bewölkung und den häufigen Regengüssen sind auch keine Sterne zu sehen. Ettmann sitzt auf der Veranda des Stationsgebäudes hinter der Brüstung, die mit Säcken, Eimern voll Sand, Möbeln und allem möglichen Gerümpel verschanzt und verbarrikadiert ist. Mindestens zwanzig andere Männer sind hier mit ihm, andere kauern hinter den Fenstern und auf dem flachen

Dach. Auch der Güterschuppen und das Maschinenhaus der Bahn sind besetzt. Bis Mitternacht bleibt alles ruhig, aber plötzlich knallt ein Schuß irgendwo hinter dem Haus, und sofort knattern ringsum Gewehre los, und wildes Geschrei brandet auf.

14. Januar (Donnerstag):

Ettmann duckt sich hinter die Barrikade, links und rechts neben ihm schießen sie ins Dunkel, zu sehen ist überhaupt nichts, die Blitze der Mündungsfeuer blenden. Auf einmal ein heller Schein, weiter rechts lodern Flammen empor, das ist die Postagentur, entnimmt Ettmann den aufgeregten Rufen der Männer um ihn her, die ist aber nicht besetzt. Flammen schlagen aus den Fenstern und lecken unter dem Dach hervor, Rauch wirbelt orange und feuerrot und verliert sich in der Schwärze der Nacht. Ein zweiter Brand leuchtet auf, es muß hinter der Station sein, wo Ettmann nicht hin sehen kann. Aber dort rennt einer im Feuerschein und dahinter noch einer, aber bevor er das Gewehr hoch hat, sind die Gestalten schon wieder verschwunden. Links und rechts neben ihm schicken sie ihnen wütende Schüsse nach. Ettmann schießt nicht, aber gleich schrecken ihn neues Geschrei und Schießen auf, und da rennen wieder welche durch sein Blickfeld, jetzt zieht er ab und repetiert und schießt noch einmal, aber da ist schon wieder niemand mehr zu sehen. »Munition sparen!« mahnt eine Stimme aus dem Haus laut, das ist Leutnant Oswald, der ist also mit hier im Stationsgebäude.

Eine Stunde lang bleibt es ruhig. Es fällt ein leichter Nieselregen, und die Brände fallen allmählich in sich zusammen. Im letzten Feuerschein greifen die Aufständischen jetzt Güterschuppen und Maschinenhaus an, eine wilde Schießerei. Die Hereros wissen offensichtlich, wieviel davon abhängt, daß die Truppe nicht nach Okahandja durchkommt. Mehrere Male kommen sie fast bis an die Gebäude, bevor sie von den Posten bemerkt werden und ihr Ansturm im Feuer aus allen Fenstern und hinter der verbarrikadierten Veranda hervor zusammenbricht. Nach einem letzten, vergeblichen Angriff gegen vier Uhr früh geben sie auf und ziehen sich lautlos zurück.

Endlich wird es Tag. Es regnet nicht, die Sonne geht strahlend

auf, stahlblau scheint der Himmel durch Lücken in den träge
ziehenden grauen Wolkenfeldern. Weit und breit ist kein Feind
zu sehen. Ettmann klettert über die Barrikade, steif und unge-
lenk, mit schmerzenden Beinen und Rücken vom langen Kauern.
Es hat weder Tote noch Verletzte gegeben, nicht bei uns, hört
Ettmann und ist erstaunt, aber der Bahnhof sieht wüst aus. Stationsgebäude und Lokomotivschuppen sind mit hunderten Ein-
schüssen übersät. Das kleine Postgebäude ist eine rauchende
Ruine, auch das Beamtenwohnhaus ist ausgebrannt, nur noch die
verrußten Außenmauern aus Beton sind stehengeblieben. Die
Dachbalken sind verbrannt, die Wellblechdächer ausgeglüht und
eingefallen, Schornsteine ragen aus Schutt und Trümmern empor. Der Güterschuppen bei der Station ist eingestürzt, ebenso
das Dach des Lokomotivschuppens, eine Lokomotive steht ganz
unbeschädigt davor. Dort drüben stehen ein paar Männer und
schauen auf etwas herunter, was da im Gras liegt, ein dunkles
Bündel, und daneben noch eins, was haben sie da, wundert sich
Ettmann, fast betäubt vor Müdigkeit, aber gleich wird ihm klar,
was da ist, zwei tote Hereros, Opfer der nächtlichen Angriffe.
Beim Anblick der Verwüstung fällt ihm ein, wie er irgendwann auf
der langen Zugfahrt, gestern war das erst, auch frühmorgens, an
Fräulein Orenstein gedacht hat und daß sie bald den gleichen
Ausblick auf die Landschaft genießen werde. Nun wird sie auch
all dies hier sehen, wenn sie überhaupt noch ins Land fährt. Er
denkt an die wilden Angriffe in der Nacht, das Schießen und den
Feuerschein, und schüttelt den Kopf, das sieht ja doch ganz schön
schlimm aus, das Fräulein bleibt besser in Swakopmund. Etwas
wie Enttäuschung macht sich in ihm breit.

Die Hereros sind bestimmt nach wie vor in der Gegend, es
kommt aber nicht mehr zu Zusammenstößen. Die verbleibende
Munition wird durchgezählt. Es gibt noch genug. Ettmann hat
sechs Schuß verbraucht und erhält einen neuen Ladestreifen als
Ersatz. Oberleutnant v. Zülow hat beschlossen, hört er, den Tag
über in Waldau zu bleiben. Sie sollen sich ausruhen nach der
durchwachten Nacht, erst am nächsten Morgen soll es weitergehen. Dann will man den Ort als zu gefährdet aufgeben, alle hier
angetroffenen Leute sollen mit nach Okahandja fahren.

Der Ovauke

Es ist zu spät, zu spät, die schwarzen Menschen haben sich erhoben! Die Sonne geht hinter die Abendberge und färbt den Himmel tiefrot, rot wie Blut. Aber Petrus läuft. Petrus läuft für den alten Ezechiel und trägt seine Botschaft ins Land, wie er es dem Alten versprochen hat. Petrus ist jetzt auf dem Weg nach Otjimbingwe, denn er will zu Zacharias Zeraua, der dort mit seinen Leuten lebt. Der hat sich dem Aufstand noch nicht angeschlossen. In Okahandja hat er das von einer Gruppe aufgeregter junger Burschen mit Flinten gehört, die dazu gleich wütend die Fäuste in Richtung Otjimbingwe geschüttelt haben. In Okahandja haben sie doch schon gewonnen, und ganz leicht dazu! In der Siedlung der Deutji waren nur noch Hereros unterwegs. Die haben die Holzsachen aus den Häusern der Weißen herausgetragen, Truhen und Tische, und Feuer damit gemacht und Bokkies gebraten. Besoffen waren sie nicht. Es war kein Schnaps mehr da und sonst auch nicht viel, weil die Deutschmänner es alles in ihre Burg geschleppt haben, und was sie nicht mehr tragen konnten, haben sie zerschlagen. Vor dem Voigtsa-Store lag noch der große Scherbenhaufen.

Angst haben die Deutji, sonst würden sie sich nicht im festen Haus verstecken. Wer weiß, vielleicht haben sie soviel Angst, daß sie das Land der Hereros verlassen, die, die noch am Leben sind, und über das Meer zurückkehren in ihr eigenes Land, das da sein soll, wo am Mittag die Sonne scheint, nur noch viel, viel weiter weg. Dort, so sagen manche, haben sie sich wie die Erdferkel vermehrt, so daß gar kein Platz mehr für so viele ist, und sie müssen in kleinen Kisten aufeinander und übereinander schlafen, und darum sind sie jetzt hier, weil sie Platz zum Schlafen brauchen; aber wo die schwarzen Menschen sich niederlegen sollen, die doch zuerst hier waren, das ist ihnen ganz gleich.

Aber Petrus muß weiter, er läuft an Groß-Barmen vorbei und dann weiter nach Klein-Barmen, unermüdlich, immer dem Abend entgegen und immer im weichen Sand des Swakop, der voller Pfützen steht.

Noch einmal wird es Tag und wieder Nacht, bis er nahe bei Otjimbingwe ist. Keine Menschen trifft er unterwegs, niemand, keine Seele. Dorthin, wo die Weißen wohnen, geht er nicht, er setzt sich am Rand des Riviers auf eine Klippe und wartet. Zerauas Leute werden ihn schon finden. Sie sind nicht so blind und hölzern wie die Deutschmänner und spüren es, wenn wer kommt.

Während er wartet, denkt er an den Ovauke, den Seher, an den alten Mann mit dem Zauberatem, Ezechiel vom Waterberg. Der hat ihm gesagt, was er in den Wolken gesehen hat: Die jungen Krieger erheben sich gegen die Weißen, mit Feuerbränden aus den heiligen Feuern. Die Weißen aber nehmen Rache und töten den Ahnenbullen mit dem Großen Rohr, und sein Blut löscht das heilige Feuer. Da kennen die Menschen die Namen ihrer Ahnen nicht mehr; die Wurzeln des Volkes im Vorher sterben ab, und die Menschen haben keinen Halt mehr im Heute, und darum wird es kein Morgen für sie geben. So sagte es auch Kambazembi, der Häuptling der Waterberg-Hereros, der nie etwas anderes trug als Felle und ins Haar geflochtene kleine Muscheln, denn er mochte die Weißen nicht und mochte auch ihre Kleider nicht tragen.

Dunkelheit bricht an für das Volk der Hereros. Zu spät für die Warnung, aber vielleicht lassen sich die Weißen ja verjagen. Vielleicht auch nicht, das wird man sehen. Das Ahnenfeuer aber muß brennen und überleben, mindestens aber die Feuerstäbe der Alten, denn ohne diese läßt sich kein heiliges Feuer mehr entzünden. Wenn die letzte Glut erloschen ist, wird das Volk der Hereros verstreut werden wie die Asche, wenn der Wind hineinfährt und sie davonbläst. Eine alte Weissagung ist das, älter als selbst Ezechiel: In das Ostland wird der Wind die Asche blasen, in die schreckliche Omaheke, in das glühende Land des Dursttodes, aus dem es keine Wiederkehr gibt.

Petrus wartet, bis die Sonne über seinem Kopf ist, und dann kommt ein schwarzer Mann mit einem Schlapphut und einer Pfeife im Mund und hockt sich zu ihm hin. Dann kommt eine Frau und bringt ihm eine Kalebasse mit Omeire, und er trinkt und dankt ihr. Dann geht er mit dem Mensch und dem Frumensch, die sind der Unterhäuptling Kort Frederick und die Fru Petrine.

Nicht in den Weißen-Ort gehen sie und nicht in die Schwarzen-Werft, sondern nach Süden, in den Schatten unter den hohen Bäumen am Swakopufer.

Okahandja

15. Januar (Freitag):

Im zerschossenen Waldau graut der Morgen. Es regnet wieder, und über dem Ort hängt ein widerwärtiger Geruch von nassen Brandstätten und Asche. Um halb sechs soll weitergefahren werden, die Lokomotiven sind angeheizt und zischen und säuseln. Trillerpfeifen und laute Befehle, Hin- und Hergerufe, durch Schlamm und Pfützen läuft Ettmann an den Zug. Er klettert in den zugewiesenen Waggon, nickt den Kameraden zu und sucht sich einen Platz zwischen nassen Kisten, Säcken und Planen, birgt die Kartentasche unter dem Mantel. Tropfen reihen sich an seinem Hutrand. Dicker brauner Qualm quillt aus den Schornsteinen der Lokomotiven, mit jähem Gebrüll bläst ein Sicherheitsventil ab, ein weißer Dampfpilz schießt in die Höhe. Den ersten der drei Züge zieht ein Zwilling. Drei Wagen mit Eisenbahnarbeitern hat er am Haken, ein Waggon ist mit Werkzeug und Schienenjochen beladen. Auf dem vordersten offenen Wagen hat man eine deutsche Fahne an einer Stange aufgezogen. Die Berittenen traben vorbei, den Arbeitszug sichern. Rösser und Reiter sind schon klatschnaß.

Ettmann fährt im Hauptzug, der mit fünfhundert Meter Abstand folgt und mit zwei Doppellokomotiven bespannt ist. Nach weiteren fünfhundert Meter folgt der Schlußzug, der nur aus einer Einzellokomotive und einem Wassertender besteht. Ettmann hockt auf einer Kiste, das Gewehr zwischen den Knien, und kaut auf einem Stück Hartbrot, das wie uralter Zwieback zwischen den Zähnen kracht und knirscht. Etwas anderes gibt es nicht.

Mehrmals hält der Zug, weil die Strecke repariert werden muß. Leutnant Oswald kommt vom Arbeitszug her und erstattet v. Zülow Bericht: »Ein Schienenjoch herausgebrochen, Herr Oberleutnant, und gleich dahinter haben die Saukerle eine kleine Brücke eingerissen!«

Die Reiter sichern im Kreis um die Arbeiter. Mit Hilfe von ein paar Balken ist die nur drei Meter lange Brücke schnell wieder befahrbar gemacht. Eine Viertelstunde geht es ohne Unterbrechung weiter, dann sind auf einmal Steinbrocken auf die Schienen gehäuft. Und jetzt schießt es, peng! bumm! Und noch mal peng, die Leute, die die Steine vom Gleis räumen, geraten unter Beschuß. Da und dort pufft ein weißes Rauchwölkchen, aber die Schützen bleiben im unübersichtlichen Gelände hinter Felsen, Klippen und Büschen verborgen. Es sind höchstens drei oder vier. Zülow will sich nicht mit einer Verfolgung der Heckenschützen aufhalten oder sich gar in einen Hinterhalt locken lassen. Die Reiter müssen deshalb nahe am Zug bleiben. Die Leute räumen das Gleis frei, ohne sich um die meist schlecht gezielten Schüsse zu kümmern, die Reiter erwidern das Feuer, um den Feind niederzuhalten, bis der Zug wieder anfahren kann. Die Männer schwingen sich auf die langsam rollenden Wagen. Noch zweimal wird hinter Büschen oder Klippen hervor auf den Zug geschossen, aber Ettmann bekommt keinen der feindlichen Schützen zu Gesicht. Schon wieder ein Warnpfiff, Ettmann hält sich fest, der Zug ruckt und stößt und bleibt stehen. Am Arbeitszug vorbei sieht er, daß eine kleine Holzbrücke eingerissen ist. Die Gleisrahmen hängen durchgebogen in der Luft. Vom Arbeitszug heben sie Balken herunter und machen sich ans Werk. Das Gleis wird behelfsmäßig unterstützt. Auf einmal hört Ettmann wieder Schüsse und sieht einen der Arbeiter vom Damm stürzen, offensichtlich getroffen. Die Reiter preschen heran und schießen in die Büsche. Zülow rennt am Wagen vorbei und ruft: »Absitzen! Schwärmen!« Ettmann springt vom Wagen und läuft v. Zülow nach. Hinter dem Gestrüpp, das den kleinen Riviereinschnitt säumt, rennen vier oder fünf Schwarze, ganz deutlich sieht er einen mit einem hellen Strohhut und einem Gewehr in der Faust. Zülow sieht sie auch, zeigt und kommandiert: »Feuer!« Bevor Ettmann das Gewehr im Anschlag hat, sind die Fliehenden schon im Gras und Busch verschwunden. Er schickt ihnen einen Schuß nach und noch einen zweiten, und neben und hinter ihm schießen sie auch, aber die Aufständischen sind schon weg.

Diesmal hat es Verluste gegeben. Ein Eisenbahnarbeiter liegt tödlich getroffen neben dem Gleis, und bei der kaputten Brücke liegen zwei italienische Gleisbauer tot. Die Italiener haben sich in Swakopmund freiwillig gemeldet. »Fossati und Pietro hießen die«, sagt der Eisenbahner Paschasius zu Leutnant Oswald, der die Verluste notiert, »und der Tote da drüben ist der Stockkamp aus Karibib, Vornamen weiß ich nicht. Außerdem ist der Jacob verwundet, hat einen Streifschuß an der Hüfte abgekriegt.«

Hilfsheizer Jacob, ein Damara, wird verarztet, und die Toten werden auf einen Wagen gehoben. Die Heckenschützen sind verjagt, und die Brücke wird in einer halben Stunde wieder behelfsmäßig befahrbar gemacht. Langsam rollt der Zug hinüber. Unten im Rivier stehen Pfützen. Es hört auf zu regnen, und da und dort bricht die Sonne durch Wolkenlücken. Bunte Wassertropfen funkeln in den Büschen. Rechts reihen sich Hügel, aber sonst ist das Land flach, grün und mit Schirmakazien bestanden. Schließlich, gegen halb zwölf Uhr mittags, taucht Okahandja auf; von der Sonne beschienene Backsteinhäuser unter hohen Bäumen vor der zackigen Kulisse des Kaiser-Wilhelm-Berges. Sechs Stunden hat man für die zweiundzwanzig Kilometer von Waldau gebraucht.

Mit Volldampf geht es in den Bahnhof. Zwei, drei Schüsse aus Büschen links und rechts der Strecke verpuffen wirkungslos. Die drei Züge, einer nach dem anderen, halten vor dem Stationshaus, einem zweistöckigen Ziegelbau mit Veranda und Fahnenmast auf dem Giebel.

Trillerpfeifen und Gebrüll: »Absitzen! Absitzen! An die Gewehre!« Ettmann springt ab, die Leute schwärmen vom Zug herunter, froh, sich die Beine vertreten zu können. Leutnant Oswald, mit der linken Hand den Säbel festhaltend, rennt vom Zug weg, macht kehrt und schreit: »Erster Zug sichert Bahnhof! Sergeant! Umstellen Sie das Gebäude mitsamt dem Zug!« Der Sergeant befiehlt: »Erster Zug – Seitengewehr pflanzt auf!« Ettmann hat beinahe vergessen, zu welchem Zug er gehört, er steckt das Bajonett auf den Karabiner und läßt es einrasten. »Du lieber Gott«, denkt er, »bloß kein Nahkampf!« Aber es gibt keinen Ausweg, er ist nun mal dabei, da ist nichts zu machen. Er kniet mit schußbereitem Gewehr, das schwere Bajonett bringt die kurze Waffe aus der Balance. Er starrt auf die weite Ebene hinaus, die voller niedriger

Dornbüsche steht. Hinter sich hört er Lärm und Krawall. Pferde wiehern, Gepolter, Gerenne die Wagen entlang, Staub und Geschrei. Noch ein paar Schüsse, aber die kommen von weiter her. Von Zülows Stimme, laut und schneidend: »Zwoter Zug! Front zur Feste! Seitengewehr aufpflanzen!« und gleich darauf: »Schwärmen!« Ettmann blickt über die Schulter, da geht der zweite Zug in Richtung Feste vor, in loser, zerfranster Linie, aber mit gefälltem Bajonett, das Dutzend Reiter trabt an der linken Flanke, zum Berg hin sichernd. Zülow läuft mit großen Schritten vorneweg, Mütze schief, Degen in der Faust.

Von der nur zweihundert Meter entfernten Feste her trötet eine Trompete, aus der kleinen Pforte im Tor quellen Leute, ein Teil der Besatzung fällt aus und kommt den Befreiern entgegen. Das kriegerische Schauspiel ist aber ganz umsonst, es ist kein Feind mehr zu sehen. Die Hereros haben sich angesichts der Soldaten eiligst verzogen, und v. Zülow kann Bezirksamtmann Zürn vor der Feste die Hand schütteln, ohne daß wer dazwischenschießt.

Der Ortskern ist nun wieder in deutscher Hand, und Ettmann ist froh, daß es soweit ohne Kampf gegangen ist. Ein Mann klettert auf das Dach des Bahnhofsgebäudes und ersetzt die heruntergerissene Fahne. Es sind sonst nur ein paar Scheiben zerbrochen, und die Restauration ist ausgeplündert worden.

Der Ort hat aber arg gelitten. Ettmann sieht ausgebrannte und dachlose Häuser, von einigen stehen nur noch die Außenmauern. Ein großer Store ist ganz ausgebrannt, »Wecke & Voigts« kann er zwischen schwarzen Rußstreifen über den Fenstern lesen, in großen schwarzen Lettern mit rotem Schatten unterlegt. Das Dach des Kaufladens ist eingestürzt, ein Blick durch die Fenster zeigt ihm verrußte Höhlen, wo einmal Store, Lager und Kontor waren. Die nicht verbrannten Häuser sind geplündert, die Türen herausgebrochen und alle Scheiben eingeschlagen. Der ganze Platz ist übersät mit Papier, Lumpen, Scherben, angebrannten Balken und allem möglichen Gerümpel. Weitgehend unversehrt geblieben sind nur der Bahnhof, das Haus der Rheinischen Missionsgesellschaft und die Feste.

Die Feste ist ein großer, rechteckiger Bau um einen Innenhof mit vier gedrungenen, vierkantigen Ecktürmen, alles aus luftgetrockneten Lehmziegeln aufgemauert. In normalen Zeiten, erzählt der Gefreite, der hier einmal stationiert war, bestand die Stationsbesatzung aus einem Offizier und neun Aktiven. Im ummauerten Hof der Feste drängen sich jetzt fast zweihundert weiße Einwohner Okahandjas, fast nur Frauen und Kinder, dazu Pferde, Ochsen, Kühe, Esel, Ziegen und Hunde; ein paar Wagen, Säcke, Kisten und Gepäck.

Rechts neben dem Torbogen der Einfahrt hängt das obligatorische Emailleschild mit dem Kaiseradler. Das große Tor hat man bei Ausbruch des Aufstandes wohl in aller Hast zugemauert und nur einen ganz schmalen Einlaß gelassen, der dann mit Balken und Kisten verbarrikadiert wurde. Vor dem Tor der Festung der kümmerliche Beginn einer Parkanlage, eine Reihe dürrer Bäumchen, gerade mannshoch und mit Hühnerdraht gegen Viehfraß geschützt. Die Feste steht in einer weiten, steinigen Sandfläche, auf der jetzt, in der Regenzeit, grünes Gras, Stauden und Büsche sprießen. Im Westen, zu den Gleisen hin, beginnt lichtes Dornbuschgestrüpp.

Oberleutnant v. Zülow übernimmt jetzt als aktiver Offizier an Stelle von Oberleutnant d. R. Zürn den militärischen Oberbefehl in Okahandja. Zuerst läßt er den Ortskern durch Posten sichern, dann kümmert er sich mit Stabsarzt Dr. Jacobs um die Reinigung der überfüllten Feste, da Seuchengefahr droht. Vor allem müssen die Tiere aus dem Hof. Ein behelfsmäßiger Kraal wird in der Nähe aus abgehauenen Dornsträuchern errichtet und die Pferde, Esel und Rinder dort hineingetrieben. Die Ziegen kommen in ein kleineres Gehege.

Jetzt hat man ein bißchen Luft. Die Hereros haben sich in das Hügelgelände am östlichen Ortsrand geflüchtet. Von dort schießen sie ab und zu in den Ort, ohne viel Schaden anzurichten, denn die Entfernung ist zu groß. Okahandja ist aber nach wie vor eingeschlossen und belagert.

Ettmann kehrt zum Bahnhof zurück und gesellt sich zu Männern, mit denen er gekommen ist. Man hat drei große Feuer angezündet, darauf werden in großen Blechkannen Kaffee gekocht und in den Kochgeschirren Reis und Nudeln. Er hat gesehen, daß in der geplünderten Küche der Bahnhofsrestauration weder Töpfe noch Pfannen zurückgeblieben sind, und auf die große, am Tisch verschraubte Kaffeemühle muß irgendein Hererounhold so lange mit einem Schienenstück eingeschlagen haben, bis der gußeiserne Trichter zerbrochen ist. So gibt es eben ein richtiges Feldbiwak. Die Feuer flackern und rauchen, und im wolkenlosen Westen versinkt die Sonne in flammend roter Glut über dem flachen Buschland. Ein paar Leute aus der Feste kommen dazu, und bald wird erzählt, was hier vor drei Tagen geschehen ist. Ettmann lauscht mit einem Dutzend anderer »Swakopmunder« dem blondbärtigen Farmer, der sich zu ihnen ans Feuer gesetzt hat. Der Mann heißt Alexander Niet und war am 10. Januar von seiner Farm nach Okahandja geritten, um Besorgungen zu machen. Unterwegs hatte er Hunderte von Hereros gesehen, alle in derselben Richtung unterwegs und viele von ihnen bewaffnet. Daraufhin hatte er sich beim Distriktchef gemeldet, dem gerade eingezogenen Oberleutnant der Reserve Zürn. Der hatte sich seinen Bericht angehört und war ganz blaß geworden. Er hatte ihn gleich dabehalten und ihm ein 88er Gewehr gegeben.

Der Farmer ist ein Wildwestmensch wie aus dem Bilderbuch, findet Ettmann, breitkrempiger Hut, Patronentaschen um, Messer an der Hüfte. Er hat einen schwarzen Bambusen, einen kleinen Damarabuben, an seiner Seite, von dem er sich einen Becher aus der Kaffeekanne vollschenken läßt. Er nimmt einen vorsichtigen Schluck von dem dampfenden Gebräu, verzieht das Gesicht und spuckt einen braunen Strahl ins Feuer. »Habt ihr denn keinen Zucker?« fragt er angewidert, nimmt aber trotzdem noch einmal einen Schluck und spuckt ihn diesmal nicht aus. »Wo war ich?« sagt er, »ach ja, der Duft! Am Montag also ist der dicke Duft, der Windhuker Bezirksamtmann, hier angekommen, um mit den Hereros zu reden und sie vom Aufstand abzuhalten. Achtzehn Schutztruppler hat er mitgebracht, Gott sei Dank, wer weiß, ob die Halunken nicht doch noch die Feste angegriffen hätten, wenn wir weniger Männer gewesen wären. Na ja, der Duft und der Zürn haben also die Hereros gefragt, was los ist, warum sie sich alle bewaffnet versammeln, haben aber keine vernünftige Antwort gekriegt. Es sei bloß wegen der Häuptlingsnachfolge, hat der alte Quandja gesagt. Der Quandja ist einer von den

Häuptlingsschurken, ein großer Kerl mit einem mächtig dicken Bauch, noch dicker als der dicke Duft. Der große Oberwambo, Samuel Maharero, war angeblich nicht da. Das war alles noch am Montag.« Jetzt stopft er sich umständlich eine Pfeife und fährt erst fort, nachdem er sie angesteckt und einen ersten Zug genommen hat.

»Am nächsten Morgen aber, vorvorgestern also, wollte Duft zusammen mit Missionar Diehl und Maaß, dem Amtsarzt, noch einmal mit Quandja reden, aber da war auf einmal alles voller bewaffneter Hereros, die haben sie nicht mehr durchgelassen. Da sind sie zur Feste zurückgegangen. Gleich danach hat sich der Herr Diekmann, der am nördlichen Ortsrand sein Gasthaus hat, mit seiner Frau auf den Weg zur Feste gemacht. Dabei war noch ihr Nachbar, Herr Kuntze, mit einer Bekannten. Auf einmal, ganz ohne Vorwarnung, schießt einer von den schwarzen Halunken der Frau Diekmann ins Kreuz, und gleichzeitig fallen die anderen über die Leute her und schlagen sie tot, alle außer dem Fräulein, das bei dem Herrn Kuntze war, sie hat sich in die Feste retten können, hat aber zwei Schüsse in den Arm gekriegt!«

Mittlerweile ist es Nacht, und die Sterne funkeln am Himmel. Im Kraal brüllen die durstigen Ochsen. Der Farmer steht auf und sagt mit bitterer Stimme: »Grade mal ein Jahr waren die Diekmanns verheiratet. Kurz bevor sie aus dem Haus gingen, hatten sie ihren fünf Monate alten Buben Rudolf noch einer Nachbarin mitgegeben, die zur Feste vorausgegangen war. Heut früh ist der Bub da gestorben.«

Später kommen zwei von den Schutztrupplern vorbei, die noch vor dem Ausbruch des Aufstandes mit dem Bezirksamtmann von Windhuk hergekommen waren. Ettmann hört von ihnen, wie sie gleich nach den ersten Morden alle in der Feste eingeschlossen waren und von den Türmen herunter zusehen mußten, wie die Hereros den Ort plünderten und die Häuser ansteckten. Auch das Kleiderkammergebäude der Gebirgsbatterie wurde angezündet, und die Aufständischen sind davor herumgetanzt, haben Uniformröcke geschwenkt und Hüte in die Luft geworfen.

»Machen konnten wir gar nichts, es waren ja Hunderte«, sagt der eine, »und wie es dunkel war, ist der Tumult noch schlimmer geworden! In Haufen sind die Scheißkerle durch den Ort gezogen und haben geschrien und gebrüllt, was das Zeug hält. Jedes Haus haben sie aufgebrochen und jeden Laden! Keine Fensterscheibe haben sie heil gelassen! Alle Möbel haben sie herausgeschleppt und zerhackt und damit Feuer angezündet. Es war eine wilde Nacht, das könnt ihr mir glauben! Die Kleiderkammer hat gebrannt und das Wohnhaus der Voigts, auch das Diekmannsche Gasthaus oben beim nördlichen Hererodorf. Die Luft war voller Qualm und Brandgestank.«

Feuerschein flackert rot über die Gesichter, Ernstl, der Österreicher, sitzt Ettmann gegenüber und spielt mit einer goldenen Taschenuhr, klappt sie auf und zu. Es gibt jedesmal einen leisen Glockenton, ein feines »Ding«. Der Gefreite starrt in die Flammen, das Kinn in die Hand gestützt. Ettmann kommt alles ganz unwirklich vor, eine nächtliche Märchenstunde am Lagerfeuer könnte das sein, hätte er nicht mit eigenen Augen die Verwüstungen im Ort gesehen. Der Mann nimmt einen Schluck Kaffee und erzählt weiter:

»Wir waren oben auf den Türmen und hätten natürlich am liebsten dazwischengeknallt, aber der Zürn hat es verboten, um die Hereros nicht zu einem Angriff auf die Feste zu reizen; auch mußten wir mit der Munition sparsam umgehen, es wußte ja keiner, wie lange wir im Fort belagert sein würden. Die feigen Negerschweine haben sich aber den ganzen Tag lang nicht ins Schußfeld der Feste gewagt!« Er schweigt eine Weile und schaut ins Feuer.

»Im Lauf der Nacht ist es dann ruhiger geworden«, sagt der andere Schutztruppler, »so gegen halb fünf Uhr war es endlich still. Und dann, es war noch ganz dunkel, da hat auf einmal einer von den schwarzen Kerlen außerhalb der Feste mit lauter Stimme angefangen zu singen. Ob ihr's glaubt oder nicht, singt der doch nach der Melodie ›Fuchs, du hast die Gans gestohlen‹ auf deutsch und ganz schamlos:

›Deutschmann hast das Land gestohlen,
Gib das wieder her! Gib das wieder her!
Sonst muß dich der Teufel holen,

Mit dem Schießgewe-e-ehr;
Sonst muß dich der Teufel holen,
Mit dem Schießgewehr!‹«

Ein paar Leute lachen, und einer sagt: »Das glaubst du doch selbst
nicht!« Der Soldat sagt: »Doch! Wenn ich's dir sage! Hier, frag
den Oskar!«, und sein Kamerad nickt bestätigend und ergänzt:
»Sang nicht mal schlecht, der Kerl! Bestimmt einer von den Mis-
sionsschülern.« Er grinst und sagt: »Beifall hat dem Saukerl aber
keiner geklatscht! Wie er den Vers zum drittenmal wiederholt hat,
hat von der Feste irgendeiner in seine Richtung geschossen. Da
war dann Ruhe!«

Cecilie Orenstein

Cecilie Orenstein ärgert sich. Sie erhält keine Erlaubnis, durch
das Aufstandsgebiet nach Windhuk zu fahren, dieser schnauz-
bärtige Schwabe von Bahnhofsvorsteher hat sie zurückgewiesen!
Seine armselige Beamtenseele hat sich weder von ihrem Charme
noch von ihrem normalerweise wunderwirksamen Ach-haben-
Sie-doch-ein-Herz-Blick erweichen lassen.

Sie hält es aber nicht mehr aus in Swakopmund. Was es zu
photographieren gibt, hat sie photographiert. Die »Stadt« vom
Molenkopf aus, das Bahnhofsgebäude, das schwarze Dampfo-
mobil da draußen in der Wüste, dies und jenes. Aber Swakopmunds Sehenswürdigkeiten haben sich schnell erschöpft.

Wo ist das Afrika, weswegen sie die weite Reise unternommen?
Wo sind die wilden Tiere, Löwen und Elefanten? Wo ist der sa-
genhafte Köcherbaum? Wo sind die Buschmänner, wo die Buschtrommeln? Wo sind die wilden Witbooikrieger mit ihren weißen
Hüten? Statt dessen sitzt sie in diesem Provinzkaff, zum Nichts-
tun verurteilt, inmitten einer Gesellschaft entsetzlich langweiliger
Eheweiber, und bis auf eine Handvoll Soldaten ist jeder einzelne
Mann, aber auch wirklich jeder, zum Militär eingezogen worden
und ins Inland verschwunden. Und ringsum ist nichts als Sand;
oder beinahe ringsum, auf der einen Seite ist natürlich das Meer.

Und dann diese gräßlichen Flöhe, von denen hier scheinbar jedes Haus befallen ist! Scheußlich juckende rote Punkte an den Handgelenken und Fußknöcheln, ekelhaft!

Cecilie will nicht wochen- oder gar monatelang hier herumsitzen, bis diese Erhebung oder Rebellion oder was immer zu Ende ist! Sie will ja auch wieder nach Europa zurück, aber erst nach getaner Arbeit. Diese berufliche Chance wird sie sich nicht von einem Aufstand kaputtmachen lassen, der sie ohnehin nichts angeht. Auch hat sie ja mit Carl Ettmann, dem Kartenmenschen, vereinbart, daß man sich in Windhuk trifft. Sie findet ihn sehr sympathisch, trotz seines etwas steifen und unbeholfenen Benehmens, er scheint ihr kein übler Mann zu sein, ruhig, mit melancholischen, aber doch freundlichen Augen, ein wenig in sich gekehrt. Die McAdam-Straßfurts haben ihr natürlich erzählt, daß er verwitwet ist, der Ärmste.

Sie blättert in Lucy Fuchs' Modejournalen, da kommt Pastor Lutter zu Besuch. In der guten Stube trinkt man Kaffee und knabbert Springerle dazu. Lutter, »zwomal t mit ohne h«, ist groß und kahlköpfig, hat einen kurz geschnittenen, schon angegrauten Vollbart und eine Photographie von sich vor dem Martin-Luther-Mobil in Swakopmund, aufgenommen im August 1901. Cecilie zeigt ihm ihr Bild von dem Lokomobil, das sie erst vorgestern gemacht und gleich entwickelt hat.

Pastor Theodor Lutter ist auf dem Wege nach Windhuk und will sich von dort aus einen kleinen Ort suchen, der einen Gottesmann brauchen kann. Er ist zum zweitenmal in Südwest, erzählt er. Er hat das ganze vergangene Jahr in der Kapkolonie verbracht und ist gerade mit dem kleinen Dampfer »Ingerid« von Port Nolloth angekommen.

Nun sitzt auch er hier fest. Das Militär erlaubt keine Zivilisten auf der Bahn, bis die Strecke einigermaßen sicher ist. Auch dann wird jeder Platz in den Zügen für Militärtransporte gebraucht werden, für den Nachschub von der Küste.

Pastor Lutter hat kein Sitzfleisch. Er will los. Per pedes apostolorum, wenn es sein muß. Er kann aber vielleicht einen Wagen und ein paar Ochsen von der hiesigen Mission bekommen und will sich nun so aufmachen, mit dem alten Nama Johannes als

Tauleiter und vielleicht noch ein, zwei jungen Burschen als Treiber.

Cecilie bittet ihn, sie ins Inland mitzunehmen. Lucy Fuchs ist entsetzt, und auch Lutter schüttelt den Kopf. »Meine liebe Dame, das ist nun doch kein ganz ungefährliches Vorhaben! Die Hereros sind im Aufstand, und es ist nicht ausgeschlossen, daß sie in den Bergen den Weg versperren. Unterschätzen Sie auch die Strapazen und Unbequemlichkeiten einer solchen Reise nicht.«

Aber Cecilie will partout nach Windhuk und ist eisern entschlossen. Sie bittet den Pastor so inständig, daß er sich endlich erweichen läßt. Lucy Fuchs schüttelt fassungslos den Kopf, während Lutter Cecilie den Weg auf seiner Karte zeigt. Er will nicht an der Bahn entlang, denn die Strecke führt mitten durch das Aufstandsgebiet, und es ist dort mit Kämpfen oder Überfällen zu rechnen.

»Da ist der alte Baiweg am Swakop entlang«, sagt er, »der ist schon fast vergessen, seit es die Bahn gibt. Hin und wieder kommt da mal ein Bure, meistens einer, der was auf dem Wagen hat, Sie wissen, was ich meine. Es ist aber der beste Weg, nicht zu verfehlen, und genug Wasser wird jetzt in der Regenzeit im Rivier auch zu finden sein. Den Swakop entlang bis Otjimbingwe. Dort sitzt Zacharias Zeraua, der Häuptling der Otjimbingwe-Hereros. Ihn möchte ich ohnehin besuchen.« Pastor Lutter kratzt sich hinter dem Ohr und überlegt. Cecilie wartet geduldig, bis der Pastor endlich weiterspricht.

»Ich glaube nicht, daß Zeraua bei einem Aufstand mittun würde; er ist zu gutmütig und zu alt und hoffentlich auch zu feige, um so eine Dummheit zu begehen. Nicht, daß es keine Gründe für eine Erhebung gäbe, aber es wäre doch der sichere Untergang seines Volkes, für das er die Verantwortung trägt. Nein, das würde er nicht tun. Ob er seine jungen Krieger in der Hand hat, ist allerdings eine ganz andere Frage.«

Mit gerunzelter Stirn schaut der Pastor auf die Karte. »Eine übermütige Tat wäre schon genug«, erklärt er, »um den ›Furor teutonicus‹ auf Zerauas Volk herabzurufen! Der Bezirksamtmann in Otjimbingwe ist wahrscheinlich immer noch v. Frankenberg, der ist an sich kein schlechter Mensch, Landvermesser von Beruf.

Ich kenne ihn von meinem ersten Aufenthalt in Südwest her. Aber Frankenberg ist auch Soldat, und wenn es zum Äußersten kommt, wird er nicht zögern, seine Pflicht zu tun.«

Wie auch immer, Cecilie erfährt, daß ihnen von Otjimbingwe zwei Wege nach Windhuk offenstehen. Einmal das Swakoptal nach Nordosten über Barmen nach Okahandja, da gibt es gutes Wasser genug unterwegs, aber in Okahandja ist die Bahn, und wenn gekämpft wird, dann dort; oder aber den alten Baiweg weiter durchs Khomas-Gebirge direkt nach Windhuk. Der führt durch Zerauas Gebiet und ist darum vielleicht die bessere Wahl. Er ist auch kürzer, dafür aber einsamer und gefährlicher, und es gibt nur eine sichere Wasserstelle. Die wird vielleicht von einem Militärposten bewacht.

Lutter will sich jedenfalls aufmachen, im Gottvertrauen darauf, daß ihm nichts Schlimmes geschehen wird und der Frau nicht, und auch dem Johannes nicht, der ein Nama ist und nicht mehr der Jüngste und vielleicht den Hereros die Mühe nicht wert, ihn totzuschlagen. Und wenn man Johannes glauben darf, lassen die Aufständischen Missionare, Frauen und Kinder unangetastet. In Swakopmund kursieren aber auch ganz andere Geschichten. Und dann, woher will Johannes das wissen? Schließlich sind die Nama, die Hottentotten, schon seit Jonker Afrikaners Tagen die Erzfeinde der Hereros und umgekehrt.

Frühmorgens am 14. Januar geht es los. Cecilie ist endlich unterwegs, ist »op die Pad« wie der Südwester Ausdruck lautet, und läßt Swakopmund mit seiner Flohplage hinter sich. Mit Pastor Lutter und Johannes, mit dem Ochsenwagen und ihrer photographischen Ausrüstung macht sie sich auf den Weg nach Otjimbingwe. Sie folgen einfach dem trockenen Bett des Swakop landeinwärts. Drei Wochen, so schätzt Lutter, wird es bis Windhuk dauern, so Gott will, und Johannes schaut in den Himmel und schnuppert und sagt: »Ja, Herr Lutter, dis wird wohl dauern – dri Woche lang! Kann aber auch ganz – viel länger dauern!«

Lutter erklärt Cecilie, warum er zu Häuptling Zeraua nach Otjimbingwe will. Er will versuchen, falls das noch geht, die Leute davon abzuhalten, sich der Erhebung anzuschließen. Er kennt Zeraua gut und hofft, ein wenig Einfluß auf ihn zu haben. Er will deshalb nicht warten, obwohl die Nachrichten alles andere als beruhigend sind. In Swakopmund herrscht die größte Aufregung. Okahandja und Karibib werden belagert, Windhuk wohl auch. Viele Siedler sind erschlagen, heißt es, Polizeiposten überfallen worden, Farmen brennen. Die Luft schwirrt von Gerüchten: Zülows Expedition verschollen, Windhuk brennt, Leutwein tot.

»Alles Unfug!« hat Dr. Fuchs gestern beim Abendessen gesagt. »Die Leute denken sich den größten Blödsinn aus.« Aber genaue Nachrichten hat er auch nicht, seit der Telegraph schweigt.

So zieht Cecilie los, in Gottes Namen, mit dem Pastor Theodor Lutter und mit dem alten Johannes und dem kleinen Abraham. Den Wagen und sechs Zugochsen hat der Pastor von der Missionsgesellschaft bekommen, die das Gefährt ohnehin nach Otjimbingwe und weiter nach Windhuk schicken wollte: zwei Kistchen mit je zweihundert frisch gedruckten Gesangbüchern waren angekommen, außerdem fünfzig große Bibeln für den Haushalt und fünfzig kleinere sogenannte Feldbibeln. Auch eine Nähmaschine hätte mitgesollt und sechs Säcke Kleiderspenden, aber dann wäre die Fuhre zu schwer geworden. Es ist ja keiner der schweren Kapwagen, sondern nur ein Lastwagen, wie er in den Ortschaften oder auf einer Farm verwendet wird. Dennoch hat er viel robustere Räder, als das in Europa, wo es überall gute Straßen gibt, der Fall wäre. So ein Fahrzeug wird normalerweise von Maultieren oder Eseln gezogen, aber nun sind es sechs Ochsen; wenig auch für einen leichten Wagen im wegelosen Land, aber mehr waren nicht aufzutreiben. Cecilie sitzt auf dem Bock, halb im Schatten der Plane, Lutter geht nebenher, die Pfeife im Mund, und als Tauleiter führt Johannes das vordere Paar Ochsen oder Beester, wie er sagt. Er spricht das »Biaschtr« aus. Der vielleicht zwölfjährige Namajunge, der ausgerechnet Abraham heißt, geht mit der Swip, der Treiberpeitsche, nebenher. Johannes hat den kleinen Kerl mitgebracht.

Das Tau ist hier kein Tau, sondern eine rostige Kette. Daran sind die Joche befestigt, und so ziehen die Ochsen, paarweise nebeneinander. Der Wagen ist schwer beladen mit zwei Wasserfäßchen, der Vorkiste, die den Bock bildet, der großen und der kleinen Bibelkiste, Lutters Truhe und Cecilies Holzkoffer mit den photographischen Gerätschaften und Flaschen. Oben drauf der kleine Seekoffer aus Blech mit ihrer Kleidung und den allerwichtigsten Dingen; das meiste mußte sie natürlich bei Lucy Fuchs zurücklassen. Zusammengerollt das kleine Behelfszelt, das sie zum Entwickeln der Platten im Freien braucht. Hinten am Wagen hängen und klappern zwei Eimer, an den Seiten sind Schaufeln, ein Hebebaum und ein langes Beil angebunden. Unter dem Wagen baumelt die große Büchse Wagenschmiere oder »Chries«.

Cecilie sitzt auf der grün lackierten Vorkiste und hält sich mit beiden Händen fest. Der Wagen knarrt und schwankt und schaukelt durch Sand und über Steine. Zu tun gibt es nichts, denn es gibt keine Zügel. Die Richtung bestimmt Johannes vorne. Die Ochsen trotten mit gesenkten Köpfen, die Räder mahlen und knarren und quietschen. Abraham hüpft und haut auf die Ochsen ein oder sticht sie mit dem Peitschenstiel und schreit: »Fatt, fatt, fatt, Osse! Hott, hott, treck, treck!« und: »Hott, hott, Bortesvin!« Für alle sechs hat er bald Namen erfunden: Bortesvin, Stinkebeest, Zwarte Beest, Witkopp, Olifant, Zimmedaal.

»Unser kleiner Abraham ist halb Nama, halb Damara«, sagt Lutter, »ich glaube jedenfalls, seine Mutter war eine Nama.« Er ruft: »Abraham! Ist deine Mutter Nama?« Der Bub schreit: »Nama!« – »Und dein Vater?« will Lutter wissen. »Kaffa!« schreit der Kleine. »Damara also!« sagt Lutter und erklärt: »Die Damaras nennen sich selbst schon Kaffern, weil sie von allen Seiten nichts anderes hören.« Er schüttelt den Kopf, halb belustigt, halb zweifelnd.

»Wo sind seine Eltern?« fragt Cecilie. Lutter erwidert: »Wer weiß? Johannes sagt, der kleine Kerl schlägt sich schon seit einem Jahr allein in Swakopmund durch.« Der Bub läuft furchtlos neben den riesigen Ochsen her, die überlange Peitsche in der kleinen Faust. »Hott, hott, fatt, fatt, Stinkebeest! Treck, treck, treck!« Die Ochsen nehmen ihn gar nicht wahr.

»Johannes hat ihn ein bißchen unter seine Fittiche genommen«, erklärt Lutter, »aber er hat ja selbst nichts. Na, auf die Weise haben die zwei mal eine Weile zu essen.«

Der Weg, nur ausgefahrene oder manchmal auch fast unsichtbare Karrengleise, führt am rechten Swakopufer entlang. Nach gut vier Stunden machen sie eine Stunde Rast, dann geht es weiter.

Bevor die Sonne untergeht, spannen sie die Ochsen aus, die fürs erste einfach stehenbleiben und vor sich hin stieren, bis Johannes sie paarweise an eine der Wasserlachen führt. Da saufen sie nun, unendlich lange, wie es scheint. Abraham sammelt dürres Gezweig und Binsen am Rivierrand und macht ein Feuer. Inzwischen werden die Schatten immer länger, das Licht wird warm und orangefarben. Die Sonnenscheibe sinkt auf ferne Höhenzüge herab, berührt sie und versinkt hinter ihnen, ein orange flammender Glutball in einem rot leuchtenden Himmel. Cecilie ist gebannt von diesem farbenprächtigen Schauspiel. Die Landschaft ist von einem purpurroten Licht übergossen, und allmählich wandelt sich das Purpur zu Violett, Sand und Steine, Bäume und Büsche, der Wagen, alles wird undeutlich und verschwimmt, und mit einem Mal ist es Nacht. Blaue Nacht und tiefschwarze Schatten am Boden und silbernes Sternengefunkel am Firmament.

Für sich und Abraham will Johannes ein zweites Feuer anmachen, aber Lutter winkt ab, und so lagern sie sich alle an der einen Feuerstelle, an einer Seite, die andere gehört dem beißenden Rauch. In einem Topf werden Reis und Corned beef gekocht und in der Blechkanne Kaffee, der mit Salz, braunem Zucker und ein wenig Kondensmilch ganz gut schmeckt. Alles wird geteilt. Nachher zündet sich Lutter eine Pfeife an, und Johannes tut es ihm nach. Abraham liegt auf dem Rücken und plappert leise vor sich hin. Cecilie blättert in einem von Lutters Büchern über Afrika, in den Tagebüchern 1837–1860 von Carl Hugo Hahn, einem Missionar. Sie hält das dicke alte Buch so, daß der flackernde Schein des Lagerfeuers auf die Seiten fällt. »Was ist denn ein Kamelopard, Herr Pastor?« fragt sie, den Zeigefinger auf dem Wort. »Das ist eine alte Bezeichnung für die Giraffe«, erwidert Lutter, »langer Hals wie ein Kamel, Flecken wie ein Leopard. Das lateinische Wort für Giraffe ist Camelopardalis.« Er gähnt und fügt hinzu: »Die Buren und die Holländer sagen Kameelperd zur Giraffe!« Das Feuer prasselt und knistert. Schweigend pafft Johannes seine kurze Stummelpfeife. Lutter blickt sinnierend in die tanzenden

Flammen. Abraham paßt auf die Ochsen auf. Weit weg bellt irgendein Tier, vielleicht ein Schakal. Die Augen tränen ihr vom Lesen im unsteten Feuerschein und Rauch. Cecilie wickelt sich auf dem Wagen in eine kratzige Decke. Obwohl es keiner von den großen Reisewagen ist, gibt es auf der Ladefläche doch eine Kattel, einen schmalen Holzrahmen, der kreuzweise mit Ochsenriemen bespannt ist und mit einem Strohsack darauf als Bett dient.

Lutter schläft neben dem erlöschenden Feuer. Unter der Plane hervor und über dem schwarzen Blattfiligran der hohen Bäume kann Cecilie ein Stück Nachthimmel sehen, mit blitzenden Sternen darin wie Diamanten auf nachtblauem Samt. Das Feuer ist zu roter Glut vergangen, es knackt und knistert leise, Brandgeruch würzt die Nachtluft. Ab und zu grunzt einer der Ochsen, sonst ist es still. Doch sie kann nicht einschlafen. Sie ist ja mitten in ein Abenteuer geraten, wie ihr scheint; hat mit einem Sprung die Zivilisation hinter sich gelassen und ist mit einem Kirchenmann, den sie so gut wie gar nicht kennt, und zwei Hottentotten unterwegs in die Wildnis, in der auch noch ein Aufstand, ein Negeraufstand, ausgebrochen ist! Ist sie verrückt? Spielt sie mit ihrem Leben? Warum ist sie nicht in Swakopmund geblieben, wo es sicher genug zu sein scheint und wo es im äußersten Notfall immer noch ein Dampfschiff nach Europa gibt?

Sie wickelt sich fester in die Decke. Die Nacht ist kühl und feucht; noch kann sie das Meer riechen. Und dieser Herr Ettmann, mit dem die McAdam-Straßfurts sie sozusagen zusammengespannt haben! Einesteils hat sie sich darüber geärgert, weil sie eben lieber unabhängig wäre. Andererseits gefiel er ihr, und sie weiß sehr gut, daß sie ohne männliche Begleitung in einem ihr ganz und gar unbekannten Land, deutsche Kolonie hin, deutsche Kolonie her, allen möglichen Gefahren ausgesetzt sein könnte, zumindest aber einer Menge unnötiger Schwierigkeiten. Immerhin ist das hier nicht der Spreewald, sondern Afrika!

»Keine Angst, die Eingeborenen da sind keine Wilden«, hatte Herr McAdam-Straßfurt lachend gesagt, »die Leutchen da sind zumindest anzivilisiert und laufen in anständiger Kleidung herum. Freilich sind sie bettelarm, nach unseren Maßstäben. Aber sie sehen es nicht so. Sie sind ein heiteres Völkchen, das fröhlich in den

Tag hineinlebt, sozusagen ›sans-souci‹ nach dem Motto des Alten Fritz!«

Sie erinnert sich vage, auf der Treptower Kolonialausstellung Hereros und Hottentotten gesehen zu haben. Sieben oder acht Jahre wird das her sein. Lebende Ausstellungsstücke, hatte es über dem Eingang geheißen! Die hatten mit Ochsen bespannte Planwagen vorgeführt, mit bewaffneten Reitern drum herum, es war eine richtige Wildwestschau gewesen, nur daß hier die Eingeborenen die Planwagen fuhren, nicht die weißen Siedler. Wie ein heiteres Völkchen hatten die Leute aber nicht gerade gewirkt. Unter einem heiteren Völkchen könnte sie sich höchstens »the little people« vorstellen, Elfen und Feen, die des Nachts ihre geheimnisvollen Kreise tanzten und dann und wann Kinder stahlen. Was hatte sie nur für Geschichten gehört, in der Londoner Zeit! Herrliche Gruselstories und phantastisches Zeug wie das mit dem Elfenvolk. Die »kleinen Leute« stahlen aber die Kinder nicht einfach, sie tauschten sie gegen Mißgeburten aus, sogenannte changelings, was war bloß das deutsche Wort dafür? Wechselbälger, that's it!

Ihre Gedanken kehren wieder zu den Hereros zurück. Einer von denen, das fällt ihr wieder ein, ein baumlanger Mensch, über den alle ihre Freundinnen tuschelten, war gar ein Häuptlingssohn, oder war es ein Königssohn? Der ritt auf einem Pferd, in einem ganz normalen Straßenanzug mit Krawatte, ein junges, arrogantes schwarzes Gesicht. Auch der Name fällt ihr wieder ein: Friedrich Maharero. Heißt der oberste Häuptling der Hereros nicht auch Maharero?

Und der Herr Ettmann, der ihr Beschützer sein sollte? Den haben sie unter die Soldaten gesteckt, eins, zwei, drei. Vor solchem Ungemach wenigstens ist sie als Frau sicher, ha! Hoffentlich geschieht ihm nichts Böses. Das wäre schade. Er ist so zurückhaltend. Zurückhaltung zieht sie an.

Am nächsten Tag kommen sie bis Goanikontes, dreißig Kilometer von Swakopmund. Zerklüftete Bergklippen ragen da empor, grüne Bäume und Gestrüpp säumen das Swakoprivier, Queckgras, Binsen und dorniges Strauchwerk. Die ziehenden Wolken spiegeln sich weiß und grau in großen Pfützen im Sand.

Gegen Mittag verschwinden die Wolken nach und nach. Rast im spärlichen Schatten der krüppeligen kleinen Bäume. Die Sonne brennt weißglühend von einem strahlend blauen Himmel. Sengend heiß ist es.

Abraham liegt auf dem Bauch und malt mit dem Finger kleine Kreise in den Sand. Cecilie sieht ihm eine Weile zu, dann sagt sie: »Was malst du denn da?« Abraham blinzelt gegen die Sonne zu ihr hoch und sagt: »Mals duden da.« Das Wort »malen« scheint ihm nichts zu sagen. Sie versucht es noch einmal und zeigt auf die Kreise: »Was ist das?« Abraham lacht: »Is Sonn, Fru Mista, Sonn, stief viel Sonn, Mista Fru!«

Nachts ziehen kurze, aber heftige Regengüsse über sie hinweg. Das rauscht und trommelt auf die Wagenplane und tropft und plätschert, daß an Schlaf gar nicht zu denken ist. Es ist aber auch schön, und die nasse Luft duftet wunderbar. Auch ist es nicht mehr so kühl, wie es an der Küste war.

Am Tag darauf geht es mit Geschaukel und Gerumpel über eine karge, steinige Fläche, immer nahe am Swakop, in dessen trockenem Bett ein wenig Gras wächst. Ein paar Kilometer fahren sie so auf einen Bergkamm zu, dann ruft Johannes: »Schau, Mister Lutter!« und zeigt nach vorn. Eine alte Zementtonne steht am Weg. »Nach Haigamchab« ist mit weißer Farbe darauf gepinselt, und ein Pfeil weist die Richtung.

Der Swakop fließt hier ein paar hundert Meter durch eine Schlucht, in der kleine, krüppelige Bäumchen wachsen, und schließlich ist die Zollstation Haigamchab zu sehen, drei kleine Häuser. Hier mündet der Khan in den Swakop. Noch stehen da und dort große Pfützen vom nächtlichen Regen in der weiten Sandfläche des Riviers. Die Station ist normalerweise mit einem Feldwebel besetzt, aber der ist gerade nicht da. Nur ein paar kleine Ziegen stehen herum und schauen sie mit ihren gelben Augen an. Ana- und Kameldornbäume säumen die Ufer, auch Tamarisken und Ebenholzbäume. Lutter kennt all die lateinischen Namen: Acacia albida, das ist der große Anabaum mit seinen weit ausladenden, hängenden Ästen. Der Kameldorn oder die Giraffenakazie mit den langen Dornen heißt Acacia giraffae oder erioloba.

134

»Ilgamab« sagt Johannes mit einem Gaumenschnalzer dazu, das ist wohl das Namawort für den Dornbusch. Die Tamariske, die von weitem wie eine Tanne aussieht, aber eine Palmenart ist, ist die Tamarix austroafricana, und die Euclea pseudebenus wird Ebenholzbaum genannt. .

Da es noch früh ist, rasten sie eine Stunde und fahren dann weiter.

Abends wird ausgeschirrt. Lutter nimmt den an einer kräftigen Kette befestigten Bremsschuh und legt ihn unter das Hinterrad. Mit Johannes schiebt er dann den Wagen so weit zurück, daß das Rad auf den eisernen Schuh rollt und sich wegen der gespannten Kette nicht mehr drehen kann. So wird er ihnen nicht wegrollen. Mit dem Beil schlägt Lutter zwei krumme Stangen aus dem harten Buschholz und klopft sie in den Boden. An die hinteren Ecken des Wagens knüpft er seine Zeltbahn und schnürt sie an den Stangen fest. Das gibt einen behelfsmäßigen Regenschutz für Johannes und Abraham.

Die Ochsen finden reichlich Gras. Sie rupfen und mampfen und wandern ein Stückchen und rupfen und fressen wieder. Abraham macht Feuer, um Kaffee und Reis zu kochen. Cecilie versucht ihm zu erklären, daß es nicht »Mister Fru« heißt. Alles, was dabei herauskommt, ist »Mista nur-Fru«. Da gibt sie es auf.

Nachts wieder rauschender Regen. Cecilie verzieht sich unter die Plane und schläft auf den Kisten. Auch Lutter muß da Unterschlupf suchen. Johannes und Abraham liegen halb unter dem Wagen, halb unter der Zeltbahn. Da bleibt es halbwegs trocken, weil sie den Wagen ja auf eine kleine Anhöhe gefahren haben.

Am nächsten Morgen, ein Sonntagmorgen, soll es bis Husab weitergehen. Die Ochsen sind hierhin und dorthin gewandert, und zwei sind gar nicht zu sehen, aber Johannes und Abraham brauchen nur den Spuren nachzugehen und finden sie schnell. Johannes schlingt ihnen den Riemen um die Hörner und führt sie nacheinander vor den Wagen. Die beiden hinteren Ochsen, die Achterochsen, stehen nun nebeneinander zu beiden Seiten der Deichsel, und Johannes legt ihnen das Joch über den Nacken, zieht die Stropp unter ihren Hälsen durch und hakt sie fest.

Dann sind die Mittelochsen dran und danach die Vorderochsen. Johannes ruft: »Jock! Jock!«, und sie stecken brav ihre Hälse zwischen die Jochscheite und lassen sich anspannen. Die Riemen um die Hörner der vordersten Ochsen knotet er zusammen und nimmt sie in die Hand, sie dienen ihm als Zügel, wenn er als Tauleiter neben den Vorderochsen geht und das Gespann lenkt. Johannes wechselt sich dabei mit Abraham ab und läßt ihn auch mal als Treiber mit der Swip nebenher gehen. Die Peitsche ist natürlich viel zu lang für das kurze Gespann, ein drei Meter langer Stock mit einem fünf Meter langen Riemen daran. Ein richtiges Frachtgespannt wird ja von zwanzig und manchmal mehr Ochsen gezogen, und der Treiber läuft auf der linken Seite des Gespanns auf und ab und läßt die Peitsche knallen, damit die Beester in Bewegung bleiben. Die Ochsen werden mit ihren Namen angerufen und legen sich dann auch meist ins Zeug, wenn nicht, gibt's eins mit der Swip, dann wissen sie, daß sie gemeint sind.

Die Wagenspur bleibt immer auf dem rechten Ufer des Swakop. Braunes, schaumiges Wasser fließt diesmal in seinem Bett, aber kaum knöcheltief und in viele Arme verlaufend. Hin und wieder muß ein Nebenrivier gekreuzt werden, manches Mal durch knietiefes, schlammiges Wasser und dichtes Buschwerk an den Ufern. Dann müssen sie alle drei schieben, während Abraham mit Geschrei am Leittau zerrt und die Ochsen ankreischt. Obwohl Cecilie das Kleid bis über die Knie rafft, ist der untere Saum doch bald verdreckt und mit Schlamm verkrustet. Sie sollte es einfach an den Knien abschneiden, aber das ist natürlich ganz und gar undenkbar.

In Husab, bei der alten Zollstation, gibt es Gras genug für die Beester. Also spannen sie aus und lassen die Tiere weiden. Seit es die Bahn gibt, wird der Baiweg fast gar nicht mehr benützt. Vorher, erzählt Lutter Cecilie, mußte man Futterheu mitnehmen, weil die Pad von den vielen Gespannen ganz und gar abgegrast war. Die Zollstation ist leer und halb verfallen, bietet ihnen aber genug Schutz vor dem nächtlichen Regen. Lutter bringt Abraham bei, zu Cecilie »Missis« statt »Mister« zu sagen. So heißt sie jetzt »Missis Nur-Fru«.

Lutter notiert sich alles, was er sieht und für bemerkenswert hält, in ein dickes kleines Notizbuch, das er immer in der rechten Rocktasche hat. Trotz seiner kräftigen Statur kommt er Cecilie eher wie ein Gelehrter oder wie ein Forschungsreisender mit seiner Drahtbrille und seinem kantigen Gesicht. Sie hatte schon ein bißchen Angst gehabt vor Morgen-, Abend- und Tischgebeten und salbungsvollen Reden und derlei, aber natürlich, der Pastor ist ganz und gar nicht der Typ dazu, das war ja auch gleich zu merken gewesen. Wohl scheint er des Abends manches Mal wie ins Gebet versunken, aber er ist auch ein nachdenklicher Mensch und läßt sie jedenfalls mit Sakramentalitäten in Ruhe.

Darüber sinnt sie eine Weile und kommt zu dem Schluß, daß der Herr Lutter vielleicht eher ein Flüchtling als ein Sendling ist, ein Flüchtling etwa vor dem Kirchenamt, wie es in Deutschland geübt wird, vor einengenden Vorschriften und dergleichen. Sie selbst, bei aller Unsicherheit dieser abenteuerlichen Reise, atmet doch auf in der Weite dieses Landes, in dieser fremdartigen und dabei herrlichen Natur, und ist froh, für eine Zeitlang den Zwängen und Konventionen des gesellschaftlichen Lebens und einer in moralischer Hinsicht oft verlogenen Umgebung entronnen zu sein; jedenfalls weitgehend. Aber ob der Pastor das ebenso sieht? Sie ist schließlich jung, und die Eltern und die Herren Professoren haben ihr schon ein paarmal den Kopf zurechtrücken müssen, wie sie das nannten, wenn sie auch nur in eine Richtung schielte, die um eine Haaresbreite vom Mittelweg der Normalität abwich. Protestantische Pfarrer sind nicht dem Zölibat unterworfen, fällt ihr noch ein, doch auch in dieser Hinsicht hat sie von Lutter nichts zu befürchten. Ein grundanständiger Mann, der sich höchstens dann für sie interessieren würde, wenn er die feste Absicht hätte, sie zu heiraten. Auch davor, denkt sie sich, hin- und hergeschaukelt, könnte der Pastor auf der Flucht sein, falls er denn auf der Flucht wäre. Und sie denkt, wenn ich ganz ehrlich bin, bin ich auch auf der Flucht, aber doch nur ein bißchen, denn in der Hauptsache will ich ja hinaus in die Welt und meinen eigenen Weg machen, schwer genug ist das für eine junge Frau, selbst Konrad hat ihre »Photographiererei« im Grunde belächelt und nie richtig ernst genommen. Konrad! Er fehlt ihr, und gleichzeitig ist sie froh, daß sie sechstausend Meilen von ihm entfernt ist. Das ist eine gute und solide Distanz, denkt sie träumerisch und muß darüber lächeln. Abraham läuft neben dem Wagen her und schaut zu ihr hinauf und sagt: »Missis Nur-Fru du nit schlaf' – du nit schlaf' – fall runta!«

Kirchenschändung

16. Januar (Samstag):

Die Sonne steigt über den Kaiser-Wilhelm-Berg, der schwarz und zackig nur zwei Kilometer östlich von Okahandja emporragt. Okahandja in den ersten Strahlen der Morgensonne, ein weitgestreuter Ort in flachem Land, in weitem Bogen umflossen von einem flachen, sandigen Rivier, gesäumt von hohen Bäumen. Zwanzig Mann haben das Bahnhofsgebäude besetzt, ein weiterer Trupp sichert nach Osten zu. Carl Ettmann gehört zu einem dritten Trupp, der zur Missionskirche vorstößt. Die Missionare Diehl und Meier sowie Diehls Sohn kommen aus ihrem Haus und gehen mit. Die Mauern der Kirche sind von Einschußlöchern übersät, die Tür aufgebrochen. Ettmann geht hinein, der kleine Innenraum ist verwüstet und geplündert. Die große Bibel ist zerrissen, Papierfetzen überall, Bänke und Stühle liegen zerschlagen durcheinander. Er macht dem weißhaarigen Diehl Platz und sieht, wie dem alten Mann die Tränen über die Backen laufen, als er die Verwüstung erblickt. Im Garten der Mission finden sie die Leiche eines Damaraburschen neben einem halbverbrannten Gartenstuhl. Auch viele Tierleichen, in der Hauptsache Ziegen, Hühner und Hunde, liegen herum und verpesten die Luft mit Verwesungsgestank. Ein Kommando muß die Kadaver zusammentragen und verbrennen. Von den Aufständischen ist nichts zu sehen. Sie haben sich in Richtung auf den Kaiser-Wilhelm-Berg zurückgezogen.

Mit Zülows Mannschaft sind jetzt knapp zweihundert Bewaffnete in Okahandja, hört Ettmann. Es gibt aber weder Artillerie noch genügend Reittiere, so daß v. Zülow keine offensiven Aktionen unternehmen kann und sich auf die Verteidigung und Sicherung des Ortes beschränken muß.

Gegen Mittag wächst im Süden eine hohe Rauchsäule in den blauen Himmel. Von den Türmen der Feste ist das Feuer nicht zu sehen, nur der Rauch. Leutnant Oswald vermutet, daß die Hereros Feuer an die lange Holzbrücke über das Swakop-Rivier gelegt haben. Ein Erkundungstrupp wird ausgeschickt, kehrt aber im Feuer versteckter Hereroschützen schon nach wenigen hundert Metern um und sucht in der Feste Zuflucht. Wie es aussieht, muß mit der Zerstörung einer oder beider Brücken gerechnet werden.

17. Januar (Sonntag):

Ettmann wird bei Tagesanbruch geweckt und zur Postenkette eingeteilt. Mit zwei ihm unbekannten Reservisten zieht er los, die Wache am nordöstlichen Ortsrand abzulösen. Die letzten Gebäude dort sind zwei ausgebrannte Häuser und ein unbeschädigtes. Bevor er geht, deutet der Postenführer auf das unversehrte Haus und sagt: »Das da ist Samuel Mahareros Haus, Kameraden! Die Brandstätten dort drüben, da haben die Denkers gewohnt, und daneben, das war das Diekmannsche Gasthaus. Die schwarzen Schweine haben die Diekmanns totgeschlagen, grade mal fünf Tage ist das her!«

Am Nachmittag hilft Ettmann bei Aufräumarbeiten mit. Westlich des Bahnhofes müssen sie Dornbüsche mit Seilen aus dem Boden reißen, damit sich niemand in ihrem Schutz anschleichen kann. Anfassen kann man sie nicht, wegen der fingerlangen harten Dornen. Mit den ausgerissenen Büschen wird ein weiterer Viehkraal neben der Feste umzäunt.

Im Westen ist die Sonne versunken, nach einem Schauspiel unerhörter Farbenpracht, noch flammt es rot im violetten Abendhimmel. Grau und blauschattig erstreckt sich darunter das Buschmeer, bis es mit dem Abendrot verschwimmt. Da und dort beginnt es zu zirpen im Gras. Das Feuer ist heruntergebrannt und glost rot, hin und wieder huscht noch ein blaues oder gelbes Flämmchen über die weiße Asche auf dem verkohlten Holz. Zur Rechten glimmt ein trübes Licht, eine Lampe im Bahnhof. Links hinter ihnen die Feste im allerletzten Abendlicht vor dem schwarzen Osthimmel. Es ist still, nur im Kraal grunzt ab und zu ein Ochse, oder ein Pferd schnaubt oder stampft.

Ettmann sitzt schweigend, den Blick nach Westen gerichtet, ganz hingerissen von der Schönheit des Sonnenunterganges und zugleich von tiefer Traurigkeit erfüllt, daß er diesen Anblick nicht mit Elisabeth teilen kann. Was für herrliche Bilder und welch erhabene Stille, und sie liegt begraben inmitten der lärmenden Stadt Berlin. Er versucht, die Schwermut abzuschütteln, und schaut sich um; da neben ihm sitzen der bärtige Gefreite, in Denkerpose, Kinn auf die Faust gestützt, und der mit der komischen Bartkrause, beide wie verzaubert. Rascheln im Gras und Schritte und ein leises Pfeifen, Ettmann wendet sich um, da kommt der Österreicher, Ernstl, von der Feste her und hockt sich auf die Fersen nieder und raunt: »Hobt's ihr des g'hört mit der Frau, die wo aus'm Busch kommen is, vurhin, heit nachmittag?«

Eine verletzte Frau in einem zerfetzten Kleid ist mit zwei Kindern mitten durch das flache Buschland in den Ort gekommen, erzählt Ernstl. Die Wache hat die Frau in die Feste gebracht. »Die Frau«, sagt Ernstl, »is von Barmen her kummen, wo die Hereros ihren Mann mitsamt seim Bruder totg'schlagen hamm! Sie hat erzählt, daß die schwoarzen Neger des jüngste Kind in der Tür zerdruckt hamm! Des Wurm war grad drei Jahr alt. Vier Tag lang ist die arme Frau mit ihre zwa andern Kinder durch'n Busch g'laufn, bis endlich hierher kummen is.«

Der letzte Rest Abendlicht ist verschwunden. Aus der Nacht sticht das kalte Feuer der Sterne. Der Gefreite steckt sich seine Pfeife an, die Augen zugekniffen, um sich nicht zu blenden.

Der mit der Bartkrause sieht sich unruhig um. Sein Gewehr hat er im Arm, dicht an sich gezogen. »Will man bloß hoffen«, spricht er, »daß uns nich so geht wie die Herrn Engländer mit die Zulukaffern!« Alle warten, daß er weiterspricht, aber er sagt nichts mehr. Der Gefreite fragt schließlich: »Wieso? Was war mit Zulukaffern?« Bartkrause kratzt sich am Kopf und sagt: »Da haben die Englischen Kloppe gekriegt, aber was da genau war, weiß ich nicht.«

Ettmann, der alles darüber gelesen hat, sagt schließlich: »Na ja, das ist ganz schön lange her, 1879 war das. Die Engländer sind ins

Zululand einmarschiert, weil sich deren König nicht unterwerfen wollte. Gleich hinter dem Grenzfluß sind sie von zwanzigtausend Zulus überrannt worden.« Der Gefreite schaut auf: »Zwanzigtausend?! Oho! Was ist dann passiert?« Ettmann zuckt die Achseln. »Die Engländer sind niedergemacht worden, ein ganzes Regiment, bis auf den letzten Mann. Tausendfünfhundert waren tot oder mehr, das weiß ich nicht mehr genau.«

»Zwanzigtausend Zulus«, brummt der Gefreite, »danke sehr und gute Nacht! Wer weiß, wie viele von den Hererokaffern hier um uns herum im Busch lauern! Schöne Aussichten! Und die Truppe ist im Süden unten, am Arsch der Welt, verflucht noch einmal! Ich wollte, Hauptmann Franke wär' wenigstens noch hier mit seiner Kompanie!«

Teil II

Hauptmann Franke

12. Januar (Dienstag):

Steine und ein paar kümmerliche Akazien und Dornsträucher säumen die Ufer des Großen Fischflusses. Trotz der brütenden Hitze führt der Fluß Wasser, wenn auch nur ein Rinnsal. Ringsum Hügel und öde, steinige Wüste. Auf einer Anhöhe thront eine stattliche Festung mit Zinnen, darunter da und dort verstreut ein paar Häuser und Schuppen, eine Kirche, ein alter Wachtturm, eine kleine deutsche Schule und ein Baum. Am Ufer ein paar dürftige Gärten und ein wenig staubiges Grün. Das ist Gibeon, im Tal des Großen Fischflusses.

Die aus Omaruru kommende berittene 2. Feldkompanie der Schutztruppe unter Hauptmann Victor Franke, siebenundachtzig Mann stark, bezieht Lager im Ort. Die Kompanie ist auf dem Weg nach Süden ins Aufstandsgebiet der Bondelzwarts. Männer und Pferde sind verstaubt und erschöpft; der Tag war sehr heiß, und sie sind seit zwölf Tagen unterwegs.

Die Truppe reitet die kleine Anhöhe zur Feste hinauf und sattelt ab. Wüst und verfallen wirkt der Ort aus der Nähe, staubig und trostlos, fast verlassen. Oberleutnant Griesbach, der mit dem Geschützzug vorausmarschiert war, hat hier auf die Kompanie gewartet, um sich wieder zu unterstellen. Der Geschützzug besteht aus einem alten 8-Zentimeter-Feldgeschütz C.73, mit zwei Pferden und sechs Mauleseln bespannt, vier Reservepferden und der Nachschubkarre mit zehn Maultieren.

Hauptmann Franke überläßt sein Pferd seinem schwarzen Pferdepfleger Otto, einem Bergdamara. Er erwidert Oberleutnant Griesbachs Gruß, hört sich die Meldung des hier stationierten Polizei-Unteroffiziers an und dankt dem Mann. Steif und müde nach dem langen Ritt, sehnt er sich nach einem Glas Bier, aber erst wollen Männer und Tiere versorgt sein. Der Hauptmann ist ein Pferdeliebhaber und kennt beinahe jeden einzelnen Gaul in seiner Kompanie, mit den zurückgelassenen Reservepferden immerhin zweihundert Tiere. Er selbst hat fünf eigene Reittiere dabei, seinen schönen Schimmel »Bleßbock«, den Fuchswallach »Adler«, den Rappen »Kaiser« und den braunen »Darius«, dazu den Schimmelwallach »Wallenstein«, den Leutnant v. Wöllwarth reitet.

Hauptmann Erich Victor Carl August Franke, geboren bei Troppau im österreichischen Teil Schlesiens, ist siebenunddreißig Jahre alt, mittelgroß und drahtig. Das Gesicht ist braunverbrannt, die Augen sind gegen die Sonne verkniffen. Die Schnurrbartenden sind nach oben gebürstet. Seiner großen, gebogenen Nase wegen nennen ihn die Hereros in seinem Bezirk »das Nashorn«. Der Hauptmann ist seit Juli 1896 im Land, ein erfahrener und energischer Mann, der das Reiter- und Soldatenleben liebt und hier in Südwest seine wahre Berufung gefunden hat. Ein »scharfer Hund« ist er für seine Reiter, einer, der schon mal die Beherrschung verliert und furchterregend grimmig werden kann, aber die Leute achten ihn und lieben ihn sogar. »Der Hauptmann ist schon in Ordnung«, sagt Wachtmeister Wesch, »er behandelt uns nicht schlechter als die Gäule, und die können sich nicht beklagen.«

13. Januar (Mittwoch):

Oben auf dem Hügel und so vor dem Eingang der Feste, daß er seine Truppe im Auge behalten kann, hat Hauptmann Franke einen Tisch und ein paar Stühle aufstellen lassen und bespricht beim Frühstück mit den Offizieren den Tagesplan und Einzelheiten des Weitermarsches nach Keetmannshoop.

Oberleutnant Paul Griesbach führt den zweiten Zug und ist nach Franke der älteste Offizier und Stellvertreter des Hauptmanns. Leutnant Erich Freiherr v. Wöllwarth, ein gutaussehender junger Mann, führt den ersten Zug; Leutnant Paul Leutwein, der Sohn des Gouverneurs, befehligt den dritten Zug. Der Medizinmann der Kompanie, Stabsarzt Dr. Hummel, sitzt mit verschränkten Armen dabei und blinzelt in die Sonne. Hartes Brot und aufgeschnittene Büchsen mit Corned beef stehen auf dem Tisch, dazu Streifen von luftgetrocknetem Kudufleisch und eine große Kruke mit Pflaumenmus. Frankes schwarzer Diener Ben, ein Damara, gießt heißen Kaffee in die Blechtassen. Den Kopf auf den Pfoten, scheinbar schlafend, belauert Troll, ein ziemlich kleiner, struppiger grauer Hund von schwer definierbarer Abstammung, den Frühstückstisch. Troll gehört dem Hauptmann und wartet darauf, daß sich die Zweibeiner endlich verziehen und Ben ihm etwas von den Überbleibseln zukommen läßt.

Die Offiziere sitzen und kauen schweigend. Viel zu besprechen gab es nicht, Wachdienst, Pferdepflege, Vorbereitung auf den Aufbruch morgen nachmittag. Heute wird gerastet, Männer und Tiere sollen sich noch einmal ausruhen, bevor es weitergeht. Auf der weiten Fläche unterhalb der Feste rauchen die Kochfeuer. Die Kompanie ist gut beschäftigt. Ein Teil der Männer ist beim Pferdeputzen, bürstet und striegelt die Tiere und behandelt kleinere Verletzungen und Druckstellen. Die Hufe werden untersucht und noch einmal ausgekratzt, der Sitz der Eisen geprüft. Anschließend werden die Tiere zum Wasser hinuntergeführt. Dort läßt man sie saufen und eine Viertelstunde in den warmen Pfützen stehen, um die Hufe zu wässern, damit diese elastisch bleiben. Hinterher schützt der Schlamm die empfindlichen Hufe vor dem scharfen Urin der Tiere. Das Pferdeputzen hat der Hauptmann für den Vormittag befohlen, obwohl das ja sonst immer abends nach dem Ritt gemacht wird, aber gestern war ein sehr anstrengender Tag gewesen, die Hitze war mörderisch und die Etappe schwieriger als angenommen. Da ist dann nur das Nötigste gemacht worden. Dafür sollen die Tiere jetzt um so gründlicher behandelt werden.

Hauptmann Franke trinkt noch einen Schluck Kaffee, fingert eine Zigarre aus seiner Rocktasche und steckt sie an. Er nimmt einen tiefen Zug und lehnt sich zufrieden im knarrenden Klappstuhl zurück. Wie alle Kompaniechefs der Schutztruppe ist Franke zugleich Bezirksamtmann, also Verwaltungschef eines Distrikts, in seinem Fall Omaruru. Er ist heilfroh, daß er den Amtsgeschäften mit ihrem Papierkrieg und nie enden wollenden Ärger entronnen ist. Mit was mußte er sich nicht alles herumschlagen! Die Kompanie als schlagkräftige Truppe in Schuß zu halten war wahrhaftig Arbeit genug, aber dazu kam eine Vielzahl von Aufgaben aller Art wie Unterhaltung und Versorgung der Polizeistationen und Viehposten, Bekanntgabe von Verordnungen an die Eingeborenen und ihre Durchsetzung, die Bearbeitung von Ein-

147

gaben und Bitten, Beschwerden von Eingeborenen über Händler und umgekehrt, Schlichten von Streitfällen, Überwachung der Maßnahmen zur Eindämmung von Viehseuchen, das Einfangen entlaufenen Viehs, Wegebau und Jagdlizenzen, überhaupt bürokratische Querelen aller Art. Der Hauptmann schüttelt sich unwillkürlich. Gott, wie hing ihm dieser ganze Verwaltungskram zum Halse heraus! Und dann die große Weihnachts- und Neujahrsüberraschung, als am 27. Dezember der Befehl zum Ausrücken kam! Ade, Schreibtisch! Noch vor Sonnenaufgang am 1. Januar war die Kompanie abmarschiert, alle Mann in bester Stimmung, es geht hinaus!

Er zieht noch einmal an der Zigarre, dann steht er auf und gibt damit das Zeichen zur Beendigung des Frühstücks. Die Offiziere schlendern gemächlich den Hang hinab auf den weiten Platz. Es ist heiß, und von den paar Schritten sind die Stiefel schon staubig. »Mein Gott«, sagt Leutnant Leutwein zu v. Wöllwarth, »was ist das bloß für ein ödes und gottverlassenes Land!« Leutnant v. Wöllwarth ist schon fast vier Jahre in Südwest und gibt zurück: »Öde? Gottverlassen? Warten Sie mal ab, Herr Kollege, bis wir weiter in den Süden kommen! Dagegen ist das hier der reinste Kongodschungel!«

Es ist zur Zeit Mode bei den Leutnants, sich gegenseitig »Herr Kollege« zu titulieren.

Ein Soldat kommt gelaufen, ein Signalist vom Heliographenposten auf dem Hügel am Südrand von Gibeon. »Herr Hauptmann!« meldet er atemlos, »ein Heliogramm, soeben von Windhuk nach Keetmannshoop durchgegeben!«

Der braungebrannte Soldat in seiner sonnengebleichten Drelluniform wartet in strammer Haltung, während der Hauptmann den Text der Nachricht überfliegt. Mit einem Stirnrunzeln reicht er sie an Oberleutnant Griesbach weiter und sagt: »Hier, lesen Sie mal! Die Hereros sollen in Unruhe sein und scheinen sich um Okahandja zu versammeln! In Windhuk fühlt man sich offenbar bedroht!« Griesbach nimmt seine Mütze ab und kratzt sich mit der anderen Hand hinterm Ohr. »Werden die Kerle jetzt frech, nachdem wir abgezogen sind? Was ist da zu machen, Herr Hauptmann?« Franke erwidert: »Erst mal nichts. Warten wir ab, was der Kommandeur dazu sagt.«

Der Kommandeur und Gouverneur Oberst Leutwein sitzt zur Zeit gute dreihundert Kilometer weiter im Süden, in Keetmannshoop, und leitet von dort die Operationen gegen die aufständischen Bondelzwart-Hottentotten. Franke sagt zu Griesbach: »Schicken Sie mit dem Signalmann einen Reiter hinauf zum Posten! Geben Sie ihm strikten Befehl, mich sofort über jede eingehende oder auch nur durchgehende Meldung zu unterrichten!« Zu dem Signalisten sagt er: »Sie behalten die Nachricht für sich! Kein Wort davon zu meinen Leuten, ist das klar?« Der Mann klappt die Hacken zusammen und sagt: »Zu Befehl, Herr Hauptmann!«

Mit dem Heliographen oder Sonnenschreiber lassen sich Morsezeichen durch Sonnenlichtblitze mit Hilfe drehbarer Hohlspiegel übertragen. Die Stationen müssen Sichtverbindung untereinander haben, deshalb werden sie erhöht, auf Hügeln etwa, eingerichtet. Nachts wird der Signalapparat mit einer Karbid-Linsenlampe betrieben.

Der Heliograph ähnelt in etwa einer Kamera auf ihrem Stativ: Ein ungefähr kopfgroßer Sonnenspiegel auf dem Dreibein mit angeschraubter Zieleinrichtung, ein zweites Dreibein trägt die Lampe für den Nachtbetrieb. Zur Ausrüstung gehört auch ein Beobachtungs-Teleskop. Auf dem Marsch werden die Apparate auf Pferd oder Maultier verladen, Sauerstoff und Azetylengas für den Betrieb der Lampe werden in fünfzig Zentimeter langen Stahlflaschen transportiert. Die Verbindung Windhuk–Keetmannshoop, fast fünfhundert Kilometer Luftlinie, ist von Oberleutnant Woerner eingerichtet und am 9. Dezember 1901 mit elf Unterwegsstationen in Betrieb genommen worden.

Im Ort kochen die Reiter Kaffee und Reis mit Erbswurst. Fast senkrecht steigt der Rauch in den windstillen Abendhimmel. Im Westen versinkt die Sonne in orangerot glühenden Wolkenfeldern, bald wird es dunkel sein. Kurz nach sechs Uhr nm. meldet der Heliographenposten einen weiteren Blinkspruch von Windhuk an den Gouverneur in Keetmannshoop:

Gouverneur Leutwein.
Telegraphische Verbindung mit Okahandja unterbrochen.
gez. Techow.

Oberleutnant Techow sitzt in Windhuk und ist der Adjutant des
Gouverneurs Leutwein. Es wird dunkel, und oben auf dem Heliographenberg sind die Leute froh, daß die Sonne endlich untergegangen ist. Zwei Stunden lang rührt sich nichts. Ein Signalist schaut
nach Norden, ein zweiter nach Süden; unablässig muß jeder in
seine Richtung spähen, damit ihm kein Anruf entgeht. Seit Ausbruch des Bondelzwart-Aufstandes sind die Posten auf der Süd-
verbindung mit jeweils sechs Mann besetzt worden, damit sich die
Leute bei dieser ermüdenden Anstrengung abwechseln können.

Um acht Uhr blitzt es aus der Nacht vom nördlichen Heliographenposten Falkenhorst:

Gouverneur Leutwein.
5 km südlich von Okahandja Bahn und Telegraph zerstört.
gez. Techow.

Gibeon antwortet: »Verstanden« und leitet weiter. Auch die nächste Nachricht wird sorgfältig im Stations-Heliogrammbuch notiert und dann mit der Karbidlampe weiter nach Keetmannshoop
im Süden gemorst. Die mit Azetylen und Sauerstoff gespeiste,
grell blauweiße Flamme faucht, die Blende klackt und klappert:
klack – klack – klick.

Gouverneur Leutwein.
Feste soll belagert sein; Reparatur Bahn versucht.
gez. Techow.

Geisterhaft starre Gesichter, vom kalkweißen Blitzlicht aus der
Nacht gehackt. Der Melder klettert zu seinem Pferd hinunter,
bindet es los und reitet in den Ort, um dem Hauptmann die
weitergeleitete Nachricht zu bringen.

Eine Stunde später blitzt es im Norden wieder. Die Nacht ist
sehr dunkel, abnehmender Mond, und immer wieder ziehen Wol-

kenfelder über den Himmel. Die Relais-Station Falkenhorst ist gut dreißig Kilometer Luftlinie weit weg, ihre fernen Blitze sind wie ein blinkender, tiefstehender Stern.

Lang – lang – kurz blinkt es dort. Und kurz – lang – kurz – kurz. Der Signalunteroffizier, ein Auge am Okular des Teleskops, liest den Spruch schon mit: »Gustav Ludwig. Pause. Dora Emil Nordpol. Pause.« Der Gefreite hinter ihm kritzelt dazu ins Stationsbuch, im schwachen Funzellicht seiner abgeblendeten Laterne:

Gouverneur Leutwein.
Den ganzen Tag heftiges Gefecht bei Okahandja;
Feste belagert.
gez. Techow.

14. Januar (Donnerstag):

Hauptmann Franke reitet gleich morgens mit einem Depeschenreiter zum Heliographenberg hinauf. Es ist nur ein Weg von fünfzehn Minuten. Dort erhält er die neueste Nachricht, die gerade von Windhuk durchgegeben worden war, diesmal an ihn gerichtet:

Deutsch-Südwest-Afrika
Heliographie d. Schutztruppe
Station Gbn V Wh
Aufgenommen den 14.1.04,
um 7 Uhr 15 Minuten
durch Diestel

Hauptmann Franke.
Okahandja schwer bedrängt.
gez. Techow.

»Schön«, sagt Franke zu dem Signalunteroffizier, »bestätigen Sie! Blinken Sie dann nach Windhuk und Keetmannshoop folgendes: Hauptmann Franke und 2. Kompanie mit Geschütz in Gibeon! Soll Marsch fortgesetzt werden oder angesichts Entwicklung im Hereroland kehrtgemacht werden? Gezeichnet: Franke.«

Der Unteroffizier schreibt den diktierten Text in sein Signalbuch. Der Hauptmann reitet wieder in den Ort hinunter und läßt den Reiter zurück. Der soll ihn über jede eingehende Meldung sofort unterrichten.

Ein paar Stunden lang geschieht gar nichts. Kurz vor elf Uhr vm. kommt der Meldereiter im Galopp vom Heliographenberg und bringt Franke den erwarteten Befehl aus dem Süden:

Deutsch-Südwest-Afrika
Heliographie d. Schutztruppe
Station Gbn V Kmhp
Aufgenommen den 14.1.04
um 10 Uhr 40 Minuten
durch Diestel

Hauptmann Franke, Gibeon
Gehen Sie mit Ihrer Kompanie, Griesbach und dem Feldgeschütz nach Windhuk zurück und übernehmen Sie bis zu meiner Ankunft, welche im Februar zu erwarten ist, das Kommando. Proviantwagen nebst Begleitung sollen ihren Marsch nach hier fortsetzen, mit Ausnahme von den wenigen, welche für sie selbst nötig sind. Auf dem hiesigen Kriegsschauplatz nichts Neues. Ich werde versuchen, mit den Bondels abzuschließen. Ausführung blitzen.

gez. Leutwein

Hauptmann Franke entschließt sich, gleich nach der Mittagsrast aufzubrechen und die 380 Kilometer lange Strecke von Gibeon über Kub und Rehoboth nach Windhuk im Eilmarsch zurückzulegen. Die Nachschubwagen für Keetmannshoop können die Reise allein fortsetzen, nur die Munitionskarre und das Geschütz wird er mitnehmen. Was an Proviant und Futter nötig ist, müssen die Reiter eben in ihren Packtaschen unterbringen. Er unterrichtet vorerst nur seine Zugführer von diesem Entschluß und gibt Befehl, die Kompanie antreten zu lassen.

»Alles herhören!« Es wird still auf der staubigen Fläche. »In Okahandja haben sich die Hereros erhoben! Kompanie kehrt auf

Befehl des Gouverneurs um und marschiert zurück nach Norden!«

Hauptmann Franke läßt den Deckel seiner silbernen Uhr aufspringen und wirft einen Blick auf das Zifferblatt.

»Abmarsch zwo Uhr dreißig nachmittags.«

Der Hauptmann läßt seinen Blick über die in drei Zügen angetretenen Männer schweifen. Alle starren ihn an, atemlos warten die Reiter auf mehr. Zehn Sekunden schmelzen langsam in der Sonne. Der Hauptmann läßt den Deckel zuschnappen und steckt die Uhr wieder ein und befiehlt: »Wegtreten!«

Zum Heliographenberg schickt er einen Reiter mit einer Nachricht an den Gouverneur, den er als seinen unmittelbaren Vorgesetzten mit seinem militärischen Rang anspricht:

Oberst Leutwein.
Kompanie mit Geschütz heute nachmittag 2^{30} abgerückt.
Reite in Eilmärschen ohne sonstige Fahrzeuge.
gez. Franke

2 Uhr 29 Minuten. Das Thermometer zeigt 30° Reaumur. Im glühenden Sonnenschein ist die Kompanie auf dem weiten Kirchplatz angetreten, die Reiter stehen neben ihren Pferden. Jedes Tier trägt hinter Sattel und Mantelrolle einen Extrasack Hafer. Franke, schon zu Pferde, gibt den Befehl »Aufsitzen!«, die Reiter schwingen sich in die Sättel. Seine Stimme hallt über den weiten Platz: »Herhören! Marschordnung ist: Spitze, erster Zug, Geschützzug, dritter Zug, zwoter Zug, Nachspitze!« Kurze Pause, ein prüfender Blick, dann: »Spitze antraben!«

Erst als Wachtmeister Wesch mit der Vorhut gut fünfhundert Meter den Weg hinabgetrabt ist, befiehlt Franke: »Kolonne zu zweien! Erster Zug – Anreiten!«

Die Reiter setzen sich in Bewegung und schwenken aus der Reihe in die Kolonne. Der Hauptmann reitet mit Leutnant v. Wöllwarth beim 1. Zug. Dann kommt das Geschütz, dahinter die Reservepferde, mit Packsätteln beladen, endlich die Eselskarre mit der Artilleriemunition. Leutnant Leutwein folgt mit dem 3. Zug. Oberleutnant Griesbachs 2. Zug bildet Abschluß und Nachhut.

Die Besatzung des Polizeipostens von Gibeon, ein Unteroffizier und fünf Mann, sieht der Truppe schweigend nach, bis sie sich in der hitzeflimmernden Ferne verliert. Der Ort sinkt zurück in stumpfe Langeweile. Es ist ein glühend heißer Tag, erbarmungslos brennt die Sonne herab.

Bis nachts um halb ein Uhr läßt der Hauptmann an diesem Tag reiten, 65 Kilometer weit bis zu einem Platz mit dem seltsamen Namen Regierungspütz.

15. Januar (Freitag):

Nach viereinhalb Stunden Nachtruhe Weitermarsch. Der Weg führt am Heliographenposten Pforte vorbei. Sobald sie in Rufweite sind, werden sie vom Posten herab angerufen. Wachtmeister Wesch ruft die Antwort hinauf: »Zwote Feldkompanie, Hauptmann Franke!«

Franke läßt die Kompanie halten und reitet näher heran, bis an den Fuß des steinigen Hanges unterhalb der Signalstation, und ruft hinauf: »Bringen Sie mal Ihr Signalbuch runter!« Der Unteroffizier, der den Posten befehligt, kommt herabgestiegen und reicht ihm die abgegriffene schwarze Kladde. Troll knurrt den Mann an. Franke bleibt im Sattel und liest den letzten Eintrag:

Gouverneur Leutwein.
Von Okahandja keine Nachricht, Windhuk bedroht.
Viele Tote und Verwundete auf unserer Seite.
gez. Techow.

Der Hauptmann reicht die Kladde dem Signalmann zurück und läßt weiterreiten. Kurze Zeit später, um die Mittagsstunde, gelangt die Truppe nach Klein-Packriem, wo gerastet wird. Hauptmann Franke schart seine Reiter um sich und sagt ihnen, was in dem letzten Heliogramm stand. Dazu sagt er: »Das sind sehr böse Nachrichten. Ich wollte heute nur bis Kuis marschieren – aber nun muß es weiter gehen, denn es kommt auf jede Stunde an; ich muß von jedem Mann, ob Offizier oder Reiter, das Äußerste verlangen!«

Und so geht es im Eilmarsch weiter, bei glühender Hitze. Bis

zum Abend wird marschiert, obwohl gegen vier Uhr wolken-
bruchartige Regenfälle einsetzen. Roß und Reiter triefen vor
Nässe. Nach sieben Uhr wird es so dunkel, daß nur im Schritt geritten werden kann. Regen trommelt auf Planen, Mäntel, Hüte
und Gäule. Immer wieder muß abgesessen und geführt werden,
weil die Pferde auf dem schlüpfrigen Lehmboden ausrutschen.
Am Calo-Rivier wird schließlich übernachtet, unter Planen zu-
sammengekauert, gottergeben.

16. Januar (Samstag):

Vormittags verziehen sich die Wolken. Die Sonne brennt heiß
herab und trocknet die feuchten Klamotten und Decken. Das
Kalbrivier fließt reißend, kaffeebraune Brühe gurgelt hüfttief von
Ufer zu Ufer. Mittags Rast beim Sendlingsgrab. Das ist ein großer Stein am Rivierufer mit einem eingeritzten Kreuz. Sonst ist
hier nichts. Steinige Hänge säumen das Rivier, ein paar Büsche
blühen weiß nach dem vielen Regen. Die Offiziere versammeln
sich um den Grabstein, Blechtassen in der Hand, und schauen auf
den Stein herab. Außer dem Kreuz ist noch ein verwittertes Datum sichtbar: »3. Febr. 1867«, darunter die Buchstaben »F.V.«
»Wer mag da wohl drunterliegen, in dieser gottverlassenen Gegend?« fragt Leutnant v. Wöllwarth. Stabsarzt Dr. Hummel fährt
mit dem Finger die Jahreszahl nach und sagt: »Ein Landsmann,
Herr Leutnant! Ein Missionar Vollmer, der zuletzt in Hoachanas
tätig war und dort die schöne Kirche gebaut hat. Der Kapitän der
Orlam-Hottentotten, Oasib, hat ihn gezwungen, ihn auf einem
Kriegszug gegen Gibeon zu begleiten. Dabei ist der Mann dann
hier verstorben. Woran, weiß ich allerdings nicht.« Oberleutnant
Griesbach läßt einen anerkennenden Pfiff hören. Der Stabsarzt
macht ein zufriedenes Gesicht und sagt: »Ich denke doch, daß ich
meine Kompetenzen nicht überschreite, wenn ich nicht nur das
leibliche Wohl der Truppe im Auge habe, sondern mir gelegentlich einen kleinen Beitrag zur Bildung der Herren Leutnants er-
laube!«
Nachmittags geht es weiter, immer abwechselnd im Schritt, im
Trab und zu Fuß, die Pferde am Zügel, Stunde um Stunde in sengender Sonnenglut und weißem Staub. Am späten Nachmittag

bedeckt sich der Himmel wieder. Noch vor Einbruch der Nacht erreicht die Kompanie den armseligen Ort Tsumis. Da regnet es schon wieder.

17. Januar (Sonntag):
Aufbruch vor Sonnenaufgang. Bedeckter Himmel. Eine Unzahl kleiner Riviere ist zu queren, alles Zuflüsse des Oanab, aus dem weiter südlich der Große Fischfluß wird. Gegen Mittag kommt die Truppe nach Rehoboth, dem Hauptort des Basterlandes. Der Ort ist umgeben von roten Hügeln, grünes Gras sprießt überall, der Weg ist verschlammt und voller Pfützen. Unregelmäßig verstreut stehen meist armselige Lehmhäuser unter Akazien. Der einzige ansehnliche Bau ist das Missionsgehöft mit seiner Kirche, sauber und weiß verputzt, in einem ummauerten Garten voller rotblühender Oleanderbüsche. Hauptmann Franke läßt halten und absitzen. Der frischgebackene Distriktchef Oberleutnant v. Brandt kommt in gestärkter und gebügelter Schutztruppen-Heimatuniform mit »Gigerlkragen« und glitzernden Fangschnüren angestiefelt und macht dem Hauptmann Meldung.

Brandt zeigt Franke die getroffenen Verteidigungsmaßnahmen, drei große Schanzen hat er aufwerfen lassen. Aus Windhuk hat er keine neuen Nachrichten, da der Heliograph wegen der heftigen Regenfälle und der tiefhängenden Bewölkung nicht eingesetzt werden konnte. Franke legt eine längere Rast ein und läßt die Gewehre einschießen. Die Patronenzahl pro Mann wird auf hundert Schuß ergänzt. Für das schwere Geschütz läßt der Hauptmann Ochsen requirieren, da es nördlich von Rehoboth durch tiefen Sand geht und die Esel geschont werden sollen. Auf dem Herwege, vor zehn Tagen, sind hier alle acht Treckochsen der Kompanie vom Blitz erschlagen worden.

Bis jetzt ist dank der hervorragenden Pferdepflege kein einziges Pferd ausgefallen. Hauptmann Franke achtet streng auf die gute Versorgung der Tiere. Es gilt der alte Kavalleriegrundsatz: Erst das Pferd, dann der Mann. Auf dem Marsch wird, wo immer möglich, eine Dreiviertelstunde geritten, dann eine Viertelstunde abgesessen geführt, um die Tiere zu schonen. Die ganze Eile wäre zu nichts nütze, wenn am Zielort die Pferde unbrauchbar wären und die Truppe dadurch unbeweglich und nicht einsatzfähig wäre.

Inzwischen kommt die Sonne durch und trocknet die ganz aus der Form geratenen Hüte. Den Sätteln hat die Nässe auch nicht gutgetan, sie quellen, Nähte platzen, das Leder trocknet steif und wird brüchig. Spätabends, in stockfinsterer Nacht, geht es weiter nach Norden.

18. Januar (Montag):

Wie jeden Morgen nach einer Regennacht müssen vor dem Abmarsch die durch die Nässe angerosteten Gewehre auseinandergenommen, abgerieben und eingeölt werden. Die Patronen sind in den Ledertaschen grün angelaufen und müssen ebenfalls aus ihren Blechpäckchen genommen, einzeln abgerieben und wieder eingeschoben werden. Wegen der Gefahr einer möglichen Überraschung geschieht das zugweise, so daß immer zwei Züge schußbereit bleiben. All das kostet Zeit.

9 Uhr 30 Abmarsch nach Aub. Kurz nach zwölf kommt die Truppe dort an und hält eine kurze Mittagsrast, Weitermarsch um ein Uhr. Wieder beginnen heftige Regenfälle. Der Himmel öffnet alle Schleusen. Es wird richtig dunkel. Stellenweise ist die Sicht auf unter zwanzig Meter begrenzt. Seltsam lautlos zieht Reiter hinter Reiter unter schwarzglänzendem, gummiertem Umhang durch den alles übertönenden, rauschenden Regenvorhang.

Schlapp hängen die durchweichten Hüte, müde, hungrig und durchnäßt sind die Männer. Die Pferde rutschen und straucheln auf nassem Lehm und Schlamm, sie gehen mit hängenden Köpfen und schnauben Regenwasser aus den Nüstern. Hauptmann Franke, allein durch sein Beispiel, treibt die Männer unermüdlich weiter.

Etwa fünf Kilometer vor Aris ist Schluß. Hauptmann Franke schreibt in sein Tagebuch:

»Ein wüster Regen geht nieder. Die Straße ist im Handumdrehen ein Bach. Es gelingt mir nach ca. 1 Stunde, unter dem Zelt Feuer zu bekommen. Die Leute schwimmen beinahe weg.«

19. Januar (Dienstag):

Am frühen Vormittag nähert sich Frankes Reitertruppe Aris am Fuß der Auasberge. Hinter diesen Bergen liegt schon Windhuk. Hier halten ein paar Buren mit ihren Frachtwagen und trauen sich nicht weiter. Franke hört von ihnen, daß sich hinter einer Klippe Hereros versammelt hätten. Die hätten Rinder auf der Farm Schmerenbeck gestohlen und wollten sie nun forttreiben.

Die Spitze entdeckt die Herde, etwa hundert Tiere, hinter einer Klippe, bleibt ruhig in der Deckung der Bäume am Rivierrand und schickt einen Reiter zu Hauptmann Franke zurück, der mit dem Gros der Kompanie zweihundert Meter hinter der Vorhut reitet. Hauptmann Franke läßt Train und Geschützzug halten und alle drei Züge vorreiten.

Als sie den Schutz der Bäume verlassen und auf dem Sandfeld unter dem Großherzog-Friedrich-Berg die ahnungslosen Hereros in Sicht kommen, befiehlt er »Galopp!« und läßt den Trompeter Alarmsignal blasen. Die Truppe fächert zugweise auseinander und reitet eine schulmäßige Kavallerieattacke, prescht mitten unter die zu Tode erschrockenen Hereros und jagt sie nach allen Seiten auseinander. Die lassen das Vieh im Stich und reißen aus, von Schüssen verfolgt; im Nu sind sie hinter Klippen und im Busch verschwunden. Der Hauptmann läßt absitzen und den Feind eine kurze Strecke weit zu Fuß verfolgen.

Die Truppe hat keine Ausfälle, auch beim Gegner scheint es keine Toten oder Verwundete gegeben zu haben, es sind jedenfalls keine zu sehen. Franke, in großer Eile, gibt sich mit der Zersprengung der Hereros zufrieden und läßt bald weitermarschieren. Die Aufständischen stellen nach diesem Schreck fürs erste keine Gefahr mehr da, seine Reiter aber sind nach dem verlustlosen Gefecht voller Zuversicht und Eifer. Den Buren, die auch nach Windhuk wollen, läßt er ein paar Mann als Bedeckung da, das eroberte Vieh soll mit nach Windhuk getrieben werden.

Noch am gleichen Nachmittag zieht die 2. Feldkompanie im strömenden Regen in Windhuk ein und wird von der weißen Bevölkerung mit Jubel und Erleichterung begrüßt. Von Gibeon hat die Kompanie in nur viereinhalb Tagen 380 Kilometer zurückgelegt, in wegelosem Gelände, ohne einen einzigen Ausfall bei

Reitern oder Pferden, und das bei knapper und ungenügender Verpflegung.

Vor der Feste wird Franke vom Stadtkommandanten, Hauptmann a. D. von François, und dessen Stab erwartet. Der graubärtige alte Offizier salutiert feierlich und sagt:

»Herr Hauptmann, ich freue mich, Sie hier begrüßen zu dürfen! Sie haben eine prachtvolle Marschleistung hinter sich! Darf ich Sie bitten, mir zum Kriegsrat zu folgen? Die Herren Offiziere der Kompanie bitte ich gleichfalls. Seien Sie nachher meine Gäste!«

»Kein Kriegsrat«, erwidert Franke, »keine Gastfreundschaft! Ich bin vom Kommandeur zu seinem Stellvertreter ernannt. Die Kompanie wird im Hof der Feste lagern. Sorgen Sie für Verpflegung, Munition und neue Ausrüstung. Lassen Sie die besten Pferde herschaffen. Ich breche übermorgen früh nach Okahandja auf.«

Der alte François und sein Stab sehen sich ungläubig an. »Der Gouverneur hat Sie zu seinem Stellvertreter ernannt? Aber das ist doch ganz unerhört! Der Anciennität entsprechend ...« Franke fällt ihm barsch ins Wort: »Keine Diskussion! Hier ist der Befehl des Gouverneurs!« Er hält dem Offizier das Heliogramm vom 13. 1. unter die Nase. Der alte Hauptmann liest es und reicht es wortlos zurück.

Rings um die Feste hat man begonnen, Schanzen aufzuwerfen aus Erde, Steinen und ausgerissenen Dornbüschen. Reservisten, Buren, Baster und Hottentotten schaufeln und schuften im Regen und in schwüler Hitze, schwitzend und schlammbespritzt bis zum Hosenbund. Es herrscht ein gewaltiges Durcheinander, dazu wimmelt es hier oben von Frauen und Kindern, denn die im Tal liegende sogenannte Kaufmannsstadt ist aus Angst vor einem Überfall verlassen worden.

Oberleutnant Techow erzählt Franke, daß in der Stadt kurz zuvor fast eine Panik ausgebrochen wäre, als Buren den Fall Okahandjas und den Anmarsch von eintausendzweihundert Hereros auf Windhuk gemeldet hätten. Dieses habe sich aber als bloßes Gerücht erwiesen. Hauptmann Franke schaut auf den Ort hinunter und sagt: »Von einer Bedrohung der Stadt kann gar keine Rede mehr sein, nicht angesichts der derzeitigen Truppenstärke.«

Albert Seelig

18. Januar (Montag):

Albert Seelig friert, und neben ihm klappert sein Kamerad Dürnsmaier hörbar mit den Zähnen. Es ist bitterkalt in Kiel, es schneit, und die Dächer der Kaserne sind weiß vor dem bleigrauen Himmel. Das Stillstehen in der Kälte fällt Seelig nicht leicht, trotz des schweren Mantels. Eiskalt sind seine Füße in den dünnen Knobelbechern. Er müßte mit den Füßen stampfen und möchte die Hände in den Taschen vergraben, aber das geht nicht, denn es ist »Stillgestanden« befohlen. Er steht in der vorderen Reihe der Kompanie auf dem weiten Exerzierplatz angetreten, und sein Zugführer, Leutnant Dziobek, steht fast genau vor ihm und hat sie alle scharf im Auge.

Albert Seelig ist zwanzig Jahre alt und Seesoldat in der 1. Kompanie des Kieler 1. Seebataillons. Nicht ganz ein Jahr ist er jetzt bei der Marineinfanterie, eingetreten als Dreijährig-Freiwilliger. So lange hat er sich verpflichten müssen, weil sein Vater nicht das Geld hatte, ihn auf eigene Kosten auszurüsten und zu bekleiden, wie es von den Einjährigen verlangt wird. Die brauchen auch noch eine höhere Schulbildung, mindestens die mittlere Reife. Albert hatte nach der Schule eine dreijährige Lehrzeit zum Kaufmannsgehilfen gemacht, unter großen Entbehrungen, denn das Geld reichte hinten und vorne nicht. Sein Vater arbeitete als Schiffsreiniger, und es wäre ihm wohl kaum erspart geblieben, in seine Fußstapfen zu treten, hätte er sich nicht in der Schule durch Fleiß und Begabung hervorgetan und dazu das Glück gehabt, von einem wohlwollenden Lehrer gefördert zu werden. Die Mutter war an der Schwindsucht gestorben, als Albert erst elf Jahre alt war. Anton, der große Bruder, ist Matrose auf einem Vollschiff in der Salpeterfahrt, und die jüngere Schwester Amalie arbeitet als Zimmermädchen in Hamburg, in Mrs. Slumans Boarding House.

Das ganze Bataillon steht angetreten und wartet in der Kälte auf den Alten. Worum es wohl geht, wundert sich Seelig, nach dem Schneeräumen wäre jetzt eigentlich Exerzierdienst dran, und danach ist er zum Kartoffelschälen eingeteilt, und was den Offizieren für den Nachmittag einfällt, weiß der Himmel. Kutterpullen auf der eisigen Förde, wenn's der Teufel will. Sonderbar, daß man sie an einem Montag mitten im Tagesdienst antreten läßt, noch dazu in Mantel und Tschako, aber ohne Gewehr. Es war gar keine Zeit, viele Vermutungen auszutauschen, während sie die Treppen hinunterrannten und hinaus in die eisige Kälte. Ein Extramanöver, vermuteten die einen, Krieg mit Rußland die Optimisten, und einer tuschelte gar, es hätte ein Attentat auf den Kaiser gegeben. Ganz unvorstellbar, denkt Seelig, eher geht es vielleicht um diesen Aufstand in Afrika, worüber alle gerade reden. Aber wahrscheinlicher ist, daß es irgendeine unangenehme Sache ist, vielleicht einen Kanal graben oder so etwas.

»Ach-tung!« Ein Ruck geht durch die jungen Männer, obwohl sie ohnehin schon in Habt-Acht-Stellung stehen. Da kommt der Alte und zieht sich die Handschuhe über, und hinter ihm sein Adjutant, der Oberleutnant Freiherr v. Dobeneck. Der Alte trägt den schweren Mantel nicht, nur den grauen Überzieher, da wird es nicht lange dauern in dieser klirrenden Kälte.

Major Georg v. Glasenapp, der Bataillonskommandeur, bleibt stehen, die Hände auf dem Rücken, und mustert sie alle, ein nachsichtiges Lächeln unter dem präzise gestutzten Schnurrbart. Mit dem Alten haben wir Glück, denkt Seelig, das ist ein richtiger Gentleman, ein hochanständiger Offizier, das gerade Gegenteil von unserem Kompaniechef, dem Hauptmann Fischel, der ein barscher und hartherziger Mensch ist. Der Major soll ihn schon verwarnt haben, wenn er die Kompanie gar zu sehr schikaniert hat, und einmal hat er sogar eingegriffen, nachdem der Hauptmann sie bei Regen und Kälte acht Stunden im Schlamm Gräben hatte schippen lassen, ohne eine einzige Mahlzeit oder Pause dazwischen.

»Meine Herren«, ruft der Major über den Platz, und von der Kasernenfassade hinter ihm kommt ein schwaches Echo zurück, »die meisten von Ihnen werden bereits gehört haben, daß in unserer Kolonie Deutsch-Südwestafrika ein Aufstand ausgebrochen ist! Die Hereroneger haben sich dort erhoben und deutsche Menschen totgeschlagen!« Der Major macht eine Pause und läßt seinen Blick die Reihen der Soldaten entlangwandern.

Also doch, denkt Seelig, also doch! Atemlos wartet er darauf, daß der Major weiterspricht.

»Seine Majestät der Kaiser haben für die Marinestationen Nordsee und Ostsee befohlen, ein Expeditionskorps in Bataillonsstärke aufzustellen, welches schon am kommenden Donnerstag in See gehen wird!« Der Atem dampft dem Major vor dem Mund. »Das Expeditionskorps wird aus Freiwilligen der Seebataillone 1 und 2 aufgestellt! Jedes Bataillon stellt zwohundertfünfzig Mann!« Ein Raunen geht durch die Reihen der jungen Soldaten, die Andeutung einer Bewegung, als möchten sie sich alle auf die Zehenspitzen stellen. Die Kälte ist vergessen. Der Major hebt eine Hand, als wolle er sagen: Langsam!

»Wer von euch mit will«, ruft er jetzt, »muß sich darüber klar sein, daß es auf Monate hinausgeht, vielleicht sogar länger!« Albert Seelig bebt vor Aufregung. Nur mit Anstrengung unterdrückt er den Impuls, den Arm zu heben und dabei hochzuspringen und zu schreien: Ich! Ich melde mich freiwillig! Das ganze Bataillon summt vor Aufregung, er kann es ganz deutlich spüren, obwohl kein Laut zu hören ist. Die Stimme des Majors hallt über den weiten Platz: »Freiwillige lassen sich auf den Kompanieschreibstuben eintragen!« Seelig hört gar nicht mehr richtig zu. Von Tropentauglichkeitsuntersuchung redet der Alte, von gefestigtem Charakter und daß die Zähne in Ordnung sein müssen. Seelig will mit hinaus, den Landsleuten in ihrer Not helfen und den wilden Heiden eins aufs Dach geben! Er muß mit hinaus! Wie oft hat er den ausreisenden Schiffen nachgesehen und sich dabei ausgemalt, wie es wohl wäre, wenn er auch einmal hinaus dürfte in die Welt, nach China oder in die Südsee, oder nach Amerika oder Afrika.

Belagert

19. Januar (Dienstag):

Mit dem ersten Tageslicht setzt prasselnder Regen ein. Carl Ettmann steht mit dem schwarzbärtigen Österreicher Ernstl und dem Landwehrgefreiten Jäger unter der Balkonveranda des Bahnhofs, fertig zum Gehen, Gewehre umgehängt. Ihr Befehl lautet: Abpatrouillieren der Gleise Richtung Norden. Es rauscht und trommelt, Bäche rinnen zwischen den Gleisen. »Na denn los«, sagt Jäger und zieht sich den Hut in die Stirn, »hilft ja nüscht!« Ettmann folgt ihm hinaus in den Regen, nach rechts am wartenden Zug vorbei und die Gleise entlang, die sich hinter dem Güterschuppen zu einem einzigen Strang vereinigen, der sich vor ihnen im grauen Regenvorhang verliert. Schlammiger Sand bespritzt ihm die Stiefel bis zu den Knien hinauf, schon dringt die Nässe durch die Schultern seines Waffenrocks, es rinnt von der Hutkrempe. Ernstl schimpft: »So ein Sauwetter!« Tropfen glitzern in seinem schwarzen Bartgestrüpp.

Ein schriller Pfiff vom Bahnhof her. Ettmann schaut sich um. Der Zug dort setzt sich in Bewegung, aber er fährt nicht in ihre Richtung, sondern nach Süden, nach Windhuk. Schnell ist er im Regen verschwunden. »Es ist Befehl gekommen, mit dem Zug nach Windhuk durchzubrechen«, erklärt Jäger, »mal gespannt, ob das was wird. Wenigstens scheint der Regen nachzulassen!« Ernstl schielt unter der Hutkrempe zum grauen Himmel und sagt mißgelaunt: »Salzburger Schnürlregen! Geht sicher an ganzen Tag so weiter!«

Doch er täuscht sich, kurz nach acht Uhr hört der Regen gänzlich auf. Ein erster Sonnenstrahl bricht durch das graue Gewölk, und bald verdunsten die Wolken, als wären sie nichts als Nebel gewesen. Ettmann geht mit seinen Kameraden die Gleise ab. Mit dem Bahnhof ist Sichtverbindung zu halten, und so bleiben sie etwa fünfhundert Meter von der Station stehen. Das Gelände ist hier flach und übersichtlich, mit nicht allzu dicht stehenden Büschen. Es ist heiß und inzwischen fast unerträglich schwül, die Sonne sengt herab, aus dem Boden dampft die Feuchtigkeit. Ekelhaft ist die Schwüle, im Nu ist Ettmann schweißnaß, erstickend warm und klamm ist auf einmal der Kordrock, und er zerrt am Kragen, der an seinem oberflächlich rasierten Hals klebt. Weit und breit ist kein Feind zu sehen. Mittags werden sie abgelöst, und Ettmann flüchtet erschöpft und erleichtert in die relative Kühle des kleinen Bahnhofs.

Eine halbe Stunde später kommen Leutnant Oswald und ein

Feldwebel herein, beide schweißtriefend, und setzen sich Ettmann gegenüber auf die zweite Wartebank. Der Leutnant putzt seine beschlagene Brille und sagt: »Richtiges Kamerun-Wetter heute! Eff-emm-emm, sage ich immer: Fieberhölle, Moskitos, Malaria; war da ja mal. Nichts für mich, das kann ich Ihnen flüstern, Schmidt! In Angola war es nicht viel besser, und die Portugiesen, die sind nun ganz und gar nicht nach meinem Geschmack.«

Der Feldwebel nickt und tupft sich mit einem knallgelben Taschentuch den Schweiß ab.

»Die Halunken verkaufen Gewehre und Munition an die Ovambos, oben an der Grenze zu Portugiesisch-Angola«, spricht der Leutnant weiter, offenbar setzt er ein Gespräch mit dem Feldwebel über die Waffenversorgung der Aufständischen fort, »und die Ovambos verkaufen sie weiter an die Waterberg-Hereros!« Der Feldwebel sagt: »Es soll auch im Süden viel Schießzeugs ins Land kommen, über den Oranje, Herr Leutnant!« Oswald setzt seine Brille wieder auf und befestigt die Bügel sorgfältig hinter seinen Ohren. »Ja«, sagt er, »und dazu haben wir schon lange den Verdacht, daß über Walfisch-Bai Waffen und vor allem Munition hereingeschmuggelt werden! Der Hererohäuptling Daniel Kariko treibt sich seit Jahren dort herum, und ich wette, der Kerl hat seine Finger mit drin, und natürlich Hewitt.« Der Feldwebel nickt: »Hewitt, der Sklavenhändler! Na, den hat man ja nun festgesetzt, den Kerl!« Ettmann erinnert sich an den grauhaarigen Engländer im »Fürst Bismarck«, war er doch Zeuge dieser ganz unspektakulären Festnahme gewesen, an jenem Abend, als er sich von Cecilie und den McAdam-Straßfurts verabschiedet hatte. Hewitt scheint jedermann im Schutzgebiet bekannt zu sein. Ob der Mann wirklich einen Captainsrang im Secret Service bekleidet, wie McAdam-Straßfurt in Swakopmund vermutet hat? Kann es sein, daß die Engländer heimlich Aufstandsgelüste bei den Eingeborenen schüren und Waffen liefern?

Von draußen gellt ein Pfiff und noch einer, gleich darauf ist das Arbeiten einer Lokomotive zu hören. Der Zug, der nach Windhuk wollte, kommt zurück. Ettmann folgt Leutnant Oswald hinaus, gerade als v. Zülow vom Trittbrett springt und auf sie zukommt. Der Oberleutnant macht ein grimmiges Gesicht. »Sind nicht weit gekommen!« sagt er zu Oswald und zupft sich zornig die Handschuhe von den Fingern. »Drei Kilometer südlich von hier war Schluß! Mein lieber Schwan! Die Bahnbrücke, die längere, hat doch tatsächlich gebrannt und ist teilweise eingebrochen! Beim Halten haben wir Feuer von versteckten Schützen bekommen. Schwein gehabt: keine Verletzten! Mußten aber zurückdampfen.« Paschasius, der Eisenbahner, kommt herbei und fragt: »Glauben Sie, daß man die Brücke reparieren kann?« Zülow schüttelt den Kopf: »Vorerst kein Gedanke dran. Braucht Balken und schweres Hebezeug! Hereros hocken rings um die Brücke im Gras und warten nur drauf.« Er rückt seinen Hut zurecht, wiederholt: »Kein Gedanke dran!« und stapft in Richtung Feste davon.

Leutnant Oswald sieht ihm nach, dann schaut er Ettmann an und zuckt die Achseln. Ein baumlanger Reservist klemmt sich sein Gewehr zwischen die Knie, steckt seine Pfeife an und faßt zusammen: »Lassen uns nicht 'raus, die Rotzlöffel!«

Mit den zur Verfügung stehenden Mitteln kann die immerhin dreihundert Meter lange Holzbrücke also nicht repariert werden, schon gar nicht unter Beschuß. Wie es um die kürzere, aber mit Eisenträgern gebaute Osonabrücke steht, ist vorerst nicht herauszufinden. Es stehen auch nicht genug Mannschaften und Tiere zur Verfügung, um ohne Anlehnung an die Bahn nach Windhuk durchzubrechen.

Später schaut Ettmann zu, wie eine kleine Lokomotive den leeren Zug auf ein Abstellgleis rangiert. Danach kommt sie zurückgedampft bis vor das Bahnhofgebäude, hält an und bläst Dampf ab. Es ist eine halbe Zwillingslokomotive, und Ettmann geht hin, um einen Blick in den Führerstand zu werfen. Dort blinken im Halbdunkel kupferne Leitungen, blanke Messinggriffe, ein Wasserstandsglas und zwischen den ovalen Frontfenstern ein einsames Manometer. Der Heizer steht vorn zwischen den Schienen und kratzt mit einem Schüreisen schwelende Schlacke aus der Rauchkammer. Neben ihm, am Wasserkasten der Maschine, hat der Lokführer einen Hahn aufgedreht und wäscht sich die Hände unter dem dünnen Strahl. Er schaut zu Ettmann hin und sagt:

»Unsern guten Illing hier, den verkaufen wir nicht, Herr Kamerad!« Ettmann fragt: »Illing?« Der Mann trocknet sich die Hände an einem schmutzigen Lumpen ab und sagt: »Ja, so heißt so ein halber Zwilling bei uns: Illing!«

Bald Mitternacht. Ettmann steht Posten und lauscht hinaus in die dunkle Landschaft. Wenn er über die Schulter blickt, sieht er das nächtliche Okahandja, vier schwach erleuchtete Fenster. Zwei im Bahnhof, eins weiter weg im Missionshaus und ein trübes Glühen in einem der kleinen Turmfenster der Feste. Auf den rückwärtigen Türmen glimmt der schwache Widerschein heruntergebrannter Feuer im Hof. Still ist es, totenstill. Mensch und Vieh schlafen, aber außen herum wacht die Postenkette. Ein ganzer Zug ist nötig, dreißig Mann stehen oder kauern rings um Bahnhof und Feste im Dunkel und lauschen und spähen genauso wie er. Ob es nicht doch besser gewesen wäre, denkt Ettmann, keine Posten auszustellen und sich die Nacht über in Feste und Bahnhof zu verschanzen? Was da am Feuer geredet worden ist, heut' abend! Daß die Kaffern nicht plötzlich über uns herfallen! Ob sie sich so lautlos anschleichen können wie Indianer? Wahrscheinlich schon, Wilde sind Wilde, Halsabschneider allesamt! Bestien! »Blutdurst!« hat der Swakopmunder Polizeigefreite beim Essen gesagt und in die Runde genickt. »Die haben jetzt Blut geleckt, die Hunde! Jetzt sind sie erst richtig gefährlich!«

Wie still es ist! Und wie dunkel, trotz der Sterne. Der Sternhimmel ist ganz und gar unglaublich. Wollte er ihn seinen Eltern beschreiben, er wüßte nicht, wie. Eine funkelnde Pracht von Horizont zu Horizont, gleißende Eislichter im weiten Weltall, im toten Nichts um ihre kleine Welt herum! Was ist dort draußen? Wirklich nichts? Ist dort Gott? Oder tausend andere Welten? Und bringen sie sich dort auch um? Es wird ihm kalt und zugleich unheimlich. Er macht ein paar steife Schritte, wechselt das Gewehr von der linken in die rechte Armbeuge und wieder zurück. Nein – wenn ihn jetzt einer anspringt, hat er das Gewehr im falschen Arm. Er wechselt es schnell zurück, Hand fest um den Kolben, Daumen am Sicherungsflügel, Finger am Abzug. Dieser schwarze Wirrwarr da draußen unter den Sternen, das verfluchte Dornengestrüpp, da ist nichts zu sehen, das flimmert nur schwarz in schwarz, und die Augen brennen und tränen, daß alles verschwimmt. Er blinkt ein paarmal, um seine Sehschärfe zurückzugewinnen. Auf einmal kommt ihm Cecilie Orenstein in den Sinn, wie seltsam, er hat den Eindruck, als sei sie näher, als sei sie nicht mehr in Swakopmund, es ist wie eine Berührung. Schon ist das Gefühl vorbei, schon ist es nicht mehr zu glauben, so ein Unsinn, sagt er sich und schüttelt den Kopf und packt das Gewehr fester und lauscht und späht hinaus. Eine unbestimmte Angst spürt er auf einmal, Das Fräulein hat sich doch hoffentlich nicht alleine auf den Weg durchs Aufstandsgebiet gemacht? Er erinnert sich an ihre grünen Augen, er hat den Blick nicht vergessen, mit dem sie ihn nach jenem Kompliment im »Fürst Bismarck« bedacht hat. Ein rätselhafter Blick. Oder kommt ihm das jetzt nur so vor?

Mitten in der Nacht, von Feinden belauert! Was einem da für Gedanken kommen! Gott, er ist müde. Wann zum Teufel kommt die Ablösung?

20. Januar (Mittwoch):
Zülow schickt heute eine Abteilung Richtung Karibib, um vielleicht die Verbindung mit Swakopmund wiederzugewinnen. Ettmann schaut dem Zug nach, bis nur noch dessen dünne Rauchfahne zu sehen ist. Er steht, wie gestern schon, Posten am nordwestlichen Ortsende, da, wo die Schienen der Bahn kerzengerade bis zum Horizont laufen, in der weiten Ebene, die von niedrigen Dornbüschen bewachsen ist. Heute regnet es aber nicht, und die Sonne brennt heiß. Die Luft ist trocken, daher macht Ettmann die Hitze nichts aus. Er skizziert das Gleis in sein Buch.

Was wird wohl Claus zur Stunde tun, auf seinem Eisenkasten im Gelben Meer? Der Dienstbetrieb auf dem Geschwaderflaggschiff »Fürst Bismarck« wird einem Seeoffizier wohl nicht viel freie Zeit lassen. Vermutlich ist es in Fernost aber gerade Nacht. Im letzten Brief hatte sein Bruder geschrieben, daß Vizeadmiral Geißler mit seinem Stab vom japanischen Kaiser Mutsuhito in Audienz empfangen worden war und daß er dabei sein durfte, eine sehr hohe Auszeichnung für einen jungen Kapitänleutnant! Das war im Juni oder Juli 1903 gewesen, seither hat er nichts mehr von ihm gehört. Ein Brief muß ja vom Schiff zuerst per Tender oder Depeschenboot nach Tsingtau gesandt werden, von dort geht er dann mit einem der Reichspostdampfer nach Hamburg, drei oder mehr Monate Postweg sind da keine Seltenheit, es sind immerhin gigantische Entfernungen. Die Heimat gehört nun zu den Weltmächten, hat überseeische Besitzungen, den Deutschen steht auf einmal die Welt offen, und viele drängt es auch hinaus, hinaus aus dem eng werdenden Vaterland in die große weite Welt! Christoph fällt ihm ein und seine begeisterte und leicht angesäuselte Ansprache am Silvesterabend 1902: »Endlich muß man nicht mehr auswandern und Bürger eines fremden Landes werden, um der Enge daheim zu entfliehen! Hinaus in die Welt und deutsch dabei bleiben! Hurra!«

Ettmann weiß, wie viele gerade von den jungen Bauernsöhnen hinausdrängen, denn es bleibt ihnen gar nichts anderes übrig. Der älteste Sohn erbt den Hof, und die Brüder müssen sehen, wo sie bleiben. Was ihnen bleibt, ist entweder das Berufssoldatentum oder die Arbeit in den Bergwerken, Fabriken oder Werften. Da ziehen doch viele lieber hinaus ins Ungewisse, als so einem lichtlosen Schicksal ins Auge zu blicken!

Da ist er nun hier im südlichen Afrika, die Eltern sind zu Hause im fernen Berlin, und Claus ist wahrscheinlich irgendwo auf dem Gelben Meer. Wie mag es dort sein? Ist es warm oder kalt? Regnet es, oder heult ein Taifun? Vielleicht ist er an Land und schlendert mit einer jungen Dame am Arm die Uferpromenade von Tsingtau entlang oder besucht die Rennbahn? Oder macht einen Landausflug mit den Matrosen, irgendwo auf der Schantung-Halbinsel? Claus hat einmal so etwas geschrieben, wie hieß das nur? Ins Lauschan-Gebirge, Leute auslüften. Tüchtig marschieren, großes Picknick am Ziel!

Natürlich hat Ettmann sich gründlich die Karten des ostasiatischen Raumes angesehen, besonders, wenn von Claus ein Brief mit Neuigkeiten kam. Der Bruder war ja schon beim Boxeraufstand 1900 dort gewesen, und es gab damals wohl kein deutsches Wohnzimmer, in welchem nicht eine Karte des geheimnisvollen chinesischen Reiches hing! All die klingenden Namen dort: Peking! Die Große Mauer! Port Arthur und Tsingtau! Weihaiwei,

Hongkong und Schanghai! Wie faszinierend es doch sein muß, all das mit eigenen Augen zu sehen!

Da stehe ich nun in der Steppe, unter der Sonne von Südwest, denkt Ettmann, und wünsche mich nach China.

Der Zug kommt zurück. Von weitem schon kündigt er sich mit heulender Dampfpfeife an. Es wird Verwundete gegeben haben. Der alte Arzt wird aus seinem Mittagsschläfchen gerüttelt und zum Bahnhof gebracht, halb getragen, halb gescheucht. Ettmann und ein Dutzend seiner Kameraden warten schon am Gleis, als der Zug zum Stehen kommt. Drei Schwerverletzte laden sie aus und bringen sie auf Tragen ins schattige Halbdunkel des Bahnhofes. Ein Verwundeter mit weißem Gesicht steigt selbst aus, von einem Kameraden gestützt, und hält sich die linke Seite, wo ihn die Kugel getroffen hat, das Hosenbein ist steif und glänzend vom geronnenen Blut. Einer der Schwerverwundeten schreit jämmerlich vor Schmerzen und wirft sich hin und her. Der arme Kerl hat einen Schuß im Unterleib. Vier Mann müssen ihn festhalten, während der Arzt die Blutung stoppt und ihm eine Morphiumspritze gibt. Ettmann steht dabei, hilflos vor Erschrecken und Mitleid, und wagt nicht, sich zu bewegen. Er krallt die Fingernägel in die Handfläche und beißt die Zähne zusammen, bis das schreckliche Schreien zu einem Schluchzen versiegt. Drei Tote heben sie von den Wagen herunter und legen sie sorgsam in den Schatten der Südfassade und decken sie zu. Einer der Toten ist der Lokführer Karl Schliepen.

Ettmann hört, daß v. Zülows Versuch, von Okahandja nach Westen, also in Richtung Karibib, durchzubrechen, acht Kilometer vor Waldau gescheitert war, weil eine zwanzig Meter lange Brücke beschädigt worden war. Während versucht wurde, die Brücke zu reparieren, wurde die siebzig Mann starke Abteilung von über hundertfünfzig Hereros angegriffen. Es gab gleich Verluste. Da es unter diesen Umständen nicht möglich war, die Brücke wiederherzustellen, mußte die Rückfahrt nach Okahandja angetreten werden. Von Zülow sagt tatsächlich: »mußte die Rückfahrt angetreten werden«. Das heißt die Sachlichkeit auf die Spitze treiben, denkt Ettmann und stellt sich »des Zügle« vor, wie es verzweifelt dampfend und um sich schießend versucht, aus dem Schlamassel zu entkommen. Sechshundert Schuß Munition hat die Abteilung verbraucht, um sich ihrer Haut zu wehren, und angeblich fünfzig Hereros getötet. »Kolossaler Schlamassel!« sagt v. Zülow mit finster zusammengezogenen Brauen. Ettmann schaut ihn verdutzt an. Liest Zülow seine Gedanken?

Der Nachmittag vergeht, die Sonne brennt. Ernstl stößt Ettmann mit dem Ellenbogen und sagt: »Da schau!« Über der Feste steigt die Fahne hoch und sinkt dann wieder auf halbmast. Leutnant Oswald kommt von der Feste her, bleibt stehen und sagt: »Der Unterleibsschuß ist gestorben.« Da nehmen sie alle drei die Hüte ab und schauen hinüber. Nach einer Weile fragt Ernstl: »Warum macht ma denn des, die Fahne auf halbmast?« Ettmann weiß es auch nicht, außer, daß es eben ein Zeichen der Trauer ist. Leutnant Oswald setzt seine Feldmütze wieder auf und sagt: »Ich habe mal gelesen, daß über der Flagge Platz für die unsichtbare Flagge des Todes bleiben soll.«

Ettmann steht mitten auf der nassen und abschüssigen Wiese. Es regnet Bindfäden, und ringsum ist alles grau, die Täler sind ein Nebelmeer, die Berge unsichtbar, von Wolken verhangen. Aus dem Nebel kommt ein Mann auf ihn zugestapft, bergauf, ein seltsamer Kerl, spitzbärtig, in kurzen, schlammigen Stiefeln, ein braunes Wams aus Leder an, eine Decke um oder einen Umhang? Lange, nasse Locken bis auf die Schultern, ein komischer Hut mit einer Spielhahnfeder daran. Der Mann kommt geradewegs auf ihn zu, in einem wunderlich dahinschreitenden Gang. Er scheint ihn aber gar nicht zu sehen; die Augen in die Ferne gerichtet, will er schnurstracks an ihm vorbei, und Ettmann streckt die Hand aus und hält ihn an und sagt: »Pardon! Ich suche die Kaiserliche Landesvermessung?« Da bleibt der stehen und wendet ihm – ganz langsam – den Blick zu. Der Mann ist alt, das heißt, älter als alt, es weht so ein Hauch, fast schon ein Ton aus ihm, ein tiefes Brummen oder Stöhnen, eisigkalt, ururalt, und Ettmann bekommt es auf einmal mit der Angst zu tun. Der Mann sagt mit hohl klingender Stimme: »Das Ellipsoid ist die Rechenfläche für die Bestimmung der Lagekoordinaten einer Landesvermessung über große Bereiche!«

Ettmann schreckt aus dem Schlaf und ringt um Fassung. Das Ellipsoid! Die Prüfungsfrage! Für diese Fläche hat Listing 1873 die Bezeichnung »Geoid« geprägt. Die Abweichungen des Geoids von einem ihm optimal angepaßten Rotationsellipsoid, die sogenannten Geoidundulationen, sind gering und bleiben mit Sicherheit unter hundert Meter, Herr Professor! Beinahe liegt er unter der Decke stramm.

Und der bärtige Mann mit den langen Locken, das ist oder besser war natürlich der alte Apian, Professor Hakes Leib-und-Magen-Thema! Philipp Apian, jener Kartenzeichner aus dem späten Mittelalter, über den er so lange nachgegrübelt hat. Wie, zum Kuckuck, hat der Mann damals seine GROSSE KARTE VON BAYERN gezeichnet? Die Karte ist vom Süden her und von schräg oben gezeichnet, in der sogenannten Maulwurfshügelmanier, mit Formlinien und Schattenschraffur. Man sieht die Alpen quasi von der Seite und zugleich von oben. Die Ortschaften sind kleine Häuschen, aber ein Kreis markiert schon ihre genaue Lage. Auf die Gipfel der Berge sind kleine Gemsen gezeichnet, ganz allerliebst. Keine präzise Karte nach moderner Auffassung, aber allemal ein anschauliches und vor allem stimmiges Bild der Landschaft und auch für Nichtgelehrte begreifbar. Bis gut ins 19. Jahrhundert blieb diese Karte Vorbild für die naturähnliche Gestaltung von Geländezeichnung. Aber wie hat sich Apian den Überblick über das Land verschafft, Anno fuffzehnachtundsechzig und davor, ohne Montgolfiere und ohne Luftschiff? Hat er messend das ganze Bayernland durchwandert, die kreuz und die quer? Ist er auf den Watzmann hinaufgestiegen, um aus dessen eisiger Höhe den Umriß des »Kunigsee« zu erkennen? Ist er den »Amper-Fluvius« entlanggewandert und hat Biegung und Krümmung für Biegung und Krümmung aufgezeichnet, die Winkel gemessen, die zurückgelegten Meilen gezählt, Fuß für Fuß? Sonnenstand und Zeit notiert? Und nebenbei die Höhenlagen? Und noch dazu, wo er später ein Bäumchen hinmalen muß und wohin mit den Riedgras-Symbolen? Und falls ja, wie lange hat er dazu gebraucht?

Die Antworten auf all diese Fragen kannte der Geheime Rat und Professor Dr. Themistokles Oderich Hake, und Ettmann erfuhr von diesem hervorragenden Lehrer, daß Philipp Apian Anno

1554 mit der Vermessung des »Herzogthums Baiern« begonnen und, zu Fuß und zu Pferde, sechs Sommer dafür gebraucht hatte. Apian war tatsächlich auf Berge gestiegen und auch auf Kirchtürme und hatte mit Instrumenten gemessen, die sein Vater und er selbst gebaut hatten, mit einem Astrolabium zur Winkelmessung, einem Quadranten zur Bestimmung der Gestirnshöhen und einem Jakobsstab, ebenfalls zur Winkelmessung. Dazu hatte er stets alles aufgeschrieben, was ihm wichtig schien, etwa wo ein Kloster oder ein Adelssitz war, wo Mühlen standen oder Waldungen lagen. 1561 hatte er das Herzogtum fertig vermessen und zeichnete nun die große Karte, fünf Meter im Quadrat, im ungefähren Maßstab 1 : 45000. Für diese Leistung versprach ihm Herzog Albrecht von Bayern eine lebenslange Leibrente von 150 Gulden im Jahr, brach sein Versprechen aber später.

2. Feldkompanie

20. Januar (Mittwoch):

Die Normaluhr auf dem Windhuker Kammergebäude gegenüber der Feste zeigt neun Uhr vormittags. Die 2. Feldkompanie ergänzt Ausrüstung und Munition. Hauptmann Franke hat vierfache Dotation befohlen: jeder Mann trägt einhundertzwanzig Patronen in seinem »Donkeygeschirr«, und auf die Munitionskarre kommen für jeden noch einmal dreihundertsechzig Schuß. Die stark gebaute Karre wird mit der Artilleriemunition so schwer, daß auf Ochsen umgespannt werden muß.

Sechstausend Pfund Hafer für die Pferde und Maultiere müssen mit, das wird für eine Woche reichen, denkt der Hauptmann, sogar länger, falls unterwegs Weidegang möglich werden sollte. Als Proviant werden Corned beef, Schmalz und Hartbrot, alles in Dosen, aufgeladen, dazu Reis, Makkaroni, Erbswurst, Backobst, Mehl und Kaffee, Zucker, Salz und schließlich Tabak. Die Offiziere versorgen sich dazu mit Rum, Wein und Zigarren. Wer kann, besorgt sich im Store noch kristallisierte Zitronensäure, damit das Feldflaschenwasser erträglicher schmeckt. Die Kompanie ist durch Neueinstellungen und Auswechseln von Offizieren und Mannschaften verstärkt worden. Statt der ursprünglichen neunzig umfaßt sie nun einhundertfünfundvierzig Mann, und Franke hat sie, statt in drei wie bisher, in vier Züge unterteilt.

Zum bereits mitgeführten Feldgeschütz kommt das kleinere Windhuker Gebirgsgeschütz hinzu. Der Adjutant des Gouverneurs, Oberleutnant Techow, übernimmt das Kommando über den Geschützzug. Oberleutnant Griesbach behält den 2. Zug. Leutnant v. Wöllwarth führt weiter seinen 1., Leutnant Leutwein den 3. Zug, und Leutnant v. Nathusius bekommt den neu gebildeten 4. Zug.

»Fünf Leutnants auf die Reihe kriegen und keinem auf die Zehen treten, Prost Mahlzeit, mein Verehrtester!« sagt Hauptmann Franke abschließend zu Stabsarzt Dr. Hummel, nimmt den Hut ab und fährt sich mit den Fingern durch das kurzgeschorene Haar. Er hört von Hummel, daß der Bankschalter der Deutschen Kolonialgesellschaft für ein paar Stunden geöffnet sei, geht mit Benjamin in die Kaufmannsstadt hinunter und hebt seinen Sold für den Monat Januar ab, achthundert Mark. Er hat vor, einen Schimmel zu kaufen, ein großes, starkes Tier, das ihm morgens schon aufgefallen ist.

Seit dem frühen Morgen regnet es ununterbrochen. Das Gelände um die Festung und die Wege sind verschlammt und voller Pfützen. Im Truppengarten läuft der Springbrunnen über.

21. Januar (Donnerstag):

Frühmorgens um sechs Uhr setzt die 2. Feldkompanie bei starkem Regen ihren Marsch nach Okahandja fort. Über die Lage dort weiß man in Windhuk nichts, seit der Telegraph schweigt und die Bahn nicht mehr durchkommt. Die Truppe reitet im Schritt auf der Storestraße nach Norden hinaus, vorbei am Bahnhof und weiter, das schmale Bahngleis immer zur Linken. Nur langsam geht es voran, schuld ist die schwere Ochsenkarre mit der Artilleriemunition.

Die Avantgarde wird wie meistens von Wachtmeister Wesch geführt. Franke reitet beim 1. Zug, auf dem wahrhaft riesigen Schimmel, den er sich gestern zugelegt hat. Seinen weißen Bleßbock reitet jetzt Ben. Troll, Frankes kleiner Hund, hält sich immer ein wenig rechts und hinter dem Pferd des Hauptmanns und trabt unermüdlich mit. Die Männer reiten in Kolonne, zu zweien nebeneinander. Dann kommen die beiden Geschütze. Es folgen der 3. und der 2. Zug, dann die Bagage mit den Nachschubkarren, bedeckt vom 4. Zug. Am Schluß reitet die Arrieregarde. Über einen Kilometer ist die Kolonne lang.

So geht es zwei Stunden lang dahin, immer längs der Bahn. Der Regen hat endlich aufgehört, die Wolken haben sich verzogen, und die Sonne strahlt herab. Das Land ist infolge der reichen Regenzeit grün und mit gelben Blumen gesprenkelt, Büsche blühen weiß auf den sonst so kahlen Berghängen. Da und dort spiegelt sich der blaue Himmel in blanken Pfützen, die von duftenden Dornbäumen umstanden sind. Vögel zwitschern und singen, und die Leute geraten in eine fast heitere Stimmung. Die Bahnstrecke ist gänzlich unbeschädigt. Kerzengerade führt sie durch ein schönes, lichtes Akazienwäldchen. Jetzt taucht die Station Brakwater auf, ein weiß verputzter, zweistöckiger Bau mit steilem Blechdach und angebautem Güterschuppen. Auf dem Ausweichgleis steht ein Zug, der nicht weiter kann, weil das Gleis kaputt ist. Ein halbes Dutzend Männer steht herum und schaut den herankommenden Reitern entgegen. Hauptmann Franke ignoriert die Eisenbahner erst einmal. Er schwingt sich aus dem Sattel und schaut sich die Angelegenheit an. Bahnhof und Nebengebäude sind völlig demoliert, kein Fenster ist mehr heil, innen ist buchstäblich alles zu Kleinholz zerschlagen. Telephon- und Telegraphenleitungen sind heruntergerissen und in Stücke gehackt. Das nach Norden weiterführende Gleis ist unterbrochen, die Gleisjoche liegen in der Gegend herum.

»Schauen Sie mal hier, Griesbach!« sagt der Hauptmann zu seinem Oberleutnant und tritt gegen einen der Gleisrahmen. »Ist doch in auffallend sachgemäßer Weise zerlegt worden, nicht wahr? Die Rahmen sind nicht etwa auseinandergebrochen oder zerschlagen, sondern ordentlich auseinandergeschraubt! Schrauben und Muttern haben die Kerle mitgenommen und wahrscheinlich irgendwo weggeworfen!«

Der wartende Zug hat Nachschub für Okahandja geladen,

Munition und Proviant. Er sollte außerdem die Strecke reparieren, kann aber nicht, weil er keine Arbeiter und Handwerker dabei hat. Es hat auch niemand daran gedacht, Werkzeug oder Waffen mitzunehmen. Zugführer ist der Eisenbahndirektor Hennig, der sich nach dem blutigen Debakel bei Osona ein zweites Mal vorwagen mußte. Am 12. Januar, als in Okahandja der Aufstand ausgebrochen war, hatte man von Windhuk einen Zug mit Soldaten und Munition dorthin geschickt, der bei Osona in einen Hinterhalt geraten war. Von den fünfzehn Mann, die die Besatzung von Okahandja verstärken wollten, waren sieben gefallen, darunter der Führer, Leutnant Boysen. Die Überlebenden, fast alle verwundet, entkamen nur mit knapper Not mit dem zerschossenen Zug. Der Eisenbahndirektor, der mitgenommen worden war, um beschädigte Gleise zu reparieren, hatte sich dabei als wenig brauchbar erwiesen. Auch jetzt weiß er weder vor noch zurück und ist überhaupt ganz hilflos.

Hauptmann Franke befiehlt ihm, die Lokomotive nach Windhuk zurückzuschicken und Werkzeug und Arbeiter zu holen, und spart nicht mit Kritik: »Darauf hätten Sie wirklich von alleine kommen können, Herrgott noch mal! Statt dessen stehn Sie hier herum, vertrödeln wertvolle Zeit und machen noch ein schafsdämliches Gesicht dazu!« Der Bahndirektor stottert: »Aber ich … Herr Hauptmann müssen verzeihen …« Da platzt Franke der Kragen, er schreit den Mann an: »Verzeihen muß ICH überhaupt nichts, Himmeldonnerwetter! Und quatschen Sie mir nichts vor, sondern tun Sie gefälligst, was ich Ihnen gesagt habe, und zwar auf der Stelle, HERR DIREKTOR!« Der Angeschriene stolpert erschrocken einen Schritt rückwärts. Franke setzt erbarmungslos nach: »Na los! Worauf warten Sie noch, Sie initiativloses Subjekt, Sie? Muß ich Sie erst mit dem Bajonett an Ihre Arbeit jagen lassen?«

Fünf Minuten später ärgert er sich noch immer so über den Mann, daß er sein Tagebuch aus der Rocktasche holt und mit grimmigem Gesicht notiert:

»Der Eisenbahndirektor Hennig, der frühere Leutnant vom P.B.2, ist ein kläglicher Kerl, der nichts zustande bringt. Lasse zur Bedeckung des elenden Trains v. Nathusius mit 16 Reitern zurück und reite weiter bis an die Wasserstelle Brakwater.«

Er klappt das Buch mit einem Knall zu, winkt Otto heran, der seinen Schimmel hält, und schwingt sich wieder in den Sattel. »Kolonne zu zweien!« befiehlt er kurz und: »Marsch!« Die Kompanie setzt sich wieder in Bewegung. Die abgekuppelte Lokomotive dampft auf dem zweiten Gleis an der Truppe vorbei. Der Bahndirektor vermeidet es, in ihre Richtung zu schauen. Die Reiter grinsen sich an.

Viele Hufspuren sind auf dem aufgeweichten Wege sichtbar. Schätzungsweise vierzig bis fünfzig berittene Hereros waren da unterwegs. Die Spuren führen nach Norden, zur nächsten Bahnstation. Die Kompanie reitet nur bis zur Wasserstelle Brakwater und übernachtet dort. Es regnet, bis der Tag heraufdämmert.

22. Januar (Freitag):

Franke fällt auf, daß die Hereros gute Gelegenheiten für einen Hinterhalt nicht nutzen, so den engen Einschnitt bei Otjihavera. »Die Kerls sind halt doch nur Eingeborene«, sagt er zu Griesbach. Der erwidert: »Haben eben keine Kriegsakademie, die Brüder.« Franke verzieht das Gesicht und sagt: »Na, das fehlte gerade noch!« Die Pferdespuren vom Vortag werden nicht mehr gefunden, der nächtliche Regen hat sie endgültig fortgewaschen. Der Hauptmann ist beunruhigt. »Daß wir die Bande vielleicht im Rücken haben, ist kein sehr berauschender Gedanke«, brummt er und befiehlt, scharf aufzupassen, besonders nach rückwärts.

Der Vortrupp nähert sich der Station Teufelsbach. Auch dieses Gebäude ist völlig verwüstet, Telephon und Telegraphenapparat sind zertrümmert, sogar die Isolatoren an der Wand sind zerschlagen. Noch einmal ärgert sich der Hauptmann über den Bahndirektor. »Jetzt rächt es sich«, sagt er zu Griesbach, »daß dieser törichte Hennig seine besten Eingeborenen weggejagt hat! Die Kerls wenden die erworbenen Kenntnisse jetzt gegen uns an!«

Die Kompanie hat noch drei Kilometer bis zum Osona-Rivier zu reiten, da wird rechts voraus auf dem Höhenrücken, zirka tausend Meter entfernt, eine Rauchsäule gesehen, die von einem gerade erlöschenden Feuer zu stammen scheint. Franke hält mit der Kompanie darauf zu und stößt gleich auf dieselben Spuren, die sie vorgestern gesehen haben, Spuren von vierzig oder fünfzig Pferden, die zu dem gleichen Berg hinführen, auf dem eben der Rauch gesehen wurde. »Da haben wir die Halunken ja!« knurrt er, den Feldstecher vor den Augen. »Wöllwarth«, ruft er über die Schulter, »gehen Sie mit ihrem Zug zum Rekognoszieren vor! Nageln Sie die Kerle fest!«

Franke läßt die anderen Züge Schützenlinie bilden und das Gebirgsgeschütz abprotzen. Als sich die lange Linie der Männer in Bewegung setzt, knallt es vorn. Wöllwarths Leute stecken im hohen Gras und schießen sich mit gutversteckten Hereroschützen herum. Das Gelände ist nach rechts, zu den Otjibiwero-Bergen hin, leicht ansteigend, hügelig und voller Steinhaufen. Ganze Salven knattern, und jetzt rummst von hinten das Gebirgsgeschütz, Techow kann es sich nicht verkneifen, das Ding auszuprobieren. Franke stoppt die Schießerei, bevor zuviel Munition vergeudet wird, und geht mit den Reitern zu Fuß vor. Es stellt sich schnell heraus, daß der Feind verschwunden ist. Man ist offenbar auf einen kleinen Trupp gestoßen, der einen Raubzug gegen Pferdeposten unternommen hatte, denn in einer Schlucht werden siebenunddreißig gesattelte Pferde und fünf Fohlen gefunden und einkassiert. Von diesen Tieren stammen die Hufspuren, die bei Brakwater und Teufelsbach gesehen wurden. Zwei Pferde der Kompanie sind im Gefecht leicht verletzt worden und müssen verarztet werden.

Nun ist es natürlich zu spät, den Übergang über das reißende Osona-Rivier zu versuchen. Die Truppe bezieht am südlichen Ufer Lager. Es regnet die ganze Nacht hindurch in Strömen.

Auf Pad

Heute ist Sonntag, der 17. Januar. In Potsdam wird es schneien, und vielleicht ist der Heilige See zugefroren. Schlittschuhlaufen am Ufer vor den verschneiten Bäumen der Orangerie! Bitterkalt wäre es auf jeden Fall, und bleigrau wäre der Himmel. Sie aber sitzt hier im herrlichsten tropischen Sonnenschein!

Cecilie flickt ihr Reisekleid, es hat einen langen Riß von einem Nagel, außerdem ein halbes Dutzend kleiner Brandlöcher von Funken am abendlichen Lagerfeuer. Wegen der häufigen Regenfälle kann sie ihr Zeug wenigstens gelegentlich waschen, die Sonne trocknet es tagsüber in kürzester Zeit.

Am Nachmittag ziehen Wolken auf, und bald beginnt es wieder zu regnen. Johannes läßt sich davon nicht stören. Er geht vor den Vorderochsen, die Leitriemen in der Faust hinter dem Rükken. Seine Studentenmütze klebt ihm klatschnaß auf dem Kopf, sein Pfeifchen qualmt trotz Regen weiter. Als er sich nach den Achterochsen umschaut, sieht Cecilie, daß er die Pfeife einfach umgedreht im Mund hat, Glut nach unten, damit es nicht hineinregnet.

Cecilie hat sich unter die Plane zurückgezogen. Die Ochsen trotten triefend, die Räder schliddern im Schlamm, aber die Luft ist köstlich frisch und duftet nach blühenden Büschen. Nach einer Stunde läßt der Regen nach und hört schließlich ganz auf. Die Wolken reißen auf, und in kurzer Zeit trocknet die Sonne das Land. Abends finden sie einen schönen Rastplatz unter Bäumen. Im Geröll des Swakop glänzt hier ein großer Tümpel mit klarem Wasser, für die Ochsen gibt es genug frisches Gras zu fressen. Nachts regnet es wieder und pladdert auf die Plane, Stunde um Stunde.

Auch den nächsten Tag, Montag, geht es immer nur den Swakop entlang. Das breite Rivierbett steht voller Pfützen. Es ist wolkig, am Nachmittag fällt für eine halbe Stunde ein leichter Schauer.

Am Dienstag brechen sie früh auf, mit den ersten Sonnenstrahlen. Der Wagen schwankt und knarrt, ringsum zwitschern und singen Vögel in den Uferbäumen und Büschen. Johannes kennt die Gegend gut. »Tinkasrivier is dis!« ruft er und zeigt auf das breite, trockene Sandbett, das in den Swakop mündet und das sie gleich kreuzen werden. Hinab geht es und hindurch und das nur meterhohe Ufer wieder hinauf. Die Ochsen ziehen stur, mit gesenkten Köpfen. Die Landschaft schimmert grün, überall sprießt Gras.

178

Ungefähr zehn Kilometer haben sie zurückgelegt, schätzt Lutter, als sie nach Salem kommen, wo das Onanis-Bett in den Swakop mündet, dort schlagen sie ihr Nachtlager auf.

Lange liegt Cecilie wach und lauscht in die Nacht hinaus. Unter dem Wagen schnarcht Lutter. Irgendwo knickt und knackt etwas. Ein lauter Schnaufer von einem der Ochsen, ein Wälzen und Scharren. Trotz der gelegentlichen Geräusche liegt eine tiefe Stille über dem Land, und zwischen den langsam dahinziehenden Wolken blinzeln die Sterne.

Konrad wandert durch ihre Gedanken und verschwindet wieder, dann Erich, der hübsche junge Ulanenleutnant, auch er eine verflossene Liebschaft oder besser gesagt: Liebäugelei. Mit keinem hat sie es lange ausgehalten. Eva Charlotte, ihre beste Freundin, ist im gleichen Jahr geboren, 1879, und auch noch unverheiratet. Sie sieht Mutters besorgtes Gesicht: »Du hast so viele Verehrer, Kind, ist dir denn keiner gut genug?«, und mit nur scheinbar schalkhaftem Zeigefinger: »Du wirst noch als alte Jungfer enden!« Ja, an Verehrern hatte es ihr nie gefehlt, aber für keinen von ihnen hatte sie wirkliche Liebe empfunden, und obendrein traute sie den meisten nicht. Schließlich wäre sie die sprichwörtliche gute Partie! Familie Orenstein ist zwar nur Portemonnaie-Aristokratie, aber eben steinreich, und die jungen Herren reißen sich um sie, nicht wenige darunter blauen Blutes! Freiherren, Barone und sogar ein Graf haben ihr den Hof gemacht.

Dem Vater war sie unverheiratet lieber, und es war ihm natürlich unwohl bei dem Gedanken, einen Mitgiftjäger als Schwiegersohn zu bekommen. Er hatte auch keine besonders hohe Meinung vom Adel. Einmal, als die Mutter das Thema zum x-ten Male aufs Tapet gebracht hatte, hatte er gesagt: »Hör mir auf mit den jungen Herren vom Adelsstande, Marie! Kerle haben doch nichts anderes im Sinn, als aus ihren Spielschulden herauszukommen oder ihre heruntergewirtschafteten Güter zu sanieren! Ansonsten würde es ihnen doch gar nicht einfallen, in die Bourgeoisie zu heiraten!«

Die Mutter dagegen hätte nichts glücklicher gemacht, als wenn sich ihre Tochter »in Adelssphären emporgeschwungen« hätte, etwa mit Hilfe des Barons v. Pistorius, der bei den Gardekürassieren diente. Ein schwerer Mann, wie es sich bei den »Schweren Reitern« ziemte, nicht dumm, aber doch von einer gewissen geistigen Schwerfälligkeit. Und erzreaktionär. Als Freifrau v. Pistorius auf einem pommerschen Landgut versauern? Dann schon lieber Jungfer Cecilie Orenstein!

In Konrad war sie wohl verliebt gewesen, aber an eine Ehe mit ihm hatte sie nie ernstlich gedacht, und der Mutter wagte sie nicht einmal von ihm zu erzählen, denn ein Künstler, noch dazu ein unbemittelter, das wäre in Mutters Augen das Musterbeispiel einer Mesalliance, tout à fait impensable! Cecilie hatte nicht die geringste Lust, ihr Leben als Anhängsel eines Mannes zu verbringen, so lebte es sich doch viel interessanter. Und endlich, was spielte es schon für eine Rolle! Schon der alte Sokrates hatte gesagt: Heirate oder heirate nicht, du wirst es immer bereuen!

Cecilie erwacht im grauen Licht des frühen Morgens. Es hat in der Nacht nicht geregnet, und das Feuer vom Abend glost noch immer rot in der weißen Asche. Sie nimmt den verbeulten und angerußten Wasserkessel am Henkel und will Wasser holen, aber da ist der kleine Abraham schon da und streckt die Hand nach dem Kessel aus: »Hol Wassa!« Während Lutter gähnend erwacht und sich die Augen reibt, kramt sie in der Kiste nach den Kaffeebohnen. Inzwischen ist es hell, und Johannes kommt unter den Bäumen hervor mit einem Bündel Zweige und Binsen fürs Feuer und sagt: »Morro Missus, morro Mista Lutter!« Cecilie setzt sich auf den Kutschbock, nimmt die Kaffeemühle zwischen die Knie und mahlt die gerösteten Bohnen. Das kracht und prasselt und duftet dabei ganz herrlich. Sie trinken ihren Kaffee, dann spannen Johannes und Abraham die Tiere wieder ein. Bis die sechs Ochsen alle an ihrem Platz stehen, an der schweren Kette und unter den Jochen, vergeht eine gute halbe Stunde. Auf die Namen, die Abraham ihnen gegeben hat, hören sie überhaupt nicht. »Dauert lang – lange Zeit«, erklärt Johannes, »bis Beester auf die Nam' hören. Ein und ein halb Jahr – zwei Jahr!«

»Was haben wir heute? Mittwoch, nicht wahr, und den 20. Januar«, sagt Lutter, als sie endlich unterwegs sind, »also sechs Tage, seit wir von Swakopmund losgefahren sind. Wir kommen ganz gut vorwärts!« Cecilie nickt, aber sie findet in Wirklichkeit, daß sie in einem wahren Schneckentempo vorwärtskriechen. Was hat Lutter über die Ochsenwagen gesagt? Durchschnittsgeschwindigkeit zwei Kilometer in der Stunde? Lieber Gott! Doch sie findet sich drein, es bleibt ihr ja gar nichts anderes übrig. Also legt sie die Hände in den Schoß, genießt den Anblick der fremdartigen Landschaft und lächelt freundlich. Auf Lutters altmodischer Taschenuhr ist es halb neun. Jetzt steckt er sie ein, gähnt ausgiebig und kramt seine Pfeife hervor. Der Pastor ist ein netter und unkomplizierter Mann. Einen besseren Begleiter hätte sie gar nicht finden können. Wie es wohl wäre, mit Herrn Ettmann durch das Land zu reisen?

Die morgendliche Kühle ist vergessen, die Sonne sengt von einem wolkenlosen Himmel, schon staubt es unter den Hufen der Ochsen. Der Wagen schwankt und rumpelt in den Engpaß bei Horebis, wo sich der Baiweg aus den Klüften bei Tsaobis zum Swakop hinunterzieht. Schroffe Klippen reichen hier bis nahe an das breite, sandige Flußbett heran. Rostiges Zeug liegt oberhalb des Riviers herum: Radreifen, alte, löcherige Blechbüchsen, rostzerfressene Eisenteile. »Hier«, sagt Lutter und deutet mit dem Pfeifenstiel, »hat der Hendrik Witbooi vor zehn, nein, vor elf Jahren einen Ochsenwagentreck nach Windhuk überfallen.« Er schaut sich um und schüttelt den Kopf. »Von den Gräbern ist nichts mehr zu sehen.« Er zeigt mit der Hand: »Da waren mal ein paar Holzkreuze, dort, unter den Büschen glaube ich, aber die sind wohl verwittert oder in irgendein Lagerfeuer gewandert.«

Neumond

Petrus hat Häuptling Zacharias Zeraua erzählt, was er in Okahandja gesehen hat, und er hat ihm auch getreulich berichtet, was Ezechiel gesagt hat: daß das heilige Feuer erlischt; die Feuerstäbe verlorengehen und mit ihnen die Verbindung zu den Alten, zu den Ahnen. Da wird die Welt ein Ende haben. Die Stämme werden von ihren

Wurzeln abgeschnitten, wie die Stämme junger Bäume. Wie diese, werden die Stämme verdorren und vergehen.

Zacharias bedeckt seine Augen. Er steht unter großem Druck von außen und von seinen jungen Kriegern. Auch er fühlt den Atem des Verderbens. Warum läßt man sie nicht in Frieden?

Der Mond ist ein ganz dünnes Horn, da hängt er über den Hügelkuppen, und obwohl es schon Abend wird, ist er kaum zu sehen, so dünn und mager ist er. So dünn und mager werden bald die Hereros sein, wenn der Orlog kommt. Petrus sitzt im Schatten, kaut an einem Zweig und schaut den Frauen zu, die ein Gerüst aus in den Boden gesteckten Ästen errichten. Einen Ozondjuwo, einen Pontok, wollen sie da bauen und binden die Äste mit Baumbast und Binsen zusammen. Wenn das Gerüst dicht genug verflochten ist, werden sie es mit einem Gemisch aus Lehm und Kuhdung verkleistern, bis ein dickes, halbkugeliges, glattes Rundhaus entstanden ist, mit einer kleinen Öffnung zum Hineinkriechen. Ganz oben werden die Frauen einen Rauchabzug lassen und da und dort mit dem Finger ein paar kleine Löchlein in den Lehm bohren, durch die sie später hinausspähen können. So ein Pontok dient nur als Schlafhaus, denn tagsüber spielt sich das Leben im Freien ab. Den Pontok bauen sie, weil hier nur drei alte und halbverfallene stehen. Das ist nämlich nicht die Onganda, die Werft der Hereros von Otjimbingwe, das ist ein versteckter Wasserplatz, gut weit weg von den Deutji, und weil die Rinder nicht hier sind, ist es auch keine Onganda, sondern nur eine Ondua oder eine Otjihuro. Ein »abgezweigtes Ahnenfeuer« hat Zacharias hier angezündet, ein Ezuko Rozondana, denn eigentlich kann es nur ein richtiges Ahnenfeuer in einer Werft geben, aber die liegt ja nun direkt bei den Deutji, und es weiß ja keiner, ob es einen Kampf gibt und was dann aus der Onganda wird und aus dem heiligen Feuer dort.

Pontokbauen ist Weiberarbeit. Dafür gehört er aber auch ganz der Frau, die ihn gebaut hat. Alte Männer und ein paar junge Kerle schauen den Frauen bei der Arbeit zu und kauen Tabak und rauchen Dagga und schlürfen ab und zu aus einer dicken Kalebasse mit Omeire und wedeln sich höchstens einmal die Fliegen vom

182

Gesicht weg, wenn die gar zu lästig werden. Es ist ganz still in dieser Senke nicht weit vom Swakop. Die Frauen schwatzen nicht viel bei ihrer Arbeit, wie sie das sonst tun, und da hört man die Fliegen herumbrummen und das dünne Meckern der Bokkies irgendwo aus dem Gestrüpp. Auch hohe Bäume stehen hier, ein ganzer Wald beinahe, mittendurch zerteilt von der breiten Sandfläche des Riviers. Hinter den Bäumen türmen sich die Klippen und Steinbrocken hoch empor, höher, als die Bäume sind.

Seit fünf Tagen schwanken die Hereros von Otjimbingwe, ob sie sich dem Aufstand anschließen sollen oder nicht. Häuptling Zacharias Zeraua ist ein friedfertiger alter Mann, der keinen Streit mit den Deutji möchte, und die, besonders der Missionar Johannes Olpp und der Bezirkschef v. Frankenberg, geben sich schon Mühe, die Leute von einer Erhebung abzuhalten. Jeden Tag gab es ein langes Palaver. Es sind aber Boten von Samuel Maharero gekommen, die alles versuchen, Zacharias und seine Großleute auf die Seite der Aufständischen zu ziehen. Auch sind viele der jungen Männer schon lange für die Rebellion, und es wird nicht mehr lange dauern, bis sie ihrem Chef den Gehorsam verweigern.

Anawood

Zehn Tage nach der Abfahrt von Swakopmund kommen Cecilie und Lutter an eine Stelle, wo sich der Swakop gabelt und einen kleinen Hügel aus Klippgestein und Gebüsch umfließt. »Das ist die alte Potmine, da auf der Insel!« sagt Lutter und zeigt mit der Hand. »Nach Kupfer haben sie da gegraben und auch einmal nach Gold, aber viel gefunden wurde nicht, da hat man die Mine wieder aufgegeben.« Cecilie will wissen, wann das war. »Oh, das ist lange her. Vielleicht sechzehn oder siebzehn Jahre.« Von der Mine ist aber nichts mehr zu sehen.

Sie kommen endlich nach Anawood. Hier haben sich in einer Flußbiegung Baster niedergelassen. Geduckte Lehmziegelhäuser unter Bäumen, auch ein paar Pontoks. Der Ort ist allerdings völlig menschenleer, kein Vieh ist zu sehen, nicht einmal ein Huhn.

Die Baster müssen den Platz vor kurzem erst verlassen haben. Johannes macht ein bedenkliches Gesicht und sagt: »Basterleut weg – oh, Mister Lutter, ganz schlimm' Zeichen!«

Cecilie erschrickt. Sie schaut Lutter an, der eine Grimasse schneidet und sich nachdenklich das Kinn schabt. »Wenn wir bloß wüßten«, sagt er, »ob sich die Otjimbingwe-Hereros dem Aufstand angeschlossen haben oder nicht!« Sorgenvoll wiegt er den Kopf. Cecilie sieht, wie er innerlich um eine Entscheidung ringt. Bestimmt fühlt er sich für sie verantwortlich und wäre ohne sie einfach weitergezogen, und da sagt er tatsächlich: »Fräulein Orenstein, wenn Sie lieber umkehren möchten, tun wir das sogleich!« Cecilie vergißt vor Unmut ihre Angst und öffnet schon den Mund, um zu sagen, er solle um Himmels willen keine Rücksicht auf sie nehmen, sie sei doch kein Kind mehr! Doch da fährt Lutter schon fort: »Ich denke aber, wir sollten weiterziehen! Jetzt umzukehren, das wäre doch gar zu ärgerlich, 190 Kilometer sind es von hier nach Swakopmund, aber bis Otjimbingwe sind es nur noch zwei, drei Tage. Wenn Sie also Gott und mir vertrauen wollen …!«

Während der Mittagsrast macht Cecilie mit der großen Plattenkamera eine Aufnahme des Riviers. Das trockene Sandbett kurvt hier um aufragende Klippen. Mit den von Büschen und hohen Bäumen gesäumten Ufern bietet der Swakop ein schönes, klares Bild, und tiefe Schatten im grellen Sonnenlicht durchdringen es mit Spannung und Dramatik. Hart und gezackt ragen schwarzbraune Klippen in die weiche, helle Biegung der Sandfläche, darüber krümmt sich schützend die schattig-filigrane Silhouette eines großen Anabaumes. Cecilie, den Kopf unter dem schwarzen Tuch und das Auge an den Ausschnittsucher gepreßt, rückt die Kamera ein wenig nach links, die ragende Kurve aus Stamm und hängenden Ästen ganz an den linken Bildrand, der Schatten des Baumes ein scharfer Strich quer über den weißen Sand. »Missis!« wispert es hinter ihr. Abraham, der Hottentottenbengel! »Stör mich jetzt nicht!« sagt sie unwillig. Die Kamera steht nicht waagerecht, der Schattenstrich neigt sich, weil eins der drei Beine zu tief in den Sand sinkt. Sie rückt die Kamera zurecht, ohne das Auge vom Sucher zu nehmen. Jetzt! Jetzt stimmt der Ausschnitt, jetzt ist alles, wie es sein soll, perfekt! Jäh wird das Bild dunkel.

Was fällt dem Dreikäsehoch ein! Sie wischt das Tuch zur Seite, blickt ärgerlich auf. Ein schwarzer Mann steht vor der Kamera, ein Riesenkerl, und schwingt eine Keule! Mit einem Schrei fährt sie zurück, die Keule saust herab wie ein Blitz! Krach, macht es, und die Kamera zerspringt in Splitter und Schrauben und Beschläge, das Stativ neigt sich und fällt um, und mit einem zweiten, gellenden Schrei fährt Cecilie dem Kerl mit den Nägeln ins Gesicht und kreischt: »Mein Bild! Meine Kamera! Du gottverdammter und dreimal verfluchter Dreckshund, was fällt dir ein!«

Der Angreifer springt zurück, mit einem überraschten Schrei, er stößt sie mit beiden Händen von sich, springt noch zwei Sätze zurück und kauert sich nieder und starrt sie verdattert an, blutige Kratzer über Stirn und Wangen. Mit jähem Erschrecken sieht Cecilie, was sie getan hat, und sie sieht gleichzeitig, daß der Kerl nicht allein ist. Es sind mindestens sechs oder sieben. Nein, ein Dutzend und mehr!

Sie schaut sich nach Lutter um, der steht wie versteinert da, das Gesicht bleich wie ein Laken.

Da kommt ein großer Kerl unterm Schlapphut aus dem Schatten und Gebüsch am Ufer nach vorne, ein Riese fast, selbst für einen Herero groß, der schiebt den zerkratzten Krieger mit dem Lauf seines Gewehrs aus dem Weg. »Omuhonge Lutter«, sagt er tadelnd, »falsch Zeit an falsch Ort!«

Lutter schüttelt den Kopf: »Recht ist jede Zeit, und jeder Ort ist recht, wenn es dem Herrn gefällt.« Der große Herero grinst und sagt: »Amen.« Er wendet sich Cecilie zu. »Das tut mir ganz leid, Missus, mit die Bildmachmaschin'. Die is ja nun ganz kaputt! Ihr muß es dem Assa verzeihen, gnä' Frau, weil der Assa is ein Dummkopf und weiß nix von die modern' Kunst von die Photographie.«

Cecilie ist sprachlos.

»Lutter, Omuhonge«, redet der Mann schon weiter, »wenn ihr wollt nach Otjimbingwe, Omuhonge Lutter, mein Freund, dann is nicht so gut jetzt. Falsch Zeit, falsch Ort, weiß du schon.« Lutter sagt bedächtig: »Wir wollen nicht nach Otjimbingwe, wir wollen weiter nach Windhuk. Aber ich dachte mir, wenn ich schon in der Gegend bin, könnte ich doch auch einmal den alten Zacharias besuchen und sehen, wie es ihm geht!«

Der schwarze Mann macht: »So?« Er steht und stopft sich ein Pfeifchen, ein großer langer Kerl in schmutzigen weißen Hosen, eine khakifarbene Uniformjacke, offen, kein Hemd darunter. Patronengurt über der Schulter, und um den rechten Arm ist ein Fetzen roter Stoff gebunden. Auf dem Kopf hat er einen großen schwarzen Schlapphut mit einer grauen Straußenfeder daran. Das Gewehr hält er unter den rechten Arm geklemmt. Jetzt steckt er die Pfeife an, pafft ein paar blaue Qualmwolken und schaut Lutter an. Er kneift ein Auge zu und sagt: »Sag mir, was ist drauf auf die Wagen, Omuhonge, darf ich dich das mal fragen?« – »Bibeln und Gesangbücher«, erwidert Lutter, »mein Gepäck und das der Dame hier.« Der große Herero nickt und kommt ein paar Schritte näher, wirft einen Blick unter die Plane und zuckt die Achseln. »Kort«, sagt Lutter, »sind das Kriegsabzeichen, was du da um den Arm hast und die Feder auf dem Hut? Ziehen die Hereros von Otjimbingwe auch in den Orlog?« Der Schwarze saugt an seiner Pfeife und wiegt den Kopf und sagt schließlich: »Weiß du, Lutter, Zacharias weiß das noch nicht, ob er mitmachen soll, beim Orlog gegen euch Deutji. Aber ich glaub', er hat gar kein Wahl, ich glaub', haben die Ovaherero all' gar kein Wahl. Ich bin Feldhauptmann, weil ich das glaub. Ich bin das aber nicht gern.« Er schaut Cecilie an, dann Johannes, dann wieder Lutter und sagt: »Hab kein Furcht! Zacharias hat nicht gesagt, daß er kämpft, und solang er das nicht sagt, is kein Orlog in Otjimbingwe-Land. Und, Muhonge, auch wenn die Orlog kommt, wir tun nix die Gottesmänner und nix die Frumenscher und tun auch die Hott' nix, wenn die uns nix tun.«

Cecilie fühlt den Blick des Kerls, der ihre Kamera »erschlagen« hat, auf sich. Der starrt sie mit zusammengezogenen Brauen an. »Tupao makaja!« sagt er jetzt zu ihr und grinst sie an und hält ihr die Hand hin. Will er sich entschuldigen? »Tupao makaja! Tupao makaja!« wiederholt er ungeduldig. Cecilie sieht Lutter an und fragt: »Was will er? Was heißt das?« Lutter erwidert: »Das heißt: Gib Tabak!« Cecilie wird vor Wut weiß. Mit dem Fuß stampft sie auf und spuckt auf den Boden. »Den Teufel werd ich tun! Hau ab!« faucht sie den Kerl an, und der duckt sich, dreht sich um und läuft davon. Der Große mit dem Schlapphut lacht schallend.

Dann wird er ernst und sagt: »Geh nicht zu die Deutji in Otjimbingwe, Lutter. Ich sag Zacharias, daß du da bist. Geh dorthin, wo die Swakop biegt nach Süden, gleich vor die Ort. Da wart'!«

Sie alle verschwinden so schnell und so lautlos, wie sie aufgetaucht sind. Abraham kommt unter dem Wagen hervor. Johannes hebt die hölzernen Stativbeine auf. Eines ist unter der Wucht des Schlages zersplittert. Cecilie winkt ab. »Laß gut sein, Johannes«, sagt sie müde, »es lohnt nicht mehr. Das Ding ist nicht mehr zu retten.« Johannes läßt sich nicht beirren und sammelt auch die Splitter des hölzernen Kameragehäuses auf. »Gute Holz, Missus, macht schön Feuer!«

Mahagoni. In England sagen sie »mahogany«. Ob das gut brennt? Das war ihre 13 x 18-Moment-Kamera. Um ein Haar wäre es ihr Schädel gewesen. Das Stativ ist auch hin. Aber sie läßt sich nicht unterkriegen. Cecilie ist nicht die Frau, die mit nur einer Kamera ins tiefe Afrika reist. Noch hat sie ihre Handkamera auf dem Wagen! Die beste, die es für Geld zu kaufen gibt, die Ernemann-Minor in der teuren Edelholzausführung, freilich ein kleines Format, nur 9 x 12. Und sie hat ihre nicht ganz so neue, aber bewährte Kodak Cartridge No. 4 für 10 x 13-Platten und für die neuartigen Rollfilme. Ob ihr die nicht verderben, bei all der Hitze und der Nässe und dem Staub? Es wird besser sein, wenn sie sich in der Hauptsache auf die Platten verläßt.

Wenn Lutter und der große Schwarze sich nicht gekannt hätten, wären sie jetzt wahrscheinlich alle tot. Cecilie schaudert nachträglich.

»Was war das für ein Kerl?« fragt sie Lutter, der immer noch blaß ist, und: »Woher kann der so gut Deutsch?« Lutter runzelt die Stirn. »Das war Kort Frederick, ein talentierter Mann. Sollte Lehrer werden und hat auch im Augustineum in Otjimbingwe fleißig studiert und obendrein Violine gespielt. Er ist ein Großmann der Otjimbingwer Hereros.« – »Ein Großmaul«, sagt Cecilie grimmig. Sie belauert Lutter eine Weile, aber der will offenbar nichts weiter erzählen. Sie bemerkt, daß seine Hände ein wenig zittern.

Weiter geht's. Abraham hüpft fröhlich neben den Ochsen her. Um den Hals hat er sich einen Riemen gebunden, an dem klimpern ein paar blanke Messingringe und Beschläge von der kaputten Plattenkamera. Die Swip knallt über den Biestern, ohne sie zu treffen.

»Ho, Bortesvin! Fatt, fatt, stinke-stinke-Schiet-Beest!« Der Kleine lacht von einem Ohr zum anderen. Er freut sich. Er ist mit dem Leben davongekommen. So sollte ich das auch sehen, denkt Cecilie.

Abends erst entdeckt sie, daß ihr Koffer mit den Kleidern fehlt. »Dieses gottverdammte dreimal vermaledeite Diebsgesindel!« platzt sie heraus. Als sie Lutters Gesicht sieht, muß sie lachen. »Verflixte Kerle«, wiederholt sie, etwas leiser. Aber es ist doch fürchterlich ärgerlich. So eine Gemeinheit! Die Gesangbücher haben sie natürlich nicht gestohlen. Das ärgert nun wieder Lutter. Dann ärgert er sich, weil ihn das ärgert. Schließlich müssen sie beide lachen.

Am nächsten Tag, am 27., sind sie ganz in der Nähe von Otjimbingwe, wo der Swakop nach Süden abbiegt. Auf einmal hören sie Schüsse, nur eine einzelne Salve. Danach bleibt es still. Johannes macht ein besorgtes Gesicht. »Viel besser hier bleib, Herr Lutter, wie die Hereromann dis sag!« Cecilie schaut Lutter an und fragt: »Meinen Sie, da wird gekämpft?« Lutter reibt sich das stoppelige Kinn und sagt: »In Otjimbingwe? Ach wo. Sie schießen Salut, weil heut Kaisers Geburtstag ist.« Ganz sicher scheint er sich aber auch nicht zu sein. So warten sie und spannen die Ochsen aus und lassen sie grasen. Als es dunkel wird, ist auf einmal wieder Schießen aus Richtung Otjimbingwe zu hören. Cecilie zählt sechsunddreißig Schüsse. Lange kann sie vor Angst nicht einschlafen.

Am nächsten Morgen, Lutter beendet gerade seine morgendliche Andacht, kommt eine Frau auf sie zugegangen, eine hochgewachsene Hererofrau im langen Gewand, auf dem Kopf einen seltsamen roten Wickelturban, und bleibt vor Lutter stehen und sagt in ganz gutem Deutsch: »Ein gute Tag, Omuhonge, und der Große Kort Frederick läßt Euch ein Gruß bestellen, und sollt Ihr so gut sein und mit mir gehen, weil soll ich Euch zu sein Platz führen. Ich bin Fru Petrine, die bin ich!«

Über Stock und Stein geht es, der Wagen schaukelt und ächzt

über Wurzeln und Klippen, und Cecilie geht nebenher, damit es die Ochsen nicht noch schwerer haben. Otjimbingwe ist ein Hereroort und heißt Platz der Erholung. »Weil es eine gute Quelle gibt«, erklärt ihr Lutter unterwegs. Schon 1867 hätten Rheinische Missionare dort eine Kirche gebaut. Nicht weit davon sei 1872, also lange bevor Curt v. François mit seiner Handvoll Schutztruppler kam, der acht Meter hohe Pulverturm erbaut worden, wegen der häufigen Überfälle durch die Nama. Am Baiweg gelegen, sei der Ort in den Anfangsjahren des Schutzgebietes Verwaltungssitz gewesen. In jenen Tagen, erzählt Lutter, vor gut zehn Jahren, habe der alte François dort am abschüssigen Swakopufer bei der Einmündung des Omusema die Militärstation bauen lassen, ein massives kleines Fort mit zinnengekröntem, vierkantigem Turm. Der Ort selbst ist klein. Die wenigen Häuser ziehen sich das zumeist trockene Bett des Swakop entlang. Das größte Gebäude ist die im Geviert angelegte Wagenbauerei E. Hälbich Wwe. Der jetzige Besitzer, Eduard Hälbich, hatte schon vor acht Jahren im Hof der Fabrik ein großes Windrad errichten lassen, ein Riesending mit neun Metern Durchmesser, welches den Strom für die Bandsäge, die Drehbank, die Hobelmaschinen und den Eisenbohrer der Stellmacherei liefert. Es treibt außerdem noch eine Pumpe an, die Quellwasser in den Ort leitet.

»Die Hälbichs sollen sogar elektrisches Licht haben!« sagt Lutter, »Ihr Filler-Windmotor ist der größte in Südwest, er soll die Leistung von acht Pferden erbringen und stellt sich selbst nach der Windrichtung ein!«

Es sei aber nicht mehr viel los in Otjimbingwe, seit die Eisenbahn den Ort habe rechts liegen lassen. Die führt jetzt weiter nördlich über Karibib, das es vorher gar nicht gegeben hat, und dort konzentriert sich jetzt aller Handel. Auch die Hälbichs haben einen Teil ihres Geschäftes dorthin verlegt. Die Wagenbauerei aber bleibt in Otjimbingwe, da, wo sie angefangen haben.

Otjimbingwe

Am Montag findet unten am Fluß bei Zacharias' Haus noch einmal eine Ratsversammlung mit den Deutji statt. Missionar Olpp ist da und v. Frankenberg und von den Hälbichs der Eduard. Insgesamt sind vielleicht achtzig Deutji im Ort oder aus dem Umland gekommen. Auch die Baster aus Anawood haben ihr Dorf im Stich gelassen und sind mit Sack und Pack und Kind und Kegel zu den Deutji gezogen. Sie alle haben sich in der Hälbichschen Wagenbauerei verschanzt. Die läßt sich zusammen mit dem steinernen Pulverturm viel besser verteidigen als die ungünstig gelegene alte Militärstation, die jetzt verlassen ihres Schicksals harrt.

Lange wird hin- und hergeredet. Petrus hält sich abseits. Er ist ein Waterberg-Herero, und solange ihn der Häuptling nicht zu sich ruft, hat er hier nichts zu sagen. Eigentlich könnte er heimgehen zum Waterberg. Er hat ausgerichtet, was er ausrichten sollte, und gesehen, was es zu sehen gibt, und da kann er dem alten Ezechiel alles schön erzählen, wenn der dann noch lebt. Ja, vielleicht sollte er nicht so lange hier bleiben und sich lieber auf den Weg machen irgendwann bald. Ein paar Tage noch. Es gibt gut zu essen hier, viel besser als am Waterberg.

Am Nachmittag kommen dunkle Wolken über das Swakoptal dahergezogen. Zacharias sitzt immer noch in seinem Korbsessel unter den Bäumen und seine Ratgeber auf Kisten links und rechts neben ihm, und Frankenberg, Olpp und Hälbich sitzen auf den Klappstühlen, die ihnen ihr Basterbambuse aufgestellt hat, und reden für und reden wider. Ein Wind kommt auf und rauscht in den Blätterkronen der Bäume, treibt düsteres Gewölk über den Himmel. Es wird ganz dunkel. Petrus sieht, wie die Deutji nach oben schauen und bedenklich die Köpfe wiegen. Sie bleiben aber doch sitzen, und der Deutji-Chef sagt jetzt etwas zu Zacharias, und dann lachen sie alle. Auf einmal platzt der Regen herunter! Da springen sie auf, und die Deutji drücken sich ihre Hüte auf die Köpfe und laufen schimpfend zu ihrem Haus zurück. Es sind nur ein paar hundert Meter, Zacharias' Haus und die Wagenbauerei stehen gar nicht weit auseinander. Der Regen trommelt und spritzt und rauscht und gurgelt und gluckert! Ein Wirbeltanz platzender Tropfen im Sand. Der Sand verläuft zu Schlamm. Der Schlamm zu brauner, schäumender Brühe. In Minuten wird die Brühe zum Bach, von allen Seiten und von überallher gluckern und rinnen die Bäche und schäumt es und spült sich einen Weg hinunter zum Swakop, und dort läuft es zusammen und strudelt und schwemmt Sträucher davon und Grasbüschel. Grau im Regen kreist das Windrad über dem Hälbich-Hof und versprüht Wasserschwaden.

Petrus steht unter einem Baum, das Hemd über den Kopf gezogen, aber das nützt nun gar nichts bei solchen Fluten, und er ist so klatschnaß wie alle anderen auch. Die Frauen haben sich in die alten Pontoks geflüchtet und lassen keinen von den Männern hinein, zur Strafe für ihre Faulheit. So etwas hat es früher nicht gegeben.

Am anderen Morgen, Petrus sitzt bei Zacharias in der Sonne, kommt einer von den Deutji und beschwert sich, daß in das Hotel von Glöditzsch eingebrochen worden ist. Zacharias geht herum und sucht und findet tatsächlich einen Teil der gestohlenen Waren bei Bergdamaras und läßt sie den Deutji zurückbringen. Petrus ist sich nicht ganz sicher, ob das Zeug wirklich bei den Klippkaffern war oder ob nicht eher die jungen Burschen die Diebe waren.

Drei Tage vergehen ganz ruhig. Die Hereromenschen kümmern sich um ihre Ozongombe und denken, es passiert vielleicht gar nichts, und alles bleibt so, wie es immer ist. Die Deutji sind auch wie immer, sie arbeiten, denn Deutji können nicht einfach dasitzen, wie die Hereromenschen das können. Von früh bis spät hämmern und sägen sie in ihrer Burg und mauern die Fenster zu. Ins Dach brechen sie Schießscharten, und immer stehen mindestens zwei von ihnen Wache auf dem Haupthaus und auf dem Pulverturm.

Spät in der Nacht auf Samstag kommen noch zwei Hereros aus Okahandja an. Die sind zwei Tage und eine Nacht gelaufen und erzählen Zeraua und den Großleuten, daß die Deutji die Hereros überall abschlachten und daß aus Karibib der gefürchtete Bezirksamtmann Kuhn mit vielen, vielen Soldaten anrücke, um ihnen allen die Köpfe abzuschlagen! Sie haben schon extra die Säbel oben auf die Gewehre gesteckt!

Unter den Hereros bricht die helle Angst aus. Zacharias flüchtet sofort mit den Frauen, Kindern und Alten zum neuen Platz. Von da aus will er in die Berge, um sich dort zu verstecken. Die Ozongombe der heiligen Herde will er mitnehmen. Die jungen Männer machen sich kampfbereit. Sie haben bloß eine Handvoll Gewehre, meistens alte Vorderlader, nur zwei davon sind Repetierwaffen. Kaum eine Handvoll Patronen. Alle anderen schwingen ihre Kirris, die schweren Hartholzkeulen. »Kämpft!« drängen die Hereros aus Okahandja, »Kämpft! Schlagt sie alle tot, die Deutji, die hornlosen Hunde, die Landfresser, bevor es zu spät ist!«

Petrus schaut zu und hört zu und sagt nichts. Vielleicht muß er auch wieder kämpfen? Er ist ja nun kein junger Mann mehr, aber wer weiß, wie es kommt. Er wartet, ob vielleicht Ezechiel etwas zu ihm sagt. Der Ovauke hat schon einmal mit ihm gesprochen, obwohl er gar nicht da war, aber es war in der Nacht gewesen, während Petrus geschlafen hat.

Der Mond wird immer dicker, und die jungen Krieger, die haben keine Geduld mehr. Der Chef, der alte Zacharias, ist mit den Ozongombe und den Weibern und Kindern und den Alten ins Versteck gezogen, und die Deutji sind da in der Hälbich-Burg, und sie schreien hinein: »Paß auf, Deutschmann, mir schießen dich Loch in Kopf!« Und die Schnurrbärte schreien heraus: »Mistbock! Schwarze Kaffersau! Wart' bloß, bis wir dich kriegen!«

Aber es passiert gar nix und wird dunkel und regnet wieder. Die Burschen hocken im Hotel von Glöditzsch und trinken die Flaschen aus dem Store leer und hauen auf dem großen schwarzen Tisch herum, der weiße Zähne hat und damit lustige Töne macht. Und sie passen auch auf, daß die Deutschmänner nicht geschlichen kommen. Aber die trauen sich im Dunkeln nicht aus der Burg heraus.

Der Sonntag beginnt als ruhiger Tag. Der Swakop rauscht, ein richtiger Strom, vom Regen angeschwollen. Gelbe Blumen blühen, überall sprießt es grün. Es weht eine hübsche Brise, und das große Windrad schwirrt und saust. Vom Dach des Gehöftes und vom Pulverturm schauen die Deutji sich um. Hereros sind keine zu sehen, wahrscheinlich denken sie, die jungen Krieger sind endlich dem Stamm in die Berge gefolgt oder halten sich in den Witbooi-Klippen versteckt.

Die Sonne ist gerade mal eine Handbreit über die Khomasberge emporgestiegen, da kommt einer von den Deutji aus dem Gehöft und macht sich auf zu seinem Haus auf der anderen Seite des Omusema. Der Deutschmann ist der Kaufmann Kronewitter, und er hat seine Frau dabei. Er will wohl das Fenstergitter reparieren, das am Vortag einer von den jungen Kerlen halb heruntergerissen hat.

Fünf oder sechs junge Burschen schauen ihm zu, wie er eine Leiter aus dem Schuppen holt und an die Hauswand lehnt und hinaufsteigt. Der Kronewitter ist ein »blöda Ohunda«, und sie stoßen sich an und lachen, wie er da unbeholfen auf der Leiter herumwackelt. Und auf einmal, so zum Spaß, rennen sie hin und stoßen die Leiter um. Der Deutschmann fällt mitsamt der Leiter auf den Boden, das ist komisch, und sie lachen alle. Aber der Deutschmann denkt nicht, daß es komisch ist und schreit vor Wut. Mit seinem Arm ist auch was. »Paßt auf!« schreit er und versucht sich aufzurappeln, »paßt bloß auf, ihr schwarzen Säue, ihr Halunken, ihr Dreckskerle! Ich werd euch lehren!« Aus dem Haus ruft die Frau: »Rudolph? Was ist denn los?« So viel Geschrei! Wenn die Deutji in der Burg das hören, werden sie herauskommen und sie verprügeln! Da haut der Theobaldus dem Kronewitter mit dem Kirri auf den Kopf, damit er merkt, daß er nicht so schreien soll. Aber der brüllt nur noch viel lauter, und jetzt kommt die Frau gelaufen und kreischt wie am Spieß, und da hauen sie ihm alle die Kirris auf den Kopf, halb voll Angst und halb voll Wut und immer wieder, krach, krach, krach, bis der Kronewitter sich nicht mehr rührt und sein Kopf ein blutiger Brei ist.

Die Frau läuft schreiend davon. Vom Gehöft her hört man Rufe und eine dünne Trillerpfeife, und dann schießt es schon von dort her, drei-, viermal. Die Mörder ducken sich und rennen davon. Einer von ihnen ist Alexander, der Sohn des Elias und Neffe Zacharias'.

In der Nacht regnet es in Strömen und fast ohne Pause. Braune Schlammfluten wälzen sich knietief durch das tosende Swakop-rivier. Der Wind jammert und pfeift und schüttelt die triefenden Äste.

Um fünf Uhr früh fallen ein paar Schüsse von der Kuppe. Ein paar von den jungen Kriegern schießen in Richtung Hälbichsches Anwesen. Es ist noch gar nicht hell genug zum Schießen. Sonst passiert nichts. Die Sonne geht auf und löst sich von den Kuppen und steigt ein Stückchen höher, da zittert auf einmal die Erde un-ter den Füßen, und es gibt einen lauten Donnerschlag! Alle sprin-gen auf und schauen. Was treiben die Deutji, die Otjirumbu? Auf-geregtes Geschrei! Ist der Kuhn von Karibib hergekommen, der Kopfabhauer, mit dem Grooten Rohr, das über die Berge hin-überschießen kann und noch viel weiter? Schon donnert es wie-der! Rumm-bumm-bamm-bomm, rollt der Donner durch das Swakoptal davon.

Petrus sieht Kort Frederick stehen und geht zu ihm hin. Kort hat ein Fernrohr, wie es die Deutji haben, eins mit zwei Rohren nebeneinander, das man um den Hals hängen kann. Er schaut lange hindurch und schaut dann Petrus an und sagt: »Die Deutji sprengen die Häuser um ihre Burg herum mit Dynamit in die Luft, damit sie jeden von weitem sehen können, der kommt!« Pe-trus weiß nicht, was Dynamit ist, aber er hat gehört, daß die Deutji etwas haben, was kracht und große Löcher in den Boden macht. Dort suchen sie dann nach Wasser oder nach Steinen oder Metall. Kort Frederick sagt: »Petrus, weißt du, wo der Zacharias ist? Der Deutschmannchef, der Frankenberg, der hat sein Haus in die Luft gesprengt! Die Pontoks haben sie auch angezündet!« Jetzt erst sieht Petrus durch die Bäume den grauen Rauch nach oben wirbeln.

Zwei Tage danach feiern die Deutji Kaisergeburtstag. Über dem Hälbichschen Gehöft ziehen sie die Fahne auf und schießen – Krachbumm! – eine Salve in die Luft. »Das machen sie immer, wenn sie etwas feiern«, sagt Kort, das zwiefache Fernrohr vor den Augen, »wenn sie ihre toten Soldaten eingraben, auch!« Petrus zieht die Brauen zusammen. »Meinst du, sie freuen sich, wenn sie ihre toten Soldaten eingraben?« fragt er. Kort lacht und sagt nichts darauf.

Die jungen Krieger streifen am Nachmittag durch den weitläufigen Ort und plündern die Häuser der Deutji, auch die verlassene Militärstation. Auf der hissen auch sie eine schwarzweiße Fahne, den roten Streifen haben sie abgerissen und Kriegsabzeichen daraus gemacht, die sie um den Arm binden oder an ihren Hüten befestigen. Die Häuser der Kaufleute Kronewitter und Glöditzsch stecken sie an und brennen sie nieder.

Die Wagenbauerei bleibt unbehelligt, denn da blitzen und krachen die Schüsse aus allen Luken und vom Turm herunter, sobald einer in die Nähe kommt, und eine Kugel reißt dem Tinker Theobaldus einen Finger weg, ausgerechnet den, mit dem man schießt. Nach einer halbstündigen Schießerei mit den belagerten Deutschen ziehen sich die jungen Krieger zurück.

Wem gehört Hereroland?

In der Senke, unter hohen Bäumen, brennt ein großes Feuer, Wolken von Funken wirbeln hinauf in die kühle Nachtluft. Hunderte von Hereros sind da, dunkle Gestalten im Flackerschein. Große Menschen sind es, hochgewachsen und mit stolzer Haltung. Fast alle tragen Hosen und Hemden, aber es gibt auch ein paar, die sind beinahe nackt und haben nur einen Fellschurz um die Hüften oder abgeschnittene Hosen an und tragen Ketten um den Hals. Cecilie steht neben Lutter und betrachtet fasziniert das Geschehen. Lutter zeigt mit seiner qualmenden Pfeife auf eine kleine Gruppe halbnackter Hereros und sagt zu ihr: »Sehen Sie dort? Die mit den Fellschürzen? Das sind Feldhereros, Fräulein Orenstein! Die werden so genannt, weil sie Hirten sind und im Feld leben. Sie sehen noch ziemlich ursprünglich aus und leben auch noch so. Die anderen, die europäische Kleidung tragen, leben hier um Otjimbingwe herum oder überhaupt in der Nähe von weißen Ansiedlungen, wo sich der Einfluß der Missionare eher auswirkt und die Sitten ein wenig gemildert sind.«

Jede Art Kleidung ist vertreten, abgelegte Europäersachen zumeist: Jacken und Hemden, rot-weiß gestreifte Unterhemden und Gilets, allerlei Arten von Hosen, kurze und lange, karierte, gestreifte, blaue Arbeitshosen und Breeches. Vieles ist geflickt, manches zerrissen, ein paar haben Stiefel oder Schuhe an, aber die meisten sind barfuß. Einen Hut oder eine Mütze haben sie fast alle auf, auch Truppenmützen sind dabei. Die Frauen tragen lange Kleider aus buntgemusterten Stoffen, dazu rüschenverzierte Mieder und die Otjikaïwa auf dem Kopf. Das ist ein hoher Turban aus rotem Tuch, der zeigt, daß die Frau heiratsfähig ist; dann nämlich darf kein Mann mehr ihre Haare sehen, erklärt ihr Lutter.

Am Feuer tanzen etwa zwanzig jüngere Männer zu lautem Gesang. Eine Art Vorredner oder Dirigent springt hin und her und scheint etwas zu erzählen, mit lauter Stimme und vielen Gesten und Verrenkungen, immer wieder unterbrochen von Singen und rhythmischem Stampfen und Händeklatschen. Junge Männer schlagen ihre Kirris aus Kameldornholz aneinander, und da trommelt einer auf einem großen Blecheimer. Frauen stehen ringsum, singend und klatschend, auch die Weiber der Feldhereros, die eine lederne Schürze oder Felle um die Hüften tragen und lange Ketten aus Straußeneierschalen um Hals und Hüften. Alle haben die Frauenhaube auf dem Kopf mit ihren drei hochstehenden Lederhörnern und dem schweren Geflecht aus Eisenperlen, das vom hinteren Rand auf den Rücken herabhängt. Handgelenke und Knöchel sind mit kupfernen Ringen geschmückt.

Seltsam stockend ist der Gesang; das Feuer lodert und knistert. Schatten flackern und geistern im Gezweig ringsum. Schweigend stehen Cecilie und Lutter und schauen zu. Hinter ihnen, weiter im Dunkeln, steht Johannes und raucht sein Pfeifchen. Abraham ist nirgends zu sehen. Ein Herero nähert sich, seinen Hut vor der Brust, und räuspert sich laut. Der Mann sagt in gutem Deutsch zu Lutter: »Omuhonge, der Omuhona will, daß Ihr zu ihm kommt, wenn Ihr so gut seid, Herr.« Häuptling Zacharias Zeraua steht da hinten beim Wasser unter den Bäumen, von Fackeln angeleuchtet, eine Gruppe Männer um sich. Cecilie folgt Lutter dorthin. Sie weiß sofort, wer der Häuptling ist, obwohl er sich äußerlich nicht sehr von den anderen unterscheidet. Es ist nur die Art, wie er in der Mitte der Gruppe steht, denkt sie. Zacharias Zeraua ist ein alter Mann, mager, aber baumlang, gut über zwei

Meter groß, in einen grauen, gestreiften Straßenanzug gekleidet. Ein weißes Hemd trägt er darunter, hat aber keine Krawatte umgebunden. Auf dem Kopf hat er einen breitkrempigen Schlapphut. Einen der Männer bei ihm erkennt Cecilie wieder, es ist Kort Frederick. Da stehen noch drei ältere Hereros, sie vermutet daß es die Großleute sind, also Unterhäuptlinge, und die Berater des Häuptlings. Ein ganz junger Mensch ist dabei, halb Herero, halb Nama, wie ihr scheint, denn er ist auch längst nicht so hochgewachsen wie die anderen. Auf seiner Oberlippe sprießt ein dünner Bart, er blickt sie und Lutter finster an. Kort Frederick kneift ein Auge zu und grinst. Er trägt jetzt keine Kriegsabzeichen. Zeraua nimmt die Pfeife aus dem Mund, nickt unbestimmt in Cecilies Richtung und reicht Lutter die Hand. »Ich grüß dich, Omuhonge Lutter!« Lutter nickt und sagt: »Sei auch gegrüßt, Zacharias! Sei auch bedankt für deine Gastfreundschaft« – »Ja«, sagt der alte Häuptling und nickt ernsthaft dazu, »das is kein gute Zeit, und Ovita, der Orlog, is zwischen dem schwarzen und dem weißen Mann!« Lutter sieht die Sorge in Zerauas' faltigem Gesicht und riecht die Schnapsfahne aus seinem Mund. »Weiß du, Lutter«, sagt Zeraua, »daß ein paar von mein junge Kerl' vor ein paar Tag' ein Deutschmann, den Kronewitter, totgemacht haben?« Lutter schüttelt den Kopf. »Nein«, sagt er, »das hab ich noch nicht gehört. Das ist schlecht, Zacharias.« Er zieht eine Grimasse. Zeraua nickt. »Ja, das is ganz schlecht. Das glaub ich nicht mehr, daß jetzt noch Frieden sein kann.« Mit großen Augen sieht er Lutter an. »Der Frankenberg, der hat mein Haus in die Luft gesprengt! Es is weg! Bloß Staub und Stein sin noch da.« Er schüttelt den Kopf und sieht wirklich traurig aus. Jetzt nimmt er Lutter am Arm und führt ihn ein paar Schritte zur Seite, außer Hörweite der anderen. Sie stehen immer noch so nahe, daß Cecilie alles hören kann. Zacharias sagt zu Lutter: »Es sin der Elias und der Alexander und der Eisab, die Jungen, weiß du, Lutter. Hitzig sin die und denken auch nicht, was wird. Sie schreien: Genug! und: Schluß jetzt mit die Deutji!«

Lutter nickt nachdenklich und sagt dann: »Und was ist mit Kort Frederick? Der ist doch ein vernünftiger Mann?« Zeraua schüttelt den Kopf und erwidert: »Is ein vernünftig Mann, der

Kort, das is schon wahr. Aber er glaubt, daß der Orlog kommt, und darum will er das Gewehr nehmen. Bloß, daß wir gewinnen, das glaubt er nicht. Glaubst du das, Lutter?« Lutter schüttelt stumm den Kopf. Sie stehen eine Weile schweigend. Zeraua senkt die Stimme, und jetzt muß Cecilie sich anstrengen, um die Worte zu verstehen: »Weiß du, Lutter, wovor ich Angst hab? Da is der Petrus hierher kommen, vom Waterberg her.« Er weist mit dem Kopf zu einem grauhaarigen Herero hin. »Ein Botschaft hat er mir gebracht, vom Ezechiel, dem Ovauke, dem alten Seher, der liegt am Waterberg in sein Pontok und stirbt. Vielleicht is er jetzt schon bei seine Väter.«

Lutter schweigt und wartet ab.

»Der alte Ezechiel hat das gesehen, daß der Orlog kommt. Die Geister haben es ihm in den Wolken gezeigt! Die Alten haben es ihm in die Flammen erzählt! Ezechiel, haben sie gesagt, die heilige Feuer werd ausgehn und die Feuerstäb zerbrechen und unser Namen, die Namen von uns Ahnen, die sin vergessen! Und dann wird es keine Ovaherero mehr geben!« Dem alten Mann laufen zwei Tränen über die Backen. Lutter fühlt, wie ihm das Mitleid in die Kehle steigt. Der Häuptling wollte immer nur mit allen Menschen in Frieden leben. Er faßt Zeraua seinerseits am Arm und zieht ihn näher zu sich heran und sagt: »Es ist noch nicht zu spät, Zacharias! Du weißt doch, daß der Majora Leutwein immer große Stücke auf dich gehalten hat! Wenn ihr euch nur heraushaltet aus dem Orlog, wer weiß, vielleicht geht es noch gut!«

Er glaubt selbst nicht daran, und Zacharias schüttelt den Kopf. »Die Deutji werd sagen, sie wollen die jungen Dummköpf haben, wo den Kronewitter totgemacht haben. Das geht nicht. Weiß du, wie letzte Jahr, wie der Dietrich mein Tochter tot'schossen hat, das besoffene Schwein, wie schwer is es da gewesen, daß Frieden bleibt.« Kummer und Zorn malen sich in seinem schwarzen Gesicht.

Ein Drittel-Mond ist aufgegangen, groß und weiß über den kahlen Höhenzügen. In seinem bleichen Schein zieht der Rauch des Feuers in wirbelnden Schwaden durch das schwarze Filigran der Äste, tanzt dünnen, durchsichtigen Geistern gleich in die sternenfunkelnde schwarze Nacht hinauf. Der Rauch des Feuers ist harzig und wohlriechend, wie Räucherholz. Cecilie steht und lauscht dem hin- und herwogenden Gesang, dem schleppenden Händeklatschen der dunklen, vom Feuerschein überflackerten Gestalten unter den Bäumen. Das Feuer knackt und prasselt, hin und wieder knallt ein Ast in der Glut, oder ein Harztropfen brennt fauchend mit blauer Flamme auf. Das Singen klingt jetzt ernst und auch drängend, ja fordernd, so als müßte über eine wichtige Frage entschieden werden. Auch der Tanz der Männer hat sich verändert, stampfend, fast drohend, mit eingezogenem Kopf erinnern die Tänzer an Stiere. Lutter hat ihr erklärt, welch große Bedeutung die Rinder im Leben der Hereros haben, so sollen vielleicht wirklich Stiere und Bullen im Tanz nachgeahmt werden. Oh, könnte sie dieses Bild nur mit der Kamera festhalten! Aber sie wagt es nicht, und diese Tänzer ließen sich auch höchstens mit Blitzpulver ablichten, sie hat aber keines.

Sie dachte, sie stünde abseits, aber als sie sich umsieht, fällt ihr Blick ringsum auf schwarze, glänzende Gesichter. Sie steht mitten in einer Menge von Hunderten von Hereros, doch kommt ihr keiner zu nahe, und es ist Raum genug um sie, so daß sie sich nicht bedrängt fühlen muß. Da steht Lutter, und da ist auch Johannes, dort im Dunklen, aber ganz in der Nähe. Wie klein der Nama ist gegen die großen Hereros! Der Gesang der Menge schwillt an und wird laut, beinahe schreiend. Es klingt wie Frage und Antwort, endlos wiederholt: »Ehi rovaherero araune? Ehindi oretu rovaherero!«

»Was singen sie da?« fragt sie den Pastor, und der nimmt die Pfeife aus dem Mund und antwortet: »Sie singen: Wem gehört Hereroland? Uns gehört Hereroland!«

Das Feuer prasselt laut. Funken wirbeln und tanzen gleich Myriaden von Feuerfliegen. Darüber glitzern kalt und unbeteiligt die Sterne.

Entsatz

23. Januar (Samstag):

Die erhoffte Verstärkung ist nur noch sechs Kilometer von Okahandja entfernt, aber sie kommt keinen Schritt vorwärts. Hauptmann Frankes 2. Feldkompanie wird durch das stark angeschwollene und reißende Osona-Rivier aufgehalten. Die von den Hereros angebrannte und teilweise eingerissene Bahnbrücke haben die tosenden Fluten noch weiter zerstört. 150 Meter breit ist der gurgelnde Fluß, Äste, Büsche, ganze Baumstämme, Grasballen wirbeln in der Strömung, eine ersoffene Ziege kreiselt vorbei, Beine steif nach oben gestreckt.

Leutnant Erich v. Wöllwarth versucht, zusammen mit einem Reiter den breiten Fluß zu überqueren. Am Ufer wartet die Kompanie und schaut mit skeptischen Mienen zu, wie die beiden Männer ihre widerstrebenden Pferde in die reißenden, braunschäumenden Fluten treiben. Kaum bis zum Bauch im Wasser, rutscht das Pferd des Reiters aus, Mann und Roß klatschen in die strudelnde Flut. Der Reiter krabbelt zurück ans Ufer, triefend und fluchend. Sein Gaul wird von der Strömung herumgewirbelt und treibt ab. Kurze Zeit hält das Tier noch den Kopf mit wild rollenden Augen über der braunen Flut, dann geht es unter und ertrinkt.

Franke treibt nun seinen weißen Bleßbock ins Wasser und reitet hinter Leutnant v. Wöllwarth her. Der Hauptmann kommt schnell und glatt hinüber, aber Wallenstein, der Schimmel des Leutnants, verweigert sich mitten im Fluß und verliert den Grund unter den Hufen. Pferd und Reiter werden umgerissen und in der rauschenden Flut davongetragen. Hauptmann Franke spornt seinen Bleßbock an, jagt im Galopp das Ufer entlang und überholt den um Hilfe schreienden Leutnant. Er springt aus dem Sattel ins Wasser und erreicht den beinahe Ertrinkenden im letzten Augenblick. Es gelingt ihm, den Mann über Wasser zu halten, aber er schafft es nicht, ihn ans Ufer zu ziehen, denn der Leutnant klammert sich krampfhaft an ihm fest. Sie treiben mit großer Geschwindigkeit und um sich kreiselnd im rasenden Strom. Am

Ufer steht die Kompanie aufgereiht, Techow ganz vorne. Alle stehen wie gebannt und schauen ihnen nach, keiner rührt sich. Der Gefreite Bössow kommt endlich zu Hilfe, nachdem er sich die Stiefel ausgezogen hat und eine Strecke das Ufer entlang gerannt ist. Mit vereinten Kräften wird der inzwischen bewußtlose Leutnant durch Schaum und Schlamm ans Land gezogen. Wallenstein rettet sich selbst und kommt wiehernd zurückgetrabt. Der Hauptmann ist zornig: »Seid mir feine Kameraden! Steht herum wie die Ölgötzen und schaut zu, wie euer Leutnant beinahe ersäuft!« Und wird bitter: »Auf euch soll ich mich verlassen, wenn's auf Tod und Leben geht!« Keiner wagt es, ihm in die Augen zu schauen.

Er reitet mit einem anderen Pferd noch einmal durch den Fluß, um seinen Bleßbock zu holen. Beide Male kommt er heil hindurch. Das Wasser ist aber doch zu wild, um einen Übergang der ganzen Kompanie zu riskieren. Die meisten können ja auch nicht schwimmen. Der Übergangsversuch muß abgebrochen werden. Von dem ertrunkenen Pferd ist trotz Suche nichts mehr zu sehen. Futsch ist es, samt Sattel, Satteltaschen und Gewehr.

24. Januar (Sonntag):

Der Hauptmann fürchtet, daß die Hereros mit aller Kraft versuchen werden, Okahandja zu Fall zu bringen, bevor Verstärkung eintreffen kann. Es ist auch heute keine Übergangsmöglichkeit zu finden. Das Wasser ist weiter gestiegen, und der Fluß rast so, daß eine Überquerung nun ganz ausgeschlossen ist. Bei den heftigen Regenfällen wird es stromabwärts wie stromaufwärts überall das gleiche sein. Und die zerstörte Bahnbrücke war die einzige Brücke über den Fluß. Franke bleibt nichts anderes übrig, als den Rückmarsch zur Station Teufelsbach anzutreten, um wenigstens Unterkunft für die Leute zu finden. Noch nach fünfzehn Minuten Ritt können sie hinter sich das Tosen und Donnern der Wassermassen hören. Es regnet unaufhörlich, das Gelände ist sumpfig und verschlammt. Stiefel und Hosen sind durchweicht und mit Schlamm bespritzt, die Pferde sind naß und verdreckt, ein Bild des Jammers.

27. Januar (Mittwoch):

Früh am Morgen, sofort bei Sonnenaufgang, durchquert die 2. Feldkompanie rasch und ohne Probleme den Osona-Fluß. Das Wasser reicht gerade noch bis an die Steigbügel. Gestern schon hatte sich das Wetter ein wenig gebessert, es hatte aufgehört zu regnen, und am Nachmittag war sogar die Sonne durchgekommen. Schnell wird das Swakoprivier erreicht. Die Wasser haben sich endlich verlaufen, das breite Flußbett liegt schon fast trokken, nur da und dort noch Pfützen. Die Pferde sinken erst bis an die Knie in den Sand, aber der Grund wird schnell fest. Nach einer halben Stunde können sogar die Kanonen hinüber. Die Hereros hätten der Kompanie während des Übergangs böse zusetzen können, aber sie haben den dichten Wald am anderen Ufer einfach unbesetzt gelassen.

Okahandja liegt völlig verlassen vor ihnen. Kein Mensch ist zu sehen. Erst als die Truppe beim Augustineum den Ortsrand erreicht und noch etwa tausend Meter von der Feste entfernt ist, eröffnen Aufständische das Feuer, jedoch von weit her, von den Höhen im Osten aus. Der dritte Zug hält sich bereit, feindliche Schützen niederzuhalten, während Franke mit zwei Zügen vorgeht, im Laufschritt über die weite, offene Fläche zur Feste. Aber die Verteidiger des Forts kommen ihnen nicht etwa entgegen. Hauptmann Franke muß erst mit dem Degengriff und ein Reiter mit dem Gewehrkolben an das Türchen im vermauerten Tor der Feste hämmern, bevor ihnen aufgemacht wird. Der Hauptmann ist deswegen sehr kurz angebunden mit der Besatzung der Station. Den Distriktschef Zürn, »die kleine Giftkröte«, kann der Hauptmann ohnehin nicht leiden.

Die Aufständischen schießen weiter aus den Bergen, bis jetzt ohne Schaden anzurichten. Das Gebirgsgeschütz feuert schließlich drei Schrapnellgranaten in die Flanke des Kaiser-Wilhelm-Berges und verjagt sie fürs erste.

Die Befreiung Okahandjas ist dem Hauptmann zu leicht gegangen. Ganz offensichtlich hat man es nur mit schwachen Herokräften zu tun gehabt. Samuel Maharero scheint sich mit dem größten Teil seiner Krieger in Richtung Otjosasu, hinter den Kaiser-Wilhelm-Berg, zurückgezogen zu haben.

Der Hauptmann schickt Patrouillen in die Umgebung. Er selbst führt einen Halbzug nach Osona. Dort, zwischen den beiden Brücken, finden sie die Leichen des Leutnants Boysen und der drei anderen Vermißten vom 12. Januar, als der Entsatzzug aus Windhuk in einen Hinterhalt geraten war. Hauptmann Franke schaut sich die Lage der Toten an, alle im brusthohen Gras nahe beim Gleis, er schaut sich das Gelände an und schneidet eine Grimasse. »Da war offenbar viel Unvorsichtigkeit im Spiel«, sagt er nach der Rückkehr zu Oberleutnant Zülow. Morgen soll ein Trupp von Zürns Leuten hin, um die traurigen Überreste nach Okahandja zu holen und dort zu bestatten.

Kaisers Geburtstag

Der 27. Januar ist ein hoher Feiertag. Wilhelm II., deutscher Kaiser und König von Preußen, wird fünfundvierzig.

Am späteren Nachmittag tritt Ettmann mit den Männern aus Swakopmund im Innenhof der Feste an. Mit einem schnellen Blick nach links und rechts richtet er sich in der Reihe aus. Zusammen mit der Besatzung der Kaserne und der Kompanie Franke bilden sie ein Karree. In der Mitte die Gruppe der Offiziere in Khaki und Grau, blau und silbern verziert. Darüber die Fahne, reglos am Mast. Ringsum drängen sich die Zivilisten, fast nur Frauen und Kinder; im Hintergrund Treiber und Bambusen, ein paar bärtige Buren, ein Dutzend Baster und Bergdamaras, auch ein paar treu gebliebene Hererofrauen.

Von den Männern aus Okahandja tragen nur die wenigsten Uniformen. Die haben ihnen die Hereros vor der Nase weggestohlen. »Räuberzivil« trifft es recht gut, denkt Ettmann: Straßenanzüge und steife Hüte, weite Farmerhosen, Westen und Wollhemden in buntem Durcheinander, aber alle mit umgeschnallten Patronentaschen, mit Gewehr und Messer oder Bajonett.

Frankes Reiter sind auf ihre Art auch ein wilder Haufen. Bärtige, sonnverbrannte Kerle in ausgebleichten Khakiuniformen unter grauen, blaugesäumten Hüten. Selbstbewußt stehen sie da, schnurgerade ausgerichtet.

»Zum Flaggengruß!« wird kommandiert und: »Präsentiert das – Gewehr!« Die Offiziere ziehen ihre Degen und halten sie gesenkt.

Der Trompeter bläst die Flaggenparade. Der letzte Ton verklingt, eine lange Minute herrscht Schweigen.

Dann der laute Befehl: »Gewehr – ab!« Der kleinwüchsige Oberleutnant Zürn tritt vor, reißt sich den Hut vom Kopfe und brüllt: »Seine Majestät, unser allergnädigster Herr und Kaiser: Er lebe hoch! – hoch! – hoch!«

Nun sind ein paar ermunternde Worte an die Mannschaften fällig. Das macht v. Zülow aus dem Stehgreif, Fäuste in die Seiten gestemmt, Kinnbart vorgestreckt:

»Herr Hauptmann, Herrn Off'ziere! Unteroff'ziere, Soldaten! Kaisers Geburtstag in schwerer Zeit! Schwarze Schufte, heimtückischer Überfall! Doch hat heute, just an diesem hohen Ehrentage, Kompanie Franke in schneidigem Einsatz die frechen Aufrührer in die Flucht geschlagen! Herrn Hauptmann und seinen braven Männern ein dreifaches Hurra!«

Er knallt die Hacken zusammen und grüßt den Hauptmann mit der Hand am Mützenschirm. Hundertundfünfzig Mann – Frankes Leute ausgenommen – brüllen:

»Hurra! Hurra! Hurra!«

Zülow wartet einen Augenblick, dann macht er weiter:

»Nach wie vor große Not im Lande! Wird noch manchen Strauß setzen! Doch: drei mächtige Bundesgenossen stehen uns zur Seite: unser Herrgott, unser Kaiser, unsere geliebte Heimat!«

Dabei haut er tatsächlich – eins, zwei, drei – die Finger der Rechten zählend in die linke Handfläche. Er blickt nach links und blickt nach rechts, stemmt die Fäuste wieder in die Seiten und fährt fort:

»Daher unverzagt! Verstärkung ist auf dem Wege! Freiwillige aus allen deutschen Ländern eilen zu Hilfe! Weiter Weg, wissen wir alle. Bedrohte Landsleute schauen auf uns. An uns nun ist es, ihr Leben und Gut zu schützen! Mit Gottes Hilfe und mutigem Einsatz eines jeden wird das wohl gelingen!«

Nun ist die Kirche an der Reihe, mit dem Befehl: »Hut ab zum Gebet!« Mit ausgebreiteten Armen erteilt Präses Diehl den Segen Gottes.

Kaiser-Wilhelm-Berg

Hauptmann Franke sieht mit Ungeduld zu. Ihm brennt es unter den Nägeln und seinen Reitern genauso. Omaruru ist der Heimatstandort der 2. Feldkompanie. Von dort sind sie knapp vier Wochen zuvor nach Süden losmarschiert, bevor sie zurückgerufen wurden. Niemand weiß, wie es dort steht, ob Familie, Freunde oder Bekannte noch am Leben sind. Je schneller sie dorthin kommen, desto besser; doch erst muß Okahandja gesichert sein.

Den Rest dieses Feiertages wird jedenfalls gerastet, bei aller Eile und Sorge, Roß und Reiter brauchen dringend Ruhe. Es gibt eine Flasche warmes Bier für jeden. In der Feste stoßen sie mit Wein an, Franke, v. Zülow, Zürn nebst Gattin Dorrit und die Leutnants: »Auf Seine Kaiserliche Majestät!«

Zürn, von seinen Belagerern und heimlichen Ängsten befreit, bläht sich auf: »Den Kaffer in seine Schranken verweisen! Ein für allemal!« und: »Hehre Pflicht! Exempel statuieren! Banditen nicht so leicht vergessen! Prost, die Herren!«

Von Zülow schweigt dazu und streicht sich den Spitzbart. Er ist ein ernsthafter Mann, der nichts vom Sprücheklopfen hält. Seine Ansprache vorhin war knapp und sachlich, wie er findet, und mehr gibt es zu dem Thema nicht zu sagen.

Auch Hauptmann Franke hält nichts von eitlem Gerede und auch nichts von Kameraderie. Zudem hat er böse Sachen über Oberleutnant Zürn gehört, der ja der Distriktschef des Bezirks Okahandja ist. Zürn soll die Hereros im Zusammenhang mit der Reservatsfrage ganz unsinnig hart angefaßt haben und soll sogar gedroht haben, Samuel Maharero zu erschießen! Wenn sich das als wahr herausstellen sollte, hat Zürn, der verfluchte Giftzwerg, sein gutes Teil dazu beigetragen, daß der Aufstand ausgebrochen ist. Der Hauptmann verabschiedet sich jedenfalls, kaum daß er sein Glas ausgetrunken hat. Ben und Otto haben ihm draußen sein

Zelt aufgeschlagen, und dort sitzt er allein, über sein Tagebuch gebeugt, und hält in kurzen Worten die Ereignisse dieses Tages fest. Er schreibt die letzten Sätze nieder:

»Bestimme Hennig dazu, die demolierte Eisenbahnbrücke zu reparieren u. lasse ihm von Zülow eine Deckungs-Abteilung geben. Beschließe, morgen nach Otjosasu, wo ein großes Hererolager sein soll, vorzustoßen.«

Victor Franke klappt das Buch zu und legt den Bleistift weg. Dann dreht er die Flamme der Petroleumlampe herunter, bis nur noch ein ganz kleines blaues Flämmchen brennt, nur einen Hauch vom Erlöschen. Aus der Satteltasche kramt er ein kleines Lederschächtelchen, ähnlich einem Brillenetui, und eine Schachtel mit dem Stempelaufdruck: »Inject. Morph. Mur. 0,01.«

Er baut alles um die Lampe herum auf, dann zieht er Rock und Stiefel aus und setzt sich auf das Feldbett. Er öffnet die Schachtel, die halbvoll mit kleinen Glasampullen ist, klappt das Etui auf und nimmt ein blitzendes Spritzbesteck heraus.

Der Hauptmann injiziert sich die klare Lösung Morphinum muriaticum in die Armvene und zwingt Geist und Körper zur längst notwendigen Ruhe. Er legt sich zurück auf das schmale Segeltuchbett und faltet die Hände hinter dem Kopf. Warm flutet es durch die Adern und spült Sorgen und Befürchtungen aus den Gedanken, ersetzt sie durch weiches Wohlgefühl und trägt ihn rasch und sanft hinaus aus der wachen Welt.

28. Januar (Donnerstag):

In dieser Nacht hat es zum erstenmal nicht geregnet. Wecken um vier Uhr. Hauptmann Franke wäscht sich Gesicht und Oberkörper mit kaltem Wasser aus dem Brunnen, zieht das Hemd an und streift die Hosenträger über die Schultern. Otto steht schon mit dem Waffenrock bereit, und Benjamin kommt mit der dampfenden Emailletasse mit schwarzem Kaffee, Morpheus samt Morphium zum Teufel zu jagen. Der Hauptmann nimmt nur einen kleinen Schluck, dann läßt er die Tasse stehen. Sein Magen verkrampft sich schmerzhaft und will das bißchen Kaffee ausstoßen,

Franke würgt die gallbittere Brühe wieder hinunter, kalter Schweiß bricht ihm aus. Mit zusammengebissenen Zähnen knöpft er sich den Rock zu und klappt sich die Mütze auf den Kopf. Ben und Otto sehen ihm mit besorgten Mienen zu.

»Los, brecht das Zelt ab«, sagt der Hauptmann mit kratziger Stimme, »und steht nicht 'rum und haltet Maulaffen feil!«

Allmählich wird die Kompanie laut, Gemurmel, Husten und Geraunze, die Pferde schnauben und treten, da klirrt es und dort klappert es. Grau ist der Morgen und kühl, Kaffeefeuer flickern gelb im Dunst. Sprechfetzen fliegen hin und her: »… mal halblang!« und »Ist denn das vermaledeite Ding hin?« Schon drängen die Unteroffiziere zur Eile: »Nu mal hopp!« und »Fertigmachen, habt ihr nicht gehört!«

Die 2. Feldkompanie rückt um 5 Uhr 45 aus Okahandja ab und marschiert mit beiden Geschützen nach Norden, vorbei am abgebrannten Haus der Diekmanns, die hier zwei Wochen zuvor von den Hereros erschlagen wurden. Hinter dem Kaiser-Wilhelm-Berg geht die Sonne auf. Der Berg selbst ist noch dunkel, beinahe schwarz. Sein gezackter Umriß glüht in den Strahlen wie flüssiges Feuer. Die Kompanie, noch im Schatten, reitet Trab, schweigend, Reiter hinter Reiter. Dumpf poltern die Hufe, Leder knarrt, Wassersäcke glucksen. Die Eisenreifen der zentnerschweren Kanonen zermalmen krachend Steinbrocken.

Franke schlägt nicht den direkten Weg nach Otjosasu ein, der sich um den Berg herumwindet, sondern reitet weiter nach Norden. Erst zwei Kilometer nördlich von Okahandja, in dichtem Buschgelände und der Sicht der Hereros auf dem Berge entzogen, schickt der Hauptmann die Spitze und die rechte Seitenpatrouille quer durch den Hakkiesdornbusch nach Osten auf den Berg zu. Sie sollen die rechte Flanke der Kompanie decken und dann als Nachhut folgen.

Kaum hat das Gros den Busch hinter sich gelassen, gegen Viertel nach fünf Uhr, krachen Schüsse: Spitze und Seitenpatrouille geraten vom Kaiser-Wilhelm-Berg her unter Beschuß. Pferd »Amor« wird getroffen und stürzt, sein Reiter fliegt aus dem Sattel. Hauptmann Franke muß mit der Kompanie rechtsum machen und gegen die Hereros am Berghang vorgehen. Die Offiziere ziehen blank und brüllen: »Absitzen!« und »Ein Mann hält fünf Pferde!« und »Schwärmen!«

Die Pferdehalter ziehen sich mit den Tieren an den Buschrand zurück, die übrigen Reiter gehen zu Fuß in die Klippen vor, geduckt von Deckung zu Deckung laufend. Der Schußwechsel eskaliert schnell zu einem heftigen Gefecht. Offenbar ist der wild zerklüftete Berg stark besetzt.

Die steil aufragenden Klippen, Felsen und Steinbrocken bilden eine natürliche Festung, die fast unbezwingbar wirkt. Zuerst scheint es Franke gar nicht möglich, die Leute gegen das Feuer vorzubekommen, aber es gelingt ihm doch. Ein heftiges Feuergefecht ist im Gange. Hier, am Fuß der Felsen, sind das scharfe Krachen der Schüsse und ihr Widerhall ohrenbetäubend. Die Leitung wird fast unmöglich, jeder Befehl geht in dem Krawall unter, sogar die Trillerpfeifen der Offiziere sind kaum zu hören. Die Züge laufen durcheinander, beim ersten Vorgehen sind kaum zwanzig Mann um den Hauptmann versammelt. Das tief eingeschnittene Rivier des Kandu, in dem man bis an die Knie in den Treibsand einsinkt, liegt vor ihnen. Dahinter steigt trotzig die Bergfeste empor, und die Vorstellung, da hinaufzumüssen, erscheint selbst dem Hauptmann tollkühn. Aber da ist der Feind, und auf den geht es los, etwas anderes kommt ihm gar nicht in den Sinn. Nur das Heft nicht aus der Hand geben, nur die Initiative nicht verlieren! Das könnte ihnen allen das Leben kosten, wenn nicht jetzt, dann später!

Es gelingt, das Rivier zu queren und die erste Vorhöhe zu nehmen. Hier geht es aber nicht weiter, die Kompanie liegt am Westufer fest. Die Hereros schießen, als hätten sie säckeweise Munition dabei. Vielleicht stimmt das ja auch. Ein Schuß zieht dem dicken Feldwebel Heidenreich einen blutigen Strich über den Arm, noch mal Glück gehabt. Kugeln hauen in die Klippen und singen und brummen den Männern um die Ohren. So geht das nicht weiter! Das schwere Feldgeschütz hat am Buschrand zurückbleiben müssen. Hauptmann Franke klettert von den Klippen hinunter, um zu sehen, was mit dem leichteren Gebirgsgeschütz auszurichten wäre, sieht aber keine Möglichkeit, es in diesem wild zerklüfteten Gelände aufzustellen. Deutsche wie Hereros, in guter Deckung hinter Steinen und Klippen, schießen auf die geringste Bewegung. Schüsse krachen und peitschen, und das vielfältige Echo hallt dröhnend und brummend aus den zerklüfteten Felsen zurück. Die Hereros, die keine Gewehre haben, schmeißen mit Steinen und schreien unverständliches Zeug herüber. Da findet Franke ein ebenes Fleckchen, von dem aus das Gebirgsgeschütz in den Kampf eingreifen könnte, und schickt zweimal Befehl an Techow, vorzurücken, aber der kommt nicht.

»Himmel, Arsch und Zwirn, wo steckt der verdammte Kerl?« Franke schnappt sich das nächstbeste Pferd, Wöllwarths Wallach Wallenstein, und prescht los, nachsehen, wo die Kanone bleibt.

Techow hat den Befehl wohl erhalten und ist auch in Richtung Berg vorgerückt, durch das Kandu-Rivier. Aber da, mitten im trockenen Flußbett, bleibt das mit acht Maultieren bespannte Gebirgsgeschütz im tiefen Sand stecken. Kein Schreien und Fluchen, kein Schlagen und Zerren hilft, die Tiere können nicht mehr weiter, die Kanone steckt bis an die Achsen im Sand fest. Da kommt Franke angeritten, den Degen in der Faust. »Wollt ihr hier sitzenbleiben, Himmel noch einmal?« brüllt der Hauptmann und: »Vorwärts mit der verdammten Kanone, ihr stinkfaulen Schweinehunde!« Kanonier Fritz Bendel, schwitzend am Zugseil zwischen den augenrollenden und schnaubenden Mulis, murrt: »Wir tun doch, was wir können! Herr Hauptmann könnten sich getrost ein wenig mäßigen.« – »Was!« schreit Franke, »Mäßigen! Ich gebe dir mäßigen, Kerl!«, und zieht dem Schlesier zwei Hiebe mit der flachen Klinge über den Rücken. Durch die klatschenden Schläge erschreckt, ziehen die Maultiere an, und der Hauptmann schnappt sich vom Sattel aus das vorderste rechte Tier am Halfter und zerrt es nach vorn, und mit »Hauruck!« und »Ho!« kommen Protze und Kanone frei, und mit Geschrei und Peitschenknallen geht es das jenseitige Ufer hinauf und weiter im Galopp, daß es nur so staubt.

»Das kleine Ungetüm« wird abgeprotzt, von fünf, sechs, sieben Mann im Laufschritt in Stellung geschoben, gezogen und getragen und schießt nun in direktem Schuß in die Verschanzungen der Hereros, das kurze, dicke Rohr steil nach oben gerichtet. Abschuß und Einschlag krachen und bersten ungeheuer laut und hallen schmetternd aus der Felswand wider. Das Feuer zeigt sofort Wirkung. Die Hereros weichen hangaufwärts aus, so schnell sie können. Sprungweise, einer nach dem anderen, gelangen nun die Soldaten des rechten Flügels in einer für die Aufständischen schlecht einsehbaren Biegung über das Flußbett. Die Leute sinken fast knietief im feinen Sand ein, aber sie kommen doch alle heil hinüber, und Franke selbst folgt seinen jungen Kerls, so gut er kann, an der gleichen Stelle. Zwei, drei Hereros feuern hinter Steinbrocken hervor und werden niedergeschossen. Sofort beginnt der Aufstieg zur Kuppe des Kaiser-Wilhelm-Berges. Dabei können die Hererostellungen gegenüber der linken Flanke der Deutschen gut unter Feuer genommen werden. Dadurch kommt nun auch der linke Flügel der Kompanie über das Rivier, und die beiden Hälften der Truppe vereinigen sich auf halber Höhe des Berges.

Gemeinsam wird der Aufstieg fortgesetzt, hinauf in brütender Hitze über Felsen und Geröll. Von oben knallen die Schüsse, und Steine poltern und prasseln herunter, aber die Deutschen sind nicht mehr aufzuhalten, und vor den gefürchteten Bajonetten nehmen die Hereros schließlich Reißaus und werden vom Berge verjagt. Sie setzen sich in wilden Sprüngen hangabwärts ab, nach Osten zu.

Das Gefecht hat sechs Stunden gedauert. Franke ist erleichtert, in seiner Kompanie gab es nur drei Verwundete. Die Verluste der Aufständischen lassen sich schlecht schätzen, weil sie die meisten ihrer Verwundeten und Toten mitgenommen haben. Nur drei Tote werden gefunden, sonst zeigen Patronenhülsen die Stellungen der Aufständischen an und Blut da und dort, wo einer getroffen wurde.

Die Soldaten sind nach der Kletterei zu erschöpft, um den Feind weiter zu verfolgen. Hauptmann Franke gibt sich zufrieden, läßt zum Sammeln blasen und nach Okahandja abrücken. Jetzt erst kann der Ort als befreit gelten, da die Hauptmacht der Hereros aus der Umgebung vertrieben ist.

Die faule Grete

29. Januar (Freitag):

Zwischen der Feste von Okahandja und dem Bahnhof stehen
Reihen brauner Militärzelte. Es ist mörderisch heiß, und Ettmann
zieht sich den Hut tiefer in die Stirn und kneift die Augen gegen
die Sonnenhelle zusammen. Auf der Koppel dösen Pferde und
Maultiere. Frankes Reiter hocken im Schatten aufgespannter
Zeltbahnen um die Kochlöcher und brauen sich ihren Mittags-
kaffee. »Die faule Grete« steht abgeprotzt in der Sonne. Ettmann
geht hin und sieht sich die Kanone an. Stählern braun glänzt das
Rohr, schwarz gähnt das faustgroße Maul der Mündung. Dunkel
stahlgrau ist der Lafettenschwanz gemalt, die schulterhohen Räder ein helles Sandgelb. »N°. 90« steht ins Bodenstück gepunzt
und darunter die Jahreszahl: »1874« und »Kp.«, das Kürzel für
Krupp. Ins Kanonenrohr ist oben über dem Kaiseradler einge-
gossen:

»ULTIMA RATIO REGIS«

und darunter, unter dem verschlungenen Kaisermonogramm »WR«:

»PRO GLORIA ET PATRIA«

Ettmann lehnt sich an das Rad der Protze und zeichnet das Geschütz mit Bleistift in sein Buch. Er muß so stehen, daß sein
Schatten auf die Seite fällt, das Papier würde ihn sonst blenden.
Später irgendwann, in Muße, wird er die Skizze mit der Feder
nachzeichnen. Seine Zeichnungen sind von beinahe photogra-
phischer Präzision und trotzdem nicht unharmonisch in der Wirkung; dennoch fühlt er sich nicht als Künstler, sondern als Handwerker. Es kommt ihm nicht auf »Stimmung« an; zwar ist auch
sie in seinen Skizzen zu finden, aber unaufdringlich, weil unbewußt; in den Schatten verborgen, vom Tageslicht und Zufall bestimmt. Er will nichts als ein möglichst genaues Abbild eines Objektes, sei es ein Gebirgszug, ein Haus oder eine Dampfmaschine.
Durch das Abzeichnen, durch das intensive, genaue Betrachten,

erarbeitet er sich einen dreidimensionalen Begriff des Objektes, er begreift es. Das läßt sich mit der Photographie nicht erreichen, obwohl diese ein unerreichbar naturgetreues Abbild liefern kann.

In diesem Fall ist das Objekt allerdings eine alte Bekannte und längst »begriffen«. Ettmann ist am gleichen Geschütztyp ausgebildet worden, damals in Jüterbog, bei der reitenden Batterie.

Auch da hatten die Geschütze Namen, und seine Nr. 2 war »der schiefe Fritz«, benannt nach dem Sohn des Großen Kurfürsten und weil sie ausgerechnet beim Kaisermanöver mit einem Rad in einem Loch steckengeblieben war. Das Stationsgeschütz in Omaruru, so hat ihm ein Reiter erzählt, heißt »der olle Bullrian«. Diese Art Name ist alte Tradition bei der Artillerie. So hatte die faule Grete eine berühmte Vorgängerin, die einst Friedrich von Hohenzollern half, Markgraf von Brandenburg zu werden und den rebellischen Adel niederzuwerfen.

Dreizehn Jahre ist seine Militärzeit jetzt her. In der Heimat sind die alten 73er längst von modernen Geschützen mit Rohrrücklauf und Schutzschilden abgelöst worden. Dennoch, die Kanone ist eine verzwickte Angelegenheit, und er muß länger als erwartet an der Zeichnung arbeiten. Er will aber auch jeden Niet sehen können, quasi zur Erinnerung.

Keiner stört ihn in der Mittagsglut, also macht er noch eine zweite Zeichnung, von schräg vorne. Als er zum Bahnhof zurückgeht, begrüßt ihn aus dem Schatten der Österreicher Ernstl: »Wos hast denn in dera Hitzn dem Kanonderl für ein langen Brief g'schrieben?«

31. Januar (Sonntag):

Ettmann steht vor dem Hauptmann stramm. Franke sieht ihn prüfend an.

»Sie sind Artillerist?«

»Jawohl, Herr Hauptmann! Zuletzt beim Lehr-Regiment der Artillerie-Schießschule Jüterbog, ausgebildet als Richt- und Bedienungskanonier.«

»Schon im Feuer gewesen?«

Ettmann, noch immer strammstehend, erwidert: »Nein, Herr Hauptmann!«

Franke nickt, als hätte er es gewußt.

»Wird kein Zuckerschlecken, könn' Se Gift drauf nehmen. Machen Sie Ihre Sache gut!«

»Jawohl, Herr Hauptmann!«

Ettmann meldet sich bei Oberleutnant Techow, der die Artillerie befehligt, das große 8-Zentimeter-Feldgeschütz und das kleinere, in Windhuk mitgenommene 6-Zentimeter-Gebirgsgeschütz. Das letztere ist auch ein alter Bekannter: mit Raspinger und Konradin war er Zeuge von dessen Abreise aus Swakopmund gewesen. Es ist jetzt aber grau angestrichen.

Techow, ein großer Mann mit sorgfältig gepflegtem Kaiserschnurrbart und traurigen Augen teilt ihn als Ladekanonier am Feldgeschütz ein. Er erhält eins der überzähligen Pferde, eine vorjährige Remonte namens »Fegefeuer«, denn auf den Geschützsitzen und auf der Protze werden Gepäck und Munition gefahren. Er soll sich mit dem Vorreiter oder Fahrer abwechseln, dem Kanonier Fresenow. Seinen Tornister bringt er in die Feste, den braucht er nicht mehr, ebenso sein Gewehr, er bekommt jetzt eins aus dem Kompaniebestand.

Ettmann sieht sich in der Feste um. Der weite Innenhof der Fortifikation ist fast schon wieder leer und saubergefegt. An die Mauern lehnen sich innen Truppenwohnungen, Lagerräume für Proviant, Futter und Munition, die Apothekenkammer, das Arrestlokal, Werkstätten für Schmied, Sattler, Tischler, Büchsenmacher, Schneider und Schuster, dazu Sattelkammer und Pferdeställe. Deren Fassaden sind mit offenen Fenster- und Torbögen als umlaufende Kolonnade gestaltet. In den massiven, gedrungenen Ecktürmen sind Schreibstube, Kasse und auch die Wohnung des Distriktchefs untergebracht. In der Mitte des sandigen Hofes ist ein Brunnen mit einer kreisrunden, kniehohen Mauer eingefaßt. Ein paar Zelte stehen noch in der Ostecke, und zwei Hottentottenburschen führen Pferde im Kreis herum. Hafersäcke stapeln sich in einer langen Reihe, ein Turm leerer Fässer ist aufgebaut. Beim Stellmacher wird gehämmert und an einem Wagenrad gearbeitet. Im Schatten unter einem Vordach sitzen ein paar deutsche Frauen und häkeln, blonde Kinder spielen im Sand, und in Liegestühlen dösen drei Verwundete mit weißleuchtenden Verbänden. Alles ist beinahe wieder normal.

Carl Ettmann verabschiedet sich von dem Österreicher und reicht ihm die Hand: »Leb wohl, Ernstl, auf ein Wiedersehen!« Dann stellt er ihm schnell die Frage, die ihn schon lange wundert: »Wie kommt es, daß du hier herausgekommen bist nach Afrika?« Ernstl zuckt die Achseln. »Na, für'n Bahnbau bin i herkummen, für die Eisenbahn, die wo sie nach dem Norden hinauf bauen wollen. Bin g'lernter Weichenschlosser, waaßt!« Ettmann will wissen: »Hat man dich denn eingezogen, ich meine, als Österreicher?« Ernstl kratzt sich den Kopf und antwortet: »Naa, einzogen hamm's mi net, i hob mi aber freiwillig g'meldet. Muß ma doch zammenhalten, wenn ma die gleiche Sprach red!«

Brandungsneger

31. Januar (Sonntag):

Albert Seelig steht auf dem Achterdeck, umklammert die Reling mit beiden Fäusten und starrt über die blaugraue See zur afrikanischen Küste hinüber. Seine Kameraden drängen sich um ihn herum, und Unteroffizier Michaelsens Fernglas wandert von Hand zu Hand, jeder möchte einen Blick hindurchwerfen. Nun hat es Seelig, hebt es an die Augen und starrt hindurch. Afrika! Grüne, bewaldete Berge über dem weißen Streifen der Brandung, auf dem vorspringenden Kap zittert ein weißer Fleck im Doppelkreis des Fernglases, das wird der Leuchtturm sein, von dem ihnen die Seeleute erzählt haben, den hat die Woermann-Reederei dort hingebaut. Hoch spritzt die Brandung am Fuß des Kaps empor. Dahinter sieht Seelig die kantigen Umrisse eines Forts. Schon kann er Palmen erkennen und Hütten darunter und auf dem Wasser Fischerboote, die Kanus ähneln. Alles wandert auf einmal nach rechts weg, das Schiff dreht auf die Küste zu. Dürnsmaier reißt ihm das Glas fast aus der Hand und läßt es um Haaresbreite über die Reling fallen, denn im gleichen Moment tutet vom Schornstein die Dampfpfeife, und alle fahren zusammen, dreimal brüllt

sie ihren dumpfen Urlaut über das Wasser hin, der schnelle Lloyd-
dampfer »Darmstadt« meldet sich an in Monrovia, der Hauptstadt Liberias, zehn Tage nach der Ausreise von Hamburg.

Ein paar Minuten später fällt der Anker, und von der Küste her
nähert sich das Regierungsboot, eine Barkasse mit einem dünnen,
hohen Schornsteinchen, aus dem eifrig grauer Rauch pufft. Seelig sieht, daß das Schiffchen eine Flagge führt, die tatsächlich beinahe wie die amerikanische aussieht. Das sei kein Wunder, hat der
Schutztruppenoffizier gesagt. Der Herr Major v. Estorff, der lange
Jahre in Südwest verbracht hat und jetzt mit ihnen zurückeilt, hat
unterwegs mehrmals Vorträge für die Seesoldaten gehalten, meistens über das Südwesterland, wohin sie jetzt fahren, aber gestern
hat er auch von Liberia gesprochen. Er hat ihnen erzählt, daß Liberia eine Negerrepublik ist, mit Hilfe amerikanischer Christenmenschen aus freigelassenen amerikanischen Sklaven gebildet.
Die sollten die Möglichkeit haben, auf dem afrikanischen Kontinent, von dem man sie vor Generationen verschleppt hatte, in
ihrem eigenen Staat zu leben. Seinerzeit hatte man gehofft, eine
christliche Negerrepublik werde einen günstigen Einfluß auf die
Bevölkerung des afrikanischen Kontinents haben. Aber die Eingeborenen, die dort lebten, wollten die amerikanischen Neger
nicht in ihrem Land haben, und es gibt seither immer wieder
Kämpfe zwischen ihnen. Eine schöne Idee, aber das freie und
stolze Liberia ist kein Paradies geworden, hat der Major am
Schluß gesagt.

Es sieht aber schön aus, durchaus paradiesisch, über und über
grün unter dem fast dunkelblauen Himmel, aus dem die weißflammende Sonne gleißt, und Seelig schaut gierig hinüber, das Gesicht vom Helmschirm beschattet, trotzdem muß er in der blendenden Helle zwinkern und blinzeln. Er weiß schon, daß man sie
nicht an Land lassen wird, es ist keine Zeit dazu, hat es geheißen,
das Schiff nimmt siebzig Brandungsneger an Bord und dampft
gleich weiter. Nun sind sie alle zum Bersten gespannt darauf, wie
Brandungsneger aussehen. Alles, was Seelig über die erfahren hat,
war, daß sie sich mit der Brandung auskennen und darum in
Swakopmund beim Ausladen helfen sollen. In seiner Korporalschaft haben sie schon gewettet, wie schwarz die Brandungsneger

sind, ob sie schwarzbraun sind oder gar blauschwarz, mehr wie Kaffee oder wie Kakao oder etwa bloß braun sind. Bloß braun wäre enttäuschend, aber so richtig schwarz, das muß schon seltsam aussehen. Seelig hat zwar schon öfter Neger gesehen, so ungewöhnlich war das in Kiel auch nicht, schließlich lagen auch hin und wieder Segler aus Amerika im Hafen, und auch andere Schiffe hatten Schwarze unter ihren Seeleuten, und manche sogar Chinesen. Trotzdem hängt er natürlich über der Reling wie seine Kameraden auch und starrt voller Neugierde hinunter auf das Woermann-Boot, das jetzt auf sie zuhält, hinter ihm her ein Schwarm von Einbäumen und kleinen Booten. Die Matrosen haben Seile über das Schanzkleid geworfen und stehen jetzt breitbeinig da, mit gleichgültigen Gesichtern, Pfeifen im Mund. Sie kennen das alles. An den Seilen klettern die Neger hoch, wie die Katzen, haben sie ihnen erzählt, und Seelig ist gespannt, ob das wahr ist.

Omaruru

31. Januar (Sonntag):

Ettmann steht beim Geschützzug neben »Fegefeuer«, Trensenzügel in der Faust, und wartet auf das Kommando zum Aufsitzen. Es ist früher Nachmittag, und die 2. Feldkompanie steht bereit, den Marsch nach Omaruru, zuerst über Karibib, anzutreten.

Die vier Reiterzüge stehen hintereinander in Reihe, jeder Mann bei seinem Pferd. Die Kanonen sind an die Protzen gehängt, die Maultiere stehen mit hängenden Köpfen im Geschirr und spielen mit den langen Ohren, die Treckochsen warten geduldig in der Sonne vor ihren schwerbeladenen Karren und schlagen allenfalls einmal mit dem Schweifquast nach den aufdringlichen Fliegen. Otto führt Franke den großen Schimmel vor, und der Hauptmann schwingt sich in den Sattel und reitet vor die Front. »Aufsitzen!« befiehlt er laut, und die Reiter stellen allesamt den linken Fuß in den Steigbügel und sitzen auf. Wie eine Welle geht das die Reihen entlang. »Kolonne zu vieren!« ruft Franke, wendet sein Pferd und sagt zu Oberleutnant Griesbach: »Kompanie

– Marsch!« Griesbach kommandiert laut: »Erster Zug – Anreiten!«

Zugleich ertönt ein schriller Pfiff. Mit ihnen fährt ein Eisenbahnzug aus Okahandja aus, um die zerstörte Brücke bei Kilometer 280,6 zwischen François und Waldau zu reparieren oder mit einem Notgleis zu umgehen und die Bahn- und Telegraphenverbindung mit Karibib wiederherzustellen.

»Trab!« ist befohlen, und die Kompanie rückt im Eilmarsch längs der Bahn vor. Auf gleicher Höhe stampft und schlingert der Zug, in Dampf und Qualm gehüllt. Ettmann reitet bei den Geschützen, im Haufen der berittenen Kanoniere. Es ist ein gutes Gefühl, wieder auf einem Pferd zu sitzen. Die Stute ist trotz ihres Namens ein braves Pferd, und Ettmann gewöhnt sich schnell wieder ans Reiten. Dennoch schmerzen bald die Schenkelmuskeln, und die Haut reibt sich an den Hosen wund.

Geschützführer ist Wachtmeister Günther Bosse, ein großer Thüringer mit blondem Vollbart. Wie Ettmann und auch der junge Otto Voigts ist er ausgebildeter Artillerist, die anderen Kanoniere hat er sich anlernen müssen. »Infanteristen allesamt, aber langsam werden sie doch brauchbare Menschen«, sagt er zu Ettmann. Er spuckt im Bogen zur Seite und sagt: »Mit den Kanonen haben sie ja keine Kanoniere herausgeschickt. Da ist man auf Freiwilligenmeldungen angewiesen. Es melden sich aber kaum welche, weil es heißt, die Schutztruppe braucht keine Artillerie. Ist natürlich Quatsch.«

Von hinten meldet sich Kanonier Fresenow: »Vor den Kanonen haben die Kaffern einen Heidenrespekt! Wenn die das ›Grote Rohr‹ nur von weitem hören, nehmen sie schon Reißaus. Und wir können hinlangen, lang' bevor sie in Schußweite sind!« Bosse sagt trocken: »Falls wir sie rechtzeitig sehen.« Darauf schweigen sie, und jeder hängt seinen Gedanken nach.

Mit zusammengekniffenen Augen reitet Ettmann der sinkenden Sonne entgegen. Der Abendhimmel glüht in feurigem Rotorange, darin schwebt eine Kette kleiner, dunkelvioletter Wölkchen mit rot glimmenden Rändern. Das Land ist flach, spärlich mit Gras bewachsen, zu beiden Seiten der Gleise wächst lichter Dornbusch. Ab und zu sieht Ettmann den spitzen, roten Kegel eines Termitenhaufens; manche sind drei Meter hoch. Weit weg im Süden reihen sich rot beleuchtete Bergketten. Die Sonne taucht endlich unter den Horizont, für einen Augenblick flammt noch ein Rand, dann erlischt die Glut. Grau wird das Land, dunkelviolett der Himmel, und blaß blinzeln die ersten Sterne darin. Schon ist es Nacht. Die Hufe klopfen. Weit weg, irgendwo im Busch, heult ein Schakal, und die Stute hebt den Kopf und läßt die Ohren spielen.

»Halt!« ist mehrstimmig von vorn zu hören, und die Kolonne kommt zum Stehen. In der Dunkelheit kann Ettmann nicht erkennen, was los ist. Die Stute bewegt sich unruhig unter ihm, die Reiter sind schwarze Umrisse gegen den Nachthimmel. Nach ein paar Minuten wird durchgesagt: »Schritt reiten!« Die Stute setzt sich von selbst in Bewegung, knarrend fahren die Kanonen an. Ganz vorn bewegt sich ein Lichtpünktchen, geistert herum und bleibt schließlich an einem Fleck stehen. Als Ettmann sich der Stelle nähert, sieht er zwei Reiter stehen, einer hält die beiden Pferde, und der andere scheint mit der Blendlaterne auf einen bewegungslos daliegenden Menschen. Vor Ettmann reitet Oberleutnant Techow, jetzt hält er bei den Reitern an und fragt wohl, was los ist. Ettmann hört im Heranreiten nur die Antwort des Reiters: »… Vortrupp gefunden, Herr Oberleutnant! Befehl von Herrn Hauptmann, wir sollen den Zug anhalten, damit die den Toten mitnehmen!« Techow nickt und sagt: »Wahrscheinlich ein Händler oder Frachtfahrer, der gedacht hat, hier neben der Bahn wäre er sicher!« Ettmann sieht im Lampenschein einen aufgedunsenen Leib in wollenem Unterzeug, Finger starr in die Luft gekrallt, ein schwärzliches Gesicht mit weit aufgerissenem Mund in dunklem Bartgestrüpp.

Es ist wieder »Absitzen und führen!« befohlen worden, die Tiere schonen, und Ettmann führt »Fegefeuer« am Trensenzügel. Eine Weile geht es wieder zu Fuß weiter. Der Zug holt sie ein, rollt und rumpelt unbeleuchtet neben ihnen her. Zurufe fliegen laut hin und her: »Was latscht ihr denn, wenn ihr Gäule habt? Die lassen euch wohl nicht mehr drauf!« und: »Faule Bande! Wie fährt sich's denn so im Erste-Klasse-Coupé?« – »Ruhe da!« fährt ein Leutnant dazwischen. Der Befehl »Aufsitzen!« wird von Mann

218

zu Mann durchgesagt, und Ettmann schwingt sich wieder in den Sattel, froh, daß die Stolperei über Steine und Strauchzeugs aufhört. Von hinten kommt die Bestätigung nach vorn zurück: »Befehl ist durch!« Nun wird »Trab!« befohlen, und der Zug bleibt wieder ein wenig zurück.

Groß und rund hängt der Mond über dem Busch. Einzelne Wolken segeln langsam über den Himmel, im Mondschein silbrig leuchtend. Mit einem krächzenden Schrei fliegt vorn ein Vogel auf, von der dahertrabenden Spitze aufgescheucht.

Etwa drei Kilometer vor Waldau kommt Ettmann an einem zweiten Toten vorbei. Ein paar Reiter stehen dabei, ein Offizier. Wahrscheinlich wird auch diese Leiche den Leuten im Zug überlassen.

Der Eisenbahnzug bleibt zurück, die reitende Truppe nähert sich Waldau. Die Nacht ist stockfinster, der Mond bleibt lange hinter ziehenden Wolken verborgen, nur gelegentlich öffnen sie sich für eine kurze Weile und tauchen die weite, buschbestandene Ebene in schwaches Licht. Schließlich geht der Mond ganz unter. Der Busch wird dichter, und nach einer Weile stellt sich heraus, daß man zu weit von der Bahnlinie abgekommen ist. Der Hauptmann läßt jetzt direkt nach Westen reiten, und nach einer guten Stunde mühsamen Marschierens durch Dornendickicht stößt die Truppe ganz unvermittelt auf die niedrigen Häuser von Waldau.

Die Besatzung des Ortes, durch Matrosen vom »Habicht« verstärkt, hat sich in der Station verschanzt und begrüßt sie mit einem Warnschuß.

Wachtmeister Wesch an der Spitze antwortet nicht weniger laut: »Hier zwote Feldkompanie, ihr blöden Armleuchter, Himmelarschdonnerwetter!« Ettmann versteht jedes Wort, obwohl er fast am Schluß der Kolonne reitet.

Ohne Mond ist die Nacht stockfinster, denn der Himmel hat sich inzwischen ganz bezogen, und kein einziger Stern ist zu sehen. Ettmann steht mit dem Reiter Melzenhagen Wache bei den Pferden. Die Tiere sind ruhig. Melzenhagen erzählt ihm, daß er den zweiten Toten gekannt hat, auf den sie unterwegs gestoßen sind.

»Der alte Krohmann«, sagt er, »hatte 'ne Farm in der Waterberg-gegend, kam ab und an mal nach Okahandja. Mochte ihn nicht besonders, war ein unfreundlicher Mensch.« Er schweigt eine Weile, dann sagt er: »Weißt du, was merkwürdig ist? Auf seinem Gesicht sind lauter Fliegen herumgekrabbelt, eine ganze Menge!« Ettmann entgegnet: »Ist das nicht normal, bei einer Leiche?« Melzenhagen ist in der Dunkelheit mehr zu ahnen als zu sehen. »Ich weiß nicht«, sagt der langsam, »in der Nacht? Hab hier nachts noch nie Fliegen draußen gesehen.« Ettmann weiß nicht, ob er das ungewöhnlich finden soll. Er erinnert sich, daß er im Vorbeireiten Stabsarzt Dr. Hummel bei der Leiche hat stehen sehen, und fragt: »Ist dem Stabsarzt das auch aufgefallen?« – »Gesagt hat er nichts«, erwidert Melzenhagen. Sie schweigen und lauschen. Außer einem gelegentlichen Scharren oder Schnauben der Pferde ist nichts zu hören. »Der Stabsarzt«, sagt Melzenhagen, »hat achtzehn Messerstiche gezählt. Wie die Wilden müssen die auf ihn losgegangen sein.«

1. Februar (Montag):

Weiter geht's am nächsten Morgen, noch vor Sonnenaufgang. Ettmann ist zur Vorhut kommandiert und reitet ein paar hundert Meter vor der Kompaniekolonne. Nach einem Ritt von ungefähr zwölf Kilometer, immer nach Westen, an den Gleisen entlang, taucht eine einsame Bahnstation aus dem Busch auf. Wachtmeister Wesch sagt über die Schulter: »Okasise!« Zwei Tote hatte er hier liegen sehen, erinnert sich Ettmann, als er vor zwei Wochen mit Zülows Zug an diese Station kam, der eine war ein Maler gewesen.

Wesch schickt ein Drittel seiner Vorhut, fünf Mann, links um die Station herum, das zweite Drittel nach rechts. Ettmann und die restlichen drei Reiter behält er bei sich und reitet langsam auf die Station zu. Ettmann sieht beim Näherkommen ein verputztes kleines Steinhaus und einen Schuppen, dazu noch einen Wassertank und einen Viehkraal, das ist schon alles. Ringsum flaches Land, mit mannshohen Dornbüschen bewachsen, roter Staub, Sand und Steine. Die Morgensonne brennt heiß ins Gesicht.

Von hinten nähert sich trommelnder Hufschlag, Ettmann

blickt sich um und sieht den Hauptmann im Galopp herankommen, auf seinem riesigen Schimmel. Weit hinter ihm trabt die Kompanie in einer Staubwolke. Der Hauptmann zügelt sein Pferd und reitet an Wesch heran. »Wen haben wir denn hier?« sagt er. Da stehen sechs Männer vor dem Bau, in schmutzigem und zerrissenem Drillichzeug, bärtig, am Koppel die großen Patronentaschen der Marine, lange Gewehre im Arm. Die einen haben flache Matrosenmützen auf, die anderen Tropenhelme. Franke und Wesch reiten hin, Ettmann folgt mit den anderen in ein paar Metern Abstand. Die Männer nehmen vor dem Hauptmann Haltung an.

»Melde sechs Mann auf Posten Okasise, Herr Rittmeister! Keine besonderen Vorkommnisse!« sagt der rauschebärtige Bootsmann. »Danke«, sagt Franke und schaut sich die hohlwangigen Kerle an, »seid ihr denn versorgt?« Der Bootsmann sagt: »Melde: Nein, Herr Rittmeister, wenn Herr Rittmeister gestatten.«

Die armen Kerle haben keinen Tabak mehr und fast nichts zu essen. Sie gehören zur Landungsabteilung vom Kanonenboot »Habicht«, erfährt Ettmann, von Karibib hat man sie hierher geschickt, die Bahnstation als Vorposten besetzt zu halten. Die Seeleute sind ganz alleine. Sie haben das Wellblechdach des kleinen Stationsgebäudes wieder aufgelegt; die schwarz verrußten Fensteröffnungen sind mit blechernen Zementfässern voll Sand, mit Steinen und Sandsäcken verschanzt.

Für die Grabstelle im Küchengärtchen haben die »Habicht«-Matrosen aus Kistenholz ein Kreuz genagelt und mit stumpfem Bleistift die Namen der am 13. Januar hier Erschlagenen darauf geschrieben:

†

Uhlhorn, Streckenwärter.
Hermann, Maler.
Fielen von Mörderhand.

Die Sonne ist schon untergegangen, als Ettmann, immer noch bei der Spitze, Karibib erreicht. In der Dunkelheit blinzeln erleuchtete Fenster und wecken fast vergessene Empfindungen von Daheim und trautem Beisammensein. Am Ortsrand stehen Matrosen vom

»Habicht« Wache und begrüßen sie freudig. Langsam reitet die Vorhut in den Ort hinein, bis vor den niedrigen Bahnhofsbau. Hier brennen die elektrischen Laternen, von allerlei Faltern und Käfern umschwirrt. In ihrem Schein schwingt sich Ettmann steifbeinig aus dem Sattel. Aus dem Hotel gegenüber kommen Leute gelaufen, Seeleute, Eisenbahner, Zivilisten und Frauen, und gleich gibt es ein großes Hallo. Ettmann wartet auf seine Kameraden. Es dauert eine Viertelstunde, bis Kompanie und Geschützzug ankommen, knirschend fahren die Karren und Kanonen auf. Die Stute schüttelt sich und prustet.

»Rittmeister!« sagt der junge Voigts beim Absatteln kopfschüttelnd. »Die Marinefritzen haben wirklich keine Ahnung.« Wachtmeister Bosse sagt mit seiner tiefen Stimme: »Die armen Kerle sitzen ja auch auf dem trocknen! Wenn man dich ins Meer wirft …« Er spricht den Satz nicht zu Ende. Ettmann grinst. Rittmeister und Hauptmann sind der gleiche Rang, aber bei der Kavallerie und der reitenden Artillerie sagt man eben Rittmeister statt Hauptmann. Die Schutztruppe ist aber keine Kavallerie, sondern berittene Infanterie, deshalb heißt es hier Hauptmann, und deshalb heißt es auch Kompanie und nicht Schwadron. Der Unterschied ist, daß Kavallerie zu Pferde kämpft, berittene Infanterie aber zum Gefecht absitzt. Aber woher sollen Matrosen so etwas wissen?

Eine Viertelstunde später, als das Kaffeewasser schon kocht, kommt auch der Zug angefahren. »Gott sei Dank«, sagt Fresenow ernsthaft zu Ettmann, »hatte schon Angst, wir müßten nochmal los und suchen.«

2. Februar (Dienstag):

»Truppe bleibt heute hier, Rasttag«, verkündet Oberleutnant Techow morgens beim Pferdeputzen. Er selbst will gleich mit einem Zug nach Swakopmund weiter, um dort den vom südlichen Kriegsschauplatz zurückkehrenden Gouverneur zu empfangen. Die Eisenbahner haben gestern die Brücke bei Waldau repariert, damit ist die Strecke zwischen Swakopmund und Okahandja wieder befahrbar. Ettmann ist gerade mit seiner Stute fertig, da kommt Hauptmann Franke gegangen mit den Leutnants Griesbach,

v. Wöllwarth und einem unbekannten Offizier. Bosse ruft: »Achtung!«, und Ettmann nimmt Haltung an, Front zum Hauptmann.

»Morgen, Männer!« sagt Hauptmann Franke und nickt den Kanonieren zu, »Leutnant Leutenegger übernimmt für Oberleutnant Techow den Befehl über den Geschützzug!«

»Außerdem tritt zur Truppe Leutnant der Reserve Hauber«, ergänzt Griesbach. »Damit ihr Bescheid wißt: Die Kompanie umfaßt jetzt sieben Offiziere, zwei Ärzte, einhundertsechsundvierzig Mann und zwei Geschütze.«

»Fascht schon e kleins Batailljönle!« hört Ettmann den Leutnant v. Wöllwarth mit seinem württembergischen Dialekt sagen. Nicht zum erstenmal fällt Ettmann auf, daß viele Leute hier aus Südwestdeutschland sind. Nicht nur Hälberle, der Bahnhofsvorsteher in Swakopmund, sondern auch Leutnant Oswald und bekanntermaßen Gouverneur Leutwein, der ein Badenser ist. Ob es besonders Südwestdeutsche nach Deutsch-Südwest zieht, nur weil das so heißt?

Es ist noch nicht einmal Mittag, da hat Ettmann schon alles Wissenswerte über den neuen Artillerieoffizier erfahren. Leutnant d. R. Leutenegger ist mit Franke befreundet, daher kennen ihn seine Kameraden schon. Karl Leutenegger ist Schweizer, Eisenbahningenieur bei der Otavi-Bahn, und hat sich hier freiwillig gemeldet. Er ist Gebirgsartillerist, gerade der rechte Mann für »das kleine Ungetüm«.

Am Bahnhof sind neueste Nachrichten ausgehängt. Kapitänleutnant Gudewill, der Kommandant des Kanonenbootes »Habicht«, hat sich Frankes Bericht angehört und daraufhin ein Telegramm nach Windhuk und Swakopmund geschickt, die Leitungen sind gerade wieder in Ordnung gebracht worden. Er hat das Kabel am Bahnhof anschlagen lassen, damit es jedermann lesen kann. Ettmann geht hin, zusammen mit Bosse, Fresenow, Räther und Otto Voigts, und liest:

Neuestes vom Aufstand.
Telegramm aus Karibib vom 2. Februar.
Windhuk und Okahandja durch Kompagnie Franke mit zwei Geschützen entsetzt. Letzteres an Kaisers Geburtstag ohne Verluste!

Am 28. nach 6stündigem Gefecht Hauptlager der Hereros am Kaiser-Wilhelm-Berg bei Okahandja gestürmt. 4 Verwundete. Am 23. Gefecht bei Osona. 42 Pferde erbeutet. Allgemeiner Rückzug des Feindes mit allem erbeuteten Vieh in die Otjozonjati-Berge. Feind hat sämtliche Farmen und Bahnhöfe in den Distrikten Windhuk, Okahandja, teilweise Karibib, verwüstet, desgleichen ganz Okahandja und Kaserne der Gebirgsbatterie in Johann-Albrechtshöhe. Grosser Teil der Jahresbestellung an Bekleidung auf Eisenbahn geraubt.

Bisher bestätigte Verluste: Ermordet 44 Ansiedler, Frauen und Kinder. Gefallen 26, ausserdem voraussichtlich 50 tot.

Gobabis seit 16. belagert! Marsch auf Omaruru wird morgen angetreten.

gez. Gudewill.

Die Kanoniere lesen es mit grimmigen Gesichtern. »Frauen und Kinder!« knirscht Bosse durch zusammengebissene Zähne, »die gottverfluchten Bestien!«

Da hängt auch noch ein Ausriß aus der Deutsch-Südwestafrikanischen Zeitung zum Ende des Bondelzwart-Aufstandes:

Vom Süden.

Ueber den Friedenschluss mit den Bondelzwarts geht uns folgende *offizielle* Mitteilung zu. Am 27. Januar 1904 hat der neue Kapitän der Bondelzwarts Johannes Christian im Lager von Kalkfontein (etwa 50 km nördlich von Warmbad) die Waffen gestreckt. Er war begleitet von den angesehensten Männern der Familie Christian und den Vormännern der Leute in den Karasbergen. Es wurden über 50 Gewehre (meist Hinterlader) abgegeben.

»Wenigstens etwas«, sagt Bosse, »jetzt kann die 1. Feldkompanie zurückkommen und die Gebirgsbatterie auch.« Räther wundert sich: »Fünfzig Gewehre haben die nur abgegeben? Die Schufte haben doch bestimmt mehr Waffen gehabt!« – »Klar«, sagt Bosse, »aber da kennst du die Hottentotten schlecht, wenn du glaubst, daß die ohne weiteres alle ihre Waffen abgeben. So dumm sind die nicht. Ich wette, daß der Johannes Christian ganz genau weiß, unter welchem Druck Leutwein steht und daß er seine Soldaten ganz dringend hier im Hereroland braucht. Wichtig ist aber erst einmal nur, daß wir den Rücken frei bekommen haben und nun alle Kraft gegen die Kaffern zusammennehmen können.«

Beim Abendappell werden an die Kanoniere Revolver ausgegeben. Auch eine Ledertasche gibt es dazu. Techow hat eine Vorschrift ausgegraben, daß Kanoniere als Seitenwaffe einen Revolver zu tragen haben. Tatsächlich lagen die Dinger auch in Swakopmund auf Lager, in Pappschachteln und Stück für Stück in Ölpapier eingeschlagen. Die Waffe ist der große, alte Reichsrevolver 83. Ettmann schnallt das schwere Ding um und erhält zweiunddreißig beinahe daumengroße Patronen Kaliber 10,6 mm dazu. Leutnant Leutenegger lehnt dankend ab und zeigt auf seine hochmoderne Schweizer Selbstladepistole.

3. Februar (Mittwoch):

Die 2. Feldkompanie marschiert um 4 Uhr 30 nm. von Karibib nach Omaruru ab. Zwei Stunden später wird die Farm Etiro der Familie Joost erreicht und vor dem Haus Nachtlager bezogen. Zwei Trupps zu je vier Mann umreiten den Platz in ungefähr fünfhundert Meter Umkreis und finden die Gegend feindfrei, dafür aber mehrere im Busch liegende Rinderkadaver. Von Farmer Joost samt Frau und Kindern keine Spur, auch der Farmgehilfe Müller ist verschwunden. Das Anwesen ist verwüstet, Ettmann sieht in der einfallenden Dunkelheit auf dem Platz vor dem Haus eine Menge Gerümpel. Da liegen auch die Kadaver von zwei toten Pferden, von Schakalen fast bis aufs Gerippe abgefressen, und überall Lumpen und Papier, aufgebrochene Kisten und zerhackte, angekohlte Möbel, die die Hereros aus dem Haus geschleppt haben, um Feuer zu machen. Die Blumenbeete sind zertrampelt, junge Obstbäume umgerissen. Mit Fackeln leuchten sie im Haus umher. Mauern und Dach sind unbeschädigt, aber alle Fenster und Türen sind zerschlagen, die Wände verschmiert, Glas knirscht unter den Stiefelsohlen. Ettmann bückt sich nach einem Bild unter zerschlagenem Glas, es zeigt einen streng blickenden alten Herrn, wahrscheinlich den Vater des Farmers oder den seiner Frau. Er legt es wieder hin. Draußen wundert sich Leutnant Hauber, kopfschüttelnd: »Warum haben die bloß die armen Pferde abgestochen?« Franke schaut sich die Gerippe an und sagt: »Die liegen da schon zwei Wochen, wie es aussieht. Möchte wissen, was aus den Joosts geworden ist.«

4. Februar (Donnerstag):

Ein Stoß mit dem Stiefel weckt Ettmann, ein weiterer Tritt seinen Nebenmann. »Auf, ihr Herzchen, vier Uhr!« Murren und Grunzen ist die Antwort. Schlaftrunken schüttelt Ettmann den Woilach aus, in den er sich nachts eingewickelt hat. Das muß gründlich gemacht werden, damit kein Sand den Pferderücken unter dem Sattel wundscheuern kann. Überall flattern Decken in der Dunkelheit, das hört sich an, als flöge ein riesiger Schwarm Adler auf.

Der Mond ist immer noch fast voll, aber hinter langsam ziehenden Wolken verborgen. Die Posten der letzten Nachtwache werden eingezogen und kommen einer nach dem anderen zurück. Leise Befehle: »Fertigmachen!«, dann: »Satteln!« Ettmann legt der Stute den Sattel auf und löst ihr die Spannfesseln. Alles geschieht fast blind und tastend, kein Feuer darf gemacht werden, kein Morgenkaffee, nur ein Schluck aus der Feldflasche. Gedämpfte Flüche, während die Männer Sättel und Packtaschen festschnallen; unruhig treten die Pferde. Mit viel Mühe und Herumtasten werden die Zugtiere der Karren und Kanonen angeschirrt. Ketten klirren, Tiere schnauben und prusten. »Fertig!« melden endlich die Zugführer, einer nach dem anderen. »Spitze aufsitzen!« wird befohlen, und gleich darauf folgt: »Spitze anreiten!« Franke wartet, bis die Vorhut fast außer Hörweite ist, bevor er die Kompanie aufsitzen läßt.

Der Hauptmann reibt sich das Kinn, im hellen Kordrock und auf dem weißen Bleßbock ist er selbst im Dunkeln gut sichtbar. Noch hat er seine Feldmütze auf. Den Hut pflegt er erst nach Sonnenaufgang aufzusetzen, und nach Sonnenuntergang ersetzt er ihn wieder durch die Mütze. »So wissen wir immer genau, ob es Tag oder Nacht ist«, kalauert der junge Voigts.

Franke wendet sich im Sattel um und befiehlt ruhig: »Erster

Zug anreiten!« und einen Moment später: »Schritt!« Leutnant Leutenegger kommandiert laut: »G'schützzug-Marsch!« Ettmann schlägt die Zügel kurz an und schnalzt mit der Zunge. Fegefeuer wirft den Kopf hoch und setzt sich in Bewegung, mit einem Ruck ziehen die Gespanntiere das schwere Geschütz an.

Es geht nach Norden, nach dem Kompaß und nach Gespür, über steiniges Gelände und durch immer dichter werdenden Dornbusch. Wie Franke den schon bei Tageslicht kaum erkennbaren Karrenweg findet, ist Ettmann ein Rätsel. Das einzige Merkmal der Pad scheint zu sein, daß man sich nicht dauernd durch das Gestrüpp hauen muß. Der Mond ist untergegangen, die Luft ist kühl, beinahe kalt, ein leichter Morgenwind weht vom Osten her. Um fünf Uhr fünfzehn wird das übliche »Absitzen und führen!« durchgesagt. Eine Viertelstunde später wird wieder aufgesessen und getrabt. Die Truppe reitet Mann hinter Mann, nur mit der Spitze vorneweg und ohne Flankendeckung. Eine solche hätte sich den Weg durch den dichten Dornenwirrwarr zu beiden Seiten der Pad bahnen müssen und das Vorrücken der Kompanie nur verlangsamt.

Es wird marschiert, so leise es geht. Ettmann hört nur den Hufschlag klopfen, im Staub gedämpft, Lederzeug knarzt und jankt, ein Gaul schnaubt dann und wann. Die Kanonen, die große und die kleine, rumpeln, und die Eisenreifen knirschen über Steine, aber alles, was klappern oder klirren könnte, ist mit Riemen und Stricken festgebunden. Die Nacht verblaßt, der Morgen graut. Ein kurzer Halt, es ist Zeit, die Sattelgurte nachzuziehen. Sobald es hell genug ist, wird »Schritt!« befohlen. Bei aller Eile darf doch nicht zu schnell marschiert werden, sonst käme die Ochsenkarre gar nicht mehr mit, die ohnehin schon hinterherschleicht und von einem Halbzug bedeckt werden muß.

Ettmann, fröstelnd, sieht sich um. Sie reiten in einem unübersehbaren Meer aus mannshohen Dornbüschen, deren schirmförmige Kronen miteinander verwirrt und verflochten sind. Fingerlang sind die hellen, nadelspitzen Dornen, die paarweise an den Ästen sitzen. Das Holz und auch die Nadeln sollen eisenhart sein. Hier und dort sanfte, vom grauen Busch überzogene Bodenwellen, da ragt grauschwarzes Klippgestein aus dem Boden. Kurz vor sechs Uhr geht die Sonne auf, schießt ihre gleißenden Strahlen über das weite Land, das graue Buschmeer färbt sich grün, die Erde rot, das Land leuchtet auf. Der Himmel wird weiß, dann allmählich blau, und die Uniformen werden gelb. Die Pferde freuen sich, und ein paar wiehern.

Schon wärmt die Sonne wohltuend nach den kühlen, durchrittenen Morgenstunden. Tausende kleiner, gelber Blumen sprießen überall, die Morgensterne, die nur in der Regenzeit blühen. Weit vor ihnen ragt ein spitzer Bergkegel empor, das ist der Omaruruberg.

Die steinige Pad kann Ettmann nun ganz gut sehen, eine Schneise durch den Busch, mal dreißig, mal nur zehn Meter breit. Hier und da sieht man auch alte Wagenfurchen. Bei der Giftkuppe geht es einen flachen Hang hoch und durch einen niedrigen Einschnitt, beiderseits Klippen aus flachen, schwarzbraunen Steinen, und jenseits wieder sacht hangabwärts in den graugrünen Busch. »Guter Platz für einen Hinterhalt«, sagt Voigts und sieht sich unruhig um, aber Bosse ist ganz gelassen und brummt: »Die Vorhut paßt schon auf« und fügt hinzu: »Das ganze verdammte Land ist ein guter Platz für einen Hinterhalt.«

Otto Voigts stößt Ettmann mit der Hand an und sagt: »Der Hauptmann!« Ettmann schreckt aus seinem Halbschlaf auf und schaut. Hauptmann Franke sitzt hochaufgerichtet auf seinem weißen Bleßbock und läßt die Kompanie an sich vorbeiziehen. Jeden einzelnen Reiter faßt er ins Auge, erwidert Leuteneggers Gruß mit zwei Fingern am Hutrand, prüft mit scharfem Blick die Gespanne.

Der Hauptmann hat heute nicht seine normale sandfarbene Uniform an, sondern eine aus elfenbeinfarbenem, beinahe weißem Kordsamt. Die ist, wie der graue Hut, an Kragen, Ärmelaufschlägen und Schulterstücken kornblumenblau paspeliert. Ein dünner blauer Streifen ziert auch die Hosennaht. Die Hose ist aus demselben hellen Kordsamt und steckt in braunen, beinahe kniehohen Reitstiefeln mit Sporen.

Bosse beugt sich zu Ettmann hinüber und sagt: »Der Alte hofft, daß ihn die Kaffern in dem weißen Zeug von weitem erkennen. Er ist ja seit eineinhalb Jahren Distriktchef in Omaruru, da kennen sie ihn alle, ihn und seinen Schimmel. Vielleicht besinnen sie sich ja noch oder kriegen wenigstens Angst und geben auf.« Er schneidet eine Grimasse und sagt durch die Zähne: »Ich würde ja nicht lange fackeln! Wenn's nach mir ginge, die Scheißkerle in Grund und Boden hauen! Verdammtes Mörderpack!«

Ein paar Minuten später trabt Franke an ihnen vorbei, um wieder nach vorne zu kommen. Kurz darauf heißt es: »Absitzen und führen!« Eine Viertelstunde später, gerade ist »Aufsitzen!« befohlen worden, wendet sich der Reiter vor Ettmann um und sagt: »Aufgepaßt! Spitze meldet Rinder im Busch! Da werden die Hereros nicht weit sein!« Ettmann wendet sich zu Bosse um und wiederholt, was der Reiter gesagt hat. Von der Vorhut wandert die Nachricht weiter bis zur Nachhut. Alle passen jetzt doppelt so scharf auf. Ettmann muß sich gegen ein unheimliches Gefühl zur Wehr setzen. Also stecken Hereros irgendwo hier im Busch, aber wo? Und wie viele? Die Büsche sind so hoch, daß sie einen aufrecht gehenden Menschen ohne weiteres verbergen. Er späht nach vorn, vorbei an der langen Reihe auf- und abwippender Reiter, graugelb vor dem graugrünen Busch, scharf gezeichnet in den harten, gleißenden Strahlen der Morgensonne. Der leichte Wind weht Staubschleier wie Rauch unter den trabenden Pferdehufen hervor. Vorne schwenken jetzt welche aus der Kolonne nach rechts 'raus, immer mehr, ein ganzer Zug. Das scheint der vierte zu sein, der von Leutnant v. Nathusius, wahrscheinlich sollen die Leute das Vieh zusammentreiben, das die Spitze gemeldet hat. Die Reiter sind rasch im dichten Busch verschwunden.

Auf einmal krachen Schüsse. Ettmann erschrickt. Er hört das dumpfe »Bumm!« alter Vorderlader und den scharf peitschenden Knall der modernen Gewehre, und jetzt knattert es wild hin und her. Da vorn reitet Hauptmann Franke im Galopp zu Nathusius' Zug, um zu sehen, was los ist, und zieht eine lange Staubfahne hinter sich her.

Schafsköpfe

Kaum hat Hauptmann Franke sich einen Überblick über die Lage beim 4. Zug verschafft, der in ein regelrechtes Gefecht mit Viehhirten verwickelt ist, kommt im Galopp ein Melder von der Spitze her geritten. »Herr Hauptmann«, ruft der Reiter, »Oberleutnant Griesbach läßt melden: Vorgelände von Omaruru wimmelt nur so von Kaffern!«

Gleichzeitig ist aus dieser Richtung Gewehrfeuer zu hören. Zusammen mit dem Meldereiter galoppiert Franke an seiner marschierenden Truppe vorbei und ruft Leutnant v. Wöllwarth zu: »Kompanie im Galopp folgen!«

Die Spitze mit Oberleutnant Griesbach und Wachtmeister Wesch war nach scharfem Ritt an den westlichen Ortsrand von Omaruru gelangt, wo auf einem niedrigen Hügel Manasses Haus steht. Von diesem Punkt aus läßt sich das ganze flache Gelände südlich des Flußbetts überblicken.

Als Franke auf dem Kamm der Höhe anlangt, unverwechselbar in seiner weißen Uniform und auf seinem Schimmel, wird er von den Hereros mit einem wahren Kugelhagel empfangen. Es prasselt nur so, ein Wunder, daß er nicht getroffen wird; in aller Hast muß sich der Hauptmann hinter die Kuppe zurückziehen. Dort steigt er fluchend vom Pferd und tauscht den weißen Uniformrock gegen den sandgrauen. Franke hatte gehofft, sein bloßer Anblick werde die Hereros zum Einlenken bewegen; jetzt muß er einsehen, daß er mit der Kompanie nicht ohne ernsten Kampf in den Ort kommen wird. »Schafsköpfe!« wettert er. »Dann eben nicht!«

Schon sitzt er wieder auf und winkt seine im Galopp heranpreschenden Reiter ein. Drei Züge der Kompanie sitzen ab, werfen die Zügel den Pferdehaltern zu und eilen den Hang hinauf. Die Züge entwickeln sich nach rechts und links zur Schützenlinie, die Reiter ducken sich hinter Klippen und Felsbrocken und schießen auf jede Bewegung; sie sind gerade noch rechtzeitig gekommen, den Angriff von gut achtzig Hereros auf die Vorhut abzuwehren. Das Feuer der Aufständischen ist aber so stark, daß die Männer ihre Deckung nicht verlassen können, die Kompanie liegt fest.

Frankes Diener Ben kommt heran, und der Hauptmann überläßt ihm seinen Schimmel. Er duckt sich neben Griesbach hinter eine Klippe, und der ruft ihm durch den Gefechtslärm zu: »Wir haben hier mindestens dreihundert direkt vor uns, Herr Hauptmann, wahrscheinlich aber viel mehr! Finden hier natürlich reichlich Deckung, die Saukerle!« Das flache, leicht abschüssige Gelände ist mit gelbem Gras bewachsen und übersät mit Klippen und Steinbrocken in allen Größen, manche mehr als mannshoch. Dazwischen wuchern Dornbüsche und bilden mit ihrem wirren, stacheligen Geäst eine unübersichtliche Wildnis. Die Hereroschützen sind selbst mit dem Feldstecher kaum zu entdecken, nur gelegentlich gibt es einen hellen Rauchballen, wo einer mit einem Vorderlader schießt. Die meisten haben aber Repetiergewehre mit rauchschwacher Munition, und in der hellen Sonne ist kein Mündungsfeuer zu sehen.

Manasses Haus

Die Stute will ausbrechen, und Ettmann zwingt sie in die Richtung zurück, Zügel fest angezogen. Neben ihm poltert das Geschütz über die Steinbrocken, die Fahrer hauen auf die Tiere ein, eine geneigte Fläche geht es hinauf, voller Büsche und Geröll, da oben steht ein kleines Backsteinhaus, eine Seite grell gelb von der Sonne angestrahlt. Daneben ist Griesbach; was er ruft, ist nicht zu hören, denn es schießt da vorn, der Oberleutnant schwenkt seinen Arm im Kreis herum, abprotzen sollen sie, heißt das. Die Fahrer ziehen die Maultiere herum und fahren einen weiten Halbkreis, damit die angehängten Geschütze zum Feind zeigen. Ettmann ist schon aus dem Sattel und wirft die Zügel dem abgezählten Pferdehalter zu, hin zur Kanone, vier Mann müssen den Lafettenschwanz halten, abhängen, und jetzt an die Speichen und zugepackt. Griesbach winkt mit beiden Armen: »Her zu mir!«

»Manasses Haus!« keucht Bosse neben Ettmann, »Hier wohnt seine schwarze Großmächtigkeit, Michael Tjijesata, der Häuptling der Omarurus! Wetten, daß er nicht zu Hause ist?« Ettmann wundert sich. Woher weiß Bosse, wer hier wohnt? Dann fällt ihm ein, natürlich, Bosse war ja hier stationiert, wie die meisten der 2. Kompanie.

Im Laufschritt schieben sie die Geschütze den leichten Hang

empor und bringen sie auf der Kuppe in Stellung, mitten in der Schützenlinie und kaum gedeckt durch ein paar Steinbrocken und dürres Dorngesträuch.

Die Kanone wird grob gerichtet, die Radbremsen werden mit den Handrädern fest angezogen und von der Protze, fünfzig Meter hangabwärts, Granaten herbeigemannt. Das Geschütz steht halb in niederes Gestrüpp geschoben, von der Anfahrt grau verstaubt. Ettmanns Platz ist rechts am Geschütz, er kniet als Nummer drei hinter Fresenow, dem Ladekanonier, Ansetzer und Wischer griffbereit. Hinter ihm Nummer vier, der junge Voigts, am Richtbaum. In den Blechhülsen beiderseits des Lafettenschwanzes steckt die Bereitschaftsgranate, Kartätsche mit Kartusche. Kanonier fünf kommt keuchend den Hang heraufgestolpert, den schweren Geschoßtornister auf dem Rücken; alles fast wie auf dem Jüterboger Schießplatz. Nummer fünf legt drei Granaten ab und die Kartuschen daneben und läuft wieder zur Protze hinunter. Nummer fünf ist Läufer und Munitionsholer.

Zwanzig Meter rechts neben Ettmann ist das Gebirgsgeschütz in Stellung gegangen. Der kleine Leutnant Leutenegger steht aufrecht zwischen den Kanonen, den Feldstecher vor Augen. Ringsum kracht und schießt es, aber Ettmann hört keine Kugeln pfeifen, man nimmt ihn scheinbar nicht direkt aufs Korn. Wie unwirklich ist das alles, denkt er und blinzelt geblendet in die noch tief stehende Sonne, dies wunderliche fremde Land mit seinem goldenen Gras und dem blauen Himmel darüber, die schwarzen Klippen und das graue Dorngesträuch und dazu das beinahe lustige Geschieße, das soll Krieg sein? Es ist ihm aber doch unheimlich zumute. Hoffentlich geschieht nichts Schlimmes, sagt er sich vor, aber das ist ein absurdes Stoßgebet, denn natürlich wird Schlimmes geschehen, trotz Sonne und goldenem Gras, und er verbessert sich und denkt: Hoffentlich werde ich nicht getötet oder verletzt oder gar verstümmelt, aber das ist egoistisch, es sollte überhaupt niemand getötet oder verletzt werden, auch die Feinde nicht, jedenfalls nicht, solange sie mir nichts tun. So führt er ein Zwiegespräch mit sich selbst, wie er es sich ganz unbewußt seit Elisabeths Tod angewöhnt hat, aber eigentlich richtet es sich an Gott, von dem er nicht laut zugeben will, daß er an ihn glaubt, und vor sich selbst auch nicht, aber in Momenten wie diesen wäre es doch ein Trost. Nach außen hin aber ist er ganz unerschütterlicher Gleichmut, wie es sich gehört. Immerhin ist er der Älteste am Geschütz und muß den jüngeren Kerlen Vorbild sein, und diese Anstrengung, keine Gefühlsregung zu zeigen, verdrängt die Furcht.

Oberleutnant Griesbach kommt herangelaufen und bespricht sich kurz mit Leutnant Leutenegger. Die Offiziere stehen aufrecht nebeneinander wie im schönsten Frieden. Griesbach zeigt hierhin und dorthin, und Leutenegger folgt seinem Zeigefinger mit dem Fernglas und nickt und sagt in seinem Schweizerdeutsch: »Aha!« und »Ja, das ischt anzunehmen!« und »Jawohl, Herr Oberleutnant!« Mit dem Handschuh klopft er sich Staub aus der Hose.

Griesbach geht, und Leutenegger befiehlt: »Schrapnellgranate laden!« Das schwere Geschoß ist so lang wie Ettmanns Unterarm, von den Fingerspitzen zum Ellenbogen. Es ist mit einer Sprengladung und Bleikugeln gefüllt, detoniert bei entsprechender Zündereinstellung hoch über dem Boden und streut seine Kugeln mit tödlicher Wirkung in die Gegend. Ettmann stellt mit dem Zünderschlüssel die befohlene Brennzeit am Kopfring der Granate ein und reicht sie Fresenow weiter, der rammt sie in den Verschluß. Hinterher kommt die Messingkartusche. Ettmann stößt mit der Ansetzerstange nach, mit einem Ruck wird der Verschluß zugeschoben und verriegelt, blitzschnell geht das alles. Bosse, Nummer eins und Richtkanonier, späht über den Lauf und prüft Höhe und Seitenrichtung. Mit einem langen Schritt bringt er sich aus dem Rückstoßbereich der Kanone und wartet, den Knebel der Abzugsschnur in der Faust, auf den Feuerbefehl. Die ganze Gruppe steht geduckt und reglos erstarrt, Gesichter finster unter den großen Hüten. Zu beiden Seiten krachen und knattern Gewehre, gegenüber feuern die Hereros aus Büschen und hinter Klippen hervor, was das Zeug hält. Noch immer hört Ettmann keine Kugeln pfeifen, obwohl er angestrengt darauf lauscht.

»Feuer!« kommandiert Leutenegger, ohne das Glas abzusetzen. Bosse reißt an der Abzugsschnur, weißgelber Blitz, die Kanone entlädt sich mit schmetterndem Krach und macht einen Satz nach hinten. Einen Lidschlag lang kauern sie betäubt in einer heißen Wolke von Pulverdampf und aufgewirbeltem Staub. Ett-mann, schrilles Singen in den Ohren, registriert mit seltsamer Klarheit, daß das Geschütz auf einmal blitzblank ist, der Abschuß hat allen Staub von Rohr und Lafette geblasen.

»Geschütz vor!« Auf und in die Speichen greifen, zusammen wuchten und schieben sie das schwere Geschütz wieder nach vorn. Rack-klack! wird der Verschlußknebel herumgeworfen und der Verschluß nach links herausgezogen, rauchend fliegt die leere Kartusche in den Sand. Ettmann ist schon in Bewegung, Drehung mit dem Zünderschlüssel, weiterreichen an den Ladekanonier, Granate rein, Kartusche hinterher, Verschluß zu und verriegeln, und schon erstarren die Kanoniere, Hände auf den Ohren, Mund auf, Augen zugekniffen und auf den Leutnant gerichtet. Der hält die linke Hand hoch erhoben, und jetzt fährt sie nach unten: »Feuer!«

Blitz und Krach, die Kanone bockt in einer Wolke von Staub und Rauch, der Luftdruck stößt Ettmann in Magengrube und Ohren, und weiter rechts blafft das kleine Gebirgsgeschütz. Ett-manns Wangenmuskeln schmerzen, und jetzt erst merkt er, daß er die Zähne aufeinanderbeißt und dabei grinst wie ein Idiot. Nur mit Mühe bekommt er sein Gesicht unter Kontrolle. Es ist ihm peinlich, aber keiner achtet auf ihn. Nächste Granate, scharf ma-chen, weiterreichen, er klatscht sie dem Mann in die Hände. Rein in den rauchenden Verschluß, Kartusche hinterher, Stoß mit dem Ansetzer, Verschluß zu und verriegeln. »Feuer!« Krawamm! und zwei Sekunden später, neunhundert Meter weit weg, platzt das Schrapnell in der Luft in einer weißen Wolke, aus der Rauchfin-ger wie Krallen nach unten fahren. Dort prasseln jetzt die Blei-kugeln in die Büsche.

Die Kanonen donnern eindrucksvoll, aber ihre Wirkung scheint Ettmann gering zu bleiben, da der Gegner in dem von Felsbrocken übersäten, mit dichtem Busch bestandenen und nach Osten hin sacht ansteigenden Terrain gute Deckung findet. Außerdem kann er sie alle von seiner überhöhten Stellung aus gut unter Feuer nehmen.

Jetzt knattert es auf einmal im Südwesten, da, wo sie herge-kommen sind, da wird die Bedeckung der Bagage angegriffen, der

4. Zug des Leutnants v. Nathusius, denkt Ettmann. Nathusius'
Leute bewachen nicht nur den Troß und die Sanitätskarre, sondern auch ein paar hundert Rinder, die sie vorhin aus dem Busch
zusammengetrieben haben.

Leutnant v. Wöllwarth

Hauptmann Franke sieht, daß die Kompanie hier nicht mehr
lange liegenbleiben kann. Die Hereros unterhalten ein äußerst
heftiges Schützenfeuer. Kugeln fliegen seinen Männern um die
Ohren, pfeifen über ihre Köpfe weg, prallen jaulend und trillernd
von den Klippen ab, Dornzweige werden aus den Büschen ge-
fetzt. Es ist ein Wunder, daß es noch keine Verluste gegeben hat.
Wo zum Teufel haben die Kerle soviel Munition her? Sind ihnen
die Vorräte aus der Kaserne in die Hände gefallen? Es scheinen
ihm jetzt auch sehr viel mehr Krieger zu sein als noch vor einer
halben Stunde. Mit dem Feldstecher sucht er das Gelände hinter
der Schützenlinie ab und sieht dort, bei der Kuppe, die den Pferdehaltern Deckung gibt, Einschläge von Gewehrkugeln im Staub.
Das ist ein paar hundert Meter hinter seinen Reitern. Aha, denkt
Franke, die Hereros zielen zu hoch, bestimmt kommen sie mit
der Visiereinrichtung der erbeuteten 88er Gewehre nicht zurecht.
Trotzdem, er kann seine Reiter da nicht lange liegenlassen. Zurück kommt nicht in Frage, also vorwärts. Franke setzt das Glas
ab und befiehlt dem 1. und 3. Zug sprungweises Vorgehen. Der
2. Zug soll währenddessen am rechten Flügel in Deckung bleiben
und Feuerschutz geben.

Er läßt den Hornisten »Rasch Vorwärts!« blasen, und Leutnant
Leutweins Reiter vom 3. Zug springen auf und rennen fast dreihundert Meter weit, während die Soldaten des 2. Zuges Schnellfeuer in die Büsche abgeben, um ihre vorgehenden Kameraden zu
decken. »Schachbrettweise vorgehen« nennen sie diese Taktik.
Doch Leutnant v. Wöllwarth geht mit seinem 1. Zug zu früh vor,
noch bevor der 2. in Stellung ist, und auch der 3. Zug kann ihm
nicht rechtzeitig Feuerdeckung geben. Der Hauptmann sieht, wie

Leutnant v. Wöllwarth getroffen wird und aufs Gesicht stürzt. Zwei seiner Männer fallen gleich nach ihm. Franke beißt die Zähne zusammen, daß es knirscht. Ein geradezu irrsinniger Kugelhagel schlägt den Soldaten entgegen, es schwirrt und zischt und pfeift nur so in der Luft. Der 1. Zug bricht den Anlauf ab, die Reiter werfen sich hinter Klippen und Sträucher. Wütend knattern die Gewehre der beiden anderen Züge ins Gebüsch, bis sich die Trillerpfeifen der Zugführer durchsetzen: »Stopfen! Feuer halt! Munition nicht verschwenden!«

Franke sieht keine andere Möglichkeit, er befiehlt: »Seitengewehr pflanzt auf!«

Von Mann zu Mann wird der Befehl weitergerufen. Noch einmal bläst der Hornist das Sturmsignal, die Offiziere stürzen vor, mit dem Revolver in der Faust, die Männer stolpern hinterher mit gefälltem Bajonett, mit Gefluche und heiserem Hurrageschrei. Da kriegen es die Hereros mit der Angst und flüchten durch das Sandbett eines kleinen Riviers, eines Nebenarmes des Omaruru-Flusses, aufs Ostufer. Dort gehen sie hinter Büschen und Klippen in Deckung und eröffnen ein rasendes Abwehrfeuer. Franke läßt die Kompanie am Westufer des Nebenriviers haltmachen und schickt Befehl zur Artillerie, in die Schützenlinie vorzurücken.

Er winkt Ben mit dem Schimmel zu sich, schwingt sich in den Sattel und reitet dorthin, wo er Wöllwarth hat fallen sehen. Zwei Reiter sind bei dem Leutnant, der eine hat Wöllwarths Kopf in seinen Schoß gebettet. Der Leutnant ist in Bauch und Knie getroffen, die Reiter haben ihm den Rock aufgerissen und versucht, ihn zu verbinden, aber es schwimmt alles in Blut. »Hab schon nach Dr. Hummel geschickt!« sagt einer der beiden, und schon stürzen ihm die Tränen aus den Augen, und er wendet den Kopf ab. Der Leutnant hat die Augen fest geschlossen, sein Gesicht ist unter der Bräune bleich, und das unverletzte Bein zittert. Franke muß weiter. Er galoppiert zu Manasses Werft zurück, um Nathusius' 4. Zug herbeizuholen, aber als er dort anlangt, findet er dessen Reiter im heftigen Gefecht mit Hereros, die versuchen, sich ihr weggenommenes Vieh zurückzuholen. Leutnant v. Nathusius kauert hinter einer meterhohen Klippe und läßt sich von einem Reiter den rechten Oberarm verbinden, er hat gleich einen der ersten Schüsse abgekriegt. Leutnant Hauber hat für ihn das Kommando übernommen und schlägt mit Front nach Süden den ersten Ansturm zurück.

Hauptmann Franke muß den 4. Zug lassen, wo er ist, und schickt nur die Protzen der Geschütze nach vorn.

Kartätschen

Seit ein paar Minuten scheint es Ettmann, als würde das Gefecht einschlafen. Es schießt nur noch ein wenig hinten beim Train. Er kauert neben dem Rad und späht mit zusammengekniffenen Augen ins Feld. Die Sonne blendet. Er kaut auf seinen Schnurrbarthaaren, im Magen wühlt der Hunger. Das Geschieße beim Train flaut ab, flackert wieder auf und verebbt. Es wird beinahe ruhig. Er hört seinen Atem in der Nase, leise pfeifende, heftige Atemzüge. In der trockenen Luft hat er das Gefühl, nicht genug Sauerstoff in die Lungen zu bekommen, die Luft ist recht dünn hier im Hochland. Vor ihm wächst ein kleiner Strauch aus dem Boden, kaum knöchelhoch, mit braunorange vertrockneten Blättern, Steine und Steinchen liegen im Sand, vereinzelt stehen fahlgelbe Grashalme. Keine Käfer oder Ameisen lassen sich sehen, die verziehen sich scheinbar vor der brütenden Hitze. Zigarrenrauch steigt ihm in die Nase. Er blickt sich um und sieht Leutenegger auf dem Lafettenschwanz sitzen und etwas, eine Meldung wahrscheinlich, auf einen Zettel kritzeln. Der Schweizer Leutnant wird so Ende Dreißig sein. Er hat eine auffallend spitze Nase und einen blonden Schnurrbart darunter. Zwischen den Zähnen hält er eine kurze Zigarre. Jetzt blickt er sinnend hoch zum Himmel, die Bleistiftspitze verharrt schwebend über dem Papier. Vielleicht dichtet er auch, schießt es Ettmann durch den Kopf, vielleicht ist der Leutnant eine jener Künstlerseelen, die von Pulverdampf und Kanonendonner inspiriert werden. Oder er schreibt sein Testament, und jetzt überlegt er, wem er das kleine Chalet am Thuner See vermachen soll?

In der Ferne tutet dumpf ein Ochsenhorn, und vor ihm knattert plötzlich laut Gewehrfeuer los. Gleich brummt und schwirrt es in der Luft. So hört sich das also an! Ettmann duckt sich tiefer und zieht den Kopf ein. Im graugrün belaubten Dorngestrüpp, das vor ihm den sanftgeneigten Hang hinabwuchert, ist nichts zu sehen, keine Bewegung, nichts. dreihundert Meter weiter und nur drei oder vier Meter tiefer schlängelt sich das Nebenrivier durch den Talgrund, ein heller Sandstreifen, von niedrigen Bäumen und Büschen umstanden.

Aber dort, am jenseitigen Ufer zwischen Klippgestein und Dornsträuchern, da sieht es aus, als hätten die Aufständischen eine Schanze aufgeworfen, und von da kommt das meiste Geschieße. In der grellen Sonne kann Ettmann kein Mündungsfeuer sehen, aber hier und da puffen hellgraue Rauchballen, werden durchsichtig und sind wieder verschwunden, bevor man das »Bumm!« hört. Hinter der Schanze steigt das Gelände wieder sanft an und flacht zu einer weiten Ebene voller Felsbrocken und niedrigem, dichtem Dornbusch ab. Linkerhand zieht sich das breite Bett des Omaruru-Riviers entlang, von hohen Eukalyptusbäumen und Akazien gesäumt. Jenseits des Flusses lugen das spitze Blechdach eines Kirchtürmchens, rotbraune Lehmziegel, auch ein Stück weißgekalkte Mauer aus dem Laubwerk hervor, das ist der Ort Omaruru, die Weißensiedlung. Die Ziegelbauten der neuen Kaserne, in denen sich die eingeschlossene Besatzung verteidigt und die das Ziel von Frankes Angriff sind, sind von hier aus gut zu sehen, ungefähr eineinhalb Kilometer entfernt. Fast genau in Schußrichtung des Geschützes und nur ein paar hundert Meter weiter das braune Backsteingemäuer der alten Station oder Feste. Rechterhand, ein paar hundert Meter weit weg im Busch, Dach und Windrad einer Farm. Dahinter, im Osten und vielleicht sechs oder sieben Kilometer entfernt, ragt spitz und blaugrau der Omaruru-Berg aus dem Dornenmeer.

Schräg hinter sich sieht Ettmann eine Bewegung und blickt über die Schulter, ein Reiter kommt geduckt gelaufen und ruft Leutenegger an, der immer noch auf dem Lafettenschwanz sitzt, als würde ihn das ganze Geschieße nichts angehen. Der Leutnant steckt Bleistift und Zettel ein, steht auf und hört sich an, was der Mann sagt. Ein paarmal nickt er mit dem Kopf. Etwas saust zwischen Ettmann und Leutenegger durch und macht fhrrr! Unwirklich schaut Ettmann dem Geräusch nach, aber gleich wird ihm klar, was es war, und er zieht den Kopf ein. Leutenegger zeigt keine Regung. Der Reiter salutiert und hastet gebückt davon. Der Leutnant späht durch seinen Feldstecher, ein, zwei Minuten lang, der Mann hat die Ruhe weg! Jetzt schaut er sich um und kommandiert laut: »Auf Feindstellung! Sechshundert Meter! Lad Sprenggranate!« Ettmann läßt die 7,2 Kilogramm schwere Granate aus ihrer Weidenkorbhülle gleiten, zieht den Splint der Zündersicherung heraus und reicht das Geschoß Fresenow, der es in den Verschluß rammt. Kartusche, Ansetzer, Klappe zu und: »Fertig!« An der Sprenggranate gibt es weiter nichts einzustellen, sie detoniert von allein durch Aufschlagzünder. Bosse dreht das Höhenrad unter dem Verschluß, das Bodenstück hebt sich, die Mündung senkt sich.

Der Leutnant duckt sich neben Ettmann und späht über den Geschützlauf. In der Hand hält er seine Taschenuhr, und Ettmann sieht, daß es erst fünf vor zehn ist. »Recht so!« sagt der Leutnant laut in das Geschieße hinein und richtet sich wieder auf und tritt zur Seite. »Feuer!« Bosse ruckt an der Schnur, Blitz und Donnerschlag, die Luft brummt und zittert, eine Dreckfontäne schießt vor der Schanze aus dem Boden, kirchturmhoch wirbeln Brocken, Sand und Geäst.

Baffbumm! folgt das Gebirgsgeschütz, der Einschlag sitzt hinter der Schanze. Sie sind so nahe dran, daß sie die Druckwellen der Einschläge im Gesicht spüren. Undeutlich sieht man jetzt im aufgewirbelten Staub Hereros rennen, sie geben ihre Stellung auf! Leutenegger, Fernglas vor den Augen, krächzt so laut es mit ausgetrockneter Kehle gehen will: »Schrapnell – achthundert! Brennzünder null-eins!« Zwei Granaten jagen sie den Fliehenden nach, von denen eine nicht losgeht, die andere aber krepiert zehn Meter über dem Busch und wirft deutlich sichtbar zwei Hererokrieger um.

Die Kompanie bleibt dem Gegner dicht auf den Fersen, auch die Geschütze müssen mit vor. Zwei Mann greifen in die Speichen, Ettmann hebt und schiebt mit Bosse den Lafettenschwanz. Kugeln brummen über ihre Köpfe weg, aber die Hereroschützen können sie hier nicht fassen, der sanft geneigte Abhang deckt sie noch.

Zwei von den Reitern der Bedeckung springen hinzu und helfen. Zusammen schieben sie die schwere Kanone durch den Sand des Nebenriviers und dann auf dem Karrenweg den gegenüberliegenden Hang hoch. Vorbei an der verlassenen Hereroschanze, vorbei an den blutigen Leichen von drei Hereros und vorbei an zwei toten Schutztrupplern. Ein klaffender Mund, ein zerschmetterter Schädel, aufgeschlagen wie ein Ei, Hose und Kordrock von oben bis unten mit Blut bespritzt. Ettmann schaut schnell wieder weg. Keuchend und ausgepumpt erreichen sie die Schützenlinie. Der Atem rasselt ihm in Brust und Kehle.

Das kleine, viel leichtere Gebirgsgeschütz ist schon da und feuert im direkten Schuß in die Steinbarrikade der Aufständischen, daß die Brocken nach allen Seiten fliegen. »Ja-wohl!« schreit Leutenegger begeistert und schlägt sich mit der Faust in die Hand, daß es klatscht. »G'sessin hat das, od'r! Feuerr!« Noch einmal rummst das kleine Ungetüm.

Ettmann sieht, daß sie hier ziemlich im Busch stecken, die Geschütze stehen auf einer halbwegs lichten Stelle. Einsehbares Schußfeld höchstens hundert Meter. Das Gefecht hat sich in eine Menge kleiner Einzelschießereien verwandelt. Reiter liegen und knien einzeln und in kleinen Grüppchen und schießen sich mit ebensolchen Hererogrüppchen herum. Obwohl das Gelände eben ist, gibt es doch keine Übersicht wegen der Dornbüsche, der mannshohen Klippen und dem Gefechtslärm. Da kommt einer gelaufen, das ist der Schießunteroffizier Pruess, der ruft ihnen irgend etwas zu, Ettmann versteht nicht, was, und auf einmal reißt es dem Mann den Kopf nach hinten, als hätte ihn ein Pferd ins Gesicht getreten und er stürzt hintenüber. Bis Bosse und Ettmann bei ihm sind, ist er tot. Wo Nase und Oberkiefer waren, ist ein grauenhaftes, schwarzes, blutiges Loch, zertrümmerte Zähne darin.

Ettmann werden vor Entsetzen die Knie weich, eine Welle der Übelkeit steigt ihm in die Kehle. Mit Mühe unterdrückt er den Brechreiz. Bosse hat dasselbe, hilflose Grauen im Gesicht, das er auch fühlt. Zugleich faucht und pfeift ihm etwas um die Ohren, zurück ans Geschütz, denkt er wirr, dort bin ich sicher. Wie durch

Watte hört er Schüsse und auch ein schrilles, trillerndes Heulen, oder ist es Singen? Es kommt aus der Gegend der Kindtschen Farm her und klingt wie Ri-i-i-i-i-i. Die anderen hören es auch, und Leutenegger schwenkt sein Fernglas in die Richtung und späht. »Das sind die Weiber!« sagt er jetzt. »Die wollen ihre Krieger anfeuern!« Er schaut sich nach ihnen um und sagt: »Aufgepaßt, gleich haben wir die Kerle am Hals!«

Kaum hat er es gesagt, passiert es auch schon. Plötzlich sind überall im Busch vor Ettmann Hererokrieger, die auf ihn zurennen! Ungläubig starrt er hin, ein kalter Schauer fährt ihm über den Nacken, als würden sich seine Haare sträuben. Vierzig, fünfzig oder mehr Krieger laufen gegen die Kanonen an, mit lautem Geschrei: »Trululululuuu!« und: »Tot! Deutschmann tot!«

»Kartätsche laden! Aufsatz tief!« schreit Leutenegger. Fresenow lädt schon die Bereitschaftskartätsche, Ettmann reicht ihm die Kartusche und stößt mit dem Ansetzer nach, Bosse haut den Verschluß zu. Kartätschen sind Geschosse ohne Sprengladung, statt dessen sind sie ganz mit Bleikugeln gefüllt und sollen in der Wirkung einem überdimensionalen Schrotschuß gleichen. Ettmann greift nach der nächsten Kartätsche und sieht erschrocken seine Hände zittern.

Schon sind die Aufständischen auf fünfzig Meter, auf vierzig Meter heran, schon schwingen sie die Kirris. Vorneweg stürmt ein langer Kerl in deutscher Uniform, einen Säbel in der Faust. »Warten«, mahnt Leutenegger mit unerwartet lauter Stimme, »warten! Ganz ruhig!«

Ein halbes Dutzend Reiter deckt die Kanonen und eröffnet jetzt Schnellfeuer auf die Heranstürmenden. Das Geschützrohr lauert in Tiefstellung, waagerecht. Ettmanns Magen krampft sich zusammen, die Hände hat er so fest um die nächste Granate gekrallt, daß es schmerzt. Bloß jetzt kein Versager, sonst geht es ihnen dreckig! Er hört Voigts hinter sich stammeln: »Jesus, Maria und Joseph steh uns bei!« Der Leutnant hat seine Pistole in der Hand und zielt. Jetzt spuckt er die zerkaute Zigarre aus und ruft: »Feuer!«

Blitz und Donnerschlag, der Kartätschschuß rauscht und prasselt in Gras und Gestrüpp, mitten zwischen die Angreifer. Sieben oder acht von ihnen reißt es um, der Rest macht kehrt. Den mit dem Säbel hat es auch erwischt. Er krümmt sich im Staub, aber er gibt keinen Laut von sich. Vielleicht schreit er auch. Ettmann ist schußtaub, das vergeht aber nach einer Minute wieder.

Fünfzig Meter weiter sieht er Oberleutnant Griesbach aufspringen, der ruft etwas Unhörbares, doch bevor seine Schützen auf und bei ihm sind, wirft es ihn wie eine Strohpuppe um. Zwei Reiter schleifen den Offizier unter Beschuß hinter eine Klippe in Deckung.

Leutenegger ruft etwas, aber Ettmann versteht es nicht, der Leutnant zeigt nach links zur alten Feste hin, die ist nur drei- oder vierhundert Meter weit weg. Da laufen welche, sieht Ettmann, da laufen eine ganze Menge, vielleicht hundert oder mehr, alles Hereros, Schlapphüte und helle Hosen, jetzt verschwinden sie in dem Gemäuer. Nicht lange und Ettmann sieht ihre Köpfe hinter den Scharten und Zinnen der beiden niedrigen Türme. Wieder liegt die Kompanie fest und kommt nicht vorwärts. Die Aufständischen haben gute Deckung und, wie es scheint, auch reichlich Munition. Es ist ein Wunder, daß nicht viel mehr bei uns getroffen werden, denkt Ettmann, ich glaube, die Hereros zielen zu hoch.

Weit hinter Ettmann, beim 4. Zug, bricht es wieder los. Nathusius' Leute, von Hauber geführt, haben sich dort im Halbkreis um den Troß geschart und schlagen einen Ansturm nach dem anderen ab. Hier in der Kompaniefront, am rechten Flügel, wehrt der 2. Zug ebenfalls mehrere Angriffe ab, liegt aber unter sehr schwerem Feuer und hat Verluste.

Inzwischen ist es beinahe Mittag, und es herrscht eine Gluthitze. Blauer, beißender Dunst wabert über dem Gefechtsfeld, dazu raucht es an mehreren Stellen aus dem Busch, wo Granaten das trockene Gras entzündet haben. Ettmann ist ausgepumpt, halbtot vor Durst und Erschöpfung. Den Kanonen geht die Munition aus. Es sind nur noch zwei Granaten für das Geschütz da, und Leutenegger schickt Reichelt los, die Protzen suchen, und Ettmann zu Hauptmann Franke, um ihm zu melden, daß er gleich das Feuer einstellen muß.

Ettmann muß nicht weit laufen, der Hauptmann kommt ge-

242

rade auf seinem Schimmel angaloppiert, pariert den Gaul mitten zwischen den Schützen durch und brüllt mit heisergeschriener Stimme, den Säbel schwingend. Bei all dem Geschieße kann Ettmann nicht verstehen, was der Hauptmann ruft, doch seine Absicht wird ihm gleich klar. Franke zerrt sein Pferd herum, gibt ihm die Sporen und galoppiert los, direkt auf die Feste zu, aus der es blitzt und ballert. Seine Degenklinge beschreibt einen blitzenden Kreis in der Luft.

Das reißt die Leute hoch, überall springen sie aus dem Gras und hinter Klippen hervor, und mit heiserem Geschrei aus ausgedörrten Kehlen laufen sie ihm nach, stolpernd und fluchend mit gefälltem Bajonett über dreihundert Meter offenes Feld auf die feuerspeiende Feste zu. Ettmann beißt die Zähne zusammen und will gar nicht richtig hinschauen, er ist heilfroh, daß er am Geschütz bleiben muß. Ihre vorletzte Granate saust über die Feste hinweg, zu hoch, ausgerechnet jetzt, wo die Männer deckungslos ins Feuer laufen, verflucht und zugenäht.

Da setzt das Gebirgsgeschütz eine letzte Granate mitten in die Wand des Gebäudes, Backsteinbrocken und Balken fliegen nach allen Seiten aus der rotbraunen Staubwolke des Einschlages. Das Gewehrfeuer stockt. Die Hereros hatten wohl geglaubt, daß sie die Deutschen so gut wie erledigt hätten, jetzt packt sie ganz offensichtlich die Angst, sie hören nicht mehr auf ihre Anführer und fliehen aus der Feste. Schreiend drängen sie durch das zerschlagene Tor, springen vom Dach, und Ettmann sieht, wie fast ein Dutzend im Feuer der deutschen Gewehre fällt.

Bilanz

Hauptmann Franke spürt, daß das Gefecht zu seinen Gunsten umgeschlagen ist. Zwar leisten die Hereros auch jetzt noch verzweifelten Widerstand, und es dauert zwei Stunden, bis sich die 2. Feldkompanie zu den verbarrikadierten Gebäuden ihrer Kaserne durchgekämpft hat, aber dann ist der Kampfgeist der Hereros endgültig gebrochen, und sie fliehen in Scharen aus dem Ort

in den Busch. Die Eingeschlossenen, Reservisten der 2. Ersatz-
kompanie und Zivilisten aus dem Bezirk, sind befreit.

Die Gespanne mit den Protzen kommen an, die Kanonen
werden angehängt und rollen auf den weiten Platz vor den Ka-
sernenbauten. Hinter ihnen kommt eine lange Reihe erschöpfter
Männer und Tiere, die Leutnants Hauber und v. Nathusius mit
dem 4. Zug und der Bagage. Bei ihnen ist auch die Sanitätskarre.
Endlich, endlich gibt es einen Schluck Wasser.

Verwundete kommen angehumpelt, von Kameraden gestützt.
Dort schleppen sie sich zu viert ab mit einer Decke, aus der es
dunkelrot in den Sand tropft. Stabsarzt Dr. Hummel operiert im
Kasernenlazarett. Leutnant v. Wöllwarth muß das rechte Bein eine
gute Handbreit über dem zerschmetterten Knie abgenommen
werden, der Bauchschuß hat ihm die Därme zerrissen. Der Leutnant ist die ganze Zeit ohne Bewußtsein.

Wo ist Stabsarzt Kuhn? Erst jetzt hört Hauptmann Franke, daß
Kuhn einen Ausfall zum Kindtschen Farmhaus geführt hat. Mit
einem Reitertrupp bricht der Hauptmann auf, den Stabsarzt und
das vermißte Stationsgeschütz holen. Kuhn soll es beim Ausfall
mitgenommen haben. Nun steht »der olle Bullrian« irgendwo
dort draußen, seine »eherne Stimme« hat Franke während des Gefechts nicht vernommen. Vor der Farm werden nur die sechs Reservisten und vier schwarze Hilfssoldaten angetroffen, die sich
dort in den Klippen verschanzt haben. Zwei der Hilfssoldaten liegen tot in der Sonne. Das Geschütz steht verlassen, das Gespann
ist mit der Protze durchgegangen und verschwunden.

»Wo ist der Stabsarzt?« Ein dicker, älterer Reservist, ver-
schwitzt und verdreckt, weist wortlos mit dem Kinn zum Haus
hin. Der Hauptmann findet Kuhn in der kleinen Hinterstube. Der
Mann ist leichenblaß und mit den Nerven am Ende. Durch zusammengebissene Zähne sagt der Hauptmann: »Machen Sie, daß
Sie ins Lazarett kommen, Herr Stabsarzt, und tun Sie dort Ihre
Pflicht, oder ich mache Ihnen Beine!«

Der Hauptmann läßt das Gelände um die Kaserne durch
Dreierposten sichern und das durchgegangene Protzengespann
suchen. Franke klettert auf das Kasernendach und schaut sich mit
dem Feldstecher nach allen Seiten um. Nach Norden hin ver-

wehren ihm die hohen Bäume am Rivier die Sicht. Wer weiß, wie viele Hereros dort stecken. Nach Westen hin, bei Manasses Werft, bieten die Hügel genügend Möglichkeiten, sich zu verbergen. Nach Süden und Osten zu ist alles flaches Buschland, aus dem einsam, spitz und düster der Omaruru-Berg ragt.

Hauptmann Franke zieht Bilanz. Sieben Reiter und zwei eingeborene Helfer tot. Zwei lebensgefährlich verwundet, die Leutnants Griesbach und v. Wöllwarth. Verwundet wurden außerdem Leutnant v. Nathusius, Sergeant Taute, Unteroffizier Hecker, die Gefreiten Milke und Kaul, die Reservisten Hoffmann, Lademann, Wahl und Ullrich. Ein Unteroffizier und sechs Mann werden vermißt. Mit den Vermißten also siebenundzwanzig Ausfälle, ein Fünftel der Kompanie. Einer der beiden eingeborenen Helfer, die beim Kindtschen Haus ihr Leben verloren, ist der Herero Sepp, der langjährige Diener Ludwig v. Estorffs. Es ist nicht ganz klar, ob er einer deutschen oder einer aufständischen Kugel zum Opfer fiel. Letzteres kann gut sein, da er die Uniform der Schutztruppe trug.

Leutnant Leutwein meldet Franke, daß die Vermißten gefunden sind. Es handelt sich um Reservisten aus der belagerten Kaserne. Zwei von ihnen sind tot, einer ist der Feldwebel Adolf Müller. Auf Befehl von Stabsarzt Kuhn, der in der Kaserne das Kommando hatte, hatte er mit vierundzwanzig Mann einen Ausfall unternommen, um den Hereros in den Rücken zu fallen.

Der Feldwebel, ein noch junger Mann, war mit seinem Trupp längs der Straße nach Karibib vorgegangen und hatte die gerade aus ihrer Verschanzung flüchtenden Aufständischen mit dem Bajonett angegriffen. Fünfzig Krieger warfen sich ihm entgegen, und es kam zum Handgemenge. Feldwebel Müller und ein weiterer Mann fielen, zwei weitere wurden verwundet. Die Überlebenden schlugen sich zu Oberleutnant Griesbachs Zug durch.

Hauptmann Franke erwartet nach diesem verhältnismäßig schweren Gefecht eine Fortsetzung des Kampfes für den morgigen Tag. Er ist überzeugt, daß es ihm nur gerade gelungen ist, in den Ort einzudringen, und daß er jetzt mit heftigen Gegenangriffen zu rechnen hat. So viel und so erbittertem Widerstand hatte er nicht erwartet, und daher befürchtet er, daß ihm ein viel stärkerer Gegner gegenübersteht, als anzunehmen war. Am späten Abend läßt er ein Heliogramm nach Karibib blinken:

Kapitän Gudewill.
Feind schließt Kaserne ein. Alte Feste zerstört. Kompanie zu schwach zum Vorgehen, da Feind große Mengen Munition 88 besitzt, Verstärkungen so schnell wie möglich senden, 400 Mann mit Geschützen. Werde Omaruru zu halten versuchen.
gez. Franke.

Die toten Kameraden werden gebracht und nebeneinander ausgelegt, nicht weit von der neuen Kaserne. Dort wird ihnen ein gemeinsames Grab geschaufelt. Die Offiziere versammeln sich um den Hauptmann, der junge Leutwein, v. Nathusius mit blutigem Verband, den linken Arm in der Schlinge. Leutnant Hauber, die grauen Haare zerzaust, den Rock von Dornen zerfetzt und blutverschmiert. Karl Leutenegger, klein und aufrecht, die Uniform tadellos. Die Namen der Toten und Verwundeten werden aufgeschrieben; für die Verlustliste und für die Briefe an die Angehörigen.

Die sieben Gefallenen werden in Decken gewickelt und ins Grab gesenkt. Der Hauptmann, mit entblößtem Kopf, sagt ein paar dürre Worte. Jetzt macht er Leutnant Hauber Platz, der ein Vaterunser spricht. Sieben Mann schießen drei Ehrensalven über das Grab. Dann schaufeln sie es zu und stecken fürs erste ein Brett mit den Namen hinein:

†

Feldwebel Adolf Müller
Uffz. Wilhelm Otto
Uffz. Heinrich Pruess
Reiter d. L. Robert Seelmann
Gefreiter d. L. Hermann Gerlitz
Gefreiter d. L. Hermann Linke
Gefreiter d. L. Philibert Scherrer
4.2.04

Der schwarze Hilfssoldat Sepp wird nicht mit den weißen Schicksalsgenossen bestattet. Man versenkt ihn und seinen schwarzen Kameraden nahe dem Kindtschen Haus in einer eigenen Grube.

Die Leichen der Feinde werden in der Nähe von Michaels Werft zusammengetragen. Siebenundneunzig werden gefunden, fast alle Feldhereros. Ein großer Scheiterhaufen wird errichtet, darauf werden sie verbrannt. Die geflüchteten Hereros haben ihre Verwundeten mitgenommen. Ihre verlassenen Pontoks und Häuser werden nach Plündergut und Waffen durchsucht und dann ebenfalls angezündet. Wie ein böser Geist wächst eine dunkle Rauchsäule höher und höher in die stille Luft über Omaruru und verkündet weithin die Rache der Deutschen.

5. Februar (Freitag):

Mit Sonnenaufgang schickt der Hauptmann mehrere Patrouillen in die Umgebung von Omaruru. Sie stoßen nirgends auf den Feind. In der Nacht haben sich die Hereros nach Nordosten abgesetzt, wie aus Spuren ersichtlich wird. Der westliche Teil des Hererolandes nördlich der Bahnlinie ist damit wieder ganz unter deutscher Kontrolle. Die Truppe ist aber zu erschöpft, um die Verfolgung aufzunehmen, und muß sich auf die Sicherung des Ortes beschränken.

Das Gröbste ist erledigt, der Feind vertrieben. Die Verwundeten sind versorgt, die Waffen gereinigt, die Pferde getränkt und gefüttert. Zeug wird geflickt, Munition neu verteilt, der Verbrauch ermittelt und aufgeschrieben. Der Hauptmann brütet im Schatten unter einem hohen Baum über dem Gefechtsbericht.

Die Stimmung aber ist gedrückt. Die Männer hocken um ein großes, schon niedergebranntes Feuer, das in ihrer Mitte glost und gewaltige Hitze ausstrahlt. In zwei großen Pötten kochen Makkaroni und Rindfleisch, in einer verbeulten und rußigen Blechkanne brodelt pechschwarze Kaffeebrühe. Schweigend löffeln sie das heiße Zeug in sich hinein. Rechten Appetit scheint keiner zu haben, aber doch einen geradezu gierigen Hunger.

Wachtmeister Wesch fühlt sich schließlich bemüßigt, etwas für die Stimmung zu tun, und sagt: »Nu laßt mal die Köppe nicht so hängen. Es ist doch alles noch ganz gutgegangen und die Kerle

fürs erste verjagt!« Dann räuspert er sich: »Ich weiß ja ...« und
bricht ab. Langes Schweigen. Ein Reiter vom ersten Zug sagt: »Sieben von uns tot! Und unser Leutnant ...«, da kann auch er nicht
weiter. Alle haben Angst um den jungen Leutnant v. Wöllwarth,
der in der ganzen Kompanie beliebt war. Es heißt, er wird seine
schweren Verwundungen nicht überleben. Sein Hund weicht nicht
von seinem Krankenlager und frißt nicht und trinkt nicht.

Der junge Voigts nimmt sich ein Herz und sagt: »Der Hauptmann, wie er den Sturm auf die alte Feste geführt hat, also wirklich, er ist ein schneidiger Hund!« Fresenow sagt kopfschüttelnd:
»Gehört schon was dazu, einfach so drauflos zu reiten. Wenn ihm
nun keiner gefolgt wäre? Dann hätten ihn die Kaffern doch einfach vom Pferd geschossen!«

Wesch bläst den Staub aus seiner Blechtasse, gießt sich schwarzen Kaffee ein und probiert vorsichtig. »Au!« entfährt es ihm,
»Kocht ja noch, verflucht!« Er stellt die dampfende Koppi vor
sich auf den Boden und klopft seine Taschen ab, bis er seine Pfeife
findet. Während er sie stopft, sagt er: »Ich kenne den Hauptmann
nun schon ein Weilchen, so an die vier Jahre werden es wohl sein.
Schneid hat er, der Hauptmann, und was noch besser ist, er überlegt sich auch gut, was er tut. Aber manchmal geht ihm einfach
der Gaul durch, so wie gestern. Das Ganze hat ihm zu lang gedauert. Da verliert er auf einmal die Geduld und, verdammt noch
mal, dann eben drauf!«

Am Aussib

Fru Petrine hat Cecilie, Lutter und Johannes ins Tal des Aussib,
eines Nebenflusses des Swakop, geführt. Sie sind allerdings nicht
durchs Swakoptal dorthin gelangt, sondern unterhalb eines Berg-
kammes fast genau nach Osten gegangen und teilweise geklettert.
Es war ein mühsamer Weg bei großer Hitze über grasbewachsene
Hügel, durch sandige Riviere und über dornbuschbewachsene
Ufer voller Steine, Klippen und Geröll. Häuptling Zacharias hat
ihnen zwei Männer mitgegeben, die helfen sollen, ihr Gepäck zu
tragen. Cecilie ist trotzdem völlig erschöpft, als sie schließlich im

Schutz einer Klippe ihr Nachtlager aufschlagen. Sie hat das Köfferchen mit ihren Handkameras getragen und das Bündel mit den paar Kleidungsstücken, die ihr geblieben sind. Lutter und Johannes waren ebenfalls schwer bepackt.

Den Wagen mit den Bücherkisten mußten sie im Hererolager zurücklassen, die Ochsen auch. Die werden sie wohl nicht wiedersehen, meint Lutter, wie er die Hereros kennt, werden die Beester bald verschwunden sein, aufgegangen in der großen Herde, auch wenn ihm Zacharias hoch und heilig versprochen hat, gut auf alles achtzugeben. Um die Bibeln und Gesangbücher macht er sich weniger Sorgen, daran haben die kein großes Interesse. Immerhin haben sie den größten Teil ihres Proviants gerettet, aber dafür viel von den Kaffeebohnen und vom Tabak verschenken müssen. Der jüngere der beiden Hereros trägt Lutters Seetruhe, ohne daß man ihm die geringste Anstrengung ansieht. Er trägt sie auf dem Kopf, und Cecilie bekommt vom bloßen Hinsehen Genickstarre. Die Kiste muß mächtig schwer sein, denn der Pastor hat seine Bücher darin. Sie sinnt eine Weile darüber nach, ob sich ein interessanter Symbolismus darin verbergen könnte, daß der Herero die Bücher des Pastors auf dem Kopf trägt, es kommt aber nichts Gescheites dabei heraus.

Es wird eine schlimme Nacht auf hartem Boden, und es regnet in Strömen, ohne einmal aufzuhören.

Brennzünder

6. Februar (Samstag):

Ettmann sitzt oben auf dem Giebel der Kaserne. Von hier hat er einen schönen Blick auf den Omaruru-Berg, der sich vor einem wolkenlosen Himmel aus dem weiten Buschland erhebt. Er zeichnet den Berg mit Tusche und Feder in sein Buch. Der Berg ist von einem zarten Graubraun, mit blauen Schatten und Schründen, und wäre bestimmt schön als Aquarell, aber der Malkasten ist in seiner Seekiste.

»Kanonier Ettmann zum Herrn Hauptmann!« ruft ein unbekannter Reiter über den Platz, wo Ettmann mit den anderen Munition aus der Nachschubkarre in die Protzen umlädt. Was kann der Hauptmann von ihm wollen? Er geht über den Sandplatz zum Kasernement. Franke sitzt davor in einem Korbstuhl in der Sonne, in eine Wolldecke gewickelt. Der Hauptmann leidet offensichtlich unter einem seiner Malariaanfälle, Voigts hat ihm das erzählt.

»Ettmann«, brummt der Hauptmann mit zusammengebissenen Zähnen, »morgen früh schicke ich die Verwundeten nach Karibib ins Lazarett; reiten Sie bei der Bedeckung mit, in Karibib brauchen sie einen Kanonier.«

7. Februar (Sonntag):

Um halb sechs Uhr morgens bricht Carl Ettmann mit dem Verwundetentransport nach Karibib auf. Die lebensgefährlich verletzten Leutnants Griesbach und v. Wöllwarth sind nicht transportfähig und müssen in Omaruru bleiben.

Sechs Maultiere ziehen die Karre mit zwei liegenden und zwei sitzenden Verwundeten, acht Mann reiten als Bedeckung mit. Sie sind eine stille Gesellschaft, schweigsam, die Augen nirgendwo; die Gedanken in der Schlacht. Für Südwester Verhältnisse jedenfalls war es eine Schlacht; in strategischer Hinsicht vielleicht von entscheidender Bedeutung. Nach europäischen Maßstäben wäre es – an den Beteiligten und den geringen Verlusten gemessen – höchstens als Scharmützel erwähnenswert gewesen. Ettmann hat das Gefühl, daß ihm die ganze Zeit nicht bewußt war, daß er im Gefecht stand, in einem Kampf auf Leben und Tod, und er hatte keine Angst verspürt; wohl deshalb, weil er sich nicht richtig in Gefahr wähnte. Doch, einmal, als die Hereros auf sie losstürmten. Aber ob das richtige Angst war, hinter dem feuerbereiten Geschütz? Bei den Kanonen ist es immer ein wenig sicherer, jedenfalls einem Gegner gegenüber, der keine hat. Eigentlich hat er seine Feuertaufe ja schon in Zülows Zug bekommen, auch da ist auf ihn geschossen worden. Trotzdem hat er auf Hauptmann Frankes Frage, ob er schon im Feuer war, mit Nein geantwortet. Es war ihm eben einfach nicht gefährlich vorgekommen. Ist er nun furchtlos? Ist ihm das Leben gleichgültig geworden seit Elisabeths Tod? Oder merkt er einfach nicht, wenn er in Gefahr ist? Ist er zu dumm, um Angst zu haben? Vorsicht ist schließlich die Mutter der Porzellankiste! Wachtmeister Fohrsicht, du liebe Zeit! Der Mann hieß wirklich so. Er hört ihn noch einmal brüllen: »Fohrsicht ist die Mutter der Porzellankiste! Die Porzellankiste ist die Batterie! Die Porzellanpüppchen seid ihr! Die Mutter bin ich! Wer das nicht glaubt, dem reiße ich den Arsch bis zum Vatermörder auf!« Den Fohrsicht hat es später auf dem Kasernenhof erwischt, vor angetretener Mannschaft. Herzschlag, mitten im Frieden.

So grübelt Ettmann, bis es ihm sinnlos vorkommt und er die Gedanken energisch verscheucht. Einer der Verwundeten unterdrückt einen Jammerlaut. Ettmann hört es durch das Knarren der Räder. Armer Teufel! Er drückt seinem Pferd die Knie in die Seiten und reitet an die Karre heran. Die Karre schwankt und schaukelt. Wenigstens liegen die Leute im Schatten der Plane. Bleiche Gesichter und weiße Verbände im Halbdunkel.

Unterwegs gibt es keine besonderen Vorfälle. Unbehelligt erreicht der kleine Trupp gegen Abend Karibib und liefert die Verwundeten im Lazarett ab. Gegen Quittung.

9. Februar (Dienstag):

Ettmann hat zu lange geschlafen. Niemand hat ihn geweckt, und jetzt ist es schon nach zehn! Einen Brunnen sieht er nirgendwo, also verzichtet er auf eine Morgenwäsche und spült sich nur den Mund mit schalem Wasser aus der Feldflasche aus. Er schüttelt den Staub aus seiner Decke, rollt sie zusammen und legt sie über den Sattel. Dann geht er zur Koppel hinüber, nach seinem Pferd sehen. Fegefeuer steht da mit zwölf oder dreizehn anderen Pferden, alles scheint in Ordnung zu sein. Die Stute soll mit der Sanitätskarre heute nachmittag wieder nach Omaruru zurück, Hauptmann Franke will seine Tiere zusammenhalten. Der Magen knurrt Ettmann vor Hunger. Er sollte den Gaul füttern und tränken. Er hat noch eine Handvoll Hafer in den Packtaschen, aber wo ist hier ein Trog zum Tränken? Er beschattet die Augen mit der Hand und sieht sich um.

Karibib glüht in der Sonne. Auf dem Wasserturm steht ein

Posten neben der Revolverkanone, deren Bedienung liegt im Schatten des Turmes und döst. Eine Lokomotive rangiert auf dem äußeren Umfahrgleis und quietscht fürchterlich auf den Weichen. Weiter weg bellt ein Hund. Auf dem weiten Platz vor dem Bahnhof sind drei große Truppenzelte aufgeschlagen, davor hängt regungslos ein schwarzweißer Ulanenwimpel an einer in den Boden gesteckten Lanze. Zwei Karren stehen da, mit gelbem Futterheu beladen, eine Feldschmiede raucht und rußt, Hammerschläge klingen. Dem Schmied an seinem heißen Feuer imponiert die Hitze nicht.

Im Bahnhof faßt Ettmann Verpflegung, für heute erst mal Brot und zwei Dosen Wurst, dazu gibt's noch einen Becher Kaffee, den füllt er in die Feldflasche. Zur Truppenverpflegung gehört Tabak, den kriegt er auch. Danach übergibt er Fegefeuer gesattelt den Reitern, die nach Omaruru zur Kompanie zurückkehren, wünscht den Männern Lebewohl und macht sich auf die Suche nach seinem neuen Vorgesetzten.

Bei den Truppenzelten erfährt er, wo Leutnant z. S. Eckolt ist, und meldet sich bei ihm: »Kanonier Ettmann zur Meldung bei Herrn Leutnant befohlen!« Leutnant Eckolt erinnert sich an ihn: »Nanu? Wir sind uns doch schon einmal begegnet?« Ettmann erwidert: »Jawohl, Herr Leutnant! Beim Strandgottesdienst in Swakopmund!« – »Ganz recht! Um Neujahr, nicht wahr?« Der Leutnant sagt: »Sie sind ausgebildeter Artillerist?« – »Jawohl, Herr Leutnant, Richt- und Bedienkanonier mit Winkerausbildung!« – »Sehr gut!« sagt der Leutnant, »Sie sind mir verantwortlich für die Kruppkanone dort! Sie kriegen sechs oder sieben Kerle, und aus denen machen Sie mir eine brauchbare Geschützbedienung. Haben nicht viel Zeit, also nehmen Sie die Leute ordentlich ran!« Ettmann salutiert: »Jawohl, Herr Leutnant!« Der Leutnant wendet sich noch einmal um und sagt: »Lassen Sie sich erst mal Bart und Haare schneiden! Sehn ja aus wie Rübezahl! Fragen Sie nach Oberfeuerwerksmaat Grabow, der kann das!«

Ettmann setzt sich auf einen grünen Munitionskasten neben dem Geschütz, um sich von Grabow die Haare schneiden und den Bart abnehmen zu lassen. Gott sei Dank hat der Mann eine Schere. »Sie sind vom Kanonenboot?« fragt er, während der Mariner drauflos schnippelt. »Jawoll!« sagt der, »Oberfeuerwerksmaat Grabow von Seiner Majestät Kanonenboot »Habicht«, wenn's recht ist!« Er tritt einen Schritt zurück und betrachtet kritisch sein Werk, ein Auge halb zugekniffen. »Da is das noch zu lang!« brummt er, »und schief is das auch. Jo, wir sind aus Kapstadt zurückgerufen worden, wie der Aufstand losgegangen ist! Waren man grade vorm Eindocken.« Die Schere zwickt, und Ettmann sagt: »Autsch!« Grabow sagt: »Hamm' Se Ihnen nich so! Haben die halbe Besatzung gelandet, zwoundfuffzig Mann, Arzt und Offizier. Mußten man erst die Bahn sichern und haben auch gut Zunder gekriegt unterwegs.«

Nur ganz kurze Stoppeln bleiben stehen. So laufen fast alle herum, einmal weil man im Feld nicht zum Waschen kommt und längere Haare verdrecken und verfilzen und zum anderen wegen der Läuse. Gegen diese Quälgeister reibt man sich die Haare mit Petroleum ein, wenn es welches gibt. Das stinkt ganz gemein. Mit einer kleinen Schere trimmt Grabow nach der Rasur Ettmanns Schnurrbart. Mit einem Spiegel kann er nicht dienen, aber er tut so, als würde er Ettmann einen vorhalten, und Ettmann betrachtet ernsthaft sein eingebildetes Spiegelbild und nickt und sagt: »Ausgezeichnet, Maestro! Danke sehr!« Dazu steckt er Grabow einen unsichtbaren Groschen zu. Grabow verneigt sich tief und grunzt: »Beehren Sie mich bald wieder!«

Dann geht er an die Ausbildung der Anfänger-Artilleristen. Sieben Freiwillige haben sich in einer Reihe vor der Kanone aufgebaut, und Leutnant Eckolt kommt herangestiefelt und schaut sie sich an. »Erschreckt ihr Kerls euch auch nicht, wenn das Ding da kracht?« fragt er, und die Leute grinsen und sagen: »Nein, Herr Leutnant!«

Das 9-Zentimeter-Geschütz gleicht bis auf das Kaliber dem etwas leichteren 8-Zentimeter-Geschütz aufs Haar. Die Kanone stammt aus der Schwesterkolonie Kamerun und ist als erste Hilfeleistung gleich nach Ausbruch des Aufstandes nach Südwestafrika geschickt worden. Ettmann frischt mit dem Geschützbuch seine Kenntnisse auf und studiert die Abbildungen zum Kruppschen Rundkeilverschluß mit gasdichtem Broadwell-Ring. Wenn ihm etwas zustößt, was Gott verhüten möge, wenn es ihn denn gibt, müssen die Kerle in der Lage sein, das Geschütz zu bedienen und Störungen zu beheben. Im Freien neben der Kanone haben sie einen wackligen Küchentisch aufgestellt. Vor seinen versammelten Kanonier-Anwärtern nimmt Ettmann den Verschlußkeil heraus, zerlegt ihn auf dem Tisch in seine Einzelteile und erklärt die Funktionen. Federn, Spannhebel, Auswerfer und alle anderen Teile werden sorgsam geölt und wieder eingesetzt, die Funktion geprüft. Dann macht er eine Stunde Ladedrill mit den Leuten, mit entschärfter Sprenggranate und leerer Kartusche. Anschließend ist das Fahren dran; das Geschütz wird mit Pferden sechsspännig gefahren, da aber nur Maulesel zur Verfügung stehen, werden acht vorgespannt, und zwar immer paarweise nebeneinander, großzügig als Vorderpferde, Mittelpferde und die an der Deichsel als Stangenpferde bezeichnet. Die links gehenden Tiere sind Sattelpferde, auf ihnen reiten gegebenenfalls die Fahrer. Die rechts gehenden Tiere sind die Handpferde. Die Tiere sind störrisch, die Leute ungeübt, Ettmann hat seine liebe Not mit der ganzen Angelegenheit, es dauert zwei Stunden, bis angespannt ist und gefahren werden kann.

Bevor die Sonne untergeht, hält er noch einmal kurzen Unterricht: »Die drei Geschoßarten für das Feldgeschütz sind: Sprenggranate, Schrapnell und Kartätschgranate.«

Auch den Brennzünder erklärt er:

»Der Brennzünder ist ein Zeitzünder, der sich beim Abfeuern des Artilleriegeschosses entzündet und dieses nach einer gewissen Zeit zur Explosion bringt. Er beruht auf dem gleichmäßigen Abbrennen eines Pulversatzes im Kopfring der Granate. Der Pulversatz wird beim Abschuß durch das Brandloch gezündet und durch eine Metallwand zum Abbrennen in eine bestimmte Richtung gezwungen, bis zu der Stelle, auf die der Zünder mit Hilfe des Zünderschlüssels eingestellt ist. Das Einstellen nennt man Tempieren.« Ettmann macht es mit dem gegabelten Zünderschlüssel vor.

»Die Brennzeit beträgt maximal vierundzwanzig Sekunden, die Halbsekundenskala sehen Sie hier am Kopfring der Granate, darunter den Markierungsstrich der Detonationszeit. Fragen?« Der kleine Ferleberger kratzt sich am Kopf und sagt: »Woher weiß ich, welche Brennzeit ich einstellen muß?« Ettmann erwidert:

»Die Brennzeit erhalten Sie von Ihrem Geschützführer oder Batteriekommandeur nach geschätzter Entfernung. Sie brauchen sich darüber nicht den Kopf zu zerbrechen. Sie brauchen ihn nur hinzuhalten.« Da grinsen die Kerls.

Es ist gerade mal fünf Tage her, daß er gesehen hat, was eine Kartätsche anrichtet. Das Bild hat sich in sein Gedächtnis gebrannt, so wie ein Blitz ein Abbild der jäh aus dem Dunkel gerissenen Landschaft auf die Netzhaut bannt. Aber dieses Bild vergeht nicht, sondern wird ihm im Gedächtnis bleiben. Es war der Kartätschschuß auf nächste Entfernung, und er sieht vor sich, was er in dem damaligen Moment gar nicht bewußt wahrgenommen hat, sieht durch die Rauch- und Staubwolke, wie es sie von den Füßen reißt, wie sie sich auf der Erde wälzen, während es in seinen Ohren gellt. Auf nächste Entfernung, aber doch zu weit weg, um Blut oder Einzelheiten der Wunden oder Verstümmelungen zu sehen. Die zeigt ihm seine Vorstellungskraft, bis er die Zähne aufeinanderbeißt und die Fingernägel in die Handflächen bohrt. Phantasie und Vorstellungskraft sind eine zwiespältige Angelegenheit, das hat er schon früher erfahren. Sie lassen sich nicht nach nur einer Seite öffnen; entweder ganz oder gar nicht. Wer Schönes denken können will, muß zwangsläufig auch Schreckliches denken können. Sich vor dem Schrecklichen verschließen, hieße auch, für das Schöne nicht aufgeschlossen zu sein. Eines gibt es nicht ohne das andere.

Und die toten Hereros? Seine Schuld? Mitschuld? Keine Schuld? Die oder ich? Der Regimentskommandeur in Jüterbog: »Wer zuerst schießt, schießt am besten!« Unversehens packt ihn wilde Wut, und er muß sich zusammenreißen, um nicht vor den Leuten gegen den Tisch zu treten. Verflucht noch mal! In was ist er da nur hineingeraten! Da ist er nun in Afrika und schießt mit Kanonen auf die Eingeborenen! Bringt Menschen um! Der Wutanfall erstickt ihn fast. Mit Mühe holt er tief Luft und noch einmal, bis ihm fast die Lungen bersten. Die Leute starren ihn an. »Scheißgranaten!« sagt er laut, »Schluß für heute!« und wirft den Zünderschlüssel auf den Tisch und geht davon. Schon verraucht ihm die Wut zu einer Art Fassungslosigkeit. Wirft einen ein blindes Schicksal hierhin und dorthin wie einen Ball? Den einen in

255

Reichtum und Sorglosigkeit, den anderen in den Schmutz, den nächsten in den Tod? Wie es der Zufall will?

Er sieht aber keinen Ausweg. Weigerte er sich, würde er seine Landsleute im Stich lassen und sich dem Vorwurf der Feigheit aussetzen. Man würde ihn nicht nur verachten, sondern womöglich vor ein Kriegsgericht stellen, er wäre mindestens gezwungen, das Land zu verlassen, in Schimpf und Schande, wie es so unschön heißt. Nein, er steckt nun einmal darin, es bleibt ihm nichts anderes übrig als weiter mitzumachen und sich mit den anderen zusammen seiner Haut zu wehren. Mit dem Gewehr könnte man ja noch danebenschießen, selbst wenn es um Leben oder Tod geht. Mit der Kanone geht das nicht, zu sechst, zu siebt, mit dem Offizier dabei. Die spuckt den Tod dorthin, wo es Richtschütze, Pulverladung, Windverhältnisse und Zufall wollen. Er selbst spielt ja mit, spielt blindes Schicksal. Ist das nur ein schreckliches Spiel, das wir Menschen alle miteinander und gegeneinander spielen?

Letztendlich fällt ihm auch nichts Klügeres ein als der Spruch vom einbeinigen Onkel Ferdinand: »Im Kriege da isset eben jefährlich.«

10. Februar (Mittwoch):

Sein gestriger Ausrutscher mit den »Scheißgranaten« hat keine Folgen. Keiner von den Männern hat es gemeldet, das wäre ja auch noch schöner. Ettmann läßt anspannen, das Fahren im Busch üben, das Fahren vom Bock, Fahren mit Vorder- und Stangenreitern, Auf- und Abprotzen. Geschützexerzieren mit Richten und Ladedrill. Die Zeit ist zu kurz, um eine rechte Ausbildung zu machen, aber ganz ahnungslos sind die Männer immerhin nicht mehr.

Kapitänleutnant Gygas bewilligt ein Übungsschießen mit vier Granaten und erscheint in Person und mit Gefolge zu diesem Ereignis. Eckolt läßt die ›Zuckerhüte‹ auf vier abgesteckte Entfernungen verfeuern: 500 Meter, 1000 Meter, 2000 Meter und 3000 Meter. Die Reichweite des 9-Zentimeter-Geschützes beträgt zwar 7000 Meter, aber es sind hier die kurzen Gefechtsentfernungen wahrscheinlicher.

Es geht schon ganz kasernenhofmäßig zu. Gygas fährt einen

256

seiner Kanoniere an: »Stehen Sie nicht so bequem in der Gegend herum!«

12. Februar (Freitag):

Kurz vor elf Uhr macht sich Ettmann auf zum Karibiber Bahnhof und sieht Hauptmann Franke in den Ort reiten, gefolgt von Leutnant Paul Leutwein und seinem Diener Ben. Beim Bahnhof sitzen die beiden Offiziere ab und überlassen Ben die Pferde. Der Hauptmann geht in Richtung Lazarett davon, sicher will er nach den Verwundeten seiner Kompanie schauen. Leutnant Leutwein verzieht sich in die Bahnhofswirtschaft. Ettmann ruft Ben an und fragt ihn, wie es um die Verwundeten von Frankes Kompanie steht, die in Omaruru zurückbleiben mußten. Der Damara macht ein trauriges Gesicht. »Leutnant Wöllwarth gestern sterb tot!« sagt er und schaut dem Hauptmann nach. »Hauptmann ganz banja traurig!« Ettmann sagt: »Ach Gott! Und was ist mit Oberleutnant Griesbach, Ben, wie geht es dem?« Ben wiegt den Kopf: »Oberleutnanta Griesbach schlimm schlimm krank! Doktor sag, auch sterb tot!«

Ettmann hat sich zum Bahnhof aufgemacht, weil er den Gouverneur sehen möchte. Der soll nämlich am Mittag hier ankommen. Oberst Theodor Leutwein, von Port Nolloth in der Kapkolonie kommend, war gestern mit dem Dampfer »Ernst Woermann« in Swakopmund eingetroffen und ist telegraphisch avisiert.

Ein paar Minuten nach zwölf kündigt ein ferner Pfiff den nahenden Zug von der Küste an. Der Stationsvorsteher steht schon mit der roten Signalflagge bereit. Ettmann schaut zu, wie am Mast die Fahne aufgezogen wird und wie sich das Empfangskomitee aufbaut. Die Offiziere stehen in einer Reihe, die Oberleutnants Kuhn und Ritter, Leutnant z. S. Eckolt, Leutnant Leutwein und zwei Offiziere vom Seebataillon, das gestern in Karibib angekommen ist. Vor ihrer Front steht Hauptmann Franke als der Ranghöchste.

Der Zug schnauft heran und kommt mit gräßlich kreischenden Bremsen zum Stehen. Oberst Leutwein steigt aus dem kleinen, hellbraunen Personenwagen, gefolgt von Oberleutnant

Techow, und wird von Hauptmann Franke begrüßt. Der Gouverneur grüßt zurück, gibt dann dem Hauptmann die Hand und sagt: »Des henn Sie gut g'macht, Franke!« Er nickt seinem Sohn zu, nimmt den Hut ab und wischt sich mit dem Taschentuch die Stirn ab und sagt: »Heiligs Blechle! Isch des heiß.« Sein Kopf wirkt mit den kurzgeschorenen grauen Haaren beinahe viereckig, Ettmann hat schon gehört, daß ihm das den Spitznamen »Quadratschädel« eingetragen hat. Nun setzt er den Hut wieder auf, denselben Brandenburger Truppenhut, wie ihn auch die Reiter tragen, und rückt seinen Kneifer auf der Nase zurecht. Leutwein ist fünfundfünfzig Jahre alt, groß und schlank, aber seine Bewegungen sind steif und eckig. Er ist Badenser, aus Strümpfelbrunn im Odenwald, und soll in Windhuk einen ganz anständigen Weinkeller unterhalten, so wird jedenfalls gemunkelt. Recht beliebt ist er und gilt als leutselig. Viele Siedler sagen aber, er sei zu weich und verhätschele die Kaffern auf Kosten der Deutschen.

Der Gouverneur und die Offiziere gehen hinüber ins Hotel Roesemann, auf ein Bier und einen Bissen zu essen. Ettmann hört den Chef noch sagen: »Und dann, meine Herre, schaue mer mal, wie mer den Lade wieder in Ordnung kriege, gell!«

Kapitänleutnant Gygas, der Führer des Landungszuges vom Kanonenboot »Habicht«, hat die ihm zugeteilten Offiziere und Zugführer um sich versammelt, Ettmann steht neben Leutnant Eckolt und hört zu. »Es ist uns mittlerweile gelungen, die Aufständischen aus der näheren Umgebung der Bahn und der größeren Ortschaften zu verdrängen, aber nun tritt eine neue Gefahr auf!« sagt Gygas und schaut die Männer mit ernstem Gesicht an. »Aus Otjimbingwe erreicht uns Nachricht, daß sich der Stamm des Häuptlings Zacharias Zeraua, also die Hereros aus Otjimbingwe und Barmen, dem Aufstand angeschlossen haben und unsere Landsleute in diesen Orten belagern! Es soll schon Tote gegeben haben! Auf Befehl von Oberst Leutwein brechen wir nach Otjimbingwe auf und räuchern die Kaffern dort aus!«

Am Nachmittag hat Ettmann das Geschütz angeschirrt und marschbereit. Auf der weiten Fläche vor dem Bahnhof treten sie in fünf Gruppen an: einundfünfzig Matrosen vom Kanonenboot

»Habicht«, ein Leutnant Schwengberg mit fünfundfünfzig Mann
Eisenbahntruppen, Oberleutnant Ritter mit siebzehn Schutztruppenreitern und einem Kriegsfreiwilligen, Leutnant z. S.
Eckolt mit den Kanonieren der Artillerieabteilung, außerdem vierunddreißig schwarze Polizeisoldaten und Treiber. Kapitänleutnant Gygas sagt den Männern, um was es geht. Er steht mit Oberleutnant d. R. Kuhn vor der Front und beginnt ohne Anrede: »Es
ist eine größere Ansammlung bewaffneter Hereros bei Otjimbingwe gemeldet! Das Detachement hat Befehl, sich in den Besitz von Otjimbingwe zu setzen, den Ort zu verproviantieren
und die Verteidigung sicherzustellen. Anschließend wird sofort
nach Okahandja weitermarschiert. Unterwegs angetroffener
Feind wird bekämpft. Abmarsch in einer halben Stunde. Fertigmachen!«

Um fünf Uhr rückt die Abteilung aus, vorneweg die Reiterspitze aus elf Schutztruppenreitern unter Oberleutnant Ritter mit
den zwölf Pferden, die in Karibib aufzutreiben waren. Ansonsten
sind nur die Offiziere beritten, alle anderen müssen sich auf Schu-
sters Rappen fortbewegen.

Nach der Vorhut setzt sich die Artillerieabteilung in Bewegung,
befehligt von Leutnant z. S. Eckolt. Zuerst das Feldgeschütz, mit
acht Maultieren bespannt, dann die Revolverkanone, auf die Ochsenkarre aufmontiert. Auf drei Maultieren verladen folgt das zerlegte Maschinengewehr.

Hinterdrein marschiert der 1. Halbzug, dessen Führer Oberleutnant d. R. Kuhn ist. Es folgen der Train unter Wachtmeister
Schade, vier Wagen mit je achtzehn Ochsen und die Sanitätskarre
mit zwölf Ochsen. Als Arzt ist Dr. Willutzki dabei. Den Schluß
bilden der 2. Halbzug unter Leutnant Schwengberg und die Nachhut unter Feldwebel Sellnow.

Bergan geht es, mit langen Schatten von der tief stehenden Sonne.
Karibib mit seinen um den Bahnhof gestreuten Häusern bleibt
hinter ihnen zurück, Ettmann schaut sich um, da liegt es, klein
und gottverlassen in der weiten, buschbestandenen Ebene. Kapitänleutnant Gygas hat verkünden lassen, daß die Karibiber Pforte
noch vor Einbruch der Dunkelheit passiert werden muß. Das soll

ein enger Paß sein, der zwischen zwei Bergen hindurchführt, nur sechs Kilometer südöstlich von Karibib. Danach soll gleich Nachtlager aufgeschlagen werden. Ettmann geht mit seinen Artilleristen beim Geschütz, statt auf Achsensitzen und Protze zu fahren. Auch die Satteltiere werden geführt, statt geritten, denn die Maultiere sollen geschont werden. Hinter Ettmann knarrt und rumpelt die fünfläufige Revolverkanone, die hoch auf der plumpen Ochsenkarre einen seltsamen Anblick bietet. Zehn Tiere sind davorgespannt, denn die Karre ist ja auch schwer beladen mit Granaten und Patronen. Wegen der Ochsen geht es so langsam voran. Mit sturer Gemächlichkeit setzen sie einen Fuß vor den anderen. Es ist windstill, und der von Rädern, Hufen und Stiefeln aufgewirbelte Staub bleibt lange an der Kolonne hängen.

Dort vorne wartet Leutnant z. S. Eckolt am Wegrand auf seinem Fuchs, um seine Kanonen an sich vorbeiziehen zu lassen. Der Seeoffizier sieht gut aus, ein junger Held hoch zu Roß, im hellen Zeug mit blitzenden Messingknöpfen, der hohe weiße Tropenhelm von der Abendsonne rot vergoldet. Das Roß schnaubt und scharrt mit den Hufen, es ist voller Unruhe und wirft den Kopf hin und her, sein Reiter hält die Zügel straff in der Faust. Es ist ein Anblick, der dem Kaiser wohl gefallen würde, denkt Ettmann. Gerade, als er an dem Reiter vorbei ist, kommt von vorne der Ruf durch: »Leutnant Eckolt nach vorne! Leutnant Eckolt zum Herrn Kapitän!« Der Leutnant zieht den Gaul herum, haut ihm die Hacken seiner Stiefel in die Weichen und galoppiert los. »Na, was hat er es denn so eilig«, brummt Grabow neben Ettmann. Keine zwanzig Meter weiter, aus vollem Lauf, stürzen Pferd und Reiter in einer wirbelnden Staubwolke. Es sieht fürchterlich aus, und Ettmann läuft hin. Alles hält an und ruft durcheinander. Der Leutnant liegt mit den Beinen unter dem Pferd eingeklemmt, und der Gaul schlägt mit den Vorderläufen und rollt schnaubend die Augen. Bevor Ettmann heran ist, rappelt sich das Tier auf die Beine. Der Leutnant wälzt sich auf dem Rücken, die Hände um den Oberschenkel gekrampft, die Zähne vor Schmerz aufeinander gebissen. »Bein!« stöhnt er, als Ettmann sich über ihn beugt, »Schienbein gebrochen. Links. Oooh, verteufelt!«

Rufe nach dem Arzt. Dr. Willutzki kommt gerannt, die Arzttasche schlenkernd. Der Doktor ist eigentlich Schiffsarzt auf dem Dampfer »Ernst Woermann«, wie Ettmann erfahren hat. Er war nach Karibib geschickt worden, um zu assistieren, als dem angeschossenen Hotelier Roesemann der rechte Arm abgenommen werden mußte. Dort hat Kapitänleutnant Gygas ihn dann für die Expedition nach Otjimbingwe »beschlagnahmt«.

»Linker Unterschenkel gebrochen. Schienbein und Wadenbein, beide glatt durch. Da haben wir Glück gehabt, Herr Leutnant, wenn ich das so sagen darf«, sagt Willutzki und meint vermutlich die Tatsache, daß der Bruch ein glatter ist. Der Leutnant beißt die Zähne aufeinander, daß man es knirschen hört und sagt: »Verfluchte Sauzucht.«

Er bekommt eine Morphiumspritze gegen die Schmerzen und wird mit behelfsmäßig geschientem Bein ins Karibiber Lazarett zurückgeschickt. Den kurzen Weg wird er alleine schaffen, aber natürlich nur zu Pferde. Sein Tier ist unverletzt geblieben; mit dem Vorderfuß war es in ein Erdloch geraten und deshalb gestürzt. Ettmann schaut ihm nach. Da reitet er hin, im roten Schein der sinkenden Sonne, schon von der wonnigen Weichheit des Morphiums umfangen, hinunter in die abendschattige, steinige Ebene, zu den blinzelnden Lichtern von Karibib.

Ein Offizier und ein Pferd weniger. Schlimmer ist, daß außer Kapitänleutnant Gygas, Oberfeuerwerksmaat Grabow und Ettmann nun niemand mit Artillerie vertraut ist. Gygas muß die Abteilung führen, und Grabow ist der einzige, der mit der »Kaffeemühle«, wie er die Revolverkanone wegen ihrer Kurbel nennt, umgehen kann. Daher wird Ettmann, als einziger ausgebildeter Feldartillerist, formlos zum Geschützführer bestimmt und, damit alles seine Ordnung hat, von Gygas zum Unteroffizier ernannt.

13. Februar (Samstag):

Wecken um zwei Uhr morgens. Ein frischer, ziemlich warmer Wind weht und pfeift in den Klippen. Es sollte eigentlich um drei Uhr abmarschiert werden, aber die Leute kommen im Dunkeln mit dem Anschirren der Ochsen nicht zurecht. Ettmann geht es mit den Maultieren nicht viel besser, ein nervenaufreibendes

Durcheinander, bis die störrischen Viecher alle acht angeschirrt an der Protzendeichsel stehen. Dazu haben sich die Reitpferde trotz Spannfesseln in den Busch geflüchtet und müssen erst mühsam gesucht, zusammengetrieben und zurückgebracht werden. Die meisten Leute sind eben Neulinge im Land und vor allem ganz unerfahren im Umgang mit Tieren. Um halb fünf kann es dann endlich losgehen. Der Nachtwind braust und weht den Maultieren die Mähnen fast waagerecht von den Hälsen weg, rauscht in den Akazien und wirbelt Staubfahnen und Blätter daher. So gegen sechs wird es hell, und schnell steigt der Sonnenball in greller gelber Glut über die schwarzen Umrisse der Hügelkämme. Scharf wie belebte Scherenschnitte zeichnen sich die langen Schatten der Männer, Reiter und Karren in den Sand. Der Wind schläft ein und macht der flimmernden Glut des Tages Platz. Der Himmel ist wolkenlos und stählern blau, und die Sonne brennt ins Gesicht.

Schon am Vormittag wird es mörderisch heiß. Der Schein der Sonne ist hier wenig wohltuend für das Auge, wirkt auch nicht unbedingt aufhellend auf das Gemüt. Es ist ein hart gleißendes, schneidendes Licht, stechend scharf und gnadenlos. Alle Feuchtigkeit verdunstet in den ersten beiden Morgenstunden. Heiß und trocken beizt die Luft Atemwege und Lungen.

Es sind vierundzwanzig Kilometer bis zur nächsten Wasserstelle Okongawa, vier oder mehr Stunden Marsch durch ein ganz flaches Tal voller Steine und Geröll und licht mit Dornbusch bestanden. Von den Hängen zu beiden Seiten ziehen sich überall Rinnen herab und münden in ein schmales Rivierbett, das sich mit jedem trockenen Zufluß weitet, bis es zu einer breiten Fläche voller Sand und Geröll wird und Ettmann sich mit dem Beritt ganz an der linken Seite halten muß, um nicht im Sand steckenzubleiben. Er geht mit seinen Leuten neben dem Geschütz und lenkt das vorderste Sattelpferd am Trensenzügel. Schon fällt den Tieren das Ziehen schwer. Die Männer vom Eisenbahnbaubataillon stolpern mit roten Köpfen durch den feinen Sand. Sie sind der Anstrengung des Marsches in der Sonnenglut nicht gewachsen. Die Leute sind zur Gänze erschöpft. Als Okongawa endlich erreicht ist, beschließen die Offiziere deshalb, hier vierundzwanzig Stunden Rast zu machen. Es gibt Schatten unter den Bäumen und reichlich Wasser, denn hier hatte der alte Landeshauptmann v. François einen tiefen Brunnen anlegen lassen. Die Zugtiere werden ausgeschirrt und getränkt. Danach macht sich Ettmann mit seinen Leuten daran, ihnen die Hufe auszukratzen, bevor es dunkel wird. Mit Taschenmessern werden Steinchen und zusammengebackener Staub ausgeschabt. An langen Leinen können die Tiere dann weiden, es wächst auch genug Gras.

Es darf kein Feuer gemacht werden, zum Abendessen gibt es Corned beef, kalt aus der Büchse, und Hartbrot, heruntergespült mit Wasser aus dem Brunnen. Dort sitzen sie auf der Erde und rauchen ihre Pfeifen, und Feuerwerker Grabow unterhält sich mit einem der Schutztruppler, einem bärtigen und sonnverbrannten kleinen Kerl. »Okongawa«, sagt der gerade, als Ettmann dazu kommt, »heißt Rhinozerosplatz! Vor Jahr und Tag soll hier irgendein alter Herero mal ein Nashorn erlegt haben, mit Pfeil und Bogen!« Grabow, der Revolverkanonier, schüttelt den Kopf. »Mit Pfeil und Bogen? Ein Nashorn? Na hör mal!« Der Schutztruppler sagt: »Der alte Knabe hat das Biest an der einzigen Stelle getroffen, wo es verwundbar war!« – »Ach so«, sagt Grabow, »ins Auge, was!« Der Soldat schüttelt den Kopf: »Nix Auge! Ins Arschloch!« Grabow fährt hoch: »Fui Deibel! Das ist doch der greulichste Schweinkram, den ich je gehört habe!« Der Schutztruppler zuckt die Achseln. »So wird's eben erzählt. Außerdem kann der Herero mit Pfeil und Bogen ganz gut umgehen.« Er gähnt und sagt: »Jetzt gibt's hier jedenfalls schon lange keine Rhinozerösser mehr. Es braucht sich also heute nacht keiner zu fürchten!«

Mit der Dunkelheit kühlt die Luft ab, nur der Boden strahlt noch Wärme aus. Eine Weile sitzt Ettmann mit den anderen ums Feuer, dann sucht er sich eine ebene Stelle zum Schlafen und scharrt mit den Stiefeln Steine beiseite. Er legt sich auf den Boden und wickelt sich in seine Decke. Als Kopfkissen dient der Hut. Erschöpft von dem langen Marsch, schläft er bald ein.

Ein Donnerschlag reißt ihn aus dem Schlaf. Alle springen auf und schauen erschrocken um sich. Es ist stockdunkel. »Was war das?« – »Was ist los?« Da kracht es ein zweites Mal, laut wie ein

263

Kanonenschuß, Steine prasseln. Die Leute greifen nach den Gewehren, schon klicken die Schlösser, aber Oberleutnant Ritter ruft: »Kein Grund zur Aufregung!« und erklärt: »Das sind Felsen, die nach der Sonnenglut tagsüber in der Nacht abkühlen und zerspringen!«

15. Februar (Montag):

Um halb acht Uhr morgens trifft das Korps in Otjimbingwe ein. Die Kolonne wälzt sich staubend von der Höhe hinab zum Swakop auf die abgefressene Grasfläche vor dem verschanzten und verbarrikadierten Hälbichschen Gehöft und wird mit Winken und lautem Hurra begrüßt.

Hier hat Bezirksamtmann und Leutnant der Reserve Victor v. Frankenberg und Proschlitz den Befehl und verfügt über neunundvierzig Gewehre. Endlich trifft Ettmann den Landmesser und erfährt, daß dieser mit ihm auf Umwegen zu Pferde nach Windhuk sollte, quasi als Landeskundeunterricht. »Aber nun lernen Sie Südwest ja auch so recht gut kennen, Herr Kollege.« Sie schütteln sich die Hände. »Vermute, besser als Ihnen lieb ist, wie?« Frankenberg ist ein mittelgroßer Mann von dreißig Jahren mit einem sauber gebürsteten blonden Schnurrbart und freundlichen Augen. Die Haare trägt er ganz kurz geschoren, an den Schläfen sind sie schon silbrig. Zerknautschte Feldmütze auf dem Kopf, sandfarbener Kordrock mit den aus Silberschnur geflochtenen Leutnantsachselstücken, kein Koppel. Dunkelbraune Hose aus Kordsamt, Schnürschuhe und darüber altmodische lederne Schaftgamaschen um die Waden geschnallt. In der Rechten hält er einen Spazierstock und klopft damit beim Sprechen gegen den rechten Stiefelschaft.

»Ganz sicher haben sich die Brüder verzogen«, sagt er jetzt, »ich schätze, sie sind nach Osten ins Swakoptal ausgewichen oder haben sich gleich in die Onjatiberge abgesetzt, um sich mit Samuels Leuten zu vereinigen.«

Eduard, der jüngere der beiden Brüder Hälbich und etwa in Ettmanns Alter, gesellt sich zu ihnen und sagt:

»Das sind aber wahrscheinlich nur die jungen Krieger, nicht der ganze Stamm. Der alte Zacharias soll noch hier sein, irgendwo

in den Bergen östlich von hier, mit den alten Leuten und den Weibern. Das sagen jedenfalls die Klippkaffern.«

Sein Blick schweift über die aufgefahrenen Kanonen und die
Maultiere, die mit dem zerlegten Maschinengewehr beladen sind.
Eduard Hälbich schüttelt den Kopf.

»Den alten Zacharias wird der Schlag treffen, wenn er morgen
früh die Kanonen donnern hört. Man kriegt direkt Mitleid mit
den armen, törichten Leuten.«

Um fünf Uhr nachmittags rückt die Truppe nach Osten ab, zum
Swakop, wo die Hereros vermutet werden. Während einer kurzen
Rast weist Oberleutnant Kuhn die Offiziere und Unterführer
noch einmal mit Hilfe der Karte ein. »Bestimmt versuchen die Kaffern, uns den Weg nach Okahandja zu verlegen!« sagt er und zeigt
mit einem kurzen, dicken Zeigefinger. »Hier vielleicht oder hier.
Am besten könnten sie sich natürlich im Flußtal verschanzen, da,
wo es eng wird, etwa in der Gegend des Liewenberges, das ist so
an die zwölf Kilometer von hier.« Er faltet die Karte sorgfältig zusammen. Kapitänleutnant Gygas sagt: »Wir müssen eben aufpassen.« Er sieht erschöpft aus. Mit rotumränderten Augen schaut er
um sich, und jetzt schüttelt er langsam den Kopf, als wolle er sagen: »Was habe ich als Seemann hier verloren?«

Die Truppe ruht ohne Lagerfeuer mit dem Gewehr im Arm. Ettmann liegt auf dem Rücken, die Arme unter dem Kopf verschränkt, und blickt schlaflos in den Himmel. Wolken ziehen langsam, verdecken die Sterne, geben sie wieder frei, verdecken sie
wieder. Er sieht Elisabeth und hört ihre Stimme, aber die Gedanken zucken gleichsam zurück, zu schmerzhaft ist es, zu schlimm,
schon quillt es feucht in die Augen, und die Kehle wird ihm eng.
Zähnezusammenbeißen vertreibt die Tränen wieder. Lange lauscht
er auf die Geräusche der Nacht und des Lagers ringsumher.

Was mag das Fräulein Cecilie gerade tun? Dumme Frage, sie
schläft natürlich um diese Zeit, im Fuchsschen Hause in Swakopmund. Vielleicht ist sie aber auch nach Deutschland zurückge-
fahren. Das wäre schade. Er mag sie; es ist nur alles so vernebelt
nach Elisabeths Tod, so seltsam. Einerseits, denn er sieht doch
jede Einzelheit um ihn herum mit großer Klarheit und ist durchaus interessiert an allem, was ihm hier im Lande begegnet. Sein

Empfinden aber, seine Gefühlswelt, ist irgendwie betäubt oder hat sich in ein Schneckenhaus zurückgezogen. Aber das trifft es auch nicht ganz. Er findet den richtigen Ausdruck nicht und schläft darüber ein.

16. Februar (Dienstag):

Eine gute Stunde vor Tagesanbruch wird das Lager abgebrochen. Die Expedition rückt ins Swakoptal hinunter, Ettmann mit der Artillerie in der Mitte der Kolonne. Oberleutnant Ritter wird mit seinen Schutztrupplern zur Erkundung vorausgeschickt. Falls er auf Zacharias' Aufständische träfe, sollte er versuchen, sie zu umgehen und ihnen den Fluchtweg nach Süden zu verlegen, bis die Truppe heran ist.

Termiten

Petrus, hoch oben am Hang, liegt auf dem Rücken und schaut in den Himmel. Die kalte Nacht verliert ihre tiefe Schwärze, wird fast unmerklich grau. Die Sterne verblassen. Es weht, und der Wind macht ein flatterndes Geräusch und pfeift hohl in den Klippen. Petrus richtet sich auf. Die Umrisse der Felsblöcke zeichnen sich im Morgengrau schon ab, ihre Kanten und Ecken. Das Land ist noch zwischen Mond und Sonne gefangen, zwischen Nacht und Tag, zwischen Schwarz und Weiß. Noch schlafen die Farben. Eine kaum wahrnehmbare Bewegung, ein Kopf unter breitkrempigem Hut, ein Flüstern, Sand knirscht, Gemurmel. Wwwhuhuuhh macht der Wind dabei und huuhuuii. Petrus erkennt Elias und hustet leise, um ihm zu zeigen, daß er wach ist.

So schnell wird es hell, gleich wird die Sonne den Himmel in Brand setzen und alles, was ihre Strahlen berühren, in hellen Farben glühen lassen. Ein leiser Pfiff, wie von einem Vogel, und noch einer, näher diesmal. Alle richten sich auf und spähen über die Steinbrocken und Klippen hinunter ins Tal des Swakop. Als helles Band schlängelt sich dort die breite Sandfläche durchs Hügelland, busch- und baumgesäumt. Der Himmel verfärbt sich schweflig gelb über den Khomasbergen, und schon hebt sich blendend der Sonnenrand, und mit dem ersten Sonnenstrahl, der über die Hügelkuppen hinwegschießt, kommen die Deutji. Dort unten, im Tal, das noch im Schatten liegt; eine Reihe kleiner, schwarzer Punkte auf dem hellen Sand des Swakop.

Feind! Von einem Augenblick zum anderen wird Petrus' nachtkaltes Blut warm und dann heiß. Er hat kein Gewehr, hat keinen Kirri, er hat überhaupt keine Waffe außer dem Messer, aber er ist da und dabei. »Hnnn-hnnnn …«, summt Elias, der jüngere und viel tatkräftigere Bruder von Zacharias Zeraua, und links und rechts von ihm fallen sie ein und summen durch die Zähne und durch die Nase, bis der Morgenwind vor Haß brummt und zittert und schwingt. Das ist ihr Wind und ihr Morgen in ihrem Land! Und die da unten kommen von weit her und machen sich breit und nehmen sich das Land und ihr Vieh, ihre guten Ozongombe, für Plunder und Schnaps!

Warum bleiben sie nicht dort, wo sie herkommen, dort, wo ihre eigenen Herden weiden? Darüber wird viel nachgedacht und geredet in den Werften und im Veld. Einige meinen, das ist, weil sie zu viele Rinder haben. Die haben vielleicht das ganze Land der Deutji kahlgefressen. Daß sie viele, viele Rinder haben, wird wohl wahr sein, denn sie sind reich und mächtig, die Deutji, das sieht man. Man denke nur an die Eisenbahn, die sie durch das Land gebaut haben! Wie können Menschen so etwas ersinnen? Petrus muß an die Okahandja-Männer denken, die vor Ezechiel den Tanz der eisernen Pad getanzt haben, um dem alten Mann zu zeigen, was das ist. Hintereinander sind sie im Kreise um Ezechiel gestampft, die Backen aufblasend und schnaufend und in die Hände klatschend und dabei singend, das Lied singend, wie das eiserne Tier über das Land rennt und durch das Dornveld, auf den Eisenstangen, die von nirgendwo kommen und nirgendwo aufhören. Und wo es rennt, da macht es Wolken, mal weiße, mal schwarze, als würde sich ein fürchterliches Wetter zusammenbrauen, aber die Wolken taugen nichts und verschwinden, bevor es regnen kann. Es frißt schwarze Steine, und manchmal schreit es, fürchterlich laut und schrecklich, und man hört es viele Stunden weit. Die Männer haben es ihm vorgemacht: »Hu! Huuuuu! Hihiiiii!« Ezechiel hat dazu genickt und gebrummt und mit der

Daggapfeife im zahnlosen Mund herumgestochert, als hätte er nichts anderes erwartet. Man muß es gesehen haben, um es zu verstehen, und selbst dann bleibt es ein Rätsel, obwohl viele schwarze Menschen beim Bauen helfen mußten. Die Deutschmänner sagen, daß es kein Zauber ist und weiter nichts als Ochsenwagen, die keine Ochsen brauchen. Aber ohne Ochsen, wie können es da Ochsenwagen sein?

Eine Bewegung, Steinchen rollen, Eisab kommt wie eine Schlange über den Stein geglitten, legt das Gewehr neben Petrus auf den Stein und duckt sich dahinter nieder. Eisab muß schnell gerannt sein, seine breite Brust pumpt, und Schweißperlen rollen ihm von der schwarzen Stirn, aus ganz zusammengekniffenen Augenschlitzen starrt er hinab ins schattige Tal, über den blanken Lauf des Gewehres, auf dem das Sonnenlicht tanzt.

Aus den Punkten da unten werden Termiten. Da kommen die Deutji, ihr Land aufzufressen, einer hinter dem anderen. Ein Blick zu Elias, dem »Oovaloitnanta«. Elias kauert neben Kort, und sie reden ganz leise miteinander, und Kort schaut durch das Fernglas. Eine deutsche Uniform hat er jetzt an, der Kort, die hat er aus dem Eisenbahnzug in Otjimukoka, wozu die Deutji »Johann Albrechts-Höhe« sagen. Es ist eine Offizierssuniform, und darin soll die geheimnisvolle Kraft der Deutschmänner sein, sagt Eisab, und Kort ist der »Ohauptmanna«. Kort hat befohlen: »Keiner schießt, bevor ich schieße!« Dort kauert er, das lange Gewehr an der Backe, und zielt. Alle, alle warten auf Korts ersten Schuß. Die Termiten dort unten sind jetzt so groß wie die Tok-Tokkies, die schwarzen Käfer der Namib.

Liewenberg

Der Riemen schmerzt und scheuert, und Ettmann hängt das Gewehr über die andere Schulter. Seine Stiefel sind auch nicht mehr die besten. Die Absätze sind schiefgelaufen, ein Loch ist in der linken Sohle, die Nähte platzen und klaffen. Die Wadenmuskeln schmerzen, und vorhin mußte er sich sogar hinsetzen und warten, bis ein schmerzhafter Krampf abgeklungen war. Er hätte schreien mögen, so weh tat es, aber natürlich durfte er sich nichts anmerken lassen und saß da mit gleichmütigem Gesicht und rieb sich die Wade durchs Hosenbein, bis es allmählich wieder ging. Er wird doch langsam zu alt für diese Art Zeitvertreib.

Die Schwärze der Nacht weicht allmählich einem diffusen Grau. Sie marschieren am nördlichen Swakoprand, über hartgebackene Erde, die aber voller Geröll und Steine liegt, und linkerhand krümmen sich bizarr gewachsene, fast zu Stein verdorrte Bäume und dürre Binsen. Ferleberger, der das vorderste Handpferd führt, lenkt das Gespann nach rechts um einen großen Klippstein herum. Just da stößt das rechte Protzenrad an einen zweiten großen Stein. Die Protze kippt nach links und mit einem berstenden Knall bricht die Protzendeichsel mitten durch. Die erschrockenen Tiere geraten durcheinander und verwirren sich in Stränge und Leinen. Das Geschütz kann nicht weiter. Wachtmeister Schade taucht aus der grauen Dämmerung auf und sagt: »Schöne Bescherung!« Er hilft Ettmann mit seinen Leuten aus, schickt Posten nach beiden Seiten, sicher ist sicher, und zusammen fällen sie einen Akazienbaum, dann spalten sie den Stamm mit Äxten und Keilen. Das Holz ist eisenhart, und die Arbeit kostet viel Schweiß und Flüche. Ein blonder Sachse, der zu den Eisenbahnern gehört, prellt sich die rechte Hand so, daß sie anschwillt und blau wird. »Ojemine! Soo'n vabibschda Gagau!« jammert er durch zusammengebissene Zähne, »hoffentlich is de Bfote nich gebrochn!« Wachtmeister Schade schaut sich die Hand an, sagt: »Zeigen Sie das mal dem Arzt!« und tröstet ihn: »So haben sie sich wenigstens einen schönen Kriegsnamen verdient!« Der Sachse staunt: »Ja? Welschen denn, Herr Wachdmeester?« Schade grinst: »Old Shatterhand natürlich!« Ferleberger streckt dem Sachsen die Hand hin und sagt: »Gratuliere zum Kriegsnamen!«, und der Sachse schlägt ganz arglos ein und brüllt im selben Moment vor Schmerz: »Jau! Auweeh!« – »Schluß mit dem Geflaxe!« befiehlt Schade, »haun Sie ab, nach vorn zum Arzt! Los weiter, angepackt!«

Der Kommandeur schickt einen Reitersmann und will wissen, was los ist und wie lange es dauern wird. Ettmann schickt den

Reiter mit den Antworten zurück: Deichselbruch. Reparatur wird vermutlich eine halbe Stunde dauern.

Mittlerweile wird es hell. Mit dem halbierten Stamm und dem Reservezugseil wird die gebrochene Deichsel provisorisch zusammengelascht. Als die ersten Sonnenstrahlen über die Hügelkämme schießen, kann die Kanone wieder angehängt werden. Mit Gezerre und Schlägen und Sotto-Voce-Geschrei werden die störrischen Maultiere zur Eile getrieben. Die haben sich ans Stehenbleiben gewöhnt und ärgern sich. Aus Protest stoßen sie gräßliche Trompetentöne aus. Die Truppe wird inzwischen weit voraus sein.

Da knattert es von vorn her in der Luft wie eine elektrische Entladung. Gewehrfeuer! Dann drei laute Knalle, Grabow schießt mit seiner Revolverkanone, denkt Ettmann und ruft: »Vorwärts! Galopp! Los, los!« Ferleberger hat sich auf das Satteltier geschwungen und treibt es mit den Hacken und Geschrei an, dabei schlägt er mit dem Hut auf das Handpferd ein, das auch nur ein Maultier ist. Die Biester wollen aber ums Verrecken nicht galoppieren, trotz der glatten Sandfläche hier im Rivier und obwohl Ettmann sich die Trensenzügel schnappt und aus Leibeskräften zerrt. Fast zehn Minuten dauert es, bis er die Ochsenkarre mit der Revolverkanone stehen sieht, am südlichen Ufer, Grabow hinter seine rauchende Kaffeemühle geduckt, sein Ladeschütze stopft Granatpatronen in den oben herausragenden Magazinrahmen. Ettmann fährt das Geschütz daneben in Stellung, gut außer Schußweite der Aufständischen am Berghang. Da steht auch die Sanitätskarre hinter ihren zwölf Ochsen, und Dr. Willutzki kramt darin herum. Ettmann läßt abprotzen und dreht so schnell er kann das Handrad unter dem Bodenstück herunter, bis das Rohr die größtmögliche Erhöhung hat und der Verschluß beinahe auf dem Lafettenschwanz liegt, dann holt er die Abzugsschnur aus der Hosentasche und hakt sie in die Abfeuerungseinrichtung.

Kapitänleutnant Hans Gygas kommt herbeigelaufen und weist Ettmann ein: »Da oben hocken sie, hinter den Steinen, direkt auf dem Kamm und auch etwas unterhalb, sehen Sie, dort, wo der komische runde Brocken liegt, Entfernung zehn-hundert! Schießen Sie Sprenggranaten!« –

»Sprenggranate laden!« befiehlt Ettmann, zielt über den Richt-

aufsatz und dirigiert die Kanoniere am Richtbaum: »Mehr links!
Noch ein Stück – halt! Eins zurück. Noch eins! Recht so!« Den
Knebel der Abzugsschnur in der Faust, sieht er sich um. Stehen
die Kerle frei von Rad und Lafettenschwanz? Er macht einen
Schritt rückwärts und reißt ab. Krach und glutheißes Gas, die Ka-
none bockt, Rauch und Staub wehen davon.

Auf tausend Meter krepieren die ersten drei Granaten mitten
in den Steinhaufen, hinter denen sich die Hereros verschanzt haben. Dort oben bebt der Boden unter den Einschlägen, braun und
dunkelgrau spritzt der Dreck aus der Erde. Bratz! Bromm!
kommt der Schall an, staubiger Qualm wölkt und quillt und ver-
wabert im heißen Sonnenlicht. Gygas, auf einem Steinbrocken
neben dem Geschütz, weiße Seeoffiziersmütze schief auf dem
blonden Kopf, Fernglas vor den Augen, sagt bei jedem Einschlag:
»Na also!« und: »Wer sagt's denn!« und: »Na bitte!« Ettmann
sieht mit bloßem Auge Hereros in langen Sprüngen aus ihrer
Deckung fliehen. Die Revolverkanone knallt dazwischen und ver-
sprengt sie in kleine Grüppchen hierhin und dorthin. Dünn hört
man Geschrei herunter.

Das Grote Rohr

Petrus will ein bißchen näher zu Kort hin, da ist ein kalbsgroßer,
runder Stein, der gute Deckung verspricht, hinter den will er und
läuft geduckt los, da brüllt es plötzlich in der Luft, und ein glühender Sturmwind packt ihn und schleudert ihn in einen Hak-
kiesdornstrauch. Steine und Dreck prasseln auf ihn herunter, er
ringt nach Luft, hustet, blind tastet er um sich, Mund und Augen
voll Sand. In den Ohren klingt es ihm wie die kleine Missions-
glocke vom Waterberg, ting, ping, ping, und dazwischen macht es
leise plopp und pong, und es dauert einen Moment, bis er merkt,
daß das Schießen ist, was er da durch das Läuten hört. Die Glocke
hört aber jetzt auf zu klingeln, und die Tränen spülen ihm den
Dreck aus den Augen, und Luft bekommt er auch wieder. Er hustet noch mehr, hustet den Dreck aus Mund und Nase und wischt

sich die Augen. Was ist bloß geschehen? Da vorn kniet Kort hinter der Klippe und lädt sein Gewehr, und jetzt schaut er sich nach ihm um. Petrus tastet seine Beine ab und seinen Leib, ob etwas kaputtgegangen ist, aber es scheint alles heil, nur ist er ganz voll Staub, grau wie ein Stein, und hat sich mit dem Blut von seinen Händen verschmiert, da hat er wohl in den Busch gefaßt. Petrus kommt taumelnd auf die Beine, aber die sind ganz weich und wollen ihn nicht recht tragen, und er fällt wieder hin. Er kriecht auf allen vieren zu Kort hinüber, der schießt und repetiert, und jetzt sagt er über die Schulter: »Da haben dich die Deutji fast erwischt, mit ihrem Grotrohr, was, Petrus«, und lacht. Gerade da haut es wieder ein – Krachbumm! – dort drüben bei der großen Klippe. Die Erde bebt, ringsum prasseln Steine hernieder und abgerissene Dornzweige. Kort hat wohl gar keine Zeit, hinzuschauen, er schießt und lädt und schießt und hört auch nicht auf, als es noch einmal über sie hinwegfährt und krachend in den Hang haut. Petrus verkriecht sich hinter dem großen Stein, da hockt schon ein junger Kerl, der auch kein Gewehr hat, bloß seinen Kirri, und ganz grau im Gesicht ist, aber nicht vor Staub, sondern vor Schrecken, Petrus sieht, wie sein Unterkiefer zittert. Da läuft auf einmal der Elias vorbei und noch ein paar andere, und jetzt kommt Kort gesprungen und schreit zu Petrus hin: »Auf, kommt, kommt mit, ihr!« Petrus packt den Herero mit dem Kirri am Arm und zieht ihn mit sich, und so laufen sie hinter Kort her, er will wohl über den Kamm hinüber, wo die Deutji sie nicht mehr sehen können. Die schießen jetzt von unten herauf mit einem kleinen Grotrohr hinter ihnen her, das fährt pfeifend in die Klippen und kracht fürchterlich, und die Luft ist voller Staub und sausender Steinsplitter und Geschrei.

Morphium oder Rum?

Kurz vor ein Uhr mittags erstirbt das Feuer. Kein Feind mehr in Sichtweite. Gygas läßt abbauen und befiehlt: »Rohr frei!« Ruck an der Abzugsleine, die letzte geladene Granate kracht heraus und heult zur Bergkuppe hoch. Oben zerplatzt das Schrapnell in eine auseinanderfahrende Rauchwolke: bratz und bromm! Das Echo rollt über sie hinweg. »Rohr auswischen! Protze vorfahren! Beeilung, Beeilung!«

Ettmann sieht die Schützen in breiter Linie den eroberten Hang herabstolpern. Ein Dutzend Männer marschiert dort oben als Flankendeckung weiter, winzige Bleisoldatensilhouetten vor dem unglaublich blauen Himmel. Bootsmannsmaat Jurjahn wird von zwei Leuten zur Sanitätskarre gebracht, halb getragen, halb gestützt. Er hat eine böse blutende Wunde an der Hüfte. Dr. Willutzki schaut sich die Verletzung an: »Sieht nach Querschläger aus«, und fragt: »Morphium oder Rum?« Der Bootsmannsmaat antwortet, ohne zu zögern: »Rum!« Der Arzt kramt eine braune Pulle aus der Tasche und reicht sie ihm. Der Seemann nimmt einen gewaltigen Schluck, und der Doktor schnappt ihm die Flasche wieder aus der Hand, bevor er sie leersaufen kann. Dann macht er sich daran, den Bleibatzen herauszuschneiden. Ettmann wendet sich schnell ab.

Noch ein Verletzter muß verarztet werden, Reiter Hesse hat einen Streifschuß an der Wade, den näht Dr. Willutzki zu. Aber einer ist tot, hört Ettmann, Matrose Karle ist beim Sturm auf die Hererostellung gefallen, seine Kameraden bringen ihn in einer Decke zum Rivier hinunter. Die feindlichen Verluste bleiben unbekannt, in der Hauptstellung der Hereros auf dem Gipfel sind nur vier Tote gefunden worden.

Die Truppe bleibt über Nacht auf dem Gefechtsfeld. Matrose Karle wird am Abend oberhalb des Riviers zur letzten Ruhe gebettet. Kapitänleutnant Gygas spricht ein Vaterunser, sechs Mann feuern die Ehrensalve über das Grab. Schade steht neben Ettmann und sagt: »Eigentlich doch recht geringe Verluste, für so eine Mordsschießerei! Ich meine, wenn man's recht bedenkt.«

Der arme Mann

Cecilies Füße schmerzen. Sie ist seit vier Stunden auf den Beinen. Es muß bald Mittag sein, dann kann sie sich ein bißchen ausruhen. Da hört sie in der trockenen Luft Donner, von Norden her, vom Swakop. Es klingt nicht wie ein Gewitter. Dumpfe, ferne Schläge sind das, mit vielfältigem Echo. Sie bleibt stehen und lauscht, aber außer dem Grollen ist nichts weiter zu hören. Auch der Pastor lauscht. »Sind das vielleicht Sprengungen?« fragt Cecilie hoffnungsvoll, aber Lutter schüttelt den Kopf: »Nein, ich fürchte, das ist Kanonendonner. Gott, steh den Menschen dort bei!«

Fru Petrine drängt zur Eile, der ferne Lärm ängstigt sie. Sie führt sie weiter über das trockene Bett des Kaan und über einen Hügel und dann den Aussib aufwärts, in einer allmählich enger werdenden Schlucht. Klippen ragen in braunschwarzen Tafeln aus den grasbewachsenen Hängen, Dornbüsche und große, runde Steinbrocken säumen das trockene Flußbett. Hier und da stehen Pfützen; bisher hat es ja fast jede Nacht geregnet.

Gott sei Dank, daß Häuptling Zacharias ihnen die beiden älteren Männer mitgegeben hat, die helfen, ihr wichtigstes Gepäck zu tragen, besonders Cecilies schwere Photoglasplatten, das Kistchen mit den Kameras, das Zelt zum Entwickeln, Lutters Bücher.

Abraham aber bleibt verschwunden, obwohl Zacharias eigens herumgefragt hat. Keiner von den Hereros im Lager will den Kleinen gesehen haben. Eine Zeitlang klettern und stolpern sie schweigend dahin. Bevor sie von den Kanonenschlägen unterbrochen wurden, hatte Lutter Cecilie erzählt, in welcher Klemme Zacharias Zeraua steckt. Daran denkt sie jetzt und sagt auf einmal: »Der arme Mann!« Lutter fragt: »Wer? Zacharias?« Er schüttelt den Kopf. »So arm ist der alte Zacharias auch wieder nicht. Er ist auch ein ganz schönes Schlitzohr und in mancher Hinsicht auch nicht besser als der Oberhäuptling, Samuel Maharero. Wenigstens säuft er nicht ganz soviel. Aber wenn es etwas Schönes zu kaufen gibt, einen Anzug oder einen Hut oder Wein, da ist er immer dabei. Und wenn's dann ans Bezahlen geht«, fährt er fort, »sind jedesmal das Geschrei und der Jammer groß, daß er seine Ozongombe hergeben soll. Das sind die Beester, Ozongombe«, erklärt er, »der Händler rechnet aber auch einen Ochsen oder eine Milchkuh für fünfzig Mark Schulden. Das ist glatter Betrug, und in Deutschland hätte ihn bald die Polizei am Wickel. Aber hier? Der Händler legt den Preis nach Gutdünken fest, nach einem Jahr verlangt er von den Leuten für zehn Mark Schulden fünfzig Mark, und die Truppe hilft ihm beim Eintreiben, wenn es Schwierigkeiten gibt. Gegen die Schwarzen, da halten sie alle zusammen.«

Lutter atmet schwer, der mühsame Weg strengt ihn an. Sie bleiben stehen, und Lutter sieht sie ernst an. »Das Problem ist aber nicht nur das Kaufen und das Schuldenmachen! Das Problem ist, daß man den Leuten langsam, aber sicher die Lebensgrundlage entzieht, ihr Vieh und ihr Land und ihre Art zu leben. Und gleichzeitig macht man sie abhängig, vom Mehl und vom Schießpulver, vom Branntwein und vom Kleiderstoff und von allem möglichen Schnickschnack.«

Fru Petrine wartet weiter vorn auf sie, mit ihrem Bündel und den Kalebassen, und so setzen sie sich langsam wieder in Bewegung. Lutter hebt die Schultern und läßt sie wieder fallen: »Na ja. Jedenfalls hat der Zacharias, damit er nicht so viele von seinen schönen Beestern hergeben muß, auch immer mal wieder Land verkauft, da ein Stück und dort eins, mal an die Hälbichs, mal ans Gouvernement. Das ganze Farmland um Karibib herum hat früher einmal seinem Stamm gehört! So ist das der Verwaltung natürlich am liebsten; so geht das Land schön allmählich und ganz und gar legal in deutsche Hände über.« Lutter seufzt.

»Das konnte sich der Zacharias nie so recht vorstellen, was er da getan hat, und auch keiner von den anderen Häuptlingen. Land verkaufen, das hieß für ihn und für die Hereros allgemein, daß sie uns erlauben, das Land zu benützen, als Weide, zur Tränke, meinetwegen auch zum Draufwohnen. Es gibt da eine Geschichte über den alten Häuptling Maharero von den Okahandjas. Zu dem kam eines schönen Tages der Hauptmann v. François und wollte Land kaufen. ›Warum nicht!‹ soll der alte Maharero gesagt haben und ließ ihm einen Eimer voll Sand vor die Füße stellen. Die Hererosprache macht nämlich keinen Unterschied zwischen Land und Boden. Na, jedenfalls, was die Hereros nicht kapiert haben, war, daß das Land für alle Zeiten futsch war! Die Siedler ließen sie nicht mehr darauf! Der größte Teil der Hereros ist ja nicht seßhaft, sondern zieht mit den Herden durchs Land. Ist eine Weide leergefressen, ziehen sie weiter, dahin, wo es noch genug Gras gibt, Gras und Wasser. Da wollen sie sich dann niederlassen, die ganze Werft, wie sie das immer gemacht haben, aber auf einmal ist da ein Zaun!«

Schon eine Weile sind Johannes und die zwei »Gepäckträger« mit ihnen auf gleicher Höhe, schwer haben sie zu tragen. Der ältere der beiden Hereros, der Cecilies Photokiste auf den Schultern trägt, sagt jetzt: »Ja, Omuhonge, ganz genauso ist das, wie du das sagst. Und dann dürfen die Leute nicht mehr zum Wasser, und da dürfen ihre Ozongombe nicht mehr weiden, und da steht der Deutschmann mit dem Gewehr und sagt: ›Hau ab, Kaffer!‹« Er hat eine tiefe, beinahe grollende Stimme. »So viel Land ist schon verboten! Wo sollen wir hin?« Niemand sagt mehr etwas. Schweigend steigen sie den steinigen Hang weiter aufwärts.

Barmen

19. Februar (Freitag):

Die Truppe strömt in den Ort. Ettmann bringt das Geschütz zum Stehen und sieht sich um. Ein Kirchlein, fünf, sechs niedrige Lehmziegelbauten mit Veranden, ein Wellblechschuppen, alles weit verstreut unter Bäumen. Türen sind schief und aufgebrochen, die Fensterscheiben sind zerschlagen, Unrat und kaputte Möbel liegen herum. Das ist Klein-Barmen, und es ist verlassen und geplündert. Mitten auf dem Hauptweg liegen zwei Tote. Nicht weit davon, vor einem halbverfallenen Lehmhaus, liegen noch drei Leichen in der Sonnenglut, eine davon der schon angefressene Körper eines kleinen Kindes. Die Leichen sind unförmig aufgedunsen und faulig schwarz. Der Gestank ist schrecklich. Die eingeborenen Treiber müssen die Toten am Wegrand beerdigen, die Weißen halten nach einer flüchtigen Inaugenscheinnahme Abstand. Ein Kreuz aus zwei Brettern wird in das Grab gesteckt. Die

Leute nehmen die Mützen ab und halten sie vor der Brust, und Kapitänleutnant Gygas spricht: »Der Herr sei euren armen Seelen gnädig. Ruhet in Frieden!« Das muß reichen. Ettmann fühlt eine merkwürdige Mischung von Zorn, Ekel und vager Angst in sich. Er sieht den Männern an, daß sie empört und wütend sind, besonders der Anblick der kleinen Kinderleiche hat sie aufgewühlt.

An der Quelle werden die Feldflaschen aufgefüllt. Mächtige, alte Anabäume stehen hier und spenden Schatten. Zum Rasten ist aber keine Zeit, gleich muß es weitergehen. Ettmann hat sich noch einmal die Karte angesehen und schätzt, daß es noch etwa fünf Kilometer bis Groß-Barmen sind. Dort, am Swakopufer, stehen verlassene Pontoks, die eingeborenen Hilfssoldaten werfen brennende Grasbüschel hinein. Ettmann ist schon fast an den Pontoks vorbei, da schießt es ein-, zweimal von der Höhe hinter der Werft. Die Truppe macht Front zum Hang hin, aber es passiert nichts weiter, es sind auch keine Hereros zu sehen. »Vermutlich bloß ein einzelner von den Saukerlen!« sagt Gygas und läßt weitermarschieren. Ettmann blickt einmal über die Schulter zurück und sieht dunklen Rauch aus den runden Lehmhütten wirbeln.

Die Pad führt jetzt vom enger werdenden Swakoptal weg und hangaufwärts zu einem Sattel zwischen zwei flachen Kuppen. Zu beiden Seiten wächst dichter Busch. Die Kolonne marschiert dicht aufgeschlossen in die Engstelle. Es geht sehr langsam, der Weg ist teilweise steil und voller Geröll und ausgewaschener Löcher. Die Pad kurvt nach rechts, und Ettmann sieht, daß die Vorhut schon fast den Sattel erreicht hat. Die Vorhut geht zu Fuß, denn die Reiterspitze ist gleich nach dem Aufbruch vorausgeschickt worden, um Fühlung mit einer kleinen Reitertruppe zu gewinnen, die man ihnen von Okahandja aus entgegenschicken sollte. Die Reiterspitze muß hier vor einer knappen Stunde durchgekommen sein, er kann da und dort noch ihre Hufspuren im Staub sehen. Dort vorn, wo die Vorhut jetzt ist, kurz unterhalb des Sattels, wird der Weg eng und steil, da werden die Mulis schwer zu ziehen haben, denkt Ettmann, und wir müssen in die Speichen greifen und mithelfen. Er späht noch einmal mit zusammengekniffenen Augen nach vorn, und im gleichen Moment

knallt ein Schuß, und sofort kracht und knattert eine ganze Ge-
wehrsalve auf die Vorhut los. Er sieht erschrocken, wie einer aufs
Gesicht stürzt und ein anderer nach hinten geworfen wird, als
hätte ihn der Blitz getroffen. Die Männer spritzen auseinander in
die stachelige Deckung der Büsche.

In einem Augenblick schlägt die Monotonie des Marsches in
wilden Wahnsinn um. Von drei Seiten wird geschossen, Kugeln
pfeifen, knallen ins Holz, gleich vier der Treckochsen vor der
Sanitätskarre brechen getroffen in die Knie. Die Treiber lassen
Swip und Riemen fallen und rennen schreiend davon. Führerlos
bleiben die Wagen stehen. Pferde steigen und wiehern, die Maultiere vor der Kanone trompeten und versuchen, sich aus dem Geschirr loszureißen. Ein schneidendes Kommando im Lärm:
»Schwärmen!« Vor Ettmann taucht Gygas aus dem wallenden
Staub auf, er hat seine weiße Mütze verloren, zeigt auf die links
voraus liegende Höhe und brüllt: »Schwengberg! Da hinauf mit
Ihren Leuten! – Kuhn! Die Wagen in Deckung!« Kuhns Männer
kauern schon zwischen den Büschen und feuern, was das Zeug
hält. Mit Mühe bekommt der Oberleutnant ein paar Leute zusammen, mit denen er die getroffenen Ochsen ausschirren und
die Gespanne in den Schutz der Böschung zerren kann.

Ettmann hat das vorderste Satteltier am Trensenzügel und will
es herumziehen, damit das Geschütz Richtung Feind zeigt, aber
das verängstigte Vieh will nicht und bockt. Da packt er es bei den
empfindlichen Ohren, und jetzt versucht es nach ihm zu beißen,
aber da wird er wütend und dreht am Ohr, und da zieht das Biest
an. In dem wüsten Durcheinander läßt sich kein Halbkreis fahren, und die Männer hängen die Kanone schon ab, bevor er es befehlen kann, und greifen in die Speichen und wuchten den Lafettenschwanz herum.

Neben ihnen schnallen sie in verzweifelter Hast das zerlegte
Maschinengewehr vom Tragsattel los, das Maultier bockt und
schlägt mit den Hinterbeinen aus. Die Schlittenlafette steht schon
im Staub, Gewehr drauf, der Gewehrführer klappt den Schloßdeckel auf, der Ladeschütze legt den Gurt ein und zieht ihn nach
links durch, Schloßdeckel zu und mit dem Ladehebel durchladen.
Um die Männer hauen Kugeln in den Dreck. Keine Zeit fürs Vi-

sier, Feuerstoß in die Büsche, der Lauf schwenkt einmal links und einmal nach rechts, die Mündung spuckt weißes Feuer. Rasend schnell frißt das Gewehr den Gurt, rauchende Hülsen klingeln auf den Boden.

Das Geschütz ist geladen, Ettmann springt zurück, brüllt: »Schuß!« und ruckt an der Leine. Donnerschlag, heißer Rauch, wirbelnder Staub. Eine zweite Kartätsche gleich hinterher, in direktem Schuß auf dreihundert Meter in die Büsche auf der Böschung, aus denen die Schüsse der Hereroschützen knattern. Eine Kugel knallt auf den eisernen Radreifen, eine zweite trifft das Geschützrohr, der Stahl singt und brummt wie eine Glocke. Ettmann duckt sich hinter das Rad. Ringsum wallen Staub und Rauch, orangefarben glüht der Sonnenball durch den Dunst. Auf der niederen Kuppe links die Silhouetten fechtender Männer wie ein Scherenschnitt gegen den gleißenden Himmel, ein Augenblicksbild, das sich ins Gedächtnis brennt, während die Ansetzerstange ins Ladeloch fährt und wieder heraus. Ein Matrose taumelt genau aufs Geschütz zu, die Hände vor dem Gesicht, durch die Finger läuft helles Blut, tropft nach allen Seiten. »Weg da! Aus dem Weg!« schreit Ettmann und winkt mit dem Arm, gerade wollte er abziehen. Wachtmeister Schade reißt den Mann am Ärmel aus dem Weg und schießt dabei nach rechts mit dem Revolver, die dünnen Knalle fast unhörbar im Krawall.

Ettmann zieht ab, der Schuß löst sich, gleichzeitig reißt die Abzugsschnur. Er läßt den nutzlosen Knebel fallen, hebelt den Verschluß auf, die rauchende Kartusche fliegt heraus, er bückt sich, klappt den Werkzeugkasten auf und fingert nach der Reserveabzugsleine. Bevor er sich aufrichten kann, trifft ihn ein Schlag an den Kopf, daß es ihm vor den Augen flimmert, er fällt über den Lafettenschwanz, fängt den Fall mit ausgestreckten Händen ab, ohne die Schnur loszulassen. Ein Schwindel schwimmt wie eine Welle durch sein Gehirn, schwarz wird ihm vor den Augen. Irgendeiner zieht ihn an den Armen hoch, er taumelt, aber es geht, er kann stehen. Der Kopf dröhnt, alles scheint auf einmal wie in nasse Watte gepackt. Irgendwer schiebt ihn aus dem Weg, und Ferleberger hat die neue Schnur, hakt sie ein, haut den Verschluß zu und reißt ab. Die krachende Entladung schmerzt wie ein Messerstich in seinem Kopf. Ettmann tastet nach der Schläfe, aber wider Erwarten ist da kein Blut, nur eine schnell schwellende Beule. Ein Abpraller muß ihn getroffen haben, eine Kugel, die schon ihre Kraft verloren hat, oder vielleicht ein Stein. Es schmerzt aber sehr, und er schüttelt den Kopf, um die Betäubung zu verjagen, aber dadurch wird ihm so schwindelig, daß er sich jählings hinsetzen muß.

Die Hereros leisten erbitterten Widerstand, sie kämpfen viel verbissener als vor drei Tagen am Liewenberg. Schwengbergs Männer haben sie mit dem Bajonett von der linken Höhe vertrieben, aber noch immer feuern sie rechts von der Kuppe herunter und aus den Büschen an den Hängen und schreien dazu durcheinander, Ettmann hört nur das Wort »Deutji« heraus. Ziemlich viele scheinen es zu sein, sechzig, siebzig oder sogar hundert, dem heftigen Gewehrfeuer nach zu schließen. Von da oben werfen sie mit Steinen, Brocken hüpfen und springen den Hang hinab und rollen ihnen vor die Füße. Die Revolverkanone knallt, Grabow nimmt den Busch unter Feuer, aber nach vier Schuß hat sie Ladehemmung, und Grabows »Gottverfluchte Scheißmistscheiße!« ist sogar durch das Knattern der Schüsse zu hören. Dazu hämmert das MG. Drei Mann liegen flach auf dem Bauch dahinter, daneben kniet ein Matrose und lädt sein Gewehr, ohne zu sehen, daß rechts von ihm plötzlich acht oder zehn Hereros aus den Büschen brechen und auf ihn zuspringen, sie haben es auf das MG abgesehen. Ettmann kommt auf die Beine und zeigt, hastig wuchten sie das Geschütz herum und schießen eine ungezielte Granate auf fünfzig Meter in den Hang, den Angreifern direkt vor die Füße. Abschuß und Einschlag sind fast eine einzige Detonation, und Steine und abgerissene Zweige fliegen hoch und prasseln herunter. Staub wallt und wogt und weht davon, und Ettmann sieht die Hereros, auf die sie geschossen haben, davonrennen, zurück, den Hang hinauf, augenscheinlich alle unverletzt. Als wäre der Schuß ein Signal gewesen, läßt das Feuer mit einem Male nach; endlich ziehen sich die Aufständischen zurück, schleifen wahrscheinlich ihre Toten und Verwundeten hinter sich her und tauchen in die Klippen und Rinnen, verschwinden im wirren Gestrüpp der Akazien. Es schießt noch ein

paarmal, dann ebbt es ab, Lärm, Staub und Verwirrung legen sich
gleichermaßen. Ettmann hört Wehklagen und ein jämmerliches
Stöhnen. Ein schreckliches, ersticktes Gurgeln kommt von den
getroffenen Ochsen her. Gygas' heisere Stimme: »Ausfälle melden! Offiziere zu mir!« Und gleichzeitig rufen zwei, drei Stimmen: »Arzt! Schnell! Schnell der Arzt hierher!«

Eisabs Geist

Petrus keucht. Sie hetzen über die Kuppe. Die Last ist schwer.
Neben ihm läuft Elias und hinter ihnen einer, den er nicht kennt,
und zusammen tragen sie den Eisab, an den Armen und an den
Beinen, und das Blut tropft und läuft aus ihm heraus, und sein
Kopf hängt nach unten. Noch einmal schießt es da hinten, und er
schaut sich um und sieht den Staub und Rauch braun und weiß
und blau aus dem Hohlweg wehen, wie vielleicht der Geist eines
Menschen aus dem Leib weht. Wenn die Deutji nicht hinter ihnen
herkommen, sind sie erst einmal außer Sicht, sind für zwei oder
drei Atemzüge sicher, und Petrus fällt auf die Knie, sein Blut hämmert in den Schläfen, und die Brust pumpt, als gäbe es nicht genug Luft. Da liegt er, der Eisab, der gerade noch ein junger Mann
war, mit dem Loch mitten in der Brust, und sein Gesicht ist schon
grau und die Augen sind starr und all sein Blut ist in den Staub ge-
kleckert in einer schlenkerigen Spur.

Mit dem Eisab hat er vor nicht ganz vielen Nächten am Feuer
gesessen und mit dem Elias, und über Geister haben sie geredet.
Still war er an dem Abend, der Eisab, der doch so ein wilder Hitz-
kopf immer war. Angst hat er gehabt, daß, wenn er einen
Deutschmann totschießt, der Geist von dem Deutschmann dann
in ihn hineinfährt. Das hat er gehört von Moses und Mamma
Amelia, die von Mozambique herkommen, wo »die Portugiesen
die Deutji sind«. Er sieht ihn vor sich, den Eisab, wie er auf den
Fersen hockt und vor- und zurückwippt und in die flackernden
Flammen starrt, hinter sich die schwarze Nacht.

Und nun hat ein Deutschmann den Eisab totgeschossen. Ist

jetzt vielleicht der Geist vom Eisab in dem Deutschmann, der ihn geschossen hat? Petrus schwindelt. Das will er gar nicht weiterdenken. »Komm!« sagt Elias, »Komm, sonst kriegen sie uns noch!«

Rückkehr

20. Februar (Samstag):

Die Truppe marschiert in Okahandja ein. Ettmanns Geschütz rumpelt gegen drei Uhr nachmittags auf den Platz vor der Feste und hält an. Die Schwellung an seiner rechten Schläfe geht zurück, dafür hat er einen dunkelblauen Bluterguß an der Stelle. Dr. Willutzki hatte sich seinen Kopf angesehen und gefragt, ob ihm übel sei. Ettmann hatte das verneint, und der Doktor hatte zufrieden genickt und ihm zwei Aspirintabletten aus seinem Apothekenkoffer gekramt. »Salicylsäure!« hatte er dazu gesagt und mit der Zunge geschnalzt, als sei das ein ganz besonderer Leckerbissen.

»Gesamtmarschleistung 176 Kilometer in neun Tagen mit zwei Rasttagen!« konstatiert Kapitänleutnant Gygas vor seinen Unterführern. Er telegraphiert einen Bericht nach Swakopmund und Windhuk und läßt den Text auch am Bahnhof anschlagen, für jedermann zu lesen:

Okahandja, den 20. Februar 1904

Telegramm

Expeditionstruppe, bestehend aus Landungskorps »Habicht« und Eisenbahntruppe unter Kapitänleutnant Gygas gegen Hereros von Otjimbingwe am 16. Februar Gefecht am Liewenberge, tot Matrose Karle; verwundet Bootsmannsmaat Jurjahn und Reiter Hesse von Eisenbahntruppe. Am 19. Gefecht bei Großbarmen, tot Reiter Müller, verwundet Matrose Krämer, Haudschucke, ferner Gefreiter Ratjen, Reiter Soban, Schlosser Dräger von Eisenbahntruppe. Feind je 150–200 Gewehre stark, flüchtete beide Male nach Süden. Aufgefunden 13 Tote, zahlreiche Gewehre und Munition erbeutet.

Gegen sechs fühlt sich Ettmann besser und macht sich auf zum Bahnhof, in der Hoffnung, dort ein Bier zu bekommen. Während er in der Restauration wartet, bis er an der Reihe ist, hört er, wie Oberleutnant Kuhn zu Zürn sagt: »Den Hewitt, den kennen Sie doch auch? Sie wissen schon, der Engländer? Den hat man doch im Januar in Swakopmund festgenommen, von wegen Waffenhandel mit den Hereros!«

Zürn fragt: »Alec Hewitt? Ja, und?« Kuhn sagt mit zufriedener Stimme: »Man hat den Kerl ausgewiesen und auf den Dampfer ›Herzog‹ gebracht, der heut' noch nach Kapstadt abgeht! Grade kam es über den Morseschreiber.« Er geht an Ettmann vorbei nach draußen und nickt ihm zu: »Haben Sie's gehört? Ein Schuft weniger im Lande!«

Pastor Schwarz

Schrecklich heiß ist ihr, aber wenigstens schwitzt sie in dieser trockenen Hitze nicht. Sie atmet schwer, der Weg war steil bis hierher, mühsam und scheinbar endlos. Ihre Füße schmerzen, sie hat sich Blasen gelaufen und die Knöchel an den Schuhen blutig gescheuert, aber barfuß zu gehen ist bei den scharfkantigen Steinen ganz unmöglich. Ihre Schuhe sind gründlich ruiniert, die Sohlen beinahe ab, und der Kleidersaum ist schmutzig verfärbt, zerrissen und ausgefranst.

Cecilie bleibt stehen und beschattet die Augen mit der Hand. Endlich! Das da oben muß Aussis sein, wo der Aussib entspringt, dessen trockenem Bett voller Steine sie hier herauf gefolgt sind. Zwei geduckte Lehmziegelhäuser unter Akazien, ein Schuppen, sieben oder acht Pontoks. Das kleinere der beiden Lehmhäuser scheint eine Kapelle zu sein, denn vor dem Eingang hängt an einem kleinen Galgen eine Glocke, nicht größer als ein Teekännchen. Richtig, da ist auch ein kleines Holzkreuz über der Tür. Lutter holt sie ein und sagt: »Tja, Fräulein Orenstein, das ist nun also Aussis! Ein alter Freund haust hier, der gute Schwarz, auch ein Sendling beziehungsweise Missionar. Ich hoffe sehr, daß er zu

Hause ist!« Eine Weile gehen sie schweigend weiter und suchen sich ihren Weg durch Sand und über Steine, dann fährt Lutter fort: »Schwarz war früher Pastor in Deutschland. Ende der achtziger Jahre hat er sich dann hier als Goldsucher für die Deutsch-Südwestafrikanische Minengesellschaft betätigt. Er ist aber wieder zur Theologie zurückgekehrt, nach diesem nicht besonders erfolgreichen Ausflug in die profane Welt irdischer Güter.« Cecilie staunt. Ein Pastor als Goldsucher? Na so etwas!

Lutter und Schwarz begrüßen sich als alte Freunde. Die Sonne glänzt auf ihren kahlen Köpfen. Ein weißer, mittelgroßer Hund springt freudig bellend um sie herum.

»Das ist mein Sommerhaus mit Wintergarten!« sagt Schwarz zu Cecilie mit nicht geringem Stolz und weist auf sein wellblechgedecktes Lehmziegelhaus, »Hierhin ziehe ich mich vom Getriebe der Welt zurück.« Lutter lacht. Er wendet sich an Cecilie und sagt mit verschmitztem Zwinkern: »Mit ›Getriebe der Welt‹ meint er Otjimbingwe, das allerverschlafenste Nest im südlichen Afrika.«

Schwarz lebt hier in seiner Enklave mit einer »buntgemischten Schar«, wie er das nennt, einer kleinen Gemeinde von etwa dreißig Erwachsenen, Hereros und Damara durcheinander, auch Nama sind dabei. Halbnackte schwarze und braune Kinder drücken sich scheu vor den Pontoks herum und staunen mit großen Augen Cecilie an. »Hinein, hinein!« ruft Schwarz und schiebt sie ohne weiteres ins Haus, »geht nur hinein, drinnen ist es schön kühl!« Er dreht sich um und ruft laut: »Susanna! Susanna! Bring Wasser, wir haben Gäste!«

Drinnen im Haus herrscht wohltuendes Halbdunkel, aber schön kühl ist es nicht. Das heiße Blechdach strahlt Hitze ab wie ein Backofen, trotz der Luftlöcher, die man oben in der Wand gelassen hat. Das einzige Fenster ist mit einem Stück Blaudruck verhängt, und es dauert ein paar Minuten, bis sich Cecilies Augen nach der grellen Sonne an das Dämmerlicht gewöhnt haben. Der Raum ist leer bis auf ein mit Büchern und Papier überladenes Tischchen, eine Holzbank und zwei Stühle. Eine mit einer Decke verhängte Tür führt in einen Nebenraum, wohl das Schlafzimmer des Pastors. Die Wände sind mit Lehm verputzt und kahl, nicht aber die dem Eingang gegenüberliegende Wand. Die ist ganz und gar bedeckt mit Papierstücken, Zetteln, getrockneten Blumen, Photographien und Bildchen wie ein Flickenteppich. Mitten darin hängt ein schlichtes, schwarzes Kruzifix aus Holz, ohne die Figur des Gekreuzigten. Darunter ein Stehpult, nicht freistehend wie ein Altar, sondern an die Wand gerückt. Eine sehr große alte Bibel liegt aufgeschlagen darauf, flankiert von zwei Kerzenstummeln auf leeren Flaschen. Cecilie tritt näher und wirft einen neugierigen Blick auf die aufgeschlagene Bibelseite. Es ist das NEUE TESTAMENT, die Seite mit dem gottgegebenen Missions-Befehl:

Matthes XXVIII. Cap.

Und Jhesus trat zu inen / redete mit ihnen / und sprach: Mir ist gegeben alle Gewalt im Himmel und auff Erden. Darumb gehet hin / und lehret alle Völcker / Und täufet sie im Namen deß Vatters / und deß Sohns / und deß heyligen Geists / und lehret sie halten / alles was ich euch befohlen habe. Und sihe / Ich bin bey euch alle tage / biß an der Welt ende.

Die Bibel muß uralt sein. Sie schlägt die Eingangsseite auf und liest:

Gedruckt von Joh. Feyrabend
zu Franckfurt am Main 1584

In dem Text heißt es tatsächlich: »Jhesus trat zu inen / redete mit ihnen« einmal mit und einmal ohne h. Cecilie runzelt die Stirn, glättet sie aber gleich wieder, denn ihre Mutter hatte immer gesagt, die Falten blieben sonst irgendwann. Schrieb man damals so, oder sieht sie hier einen dreihundertzwanzig Jahre alten Druckfehler? Wer weiß!

Über der Bibel hängt ein Stück Papier, offensichtlich aus einem Buch herausgerissen und mit einem großen, rostigen Nagel an die Wand geheftet:

»Die Rheinische oder Barmer Mission.

Ihr Gründer nämlich war ein deutscher Missionar, namens Schmelen. Schmelen kam im Jahre 1814 nach einer beschwerlichen Reise in Südafrika in die Gegend des jetzigen Bethanien, wo er bei einer lauwarmen, guten Quelle in anmutiger Gegend am Goangibflusse die Station begründete. Während seines langen Aufenthalts unter den Hottentotten vernegerte Schmelen total; er heiratete ein von ihm bekehrtes Hottentottenmädchen und lief in Negerkleidung, nur mit Fellen angethan, herum, wohnte und lebte wie die Hottentotten, aber erwarb sich einen großen Einfluß bei diesen.«

An dieser Stelle ist das Blatt abgerissen. »Das ist aus dem Buch DEUTSCHLANDS KOLONIEN«, sagt Schwarz hinter ihr, »kommen Sie her und trinken Sie einen Schluck kühles Wasser mit uns, junge Dame!« Er schenkt aus einer Karaffe gluckernd ein und reicht ihr das Glas.

Schwarz sitzt buchstäblich an der Quelle; im Quellgebiet des nach Norden »fließenden« Aussib nämlich, oben auf der Wasserscheide. Nur ein paar hundert Meter weiter, auf der anderen Seite der Hügelkuppe, entspringt einer der zahlreichen Nebenflüsse des Kuiseb und fließt nach Süden. Die Quelle beim Haus sprudelt nicht, sondern tropft und rinnt aus den Klippen in ein kleines Felsbecken, wo es mit einem kniehohen Steindamm aufgestaut wird, und von dort gluckert es als Rinnsal durch Gras und Steine in den Sand, der es ein paar hundert Meter weiter verschluckt. Unter der Oberfläche sickert es weiter, vereinigt sich mit weiteren Rinnsalen, und wenn es dazu regnet, strömt es als Grundwasser den Aussib hinunter und weiter in den Swakop und hinaus in den Atlantischen Ozean.

Dort, an dieser Quelle, hat Schwarz, der Mann Gottes, einen hübschen, kleinen Garten angelegt, mit Ringelblumen, Schlangengurken, Zwiebeln, kleinen Kürbissen und einem gut gewachsenen Bestand an Dagga.

Endlich hat sich Cecilie die Haare einmal mit ein wenig Seife waschen können! Das war allerhöchste Zeit. Eine halbe Stunde hat sie sie in der Sonne gekämmt, bis sie trocken waren. Ein paar von den schwarzen Frauen haben ihr die ganze Zeit mit allergrößter Neugier zugesehen, halb in den dunklen Eingängen ihrer komischen runden Hütten versteckt.

Sie waren aber zu scheu, heranzukommen. Ob sie noch nie eine weiße Frau gesehen haben? Unsinn, weist sie sich selbst zurecht, ganz bestimmt haben sie das. Sie schauen nur erst einmal von weitem, was ich für eine bin.

Ein Tisch, eine Bank und der reichverzierte Schaukelstuhl passen unter das Sonnendach vor Schwarz' Haus. Dort trägt ihnen Susanna, eine Hererofrau, ein kaltes Abendessen auf, Wein, Wasser, Brot, Käse, Speck, Zwiebeln und Tomaten. Cecilie ißt mit wahrem Heißhunger. Die beiden Missionare unterhalten sich über gemeinsame Bekannte, die Cecilie nicht kennt, und kommen schließlich auf den Schulunterricht zu sprechen, den Schwarz für seine neun Schüler hier abhält.

Schwarz erzählt, wie er vor ein paar Monaten einen Hereroburschen getroffen hat, der eine kleine Ziegenherde trieb, und ihn gefragt hat, wie viel Bokkies er da habe. »Hundert!« habe ihm der Bursche voller Stolz und ohne zu zögern geantwortet. Es waren aber gerade mal dreiundzwanzig! Lutter lacht und sagt: »Ja, mit der Arithmetik ist es bei den Leuten nicht weit her. Aber ich wette, daß er trotzdem ganz genau wußte, wie viel Tiere er dabeihatte. Bestimmt hatte er sein Holzstückchen um den Hals hängen, in das er so viele Kerben geschnitten hatte, wie Bokkies da waren. Mit ihrem Vieh nehmen sie es nämlich sehr genau!« – »Stellen Sie sich vor, junge Dame«, sagt Schwarz zu Cecilie, »die Leute haben mehr als dreißig verschiedene Ausdrücke für die Farbe ihrer Rinder und eine Vielzahl von Worten für die Form und Art ihrer Hörner!«

Am nächsten Morgen führt Schwarz sie und Lutter ein wenig herum. Von der Kuppe aus öffnet sich ein großartiger Blick nach Süden, über die menschenleeren, von Schluchten zerrissenen Landschaften des Kuiseb-Gebietes. Im Westen, hinter den Hügeln und Höhen des Khomashochlandes, liegt Windhuk. »Zu Fuß vielleicht drei Tage von hier«, meint Schwarz.

Schwarz' kleine Siedlung liegt friedlich in der Vormittagssonne. Vor einer der Kugelhütten wärmen sich drei Hererofrauen in ihren langen, bunten Gewändern. Es ist ein schön gebauter Pontok, mit einem Kranz aus Riedbinsen rundherum, wie eine Hutkrempe oder, noch besser, wie eine Mönchstonsur. Lutter und Schwarz tragen Cecilie den Tisch herbei und stellen einen Schemel darauf. Auf dieses Behelfsstativ kommt die Kodak. So kann sie die Pontoks aus normaler Augenhöhe photographieren. Die Frauen wollen flüchten, aber Schwarz überredet sie, sitzenzubleiben.

Nachher kehrt Cecilie zu Schwarz' zettelgespickter Wand zurück. Die würde sie auch gerne ablichten, aber es ist wohl zu düster hier drin. Ohne Stativ ganz unmöglich. Sie könnte vielleicht das Sonnenlicht auf die Wand spiegeln, nur bräuchte sie dazu einen großen Spiegel oder besser noch zwei. Aber Schwarz ist bestimmt kein eitler Mann und hat höchstens einen kleinen Rasierspiegel.

Die Wand fasziniert sie: Da hängt rund ums Kruzifix ein Sammelsurium von Dingen, mit Nadeln angesteckt oder an Nägeln angebunden: getrocknete Blätter, Knöpfe, ein Handschuh, dem zwei Finger fehlen, ein Eichenblatt aus getriebenem Silber. Dazwischen hängen Papierstücke, das Etikett eines Tintenfasses und ein Billett der alten Mainzer Pferdebahn. Eine oval gefaßte, auf Karton gezogene Photographie zeigt Schwarz mit Schaufel und Goldgräbersieb vor einem Planwagen, neben ihm ein alter Hottentottenmann mit einer langen Großvaterpfeife im Mund. Darunter hängt ein vergilbter Briefbogen mit dem Aufdruck »DAMARA- UND NAMAQUA HANDELSGESELLSCHAFT M. B. H.«, in schöner, klarer Handschrift mit blauer Tinte beschrieben. Cecilie liest:

»**Die Dagga-story**
oder Wie die Namaqua beim Dagga-Rauchen merken,
wann sie genug deß Rauches genossen haben.
Im Kreise hocken sie sich auf die Erde hin und entzünden ihre Pfeifen, welchselbige aus ausgehöhltem Holze gefertigt. Den Rauch blasen sie in ihre Mitte, wo sie ein Huhn angepflockt haben. Sobald nun dies Huhn, vom Hanfdampfe betäubt, umfällt, wissen die Namaqua, daß es an der Zeit sei, aufzuhören.

Manchen Namaqua fällt jedoch das Federvieh zu schnell um, und sie verwenden darum Thiere, welche die Balance nicht so schnell verlieren, etwa ein Zicklein. Es ist nicht unerhört, daß die Raucher ringsum in tiefen Schlaf sinken, während das Zicklein, welches sich allem Anscheine nach außerordentlich behaglich fühlt, fest auf den Beinen bleibt und durchaus den Eindruck zu erwecken versteht, es sei in tiefes Nachdenken versunken.«

Dagga ist also Hanf! Merkwürdig. Da hängen noch mehr aus Büchern ausgerissene Absätze. Da heißt es auf einem:

»Wir kamen noch an demselben Tage bei einem der Krale der Groß-Namacquas an, deren Einwohner, obwohl sie von unserer Ankunft benachrichtigt waren, alle die Flucht ergriffen, als sie einige von uns, die beritten waren, auf sich zukommen sahen, so daß wir in den Hütten niemand außer Greisen und alten Weibern fanden, welche anfangs große Furcht hatten, aber sobald wir ihnen Dagga und Tabak schenkten, sich beruhigten, was von den jungen Leuten, die geflohen waren, bemerkt wurde. Sie kamen einer nach dem anderen zurück, schlichen sich ganz leise in die Hütten und bald darauf zeigten sie sich dreist vor uns.«

Darunter ist klein mit Bleistift die Herkunft der Seite notiert, vermutlich von Schwarz:

(Dies aus dem: TAGEBUCH DER KAPITÄNS HENDRIK HOP ÜBER DIE REISE NACH DEM GROSS-NAMALANDE. 1761–1762.)

Cecilie, neugierig geworden, liest einen Zettel nach dem anderen. Auf einem heißt es:

»Er beugte sich im Schuldbewußtsein dem Heiligen Geist, bekannte seine Sünden, ging in den Garten, riß die Dagga, die er früher rauchte, aus und trat den Samen der Staude in den salzigen Boden, wo er nicht gedeihen konnte, dann kehrte er in seine Hütte zurück, holte das Gefäß, in welchem das Honigbier bereitet wurde, heraus und zerschlug es; so trug er Frucht, wie sie dem Reuigen geziemt, denn beide berauschende Dinge waren für ihn Fallstricke gewesen.
   (Dies aus: BACKHOUSES REISE NACH WARMBAD, unter dem 8. Februario 1840).«

Cecilie kichert. Februario! Hier ist wieder ein Absatz sorgfältig
mit der Feder abgeschrieben, wohl weil ein Buch nicht zerrissen
werden sollte:

»Als jedoch der Dagga mit vieler Mühe ausgerissen und von einem
Nama willig weggetragen wurde, kam seine Tochter, eine junge
Frau, halb rasend, schreiend und tobend vorbei. Wir gaben dem
Nama ein Zeichen, sich an nichts zu kehren und zu gehen. Voller
Wut schlug sie sich ins Gesicht, sprang in die Höhe und warf sich
dann satanisch kreischend auf den Boden.

(Dies aus: CARL HUGO HAHNS TAGEBÜCHERN der Jahre
1837–1860; unter dem 24. Februar 1843).«

Daneben ist ein kleines Plakat mit Reißzwecken an der Wand befestigt, dessen Überschrift lautet:

Der Teuffel Alkohol-Genuss.

Es zeigt das Portrait eines weißen Mannes, sauber gekämmt und
gescheitelt. Daneben das Bild desselben Mannes, aber nun offensichtlich unter dem verwildernden Einfluß des Alkohols: Mit aufgerissenen Augen, wirrem, zerzaustem Bart, die Haare hängen in
Strähnen ins Gesicht.

An einer Schnur hängt darunter ein vergilbtes Bändchen:

Der Überseeische Branntweinhandel.
Seine verderblichen Wirkungen und Vorschläge
zur Beschränkung desselben.
Von F.W.Zahn,
Missions-Inspektor in Bremen.
Referat auf der Konferenz deutscher evangelischer Missions
Gesellschaften zu Bremen vom 27.–29. Oktober 1885

»Ich arbeite an einem Büchlein!« sagt Schwarz hinter ihr. »Oder
an einer umfassenden Predigt gegen den Schnaps! Ich will versuchen, Worte zu finden, die die Kinder dieses Landes verstehen
und die ihnen einleuchten. Und ich überlege durchaus, ob gegen

den Branntweinmißbrauch nicht ein Kraut gewachsen ist. Zum Beispiel unser guter alter Hanf, zu dem sie hier Dagga sagen und der im Vergleich zum Alkohol in der Wirkung ziemlich harmlos ist. Im Orient bereitet man aus seinem Harz das sogenannte Haschisch, welches als Medizin verwendet wird.«

Schwarz setzt sich auf die Bank und faltet die Hände im Schoß, blickt sie mit seinen klaren blauen Augen an und sagt: »Der alte Hahn war ja gegen das Kraut und hat es ausgerissen, wo immer er es fand. Die arme Pflanze, ist doch auch ein Gewächs Gottes!« Er schüttelt bedauernd den Kopf und erklärt: »Ich spreche von Carl Hugo Hahn, dem großen alten Missionarius von Südwest. Sein Name wird Ihnen wohl nichts sagen.«

Cecilie erwidert: »Nun, doch! Ich habe ein wenig in seinen Tagebüchern gelesen.« Schwarz lacht. »Ich hätte es mir denken können! Lutter schleppt natürlich seine ganze Bibliothek mit sich herum!« Er schüttelt den Kopf. »Was wollt' ich denn eigentlich sagen? Ach ja, das Kraut gegen den Schnaps! Na ja, ich schwanke noch zwischen Hahns Verdammung der Daggastaude und …« er macht eine Kunstpause, legt den Kopf auf die Seite und sieht Cecilie mit verschmitzten Augen an, »… und Nietzsches Erkenntnis: ›Wer von einem unerträglichen Druck loskommen will, der hat Haschisch nötig!‹«

Nach einem guten Abendessen aus geräuchertem Fleisch, gebratenen Eiern und einem Salat aus Gurken und Zwiebelchen bleiben sie zufrieden am Feuer sitzen und schlürfen Kaffee.

Cecilie fühlt sich erholt und geborgen und genießt den schönen Abend. Hell steht das Kreuz des Südens am Himmel. Die Milchstraße zieht sich als glitzernde Bahn über das Firmament, und die Nachtluft ist mild und würzig. Drüben bei den Pontoks hockt Johannes am Feuer und raucht seine Hottentottenpfeife und schwatzt mit den Namas. Hier neben ihr theologisieren Schwarz und Lutter und rauchen Dagga mit Tabak vermischt.

»Getrocknete und zerriebene Hanfblüten, nichts anderes als der Knaster, den unser Hanfbauer in der fernen Heimat raucht«, sagt Schwarz und reicht ihr die Pfeife, »versuchen Sie's mal!«

Cecilie hat hin und wieder einmal eine Zigarette geraucht und schmeichelt sich, nicht unerfahren damit zu sein, auch wenn sie keine ständige Raucherin ist. Sie zieht den Rauch tief in die Lunge, aber gleich packt sie ein Hustenanfall und schüttelt sie so heftig, daß ihr schwindelt. Sie hustet, bis ihr die Tränen über die Backen laufen. Schwarz lacht aus vollem Hals.

»Was gibt's da zu lachen, Herr Schwarzmann?«

»Oh, nix, gar nix, Mademoiselle Weißfrau!«

Lutter ist immer noch beim Thema: »Glauben heißt doch auch, sich an etwas klammern! Es kann heißen: sich etwas vormachen, starr im Denken werden, nichts anderes mehr zulassen.«

Der Pastor pafft in die Pfeife, daß die Funken stieben und die Hanfsamen knistern und knallen. Rote Glut beleuchtet sein Gesicht, ein zweifelnder Schein-Mephisto im Dagga-Rausch. Rausch ist eigentlich nicht das richtige Wort. Es ist nicht so wie der Rausch nach Wein oder gar nach Branntwein. Nein. Cecilie tastet nach einem passenden Ausdruck, der den Zustand beschreibt, aber es will ihr keiner einfallen. Es ist auch nicht so wichtig. Es ist ein schöner Abend, und ihr ist ruhig zumute. Wundervoll duftet die milde Nachtluft, nach Heu und Rauch und auch ein wenig staubig und fremdartig. Und welch ein wohltuendes Schweigen! Leicht schwebt sie da im Korbstuhl, der Mond scheint bleich und blau auf Gestein und Gebüsch, und rot und golden tanzen die Funken über dem verlöschenden Feuer.

Am Abend des folgenden Tages sitzen sie vor dem Feuer und beratschlagen, was zu tun sei. Schwarz hat gehört, daß die Otjimbingwer Deutschen im Hälbichschen Gehöft belagert sind, und Lutter ist deutlich gesagt worden, sie sollen sich von Otjimbingwe fernhalten. Es heißt auch, daß im Swakoptal gekämpft wird, Cecilie hat ja selbst die Kanonenschüsse gehört. Hier bei ihm, sagt Schwarz, seien sie außer Gefahr, denn die Hereros würden weder Frauen noch Missionaren etwas antun. Von ihm aus könnten sie bleiben, so lange sie wollen, er rät es ihnen auch ganz dringend an. Cecilie möchte weiter nach Windhuk, aber die Männer schütteln die Köpfe. Vorläufig ist das ganz ausgeschlossen, und sie solle nicht mit ihrem Leben spielen. So fügt sie sich schließlich drein.

TEIL III

Die Ostabteilung

11. Februar (Donnerstag):

Seesoldat Albert Seelig und zwanzig seiner Kameraden stapfen durch den Swakopmunder Sand. Hinter ihnen tost und donnert die Brandung. Seelig hat ordentlich zu schleppen, denn er trägt nicht nur einen großen Blechkoffer in jeder Hand, sondern auch noch einen Segeltuchsack auf dem Rücken, alles Zeug, das zum Stab des Bataillonskommandeurs gehört. Seine eigene Ausrüstung, Mantel, Tornister und Gewehr, hat er beim ersten Gang heute morgen schon zum Bahnhof geschafft. Die Kameraden sind genauso schwer beladen und schleppen Stabsgepäck und Ballen gerollter Zeltbahn von der Mole zum Bahnhof, weil es längst nicht genug Loren und Karren gibt, um all das viele Zeug zu transportieren.

Seelig ist müde, es ist noch nicht mal neun Uhr, und er macht den Weg heute schon zum drittenmal. Dabei ist er noch erschöpft von der gestrigen Plackerei. Vorgestern erst sind sie an Land gegangen, nach einer Reise von nur zwanzig Tagen. Das soll sehr schnell sein, die regulären Dampfer der Woermann-Linie brauchen zehn Tage mehr.

Bis das ganze Expeditionskorps gelandet war, alle vier Marineinfanterie-Kompanien, war es Abend gewesen, dreißig Offiziere und sechshundertachtundvierzig Mann hat die »Darmstadt« aus ihrem Bauch entlassen. Dazu noch die Maschinenkanonen-Abteilung der Marine mit einundsechzig Mann und acht Maschinenkanonen und endlich eine siebenundfünfzig Mann starke Eisenbahnbauabteilung. Siebenhundertsechsundneunzig Mann waren auf dem Dampfer zusammengedrängt und dazu noch die Ladung.

Gleich nach der Landung und auch gestern den ganzen Tag mußten sie helfen, diese Ladung zu löschen und vom Strand zum Bahnhof zu schaffen: Schutztruppen-Nachschub, insbesondere Gewehre 98, Gewehr- und Artilleriemunition, Bekleidung und

Stiefel, Sättel und Packsättel, Heliographenapparate, Feldtele-
graphie-Material, Proviant, Arzneimittel und Verbandsmaterial,
Werk- und Schanzzeug, Zelte und Feldbetten, Feldschmieden und
mehrere zerlegte leichte Wagen für Sanitäts- und Feldpostdienste.
Dazu eine Menge Eisenbahnmaterial, Schienen, Bohlen, Werkzeug und ähnliches.

Seeligs Kamerad Dürnsmaier dreht sich nach ihm um und sagt:
»Wann mich so ein Aufstandsneger jetzt siggt, lauft er vor lauter
Angst auf und davon!« Seelig muß lachen. Dürnsmaier sagt immer »siggt« statt »sieht« oder »schaug« statt »schau«. Dürnsmaier
ist ein blonder, kleiner Münchner mit Stupsnase und dem rot-
backigen Gesicht eines braven Lausbuben. Eine harmlosere Gestalt läßt sich kaum denken. Aber Dürnsmaier ist martialisch aus-
staffiert und trägt vier Gewehre, zwei umgehängt und zwei unter
den Armen, außer seinem eigenen die Gewehre der Kameraden,
die sich mit dem Gepäck des Herrn Hauptmann abschleppen
müssen. Die Schinderei ist aber gleich vorbei, es geht jetzt endlich zum wartenden Zug, der sie alle ins Innere des Landes bringen soll, dorthin, wo gekämpft wird.

Am Bahnhof angekommen, sieht sich Seelig neugierig um. Im
weiten Sand vor den Gleisen stapeln sich Ausrüstung, Säcke, Fässer, Kisten und Koffer, gerollte Zeltbahnen, Heeresfeldwagen mit
hochgebundener Deichsel. Eine lange Reihe kleiner, offener Güterwägelchen wartet auf die Soldaten, ein Teil davon hoch beladen.
Vier Maschinenkanonen sind samt ihren Protzwagen mit Hilfe
von Bohlen auf Flachwagen gerollt und fest verzurrt worden. Sie
sehen aus wie übergroße Maschinengewehre auf Kanonenlafet-
ten. Ihre Schloßkästen sind unter Lederbezügen versteckt, damit
kein Sand in den Mechanismus gerät. Nur bei der Marineinfanterie gibt es diese Maschinenkanonen und auf Kriegsschiffen zur
Torpedobootsabwehr. Seelig hat sie im letzten Herbst beim Manöver erlebt und erinnert sich gut an ihr infernalisches Knallen.

Mehr als zweihundert Seesoldaten stehen in loser Linie herum,
die hohen Tropenhelme auf dem Kopf, Gewehre umgehängt, und
warten auf ihre Verladung; auch welche von der 4. Kompanie. Von
denen ruft einer Seelig an: »He, Einser, weißt du was Neues?«
Seelig schüttelt den Kopf: »Nicht mehr als das, was sie uns auf

296

dem Schiff erzählt haben.« Korporal Kasper, der Führer von See-ligs Korporalschaft, kommt dazu, wirft einen schweren Kleider-sack in den Sand und sagt: »Es heißt, es geht zuerst einmal nach Okahandja.« Der fremde Soldat fragt: »Oka-was? Wo soll das sein?« Kasper zeigt nach Afrika hinein und sagt: »Dort hinten, wo der Kaffer haust, mein Sohn!« Der Vierer tippt sich beleidigt an die Stirn.

Auf einmal kommt Bewegung in die Wartenden. »Der Alte! Da kommt der Alte!« fliegt es von Mann zu Mann, und schon krä-hen die Leutnants: »Kompanüü! Zugweise in Linie antreten!«, und die Unteroffiziere machen Dampf: »Los, los, bewegt euch! Nicht so lahmarschig, verfluchte Zucht!«

Major Georg v. Glasenapp, der Führer des Marine-Expedi-tionskorps, ist in tiefes Nachdenken versunken, während er auf seine wartenden Seesoldaten zuschreitet, gefolgt von seinem neuen Adjutanten Leutnant Schäfer und den Hauptleuten Fischel und Lieber. Er kommt soeben von der Lagebesprechung mit dem Gouverneur. Oberst Leutwein ist nämlich vor einer Stunde erst vom südlichen Kriegsschauplatz nach Swakopmund zurückge-kehrt und hat die Leitung der Operationen übernommen. Der Oberst hat, nachdem er sich vom Ernst der Lage überzeugt hatte, die Truppen in drei Abteilungen aufgeteilt, nämlich in eine Haupt-abteilung, eine Westabteilung und eine Ostabteilung.

Die Hauptabteilung wird in Okahandja aufgestellt, Oberst Leutwein gedenkt sie selbst zu führen. Vorläufig besteht sie nur aus der 2. Marineinfanterie-Kompanie. Später soll sie durch die er-warteten Verstärkungstransporte aus der Heimat aufgefüllt wer-den sowie durch die aus dem Süden zurückbefohlene 1. Kompa-nie der Schutztruppe und die Gebirgsbatterie. Als Späher soll sie außerdem eine Witbooi- und eine Bastard-Abteilung erhalten.

Die Westabteilung geht nach Omaruru. Sie wird von Major v. Estorff befehligt, der mit auf der »Darmstadt« war. Er hat Fran-kes 2. Feldkompanie, die 3. Marineinfanterie-Kompanie sowie ein paar Geschütze zur Verfügung. Später soll noch die 4. Feldkom-panie dazukommen, die in Outjo steht.

Er selbst aber, Major v. Glasenapp, hat den Befehl über die Ost-abteilung erhalten, die von Windhuk aus nach Osten vorstoßen

soll. Es wird seine Aufgabe sein, das Ausweichen von Herero-
stämmen ins benachbarte britische Betschuanenland zu verhindern. Er hat dafür seine 1. und 4. Marineinfanterie-Kompanie,
eine neu aufgestellte Schutztruppenkompanie, zwei Geschütze
und zwei Maschinenkanonen.

Dem Major ist nichts anzusehen, aber er macht sich Sorgen. Er
hat Zweifel, ob seine Truppe der bevorstehenden Aufgabe gewachsen ist, denn sie ist völlig unerfahren und eignet sich nach
dem, was er bisher gehört hat, wenig für die Kriegsführung in
Südwest. Mit der Ostabteilung, in der Hauptsache aus seinen Seesoldaten gebildet, soll er in einem Gebiet operieren, das so groß
ist wie das Königreich Bayern! Zu Fuß! Da es in dem ganzen Gebiet praktisch kein Wasser gibt, auch keine Siedlungen oder Farmen, muß die Truppe ihren gesamten Nachschub in langsamen
Ochsentrecks mit sich führen. Die sind noch viel langsamer als
Fußgänger. Den Aufständischen wird es nicht schwerfallen, vor
seiner Abteilung davonzulaufen.

Kavallerie wäre besser gewesen, aber die deutschen Militär-
pferde eignen sich nicht für den Einsatz in Südwest und gehen
dort schnell ein. Aufkäufer sind unterwegs nach Südafrika, Argentinien und sogar Australien, um geeignete Tiere zu beschaffen;
vorerst aber gibt es nicht genug Pferde. Also wurden die Seebataillone hinausgeschickt, quasi als Feuerwehr. Entscheidend für
ihre Verwendung war, daß sie sofort eingeschifft werden konnten.

Die deutsche Marineinfanterie war ursprünglich nicht für den
Einsatz an Bord der Kriegsschiffe oder im Ausland konzipiert
worden, sondern für die infanteristische Verteidigung der See-
festungen Kiel und Wilhelmshaven. Sie ist jetzt, im Frühjahr 1904,
in drei Seebataillone zu je vier Kompanien gegliedert. Das I. Seebataillon ist in Kiel stationiert, das II. Seebataillon in Wilhelmshaven, das III. Seebataillon steht in Tsingtau in China.

Major v. Glasenapp weiß sehr wohl, daß sich die infanteristische
Ausbildung seiner Seesoldaten nur auf den »ordentlichen kriegerischen Wettbewerb nach festgelegten Spielregeln zwischen zivilisierten Nationen« bezogen hat. Mit Kleinkriegführung oder
Buschkrieg hatte man sich nicht beschäftigt, denn niemand hielt
einen gefährlichen Aufstand in den Kolonien für möglich. Wohl

hatten sich da und dort schon einmal einzelne Stämme erhoben, das war vielleicht lästig, aber doch nichts, womit die jeweilige Schutztruppe nicht fertig geworden wäre.

Aufständische, also Irreguläre, kommen im Reglement nicht vor und werden weder unter »Orts- und Waldgefecht« noch unter »Kampf unter besonderen Bedingungen« erwähnt. Seine jungen Seesoldaten sehen die Hereros kaum als reguläre Gegner, eher als Räuber und Wegelagerer, nicht viel anders als die Räuberbande im »Wirtshaus im Spessart«. Jetzt schon sollen wilde Geschichten die Runde machen, über gräßliche Morde an ahnungslosen Farmern und Gemetzel an wehrlosen Verwundeten. Menschenfresser und gottlose Wilde mit spitzgefeilten Zähnen geistern in den Erzählungen herum.

Meinen Seesoldaten, denkt der Major, wäre es bestimmt lieber, sie zögen gegen Apachen ins Feld, denn die sollen ja – wie hieß es noch in den Karl-May-Schwarten? – »edle und ritterliche Wilde« sein.

Kommißbrot

Endlich wieder in einem Bett liegen! Welch ein Genuß, nach den unbequemen Nächten auf der Kattel im Wagen oder auf der blanken Erde! Schwarz hat Cecilie sein Schlafzimmer zur Verfügung gestellt, den kleinen Raum neben seinem Studierzimmer. Er selbst teilt sich mit Lutter ein Kämmerchen im riedgedeckten, schiefen und bröckeligen Hartebeesthaus.

Doch trotz des schönen Bettes kann sie nicht einschlafen, der Strom der Gedanken will nicht versiegen; dabei ist sie so müde. Es muß schon nach Mitternacht sein. Cecilie steigt aus der eisernen Bettstatt und stellt sich im Hemd in die Tür und schaut hinaus. Es ist eine laue Nacht, keine Wolken am Himmel. Eine schmale Mondsichel hängt über den Bergen, und ein linder Nachtwind weht. In den Bäumen knackt und rauscht und wispert es. Von den Hütten her hört sie leises Schwatzen und Lachen, dort sitzen sie noch ums Feuer. Sonst ist es still, auch das Konzert der Zikaden ist längst verstummt. Im Schaukelstuhl liegt eine

getigerte Katze. Cecilie scheucht sie herunter und setzt sich. Der
Stuhl ächzt und knarzt. Die Katze läßt sich vor dem Stuhl nieder
und starrt sie an, bis sie lachen muß. »Sei nicht beleidigt, Mieze!«
sagt sie. »Ich bleibe nicht lange.« Die Katze fixiert sie unverwandt,
ohne sich zu rühren.

Ein ganz leichter Wind weht, weich wie ein Hauch. Er trägt
einen würzigen Duft mit sich, ein wenig wie frischgemähtes Gras,
aber doch anders, trockener und staubiger. Es riecht auch ein bißchen nach den Ziegen. Hin und wieder weht ein wenig Holzrauch
vom Feuer herüber.

Der Rauch erinnert Cecilie an ihre erste eigene Wohnung, auf
Umwegen allerdings. In Berlin-Südost, Köpenicker Straße 172,
hatte sie sich eingemietet oder, ehrlich gesagt, vom Herrn Papa
einmieten lassen, im Eckhaus zur Eisenbahnstraße, dazu den kleinen Schuppen beim Werkstattgebäude im Hof, in dem sie sich
dann ihr erstes Atelier eingerichtet hatte. Ihre Wohnung aber lag
im Vorderhaus, nicht in der Beletage, sondern ganz oben im 4.
Stockwerk, und vom Fenster aus konnte sie auf die Spree hin-
untersehen, wo sich hinter der Kaserne der Gardepioniere die
Pfuelsche Schwimmanstalt verbarg. Eine Eigentümlichkeit dieser Gegend lag sozusagen in der Luft. Ihrem Haus diagonal
gegenüber stand das Königlich Preußische Proviantamt mit der
Garnisonsbäckerei, ein mächtiger, kasernenartiger Bau aus gelben Backsteinen. Aus dessen Schloten und Schornsteinen quoll
Tag und Nacht der Rauch, und bei Windstille legte sich ein beinahe erstickender Dunst von Kohlenqualm, Speck und Kommißbrot über das Viertel. Selbst hier und jetzt konnte sie sich dieses olfaktorische Potpourri der Großstadt in die Nase holen, den
Geruch der Brotbäckerei, Mülltonnengestank und Küchendunst,
Rauch und Ruß, Pferdemist, den brackigen Wasserdunst der Spree
und manchmal bei Regen einen eigenartigen Ozonduft, wenn die
Elektrische blaue Blitze aus der Fahrleitung riß. An heißen Tagen
stank es von der Spree her nach Kloake.

Laut war es dazu, denn es war eine betriebsame Ecke. Durch die
Köpenicker fuhren mit Geratter und Gebimmel die Straßenbahnen von Treptow zum Spittelmarkt, unentwegt hin und her. Einmal in der Woche kam gar ein langer Kohlenzug über die Spree-

brücke gefahren und rumpelte qualmend durch die Eisenbahn-
straße zur Englischen Gasanstalt, während in ihrer Wohnung
Scheiben und Gläser klirrten. Den ganzen Tag lang klapperten
Hufe auf dem Pflaster und rollten Fuhrwerke in den Hof des Pro-
viantamtes und wieder hinaus, und beim Brotmagazin wurden auf
der Spreeseite Kähne und Zillen beladen und entladen, alles mit
Gepolter und Gebrüll. Auf dem Fluß tuteten Schlepper und
Dampfer, und drüben auf der anderen Seite der Spree rollten ohne
Ende die Züge der Stadtbahn durch die gläserne Halle des Schlesischen Bahnhofs und pfiffen die Lokomotiven der Fernzüge
nach Wien und Breslau. Erst nachdem abends in der Pionierka-
serne der Zapfenstreich geblasen war, wurde es ein wenig ruhiger.
Morgens weckten sie dann die Glocken der Emmauskirche vom
nahen Lausitzer Platz.

Cecilie seufzt. Zum erstenmal verspürt sie Heimweh. Sie sehnt
sich nach Berlin! Der Rummel der Zweimillionenstadt fehlt ihr,
und sie vermißt die sinnverwirrende Pracht der Warenhäuser, das
Ausruhen und Schauen in den Cafés und die unzähligen Unter-
haltungs- und Vergnügungsmöglichkeiten, etwa einen Walzerabend im Grand Hotel Bellevue! Noch unterhaltsamer wäre natürlich der Besuch einer Revue im Wintergarten oder einer
Operette im Metropol oder im Eldorado-Theater oder gar eine
»Fête du Negre« ein Cake-Walk-Tanzabend, immer ein großes
Vergnügen! Noch kurz vor der Abreise nach London hatte sie im
Apollotheater die Cake-Walk-Revue »Coons Birthday« gesehen,
die der berühmte Berliner Operettenkomponist Paul Lincke geschrieben hatte.

Ach, sie vermißt das alles, selbst die »Grosse Berliner Stras-
senbahn« mit ihren elfenbein und dunkelgrün lackierten Wagen!
Wie oft hatte sie sich über das Schneckentempo der Elektrischen
geärgert, wenn sie es eilig hatte. Wenn sie jetzt an die Fahrt von
Swakopmund mit den müde dahintrottenden Ochsen denkt,
dann kommt ihr die Straßenbahn vor wie ein rasender Schnellzug.
Die 83 oder die 85 hielten vor ihrer Haustür, und wenn sie Muße
hatte und schönes Wetter lockte, fuhr sie für ein paar Pfennige
nach Treptow, eine Fahrt von gerade mal zehn oder fünfzehn Minuten, unter der in Bau befindlichen Hochbahn am Schlesischen

Thor durch und hinaus bis zum Platz am Spreetunnel. Da konnte man nach Stralau hinüberfahren, unter der Spree durch! Nur ein paar Minuten dauerte das, und es war immer ein wenig gruselig, mit all dem Wasser darüber! Meist aber flanierte sie im Treptower Park oder trank Kaffee am Anlegesteg und sah den weißen Dampfern nach, die auf dem glitzernden Wasser vorbeirauschten, flaggengeschmückt und voll winkender Menschen, als ginge es nach Amerika, aber es ging nur bis zur Liebesinsel und zum Eierhäuschen. Gelegentlich galt es, sich der Avancen junger Leutnants zu erwehren, aber dazu genügte in der Regel ihr Wagen-Sie-es-ja-nicht-Blick, den sie sich aus allerlei unbekömmlichen Ingredienzien wie Desinteresse, Amüsement und Arroganz zusammenexperimentiert hatte.

In jener Zeit hatte sie ihre Romanze mit Konrad, dem Maler. Konrad Dirlewanger war ein Münchner Sezessionist und gerade nach Berlin gezogen. Eitel Sturm und Drang war Konrad, von allen Sezessionisten der radikalste, ein erklärter Feind alles Althergebrachten in der Kunst.

Sie hatte ihn während eines Ausfluges nach Potsdam mit ihrer Freundin Eva Charlotte kennengelernt. Mai war es gewesen, und ums Marmorpalais blühte der Flieder, und er besaß die Keckheit, sie beide zu einer Kahnpartie einzuladen. Sie hatte ein abweisendes Gesicht gemacht und wollte ihn eben abblitzen lassen, aber ihre Freundin sagte im gleichen Augenblick: »Nun, warum nicht? Aber wehe Ihnen, wenn Sie uns in Seenot geraten lassen!« Charmant war er und hatte mit Eva Charlotte gescherzt, aber dabei hatte er doch immer sie angesehen. Irgendwie hatte sie sich in ihn verschossen, weil er gut oder eigentlich eher anders aussah mit seinem zerzausten Haarschopf, mit seinen glühenden Augen und einem mitreißenden Eifer, wenn es um die Künste ging. Seinen Charme allerdings, das stellte sich leider bald heraus, versprühte er nur, wenn er etwas damit zu erreichen glaubte. Die Malerei interessierte ihn weit mehr als alles andere, und wenn ihn die Ausdruckswut überkam, bebte er vor Zorn und Eifer und war beinahe unfähig, wie ein normaler Mensch zu sprechen, denn alles, was ihn erregte, mußte mit dem Pinsel ausgedrückt werden. »Reden! Pah!« hatte er einmal geschrien, »Gequatsche! Verschwendeter Ausdruck! Was ich zu sagen hab, dafür gibt's keine Worte, es gehört auf die Leinwand! Durch die Augen muß es mitten ins Gehirn fahren!« Und der Pinsel fuhr über die Leinwand wie ein zackender Blitz in Konrads geballter Faust, und noch einmal darüber mit dem farbenquietschenden Spatel, wütend, beinahe die Leinwand zerreißend, blutroter Zorn in düster dräuendem Gewölk, sturmgepeitschte Birken darunter, grüngrauweiße Wischer. Manchmal hatte sie richtig Angst vor ihm. Doch sein Zorn richtete sich fast ausschließlich gegen die bärtigen Würdenträger der Akademie und der Landeskunstkommission: »Geldgierige Bücklinge allesamt! Feiste Kulturverwalter von Kaisers Gnaden mit dem Kunstverständnis hunnischer Etzelbarbaren!« Konrad, das mußte man wissen, war nach nur zwei Semestern von der Kunstakademie verwiesen worden.

Sie war damals gerade von zu Hause weg und nach Berlin gezogen. Ein recht verwöhntes Töchterchen war sie da noch, eben einundzwanzig geworden, und es graute ihr vor dem Abort auf dem Treppenabsatz, den sie sich mit zwei anderen Parteien teilen mußte. Dabei galt der Etagenabort als hochmodern, in den Nachbarhäusern mußten die Leute ihr Nachtgeschirr oder aber die Latrinenhäuschen in den Höfen benützen. Zu Hause in der väterlichen Villa in Potsdam hatte jedes Familienmitglied sein eigenes Klosett gehabt, und es gab gleich zwei Badewannen im Hause. Wie fern und unwirklich solcher Luxus nun scheint!

Schwarz, als zivilisierter Mensch, hatte hier immerhin ein Häuschen gezimmert, zu dem man gut dreihundert Meter hangabwärts laufen muß, und seiner kleinen Gemeinde hatte er, wie es scheint, mit Erfolg, beigebracht, gewisse Geschäfte stets unterhalb des Quellabflusses und möglichst weit weg zu verrichten.

Die Katze hat es inzwischen aufgegeben, sie anzustarren. Jetzt liegt sie tief an den Boden geduckt und lauert, der Schwanz wischt lautlos nach links und rechts. Wahrscheinlich wittert sie Mäuse. Zudem hat sie Konkurrenz, denn Cecilie hört einen Perlkauz rufen: Hu…hu, hu, hu-ti…hiu…hiuu.

Marsch der Seesoldaten

13. Februar (Samstag):

Albert Seelig blinzelt ins grelle Sonnenlicht. Das ist also die Hauptstadt von Deutsch-Südwestafrika! Verstreute Backsteinhäuser unter niedrigen Bäumen, staubigrote Erde, Hügel. Richtig umsehen kann er sich gar nicht, denn er steht in Reih' und Glied, und wenn er den Kopf nur ein wenig zur Seite drehen würde, würde ihm Unteroffizier Michaelsen sofort Strafdienst aufbrummen. Der Unteroffizier paßt auf wie ein Schießhund. So schielt er nur vorsichtig unter dem Tropenhelm hervor nach den Seiten.

Sie sind das Vorauskommando des Marine-Expeditionskorps und soeben mit der Bahn in Windhuk eingetroffen. Die Fahrt war langweilig und ereignislos gewesen, lediglich das Osona-Rivier mußte zu Fuß überquert werden, da die lange Brücke dort noch repariert wurde.

Die 1. Seesoldaten-Kompanie unter Hauptmann Fischel ist sieben Offiziere, einhundertzweiundfünfzig Mann und zwei Pferde stark. Die Pferde gehören beide dem Hauptmann. Auf dem weiten Vorplatz des Bahnhofes hat die Truppe Aufstellung genommen.

»Links – um!« wird kommandiert, Seelig macht eine Vierteldrehung, eins, zwei, und aus der Reihe ist eine Kolonne geworden. Zu viert stehen sie nebeneinander und warten darauf, daß es losgeht. Vorn wird die Fahne entrollt und ausgeschüttelt, die Tamboure schlagen einen kurzen Wirbel, dann setzt sich die Truppe in Bewegung.

Zum ersten Male sieht die Hauptstadt des Schutzgebietes marschierende Marineinfanterie in guter Ordnung. Voneweg der Hauptmann zu Pferde, dann der Spielmannszug, dahinter die Kompanie unter fliegender Fahne. Die Leute hier werden froh sein, daß wir da sind, denkt Seelig, jetzt brauchen sie keine Angst mehr vor den Negern zu haben! Gut anzusehen sind wir obendrein, wir sind doch fesche Kerls in unserem Khakizeug mit dem blankgewichsten braunen Lederzeug und den hohen Tropenhelmen, auf der linken Schulter das Gewehr. Jeder Mann trägt dazu an der linken Hüfte das Seitengewehr, rechts Brotbeutel und Feldflasche, auf dem Rücken den Tornister, den grauen Mantel gerollt darumgeschnallt.

Die Spielleute trommeln und pfeifen das alte Lied »Wenn die Soldaten durch die Stadt marschieren«. Es wird nicht gesungen, aber dreihundertsechzehn Knobelbecher stampfen den Takt, das Lederzeug knarzt und jankt, Bajonette und Feldflaschen klappern. Die Pfeifen trillern und jubilieren im Gerassel der Trommeln. Es öffnen aber keine Mädels die Fenster und die Türen, wie die nächste Zeile des Liedes verheißt. Anders als zu Hause in Kiel lockt das Spektakel nur wenige Zuschauer an, aber ein halbes Hundert Hottentottenkinder hüpfen und tanzen begeistert neben der Kolonne her. So geht es kriegsmarschmäßig in flottem Gleichschritt vom Bahnhof die staubige Hauptstraße entlang, an der Post vorbei, und dann wird nach links in eine breite, bergauf führende Straße eingeschwenkt.

Neugierig blickt Albert Seelig zur Feste hinauf, die weithin sichtbar über Windhuk thront, rote Backsteinmauern, gespickt mit Schießscharten, an jeder Ecke ein gedrungener, vierkantiger und mit Zinnen gekrönter Turm. Das Gelände um die Feste ist kahl und unbebaut, damit das Schußfeld nicht eingeschränkt ist. Jetzt parken dort Dutzende von großen Frachtwagen, auch Karren und Protzen. Dahinter liegt ein großer Viehkraal, darin drängen sich Pferde, Maultiere, Esel und Ochsen. Vor dem Fort müssen sie in Reihen antreten, dann geht es zugweise durch das große Tor in den Hof. Dort dürfen sie endlich ihr Marschgepäck ablegen und die Gewehre zu Pyramiden zusammenstellen.

Die Vorbereitungen für ihren Abmarsch am nächsten Morgen sind schon in vollem Gange. Pferde und Sattelzeug sind für die Offiziere requiriert worden, Nachschubwagen werden bereitgestellt und beladen. Eile ist geboten, hört Seelig von Korporal Kasper, der es von den Unteroffizieren hat, die es wiederum von den Offizieren wissen wollen. Höchste Eile sogar, denn sie sollen verhindern, daß sich der Tjetjo-Stamm über die dreihundertfünfzig Kilometer entfernte Grenze ins britische Betschuana-Land absetzt. Da wären die Kaffern nämlich in Sicherheit. »Tjetjo-Stamm!« wiederholt Dürnsmaier und zieht den Mund bei den Jots in die Breite wie ein Frosch, »was glaubst du, wie die ausschauen, Albert?«

305

Seelig schürzt nachdenklich die Unterlippe vor. »Keine Ahnung«, sagt er, »wie Neger eben aussehen. Werden nicht viel anders aussehen als die auf dem Schiff oder die, die wir unterwegs gesehen haben.« Irgendwo während der Bahnfahrt haben sie gefangene Hereros hinter einem Stacheldrahtzaun gesehen. Groß waren die und mager und hatten alles mögliche zerlumpte Zeug an. Der Ortsname stand auf dem kleinen Bahnhof, wie hieß das noch mal? Okadingsda? Okahandja? Da waren auch ausgebrannte Häuser. Dürnsmaier fragt Kasper: »Herr Korporal, bittschön, was hamm die Neger für Waffen? Hamm die Gewehre oder Pfeil und Bogen?« Kasper antwortet unwirsch: »Wirst du noch früh genug merken. Und jetzt halt's Maul.«

Seelig und seine Kameraden können abkochen und sich waschen. In langen Reihen legen sie sich schließlich im Hof der Feste zum Schlafen nieder und rollen sich in ihre Mäntel. Albert Seelig liegt schlaflos unter dem fremdartigen Nachthimmel, in der eisklaren, trockenen Luft, und starrt mit aufgerissenen Augen in eine funkelnde Sternenpracht, wie er sie nie zuvor gesehen.

14. Februar (Sonntag):

Fünf Uhr früh Wecken mit Trillerpfeifen und Gebrüll: »Auf! Auf und reise, reise!« Es ist noch stockfinster. Laute Kommandos hallen in der Windhuker Festung, Flackerschein von Blendlaternen an den Wänden. Außerhalb der Feste hört man Pferde wiehern und Ochsen brüllen, hört Hammerschläge und die Flüche von Treibern und Soldaten. Hunde bellen, und die Hähne wachen auf, und bald kräht und bellt es ringsumher, und dazu zwitschern und pfeifen die Vögel ihr Morgenlied, kaum daß der erste graue Lichtschimmer sich zeigt.

Schlaftrunken zerrt sich Albert Seelig die Knobelbecher über die Füße, fährt in den Waffenrock und schnallt Koppel und Patronentaschen um. Die Backschafter drängeln sich durch, in den Händen hohe Blechkannen voll mit dampfendem, schwarzem Kaffee. Gerade, daß Zeit ist für ein paar Schlucke, dann heißt es schon: »Fertigmachen!« Schnell die Feldflaschen gefüllt, mit nachtkühlem Wasser aus der Zisterne. Seelig rollt seinen Mantel straff zusammen, biegt ihn um den Tornister und schnallt ihn fest.

Er schultert den schweren Tornister, gar nicht so einfach in dem Gedränge und alles beinahe im Dunkeln, dazu ist er noch ganz benommen, gerade aus dem Schlaf gerissen. Gewehr umhängen und jetzt den Deckel drauf, den hohen Tropenhelm mit dem Adler & Anker-Abzeichen der Marineinfanterie.

Schwarz geistert ein Schatten über die Wand, Unteroffizier Michaelsen hält die Blendlaterne hoch und brüllt: »Erste Kompanüü! Zugweise vor der Feste antreten!« Seelig drängt sich durch den Hof, der von Soldaten wimmelt. Mit Mühe findet er ein paar Leute von seinem Zug, da wird er schon zum Tor und hindurchgeschoben. Die genagelten Stiefel knallen über die Steinplatten in der Einfahrt, sie trampeln die Stufen runter auf den in grauer Dämmerung liegenden, etwas abschüssigen Vorplatz und nach links in Reihe und halt. Jetzt gibt es ein hektisches Hin- und Hergerenne, bis die Züge sortiert sind und jeder an seinem Platz steht. Vom Kammergebäude her kommen die Offiziere mit langen Schritten, schnallen sich im Gehen das Koppel zu und rücken Degen und Mützen zurecht.

Rasch wird es hell, der Himmel färbt sich gelb, und jetzt steigt die Sonne über die östlichen Ausläufer der Auasberge, gleißende Strahlenblitze schießen über das karge Land. Orangerot glüht das Lehmsteingemäuer der Feste, türkis leuchtet der Himmel. Die Luft ist köstlich kühl und klar wie Kristallglas.

»Kompanie – im Gleichschritt – Marsch!« Punkt sechs Uhr bricht die Marineinfanterie aus Windhuk auf. Hauptmann Fischel, Uhr in der Hand, nimmt zu Pferde den Vorbeimarsch seiner Truppe ab.

In Reih' und Glied marschieren die Seesoldaten an ihm vorbei, vorneweg der Spielmannszug, zwölf Mann mit Pfeifen und Trommeln, dann folgt die Kompanie mit der schwarzweißorangenen Fahne im ersten Glied. Der Musikzug spielt jetzt: »Frühmorgens, wenn die Hähne krähn, ziehn wir zum Tor hinaus!«

Es geht den abschüssigen Weg von der Feste hinunter, nach Südosten ins Klein-Windhuk-Tal. Auf dem breiten Weg parken lang aufgereiht die Gespanne der Artillerieabteilung und der Troß, in schier endloser Reihe an die dreißig Ochsenwagen und endlich, schon unten im Tal, die Reiterabteilung. Alles wartet, sauber ausgerichtet und marschbereit.

Die Kompanie biegt vor den Gespannen nach links ab und marschiert, ohne anzuhalten, mit rasselnden Trommeln und fröhlichem Pfeifenspiel den Hang hinunter. Hinter ihr setzt sich, Abteilung für Abteilung, mit lauten Kommandos und Peitschenknallen und Geschrei die ganze lange Kolonne in Bewegung.

Viele Zuschauer sieht Seelig auch jetzt nicht, da und dort ein paar Gestalten vor einer Türe, blasse Gesichter am Fenster, einmal ein schüchternes Winken. Es geht durchs Klein-Windhuk-Tal auf die Pad nach Gobabis zu. Ruhe wird befohlen, die Spielleute packen ein, die Fahne wird eingerollt und verschwindet in ihrer Schutzhülle. »Ohne Tritt – Marsch!« kommt das Kommando.

Die Stadt bleibt zurück. Niedrige Bäume, Büsche und Sträucher wuchern. Da und dort sieht Seelig noch einen Schuppen im Busch, einen Hühnerzaun, Gärten. Vor ihm öffnet sich ein weites, steiniges Tal, der Weg ist gut zu sehen und von niedrigen Büschen und krüppeligen Bäumchen gesäumt. Fester Sandboden, Binsen stehen fast mannshoch. Ist das überhaupt eine Straße, oder marschieren sie in einem von diesen sagenhaften Trockenflüssen? Links und rechts rücken die dornbuschbestandenen Höhen näher. Rechterhand, nach Süden zu, zieht sich dunkelschattig eine lange Bergkette.

Die jungen Männer stapfen dahin in Kolonne zu vieren. Noch ist die Luft frisch und kühl, und die Soldaten werfen lange Schatten in den Sand, aber die Sonne blendet und brennt schon von rechts ins Gesicht.

Hauptmann Fischel kommt jetzt nach vorn geritten, an der Kolonne vorbei, und schimpft laut los: »Ausrichten da! Aufschließen! Unteroffizier, halten Sie Ordnung in Ihrem Zug!« Der Unteroffizier brüllt mit rotem Kopf: »Jawohl, Herr Hauptmann!« und: »Richtung da! Vordermann, oder ich mach' euch Beine!« Jeder versucht, so gut es geht, Richtung und Abstand zu halten, aber die Pad ist keine Chaussee, wie Seelig sie aus Holstein kennt. Seine Stiefel rutschen im weichen Sand und stolpern über Geröll und Gesteinsbrocken, niedrige Dornsträucher reißen an der Hose. Der Hauptmann sprengt nach vorn, sein Gaul spritzt Staub und Steine.

Die brennende Sonne, der blaustrahlende Himmel, das weite, fremdartige Land! Unsichtbare Vögel zwitschern und kreischen in den Dornbüschen, und Albert Seelig spürt seine Kehle eng werden vor freudiger Erregung, wie ein kleiner Junge fühlt er sich plötzlich. Welch eine Weite und Helligkeit! Dies ist eine ganz und gar andere Welt als zu Hause! Alfons Dürnsmaier neben ihm gähnt so laut, daß er es durch die knirschenden Tritte der Stiefel hört. Sie sind so viele, da gibt es keinen Grund zur Sorge.

Hauptmann Fischel ist nicht ganz bis an die Spitze geritten, sieht Seelig, da vorne am Wegesrand sitzt er auf seinem Roß und schaut ihnen mit strengem Blick entgegen. Gleichzeitig hört Seelig hinter sich Hufgetrappel herankommen. Zehn Schutztruppler, alte Afrikaner im sandbraunen Kordrock, überholen die Kolonne im langsamen Trab. Seelig sieht wettergegerbte und schnurrbärtige Gesichter unter den großen Hüten mit der Kokarde an der rechten, hochgeklappten Krempe, manch einer mit der kurzen Pfeife im Mund. Gewehre wippen im Sattelschuh, Packtaschen, gerollte Mäntel und Decken sind hinter jedem Reiter an den Sattel geschnallt. Jeder hat zwei bis drei Extrafeldflaschen am Gaul hängen, und dazu Wassersäcke, in denen es gluckst und gluckert. »Wird 'n warmer Tag, Kinder!« ruft ein blondbärtiger Reiter im Vorbeitraben munter, die anderen lachen. Das sind die Schutztruppenreiter, die der Abteilung als landeskundige Führer dienen sollen! Die Rockärmel haben sie hochgekrempelt, und ihre Kragen stehen offen. Seelig verspürt Neid. Ach, könnte er auch so hoch zu Pferde durchs Land reiten! Inzwischen ist er auf gleicher Höhe mit dem Hauptmann. Der schaut kopfschüttelnd den Reitern nach. Jetzt ruft er dem Führer der Schutztruppler hinterher: »Herr Leutnant, auf ein Wort!«

Der Leutnant wendet sein Pferd, reitet an den Hauptmann heran und grüßt mit der Hand am Hut. Seelig hört, wie ihn der Hauptmann anschnauzt: »Herr Leutnant, an Ihrem Beritt mißfallen mir Kleidung, Haltung und Formation! Sorgen Sie dafür, daß sich Ihre Männer zusammenreißen und ein anständiges Beispiel für meine Truppe geben! Ich danke!«

Hand an die Mütze, und wendet sich ab. Der Leutnant erwidert den Gruß und trabt, rot vor Zorn, seinen Reitern nach. Der

Hauptmann gibt seinem Gaul die Sporen und verschwindet bald im Staub.

Nach einer Weile hört Seelig, daß vorne Befehle gerufen werden. Zweimal drei Reiter lösen sich von der Vorhut und entfernen sich im Schritt nach vorn und zu den Seiten, parallel zu den Marschierenden. Der Hauptmann schickt Seitendeckung aus.

Hinter der Marineinfanterie kommen dreißig Wasser-, Proviant- und Munitionswagen, jeder von achtzehn, zwanzig oder sogar vierundzwanzig Ochsen gezogen und so gute fünfzig Meter lang. Die meisten werden von Buren gefahren. Die schwarzen Führer gehen voraus, die Leitochsen am Riemen, die Treiber gehen daneben her. Peitschenknallen und Geschrei, die Ochsen werden mit seltsamen, gellenden Rufen angefeuert: »Treck, Boer-LAND, treck! Werk, werk, Leut-WEIN! Hott, hott, fatt, fatt, King Ed-WARD!«

Die schweren Kapwagen knarren und knirschen, die Räder quietschen. Dahinter rumpeln zwei Maschinenkanonen auf ihren hochrädrigen Landungslafetten, jede von zehn Ochsen gezogen; langohrige Maultiere ziehen die beiden kleinen Gebirgsgeschütze. Die Artillerie steht unter dem Befehl von Oberleutnant z.S. Mansholt, seine Kanoniere marschieren neben und hinter ihren Gespannen.

Ein zweiter Reitertrupp macht den Schluß, die Arrieregarde mit Nachspitze. Alle Reiter gehören zur berittenen Abteilung unter Oberleutnant v. Winkler. Die ganze Kolonne ist zwischen Vorspitze und Nachspitze zweieinhalb Kilometer lang.

Langsam zieht das alles dahin, unter sengender Sonne. Die Schultern von Seeligs Waffenrock werden glühend heiß, das Riemenzeug drückt und reibt. Sechzig Pfund trägt er, wie jeder Mann, Gewehr, Tornister, Mantel, Patronentaschen, zwei Feldflaschen, Brotbeutel und Kochgeschirr. Sein Gesicht ist trotz der Trockenheit feucht und klebrig, Schweiß rinnt unter dem Korkhelm hervor, die Halsbinde scheuert feucht und rauh auf der Haut. Die Kolonne hüllt sich in Staubwolken. Allmählich legt sich eine weißlich-ockergraue Puderschicht auf alles, auf Stiefel, Gesichter, Helme, Pferde und Ochsen. Staub knirscht zwischen Seeligs

Zähnen. Die Sonne brennt, seine Augen brennen, vom Atem ausgedörrt sind Nase und Mund. Die Lungen pumpen gierig, die Luft ist dünn im Hochland, das hat man ihnen schon auf dem Schiff erzählt. Schritt auf Schritt, so geht es wie ein Uhrwerk, links zwo drei vier, links zwo drei vier. Tritt in den Fußabdruck des Vordermannes, zwo, drei, vier, eingekeilt in die Kolonne schwitzender, durstiger, marschierender Gleichaltriger. Schulter an Schulter, Mann hinter Mann in Hitze und Staubwolken.

Die Füße schmerzen und schwellen ihm in den Stiefeln. Die Zunge klebt am Gaumen, die Kehle ist trocken und rauh wie ein Reibeisen, die Lippen schorfig und aufgesprungen. Der Staub liegt in der Windstille erstickend auf der Kolonne und läßt die Leute husten und niesen. Manch einem blutet in der dünnen, trockenen Luft die Nase.

Der Unteroffizier hat seine Augen überall, ab und zu ein Raunzer aus dem Mundwinkel: »Grade richten!« oder: »Vordermann!«

Rufe von hinten. Ein Reiter prescht nach vorn zur Kolonnenspitze, Staubfahne. Rufe von vorne nach hinten: »Ganze halt! Haa-alt!« Trapp, trapp, Stillstand.

»Gewehr – ab!« Seelig schaut sich um, aber was hinten los ist, kann er nicht erkennen. Es ist auf einmal ganz ruhig, ohne den Tritt hunderter Stiefel, ohne Räderrollen und Hufschlag. Seelig hört Räuspern und Husten und versucht selbst, Staub aus der ausgetrockneten Nase zu schnauben. Da kommt der Reiter zurückgetrabt, von der Spitze nach hinten zum Train. Wahrscheinlich Kuddelmuddel bei den Gespannen. Seelig lockert mit dem Zeigefinger den Kragen. Die meisten Leute nehmen mehr oder weniger heimlich einen Schluck aus ihren Feldflaschen, sieht er, aber er beherrscht sich und schaut lieber über das Land, das vor ihm liegt. Ungehindert geht sein Blick bis zum fernen Horizont, unter einem Himmel, der weiß vor Hitze flirrt. Da schwimmen ferne Bergketten, wolkenblau wie erstarrte Meereswogen über der braunen, staubigen Erde. Zu Weißgold verbranntes Gras. Das wirre Geäst der kleinen, krüppeligen Dornbüsche. Unendlich dehnt sich Stille um ihn herum.

Zwei von den Schutztruppenreitern kommen von hinten her gegangen, geruhsamen Schrittes, und führen ihre Pferde am

Zügel. Der eine schaut zu Seelig hin und sagt: »Ihr armen Kerls werdet das nicht lange machen, mit dem schweren Gepäck in der Sonnenglut. Nicht mal die Kragenknöpfe dürft ihr aufmachen.« Er schüttelt den Kopf. Der andere geht weiter, ohne herzusehen, und sagt: »Dem Hauptmann ist das wohl gleich. Hauptsache, die Truppe sieht nach was aus. Sturer Kommißkopp.«

Weit vorn kann Seelig Hauptmann Fischel und Leutnant Dziobek sehen, beide im Sattel nach hinten gewandt, ungeduldig die Arme in die Seiten gestemmt. Endlich scheint es weiterzugehen. Der Hauptmann befiehlt etwas, und der Leutnant richtet sich in den Steigbügeln auf und schwenkt seine Mütze zur Vorhut hin. Die Spitze soll wohl weiterreiten, um Abstand zu gewinnen. Nach zwei oder drei Minuten sind die Fußgänger dran: »Ohne Tritt – Vorwärts – Marsch!«

Hinter Seelig knallen die langen Treiberpeitschen, lautes Hü- und Hott-Geschrei. Die Ochsen grunzen, die schweren Wagen rumpeln los. Die Sonne brennt ihm auf den warmen Drellrock. Der Kinnriemen scheuert ihm die Haut wund. Das Seitengewehr schlägt mit jedem Schritt an seinen Schenkel.

So geht es eine halbe Stunde lang, dann heißt es wieder Halt. Die Seesoldatenkompanie wird »rechts raus« befohlen. Sektionsweise, immer sechs Mann, werden sie zwischen die vorbeischaukelnden Planwagen verteilt, bis hinter jedem der dreißig Gespanne ein kleiner Trupp Männer marschiert. Die Kanonen fahren am Schluß. Ganz weit hinten kann Seelig gerade noch die Reiter der Nachspitze sehen, winzige Figuren im unendlichen Buschland.

Seelig gähnt. Endlos geht es weiter, Schritt auf Schritt, den steinigen, staubigen Talgrund entlang. Die Pad, wenn es eine ist, ist auch nicht glatt. Pulvertrockene Erde, Sand und Kies, Geröll, Brocken aller Art. Manchmal werden die Karrengleise tief, und Seelig muß ausweichen oder um einen Felsbrocken herum, die ganze Schlange weicht auseinander, bläht sich nach den Seiten auf, schmiegt sich nach dem Hindernis wieder zusammen. Schritt auf Schritt auf Schritt. Längst sind alle stumm. Seelig hat sich einmarschiert wie alle anderen, ein wenig vorgebeugt unter dem schweren Marschgepäck. Am Wegrand liegt ein verendetes, schon

312

vertrocknetes Pferd. Neugierig-scheu sieht Seelig hin. Zerrissene, verlederte Haut, bleiche Knochen, geblecktes Gebiß.

Nach und nach zieht sich die Kolonne in die Länge. Nach jeder vollen Stunde Marsch fünf Minuten Rast, die einen bleiben einfach stehen, andere hocken sich an den Wegrand, dann geht's weiter wie zuvor. Da vorne wartet ein Reiter, sieht Seelig an dem schaukelnden Wagen vorbei, das ist der Leutnant Dziobek, hochaufgerichtet auf seinem staubbedeckten Braunen. Nach einer Weile kommt der Leutnant von hinten angeritten und trabt langsam an den Wagen und Männern vorbei nach vorne. »Nicht so schlapp, Kerls«, ruft er laut genug, daß ihn Seelig durch das Rumpeln der Räder und das Knirschen ihrer Tritte hören kann, »bißchen mehr Verve!« Sie werfen sich in die Brust, richten sich auf, soweit es der schwere Tornister erlaubt. Man kann hier nicht schmissiger ausschreiten, zwischen den langsamen Wagen und in den ausgefahrenen Furchen und Rinnen. Der Leutnant ist's zufrieden, trabt an und verschwindet nach vorn in einer weißgrauen Staubwolke. Seelig läßt seine Schultern wieder sinken und neigt sich ein wenig nach vorn. »Werf? Was soll des sein?« fragt Dürnsmaier. Seelig weiß es auch nicht. Er will mit einem Achselzucken antworten, aber die schweren Schulterriemen lassen es kaum zu. »Keine Ahnung«, sagt er daher. Er hat keine Lust, sich zu unterhalten, und zwischen den Zähnen knirscht ihm der Staub. Er kann ihn nicht ausspucken, weil er keinen Speichel im Mund hat. Wenigstens schwitzt er nicht mehr, es ist wohl einfach zu trocken dafür, aber der Staub juckt in der heißen Montur.

Seelig marschiert dahin, stumpf wie alle anderen. Der Marschrhythmus hat auch ohne Tritt dieselbe einschläfernde Wirkung wie das Schlagen der Schienenstöße bei einer langen Eisenbahnfahrt. Links, zwei drei vier. Links, zwei. Links zwei. Links, zwei drei vier. Beim Marschieren ist nicht gut denken. Stumpfsinnig mahlen die Gedanken im Kreis herum, während die Augen den Weg abtasten und das Gehirn rechnet. Wie von selbst marschieren die Beine. Die Traggurte scheuern ihm die Schultern wund, die vollen Patronentaschen drücken auf die Hüftknochen. Das Gewehr ist lästig und schwer. Ein Mann hinkt aus der Reihe, hockt sich am Straßenrand nieder, hat sich wohl den Knöchel verstaucht auf den Steinbrocken, die auf dem Weg liegen. Den wird man auf einem der Ochsenwagen nachfahren. Von den vorbeiziehenden Kameraden wird er sich manchen Spruch anhören müssen: »Fauler Hund!« und »Uralte Masche!«

Die Dornbüsche stehen licht, kaum mannshoch, aber allmählich rücken sie näher zusammen, und ihre flachen, ausladenden Kronen berühren und verflechten sich. Die fingerlangen, silbernen und nadelscharfen Dornen sind gut zu sehen.

Gegen elf Uhr, nach fünf Stunden Marsch, erreicht die Kolonne Abrahams Farm mitten im Busch. Auf dem Ausspannplatz vor dem Farmhaus wird Rast befohlen. Es ist ein schattiger Platz unter hohen Bäumen. Die Sonne steht schon hoch am Himmel.

Die Farm ist überfallen worden, sieht Seelig. Leere, ausgebrannte Fensterhöhlen gähnen schwarz aus dem Wohnhaus, Kommoden und Stühle liegen zerschlagen umher, in den Büschen hängen Stoffetzen und herausgerissene Blätter aus Büchern. Das Haus war einmal hübsch, sogar weiß gestrichen, die Fensterrahmen blau abgesetzt. Der Türstock ist schwarz angekokelt, die Haustüre fehlt. Eingetrocknetes Blut in einem Raum und zertrümmerte Möbel. Zimmer und Umgebung werden abgesucht, aber es wird niemand gefunden, keine Leichen, keine Gräber. Alles ist verwüstet, Türen herausgerissen, ein Kutschwagen ist halb verbrannt. Ein Butterfaß liegt im Sand, Scherben von zerschlagenem Geschirr. In zertretenen Gemüsebeeten sind schwarze Feuerstellen, halbverbrannte Bilderrahmen, Knochen und Federn von Kleinvieh und Geflügel. Der Hausbrunnen ist trocken, die Pumpe quietscht nur.

Posten spähen ins Gebüsch, einer muß auf das heiße Blechdach der Farm, für einen Rundblick. »Nichts zu sehen, Herr Leutnant«, ruft er herunter, »alles ruhig!«

Die Seesoldaten lagern sich, wo sie gerade sind, schweigsam und nachdenklich. Unteroffizier Michaelsen ermahnt seinen Zug: »Geht sparsam mit dem Wasser um! Nur einen Schluck! Flaschen werden erst am Abend gefüllt!« Seelig kaut auf einem trockenen Stück Hartbrot. Nach einer Weile gibt er es auf, zu wenig Speichel. Er sitzt ermattet im Schatten eines Baumes. Fliegen brummen und sirren um ihn herum.

Ein Lufthauch läßt die Blätter der Akazien flirren, dann noch einer. Zu warm ist er, um kühlend zu wirken, doch angenehm auf der Wange. Auf einmal ist da ein seltsames Hauchen in der Luft, wie ein Atmen, wie ein fernes, hohles Stöhnen. Das wird lauter, wie ein Ringen nach Luft, schwillt zu einem schauerlichen Ächzen an, singt sich zu einem irrwitzigen Kreischen hoch. Seelig lauscht und spürt, wie sich die Haare in seinem Nacken sträuben. Überall rappeln sich die Seesoldaten auf und sehen sich entsetzt um.

Kann das ein Tier sein? Sind es Hereros? Auch die Offiziere sind aufgesprungen, Hand an der Pistolentasche, und blicken mit zusammengezogenen Brauen um sich, bis einer der alten Schutztruppler laut ruft: »Windmotor! Nur das Windrad dort drüben!« und zeigt die Richtung. Tatsächlich, dort, fast zur Gänze hinter den Bäumen verborgen, dreht sich ein Windrad, knarrend, laut nach Schmierfett jammernd, aber es wird schon langsamer und knarrt nur noch und schläft schließlich wieder ein. Seelig schaut zu den Schutztrupplern hinüber. Die sehen sich an und zucken die Achseln. Ihre Gesichter sind gleichmütig, aber in den Augenwinkeln zwinkert ein Grinsen. Wahrscheinlich halten sie uns jetzt alle für Angsthasen, denkt Seelig und fühlt sich beschämt.

Noch zwei, drei Male spürt er den schwachen Wind aus dem Osten, aber jedesmal schwächer.

Nach dreißig Minuten geht es weiter, ohne Tritt, in derselben Marschordnung wie zuvor. Hinter ihnen her wimmert noch einmal das Windrad. Alle sind froh, von dem Platz wegzukommen. Seelig späht nach vorn und nach rechts und links, denn die stacheligen Büsche rücken von beiden Seiten näher heran. Dies ist Feindesland, er ist nun schon tief im Busch.

Die lange Kolonne zieht an der verbrannten Ruine von Kabs Farm, rechts vom Wege, vorbei. Ein rußiger Schornstein und geschwärzte Mauerreste im grauen Dorngestrüpp. Dahinter, weit weg, flirren braun und blau die Berge. Seelig wird müde, kaum kann er noch die Augen offenhalten. Er schläft wohl schon im Gehen. Kann man im Gehen schlafen? Kann man während des Schlafens gehen? Was davon ist Schlafwandelei? Oder heißt es Nachtwandeln? Er wandelt aber doch nicht, sondern marschiert, am hellichten Tag. Oder träumt, daß er marschiert. Wohin, weiß er nicht, warum auch nicht. Wohin, warum, woher?

Ein lauter Krach reißt ihn aus dem schläfrigen Gedankenbrei. Der Ochsenwagen vor ihm ist mit dem großen Hinterrad in eine tiefe Furche geraten und steckt fest. Fluchen, die langen Treiberpeitschen knallen vergeblich. Schon ist Leutnant Dziobek, die Nervensäge, da: »Ran, Leute, angefaßt! Los und angeschoben!« und: »Hopp, hopp! Lebhaft da!« Mit »Hau ruck!«-Gekrächze schaukeln sie den schweren Wagen aus dem Loch. Es geht weiter.

Es geht noch einmal viereinhalb Stunden mit nur kurzen Pausen. Am späten Nachmittag, gegen fünf Uhr, wird von vorn durchgesagt, die Vorhut hätte mehrere Hereros im Busch gesichtet, aber wieder aus den Augen verloren. Mit erhöhter Vorsicht wird weitermarschiert. Bei der nächsten kurzen Rast hört Seelig, daß die Seitensicherung eingezogen wird, bevor sie im dichten Busch verlorengeht. »Auf dringendes Anraten der alten Afrikaner!« sagt Korporal Kasper bedeutungsvoll zu Seelig und Dürnsmaier.

Es ist dunkel, als die Truppe das vorgesehene Nachtlager erreicht, die Schwarze Klippe bei Neudamm, eine lichte Stelle im Busch, auf der die Reiter der Vorhut warten. Seelig ist vierzig Kilometer in glühender Hitze marschiert und todmüde.

Zuerst muß das Lager gesichert werden. Die Seesoldaten stellen ihre Gewehre, immer drei, zu Pyramiden zusammen und fangen an, die Dornbüsche auf der Lichtung aus dem Boden zu reißen. Ein etwa 400 x 400 Meter großes Areal wird freigeräumt. Hier fahren Wagen und Geschütze im Karree zusammen; in der Mitte werden die Pferde abgesattelt, die Tragtiere und Ochsen ausgespannt. Aus dem ausgerissenen Dorngestrüpp werden an den vier Ecken des Lagers Verhaue errichtet, hinter jeden kommt ein Unteroffizier mit drei Mann als Posten. Jeweils einer dieser drei Männer muß zwischen seinem Posten und dem an der nächsten Lagerecke hin- und herpatrouillieren.

Seelig muß mit seiner Korporalschaft zwei große Zelte für die Offiziere aufbauen. Abseits, am Lagerrand, wird eine Latrine angelegt. Mangels Balken ist das nur ein schmaler Graben, der mit dem Spaten ausgestochen wird.

316

Am Wasserwagen werden Feldflaschen gefüllt, eine Reihe durstiger Abgeordneter wartet, jeder mit acht Feldflaschen behängt. Der Unteroffizier, der die Wasserabgabe überwacht, mahnt jeden einzelnen: »Haushalten! Kein Wasser mehr bis morgen abend!«

Die Offizierszelte stehen endlich, und Seelig hockt sich ermattet hin und knöpft den Rock auf. Dürnsmaier wickelt seine schmutzigen Fußlappen auf und versucht zimperlich, sich mit dem Taschenmesser Blasen aufzustechen. Überall werden Kochlöcher in den steinigen Boden gegraben und dürres Gras und Zweige zum Feuermachen gesucht. Die Dornzweige taugen nicht viel fürs Feuer, sie glimmen und rauchen nur, aber das Gras brennt gut. Seelig schaut zu den Offizieren hinüber. Ein Bambuse stellt gerade Feldstühle auf. Hauptmann Fischel setzt sich, zwei Reiter bauen einen Klapptisch vor ihm auf. Leutnant Thiesmeyer kommt mit der Kartentasche. Auch der Leutnant der Schutztruppler meldet sich beim Hauptmann, steif grüßend, beinahe überkorrekt, denkt Seelig. Auch die anderen Offiziere kommen jetzt herangeschlendert. Die Herren stehen im Halbkreis um den Tisch, Leutnant Dziobek hält die Lampe über die Karte. Leutnant v. Waldbrunns Bambuse bringt eine Weinflasche und Wasser, dazu Trinkbecher aus Blech. Die Herren halten jetzt ihre Abendbesprechung ab.

Rings um Seelig rauchen die Feuer, es knackt und knistert, Reis und Nudeln kochen in den Pötten. Die Leute unterhalten sich mit gedämpfter Stimme, um die Offiziere nicht zu stören. Seelig sieht, daß die Fahrer der Ochsenwagen für sich sitzen, sind wohl allesamt Buren, große Hüte haben sie auf und tragen lange, wallende Bärte. Noch weiter abseits hocken die eingeborenen Treiber und schwatzen miteinander. Der rote Schein der Lagerfeuer flackert über Gesichter, Uniformen, Wagenplanen. Es riecht nach Speck, Kaffee und Pferdemist. Rauch und Tabakschwaden ziehen über die Lichtung.

Die Feuer verglimmen. Über Seelig breitet sich der funkelnde, fremde Sternenhimmel. Der Mond ist eine dünne Sichel, tief über dem Busch. Die meisten schlafen, in Mäntel oder Woilachs gewickelt, Seelig hört Schnarchen in allen möglichen Tonlagen. Jetzt ist da ein fernes, unheimliches Heulen im Busch, ob das ein Schakal ist? Nun ist es wieder still, eine tiefe, schwingende Stille, nur hin und wieder unterbrochen von leisem Schnauben oder Treten bei den Pferden. Lautes Plätschern, wenn ein Ochse oder eines der Pferde Wasser läßt. Weit weg ist auf einmal ein keckerndes, helles Bellen zu hören. Seelig liegt wach und lauscht mit weiten Augen.

Rings um das Lager müssen die vier einsamen Patrouillengänger zwischen den Posten hin- und hergehen. Ab und zu tritt einer auf einen dürren Zweig oder stößt einen Stein los. Seelig kann sich vorstellen, wie sie in die schwarze Nacht starren und lauschen.

Seelig schreckt aus dem Schlaf hoch, was war das? Ein Ruf? Ein Schuß? Er liegt, auf die Ellenbogen gestützt, und lauscht mit angehaltenem Atem in die Dunkelheit. Da sind Stimmen, und auf einmal knallt es – Schüsse! Er fährt hoch. Lautes Gebrüll: »Alarm! Alaaaarm!« Auf! Gerenne, Durcheinander! Er tastet nach dem Gewehr, rappelt sich auf, das Gewehr hat er falsch herum in der Hand. Was ist los? Es ist stockdunkel. Da ist der Kammergriff! Seelig kniet, Gewehr im Anschlag, ganz automatisch legt der Daumen den Sicherungshebel um. Es blitzt und knallt, dort rechts in den Büschen: Mündungsfeuer. Er duckt sich, nimmt Druckpunkt Wild hämmert das Herz in der Brust.

»Stopfen! Feuer einstellen!« Das ist die helle Stimme von Leutnant v. Waldbrunn. »Es schießt nur, wer ein Ziel hat!« Seelig sieht kein Ziel und bleibt, wo er ist, lauernd, sein Gewehr schußbereit. Es fallen aber keine Schüsse mehr. Nach ein paar Minuten flaut die Aufregung ab.

Einer der Eckposten ist angefallen worden, heißt es. Drei Mann liegen tot im Laternenschein. Seelig sieht schwarzes Blut, verglaste Augen. Seesoldat Henze ist schwer verwundet und röchelt auf der Trage, Gefreiter Arndt hat einen ungefährlichen Streifschuß am Oberschenkel. Was passiert ist, weiß er nicht.

15. Februar (Montag):

Bei Tagesanbruch läßt Hauptmann Fischel das Gelände absuchen, es werden aber keine Spuren von Hereros gefunden, auch keine Blutspuren oder fremde Patronenhülsen.

»Posten III nachts vom Feind angefallen«, muß Hauptmann Fischels Adjutant ins Kriegstagebuch schreiben und die Namen der drei Toten dahinter notieren. Seesoldaten schießen sich nicht gegenseitig über den Haufen, punktum.

Seelig ist unheimlich zumute. Kommen die Hereros in der Nacht geschlichen und bringen ein paar Kameraden um und verschwinden ganz spurlos und ganz lautlos wieder? Werden sie das heute nacht wieder versuchen? Aber diesmal werden sie es nicht so einfach haben, schwört Seelig bei sich, jetzt sind wir gewarnt, und wir werden höllisch aufpassen!

Nachher geht er mit Dürnsmaier zu den Schutztrupplern hin, die Karten spielen. Aus irgendeinem Grund hat er mehr Vertrauen zu denen als zu den eigenen Offizieren, den Major vielleicht ausgenommen, aber der ist ja nicht da, der kommt erst in ein paar Tagen. Tatsächlich reden die Schutztruppenreiter über den nächtlichen Vorfall.

»Vor der eigenen Streife erschrocken. Die jungen Kerls, zum erstenmal nachts im Busch, da kann so was schon passieren«, brummt einer von ihnen, während er kopfschüttelnd sein Kartenblatt betrachtet.

»Kann auch sein, daß da nur ein Erdferkel rumgescharrt hat im Busch, in der dunklen Nacht«, sagt ein anderer.

»Nach dem Alarmschuß wollen die andern zu Hilfe kommen und schießen im Dunkeln in Richtung Posten …«

Der Mann sieht die weit aufgerissenen Augen der jungen Marinesoldaten, sieht, wie sie an seinen Lippen hängen, und fügt mildtätig hinzu:

»Die Kaffern, andererseits, sind Meister im Anschleichen. Siehst sie nicht, hörst sie nicht, und auf einmal: Gute Nacht, schöne Fee!«

Korts Nachhut

Petrus ist erschöpft. Er spürt doch, daß er kein junger Mann mehr ist. Dreiundzwanzig sind sie und dazu noch fünfzehn Hereros aus Barmen. Sie laufen nach Osten am Fuß der Klippen und tragen drei Verwundete mit sich, die nicht mehr gehen können. Im Swakoptal haben sie gegen die Deutji gefochten, erst am Liewenberg und dann bei Barmen, aber sie haben sie nicht lange aufhalten können, und der junge Eisab ist totgeschossen, und vierzehn andere Männer dazu. Zacharias und das Volk und die Ozongombe werden inzwischen wohl schon bei den Kamabbergen sein, die den Ostrand des Khomas-Hochlandes bilden.

Dort will Kort wieder mit ihnen zusammentreffen. Ein breites Tal trennt da das Hochland von den Onjatibergen auf der anderen Seite, und hinter den Bergen fängt das Owambandieruland an, das einsame und trockene Sandfeld. Die Otjimbingwe-Hereros wollen aber nur in die Onjatiberge, in das Gewirr aus Schluchten und tiefen Einschnitten, und sich dort nach dem Norden wenden, zum Waterberg hin. So wollen sie Okahandja umgehen, wo die Deutji jetzt schon ziemlich stark sein sollen.

»Wenn wir nur heil über das breite Tal hinüberkommen! In die Onjatiberge werden uns die Deutji nicht folgen, denn dort könnten wir ihnen einen Hinterhalt nach dem anderen legen!« erklärt Kort, »sie werden vielleicht versuchen, um die Berge herumzukommen und uns dort angreifen, wo wir wieder herauskommen. Sie wissen aber nicht genau, wo das sein wird. Vielleicht glauben sie, daß wir von den Onjatibergen aus immer weiter nach Osten ziehen, durch das Omaheke-Sandfeld hindurch und weiter in das Betschuana-Land, wo die Englishmen sind, die keinen Orlog mit uns haben. Da können die Deutji nicht hin, denn die Englishmen wollen sie nicht in ihrem Land haben. Es ist aber gar nicht Englishmen-Land, sondern das der Betschuanen-Menschen.«

Das war eine lange Rede für Kort, und Petrus denkt eine Weile darüber nach. Dann sagt er: »Meinst du nicht, Kort, daß die Deutji denken, durch das Sandfeld können so viele Menschen nicht durch, nicht mit all den Ozongombe, weil da kein Wasser ist und alle verdursten müssen, die hindurchziehen wollen?«

Die Deutji wissen bestimmt ganz genau, daß es nur am Waterberg genug Wasser gibt für so viele Hereros und ihre Herden. Kort wird sich das auch überlegt haben. Jetzt sagt er: »Ja, das werden sie sich schon denken können, die Otjirumbu, denn dumm sind sie nicht. Wir müssen eben schnell machen. Es hängt alles davon ab, daß wir über das Tal und in die Berge kommen, ohne daß die Deutji uns kriegen.«

Er bleibt stehen und sagt: »Warte, Petrus, ich ziehe mir diese Stiefel aus, es tun mir die Füße doch arg weh in den engen Röhren.« Er legt sein Gewehr ab, und dann braucht er eine ganze Weile, bis er die Dinger ausgezogen hat. Dann knotet er sie mit einem Riemen zusammen und hängt sie sich um den Hals. »Im Busch sind die doch gut, mit den vielen Dornen.« Er nimmt einen Schluck aus seiner Feldflasche und hält sie Petrus hin: »Hier, trink du auch! Alle Hereros versammeln sich am Waterberg«, fährt er fort, »dort können sich die Ozongombe erholen und wir uns auch, und wenn die Regenzeit kommt und wenn es dann wirklich sein muß, dann können wir es wagen, durch das Sandfeld ins Betschuana-Land zu ziehen. Es gibt nämlich eine Wasserstelle in der Omaheke, die niemals austrocknet, und zwar ist das Onjeinje oder Neinei, das Buschmanndorf. Von dort könnte man weiter nach Osten über die Grenze ziehen bis zur Betschuanen-Stadt Tsau am Ngamisee. Dort haben die Engländer einen Magistrat.« Und sagt dann, als wäre es ihm gerade erst eingefallen: »Wenn uns die Deutji so lange Zeit lassen.«

Komisch sieht Kort aus in der Uniform der Deutjisoldaten, denkt Petrus, aber es ist guter und kräftiger Stoff, und es sind gute Stiefel, und nichts ist zerrissen.

Im Busch

16. Februar (Dienstag):

»Wecken!« schmettert die Trompete, »Reise, reise!« singen die Unteroffiziere aus. Die schwarze Nacht wird grauer Morgen. Seelig hat die letzten Nachtstunden Wache gestanden und wird jetzt abgelöst. Bei seiner Korporalschaft holt er sich seine halbe Blechtasse Kaffee, mehr gibt es nicht. Unteroffizier Michaelsen verkündet: »Wegen Wassermangel ist das Waschen verboten! Rasieren und Zeugwäsche sind auch verboten! Glotzt nicht so durstig! Fertigmachen!«

Die Sonne geht auf, die Leute werfen lange Schatten. Decken und Mäntel werden eingerollt.

Nach dem Frühstück müssen sie antreten. Die Leichen der drei Kameraden werden, in ihre Decken gewickelt, begraben. Acht Mann schießen über dem offenen Grab die Ehrensalve in die Luft. Hauptmann Fischel spricht ein paar Worte, dann wird das Grab zugeschaufelt und mit drei aus einer Kiste rasch zusammengenagelten Holzkreuzen versehen.

Gerade sollen die Zelte der Offiziere abgebrochen werden, da kommt ein Reiter mit dem Befehl des Gouverneurs, hier haltzumachen und auf die 3. Staffel der Abteilung zu warten. Der Reiter muß die ganze Nacht im Sattel gewesen sein. Er bekommt eine halbe Tasse Kaffee, dann legt er sich unter einem Busch auf die Erde, Kopf auf dem Sattel, und schläft weg.

Sie müssen also vorerst im Biwak bei der Schwarzen Klippe bleiben. Einen unheimlichen Klang hat der Name jetzt für Seelig, und den Kameraden wird es auch nicht anders gehen.

Der Hauptmann setzt für neun Uhr eine Gefechtsübung im Busch an, danach Gewehrereinigen mit anschließendem Gewehrappell. Die ganze Zeit schnarcht der Reiter unter seinem Dornbusch. Er schnarcht so laut, daß es beinahe im ganzen Lager zu hören ist.

Mittags muß der 3. Zug Dornbüsche abhauen, das Schußfeld soll erweitert werden. Aus den abgehackten Büschen wird ein behelfsmäßiger Verhau ums Lager gelegt. Für die nächste Nacht werden auf den Langseiten des Biwaks zwei zusätzliche Posten hinter Verhauen eingerichtet. Das Streifegehen zwischen den Posten aber wird eingestellt.

Seeligs Korporalschaft versucht sich im Brotbacken. Um zwei Uhr dreißig nm. Alarmübung. Wegen des Alarms mißlingen die Brote. Zeugflicken, fünf Uhr nm. Zeugappell. Elf Uhr abends Nachtalarmübung mit entladenen Gewehren. In der stockfinsteren Nacht verheddert sich Seelig im Dornverhau und zerreißt sich Hose und Rockärmel. Das bringt ihm auch noch blutige Kratzer an den Händen ein.

19. Februar (Freitag):

Gerade wird es hell, da ruft ein Posten: »Reiter!« und wiederholt laut: »Reiter von Süden her!« Die Seesoldaten laufen zusammen, Seelig klettert auf einen Wagen, um weiter zu sehen. Es sind Schutztruppenreiter, sieht er nach einer Weile, und zählt etwa dreißig Mann.

Hinter den Reitern kommt eine lange Reihe von Fußgängern heranmarschiert, das muß Hauptmann Liebers 4. Seesoldatenkompanie sein. Noch weiter dahinter sieht Seelig helle Wagenplanen, ein langer Zug Gespanne quält sich hinter den Soldaten durch den Busch.

»Die vierte!« ruft er zu Dürnsmaier hinunter, und der sagt: »Na endlich!« Ein anderer ruft: »Seht! Da kommt der Alte!« Major Georg v. Glasenapp ist endlich da! Seelig atmet auf, und auch die anderen machen erleichterte Gesichter. Der Bataillonskommandeur sorgt sich gut um seine Leute, sie mögen ihn alle und haben vor allen Dingen Vertrauen zu ihm. Und Hauptmann Fischel schikaniert sie nicht so, wenn der Alte in der Nähe ist.

Major v. Glasenapp bringt landeskundige Berater mit, nämlich Hauptmann a. D. Hugo v. François, den Bruder des ersten Landeshauptmannes von Südwest, und den erfahrenen Oberleutnant Eggers. Das Schutztruppenkontingent führt ein Oberleutnant Köhler.

Hauptmann Fischel berichtet dem Major, was in der Nacht auf den 15. vorgefallen ist. Mit ernsten Gesichtern begeben sich die Offiziere zu den Gräbern der drei gefallenen Seesoldaten und verharren ein paar Minuten schweigend davor.

»Meine Herren«, sagt der Major schließlich, »wir wollen keine Zeit verlieren! Herr Hauptmann, lassen Sie fertigmachen zum Abmarsch!«

Fünf Nächte haben sie im Lager bei der Schwarzen Klippe verbracht, und Seelig ist heilfroh, von dort wegzukommen. Endlich geht es weiter! Vorne die Reiter, Schutztruppler und Offiziere, dann der Major, ebenfalls beritten. Die Kompanien marschieren zu zweien nebeneinander in langer, dünner Reihe. Dazwischen eingeflochten schaukeln die hohen Kapwagen und knarren die Räder der leichten Kanonen. »Treck, treck!«

323

schreien die Treiber und knallen mit den Peitschen, »Treck, Osse, treck!«

Schnell wird es heiß. Die Luft ist klar wie Glas.

20. Februar (Samstag):

Major v. Glasenapp befiehlt endlich Marscherleichterung, auf Vorhaltungen der erfahrenen Afrikaner Hauptmann v. François und Oberleutnant Eggers. Hauptmann Fischel zerknirscht »Verweichlichung!« zwischen den Zähnen, aber Befehl ist Befehl. Mäntel und Tornister fliegen auf die Wagen. Seelig knöpft sich den Kragen auf und krempelt die Rockärmel hoch. Wieviel leichter marschiert es sich jetzt!

Mittags Halt auf einer Lichtung. Hier soll es Wasser geben. Da ist eine flache Senke, aber die ist trocken. Sechs Mann machen sich ans Graben, und die anderen schauen zu, aber gefunden wird nichts als feuchter Schlamm. Es muß weitermarschiert werden.

Die Sonne steht senkrecht über Seeligs Kopf, der Sand ist glühend heiß. Vorbei geht es an einem blank abgenagten Tiergerippe, war das ein Pferd? Oder ein Zebra? Seelig weiß es nicht zu sagen, es ist kein Fetzchen Fell übrig. Nach zwei Stunden wird ein Rivier erreicht, das kaum tiefer liegt als das übrige Gelände und hauptsächlich durch das Fehlen der Büsche als Flußbett erkennbar ist. Nun marschieren sie im Sand weiter, bis zu einer Stelle, an der ein weiteres Rivier einmündet. Hier sind mehrere Löcher gegraben. Die werden nun freigeschaufelt, und endlich wird Wasser gefunden. Seelig kostet vorsichtig, es ist milchig und schmeckt salzig, aber es ist Wasser, was will man mehr. Die Wagen fahren auf, und man errichtet einen behelfsmäßigen Dornverhau. Die Backschafter holen das bißchen Essen, das ausgeteilt wird, Mehl und Reis. Seelig verrührt beides mit dem schlecht schmeckenden Wasser und kocht sich eine Suppe daraus, die schmeckt nach gar nichts. Korporal Kasper brät sein Mehl im Kochgeschirrdeckel und sagt »Plinsen« dazu.

Einer der Schutztruppler klärt Seelig und ein paar seiner Kameraden über den Feind auf: »Wir haben es hier mit den Kaffern zu tun, nicht mit den Hottentotten. Die Kaffern, das sind die Hereros, große, schwarze Kerle, Bantu-Neger.« Er zeigt mit dem

Pfeifenstiel auf den Bambusen von Leutnant v. Waldbrunn, der Kannen und Töpfe mit Sand ausscheuert. »Der da, der Matthäus, ist ein Hottentott, einer von den Witbooi-Halunken.« Der Matthäus ist nicht schwarz, seine Haut ist gelblichbraun. Er ist klein und mager. Jetzt spürt er die Aufmerksamkeit der Soldaten und schaut her und grinst zahnlückig. »Laßt euch nicht täuschen«, sagt der schnurrbärtige Schutztruppler und pafft eine blaue Rauchwolke, »die Brüder haben es faustdick hinter den Ohren!«

21. Februar (Sonntag):

Endlich eine kurze Rast! Erleichtert nimmt Seelig sein Gewehr ab und nestelt seine Feldflasche vom Koppel. Nur ein wenig warmes und bitteres Wasser ist noch darin. Er nimmt einen kleinen Schluck und spült sich den Mund aus. Er hört einen Ruf und schaut auf, da vorne steht einer, am Rand der Lichtung, und winkt. Jetzt ruft er noch einmal: »He! Hierher!«, und Seelig nimmt sein Gewehr und geht hin. Wie er hinkommt, stehen dort schon fünf, sechs Kameraden und schauen auf den Boden. Da liegt ein Toter, sieht Seelig, und er ist schon von Schakalen angefressen. In der Hitze ist die Haut zu schwarzem Leder gedörrt. »Herero!« hört er einen sagen und geht einen Schritt näher hin, halb angeekelt, halb neugierig. Der Tote bleckt die Zähne, die Augenhöhlen sind leere Löcher, in denen weißliche Maden herumwimmeln, Fliegen schwärmen. Plötzlich steigt ihm der Geruch in die Nase. Seelig wendet sich schnell ab, es würgt ihn im Hals. Er geht noch ein paar Schritte weiter weg.

Einer der Schutztruppler ist herangekommen und auch der Oberleutnant Köhler. »Todesursache ist nicht erkennbar, vermute mal, verdurstet«, sagt der Oberleutnant, und der Schutztruppler brummt: »Kerl war anscheinend allein unterwegs. Normalerweise lassen die Hereros ihre Toten nicht liegen, und Gewehre schon gar nicht!«

Neben der Leiche liegt nämlich ein alter, langer Vorderlader. Daneben eine passende Kugelzange. Der Schutztruppler besieht sich die Waffe und sagt: »Zündhütchengewehr! Tower 1859 steht drauf, Herr Oberleutnant!« Jetzt steckt er seinen Zeigefinger in die Mündung, der paßt bis zum zweiten Gelenk hinein. »Pavian-flinte«, sagt der Reiter, »Kaliber 17 oder 18 mm. Hahn ist nicht gespannt, kann nicht sehen, ob das Ding geladen ist.« Er dreht die Flinte um und schüttelt sie kräftig. Es fällt nichts heraus. »Ka-putthauen!« befiehlt Oberleutnant Köhler. Der Reiter schlägt das Gewehr mit aller Kraft gegen einen großen Stein. Dreimal muß er zuschlagen, bis der Kolben abbricht. Die Stücke werden mit-samt der Kugelzange in den Busch geworfen. Schon ruft es von der haltenden Kolonne her: »Fertigmachen!« Die Leiche wird lie-gengelassen. Keiner verspürt Lust, sie einzugraben. Befohlen wird es nicht. Seelig läuft zu seiner Korporalschaft zurück.

Weiter geht der Marsch, Stunde um Stunde. Einmal wird durch-gesagt: »Hier ist Otjihaenena!« und später noch einmal: »Orumbo.« Da sagt Seelig: »Orumbo, Orumbo! Hier ist doch überhaupt nichts, gar nichts! Kein Haus, kein Pontok, bloß der krumme Baum dort drüben!« Kasper schaut sich nach ihm um und brummt: »Wird wie-der so 'n Wasserloch sein.« – »Und warum halten mir dann nicht?« mischt sich Dürnsmaier ein. Kasper zuckt nur die Achseln und See-lig denkt: »Weil es ausgetrocknet ist.« Stumpf schlurfen sie hinter dem knarrenden und schwankenden Wagen her. Wenn einer der Ochsen da vorn einen Fladen fallen läßt, ist er schon trocken, bis der Wagen drüber weg ist. Seelig hätte nie geglaubt, daß es so heiß werden kann. Er fühlt sich völlig ausgedörrt, innen wie außen, er müßte eigentlich wie ein uralter Greis aussehen. Er wirft einen ver-stohlenen Blick auf Dürnsmaier. Was hatte der noch für dicke rote Backen in Swakopmund! Jetzt sind seine Wangen nicht mehr dick, und sein ganzes Gesicht ist rot verbrannt.

Fürchterlich glüht die Sonne. Ein Zugochse macht schlapp und wird geschlachtet. Abends im Biwak gibt es dann ein klein wenig Fleisch für jeden.

23. Februar (Dienstag):

Die Ostabteilung erreicht Otjiwarumende am Weißen Nossob, das von Dürnsmaier sofort in Otjiwarumkeinende umgetauft wird. Seelig sieht viele von den wunderlichen Halbkugelhütten im Rivier, aber da ist niemand, es sind verlassene Hererowerften, das fahle Gras ist überall bis auf die Wurzeln abgeweidet.

Major v. Glasenapp erhält hier eine Meldung des Führers der 1. Staffel, Oberleutnant v. Winkler. Dieser will die bei Owingi stehenden Hereros des Tjetjo-Stammes mit ihrem Vieh in Richtung Kehoro am Schwarzen Nossob drängen. Glasenapp beschließt, ebenfalls dorthin vorzurücken, um den Feind zusammen mit Winkler zu schlagen. Die erschöpften Soldaten, die Erholung in der Feste und Etappe Gobabis schon zum Greifen nahe sahen, müssen nun im Eilmarsch nach Nordosten. Der Troß wird in Okazeva zurückgelassen.

»Morgen oder übermorgen stoßen wir auf den Feind«, sagt Korporal Kasper. »Zeit wird's!« krächzt Dürnsmaier. »Kannst es wohl gar nicht erwarten?« sagt der Korporal mit einem schiefen Blick zu Dürnsmaier hin, und der gibt matt zur Antwort: »Lieber heut' als morgen, dann hat's wenigstens bald ein End' mit der saudummen Latscherei!« Er stolpert und schlägt fast hin und murrt: »Und nirgends nix zum Saufen!«

24. Februar (Mittwoch):

Seelig ist müde, die Beine schmerzen, besonders die Wadenmuskeln. Vier Stunden schon sind sie ohne Unterbrechung marschiert. Auf einmal heben sich die Köpfe. Vorne tut sich etwas, die Kolonne stockt. Nach ein paar Minuten geht es weiter. Dann stockt es wieder. Sie stehen eine Weile herum. Ringsum nur die grauen, stachligen Büsche. Die Sonne glüht gnadenlos herab. Was vorne los ist, kann Seelig nicht sehen. Dann Rufe und Unruhe, der blondbärtige Bure, der den Wagen vor Seeligs Gruppe fährt, schreit: »Hott, Royland, hott«, sein Treiber knallt mit der Swip über die Ochsenrücken hin. Die mächtigen Hinterräder drehen sich knarrend, das schwere Gefährt rumpelt los und schwankt über den unebenen Boden. Es geht weiter. Nach ein paar Metern wird der Busch dünn und weicht zu beiden Seiten zurück, und nun geht es auf eine weite Lichtung. Da sieht Seelig einen Kapwagen stehen, ausgeplündert und verlassen, graue Planenfetzen hängen an verrosteten Spriegeln. Nicht weit vom Wagen stehen der Hauptmann und ein paar Leute zusammen und schauen auf die abgenagten und gebleichten Gebeine des Fahrers hinunter. Hauptmann Fischel läßt halten, und Major Glasenapp kommt angeritten. »Fünfzehn Minuten Rast!« wird verkündet. Dort, wo die Offiziere stehen, hacken ein paar Mann ein Grab in den harten Boden. Seelig schaut zu, wie sie einen leeren Reissack aufschneiden, die Knochen und Stoffetzen zusammenscharren und drauflegen und so in die flache Grube senken. Seelig fröstelt trotz der Hitze. Ist das alles, was von einem übrigbleibt? Mit Schnur hat einer ein Kreuz aus Kistenbrettern zusammengebunden, das steckt er jetzt in die lockere Erde und klopft es mit dem Gewehrkolben fest. Die Umstehenden entblößen ihre Köpfe, und Seelig nimmt schnell seinen Helm ab. Ein, zwei Minuten stehen alle schweigend. »Weile her«, hört er einen Schutztruppler leise sagen, »mindestens vier Wochen.«

Ringsum liegen verstreut Briefe und teils zerrissene Bücher. Seelig hebt eines auf. Es ist ein deutsches Buch, »Jörn Uhl« heißt es, von Gustav Frenssen. Es ist nicht einmal alt, 1902 steht darin, aber durch Regen und Sonne ist es ganz verquollen und mürbe. Er schlägt es irgendwo auf und liest: »... aber wir wollen ja nicht tanzen. Dazu hätte ich Sie nicht eingeladen. Es ist ein Totenfest.«

Seelig wird es unheimlich zumute. Er legt das Buch wieder hin.

Der morsche Wagen auf der Lichtung, die vielen Seesoldaten mit ihren Helmen, die langsam daherschaukelnden Planwagen im Hitzegeflimmer über dem wirren Geflecht der Kameldornzweige. Da und dort steht oder hockt einer und liest einen Brief oder eine Buchseite. Seltsam sieht das aus, unwirklich, wie ein Bild aus einem Traum. Schritte, Gemurmel, Geräusche von ein paar hundert Menschen und Tieren in der Stille der Buschsavanne.

»Vorwärts – Marsch!« geht es weiter, die Peitschen knallen, die Treiber schreien, die Wagen poltern und knarren. Seeligs Stiefelsohlen sind mehrfach gebrochen und lösen sich vorne ab; um nicht zu stolpern, muß er mit den Hacken auftreten. Jacke und Hose sind von Dornen zerrissen; längst haben sie aufgegeben, mehr als nur die allergröbsten Löcher zu flicken. Wasser ist nicht einmal zum Trinken genug, zum Waschen oder zur Zeugwäsche gibt es keines. Gesicht und Hände sind rot und braun verbrannt, und unter dem Kinnriemen entzündet sich die unrasierte Haut. Nachts, besonders in den Morgenstunden, wird es sehr kalt, und Seelig friert schrecklich unter dem Mantel im dünnen Drillichzeug, besonders, wenn ihn ein Regenguß durchnäßt hat. Noch ist die Regenzeit nicht vorbei. Es regnet aber nicht mehr oft und wenn, dann nur in der Nacht. Morgens ist dann von Feuchtigkeit nichts mehr zu sehen. Es reicht nicht einmal für ein paar grüne Grastriebe.

27. Februar (Samstag):

Vorgestern hatte die Truppe nach erschöpfenden Eilmärschen Kehoro erreicht, 98 Kilometer von Otjiwarumende. Die Anstrengung war jedoch umsonst: die Hereros sind entkommen. Dort hat Oberleutnant von Winklers berittene 1. Staffel die Ostabteilung eingeholt.

Bei der Wasserstelle Owingi, fast dreihundert Kilometer östlich und etwas nördlich von Windhuk, richtet sich die erschöpfte Truppe für ein paar Tage Rast ein. Major v. Glasenapp reitet mit einer achtzig Mann starken Erkundungsabteilung, die Oberleutnant Eggers führt, nach Norden bis zum Eiseb. Seelig schaut den Reitern nach, wie sie allmählich immer kleiner werden und in der hitzeflimmernden Ferne verschwinden. Zuletzt sah es so aus, als würden sie durch die Luft über einem glitzernden See dahinreiten, aber Seelig weiß, daß es nur ein Trugbild war.

1. März (Dienstag):

Seelig hockt auf den Fersen und schmirgelt sein Kochgeschirr mit Sand sauber, so lange, bis die angebrannten schwarzen Krusten verschwunden sind und das Blech innen blank ist. Er hat sich einen Zeugfetzen dazu um die Hand gebunden, damit er sich die Haut nicht mit abscheuert. Er ist gerade fertig damit, da entsteht Aufregung. Die Erkundungsabteilung kehrt nach Owingi zurück. Das Ergebnis des Aufklärungszuges spricht sich herum, kaum daß die erschöpften Männer aus dem Sattel sind. Die Reiter haben in vier Tagen bei glühender Hitze zweihundert Kilometer zurückgelegt. Nicht einmal waren sie auf Feind gestoßen, dafür aber auf Spuren, die alle auf einen Abzug des Feindes nach Westen, zu den Onjati-Bergen hin, deuten. Major v. Glasenapp entschließt sich daher, diesen zu folgen. Er ist jetzt überzeugt, daß der Feind nicht versucht, ins britische Betschuana-Land auszuweichen, sondern sich mit den anderen Stämmen vereinigen will. Da sein

Befehl aber lautet, die Grenze östlich von Gobabis zu sperren, schickt er Leutnant Eymael mit dreißig Mann als Besatzung nach Rietfontein im Nordosten.

Das ist ein wahrlich gottverlassener Posten in der glühenden Kalahari, erzählt ein Schutztruppler Seelig und ein paar Kameraden, über zweihundert Kilometer von den nächsten Ansiedlungen, Gobabis oder Epukiro, entfernt. Der Leutnant wird bald Langeweile haben, und seine Mannen auch. Weit und breit ist dort nichts als Sand und ein wenig verdorrtes Savannengras. Nur Buschleute gibt es da in der Gegend, die sind mit Vorsicht zu genießen.

Seelig versucht, sich das vorzustellen. Wochenlang in dieser Hitze, nichts als einen Brunnen oder so was und Truppenverpflegung. Ringsum nichts, überhaupt nichts als Sand und vielleicht ein bißchen stacheliges Gestrüpp! »Kein frisches Fleisch zwischen die Zähne«, sagt der Schutztruppler gerade, »da draußen gibt's nichts zu jagen. Da hat's nur Schlangen und Skorpione. Die Skorpione kriechen nachts in die Stiefel«, sagt er grinsend, »ein Stich in den großen Zeh, und du versammelst dich zu deinen Ahnen! Erst wird das Bein dick und schwarz, und dann heißt's schon Ave Maria!« Er nickt bedeutungsvoll mit dem Kopf und wiederholt: »Ave Maria!«

Der Schutztruppler weiß auch, was Glasenapp vorhat. »Der ganze Haufen wird in zwei ungleiche Hälften geteilt«, sagt er, »denn für die ganze Kolonne reichen die paar Wasserlöcher im Rivier nicht. Euer Chef will mit der größeren Hauptkolonne im Epukiro-Rivier nach Westen marschieren, und die kleinere Kolonne soll Hauptmann Lieber führen, auch nach Westen, aber weiter südlich, am Schwarzen Nossob entlang. Gleich morgen früh geht's los, der Major fürchtet, daß ihm Tjetjo durch die Lappen geht.« Er schaut erst Dürnsmaier an und dann Seelig und sagt: »Wenn er ihn erwischt, haben wir ihn am Hals, den Tjetjo und seine schwarzen Halunken.«

6. März (Sonntag):

Beide Kolonnen beginnen den Vormarsch. Die Hauptkolonne von Kanduwe am Epukiro-Rivier, die kleinere Abteilung von

Kehoro am Schwarzen Nossob aus. Die Kolonnen sind etwa 20 bis vierzig Kilometer auseinander.

Albert Seelig marschiert in der Hauptkolonne stumpf dahin. Bilder schwimmen durch sein inneres Blickfeld und treiben vorbei und vergehen, unwirklich, unglaubwürdig; Ausgeburten einer erschöpften, verdurstenden, hoffnungslosen Phantasie, mit Heimweh und Hunger vermischt: Nasses Kopfsteinpflaster in Kiel. Das tiefe, mit dem Bauch fühlbare Brummen der Nebelhörner. Heiße Würstchen und Kakao bei den fliegenden Händlerinnen an der Fischhalle. Kalte Limonade! Schäumende, naßfunkelnde, tropfenperlende Biergläser im »Prinz Adalbert«.

Die trockene Zunge reibt sandig an seinem trockenen Gaumen, Hunger nagt und wühlt ihm in den Eingeweiden. Ein paar von seinen Kameraden krümmen sich vor Schmerzen und können kaum mehr mithalten. Es gibt nichts als ein bißchen Reis zu essen. Viele haben Durchfall und laufen sich wund. Klosettpapier gibt es trotz mehrfacher Anmahnung durch die Ärzte nicht. Das Zeug ist auf den Nachschubwagen, denen sie seit drei Wochen davonlaufen.

9. März (Mittwoch):

Vorgestern, am Montag, hat Oberleutnant Eggers Reiterabteilung einen Kaffer, einen Damara, gefangen. Der hat behauptet, Tjetjos Stamm stünde bei Okandjesu. Daraufhin ist der Major mit der Hauptkolonne dorthin abgebogen. Als Seelig, nach beschleunigtem Marsch die ganze Nacht durch, dort ankam, fand sich dort nichts mehr als erloschene Wachfeuer und Reste von behelfsmäßigen Pontoks. Hier treffen sie aber auf Hauptmann Liebers Südkolonne, die nach Norden ausgewichen war, weil die Geländeverhältnisse am Nossob zu ungünstig waren. Nach kurzer Beratung trennen sich die beiden Kolonnen wieder.

Seelig sieht Liebers Männern nach. Ein Haufen völlig verstaubter, müde schlurfender Soldaten, ein paar schwankende Wagen. Sie biegen wieder nach Süden zum Schwarzen Nossob ab, er aber marschiert mit Glasenapps Kolonne in Richtung Onjatu weiter. Seelig schaut seine Kameraden an und denkt: »Marschieren ist ein Witz, bald kriechen wir auf allen vieren.«

Matt und stumpfsinnig schleppen sich die Soldaten dahin. Manche taumeln, Fieber glimmt in ihren Augen. Das spärlich und selten zugeteilte Wasser ist warm und bräunlich und schmeckt nach Glaubersalz.

10. März (Donnerstag):

Die Hauptkolonne, etwa dreihundert Mann stark, rastet an der Wasserstelle Okangono. Die liegt am Fuß eines länglichen Hügels, die einzige Erhebung in dieser endlosen flachen Sand- und Buschsteppe, die Seelig sehen kann. Hier hat sie ein Reiter eingeholt, gerade vor einer halben Stunde. Es heißt, er habe Major v. Glasenapp ein Schreiben des Kommandeurs Oberst Leutwein gebracht. Es soll drinstehen, daß sich alle Hererogruppen auf den Waterberg zubewegen.

Major v. Glasenapp ist aber davon überzeugt, daß die Hereros zu den Onjati-Bergen ziehen. In diesen zerklüfteten Bergen, östlich von Okahandja, liegt das Quellgebiet des Schwarzen und Weißen Nossob. Der Major will sich erst überzeugen, ob die Onjati-Berge wirklich feindfrei sind, bevor er nach Norden zum Waterberg abbiegt. Sollte der Gegner aber diese Berge besetzt halten, könnte Glasenapp ihn dort hinauswerfen und der Hauptabteilung in die Arme treiben.

In dem Schreiben soll auch noch drinstehen, daß der Nachschub der Abteilung nach wie vor nach Gobabis dirigiert wird, von welchem Ort sich die Abteilung bereits weit entfernt hat. Der Kommandeur weiß noch nichts von der Änderung der Marschrichtung der Ostabteilung nach Westen. »Da kommen magere Zeiten auf uns zu, Jungs«, sagt Kasper, aber es ist keinem nach Lachen zumute. Drei Leute in Seeligs Korporalschaft klagen über Kopfschmerzen und Mattigkeit. Der Mangel an frischer Verpflegung macht sich immer stärker bemerkbar. Wasser fehlt nicht nur zum Waschen und Rasieren, sondern auch zum Zähneputzen. Vielen Soldaten wackeln die Zähne, und es heißt, Oberassistenzarzt Dr. Velten hätte die Offiziere schon vor Skorbut gewarnt. Seelig sieht, wie matt und kraftlos die Kameraden sind, schon lange ist alle Lust zum Scherzen oder Singen dahin. Hohläugige Gestalten, eingefallene Wangen, wirres, verfilztes

Haar. Dabei sind wir gerade mal vier Wochen hier, denkt Seelig. Was, wenn wir auf die Feinde stoßen? Wie sollen wir in dem Zustand kämpfen?

Der alte Römer

11. März (Freitag):

»Herr Unteroffizier wollen sich bitte bei Herrn Major v. Estorff melden!« sagt ein sommersprossiger junger Bursch von Schutztruppler mit der Hand am Mützenschirm und fügt hinzu: »Der Herr Major ist auf der Feste, im Hof, Herr Unteroffizier!«

Carl Ettmann erwidert den Gruß: »Ist gut, danke!« Er weiß, daß Oberst Leutwein sein Hauptquartier hier aufgeschlagen hat und daß eine große Lagebesprechung stattfindet. Major v. Estorff befehligt die Westabteilung und war schon am vergangenen Dienstag nach Okahandja gekommen, um mit dem Oberst die Koordinierung der weiteren Operationen zu besprechen. Ettmann schlüpft in seinen Waffenrock, knöpft ihn zu und rückt Feldmütze und Koppel zurecht.

Draußen entladen die Eisenbahner den Arbeitszug und schleppen sich mit Balken und Gleisjochen ab, sie haben die Osona-Brücke wieder aufgebaut, und die Bahn ist nun auf ihrer gesamten Länge wieder befahrbar, von der Küste bis nach Windhuk. Er geht zur Feste hinüber, überquert den weiten Innenhof und steuert auf die Gruppe von sechs Offizieren zu, die sich in einem Winkel der Kolonnaden unterhalten, beschattet von einer waagerecht gespannten Zeltbahn. Er erkennt den Gouverneur mit seinem Kneifer, den er im Februar in Karibib gesehen hat, Leutweins Adjutant Techow und Oberleutnant Zürn. Die anderen stehen mit dem Rücken zu ihm. Er wartet, bis Techow ihn bemerkt und fragend die Augenbrauen hebt, und antwortet mit der Hand an der Mütze: »Melde gehorsamst: Unteroffizier Ettmann, zu Herrn Major v. Estorff befohlen!« Der Offizier mit Majorsschulterstücken wendet sich nach ihm um und faßt ihn ins Auge. Ettmann hat den Major vorher noch nie gesehen, aber viel von ihm gehört. Ludwig v. Estorff, der alte Römer, wie er auch genannt wird, ist eine Be-

333

rühmtheit im Schutzgebiet. Ein großer Mann von verwegenem Aussehen: stolze Haltung, blitzende Augen, gesträubter, martialischer Schnurrbart. Um so überraschender wirken seine helle Stimme und sein freundliches und zurückhaltendes Auftreten.

»Sie sind im Zivilberuf Kartograph?« fragt er, und als Ettmann sagt: »Jawohl, Herr Major!«, nickt er und sagt: »So! Kommen Sie mal mit!« Der Major macht ein paar Schritte zu einem Klapptisch hinüber, auf dem mehrere ziemlich zerfledderte und mehrfach geflickte Landkarten liegen. Obendrauf liegt ein grauer Aktendeckel, prall gefüllt mit Zetteln. Der Major schlägt mit der flachen Hand auf die dicke Kladde und sagt: »Wegskizzen der Truppe! Das meiste davon sind Meldungen: Wasserstelle nicht vorhanden! Weg nicht passierbar! Entfernungsangabe falsch! Und so weiter!« Er sieht Ettmann an und sagt: »Fehlt an brauchbarem Kartenmaterial! Höchst ärgerlich! Behelfen uns mit Übersichtsskizzen der Bezirksämter, Farmkarten, Bergrechtskarten und was weiß ich was noch!« Er klopft mit dem Fingerknöchel auf eine der Karten, ein vergilbtes Exemplar, auf Leinen gezeichnet, mit ausgefransten Rändern, über und über voll mit Bleistiftnotizen, Brandlöchern und Fettflecken. »Petermanns ORIGINALKARTE DES HERERO- UND KAOKO-LANDES von 1878! Praktisch unbrauchbar!« Der Major hat helle Augen und einen forschenden und durchdringenden Blick. »Kurz und gut«, sagt er, »Kartenmisere! Haben beschlossen, vorläufig eine zentrale Kartenstelle in Windhuk einzurichten, unter anderem, weil da das Vermessungsamt ist. Dort ist gerade eine Sendung mit neugedruckten Karten eingetroffen, direkt vom Generalstab in Berlin. Hätten wir gewußt, daß die gestern im Zug waren, hätten wir sie natürlich hierbehalten. Jetzt jedenfalls sind sie in Windhuk. Nun zu Ihnen: Ich möchte, daß Sie gleich morgen früh dorthin fahren und all diese Meldungen auf die Karten übertragen, und zwar auf die, die neu angekommen sind.«

Ettmann salutiert und sagt: »Jawohl, Herr Major!« Der Major sagt: »Morgen früh geht der nächste Zug, da fahren Sie mit! Wem sind Sie augenblicklich unterstellt?«

Ettmann antwortet: »Zuletzt Herrn Kapitänleutnant Gygas, Herr Major!« Major v. Estorff dreht sich nach Oberleutnant Te-

chow um und winkt ihn mit einer kurzen Kopfbewegung zu sich.
Techow eilt herbei, und der Major sagt: »Techow, der Unteroffizier fährt morgen früh nach Windhuk, wegen der Kartenangelegenheit. Seien Sie so gut und klären Sie das mit Kapitänleutnant Gygas ab und sehen Sie zu, daß alles in Ordnung geht!«

Beim Abendessen mit den Unteroffizieren kommt das Gespräch auch auf Estorff. Ettmann erfährt, daß »der alte Römer« schon 1894 als Hauptmann zur Schutztruppe gekommen ist und im selben Jahr im Gefecht in der Naukluft durch einen Schuß in den linken Fuß verwundet wurde. Jetzt führt der Major die Westabteilung, die Hauptmann Frankes 2. Feldkompanie, die 4. Feldkompanie, die 3. Seesoldatenkompanie und eine Artillerieabteilung umfaßt und nordöstlich von Omaruru steht.

»Und warum wird er ›der alte Römer‹ genannt?‹ fragt Ettmann, und einer der Unteroffiziere sagt: »Na, ich denke, das wird ein Ehrenname sein, weil er wie ein alter Römer ...«, aber Feldwebel Franssen fällt ihm ins Wort: »Quatsch! Den Namen hat er noch aus den alten Schutztruppentagen. Da hat er die Leute nämlich, wenn nichts anderes zu tun war, Wege bauen lassen. Steine wegräumen, Löcher auffüllen, Hänge anschneiden und so. Eine Schweinearbeit in der Hitze, das könnt ihr euch wohl vorstellen! Der olle Estorff stand dabei und hat lange Reden über die alten Römerstraßen geschwungen und wie die die überall gebaut haben. Deswegen heißt er so.«

Owikokorero

12. März (Samstag):

Von den unmenschlichen Marschanstrengungen in glühender Hitze und kalten Nächten ist Seelig zu Tode erschöpft. Ein paar Kameraden haben Fieber und leiden an Leibschmerzen und Durchfall. Waschwasser wird jetzt so nötig gebraucht wie Trinkwasser. Die Ärzte sind besorgt und befürchten eine Typhusepidemie. Irgendeiner hat es aufgeschnappt, und bald macht es die

Runde. Nun macht sich auch noch Angst breit, denn Typhus verläuft häufig tödlich.

Während sich die ermatteten Soldaten in Onjatu ausruhen, auf das Eintreffen der Südkolonne von Hauptmann Lieber warten und auf die längst überfällige Proviantkolonne aus Windhuk, findet es Major v. Glasenapp an der Zeit, einen bewaffneten Aufklärungsritt nach Westen in die Onjati-Berge zu unternehmen. Dazu wird die berittene Abteilung bestimmt, die allerdings nur noch fünfunddreißig Pferde hat, da sie in den letzten Wochen viele Tiere durch die Anstrengungen verloren hat. Der Major will selbst mit seinem Stab teilnehmen und noch mehrere Offiziere mitnehmen.

13. März (Sonntag):

Im Lager stochert Albert Seelig in der Asche des kalten Kochfeuers herum und denkt dabei an Margret, die jüngere Schwester von Biese, mit dem er zusammen gelernt hat. Biese war ein Jahr jünger als er. Die schöne Margret mit den blonden Zöpfen! Er wagte es kaum, sie auch nur richtig anzusehen. Wenn sie in der Nähe war, bekam er einen trockenen Mund und konnte kein Wort mehr sagen. Wie schon oft, versucht er sich seine Heimkehr auszumalen. Braungebrannt wird er sein, ein harter Krieger aus dem fernen Südwest, und dann wird es ihm nicht mehr an Mut fehlen, und er wird auf sie zugehen und sagen: Margret, da bin ich wieder. Willst du meine Frau werden?

Just da kommt Dürnsmaier vom Latrinengraben her, knöpft sich die Hose zu und schneidet ihm seinen Gedankenstrang ab: »Laß es bloß lang g'nug im Feuer, Albert, damit's recht knusprig wird! Und lang schon mal den Senf rüber oder den Mostrich, wie ihr Preißen dazu sagt!« Dürnsmaier sieht schlecht aus. Abgemagert und hohläugig, mit eingefallenen Wangen, von seiner rotverbrannten Nase schält sich die Haut. Langer, weißblonder Bartflaum bedeckt Wangen und Oberlippe, für einen richtigen Bart ist er noch zu jung. Sein Zeug ist verdreckt und zerrissen, die Stiefel klaffen, schorfige, eitrige Dornenkratzer hat er auf Händen und Armen. Er hockt sich zu Seelig auf den Boden und sagt: »Es is a Jammer.« Er schaut sich um und wundert sich: »Wo die Pa-

trullje bleibt? Müßt eigentlich schon längst zurück sein, oder?«
Er hat es kaum gesagt, da hört Seelig vom Lagerrand her einen
Postenruf und eine schwache Antwort, und dann kommt ein Reiter aus dem Busch, gerade auf ihn zu, aber ganz langsam, im
Schritt auf einem erschöpften und verletzten Gaul. Sie stehen auf,
und Dürnsmaier ruft laut: »A Reiter kummt!« Aufregung entsteht. Die Seesoldaten laufen zusammen. Seelig hört nach dem
Hauptmann rufen. Der Reiter ist sichtlich verstört und am Ende
seiner Kräfte, seine Uniform hängt in Fetzen, das Pferd ist
schaumbefleckt und blutet aus unzähligen Dornenkratzern. »Was
ist los?« wird er gefragt, und: »Wo ist der Alte?« – »Was ist passiert?« Der Reiter ist ein Offizier, über dem Ohr sind seine Haare
mit getrocknetem Blut verklebt. Seelig hält ihm seine Feldflasche
hin. »Die meisten sind tot!« stammelt der, bevor er trinkt. Seine
Hände zittern wie Espenlaub, Blut ist ihm auf den Drellrock getropft. »Meldung«, stammelt der Mann, während sie ihm aus dem
Sattel helfen, »Meldung machen! Schwere Verluste!« Hauptmann
Fischel kommt heran, mit schief gelegtem Kopf, und der verwundete Offizier grüßt mit flatternder Hand: »Oberleutnant zur
See Mansholt, Herr Hauptmann! Meldung von Major v. Glasenapp: Hinterhalt! Der Major will versuchen – will versuchen, sich
auf Truppe zurückzuziehen!« Die Stimme versagt ihm beinahe.
Hauptmann Fischel sieht ihn empört an und zischt: »Reißen Sie
sich zusammen, Herr Oberleutnant!« Dann reckt er sich hoch
und dreht den Kopf nach allen Seiten wie ein Hahn und kräht:
»Hornist: Alarm! An die Gewehre!« Sein Blick fällt auf Seelig,
und er schreit: »Was stehst du da rum, Kerl? Hol den Arzt!« Das
Alarmsignal schmettert, die Soldaten laufen nach allen Seiten davon. Der Hauptmann schreit Seelig nach: »Und lebhaft, wenn ich
bitten darf! Schlafmützerei, hottentottische! Feldwebel! Schreiben Sie den Mann auf!«

Ein Zug Seesoldaten wird der Patrouille entgegengeschickt, im
Laufschritt, Reittiere gibt es ohnehin nicht mehr im Lager. Ein
zweiter Zug macht sich fertig und pflanzt das Bajonett auf, die
Postenkette wird verdoppelt. Die beiden Maschinenkanonen wer-
den herangeschoben und geladen, ihre dicken Läufe zielen in den
Busch. Als Schußfeld haben sie gerade mal dreißig Meter. Eine

Stunde vergeht, da hört man auf einmal von ferne Rufen. Inzwischen ist es dunkel geworden. Die Sanitätskarre kommt angeschaukelt, von einer Handvoll abgerissener Gestalten begleitet. Angstvolle Fragen: »Wo ist der Alte? Was ist mit dem Major?« Eine brüchige Stimme antwortet: »Hier! Herr Major ist verwundet!« Laternen geistern hin und her. Der Major sitzt auf einer Kiste, blutüberströmt. »Nur ein Streifschuß«, sagt er zum Arzt, »kümmern Sie sich erst um die, die es schlimmer erwischt hat.« Sechs Schwerverwundete heben sie von der Karre – nur sechs! Lähmendes Entsetzen verbreitet sich. Die Patrouille ist den Hereros in die Falle gegangen. Sechsundzwanzig sind tot im Busch geblieben, nämlich sieben Offiziere und neunzehn Reiter. Nur einunddreißig sind lebend zurückgekommen, sieben davon verwundet. Alle Pferde bis auf eins sind verloren. Ein Schweigen wie schwarzes Eis sinkt mit der Dunkelheit über das Lager herab.

Später am Abend, als die Verwundeten versorgt sind, läßt Leutnant Schäfer die wachfreien Seesoldaten antreten. Neben ihm steht Oberleutnant Köhler und liest im Schein einer Petroleumlaterne vor, wen es erwischt hat:

»Es sind gefallen: Hauptmann Hugo v. François, Oberleutnant Eggers, Oberleutnant zur See Stempel, Leutnant Thiesmeyer, Leutnant Dziobek, Leutnant Bendix, Marine-Oberassistenzarzt Dr. Velten, Feldwebel Bach, Feldwebel Nitschke, Vizefeldwebel Wellstein, Sergeant Kiel, Sergeant Bennewies, Unteroffizier Michael Wolf, Unteroffizier Fritz Otten, Unteroffizier und Tierarzt Oskar Sepp, Unteroffizier Bachmann, Bootsmannsmaat Höltke, Signalmaat Wroklage, Gefreiter Albrecht, Gefreiter Förster, Gefreiter Ahlenberg, Gefreiter Stegmann, Obermatrose Ehlers, Reiter Grasschopp, Reiter Woderich, Reiter Schanz.«

Er läßt das Blatt sinken und sagt: »Herrgott!« Dann liest er zu Ende:

»Verwundet wurden: Herr Major v. Glasenapp, Oberleutnant zur See Hermann, Leutnant Schäfer, Unteroffizier Schmidt, Gefreiter Senne und zwei eingeborene Hilfssoldaten.« Seine Stimme ist zuletzt ganz brüchig geworden. »Wegtreten!« befiehlt er heiser.

15. März (Dienstag):

Obwohl der Aufklärungsritt in einer Katastrophe endete, hat er doch die Gewißheit erbracht, daß der Tjetjo-Stamm mit all seinem Vieh auf dem Weg nach Westen ist, um sich mit Samuel Maharero zu vereinigen. Es gibt deshalb keinen Grund mehr, weiter nach Osten zu ziehen, um die Grenze zum Betschuana-Land zu sperren.

Major v. Glasenapp, mit blutverkrustetem Kopfverband, läßt frühmorgens einen Bericht über das Gefecht bei Owikokorero an Oberst Leutwein schicken, sicherheitshalber in vierfacher Ausfertigung auf zwei verschiedenen Wegen. Zwei erfahrene Afrikaner von Winklers Abteilung sollen losgeschickt werden, und jeder soll noch einen zweiten Mann dabeihaben. Es gibt nur noch vier Pferde. Alle anderen sind verendet oder bei Owikokorero den Hereros in die Hände gefallen.

Beim Morgenappell, nach der Musterung durch die Unteroffiziere, als sie gerade wegtreten sollen, kommt Leutnant v. Waldbrunn an und sagt zu Sergeant Petrowski: »Warten Sie!« Er tritt vor die Kompaniefront und sagt: »Es werden Reiter gebraucht! Wer von euch kann gut reiten?« Seelig sieht sich um. Am linken Flügel hebt einer die Hand und dort auch noch einer. Da hebt er schnell auch die Hand und meldet sich, obwohl es immer heißt: Nie freiwillig melden, sonst bist du selber schuld, wenn dir was passiert. Aber reiten, das lockt, nach all der Latscherei. Und hier wegkommen, aus diesem schrecklichen Busch, in dem er nie einen einzigen Feind sieht, und doch ist er scheinbar immer in der Nähe. Der Leutnant zeigt auf den Mann ganz links und dann auf Seelig und sagt: »Ihr da! Vortreten!« Der Leutnant hat verschorfte Kratzer von Dornen im Gesicht und dunkle Ringe unter den Augen. Er sieht sie an und sagt: »Könnt ihr Burschen auch richtig reiten?«, und sie sagen beide: »Jawohl, Herr Leutnant!«, die Hände an der Hosennaht. »Sie da«, sagt der Leutnant und nickt zu Seelig hin, »reiten mit dem Gefreiten Runkel nach Okahandja. Ist nur ein Katzensprung, ungefähr hundert Kilometer.«

Windhuk

12. März (Samstag):

Die beiden Lokomotiven müssen sich mächtig anstrengen. Die Heizer schaufeln, was das Zeug hält, die Auspuffschläge wummern, und gewaltige Rauchmassen quellen aus den Schornsteinen, aber der lange Zug wird doch immer langsamer. Man könnte schon in aller Gemütsruhe nebenherschlendern. »Gleich wird's heißen: Absteigen und schieben!« ruft ihm der Sanitätsgefreite durch das Geratter ins Ohr. Ettmann nickt nur. Er sitzt mit dem Mann auf einem mit Hafersäcken hoch beladenen Waggon. Die Säcke sind mit einer Plane abgedeckt, und darauf sitzen sie, breitbeinig, die Stiefelsohlen gegen die Bordkante gestemmt und eine Hand um das Seil gekrallt, das die steife Plane niederhält, in der anderen das Gewehr. Beinahe den ganzen Tag hat er so verbracht, morgens um acht Uhr waren sie in Okahandja losgefahren, und jetzt muß es bald drei sein. Dabei ist heute sein Geburtstag! Jetzt ist er vierunddreißig Jahre alt und bereist Afrika, mit dem Gewehr in der Hand.

Der Zug ist vierzehn Wagen lang, beide Lokomotiven ziehen vorne. Es sind keine Zwillinge, sondern vierachsige Maschinen, sogenannte Bullen. Der Zug transportiert in der Hauptsache Hafer, aber auch Proviant, Lokomotivkohle und viele Rollen Stacheldraht. Ein Wagen ist ganz mit himmelblau lackierten kleinen Wasserfäßchen aus Blech beladen. Auf jedem zweiten Waggon sitzen ein oder zwei Soldaten als Eskorte, allesamt Leute, die ohnehin nach Windhuk müssen. Der Wagen schwankt und ächzt, die Kuppeleisen quietschen. Das schmale Feldbahngleis führt von Norden her nach Windhuk hinein, begleitet von Telegraphendrähten. Sie sind schon auf der Steigung von Pokkiesdraai, rechts zieht sich der helle Sandstreifen des Windhuk-Riviers entlang. Im Schneckentempo kämpft sich der Zug jetzt die letzten Meter hinauf, dick hängt der braune Qualm über den Waggons, Rußbrocken rieseln auf Ettmann herunter, und der Sanitäter neben ihm hustet und schimpft. Endlich erreicht der Zug den Scheitelpunkt, nur mit Mühe und Not, wie Ettmann scheint. Ganz allmählich wird er wieder schneller, das Rollgeräusch der Räder wird lauter, und vorn blasen die Sicherheitsventile der Lokomotiven ab, die auf der Steigung überfeuert worden waren.

Nun geht es flott dahin, immer geradeaus, munter klacken die Räder auf den Schienenstößen. Links zieht sich die grünbraune Kette der Erosberge, Büsche und Akazien streifen vorbei, ganz nah geht es am Rivier entlang, nur Sand darin mit ein paar fast eingetrockneten Pfützen, gelbes Schilfgras und Binsen am Rande, und ab und zu spreizt ein krummer Baum seine Äste wie tastende Finger nach allen Seiten. Eine Eingeborenensiedlung: ein paar Pontoks, ein windschiefer Wellblechunterstand, außer ein paar Kindern, Hühnern und Ziegen ist niemand zu sehen; ein armseliges Bild.

Von den Lokomotiven kommt ein heiserer Warnpfiff, mit höllischem Gepolter geht es schlingernd auf niedriger Bohlenbrücke über das Rivier und dann weiter geradeaus. Links der breite Fuhrweg kommt näher heran, ein Haus, ein Zaun, eine Pferdekoppel ohne Tiere, noch ein Haus, graue Wellblechdächer über grünen Akazien. Abfall liegt nahe dem Gleis herum, rostige Blechdosen, ein durchlöcherter Wasserkessel, Flaschen und Scherben. Langsamer werdend, rumpelt der Zug über ein paar Weichen, an Schuppen vorbei, an Stapeln von Gleisjochen entlang. Rechts ein Lokschuppen, zwei Loks qualmen davor, ein Wassertank, Kohlenbansen. Ettmann, hin- und hergeschüttelt, sieht von seinem Platz aus eine schmutzige Hand aus dem Führerhaus der vorderen Lok nach dem Glockenstrang greifen: Ting – Ting – Ting scheppert es, es geht in den Bahnhof.

Der Zug kommt quietschend und klirrend auf einer weiten Sandfläche zum Stehen. Es ist drei Uhr nachmittags. Niemand ruft: »Windhuk, alles aussteigen!« Es herrscht Kriegsbetrieb, und dies ist nur einer von vielen Militärzügen.

Ettmann klettert steifbeinig vom Waggon herunter. Er hängt sein Gewehr um, noch halb betäubt von dem Krach und der endlosen Rüttelei. Er schwingt sich den Sack mit seinen Sachen über die andere Schulter, klemmt die dicke Kladde unter den Arm und sieht sich um. Ein flaches Tal, zu beiden Seiten Hügel, braun und grün gesprenkelt, niedrige Backsteinbauten, das ist der erste Eindruck. »Soll das der ganze Bahnhof sein?« fragt der Sanitäter,

Erstaunen in der Stimme. Nach dem stattlichen Bau in Swakopmund ist der Bahnhof der Hauptstadt enttäuschend. Es ist nur eine, obendrein ziemlich kleine, Baracke aus vorgefertigten Holzteilen. Über dem Dach ist mit einem halben Meter Abstand ein zweites sogenanntes Tropendach errichtet. Dadurch soll es im Inneren kühl bleiben.

Schwarzweißrot gemalt ringelt sich der übliche Flaggenmast in die Höhe. Der Bahnhofsvorplatz wird von sechs Ligroinlampen erleuchtet; in Friedenszeiten, als einmal pro Woche der Personenzug fuhr, wartete hier jeden Dienstag abend ein Wagen des Hotels »Stadt Windhoek« auf Gäste. So steht es auf der Tafel gleich neben der Bahnhofsbaracke.

Hotel Stadt Windhoek [Inh.: Rud. Lehrke]
Erstes und grösstes Hotel in Windhuk
Familien-Wohnungen; Diener und Wagen hier am Bahnhof;
Warme und kalte Bäder.
Telegr.-Adresse: »Stadthotel«.

Ettmann sieht nirgendwo etwas zu trinken, keine Bahnhofsrestauration, keinen Brunnen, keinen Händler. In seiner Feldflasche ist nur noch der warme, schale Rest, den man für einen Notfall aufspart. Der Eskortenführer, ein Vizefeldwebel namens Schmidt, meldet sie beim Bahnhofsvorsteher, und der mustert sie alle zehn mit strengem Blick. Er bietet ihnen auch nichts zu trinken an, sondern schickt sie zur Feste hinauf, zur Meldung beim Schutztruppenkommando. Über die Gleise und den sandigen Vorplatz folgt Ettmann mit dem Sanitäter den anderen auf die breite Haupt- oder Storestraße, die direkt nach Süden führt. Die Straße ist ein Sandweg, vielleicht dreißig Meter breit, grauweiß und staubig. In ihrer Mitte verläuft ein Feldbahngleis, am linken Rand reihen sich Telegraphenstangen. Rechterhand haben sich Handelsfirmen niedergelassen, eine nach der anderen, die ganze Straße entlang. MERTENS & SICHELS ist im Vorbeigehen an den Fassaden zu lesen und AUGUST SCHMERENBECK, WECKE & VOIGTS, CARL WULFF & CO. Weit auseinander stehen die »Stores«, wohl weil sie für ihre Fuhrwerke große Höfe brauchen, vermutet Ettmann. So ein großes Frachtgespann mit zwanzig Ochsen ist seine fünfzig Meter lang und kann nicht rückwärts fahren, es muß eine Menge Platz zum Wenden haben.

Es tut gut, nach der langen Zugfahrt zu laufen, und Ettmann, zum erstenmal in der Hauptstadt, schreitet munter aus und schaut sich neugierig um. Das ist keine Stadt, wie er sie aus Europa kennt. Keine hohen Miets- und Geschäftshäuser, kein Pflaster, keine Gehwege, keine Straßenbahn. Der Charakter ist eher der eines großen Brandenburger Dorfes; rote Ziegelbauten, graugrüne Bäume, graugelber Sand. Ein warmer Wind weht und bläst weiße Kalkstaubwolken die Straße entlang. Die soll seit 1901 von Amts wegen Kaiser-Wilhelm-Straße heißen, aber alle Welt sagt nach wie vor Storestraße. Vielen Leuten begegnet er nicht. Zwei Baster in deutschen Uniformen führen drei schwer bepackte Esel, ein paar Namafrauen gehen mit ihren Kindern auf einem Feld zwischen den Stores, ein alter Mann sitzt vor einem Haus in einem Lehnstuhl und schläft.

Nach Süden gehen sie, er und der Sanitäter, bis sie ans Postamt kommen. Das ist ein langer, roter Backsteinbau mit einer hochliegenden Verandafront, durch einen höheren Mittelbau unterbrochen. Auf dessen Dach laufen in einem Holzgestell, dem Kabelturm, Dutzende von Telephon- und Telegraphendrähten zusammen. Ebenfalls auf dem Dach ein Mast für das Postsignal. Ettmann hat schon davon gehört: Blaue Flagge heißt »Heimatpost angekommen«, und rote Flagge heißt »Postschluß für Europa«. Augenblicklich ist der Mast ohne Fahne.

Noch weiter südlich, nach etwa siebenhundert Meter, weitet sich die Straße zum Ausspannplatz für Ochsengespanne. Von hier an wird sie zur Pad nach Rehoboth und führt weiter bis Keetmannshoop und endlich über den Oranje in die Kapkolonie der Briten hinein. Bis zum Oranje sind es auf Ettmanns Übersichtskarte von Südwest mehr als achthundert Kilometer.

Nach links hin ziehen sich Häuser den langgestreckten Höhenzug empor, der Groß-Windhuk von Klein-Windhuk trennt. Die meisten Gebäude sind in rotem Backstein ausgeführt und mit Wellblech gedeckt. Eine Vielzahl kleinerer Häuser ist aus ungebrannten Lehmziegeln oder ganz aus Wellblech errichtet. Breit,

sandig und staubig sind die Wege, gesäumt von Drahtgeflecht-
zäunen, Bäumen und Gebüsch, am Rand liegen weggeräumte
Steine und Felsbrocken.

Ettmann muß sich beim Schutztruppenkommando melden.
Das ist natürlich in der Feste untergebracht, die schon von weitem zu sehen ist. Er und der Sanitätsgefreite lassen sich Zeit, die
anderen sind schon ein gutes Stück voraus.

Gleich beim Postamt und unterhalb der Feste, am Hang, der
sich zu ihr hinaufzieht, liegt der Truppengarten mit dem 1897
errichteten Denkmal für die in den Kämpfen gegen Hendrik
Witboois Krieger gefallenen Schutztruppenreiter. Das Denkmal
ist ein mannshoher Obelisk, gekrönt von einem goldenen Adler
und von einem schmiedeeisernen Zaun umgeben. Rundum sind
Eichen und Oleanderbäume gepflanzt, und ein wenig weiter
hangabwärts plätschert ein rundgefaßter Springbrunnen. Der
Schatten und das glitzernde Wasser locken Ettmann und seinen
Begleiter an. So gehen sie hin, setzen Sack und Gewehr für einen
Moment ab und trinken einen Schluck, klatschen sich Wasser in
die erhitzten Gesichter und füllen ihre Feldflaschen auf.

Die Feste ruht auf einem Fundament aus rohen Feldsteinen
und ist aus Lehmziegeln um einen großen Innenhof gebaut, an
jeder Ecke steht ein gedrungener und von Zinnen gekrönter
Turm. Die Türme sind vierkantig und ungleich hoch. Über die
der Stadt zugewandten Front mit dem Eingangstor erstreckt sich
eine lange Veranda, davor ist eine Reihe von ganz jungen Bäumchen gepflanzt. Auf dieser Veranda, vor dem Eingang, steht der
Posten, Gewehr bei Fuß, der sie gelangweilt mustert und nichts
von ihnen will. Also gehen sie durch den gepflasterten Torweg in
den Innenhof. Dort weht vom Mast die schwarzweißrote Fahne
des Auswärtigen Amtes mit dem Reichsadler in der Mitte. Niedrige, wellblechgedeckte Schuppen lehnen sich an die Innenseite
der Ummauerung, darin sind Unterkünfte, Werkstätten, Ställe
und Lagerräume untergebracht. Dort, wo die Sonne hinscheint,
sind Segeltuchblenden vor die Fenster gehängt. Ein rund einge-
faßter Brunnen in der Mitte. Ein Schilderhäuschen steht da, frisch
zusammengezimmert, aber noch nicht in den Reichsfarben angestrichen. Es soll wohl vor der Feste aufgestellt werden, nach

europäischer Manier, als Wetterschutz für den Posten. Hier im Hof und unbemalt sieht es aber aus wie ein absurd enges Aborthäuschen.

Ein Sattler mit zwei Gehilfen arbeitet im Schatten an Geschirren, die auf dem kahlen Boden ausgebreitet sind, und scheinbar auch an einem Dutzend Knobelbecher, die paarweise wie unsichtbare Soldaten in Reih' und Glied stehen. Eine Feldschmiede ist unter einem offenen Vordach aufgebaut, Amboß, Blasebalg, ein roher Holztisch mit Schraubstock, ein Feuer rußt in einem kleinen Mauerofen. Da dengelt ein Mann im Schurzfell auf einem Faßreifen herum, den ein schwarzer Junge mit der Zange festhält. In einer Ecke hocken ein paar Soldaten und klopfen Skat auf einer Proviantkiste. Zwei schmächtige Hottentottenburschen schleifen einen schweren Sack aus einer Tür und werden prompt angebrüllt: »Tragen sollt ihr den, ihr Armleuchter, und nicht im Dreck hin- und herzerren! Mein Gott!«

Der Sanitäter muß sich beim Truppenarzt melden. »Auf Wiedersehen, Herr Kamerad!« sagt er und schüttelt ihm die Hand. Ettmann klopft an die Tür mit der Aufschrift »Wachstube« und wartet, bis drinnen »Herein!« geschrien wird.

Offizier vom Dienst ist ein älterer Oberleutnant mit einem kurzgestutzten Schnurrbart und beinahe kahlgeschorenem Kopf. Seine Mütze hat er auf dem Schreibtisch liegen und den Waffenrock aufgeknöpft. Ettmann reicht ihm seinen Militärpaß und das Schreiben von Major v. Estorff. Der Oberleutnant setzt sich eine Drahtgestellbrille auf die Nase und liest laut:

»Übersende hier Kopiensatz eins und zwo Operationsskizzen zur Hinterlegung bei Kommandantur Windhuk und Weiterleitung an Generalstab Berlin. Unteroffizier Ettmann beauftragt mit Überarbeitung Operationskarten. Exemplare sind ihm in gewünschter Anzahl auszuhändigen. Auch sonstige Unterstützung zu gewähren. Aha. Soso.« Seine Stimme verliert sich in Gemurmel. Jetzt blickt er auf und faßt Ettmann genauer ins Auge.

»Der Herr Major empfiehlt hier für später Ihre Verwendung beim Vermessungstrupp! Sind Sie denn Landvermesser?« Ettmann antwortet: »Kartenzeichner, Herr Oberleutnant!« –»Tja«, sagt der Oberleutnant, »der Vermessungstrupp. Das ist so eine

Sache. Regierungslandmesser Thiesmeyer ist als Leutnant mit der Ostabteilung im Felde. Oberlandmesser Joergens ist auch eingezogen und irgendwo in der Gegend von Karibib. Landmesser Gärtner ist weit weg im Süden. Die Meßgehilfen Hackelberg und Mosenhauer sind beide im Januar in Seeis von den Hereros totgeschlagen worden.« Er knetet sein glattrasiertes Kinn und überlegt. »Soweit ich weiß, gibt es momentan gar keinen Vermessungstrupp. Herr v. Frankenberg hätte vertretungsweise übernehmen sollen, ist nun aber wohl auch unabkömmlich.«

Der Oberleutnant steht auf und kommt um den Schreibtisch herum. Er hinkt ein wenig.

»Na, ich denke, das kann warten. Fürs erste sollen Sie ja diese Operationskarten überarbeiten.« Er blättert in Ettmanns Militärpaß. »Sie waren bei der Kompanie Franke?«

»Nur eine Woche, Herr Oberleutnant.«

Er reicht ihm das Buch zurück und sagt: »Glück muß der Mensch haben! Da können Sie also nun in Ihrem Beruf arbeiten. Gehen Sie meinetwegen gleich 'rüber ins Vermessungsamt. Die Karten aus Berlin liegen nebenan, sagen Sie, wie viele Sie brauchen, dann können Sie die gleich mitnehmen. Halt, noch etwas: Im Amt ist natürlich niemand, daher ist es abgeschlossen worden, Köhler draußen gibt Ihnen die Schlüssel.« Er ruft laut: »Köhler!« Der Schreibstubengefreite steckt den Kopf durch den Türspalt und fragt: »Herr Oberleutnant?« Der Offizier sagt: »Geben Sie dem Unteroffizier hier die Schlüssel vom Vermessungsamt. Weisen Sie ihm ein Quartier an; soweit ich weiß, gibt es Platz in den Beamtenhäusern. Erklären Sie ihm auch, wie das hier mit der Verpflegung funktioniert. Noch was, Köhler: Seh'n Se mal nach, ob für den Unteroffizier was vorliegt, Post oder so. Ettmann, Carl war das, nicht wahr?«

Der Gefreite sagt: »Zu Befehl, Herr Oberleutnant!« und verschwindet. Der Oberleutnant stellt sich ans Fenster und schaut auf die Stadt hinunter, die Hände auf dem Rücken gefaltet. Ettmann wartet unbehaglich, mit knurrendem Magen, aber schon nach zwei Minuten klopft es, und der Gefreite kommt herein und reicht dem Offizier ein Formular, das der überfliegt.

»Na so was!« sagt er. »Gratuliere! Ihre Ernennung zum Unter-

offizier durch Kapitänleutnant Gygas ist bestätigt worden. Ging
ja wie der Blitz! Lassen Sie das draußen eintragen. Damit gehen
Sie dann zur Kleiderkammer und lassen sich Ihren Winkel aus-
händigen.« Mit einem Blick auf Ettmanns verschlissenes Zeug
fügt er hinzu: »Empfehlung von mir: Und die sollen Ihnen gleich
'ne neue Uniform dran nähen.«

Nachher macht sich Ettmann, neu eingekleidet, auf den Weg
zum Vermessungsamt, Brotbeutel und Kartentasche umgehängt,
Kladde unter dem Arm. Er läßt sich Zeit und schlendert auf demselben langgestreckten Höhenzug, auf dem auch die Feste steht,
ein Stück nach Norden. Hier ist das sogenannte Beamtenviertel
mit seinen gepflegten, grünen Gärten angelegt. Obstbäume sind
gepflanzt, vornehmlich Äpfel, Birnen, Quitten, Aprikosen und
Pflaumen, er sieht auch ein paar Kirschbäume und einen Man-
delbaum. Er begegnet buchstäblich niemandem, höchstens hört
er da und dort mal Stimmen aus einem Haus irgendwo hinter
Laubwerk verborgen, Frauenstimmen und Kindergeschrei. Einmal ein Klavier, aber es wird nur die Tonleiter hinauf- und wieder
hinuntergespielt, dann verstummt es wieder. So geht er und hängt
seinen Gedanken nach und freut sich dabei über die Stille, das
schöne Wetter und all die grünen Bäume und Büsche. Die Luft
ist dünn und trocken, duftet aber herrlich.

Die vom Gouvernementsgebäude zum Zollhaus führende
Straße ist von jungen Bäumen gesäumt. Sie führt schräg über den
Hang hinab und endet unten an der Storestraße beim Vermes-
sungsamt. Dort steht auch der Straßenname auf einem Brett, quer
an einen Holzpfosten genagelt: Lüderitzstraße. Es ist das erste
Straßenschild, das Ettmann in Südwestafrika sieht.

Die »Kaiserl. Landesvermessung«, wie es unter dem Reichsadler auf dem Giebel heißt, ist ein ebenerdiger Backsteinbau mit
einem von sechs vierkantigen Säulen gestützten Vordach. Zu
beiden Seiten führen fünf Stufen auf diese Veranda hinauf. Das
Gebäude steht etwa in der Mitte zwischen Postamt und Bahnhof auf einem weiten, sandigen Platz an der Storestraße. Hinter
dem Haus erstreckt sich leeres, steiniges Feld mit ein paar niedrigen Akazien darin. Darüber flimmern in der Hitze braun und
goldfarben die Hügel der Erosberge, graugrün gesprenkelt mit

Büschen. Stählern blau strahlt der Himmel. Die Sonne brennt, der Sand ist so blendend hell, daß Ettmann die Augen zusammenkneifen muß.

Es scheint niemand da zu sein. Als er aber die Stufen zur Veranda hinaufsteigt, sieht er einen grauhaarigen Nama in einem geflickten Schutztruppenrock, der im Schatten des Vordaches an die Brüstung gelehnt sitzt und schläft, in der einen Hand eine kalte Pfeife, in der anderen Hand einen langen Pinsel, neben sich einen Eimer eingetrockneter Kalkmilch. Die Wand unter dem Vordach ist zur Hälfte weiß gemalt. Als er Ettmann kommen hört, macht er ein Auge auf. »Is kein Mens nie da, Mijnheer!« sagt er. Er sieht die neue Uniform mit dem silbernen Winkel am Ärmel, rappelt sich auf und nimmt eine Art Haltung an, in einer Hand den Pinsel, in der anderen die Pfeife. »All' in Krieg, Mijnheer Unteroffizier, meld ich dis 'horsam, meld ich dis!«

Ettmann brummt: »Gut, gut« und probiert die Türklinke. Es ist abgeschlossen. Er holt den schweren Schlüsselbund aus der Tasche, schließt auf und tritt in den dämmerigen Eingangsraum mit dem großen Kartentisch in der Mitte. Der Raum ist hoch und kühl, die Fenster sind mit weißen Vorhängen verhängt. Er legt Kartentasche und Kladde ab, dabei stößt sein Fuß an etwas, und er schaut hinunter. Auf dem Boden liegt eine rotweiße Meßlatte mit Dezimeterteilung. Er hebt sie auf und lehnt sie neben die Tür.

Er geht durch einen kleinen Zeichensaal, wirft einen Blick ins Archiv und ins Materiallager und betritt schließlich das Bureau des Amtsleiters. Das ist gediegen möbliert, großer Schreibtisch, Drehsessel mit grünem Leder bezogen, ein verstellbarer Kartentisch unter dem Fenster, Aktenschränke und ein dunkelgrüner, fast mannshoher Tresor. An der Wand das Kaiserbild, darunter hängt, fein gerahmt und hinter Glas, ein Auszug aus den Gouvernementsinstruktionen vom 1. Mai 1900:

INSTRUKTION

FÜR DIE BEZIRKSHAUPTMANNSCHAFTEN,
MILITÄR- UND POLIZEIDISTRIKTE
SOWIE DIE DETACHIERTEN FELDKOMPANIEN.

Erwerbung von Landeskenntnissen

§ 17. Die in einem Bezirk stehenden Angehörigen der Truppe wie Polizisten haben sich fortgesetzt über dessen Wege-, Wasser- und Weideverhältnisse zu orientieren. In allen unter deutscher Verwaltung stehenden Bezirken muß die Feldtruppe operieren können, ohne sich außerhalb der Truppe und Polizei stehender Führer bedienen zu müssen. In jedem Bureau, einschließlich derjenigen der Polizeistationen, müssen stets genaue Wege- usw. Karten des betreffenden Verwaltungsbezirks zu finden sein.

Mit dem großen Doppelbartschlüssel schließt Ettmann den Tresor auf. Eine Geldkassette ist darinnen, er öffnet sie und schaut hinein, etwa neunzig Mark. Sonst liegen da nur dicke Aktenbündel, Kladden und Briefe. Die interessieren ihn erst einmal nicht weiter.

Auf dem Tisch entdeckt er PETERMANNS GEOGRAPHISCHE MITTEILUNGEN, sowie ein paar Ausgaben DEUTSCHE GEOGRAPHISCHE BLÄTTER vom Vorjahr und blättert darin herum. Er überfliegt die »Anmerkungen für den Kartenzeichner«. Da wird darauf verwiesen, daß die bisher übliche Schreibweise »Windhoek« mit Wirkung vom 1. August 1903 in »Windhuk« abgeändert worden ist und dieses nunmehr die offizielle Schreibweise der Hauptstadt des Schutzgebietes darstellt. Fälschlich, so heißt es da, wird oft auch »Windhuck« geschrieben. Als er die Zeitschrift beiseite legt, sieht er zu seiner Verblüffung einen Aktendeckel, auf dem in schablonierter Schrift C. ETTMANN steht. Er zieht ihn heran und klappt ihn auf, aber die Mappe ist leer. Hier hat also jemand an ihn gedacht. Hat seinen Namen geschrieben und sich dabei wahrscheinlich gefragt, wie er wohl aussehe, was für eine Art Mensch der anreisende Herr Ettmann sei. Wer hat den Ordner angelegt? Einer von den beiden erschlagenen Meßgehilfen? Oder gibt es hier einen beamteten Schreiber oder Sekretär? Davon hat der Offizier auf der Feste aber nichts gesagt. Vielleicht weiß er ja solche Amtsinterna auch gar nicht.

Ettmann tritt aus dem kühlen Raum ins grelle Sonnenlicht, zieht die Tür hinter sich zu und schließt ab. Der Nama malt eifrig mit dem strohtrockenen Pinsel drauflos, dort, wo die Wand schon weiß ist. Auch die Pfeife qualmt jetzt.

Ettmann wendet sich ab, damit der Mann nicht sieht, daß er grinsen muß, und geht davon. In den Wangenmuskeln zieht es schmerzhaft. Zu lange nicht gelacht.

13. März (Sonntag):

Gleich morgens holt er die Karte 1 : 800 000 hervor und legt die acht Blätter auf dem großen Kartentisch aus. Bezeichnet ist sie als KARTE VON DEUTSCH-SÜDWESTAFRIKA; 2. Ausgabe, Februar 1904. Mehrfarbiger Steindruck, und zwar dort gedruckt, wo er selbst gelernt und gearbeitet hatte, nämlich in der Geographischen Verlagshandlung Dietrich Reimer, Berlin.

Die Karte ist offensichtlich gleich nach Ausbruch des Aufstandes in aller Eile zusammengestellt und verschickt worden. Sie ist aus alten Karten, aus wenigen neuen, bereits vermessenen Kartenteilen und endlich aus Skizzen der Landesvermessung wie auch der Truppe zusammengesetzt worden, etwa der KARTE DER VON HAUPTMANN UND LIEUTENANT VON FRANÇOIS GEMACHTEN AUFNAHMEN IN DEM SÜDWESTAFRIKANISCHEN SCHUTZGEBIETE aus dem Jahr 1890.

Auf einem großen Papierbogen legt Ettmann eine Liste an, teilt sie mit senkrechten Linien in die Längengrade 14 bis 20 und waagerecht in die Breitengrade 19 bis 23, das entspricht den Kartenblättern Windhuk und Otawi.

In diese Übersicht trägt er die mehr als hundertfünfzig von der Feldtruppe eingereichten Meldungen und Beobachtungen ein. Da sind Erhebungen ohne Höhenangaben geblieben, Entfernungen falsch eingeschätzt worden, Wege nicht richtig eingezeichnet, etwa am kleinen Owikokorero-Berg, an dem der Weg zur Waterbergstation nicht östlich, wie in der Karte angegeben, sondern westlich vorbeiführt. Zum Teil fehlen Wasserstellen, oder eingezeichnete sind inzwischen ausgetrocknet, oder ihre Lage war falsch angegeben.

All die in den Meldungen angegebene Lokalitäten gilt es nun, auf der Karte zu finden und zu markieren. Oft fehlen genaue geographische Angaben, zumeist heißt es wie in diesem Fall:

»12 Reitstunden v. Okahandja nach N. bis Wegkreuzung Otjiamongombe, von dort weiter nördl. an Grab (Steinhaufen) vorbei ca. 1 Meile bis Omumborombonga (Ahnenbaum).«

Mit Meile ist vermutlich die deutsche gemeint, die 7500 Meter mißt. Es könnte auch die geographische sein, in dem Fall wären es 7420 m. Die nautische Meile kann außer acht gelassen werden. Bliebe noch die englische, mit ihren nur 1523,986 Meter. So sollen sie die Hottentottenkapitäne beim Landkauf übers Ohr gehauen haben, nach allem, was man so hört. Geographische Meilen waren gemeint, aber die Kapitäne kannten nur die englische Meile, und man vergaß, ihnen den Unterschied zu erklären. Beschwerte sich später einer, hieß es: Das hast du falsch verstanden, weil du so besoffen warst. Die Verkaufsverhandlungen waren nämlich in aller Regel nichts als gewaltige Besäufnisse, wobei es galt, den Kapitän so betrunken zu machen, daß er sein bestes Land hergab, mit Wasser und allem Drum und Dran.

Auf Pauspapierbögen beginnt Ettmann mit der Überarbeitung der Kartenblätter. Er zeichnet zuerst die neu angelegten Heliographenverbindungen ein, denn hier liegen exakte Vermessungsunterlagen vor. Die Arbeit geht nicht leicht von der Hand. Das Pauspapier ist in der trockenen, warmen Luft spröde und brüchig geworden. Zuerst befestigt er es mit Reißzwecken auf der Karte, aber um den Einstich herum bricht das mürbe Papier in kleinen und kleinsten Flocken weg, und der Bogen lockert sich schnell. Schließlich konstruiert er sich aus zwei Linealen einen Anschlagwinkel, der Pausbogen und Karte übereinander in der gleichen Position fixiert.

Im Amt ist es warm und stickig, er läßt die Fenster aber geschlossen, denn draußen ist es um einiges wärmer als drinnen. In allen Gläsern sind die Tusche wie auch die schwarze Eisengallustinte ganz und gar eingetrocknet. Im Zeichenschrank findet sich aber eine Schachtel mit chinesischen Tuschestangen. Die kann er auf dem Stein zu Pulver zerreiben und mit Wasser verrühren. Ettmann nimmt zwei Malgläser und geht zum Waschbecken hinüber. Aus dem Wasserhahn tröpfelt eine bräunliche Brühe, die beinahe kochend heiß ist. Erschrocken zuckt er mit der Hand zurück. Es gurgelt und röchelt in der Wasserleitung, das Wasser versiegt, dann rinnt es wieder. Nach einer Weile aber läuft es stärker und wird auch klarer. Nach ein paar Minuten gluckert es munter und nur noch lauwarm ins emaillierte Becken. Er stellt ein Glas beiseite für die Tusche, füllt sich ein zweites zum Trinken, kehrt zum Zeichentisch zurück und macht sich ans Tuschereiben und Anrühren. Tusche besteht in der Hauptsache aus Ruß mit dem wasserlöslichen Bindemittel Hausenblase, das aus der Schwimmblase der Störfische gewonnen wird. Durch Zugabe von Moschus wird die schwarze Tusche nach dem Trocknen wasserunlöslich.

Derlei profane Arbeiten könnte ihm natürlich ein Helfer abnehmen, denn er sollte sich auf die Kartenarbeit konzentrieren, die ja immerhin auch eilig ist. Aber er liebt diese Tätigkeiten, deren Beherrschung seiner Arbeit eine solide handwerkliche Grundlage gibt und die es seinem Geist erlauben, für eine Weile auf die Wanderschaft zu gehen, Probleme zu überdenken und nach Neuland Ausschau zu halten. Am meisten aber liebt er es, allein mit seiner Arbeit zu sein. Er hat das ganze Amt für sich allein. Es ist zugegebenermaßen recht klein, aber für ihn ist es ein Palast, viel zu schön, um ihn mit anderen zu teilen. Er holt die Bleistiftzeichnung aus der Mappe, die er in der »Mittagspause« vom Vermessungsamt gemacht hat, und beginnt die Skizze mit feiner Feder und Tusche zu überzeichnen.

Der Omumborombongabaum

Wilder Tabak wächst hier, Nicotiana glauca, aber auch guter Tabak, eine hoch wachsende und rotblühende Virginiasorte, von Pastor Schwarz mit Hingabe gepflegt und mit noch mehr Hingabe geraucht. Die Sonne brennt, und im Schatten der Hauswand liegen die braunen und weißen Ziegen mit ihren langen Schlappohren. Schwarz' weißer Hund döst in der Tür, den Kopf auf den Pfoten, ein Ohr ist aufgestellt und hält Wache. Auch die Katze hat sich in den Schatten verzogen und schläft zusammengerollt. Unter den Büschen picken ein paar rotbraune und weiße Hühner. Cecilie ist nun schon fast zwei Wochen bei Schwarz. Ihre Ungeduld, endlich ins Innere des Landes zu kommen, überhaupt aller Drang zur Eile, hat sich inzwischen verflüchtigt. Es ist eine Zeit des Nichtstuns, der Erholung und interessanter abendlicher

Unterhaltungen mit den geistlichen Herren am Feuer. Cecilie verbringt die Nachmittagsstunden lesend auf einer Decke unter einem Baum, bis die Sonne untergeht und es Zeit wird zum Abendessen.

Die Hereros sollen ursprünglich ein Teil der Mbandu oder Mbanderu gewesen sein, sagt Pastor Schwarz nach dem Essen. Von Osten kommend, sind sie ins Betschuana-Land eingewandert, das damals, vor vielleicht hundertfünfzig oder zweihundert Jahren, bis weit ins heutige Damaraland reichte, bis nach Okahandja. Die Betschuanen nannten die Hereros »Ovandu varuu« oder »Leute aus dem Schilfland«, denn sie kamen aus einer wasserreichen Gegend, in der viel Schilf wuchs, vielleicht vom Sambesi her, vielleicht von den großen ostafrikanischen Seen. Der Name Herero soll auch von den Betschuanen kommen und »die Entschlossenen« bedeuten oder vielleicht auch »die, die entschlossen sind, zu bleiben«.

Eine Flasche roter Kapwein steht auf dem Tisch, die Petroleumlampe wirft gelbes Licht auf ihre Gesichter, und der weiße Hund sitzt mit gespitzten Ohren und lauscht in den Abend hinaus. Schwarz erzählt eine Sage, die er über den Ursprung der Hereros gehört hat:

»Irgendwo da oben im südlichen Ambolande stand einmal ein Omumborombongabaum, aus dem kamen die ersten Menschen hervor. Der Mann hieß Mukuru und die Frau hieß Kamangarunga. Mukuru hieß, ›der Alte‹, und Kamangarunga bedeutete ›Sie ist wie Karunga‹. Karunga war ein Gott der Ambostämme, der Ovambos. Aus diesem Baum kamen auch die ersten Rinder, Schafe und das Wild. Mukuru und Kamangarunga hatten eine weiße Haut, bis sie ein Rind schlachteten. Kamangarunga aß die Leber, und ihre Kinder bekamen davon eine braune Haut, so dunkelbraun, wie die Hereros heute sind. Dann kam eine andere Frau, die nahm das Blut und trank es, und ihre Kinder bekamen eine rote Haut, und sie wurde die Mutter des roten Volkes, nämlich der Nama.«

Er beugt sich zu seinem Hund hinüber und krault ihm das Fell hinter den Ohren. »Es ist eine alte Sage«, sagt er zu Cecilie, »aus einer Zeit, als die Hereros noch keinen Weißen gesehen hatten.

Das mit der weißen Haut mag daher kommen, daß ihre Kinder mit heller Haut geboren werden und erst nach einigen Tagen dunkler werden.«

Er trinkt einen Schluck Wein. »Die Geschichte geht jedenfalls noch weiter, und zwar so: Später wohnten der Vater der Hereros und der Vater der Bergdamara nebeneinander und hüteten gemeinsam eine große Rinderherde. Eines Nachts wachte der Herero von lautem Getrappel auf. Er weckte den Bergdamara und befahl ihm: Lauf und hole die Rinder zurück, denn sie rennen davon! Der Damara gehorchte und lief den Rindern nach, aber die liefen schneller als er, denn es waren gar keine Rinder, sondern Zebras, die zufällig vorbeigekommen waren. Der Herero hatte das aber gleich gemerkt und machte sich mit der ganzen Rinderherde davon. So ist es gekommen, daß die Damara keine Rinder haben. Sie stehlen aber gern Hererorinder, weil sie meinen, die Hereros hätten sie um die Rinder betrogen und es sei ihr gutes Recht, sich gelegentlich ein paar davon wiederzuholen. Die alte Fabel zeigt, daß die Bergdamaras schon vor mehr als hundert Jahren die Knechte oder Sklaven der Hereros waren.«

Die Katze wandert von den Büschen her in den Lichtschein der Lampe, und der Hund knurrt sie an. Die Katze bleibt stehen und faucht. »Ruhig!« mahnt Schwarz die Tiere.

»Der Omumborombongabaum«, sagt Lutter, »wird im ganzen Hereroland verehrt. Der lateinische Name ist Commbretum primigenum. Beinahe in jedem Kraal steht so ein heiliger Baum, behängt mit umgedrehten Kalebassen und Ochsenschädeln. Wenn ein Herero irgendwo im Feld einen Ahnenbaum sieht, grüßt er ihn, indem er Blätter oder Gras nimmt, darauf spuckt und das Büschel in ein Astloch oder zwischen Zweige steckt. Dazu sagt er: Sei gegrüßt, alter Vater, und mach', daß ich eine glückliche Reise habe. Oder so etwas Ähnliches.«

Dann und wann macht Cecilie eine Photographie. Sie nimmt Schwarz und Lutter auf, Lutter im Schaukelstuhl, Schwarz seitlich dahinterstehend, eine Hand auf der Rückenlehne. Die Hererofrau Susanna hat mit ihrem Mann Hermanus aus einer rechteckigen Hartbrotdose eine Gitarre gebaut und spielt gar nicht schlecht darauf. Sie schlägt ein paar Akkorde an und summt dazu. Wegen des blechernen Klangkörpers hat das Instrument einen sirrenden, metallischen Klang, ein wenig wie ein Spinett. Schließlich hält sie Cecilie das Instrument hin. »Ich kann leider nicht Gitarre spielen, Susanna!« sagt Cecilie, die nur den üblichen Klavierunterricht genossen hat, nimmt die Gitarre aber und betrachtet sie neugierig. Der Hals ist aus einem Brett geschnitzt, zwei eckige Schall-löcher sind neben den vier Saiten ins Blech geschnitten. Auf dem festgeklopften Deckel der verkratzten Büchse ist noch zu lesen: »Kgl. Proviantamt. Berlin S. O., Köpenicker Straße.«

»Du liebe Güte!« entfährt es ihr, »Susanna, schau nur!« Sie tippt mit dem Finger auf die kleine Schrift und ruft: »Das ist genau gegenüber von meiner Wohnung in Berlin! Ich kann es aus dem Fenster sehen! Ist das nicht ein verrückter Zufall?« Susanna macht ein zweifelndes Gesicht: »Ja, Missi.« Sie streckt die Hand nach dem Instrument aus. Scheinbar hat sie Angst, daß Cecilie es behalten will. Cecilie sagt verlegen: »Das sagt dir natürlich nichts. Tut mir leid! Hier, nimm sie wieder!« Sie fügt hinzu: »Sie ist schön und klingt gut! Wirklich, das habt ihr gut gemacht, du und dein Mann, ganz hervorragend!« Da freut sich Susanna und zeigt lachend ihre schönen weißen Zähne: »Iih, dankie, Missi!«

Cecilie holt ihre Kodak Cartridge und macht eine 10 x 13-Aufnahme von Susanna mit der Hartbrot-Gitarre und auch die Felicia und Katharina nimmt sie auf, die sich halb stolz, halb verschämt in ihren selbstgenähten Kleidern präsentieren.

Einundvierzig belichtete Platten hat sie jetzt in dem Holzkasten. Schwer wiegen die kleinen Glastafeln. Sie will nach Windhuk, so schnell es geht. Dort müßte es doch möglich sein, eine neue Großformatkamera zu kaufen, mit Stativ und Platten. Und endlich, endlich einmal ein richtiges Bad zu nehmen! Die Haare zu schampunieren!

Sie hält auf einmal inne. Sie vergißt hier in dieser friedlichen Enklave völlig, daß Krieg im Lande ist! Was mag um sie herum vorgehen? Ganz plötzlich, zum erstenmal überhaupt, befällt sie Furcht.

Die Heiligen Drei Könige

15. März (Dienstag):

Ettmann kommt aus dem Tor der Feste, bleibt auf der Veranda stehen und schaut auf die verstreuten Häuser von Windhuk hinunter. Die dürftig belaubten, dünnen Bäumchen vor dem Gebäude behindern die Sicht kaum. Am Fuß der Treppe steht der Posten mit umgehängtem Gewehr und raucht, aller Wachvorschrift zum Trotz, seine Pfeife. Ettmann denkt unwillkürlich an seine Militärzeit in Brandenburg. Von dem strengstens geregelten preußischen Militäralltag mit seinem endlosen Drill und ständigen Appellen und Strafdiensten ist in Südwest wenig zu merken. Hier in der Etappe geht es beinahe gemütlich zu. Überhaupt ist die Schutztruppe ein ziemlich sachlicher Haufen, bei dem militärisches Gepränge eine untergeordnete Rolle spielt. Nur gesoffen wird viel.

Hufschlag wird laut. Ein Reiter, staubbedeckt, klappert den Weg zur Feste herauf. Vor der Treppe, die auf die Veranda hinaufführt, schwingt er sich aus dem Sattel. Ein kleiner, gelbbrauner Mann in altem Khakizeug kommt gelaufen und greift nach den Zügeln.

Der Reiter schreit den Hottentotten an: »Nicht absatteln! Nimm den Gaul an der Trense und führ ihn auf und nieder, hier vorm Haus! Dann wisch ihm die Nüstern aus und dann tränken, aber erst führen, haste verstanden, du Rindvieh!?« Der Nama nickt eifrig: »Jawohl, hab ich verstanden, Baas! Gaul nit absatteln! Auf und nieda führen und dann erst tränken!«

»Dann steh nicht rum und glotz Löcher in die Luft, du Hornochse! Ab! Los!« Der Reiter stampft mit dem Fuß eine Staubwolke aus dem Boden. Sein Gewehr läßt er achtlos im Sattelschuh stecken.

Der Nama macht eine zackige Kehrtwendung und marschiert grinsend ab, barfuß, das Pferd an der Trense führend. Der Reiter grüßt den Posten und läuft mit langen Schritten die Stufen hinauf.

Ettmann kommt der Ton ganz normal vor; nicht anders, als er es von Onkel Ferdinands Bauernhof oder aus irgendeiner Werk-

stätte kennt. Knechte oder Lehrbuben schreit man eben an. Das
war in Vohsens Zeichensaal nicht anders, nur gedämpfter.

In Deutschland bekommen Soldaten von ihren Unteroffizieren Ähnliches und meist Schlimmeres zu hören, je nach Anlaß
und Charakter des Vorgesetzten; nur heißt es da »Sie«: Sie Kamel! Sie Maulaffenschimpanse! Sie abscheulicher Schandfleck der
Schwadron, Sie! Nicht selten gab's dazu Maulschellen, Fausthiebe
und sogar Fußtritte.

Ettmann ist schon ein Stück die Bergstraße hinuntergegangen, da
wendet er sich noch einmal nach der Feste um. Ein leichter Wind
läßt die Fahne wehen, und plötzlich gelüstet es ihn, das Bauwerk
zu zeichnen. Es ist ja auch das Wahrzeichen von Windhuk. Er geht
ein paar Schritte zurück, lehnt sich beim Kommandeurshaus an
den Zaun und skizziert die Feste in sein Buch, mit feinen Blei-
stiftstrichen. Irgendwann, wenn er Zeit hat, wird er die Skizze
mit der Feder überzeichnen.

Nirgendwo gibt es Zigarren. Ettmann war schon bei Wecke &
Voigts und bei Mertens & Sichels. Nun steht er im großen Store
von Alfred Berger und erfährt, daß eine Lieferung jeden Tag erwartet wird, aber wer weiß – der Verkäufer zuckt die Achseln. So
viele Sendungen verspäten sich, weil das Militär den größten Teil
des Transportraumes beansprucht. »Ich kann Ihnen unsere Ziga-
retten empfehlen«, schlägt ihm der Mann vor, »wir führen ein gutes Dutzend Dresdener Sorten: die Deutsche Preiszigarette, Pre-
ciosa, Mirza Schaffy oder Barbarossa, alles beste Tabake! Oder darf
es etwas für die Frau Gemahlin sein? Weiße Dame? Schneewitt-
chen oder Frou-Frou?« Ettmann schüttelt den Kopf. Mit Zigaret-
ten mag er sich nicht so recht anfreunden. Er kauft sich eine kurze
Shagpfeife und dazu zwei Päckchen englischen Tabak, von dem
ihm der Mann versichert, es sei der beste, der in ganz Windhuk zu
haben sei. Vierzehn Mark kostet ihn der Spaß, ein Heidengeld.

Bei der Gelegenheit hört Ettmann zum erstenmal vom Ausbruch des Russisch-Japanischen Krieges vor fünf Wochen. Deutsche und englische Zeitungen sind angekommen, und die Titel-
seiten sind sämtlich voll davon: Die japanische Flotte hatte in der
Nacht vom 8. auf den 9. Februar die russische Pazifikflotte in Port

Arthur angegriffen und drei Linienschiffe versenkt! In den deutschen Blättern ist der Aufstand der Hereros mit einem Schlag auf die hinteren Seiten gerückt.

Abends sitzt Carl Ettmann an dem kleinen Tischchen unter dem Fenster, die neue Pfeife zwischen den Zähnen. Der englische Tabak schmeckt nicht schlecht, ist aber recht trocken. Mit der Fingerspitze tupft er einen Tropfen Wasser in die Dose und verschließt sie wieder. Im gelben Schein der Petroleumlampe schreibt er einen Brief an seinen Bruder Claus:

Windhuk, Dienstag, den 15. März 1904

Lieber Claus,

vorneweg: Ich bin wohlauf. Du wirst die Ereignisse hier in Deutsch-Südwestafrika ja auch in den Zeitungen verfolgen können und so halbwegs auf dem laufenden sein. Man hat mich jedenfalls gleich bei Ausbruch des Aufstandes zur Schutztruppe eingezogen. Anfang Februar habe ich als Kanonier an dem Gefecht um Omaruru teilgenommen, über das hier schon in der Deutsch-Südwestafrikanischen Zeitung berichtet wurde. Ich habe in diesen zwei Monaten so viel erlebt, daß ich gar nicht anfangen möchte, davon zu schreiben, denn dieser Brief würde dann kein Ende nehmen. Genug, ich werde es Dir später schreiben und – noch besser – eines Tages selbst berichten können.

Ich bin seit ein paar Tagen in Windhuk, der Hauptstadt, und augenblicklich damit beschäftigt, Karten zu überarbeiten. Was dann kommt, wer weiß? Es strömen jetzt die Verstärkungen ins Land, zuerst Marineinfanterie und nun die Freiwilligenregimenter. Man merkt es in Windhuk an den hohen Offizieren, die es mit einem Male hier gibt, Oberste zu Pferde und Leutnants mit Einglas, zu denen die Soldaten Monokel-Onkels sagen. Es herrscht ein großes Durcheinander, da mag es ein Weilchen dauern, bis man erfährt, wie es weitergehen soll.

Aber zu etwas anderem. Ich weiß ja, welches Interesse Du an Sprachen und sprachlichen Dingen überhaupt hast, und hier ist nun etwas, worüber ich mich schon mit einigen Südwestern unterhalten habe und das einer gewissen Ironie nicht entbehrt. Es geht um Mißverständnisse:

Die häufigsten Schimpfwörter, die unsere Landsleute hier in Südwest den Eingeborenen gegenüber gebrauchen, sind »Rindvieh« und »Hornochse«. Gerade heute habe ich genau diesen Fall erlebt, als ein Reiter einen Nama (Hottentott) angeschrien hat. Zwar macht der Ton die Musik, aber dennoch glaube ich, daß beide Ausdrücke ihre beleidigende Intention vollkommen verfehlen, bei den Hereros wie auch den Namas. Besonders der Herero hat ja nichts gegen Rindvieh, im Gegenteil liebt und verehrt er Rinder, selbst wenn sie ihm nicht gehören. Rinder sind sein Lebensunterhalt und ganzer Stolz und wohl auch heilig. Rindvieh hört sich in seinen Ohren also nicht schlecht an. Hornochse aber muß für ihn eine grandiose Steigerung sein, die nicht nur mit Hörnern geschmücktes männliches Rind bedeutet, sondern darüber hinaus noch die Bedeutung »mit ehrfurchtgebietender Potenz ausgestattet« hat und somit aus dem Ochsen einen erstklassigen Zuchtbullen macht. Das kommt wohl daher, daß der Ochse ja ohnehin Hörner hat, die man deshalb nicht zu erwähnen bräuchte. Tut man es dennoch, stellt es eine Betonung dar und muß zwangsläufig mehr bedeuten. So jedenfalls hat es mir ein alter Veterinär erklärt, der schon lange im Lande ist. Man kann natürlich bei den alten Südwestern nie ganz sicher sein, ob sie einen nicht auf den Arm nehmen.

Doch weiter! Im Gegenzug heißen wir, die Deutschen, bei den Hereros – frei übersetzt – »hornlose Rinder« oder »ungehörnte Schädel«. Natürlich nur, wenn kein Weißer in Hörweite ist, der ihre Sprache versteht. Sie selbst können sich angeblich über diese Namen für uns Deutsche halbtotlachen. »Hornlos« oder »ungehört« bedeutet ihnen soviel wie wertlos. Die Brüder wissen allerdings wiederum nicht, daß »ungehörnt« für den durchschnittlichen Deutschmann längst nicht so beleidigend ist, als wenn man ihm »Hörner aufsetzen« würde.

Es soll noch viele andere Namen für uns Deutsche geben, etwa Schnurrbärte, Rotköpfe, Milchköpfe, Großnasen, Großohren, Wasseraugen, Gelbbärte. Die sind alle mehr beschreibender Natur und geben wenig Anlaß zum Lachen. Es gibt übrigens auch einen Herero-Ausdruck für Weiße, Otjirumbu, der übersetzt etwa »Gelbe Dinger« bedeuten soll. Wer weiß, was es wirklich heißt. Es ist nämlich nicht so einfach mit den vielen Sprachen hier, und die Übersetzungen weichen oft arg voneinander ab. Da kann es passieren, daß ein Hererowort von einem Damara einem Nama gesagt wird, der es einem Buren übersetzt, der es dann wiederum einem Deutschen erklärt. Du kannst Dir vorstellen, daß da manches auf der Strecke bleibt und einiges dazukommt. Du siehst, Du hast mich längst angesteckt mit Deinem Interesse am »Sprachlichen«, und ich bin doch neugierig, ob Du in China diesbezüglich Interessantes erfahren hast. Mutter wollte mir Deinen letzten Brief schicken, bis jetzt ist er aber noch nicht angekommen.

Ich will nun schließen, es ist längst Nacht draußen, und gleich werden sie oben auf der Feste den Zapfenstreich blasen. Sei ganz herzlich von mir gegrüßt,

Dein Bruder Carl.

P.S.: Adressiere an: Unteroffz.C.E., c/o Schutztruppenkommando, Windhuk, DSWA.
Das habe ich vergessen: Bin zum Unteroffizier befördert!

16. März (Mittwoch):

Ettmann ißt allein im Hotel »Stadt Windhoek«. Das Hotel hat sich bisher nicht um die Änderung der offiziellen Schreibweise der Hauptstadt gekümmert. Kudu- und Spießbockgehörn ziert die Wände des Speiseraums.

Er leistet sich ein richtiges Mittagsmahl, Rinderbraten, Nudeln und Gemüse und ein großes Glas Bier dazu. Das Bier ist sogar einigermaßen kühl, wenn auch längst nicht kalt. Hinter dem Hotel ist ein Kühlhäuschen aufgemauert, aus Ziegelsteinen mit Lücken dazwischen. Das funktioniert ganz ohne Stangeneis, das es hier ohnehin nicht gibt. Durch Verdunstung von Wasser bleiben die darin gelagerten Vorräte frisch und die Getränke kalt; so heißt es jedenfalls.

Am Nebentisch hat sich eine größere Gesellschaft um Hochwürden Wilhelm Anz geschart, den evangelischen Pastor von Windhuk. Ein kleiner Mann mit Kneifer sagt gerade: »Jeder Deutsche, der frisch hier in Windhuk ankommt, lernt doch als erstes Kaffern- und Hottentottenausdrücke!« Pfarrer Anz nickt und sagt: »Und damit das Kap-holländische!« Er wendet sich einer jüngeren Frau am Ende des Tisches zu und belehrt sie: »Es ist dies ein kräftig korrumpiertes Holländisch, liebe Frau Heller, das seit langen Jahren schon von der Kapkolonie her Eingang in Deutsch-Südwestafrika gefunden hat.« Mit mildem Lächeln fährt er fort: »Da sagt der Neuling ›amber‹ statt ›beinahe‹ oder er sagt ›stief‹ statt ›viel‹! Solche sind die ersten Vokabeln der ›afrikanischen Sprache‹, die der Deutsche in sich aufnimmt! Bei der Ankunft kann gleich jeder mit Hilfe der – äh – ganz einfachen Methode, jedes Wort so platt wie möglich und alle Hauptwörter mit dem Artikel ›die‹ zu sprechen, ein tadelloses Holländisch verzapfen!« Er verdreht die Augen himmelwärts. Schmunzeln und beifälliges Gemurmel.

Pfarrer Anz blinzelt durch sein erhobenes Weinglas und sagt: »Ich darf an meinen – äh – Vortrag erinnern, den ich vor nunmehr drei Jahren hier in diesem Saale zum Thema ›Sprachverderber in Deutsch-Südwestafrika‹ gehalten habe. Ich habe damals schon auf die beklagenswerte Unart der Deutschen aufmerksam gemacht, wo sie auch seien, ihre Sprache sofort jeder beliebigen anderen gegenüber gering zu schätzen, solange es nur eine andere ist! Dazu kommt die liebe Eitelkeit, die sich geschmeichelt fühlt, wenn sie mit fremden Wörtern um sich werfen kann! So ist in der kurzen Zeit, seit dieses Land hier besiedelt ist, schon ein schauerliches – äh – Afrikanerdeutsch entstanden, das jeder mit Hochgenuß spricht und gegen das es höchste Zeit wird, uns mit aller Gewalt aufzuraffen!«

Der Pastor baut nicht nur merkwürdige Sätze, er spricht auch mit breitgezogenem Mund. Dadurch klingt seine Redeweise seltsam gequetscht und bekommt einen quäkenden Tonfall. Wenn ich ein Kind wäre, denkt Ettmann, würde ich ihm sofort einen Spitznamen anhängen: Froschkönig. Oder besser noch Quasselkröte. Oder mehr wissenschaftlich: breitmäuliger Klerikaldemagoge. Schon schämt er sich. Er kennt den Mann ja gar nicht.

Eine ältere Dame sagt: »Wir haben das seinerzeit wohl alle mit Genugtuung in der Zeitung gelesen, lieber Herr Pastor. Leider hat sich bis heute nichts geändert, und in jüngster Zeit kommt zu allem Überfluß auch noch das Englische in Mode!«

Der Mann mit dem Kneifer nickt und sagt: »Und danach blüht uns wohl das Portugiesische und als nächstes dann irgendein neues Kapkaffernkauderwelsch!« Dieser Ausdruck wird mit lautem Gelächter belohnt.

Ein Mann, der mit dem Rücken zu Ettmann sitzt, wirft ein: »Bei der nahen Verwandtschaft des Holländischen mit dem Deutschen kann es doch nicht schwerfallen, das Kap-holländische mit der Zeit durch Deutsch zu ersetzen.«

Die ältere der beiden Damen erwidert: »Ach, wissen Sie, Herr Uhrmacher Brandt, die schlichteren Gemüter unter unseren Landsleuten wird selbst die Zeit nicht ändern, und wenn Sie noch so viele Uhren unter die Leute bringen!«

Der Mann mit dem Kneifer hebt die Stimme: »Es ist hohe Zeit, daß der Kaiser ein Machtwort spricht! Der Sprachenmischmasch und Wirrwarr in Südwest beleidigt ja geradezu die Sinne! Diesen babylonischen Knoten gilt es, mittendurch zu hauen! Mit dem scharfem Schwert der deutschen Sprache!«

Ettmann ist erst verwirrt. Sorgen haben die Leute! Dann wird er richtig ärgerlich. Er weiß gar nicht recht, warum, aber es ist schließlich Krieg. Im Lande bringen sich die Leute um! Da ist es doch ganz wurst, wie einer redet. Oder doch nicht?

17. März (Donnerstag):

Ettmann bringt die fertigen Pauspapierbögen samt einer Musterkarte zur Feste hinauf. Sie sollen nun so schnell wie möglich ans Hauptquartier zur Begutachtung respektive Genehmigung geschickt werden. Er hatte erwartet, selbst nach Okahandja geschickt zu werden, aber man hat andere Pläne: »Nein«, sagt der Oberleutnant, »ich brauche Sie hier. Herr Jaeger, ein Geograph, nimmt die Karten morgen früh mit nach Okahandja. Schreiben Sie eine kurze Erklärung dazu, wenn Sie das für nötig halten.«

Ettmann sagt: »Bitte Herrn Oberleutnant gehorsamst zu erwägen, daß ich wahrscheinlich Fragen zu beantworten habe. Es ginge schneller, wenn ich selbst hinführe!« Der Oberleutnant schüttelt den Kopf: »Nein, Sie bleiben hier. Mir fehlen hinten und vorne Leute. Rückfragen lassen sich auch telegraphisch erledigen. Schreiben Sie Ihre Vermerke, und fragen Sie dann draußen nach

Vizefeldwebel Bartels!« Ettmann bleibt nichts anderes übrig, als zu gehorchen. Schnell kritzelt er ein paar Zeilen aufs Papier:

Beiliegend überarbeitete Kartenblätter zur Genehmigung. Änderungen wie von H. Major v. Estorff befohlen. Bögen sind bezeichnet »Windhuk« und »Otawi« zum Vergleich mit entsprechenden Kartenblättern.

gez. Ettmann, Unteroffz., Windhuk.

Vizefeldwebel Bartels wedelt mit einem Telegrammformular: »Unteroffizier Ettmann? Wird ja Zeit! Sie haben um drei Uhr am Bahnhof zu sein, Herr Kollege! Dort übernehmen Sie eine Ladung Pferde, die mit dem Zug ankommt.« Bartels runzelt die Stirn und schaut noch einmal auf das Blatt. »Steht hier so: Ladung Pferde, mit dem Zug. Keine Stückzahl.« Er schüttelt den Kopf. »Egal. Sie laden jedenfalls die Gäule aus und bringen sie im Kraal beim Zollhaus unter. Versorgen Sie die Viecher; Futter, Tränke und so was. Der Transportführer wird Ihnen wohl helfen, wenn Sie da nicht Bescheid wissen. Morgen kommt der Roßarzt und schaut sich die Tiere an. Der wird Ihnen dann sagen, wie weiter zu verfahren ist.« Bartels gähnt, nimmt seine Mütze vom Schreibtisch, setzt sie auf und rückt sie zurecht. Trotz der frühen Stunde riecht sein Atem kräftig nach Branntwein, aber weiter ist ihm nichts anzumerken. »Ich gebe Ihnen drei Hottentotten mit, mehr habe ich nicht da.« Ettmann geht hinter ihm her auf den Hof der Feste hinaus, dort winkt der Mann drei Witbooi-Hottentotten heran, die im Schatten der Ostmauer an der Wand hocken. Sie tragen die sandfarbene deutsche Uniform, um die Hüte haben sie weiße Tücher gewickelt, das ist ihr Erkennungszeichen. Jetzt stehen sie auf und nehmen Haltung an. Es sind kleine Leute, jeder der drei ist fast einen ganzen Kopf kleiner als Ettmann.

»Das sind Kaspar, Melchior und Balthasar«, sagt der Feldwebel, »drei richtige Erzhalunken.« Er wendet sich an die drei und sagt mit veränderter Stimme und in barschem Ton: »Der Unteroffizier hier ist jetzt euer Baas, ihr Holzköpfe!« und brüllt ganz unvermittelt los: »Und wehe, wenn ich höre, daß ihr euch vor der Arbeit drückt, ihr faulen Schweine! Habt ihr das verstanden?«

Die drei verziehen keine Miene, sondern salutieren mit der Hand am Hut und sagen im Chor: »Jawohl, Mijnheer Feldwebel!«

So ziehen sie am frühen Nachmittag los zum Bahnhof, Ettmann vorneweg, die Heiligen Drei Könige im Gänsemarsch hinterdrein. Ettmann weiß, daß die Witboois zu dem Kontingent von hundert Mann gehören, das Hendrik Witbooi, getreu dem Friedensvertrag von 1894, der Schutztruppe zur Verfügung stellt. Das Kontingent, geführt von Leutnant Müller v. Berneck, steht zur Zeit in Okahandja und soll hervorragende Späherdienste für die Truppe leisten. Ettmann fragt sich, warum die Namakrieger hier in Windhuk sind. Während sie auf den Zug warten, wendet er sich an die drei und sagt: »Heißt ihr wirklich Kaspar, Melchior und Balthasar?«

Einer von den dreien hat eine lange, wulstige Messernarbe, quer über die linke Wange, vom Jochbein bis unter den Mundwinkel. Der sagt nun mit ausdruckslosem Gesicht:

»Ich bin Kaspar Keister. Der da is Melchior Lambert. Hierdie Balthasar heißt Willem Windstaan, aber die Herr Feldwebel hat befohlen, daß er Balthasar heißen muß, halt' zu Gnaden, Mijnheer Unteroffizier!«

Ettmann kann sich das gut vorstellen. Ein Scherz des Herrn Feldwebel, weil sie gerade zu dritt waren. Dann noch Kaspar und Melchior! Da drängt es sich ja förmlich auf; womöglich sind sie auf der Feste auch noch am Dreikönigstag aufgetaucht. Ettmann muß sich eingestehen, daß er sich diesen dämlichen Scherz wahrscheinlich auch nicht hätte verkneifen können. Aber natürlich hätte er dem Mann den Namen nicht anbefohlen. Unwillkürlich schüttelt er den Kopf.

Er schaut Kaspar Keister von der Seite an. Der Nama wird so Ende Zwanzig, Anfang Dreißig sein, er ist klein, beinahe schmächtig, aber drahtig. Die Haut ist hellbraun mit einem Stich ins Gelbliche. Sein Haar ist nicht zu sehen, weil es bis unter den Hut geschoren ist. Über seinen Hut hat er einen richtigen Bezug mit Gummiband gezogen, während die beiden anderen nur weiße Tücher um die Krone gewickelt haben. Keister hat ein breites Gesicht mit hohen Backenknochen und spitzem Kinn, die Nase ist platt, seine Augen sind schmal, fast geschlitzt. Die Narbe hat sein linkes Auge ein wenig nach unten verzogen. Breitbeinig steht er da, in zu großen Reiterstiefeln, den Gewehrkolben auf dem Boden, die Hände flach übereinander auf der Mündung. Seine beiden Landsleute stehen ganz genauso da.

»Warum seid ihr nicht bei eurem Detachement?« fragt Ettmann. Keister erwidert: »Ons soll hier Pferd' holen. Aber ons warte schon dri Woche«, er hebt drei Finger hoch, »dri Woche, und immer heißt: Später …« Er scheint noch etwas hinzufügen zu wollen, schluckt es aber hinunter. Er schaut Ettmann an und zieht sein Gesicht in die Breite, bis die Augen ganz schmale Schlitze sind. Dabei gibt er aus den Mundwinkeln einen schmatzenden Laut von sich. Nicht so wichtig, scheint er damit sagen zu wollen.

Kaspar Keisters Deutsch ist recht gut. Ettmann hat schon gehört, daß die Nama ganz außerordentlich sprachbegabt seien und nicht selten ein halbes Dutzend und mehr Sprachen fließend beherrschen. Ihre eigene Sprache, das Nama, und dazu Deutsch, Holländisch und Englisch können sie alle.

Der Zug läuft pünktlich ein. Gut fünf Minuten lang haben sie ihn schon heranschnaufen hören. Zwei Lokomotiven ziehen neun offene Wagen und am Schluß noch einen Personenwagen. In jedem der kleinen offenen Waggons stehen vier Pferde. Das Begleitpersonal steigt aus. Es sind, zu Ettmanns Überraschung, nur zwei Mann. Ein älterer Landwehrmann mit grauem Bart und der Transportführer, ein junger Gefreiter, frisch aus der Heimat. Im Stationshaus unterschreibt Ettmann den Übergabezettel und hört sich an, was der Gefreite erzählt:

»Die Tiere kommen von Swakopmund, Herr Unteroffizier! Sind in der Kapkolonie angekauft und Anfang Februar angelandet worden. Bis jetzt hat man sie an der Küste zurückbehalten, wegen der Krankheit, der ›Sterbe‹ oder wie das heißt.« Der Soldat nimmt seine Mütze ab und kratzt sich ausgiebig am Hinterkopf.

»Dienstag abend sind wir von Swakopmund losgefahren, Transportführer war ein Oberveterinär Petuleit. Mit dabei sechs Hottentotten als Pferdepfleger. In Abbabis war Halt, und da hat der

Oberveterinär dem einen von den Hottentotten eine Maulschelle gegeben, warum, weiß ich nicht. Vielleicht hat er eine freche Antwort gekriegt. Daraufhin sind die Brüder verschwunden. Einfach davongegangen, da hat es ja lauter Felsen und so was. Jedenfalls: weg waren sie. Der Petuleit war vollkommen außer sich und hat hinter ihnen her geschrien, aber sie haben nicht drauf gehört.«

Er weist mit dem Kopf nach draußen und sagt: »Es waren nicht solche wie Ihre, Herr Unteroffizier, ich meine: keine in Uniform, sondern – äh – zivile Hottentotten.«

Jetzt sieht er Ettmann mit weit aufgerissenen Augen an: »Nächste Station, weiß nicht mehr, wie die hieß, jedenfalls bevor wir nach Karibib kommen, da fährt der Zug durch, ohne zu halten, und plötzlich ist einer von den Hottentotten im Wagen! Er muß mitgelaufen sein. Der kommt also einfach 'rein, was er gar nicht darf, und sagt: Bitt um Verzeihung, Euer Wohlgeboren! und sticht den Petuleit mit dem Messer und ist mit einem Satz draußen und davon!«

Ettmann staunt: »Was! Was haben Sie denn da gemacht?«

Der Soldat zuckt die Achseln. »Ich bin ihm nach und hab ihm nachgeschossen, aber ich glaube nicht, daß ich ihn getroffen hab. Der ist gerannt wie der Teufel und immer im Zickzack. Dann mußte ich ja wieder rein, mich um den Oberveterinär kümmern! Der Gottlieb Druse hier, der fuhr ja vorne bei den Gäulen mit und hat nichts mitbekommen. Der Stich ist dem Herrn Oberveterinär in den Bauch gegangen, aber ganz links, am Rand. Der Herr Oberveterinär war – äh – ist, na ja, sehr beleibt. Es hat nur Haut und Fett erwischt, aber geblutet hat es, daß es eine Pracht war. Eine halbe Stunde später waren wir dann in Karibib. Der Oberveterinär ist ausgestiegen und ins Lazarett gegangen, damit sie ihn wieder zunähen. Er ist aber nicht zum Zug zurückgekommen. Dann hieß es, es wird nach Okahandja telegraphiert, daß sich wer um die Tiere kümmert, aber dort war dann niemand, und Druse und ich haben sie nicht tränken können, weil wir ja alleine waren und nach dem Wassernehmen gleich weitergefahren wurde.«

Ettmann schüttelt den Kopf. »Das ist ja eine schöne Geschichte! Die Pferde haben also seit Swakopmund kein Wasser bekommen?«

18. März (Freitag):

Roßarzt Rassau, mit schwarzem Schnurrbart und Kinnbart, Hut auf die Seite gedrückt, in Breeches und geschnürten Reitstiefeln, kommt um neun Uhr morgens angeritten mitsamt einem schwarzen Gehilfen und schaut sich die Gäule an. Der Roßarzt ist ein freundlich lächelnder Mann, wirkt aber ganz geistesabwesend. Immer wieder schweift der Blick seiner braunen Augen in die Ferne, dabei scheint er zu lauschen. Er macht aber seine Arbeit gründlich, schaut den Pferden ins Maul, in die Ohren und besieht sich die Hufe. Dabei redet er vor sich hin, teils zu seinem Gehilfen, teils zu sich, teils zu den Tieren. »So«, sagt er ins Maul einer braunen Stute, »das sieht doch gar nicht so schlecht aus, mein Mädchen«, und sagt laut vor sich hin, was er ins Buch schreibt: »Stute, sechs Jahre, Hufbrandnummer hundertdreiundneunzig, gesund.« Beim nächsten Tier aber schüttelt er den Kopf und sagt zu dem kräftigen Damara, der ihm hilft, das Pferdemaul offen zu halten: »Ich wette, der frißt nicht. Hier: Maulverletzungen durch scharfe Gräser! Eingestochene Halme! Müssen rausgezogen werden. Blutstau am Gaumen! Muß aufgeschnitten werden. Dann den Gaumen ausflammen.«

Schließlich sondert er fünf kranke Tiere zur Behandlung aus. Zehn werden gleich gebraucht, und die restlichen einundzwanzig sollen auf den Weideposten Regenstein zur Erholung. Mit dem Roßarzt reitet Ettmann zur Feste hinauf. Die Tiere für Regenstein soll er am Dienstag mit Druse und den Witboois dorthin bringen.

Zu Ettmanns Überraschung, denn daran hat er überhaupt nicht gedacht, zahlt man ihm auf der Feste für zwei Monate Löhnung aus. Vom 5. März an erhält er sogar Unteroffizierssold, das sind 200 Mark monatlich. So hat er auf einmal beinahe 370 Mark. Unter Umständen bekommt er für seine Militärzeit hier im Lande gar keine Bezüge vom Vermessungsamt, da ist ihm das Geld hoch willkommen. Miete braucht er nicht zu zahlen, denn er gilt als einquartiert.

20. März (Sonntag):

Ettmann geht spazieren und sieht sich Windhuk an. Es ist ein herrlicher, friedlicher Sonntagmorgen, die Sonne strahlt, in den Büschen und Zweigen zwitschern unbekannte Vögel. Der helle Klang einer kleinen Kirchenglocke schwingt in der klaren Luft.

Auf dem Höhenrücken südöstlich hinter der Feste sitzt wie eine Burgruine die alte Signalstation Sperlingslust; zinnengekrönte Mauern und ein runder Turm, vor zehn Jahren erbaut, als Luginsland und um den Verbindungsweg zwischen Groß- und Klein-Windhuk zu sichern. Ein Fußpfad schlängelt sich den Hügel empor, der bis auf ein paar Klippen und Dornbüsche kahl ist. Es ist ein steiler Anstieg, und leider gibt es oben nichts zu trinken. Im Hof des Gemäuers stehen ein paar rohe Tische und Stühle, ein Schild besagt »Schänke«, aber es ist niemand außer ihm da. Nur eine Katze duckt sich in eine dunkle Fensteröffnung und zeigt ihm lautlos fauchend die kleinen Reißzähne. Flaschen und Scherben liegen herum. Ettmann steigt auf den Turm hinauf und späht durch die Scharten über das Land. Hier oben weht ein leichter Wind, weiße, fedrige Wolkenschleier ziehen langsam über die Erosberge im Norden. Zu seinen Füßen liegt Windhuk in seinem weiten, flachen Tal, das von dem hellen Sandstreifen des Riviers geteilt und von den Khomasbergen im Westen begrenzt wird. Das Gras ist schon gelb im Tal, das Rivier ist von grünen Bäumen gesäumt, und Bäume ziehen sich auch die Höhe empor, die Windhuk von Klein-Windhuk trennt. Dazwischen ein Gesprenkel von weit verstreuten Häusern, allesamt niedrig mit grauen und grünen Wellblechdächern. Nicht mehr als zwei oder drei weißgetünchte Häuser sind zu sehen, alle anderen zeigen rotbraune Backsteinmauern. Auf der anderen Seite, nach Süden und Osten zu, geht der Blick weit über das Klein-Windhuk-Tal hin. Dort will die Deutsche Siedlungsgesellschaft die zukünftigen Stadtbewohner ansiedeln. Das Tal des Klein-Windhuk-Riviers ist dicht mit Akazien, Dornbusch und Schilfrohr bestanden, dazwischen aber schon viele kleine Häuser, mit Hühnerdraht eingezäunte Gemüsegärten, Schuppen und Remisen. Im Grün und Graugrün der Baumkronen entdeckt er da und dort die Blechräder von Windmotoren und sogar eine Palme.

Zum erstenmal denkt er daran, wie es wäre, hier ein kleines Häuschen zu bauen oder zu kaufen und zu bleiben. Das Land ist wahrhaft schön, und auch das Klima behagt ihm, trotz Hitze und dünner Luft. Nun, er wird es ja ausprobieren können, drei Jahre lang. Der Aufstand wird wohl nicht ewig dauern, wenn es hoch kommt, vielleicht noch ein halbes Jahr, aber das halten die meisten schon für unwahrscheinlich. Wenn die Nama und die Damaras und die Baster jetzt auch aufstehen würden, dann sähe es freilich böse aus. Die Eingeborenen alle gegen die Deutschen vereinigt, alle Stämme und Völker, das Land wäre wohl kaum zu halten. In der Heimat mehren sich ohnehin die Stimmen, die sagen, die Kolonien kosteten viel zuviel und brächten fast nichts ein. Und dann noch Krieg und Blutvergießen dazu! Vielleicht haben jene doch recht, die sagen, Deutschland hätte sich mit den Kolonien übernommen. Und dann sind da natürlich die Engländer. Die ärgern sich bestimmt schon lange, daß sie die Gebiete nicht vor den Deutschen besetzt haben, aber zuerst schienen sie ihnen wohl uninteressant, nur Wüste, Steppe und Felsen. Jetzt freilich, wo die Deutschen da sitzen und eifrig nach Kupfer buddeln, wird das schon anders aussehen. Nun hat das Gebiet auf einmal wirtschaftliche, politische und globalstrategische Bedeutung gewonnen. Das wird den Engländern gerade noch fehlen, daß sich Wilhelm für seine bedrohlich heranwachsende Hochseeflotte Kohlenstationen an den überseeischen Handelswegen baut. Auch darum hält England wohl an der kleinen Enklave Walfisch-Bai fest, dem einzig brauchbaren Hafen in der Landesmitte. Damit sitzt der britische Löwe praktisch in der Tür zum deutschen Haus in Afrika.

Es wäre, denkt Ettmann, vom britischen Standpunkt aus gesehen vielleicht nicht schlecht, wenn den Deutschen der Ärger mit den Eingeborenen über den Kopf wachsen würde. Möglicherweise haben die Germans dann irgendwann genug und schmeißen das ganze Südwest hin, den Engländern vor die Füße. Kann in dem Zusammenhang vermutlich auch nichts schaden, wenn dann und wann einmal ein paar Gewehre und Patronen ihren Weg zu den Kaffern des Kaisers finden. Der Engländer Hewitt fällt ihm ein, der verdächtigt wird, die Hereros mit Waffen beliefert zu haben.

Es sieht gottlob nicht so aus, als würden sich die anderen Völker dem Aufstand der Hereros anschließen wollen. Die Rehobother Baster und Hendrik Witboois Namakrieger halten nicht nur Ruhe, sie stellen sogar Kontingente zur Schutztruppe ab, wie es die alten Verträge verlangen. Einzig die Ovambos des Häuptlings Nechale haben Ende Januar versucht, die Station Namutoni oben an der Etoscha-Pfanne zu überrennen, sind aber von der siebenköpfigen Besatzung blutig abgeschlagen worden. Mehr als sechzig Krieger sollen sie dabei verloren haben.

Mit solcherlei Gedanken kehrt Ettmann durch das Beamtenviertel in die Stadt zurück. In fast jedem Garten gackern Hühner, da und dort meckert eine Ziege. Ein Blick über den Zaun auf ein gut bewässertes Gurkenbeet. Ein Blatt Papier, auf einen Stecken gespießt, warnt: »Cucumis sativus – Abpflücken verboten!«

Hier werden auch Tomaten, Kohl, Kartoffeln und Artischokken angebaut. In den Obstgärten wachsen Pfirsich-, Apfelsinen- und Zitronenbäume, dazu Feigen. An den Hängen sind Weingärten angelegt, dazu muß das Wasser, das es hier allerdings reichlich gibt, mit Windmotoren hochgepumpt werden. Wein, so hat er gehört, gedeiht hier ganz hervorragend. Allerdings soll das Wasser aus den warmen Quellen schwefelhaltig sein und das Gedeihen mancher anderer Pflanzenarten hindern, für die das Klima ansonsten günstig wäre.

Als Quartier hat man ihm ein Zimmer in einem sogenannten Beamtenhaus G angewiesen. Das Haus liegt am Hang oberhalb der Kaufmannsstadt, und darin wohnt er fürs erste mit drei anderen Männern: einem Oberbeamten, der hier seine Dienstwohnung hat, und zwei Unteroffizieren; aber keiner der Herren ist da, wahrscheinlich stehen sie im Felde. Die Unterkunft ist daher beinahe luxuriös, er hat ein eigenes Zimmer, ein Stück Veranda, und es gibt sogar zwei Badewannen. Das Wasser kommt 70° heiß aus einer Quelle im Hang und kann mit Regenrinnen und Fallrohren ins Haus geleitet werden. Zum erstenmal seit fast zwei Monaten sieht Ettmann sich hier in einem großen Spiegel und erschrickt beinahe. Er war immer ein verhältnismäßig schlanker Mann, aber nun ist er richtig hager geworden, mit hervorstehenden Wangenknochen und tief gebräunter Haut. Die kurzgeschorenen, von der

370

Sonne hell gebleichten Haare betonen das noch. Braun und seh-
nig kommen ihm seine Arme vor, nach den paar Wochen im Feld.
So sollte ihn das Fräulein Cecilie photographieren, die Aufnahme
könnte er dann den Eltern schicken.

Nachdenklich betrachtet er sein Spiegelbild. Die Sonne hat
auch seinen Gesichtsausdruck verändert, die Augen sind mehr
zusammengekniffen, und der melancholische Anflug um die
Augen ist verschwunden. Die tiefen Falten, die von seinen Na-
senflügeln schräg nach unten laufen, wirken wie eine Sperre gegen eine Verbreiterung des Mundes, wie sie etwa ein Grinsen oder
auch ein Lächeln hervorruft. »Bis hierher und nicht weiter!« scheinen diese Falten zu sagen, aber wenn er probehalber den Mund
in die Breite zieht, weichen sie bereitwillig aus, formen trotz der
eingesunkenen Wangen runde Bäckchen und unter den Augen
jene als Krähenfüße bekannten Lachfältchen. Der Schnurrbart
hängt in Fransen über die Oberlippe, Zeit, ihn wieder einmal zu
trimmen. Sonst läuft er bald mit einem Walroßbart herum, wie
mancher Engländer. Er bräuchte sich nur noch Bartkoteletten stehen lassen, und dann sähe er aus wie John Bull in den Zeitungs-
karikaturen.

Er öffnet die Kartentasche, um seine kleine Schere herauszu-
holen, und dabei gerät ihm der Umschlag in die Finger, in dem er
die beiden Photographien aufbewahrt, die einzige Erinnerung an
Elisabeth, die er von Berlin mitgebracht hat. Die Bilder sind noch
einmal einzeln in Seidenpapier eingeschlagen. Er sieht sie sich an,
zum erstenmal in diesem Jahr. Das eine ist ihr Hochzeitsphoto,
das andere die schöne Studiophotographie von Elisabeth. Das
Hochzeitsphoto packt er wieder ins Kuvert zurück, aber das andere, das mit ihr allein, lehnt er an die Seite des Fensters. Von dort
geht der Blick hinaus über den nach der Stadt hin abfallenden Garten auf die Höhen des Khomas-Hochlandes. So kann sie sehen,
wo er ist.

Auf der Veranda, im klaren Licht des späten Vormittags, holt
er seine Skizzen hervor und beginnt, sie mit Tusche und Feder zu
überarbeiten. Es geht zuerst nicht so einfach. Seine Hände und
Arme sind die feinen und feinsten Bewegungen der Zeichnerei
nicht mehr gewöhnt, sind gehärtet durch das Hantieren mit

Werkzeug, Kanone und Gewehr; das Auge ist mehr an schnelles Erfassen und an Entfernungsschätzen gewöhnt als an die ruhevolle Betrachtung naher Objekte und deren präzise Umsetzung in andere Maßstäbe und Darstellungsformen. Er symbolisiert das Objekt ja gewissermaßen, übersetzt es in eine verständliche Sprache für jene, die es nicht selbst zu sehen kriegen.

Er zeichnet eine ganze Stunde an der faulen Grete und kriegt doch ein ganz passables Abbild zustande.

Weniger zufrieden ist er mit seinen Landschaftszeichnungen, und ganz untalentiert fühlt er sich, wenn er lebende Objekte wie Menschen oder Pferde zeichnen soll. Nie wird er auch nur in die Nähe von Christian Wilhelm Allers kommen, den er in puncto Menschendarstellung für einen der begnadetsten deutschen Zeichner hält und dessen Bleistiftzeichnungen und Lithographien zu den besten gehören, die er je zu Gesicht bekommen hat, und die sogar an die Wiedergabetreue der Photographie heranreichen können. C. W. Allers' Unter deutscher Flagge, 1900 erschienen und der Darstellung seefahrender Männer gewidmet, gehört deshalb zu seinen Lieblingsbüchern, und er bedauert nach wie vor, daß er es in Berlin zurückgelassen hat.

Während er zeichnet, wandern seine Gedanken weiter zu Fräulein Orenstein; hin zu Cecilien, wie es in der Goethezeit geheißen hätte. Gerne würde er ja eine Postkarte oder sogar ein Telegramm an sie senden. Aber was sollte er ihr schreiben? Daß es ihm gut geht? Das interessiert sie vielleicht gar nicht. Daß sie nach Windhuk kommen soll? Das ist immer noch eine gefährliche Reise, obwohl die Züge jetzt mit Eskorten fahren und die Stationen von Militär besetzt sind. Auch weiß er ja gar nicht, wohin er selbst als nächstes geschickt wird. Belangloses schreiben? Bin wohlauf, Wetter schön? Oder eine der Ansichtskarten, wie sie hier überall zu haben sind: Gruß aus Deutsch-Südwestafrika? Andererseits, gar nichts von sich hören zu lassen scheint ihm auch ungehörig. Und fragen, wie es ihr geht? Sie ist doch eine recht junge Frau und wird sich in Swakopmund zu Tode langweilen. Wie auch immer, er hat einen Tag Bedenkzeit, denn das Postamt ist heute, am Sonntag, geschlossen.

Statt dessen schreibt er einen langen Brief an seine Eltern und raucht eine Pfeife. Anschließend zeichnet er, bis es dunkel wird; »bis der Herrgott sagt: Schluß jetzt!« Dieser Satz ist vom alten Eissenzwerg, dem Meister bei Vohsen, dem Landkartenverlag. Der alte Eissenzwerg war gegen das Gaslicht und davor gegen das Petroleumlicht gewesen, und in den letzten Jahren war er gegen das elektrische Licht, denn es ruiniert die Schärfe der Augen. Selbst ein Wintertag ist für einen Kartenzeichner lang genug, wenn er nur keine Minute vertrödelt! Eissenzwerg war auf seine Art ein gottesfürchtiger Mann: Wenn Gott gewollt hätte, daß wir nachts Landkarten zeichnen, hätte er den Tag gar nicht erst erschaffen! Bei Gravelotte hatten ihm die Franzosen drei Finger der linken Hand weggeschossen. Eissenzwerg, der Held mit dem Eisernen Kreuz. Klein, alt, eisengrau, die verstümmelte Hand im Rock versteckt. Ettmann zündet zwar die Lampe an, hört aber trotzdem auf zu zeichnen, Eissenzwerg zuliebe. Ob der Alte wohl noch am Leben ist?

Um neun Uhr bläst Stabstrompeter Suhle wie jeden Abend oben auf der Feste den Zapfenstreich. Die feierlichen Trompetentöne sind in der ganzen Stadt zu hören.

21. März (Montag):

Morgens geht Ettmann aufs Postamt, gibt den Brief an die Eltern auf und schickt ein Kabel an Faber in Swakopmund, in dem er ihn bittet, bei nächster Gelegenheit sein Gepäck und die Seekiste ans Vermessungsamt in Windhuk zu spedieren. Ein zweites Telegramm schickt er an Cecilie Orenstein, bei Frau Fuchs, Swakopmund, des Inhalts, daß er in Windhuk sei, betreffs seiner weiteren militärischen Verwendung noch nichts erfahren habe und hoffe, daß sie wohlauf sei. Es gibt auch Post für ihn. Endlich ist ein Brief von den Eltern angekommen! Er macht ihn nicht gleich auf, denn er will ihn in Ruhe zu Hause lesen. Zuerst geht er die breite Storestraße hinauf in Richtung Bahnhof.

Das Leben in Windhuk hat sich einigermaßen normalisiert, seit die unmittelbare Bedrohung abgewendet ist. Dafür wird das Erscheinungsbild der Stadt zunehmend militärischer. Von Frauen und Kindern abgesehen, gibt es praktisch keine Zivilisten mehr. Alle Männer sind in Uniform, die meisten ganz in Khaki, andere,

373

Offiziere oder Verwaltungsbeamte, im hellgrauen Kordsamt der sogenannten Heimatuniform, blau eingefaßt, Tressen und Fangschnüre silbern. Mit wichtigen Mienen eilen sie geschäftig hin und her. Selbst die wenigen männlichen Eingeborenen, die er sieht, meist Namas und Baster, tragen Uniform, abgetragenes Schutztruppenzeug. Dann und wann trabt oder galoppiert gar ein Meldereiter daher, Wagen und Gespanne parken in endloser Reihe auf der Storestraße. Auf dem Bahnhofsgelände dampfen und rangieren die kleinen Lokomotiven, Puffer stoßen scheppernd aneinander, Räder kreischen in den Gleiskrümmungen. Vor dem Bahnhof, auf dem weiten Sandplatz, stapelt sich der militärische Nachschub in Kisten und Fässern. Karren und Planwagen parken, Ochsen, Maultiere und Pferde drängen sich in behelfsmäßigen Umzäunungen, Ballen von gelbem Futterheu türmen sich übereinander, zigtausende von Hafersäcken liegen aufeinandergeschichtet wie eine Mauer, alles bewacht von ein paar jungen Bastersoldaten unter einem alten Unteroffizier. Bergdamaras mit mürrischen Gesichtern laden Stacheldrahtrollen auf einen Wagen, die Hände haben sie dick mit Fetzen von alten Decken umwickelt.

Bevor er nach Hause geht, kehrt Ettmann im »Krug zum grünen Kranze« ein und bestellt sich ein Bier und ein Käsebrot als Mittagessen. Das Brot ist frisch und schmeckt, aber es kostet 2 Mark, das Bier ist warm und kostet 1 Mark 50. Das ist schon verflucht teuer, beinahe zehnmal soviel wie zu Hause! Natürlich ist auch die schlechte Versorgungslage wegen dem Aufstand daran schuld.

Auf dem Rückweg kommen ihm vier uniformierte Reiter in flottem Trab entgegen, die singen aus vollem Halse:

»Ein Jäger aus Kurpfalz,
der reitet durch den Hühnerdreck und bricht sich Kopf und Hals,
ein Jäger aus Kurpfalz!
Trari, trara,
gar lustig ist die Jägerei,
allhier im gelben Sand, allhier im Kaffernland!«

Das wiederholen die Reiter ohne Ende, bis sie in Richtung Bahnhof außer Hörweite kommen.

In seinem Beamtenhaus angekommen, setzt er sich in den Korbstuhl und schlitzt das Kuvert auf. Wie immer ist der Brief von der Mutter geschrieben, in ihrer schönen, klaren Handschrift. Der Vater wird dabeigesessen und diktiert haben, was ihm einfiel.

Berlin-Friedenau, am 5. Februar 1904

Lieber Sohn, lieber Carl,

zu allererst die herzlichsten Glückwünsche zu Deinem Geburtstag – hoffentlich erhältst Du den Brief auch rechtzeitig! Wir wünschen Dir beide, Dein Vater und ich, alles Gute und Liebe und daß Du in diesen schlimmen Zeiten heil und gesund bleibst und eines nicht zu fernen Tages wohlbehalten zu uns zurückkehrst!

Wir haben am gestrigen Donnerstag zu unserer großen Freude Deinen Brief vom 2. Januar erhalten; er war also nur wenig mehr als vier Wochen auf dem Wege, das ist doch einigermaßen schnell, nicht wahr?

Natürlich sind Vater und ich in größter Sorge wegen dem Negeraufstand, und Vater meint, Du müßtest wohl auch zu den Soldaten. Zum einen herrscht hier große Aufregung wegen der Ereignisse, und man ruft überall in den Kasernen Freiwillige für Deutsch-Südwest auf, zum anderen aber heißt es, das wäre keine große Sache, und man würde mit den Negern schon bald fertig werden.

Im Reichstag wird hin- und herdebattiert, und die Sozialisten und insbesondere ihr Anführer, der Herr Bebel, gießen den unglaublichsten Schmutz über der Reichsregierung und dem Gouvernement aus, gerade so, als wären wir alle an dem gräßlichen Aufstand schuld! Die deutschen Händler seien allesamt Blutsauger, heißt es, und die Neger seien ein verzweifeltes Volk, welches um seine Existenz ringen müsse wegen der Fortnahme ihres Landes! Sie streiten aber, wie immer, hauptsächlich um die Etats, also ums liebe Geld. Der Reichskanzler fordert gewaltige Geldmittel für die Truppenverstärkungen an, die man nach Afrika schicken müsse. Die Gelder sind nun nach viel Streiterei vom Reichstag bewilligt worden, aber ohne die Zustimmung der Sozialdemokraten. Der Kaiser hat wieder einmal gedroht, den Reichstag aufzulösen, wenn der Etat nicht schleunigst das Haus passiere!

Es sollte ja übrigens im August hier in Berlin das zwanzigjährige Bestehen von Deutsch-Südwestafrika gefeiert werden; nun wird daraus wohl nichts werden, wo es so viele Opfer gegeben hat. An die 150 Deutsche sollen auf einmal erschlagen worden sein, so stand es in der »Märkischen«! Fast täglich ist in der Zeitung von schrecklichen Greueltaten zu lesen, und das Herz möchte einem stehenbleiben vor Angst. Bitte, lieber Carl, sei vorsichtig, halte uns auf dem laufenden und schreibe uns, sooft es nur geht! Wir sind in Gedanken immer bei Dir!

Unser Claus ist noch immer in Ostasien, und wir haben vor vierzehn Tagen wieder einen Brief von ihm erhalten, nach wie vor schreibt er uns regelmäßig alle vier Wochen. Es geht ihm gut, und er teilt uns mit, daß sein Schiff zu einer Reparatur nach Japan gehen soll. Für nächstes Jahr hofft er, nach Deutschland zurückzukehren und vielleicht ein eigenes Kommando zu erhalten. Das ist ja schon immer sein sehnlichster Wunsch gewesen! Er ist auch an der Reihe, zum Korvettenkapitän befördert zu werden. Wäre das schön, wenn er einmal nach Hause käme, er ist ja nun schon fünf Jahre in Übersee, und wenn er uns nicht dann und wann eine Photographie geschickt hätte, wüßten wir wohl bald nicht mehr, wie Dein Bruder aussieht! Ich werde Dir seinen Brief abschreiben und mit der nächsten Post an Dich schicken. Seine Anschrift ist immer noch die gleiche:

Kapitänleutnant Claus Ettmann, Ostasiatische Marinestation, Postnr. IIIA/1411.

Oma und Opa senden Dir liebe Grüße aus Nürnberg, ferner lassen Dich Butzke und Frau Thiel herzlich grüßen. Frau Thiels Ältester ist jetzt auch bei den Soldaten und war letzten Sonntag mit seiner Mutter zum Kaffee bei uns. Das blaue Zeug steht ihm gut. Er ist bei einem Telegraphenbataillon, wenn ich das richtig verstanden habe. Wir haben Petz an Deinem Briefe schnuppern lassen, woraufhin er kräftig geniest hat. Er ist der sprichwörtliche ›faule Hund‹ und liegt bei diesem nassen Spätwinterwetter am liebsten im Wintergarten vor der großen Scheibe und schaut in den Garten hinaus. Es regnet seit Tagen ununterbrochen und ist recht kalt. Vater und Butzke haben gestern den alten Apfelbaum abgesägt, er wäre ohnehin bald umgebrochen.

Auch Dir noch einmal, wenn auch reichlich spät, ein gesundes und frohes Jahr 1904,

Deine Dich liebenden Eltern,
Antonia und August Ettmann.

Seeligs Ritt

15. März (Dienstag):

»Mitten durch den Scheißbusch reiten? Denke nicht daran!« knurrt der Schutztruppengefreite Runkel zu Seelig hin. Er kümmert sich nicht um den Rat des Leutnants v. Waldbrunn, querfeldein nach Kompaß zu reiten, und schlägt statt dessen den Weg durch das Swakoptal ein. Runkel gibt das Tempo vor und reitet so schnell es geht, abwechselnd Schritt und Trab. Die Pferde sind zu unterernährt und zu schwach, um mit ihnen einen Galopp zu wagen.

Bis über Okatumba hinaus kommen sie, dann bricht die Nacht herein. Vier Stunden geht es in der Dunkelheit weiter, dann etwas Ruhe, versteckt im Busch abseits des Riviers. Seelig liegt schlaflos und lauscht in die Nacht hinaus. Nach nicht ganz einer Stunde rührt sich Runkel, steht auf, klappt seine laut tickende Uhr auf und sagt: »Zwölf Uhr! Es wird Zeit!« Er bindet sein Pferd los und befiehlt: »Los, weiter!« Der Mann ist schweigsam und mürrisch, eine Unterhaltung kommt nicht zustande. Tief über dem Horizont die schmale Neumondsichel, das südliche Kreuz funkelt. Es ist eine dunkle Nacht, doch das Licht der Sterne ist hell genug, um weiterreiten zu können. Leise und dumpf schlagen die Hufe im Sand, das Sattelzeug knarrt. Dann und wann schnaubt eins der Pferde. Albert Seelig ist unheimlich zumute. Wer weiß, ob nicht Hereros in den Klippen oder Büschen auf sie lauern? Unmöglich, in der Dunkelheit etwas zu erkennen. Er strengt seine Augen an, bis sie tränen, aber es ist doch ganz vergebens. Er vermißt seine Kameraden, vor allem Dürnsmaier, und fühlt sich schrecklich einsam.

17. März (Donnerstag):

Albert Seelig schätzt, daß es etwa neun Uhr morgens sein muß. Der gestrige Tag ist vergangen, ohne daß etwas geschehen ist, und die Nacht ebenso. Jetzt fühlt er sich besser. Nur noch etwa dreißig Kilometer sind bis Okahandja zu reiten, sie sind schon in der Gegend von Otjosasu.

Runkel reitet voraus, das Gewehr in der Rechten, Kolben auf den Schenkel gestützt. Seelig muß sich zwingen, die Umgebung zu beobachten, das Ufer, die Klippen und Büsche, die hohen und die niedrigen Bäume, die Hänge dahinter. Das Auge schweift über Felsbrocken und zunderdürre Sträucher und sieht doch nichts. Die Luft ist heiß und trocken und riecht nach Staub und Heu. Die Hitze macht ihn schläfrig, und in seinem leeren Magen rumort es. Schwer liegt die Zunge im Mund, wie ein ausgetrockneter Klumpen Lehm. Das Rivier zwängt sich jetzt durch Klippen. Meterhoch türmen sich Steinbrocken hier im Flußbett, wild übereinandergehäuft wie achtlos hingeworfenes Riesenspielzeug. Runkel reitet jetzt langsam, lenkt seinen Klepper um große, rundgeschliffene Steine herum. An ihm vorbei sieht Seelig das Flußbett sich zu einer hellen Sandfläche weiten.

Knall! Seelig zuckt erschrocken zusammen, vor ihm steigt Runkels Gaul, schrill wiehernd, mit den Vorderhufen schlagend, das Gewehr dreht sich wirbelnd in der Luft, und Runkel kippt nach hinten aus dem Sattel, beide Hände vors Gesicht geschlagen, fällt wie ein Sack auf den Boden, schlägt bös mit dem Hinterkopf auf die Steine. Wie gelähmt sieht Seelig hin, einen erstarrten Lidschlag lang, dann fahren ihm Begreifen und Schreck wie flüssiges Eis ins Herz. Runkels Pferd wirft sich wiehernd herum, Panik in den rollenden Augen, und galoppiert wie rasend zurück und an ihm vorbei. Staub spritzt, Schüsse krachen, Schreien! Seelig blickt wild um sich, verliert dabei fast das Gleichgewicht, denn sein Pferd scheut und steigt, mit hartem Schenkeldruck zwingt er es herunter. Etwas singt und brummt an seinem Ohr vorbei. Mit

Mühe bekommt er den Karabiner aus dem Schuh. Wo sind die Schüsse hergekommen? Da sieht er welche heranspringen, fünf oder sechs in tollem Lauf über Steine und Klippen auf ihn zu. Runkel liegt reglos. Fast reißt es ihn auseinander – Runkel helfen oder weg? –, aber das Pferd entscheidet für ihn und macht einen Satz und geht in vollem Galopp durch. Seelig wird von dem Ruck nach hinten geworfen und verliert das Gewehr, mit Mühe und Not kann er sich im Sattel halten. Ein Schlag ans linke Bein, ein brennender Schmerz am Oberschenkel, die Hand tastet nach der Wunde, kommt blutig zurück. Unter ihm trommeln die Hufe im wilden Wirbel, stampfen Staub, rasend schnell geht es dahin, durch Sand und Geröll im Rivierbett entlang und jetzt die Uferböschung hinauf, und weiter in irrem Tempo auf flachem Grasland. Den Tropenhelm reißt es ihm herunter, aber der lose Kinnriemen hält fest, und im Helm fängt sich die Luft in diesem rasenden Galopp. Der Riemen schneidet ihm in den Hals, aber er wagt nicht, Mähne und Sattelknauf loszulassen.

Nach ein paar Minuten fällt der erschöpfte Gaul von selbst in Schritt, Schaum flockt ihm aus dem Maul, die Flanken schlagen und zittern. Niemand verfolgt ihn. Jetzt erst zittern ihm auch die Hände. Nun wird ihm schwindelig und schlecht. Er steigt ab und erbricht sich würgend, nur ein wenig Brei von dem Hartbrot und Schleim. Eine Weile steht er da, die Wange an den warmen Hals des Pferdes gedrückt. Das Tier atmet in tiefen, heftigen Zügen, Schauer laufen über das glänzende braune Fell, die Brust ist mit weißen Schaumspritzern befleckt. Langsam beruhigt sich sein rasender Herzschlag, und schließlich steigt er wieder auf. Die Wunde schmerzt jäh, und er zieht die Luft scharf durch die Zähne. Erst jetzt fällt ihm sein Verbandpäckchen ein. Er holt es aus der Rocktasche, reißt die Papierhülle auf und drückt es auf den blutigen Riß in der Hose. Das brennt schrecklich, und er beißt die Zähne zusammen, daß es knirscht. Das Verbandpäckchen muß er mit einer Hand festhalten, weil er nichts zum Darumbinden hat. Den Gaul läßt er einfach laufen, wie er will. Er geht ungefähr nach Süden oder Südwesten, das kann so falsch nicht sein.

Nach vier oder fünf Stunden kommt er so nach Okahandja, halb bewußtlos im Sattel schwankend, und liefert bei Oberleutnant

Zürn seine Meldung ab. Zürn schimpft, weil er sein Gewehr verloren hat: »Dann haben die Banditen jetzt zwei gute Gewehre, verdammt noch einmal!«

Am Oberschenkel hat Seelig einen fingerlangen Streifschuß. Dr. Metzke, Marine-Oberstabsarzt, schneidet ihm das Hosenbein auf. »Lappalie!« sagt er und näht die Wunde gleich zu, streicht eine braune Tinktur darauf und wickelt einen Verband darum. »Fertig!« sagt er und: »Nu jeh'n Se sich 'ne neue Hose holen. Und kieken Se nich so grämlich! Hamm doch Schwein jehabt, wa!«

Hotel »Stadt Windhoek«

Zacharias kommt höchstselbst mit Petrus und bringt einen mageren Esel mit. Lutter und Cecilie sollen über Okahandja nach Windhuk gehen und mit Leutwein sprechen. Petrus wird sie bis in die Nähe von Okahandja begleiten. Zacharias hofft, daß es ihm durchs Lutters Fürsprache gelingt, einen Separatfrieden mit Leutwein zu machen. Beim Abschied umarmt er Lutter. Als sich Cecilie nach einer ganzen Weile noch einmal umwendet, sieht sie den alten Häuptling immer noch an der selben Stelle stehen und ihnen nachblicken. Auch Lutter dreht sich noch einmal um und winkt Zeraua zu, dann wenden sie sich endgültig ab. Lutter seufzt, dann sagt er zu Cecilie: »Ach, der alte Zacharias! Da ist er nun wirklich in der Zwickmühle!« Cecilie geht neben ihm her und wartet, was er wohl sagen will. »Die anderen Stämme werden ihm vorwerfen, er sei zu feige, sich dem Aufstand anzuschließen«, fährt Lutter fort, »und seine jungen Kerle werden dasselbe sagen, und, schlimmer noch, es wird heißen, er hielte zu den Weißen und helfe ihnen sogar noch gegen seine eigenen Landsleute – falls Leutwein wirklich auf sein Friedensangebot eingeht!« Cecilie sagt: »In Swakopmund haben Sie gesagt, Sie hoffen, daß Zacharias zu feige sei, um mitzumachen!« – »Ja«, erwidert Lutter, »das habe ich gesagt.« Er schüttelt den Kopf, als könne er nicht glauben, daß er das getan habe. Schließlich sagt er: »Nur, Zacharias ist nicht feige, sondern ein tapferer alter Mann. Er sieht es als seine erste Pflicht an, sei-

nen Stamm vor Schaden und Krieg zu bewahren, und dafür tut er
alles, was er kann, und opfert sogar seinen Ruf und sein Ansehen.
Ich kann mir vorstellen, wie weh es ihm tut, daß man ihm Feigheit vorwirft, aber ich versichere Ihnen, Fräulein Orenstein, in
meiner Achtung ist er gewachsen, ob er nun säuft oder Land ver-
spielt, mein Gott, Schwächen haben wir alle! Nein, Zacharias Zeraua ist ein nobler Häuptling, und ich ziehe meinen Hut vor ihm!«

Lutter schweigt erschöpft. Stumm stapfen sie weiter. Der magere kleine Esel trägt, was von ihrem Gepäck übriggeblieben ist,
hauptsächlich Ceciles photographische Gerätschaften. Das sind
nur noch ihre beiden kleinen Kameras und die sechzig Glasplatten, die ziemlich schwer sind. Von den Emulsionen zum Entwik-
keln ist nichts übrig, denn die großen Flaschen sind auf dem Wagen zurückgeblieben. Das kleine Zelt aus schwarzem Tuch zum
Entwickeln der Platten hat sie immerhin noch, um die Stangen
gerollt. Zwei Porzellanschalen und die Schere, das ist vorläufig
alles, was ihr von ihrer »vollständigen und leicht beweglichen
photographischen Ausrüstung für die Tropen« geblieben ist.

Sie benützen nicht die Pad, die am nördlichen Ufer des Swakop
entlangführt, sondern halten sich auf der Südseite, ein gutes Stück
vom Rivier entfernt am Fuß der Khomasberge. Nicht weit von Barmen führt Petrus sie noch weiter vom Swakop weg, ein Nebenrivier aufwärts, das sich eine Schlucht in den Bergrand gefressen hat.
Nach einem Marsch von mehr als zehn Kilometern durch Sand
und Geröll gelangen sie am frühen Nachmittag an eine Wasserstelle im Schatten einer Klippe. »Otuani!« sagt Petrus mit seiner
dunkel klingenden Stimme und zeigt auf das klare Wasser in einem
schattigen Felsbecken. Quellwasser rinnt hier aus den Klippen und
sammelt sich in einer natürlichen Wanne. Was aus diesem Becken
überläuft, versickert schon nach einem halben Meter zwischen
Steinen und Geröll im Sand. Im Schatten der Klippe wächst grünes Gras, und der Esel macht sich gierig darüber her. »Hier bleiben wir über Nacht!« beschließt Lutter. Hier ist Wasser genug,
nicht nur zum Trinken, sondern auch, um ein bißchen Zeug zu waschen und dann in der Sonne trocknen zu lassen.

Später lockt das blinkende Wasser in der heißen, stillen Einsamkeit Cecilie, eine Photographie mit der Kodak zu machen. Pe-

trus sitzt auf einer Klippe daneben und schaut ihr neugierig zu. Er hat sein rotes Hemd gewaschen und läßt es in der Sonne trocknen. »Petrus«, sagt sie, »ich will wohl von dir auch noch eine Photographie machen!« Der Herero sitzt genau richtig für eine Aufnahme. Die Augen gegen die blendende Sonne verkniffen, schaut er in die Linse. Er hat alte Narben auf der Schulter und eine mitten auf der Brust. Die hat er wahrscheinlich aus einem der Scharmützel mit den Nama. Der alte Kapitän Witbooi hat ja bis in die neunziger Jahre hinein noch Viehraubzüge ins Hereroland unternommen, ein- oder zweimal sogar bis nach Okahandja.

Petrus verabschiedet sich von ihnen, bevor die Sonne untergeht, denn jetzt sind sie nicht mehr weit von Okahandja, und sie könnten jederzeit auf eine deutsche Patrouille treffen. Er macht sich auf den Weg zurück zu Zeraua.

Cecilie, Lutter und Johannes kommen am nächsten Tag in Okahandja an. Cecilie kauft sich zuallererst ein einfaches Kleid im Wecke & Voigts Store, der wieder in Betrieb ist. Die Spuren des Brandes sind schon beseitigt, aber der Geruch hängt noch in den Wänden, trotz des neuen Mobiliars und der frischen Ölfarbe. Es gibt hier augenblicklich nur eine einzige Art fertiges Kleid, ein schlichtes, knöchellanges Kattunkleid aus weiß und hellgrau kariertem Stoff. Es ist viel zu weit, und sie muß es mit einer Schnur um die Taille raffen. Photomaterial zu kaufen gelingt ihr nicht, weder Fixativ noch ein neues Stativ sind derzeit hier erhältlich. »Alles mit verbrannt, als die schwarzen Halunken den Store angezündet haben! Wir warten noch immer auf neue Ware«, sagt der Angestellte, ein pickliger Jüngling mit Mittelscheitel, der sich links und rechts des Scheitels zwei Haarsträhnchen kunstvoll in die Stirn geringelt und dort mit Pomade festgeklebt hat. Der junge Mann geht mit einiger Mühe am Stock, deshalb ist er wohl nicht im Krieg. »Gnä' Frau bekommen aber alle photographischen Artikel in unserem Hauptgeschäft in Windhuk oder in der dortigen Filiale der Swakopmunder Buchhandlung.«

Cecilie photographiert ein wenig in Okahandja, mehr zum Zeitvertreib. Die South West Africa Company wird an Photographien ausgebrannter Häuser kaum Interesse haben, Cecilie nimmt dennoch die rußgeschwärzten Ruinen des Denkerschen Hauses und des Hauses der ermordeten Diekmanns auf, vielleicht kauft ja später eine Zeitung oder ein Buchverlag die Bilder; immerhin ist sie ja Zeugin einer bedeutsamen historischen Begebenheit. Man zeigt ihr Samuel Mahareros Haus, und sie bannt auch das auf eine Platte.

Um die Militärstation oder Feste hat sich eine Art Zigeunerlager gebildet, Zelte ducken sich im Schatten der Mauer, auf der Westseite war die Mauer zwischen den Türmen wohl als eine Art Veranda gedacht, denn sie ist von drei Türen und fünf Fenstern durchbrochen. Die hat man aber noch kurz vor Ausbruch der Rebellion in aller Eile zugemauert. Davor war ein Garten angelegt und mit Hühnerdraht eingezäunt worden. Die Feste sieht recht zerzaust aus, obwohl es gar nicht zu Kämpfen um das Bauwerk gekommen ist. Auf den Türmen sind ein paar Zinnen herausgebrochen, wie Zahnlücken. In den Mauern sind da und dort Löcher, die wie Einschläge von Kanonenkugeln aussehen. Es sind aber Schießscharten, die die Besatzung während der Belagerung von innen durch die Mauer gebrochen hat. Eine ausgefranste und nicht besonders saubere Fahne weht vom Mast im Innenhof. Die Sonne steht schon ziemlich tief. Cecilie will die Feste photographieren. Sie stellt die Kamera dazu einfach auf das Sitzbord einer abgestellten Karre. So ist das Objektiv in Augenhöhe, denn sie will das Gebäude so abbilden, wie jedermann es sieht. Schade nur wegen der Farben, die jetzt im Licht des späten Nachmittags so besonders schön sind. Der Himmel ist von einem herrlichen, tiefen Blau, die klotzigen Backsteintürme leuchten orange, die weißgekalkte Wand dazwischen in einem warmen Elfenbeinton. Goldocker ist die Erde, mit Grasbüscheln bewachsen, deren Grün bereits erlischt: da staubiges Moosgrün, da schon zu fahlem Gelbbraun vertrocknet. Hinter dem Turm auf der rechten Seite steigen die braunen, schroffen Klippen des Kaiser-Wilhelm-Berges an, die Schatten in den Klüften ein dunkles Graublau. Die warme Luft riecht nach Pferdemist, nach Staub und ein wenig nach Heu, und süß nach welkenden Blüten.

Freitag nachmittag um drei Uhr kommt Cecilie mit Lutter und Johannes nach ereignisloser Fahrt in Windhuk an. Es ist der

25. März, zehn Wochen waren sie »op die Pad« von Swakopmund hierher! Lutter kommt mit Johannes bei der Rheinischen Mission unter. Der Gouverneur ist nicht in der Stadt, erfährt er dort. Er muß also warten, bis er das Versprechen, das er Zacharias gegeben hat, einlösen kann. Über seinen Einfluß auf den Gouverneur macht er sich allerdings keine Illusionen.

Cecilie nimmt sich ein Zimmer der besseren Preisklasse im Hotel »Stadt Windhoek« an der Storestraße. Das kostet achtundzwanzig Mark die Nacht, fünf Mark mehr als das ohnehin schon teure »Fürst Bismarck« in Swakopmund. Dafür ist das »Windhoek« aber auch keine Bretterbude, sondern ein solider Backsteinbau, wenn auch nur zu ebener Erde, ohne obere Stockwerke »Wünschen Madame im Hause zu speisen?« fragt der weißhaarige kleine Herr an der Rezeption, »Table d'hôte?« Cecilie verneint: »Danke, ich diniere à part« und hätte ums Haar hinzugefügt: s'il vous plaît! Sie möchte lieber alleine essen, finanzielle Rücksichten zu nehmen ist sie nicht genötigt, und wer weiß, mit welchen anderen Gästen sie sonst zusammengewürfelt wird. Die Neugier gewinnt aber doch die Oberhand, und so fragt sie: »Sind viele Gäste im Haus?« Der alte Mann erwidert: »Außer Ihnen nur zwei, Madame, und es sind beides Herren aus der Kapkolonie!«

Im Zimmer gibt es einen großen Wandspiegel, und darin betrachtet sie sich kritisch, in ihrem schlechtsitzenden Kattunkleid aus Okahandja. Gesicht und Arme hat ihr die Sonne braun verbrannt und die Haare gebleicht. Soviel Bräune schickt sich kaum für eine Dame, sie muß sich unbedingt auch einen Hut besorgen. Davon abgesehen sieht sie ganz gut aus, obwohl sie ihr Gesicht ein wenig zu lang findet, um wirklich hübsch zu sein, und die Nase vielleicht ein wenig zu groß. Sie zieht eine Grimasse und streckt ihrem Spiegelbild die Zunge heraus, dann wendet sie sich ab und macht sich frisch, putzt sich die Zähne, tupft das Gesicht mit lauem Wasser aus dem Lavoir ab, bürstet ihre langen Haare gründlich und steckt sie wieder hoch. Schwer und strähnig sind sie, es ist wirklich allerhöchste Zeit für eine Kopfwäsche. Für den Abend hat sie sich ein Bad bestellt, aber zuvor gilt es, Wäsche und Kleidung zu besorgen. Das will sie gleich erledigen, solange die Geschäfte geöffnet haben.

Sie sieht sich zuerst einmal im Zimmer um. Ein wuchtiges Bett aus dunkelbraunem, gewachstem Holz, weiß bezogen. Sie hebt die Decke an und sieht zu ihrer Beruhigung, daß das Bettzeug frisch gewaschen und der Bezug der Wolldecke festgeknöpft ist, wie es sich für ein gutes Haus gehört. Es wäre ihr sehr unangenehm, mit der Wolldecke in Berührung zu kommen, die ja nicht gewaschen wird. Das Nachtgeschirr wartet im Nachttischchen, alles ist sauber und riecht nicht. In der Ecke am Fenster ein Tischchen und zwei schmale Sessel, ein schwerer, geschnitzter Kleiderschrank. Gaslicht oder gar elektrisches Licht gibt es nicht. Tischlampe und Nachttischlämpchen sind Petroleumlampen, und danach riecht es natürlich. Darunter, etwas weniger kräftig, riecht es nach Möbelwachs und warmem Holz. Das Fenster geht auf einen Seitenweg hinaus, mit Schleifchen gebundene Stores rechts und links, eine Holzjalousie hält das Sonnenlicht ab.

Sie muß sich zuallererst um Garderobe kümmern, sie hat ja nur das billige Kleid aus Okahandja und das ruinierte Reisekleid, ein ganz und gar unerträglicher Zustand. So kann sie sich nirgendwo blicken lassen. Gleich danach will sie sich beim Schutztruppenkommando nach Ettmann erkundigen. Das Hotel kann ihr keine Droschke oder sonst einen Wagen besorgen. Der Hôtelier schüttelt bedauernd den Kopf. »Alles, was Räder hat, ist vom Militär requiriert, gnädiges Fräulein! Ich kann Ihnen aber einen eingeborenen Träger rufen, wenn Sie das wünschen.« Cecilie lehnt ab. »Danke, aber ich brauche keinen Träger. Sagen Sie mir nur, wo ich Kleidung und Schuhe kaufen kann und wie ich zum Kommando der Schutztruppe komme.«

Als sie am Postamt vorbeigeht, sieht sie eine Handvoll Leute vor einer Anschlagtafel stehen. Cecilie wird neugierig und stellt sich dazu. Ein Nachrichtentelegramm mit dem heutigen Datum ist angeschlagen:

Deutsch-Südwestafrikanische Zeitung
Neuestes vom Aufstand.
25. März 1904

Ein Überläufer, Bergdamara, sagt aus, dass Hereros keinen Reis und Kaffee mehr haben. Bergdamaras werden schlecht behandelt.

Bekommen alles, sogar Feldkost, abgenommen. Wer sich weigert, wird aufgehängt. Auch unter Herero selbst viel Streit. Samuel wohnt bei Okanjira.

Hauptquartier.

Auch die Verlustliste ist dort angeschlagen. Die über hundertfünfzig Namen darauf sind in drei Gruppen unterteilt: Ermordet, gefallen und vermißt. Mit dem Zeigefinger fährt sie die Liste entlang. Gott sei Dank ist Carl Ettmanns Name nicht dabei. Wo wird er gerade sein?

Kaendie vandje!

Die Sonne versinkt blutig rot. Sie kauern oben auf dem Kamm der Khamab-Berge und schauen ins dämmerige Tal hinunter, ins Tal mit dem blanken Strich der eisernen Bahn. Der alte Zeraua sitzt schnaufend auf einem Klippstein, Elias und Kort an seiner Seite und Petrus und ein paar andere, und auch Amanda, die Tochter, ist da mit dem Bündel der heiligen Feuerstäbe. Bis hierher ist es gut gegangen, denkt Petrus. Bei Tabakstuin ist zwar geschossen worden, eine kleine Abteilung berittener Witbooispäher hat versucht, sie aufzuhalten, ist aber schnell vertrieben worden. Einem Witbooi haben sie das Pferd totgeschossen und ihn gefangen. Der sollte ihnen sagen, wo die Deutji Leute stehen haben im Tal, aber der Hottentott hat keine Antwort gegeben und nur gespuckt, und da hat ihm einer mit dem Kirri den Schädel eingeschlagen.

Sie alle warten und schauen ins Tal hinunter, während der Häuptling auf ein Zeichen der Ahnen lauscht. Endlich ist es Nacht. Richtig dunkel wird es aber nicht, ein halbdickes Mondhorn hängt hinter ihnen über dem Khomasland, die Sterne funkeln und blinken. Im Süden, da, wo Windhuk ist, leuchten Wolkenstreifen über dem Tal. Kort beugt sich zu Zeraua herab und sagt ihm etwas ins Ohr. Zeraua seufzt laut und erhebt sich ächzend. Er schaut sie der Reihe nach an, dann streckt er den Arm aus und zeigt über das Tal hinüber nach Osten und sagt: »Kaen-

die vandje!« – »Geht, Kinder!«, und Elias und Kort wiederholen
es laut: »Geht!«, und Petrus wiederholt es und alle anderen, und
ringsum auf den Kämmen und Hängen und in den Büschen singt
es und zischt es: »Geht! Los! Geht!« und schon klatschen die
Stöcke der Viehtreiber, und die Ozongombe brüllen unwillig.
Hinunter geht's, wie eine Regenflut fließt das Volk die Hänge
hinab, rinnt und sickert durch den Busch, strömt ins silbrig
schimmernde Steppengras. Die Nacht ist erfüllt von dem gedämpften Donnern von vierzigtausend Hufen und dem ra-
schelnden Gewisper tausender bloßer Füße. Die Otjimbingwer
und Barmer Hereros verlassen ihr Land, um sich mit den Osthereros zu vereinigen. Sie eilen durch das Tal zwischen den Khomasbergen und den Onjatibergen, in dem das Gleis der eisernen
Bahn von Okahandja nach Windhuk liegt. Das Tal ist hier so breit,
daß es fast einen halben Tag dauert von einer Seite auf die andere,
und es muß durchquert sein, bevor die Deutji es abriegeln können.

Über die Schienen geht es hinweg, kein Deutschmann weit und
breit! Die Stangen mit dem Draht werden umgeworfen, der Draht
zerhackt, denn durch den können die Deutji miteinander reden.
Das ist schwer zu glauben, besonders, wenn man so ein Stück
Draht ans Ohr hält und nichts zu hören ist. Aber den Deutji ist
alles mögliche zuzutrauen, und so hacken sie zu dritt den Draht
in viele kleine Stücke, während die Leute und die Tiere an ihnen
vorbeiströmen. Die Rinder muhen und grunzen, die Bokkies
meckern. »Zu Kajata!« summen und singen die Krieger, die an
beiden Flanken in Reihen daherkommen, mit langen, schwingenden Schritten, Gewehre quer über den Schultern oder Kirris,
gesichtslose Gestalten, unter Schlapphüten, unter Soldatenmüt-
zen. »Kajata! Zu Kajata! Huu-homm! – hom!« Weiber mit Ballen
und Töpfen auf dem Kopf, mit Kleinkindern auf den Rücken gebunden, mehr Kinder um sie herum, alles hastet, und überall die
Ozongombe, an die zehntausend Stück, trampelnd, grunzend,
schnaubend und muhend und dazu das Klatschen von Stöcken
und Peitschen der Treiber.

Sie laufen die ganze Nacht, Petrus, Häuptling Zeraua, Amanda
und all die anderen. Viele hundert laufen, das ganze Volk läuft.

Nur ein paar kleinere Gruppen sind zurückgeblieben, da und dort, die wollen lieber in die südlichen Khomasberge, da fühlen sie sich sicherer, denn das Land im Osten kennen sie nicht.

Sterbeposten Regenstein

28. März (Montag):

Ettmann ist mit dem Landwehrmann Druse und den Witbooi-kriegern Keister, Lambert und Windstaan, mit sechsunddreißig Pferden und zwei Maultieren, auf dem Rückweg vom Sterbe-posten Regenstein nach Windhuk. Fünf Tage ist es her, daß sie dorthin aufgebrochen sind.

Der Sterbeposten liegt achtzehn Kilometer südlich von Wind-huk in den Auasbergen, 2100 Meter hoch; noch fünfhundert Meter höher als die Stadt. Wegen der Pferdesterbe oder Ein-huferseuche, die eine durch Stechmücken übertragene Lungen-erkrankung ist und fast immer tödlich ausgeht, müssen Pferde einmal im Jahr während und nach der Regenzeit, spätestens ab Anfang Dezember bis etwa Ende April, in die Nähe der Küste oder aber auf fünfhundert bis zweitausend Meter Höhe über dem Meer gebracht werden. In dieser Höhe kommt die Mücke nicht mehr vor; man vermutet, daß das mit der kühleren Luft zu tun hat, in der das Insekt nicht überleben kann. Die Pferdesterbe kommt ausschließlich im südlichen Afrika vor und ist deshalb relativ neu für die Veterinärwissenschaft und noch nicht richtig erforscht. Die Namas haben aber ihre Tiere schon auf Sterbe-plätze gebracht, lange bevor Hauptmann v. François 1890 mit sei-ner kleinen Truppe in Windhuk ankam.

Der Weg in die Auasberge führt erst durch Farmland, dann durch Dornbusch und später als steiler Gebirgspfad über Geröll und um gewaltige Felsbrocken und Steine herum. Die ganze Zeit geht es bergauf und auf den 2680 Meter hohen Moltkeblick zu, bis schließlich die mit Dornbüschen bewachsene Hochebene Are-dareigas erreicht wird.

An ihrem Südende, hoch an einen kahlen Berghang gebaut, liegt die Offiziersunterkunft, ein einfacher Backsteinbau mit Veranda und einem geduckten, quadratischen Turm, der das Dach nur um knappe zwei Meter überragt. Ein paar hundert Meter hangabwärts ist ein großes, braunes Truppenzelt aufgebaut, daneben vier kleinere Vier-Mann-Zelte. Die eingeborenen Pferdepfleger hausen in Pontoks, ein Dutzend dieser runden Hütten steht ein gutes Stück abseits. An die siebzig Pferde und gut zwei Dutzend Maultiere und Esel weiden oder dösen in einem Kraal aus Bruchsteinen. Das ist der Windhuker Sterbeposten Regenstein.

Das Gelände ist karg, voller Geröll und vom Wind rundgeschliffener Felsbrocken, die Erde staubig und ockerfarben, dünn mit fahlgelbem Gras bestanden und mit graugrünen Kameldornbüschen gesprenkelt. Etwa zwanzig Minuten zu Fuß entfernt fließt klares Wasser aus einer Felsspalte und wird mit einer etwa hüfthohen Staumauer aufgefangen, über die hinweg die Pferde gut saufen können. Der Trog ist so groß, daß zehn Mann gleichzeitig darin baden könnten.

Landwehrmann Druse schildert Ettmann den Tod eines Pferdes durch die Sterbe: »Innerhalb von einer Viertelstunde ist mir der Gaul eingegangen! Das arme Vieh ist erstickt, und dabei hat es die ganze Zeit aus den Nüstern Schaum geschnaubt, eine Menge Schaum, der wohl auch die Lungen ganz ausgefüllt hat, so genau weiß ich das nicht. Es ist ein schreckliches Ende für die armen Tiere und schlimm mit anzusehen. Ich wollte es natürlich erschießen, aber Oberleutnant v. Stillfried hat es nicht erlaubt, eben damit wir einmal sehen, wie es ist. Sonst schießt man das Tier aber gleich tot, um ihm die Qualen zu ersparen, denn zu retten ist es nicht mehr. Im Norden, über Outjo hinaus, und an der Etoschapfanne ist es am schlimmsten, also je näher man an die feuchtwarmen Tropen kommt. Dort gibt es auch nicht mehr viele so hoch gelegene Stellen, um die Tiere während der Sterbezeit zu schützen. Die Schutztruppe hat dort oben die allergrößten Probleme, beritten zu bleiben. Es ist wie mit der Malaria, wegen der Mücke, meine ich, und vielleicht irgendwie damit verwandt.«

Ettmann reitet einen großen Wallach, einen Grauschimmel mit schwarzer Mähne, der ihm sofort gefallen hat und der nicht mit Beschlag belegt war. Nachdenklich klopft er dem Tier den Hals,

389

und es schnaubt und nickt ein paarmal mit dem Kopf. Sterbeposten! Was für ein gruseliger Name. Die armen Tiere! Bis jetzt
hat man trotz aller Anstrengungen keine Kur gegen die Einhu-
ferseuche gefunden, während man die Rinderseuche dank Roßarzt Rickmann und dem Kochschen Impfverfahren relativ schnell
eindämmen konnte.

Daß der Landwehrmann ausgerechnet Druse heißt, ist schon
seltsam. Es ist dies nämlich auch eine verbreitete Tierseuche wie
der Rotz und die Räude. Gottlieb Druse ist 1894 zur Schutztruppe gekommen, obwohl er eigentlich zehn Jahre zu alt dafür
war. Man hat ihn aber akzeptiert, weil er gelernter Hufschmied ist.
1897 hat er seinen Abschied genommen und sich am Weißen Nossob niedergelassen, im gleichen Jahr, in dem die verheerende Rinderpest ausbrach. Seine Farm haben die Hereros gleich zu Beginn
des Aufstandes überfallen und niedergebrannt und alle seine Tiere
weggetrieben, insgesamt hundertzwanzig Rinder und elf Pferde.
Er selbst war an diesem Tage in Windhuk und ist gleich eingezogen worden, mit seinen vierundvierzig Jahren. Sonst wäre er wohl
auch tot auf der Farm geblieben wie sein Helfer Franz Ferdinand
oder wie Biermansky, den die Aufständischen auf der Farm Hoffnung erschlagen haben.

Sechs oder sieben Nama-Weiber und eine ganze Schar Kinder
kommen ihnen da vorn entgegen. Jetzt weichen sie aus, weit ins
Feld hinein. Sie sind wohl unterwegs, um Grassamen zu suchen
oder Ointjes, die kleinen Feldzwiebeln, die sie über dem Feuer
rösten. Die Kinder machen dazu mit Pfeil und Bogen Jagd auf
Vögel und Mäuse.

Da ist endlich Windhuk! Die Feste ist zu sehen, da ist der weite
Ausspannplatz, dahinter das rote Postamt und die grünen Bäume
im Truppengarten. Ettmann reitet mit Druse und Keister vor der
kleinen Herde, den Schluß machen Lambert und Windstaan. Hinter sich hört er Keister hüsteln, ein leises Husten oder Räuspern.
»Das ewige Gehüstel?« sagt Druse auf Ettmanns fragenden Blick.
»Machen die Hottentotten alle. Ist so ihre Art.« Er ruft über die
Schulter: »He, hört mit dem dämlichen Rumgehuste auf!« Keister
sagt von hinten: »Jawohl, Mijnheer, pardon, Mijnheer!« und hüstelt. Druse grinst Ettmann an.

Wiedersehen

Cecilie geht zurück ins Hotel. Wegen des Straßenstaubes muß sie den Saum des Kleides mit den Fingerspitzen ein wenig anheben. Alles, was sie anhat, ist neu, vom Hut bis zur Wäsche, am Freitag noch im großen Store von Alfred Berger eingekauft, der die Windhuker Filiale von Tippelskirch beherbergt. Der lange Rock ist blaugrau und reicht gerade bis über die Knöchel. Dazu trägt sie eine weiße Bluse und darüber ein leichtes Jackett von der gleichen Farbe wie der Rock. Sie fühlt sich viel wohler als in den weißen Sachen, die sie in Swakopmund anhatte, die wären ihr hier in Windhuk zu auffällig. Die wenigen Frauen, die sie hier bisher gesehen hat, waren fast alle in einfacher Alltagskleidung, und eine wird wohl ihren Mann im Aufstand verloren haben und trug ein schwarz gefärbtes Kleid. Weiß ist nur der gelackte Strohhut, mit flacher Krone und breiter Krempe gegen die Sonne, geschmückt mit einem grünen Band, das beinahe die Farbe ihrer Augen hat. Auch ihre Schuhe, hübsche anthrazitfarbene Halbstiefelchen, sind neu, aber schon sieht man es nicht mehr, wegen des gräßlichen Kalkstaubes. Alles, Kleid, Hut und Schuhe, ist ein wenig hinterher, nicht gerade »dernier cri«; aber dann ist das hier ja auch nicht Berlin oder Paris. Weiß Gott nicht.

Sie hat noch mehr dort gekauft und ins Hotel schicken lassen, Wäsche, zwei Koffer, Seife, auch ein Täschchen, einen weißen Regen- oder Sonnenschirm, vor allen Dingen aber natürlich photographische Sachen. Im Store gab es zu ihrer Überraschung auch deutsche und französische Modezeitschriften, die neueste Ausgabe gerade mal zwei Monate alt. Sogar die PHOTOGRAPHISCHE RUNDSCHAU lag dort aus, die führende deutsche Photozeitschrift.

So hat sie einen richtigen Großeinkauf getätigt, zur Freude des Inhabers. Sie braucht aber auch viel, und hier in Windhuk wird sie sich eine Bleibe suchen und ihr Atelier einrichten. Eine neue Goerz-Tenax-Kamera im Format 13 x 18 hat sie bekommen und ein Stativ dazu mit einer Adapterschraube für die Minor. Außerdem zwei ganze Schachteln Universal-Momentplatten Extra-

Rapid und Bromsilber-Gelatine-Trockenplatten. Zwei Rollfilme für die Kodak. Papier und Karton. Entwickler, Fixierbad und ein paar Porzellanschalen.

Da vorne staubt es gewaltig. Da kommt ihr eine ganze Pferdeherde entgegen, von ein paar Reitern begleitet! Cecilie weicht an den Rand der Straße aus. Vorneweg reitet ein Soldat auf einem Grauschimmel. Irgend etwas an dem Reiter kommt ihr bekannt vor, und sie sieht noch einmal genauer hin. Hager, aufrecht im Sattel, ganz und gar mit weißgrauem Staub bedeckt. Im Schatten des breitkrempigen Hutes ein verstaubtes Gesicht, dunkle Risse darin die Falten um den Mund und in den Augenwinkeln. Ein Schnauzbart, staubblond wie das bleiche Gras, das da am Zaun wächst.

Aber das ist ja Carl Ettmann! Gott, hat der sich verändert! Sie bleibt stehen, beschattet die Augen mit der einen Hand und winkt mit der anderen.

Fort François

Ettmann stutzt und zügelt sein Pferd. Er erkennt Cecilie kaum wieder. Verlegen nimmt er seinen Hut ab und dreht ihn in den Händen. Der Gaul tänzelt, und er drückt ihm die Knie in die Seiten, damit er ruhig steht. Druse, der ein halbes Dutzend der Pferde am Handzügel führt, macht: »Brr-brrr!« und hält die Tiere an.

»Das ist ja eine Überraschung«, bringt Ettmann endlich heraus, »Fräulein Orenstein! Seit wann sind Sie hier in Windhuk?« Cecilie blinzelt zu ihm hoch, die Sonne scheint ihr ins Gesicht. »Seit drei Tagen! Und Sie?« Ettmann erwidert: »Seit zwei Wochen!« Jetzt wissen sie beide nicht, was sie sagen sollen. Keister, Lambert und Windstaan, mit ihren ewigen Stummelpfeifen im Mund, hocken auf ihren kleinen Gäulen und hüsteln und schauen abwechselnd ihn und die Frau mit ihren Schlitzaugen an. Die Rösser treten und schnauben oder schütteln die Köpfe, daß die Mähnen fliegen. Die Tiere sind durstig und ungeduldig. Hinter ihm sagt Druse: »Nun steigen Sie schon runter vom hohen Roß, Herr Unteroffizier! Ich liefere die Klepper ab und bring das in Ordnung.«

Ettmann sagt: »Danke, Druse!« und sitzt erleichtert ab. Sie sind auf der Höhe von Ernst Heyns Gasthaus, da läßt es sich recht schön im Schatten auf der Veranda sitzen. Er gibt Druse die Zügel, und da fällt ihm ein, daß er ja morgen schon in aller Frühe aus Windhuk weg muß, auf den Außenposten im Khomas-Hochland. Erst will er das Gewehr im Sattelschuh stecken lassen, aber dann hängt er es doch lieber um. Gleich kommt ihm das ganz dumm vor. Steif und verlegen läßt er ihr den Vortritt, die lächerlichen drei Zementstufen auf Heyns Veranda hinauf. Er lehnt das Gewehr an die Wand, rückt ihr einen Stuhl zurecht und wartet, bis sie Platz genommen hat, bevor er sich selbst setzt und den Hut neben sich auf die Bank legt. Cecilie sieht so sauber und adrett aus, in neuen, gestärkten Sachen, den Hut keck auf der Seite, und ihre Lippen lächeln so rot und blühend, als hätte sie Rouge aufgetragen, was aber einer Dame natürlich nie einfallen würde. Ettmann wird bewußt, wie schmutzig und verstaubt er ist. Seine Halsbinde hat die gleiche Farbe wie sein Uniformrock, dabei war sie einmal weiß. Außerdem riecht er nach Pferd und Pferdeschweiß. Er räuspert sich und sagt: »Ich muß mich für mein Äußeres entschuldigen, Fräulein Orenstein, aber ich war –« Cecilie unterbricht ihn: »Ich bitte Sie, lieber Herr Ettmann! Ich weiß wohl, daß Sie im Felde stehen.« Sie sehen sich an und wissen eine lange Minute beide nicht, was sie sagen sollen, aber da kommt die gute Frau Heyn an, rotbackig, in geblümter Schürze, die sie noch hinter dem Rücken zubindet, und sagt: »Gott zum Gruß, die Dame, ich habe die Ehre, der Herr! Womit kann ich den Herrschaften dienen?«

Nur zögernd kommt ihre Unterhaltung in Gang. »Ich habe Ihnen ein Telegramm geschickt«, sagt er langsam, »vorige Woche erst, an Frau Fuchs in Swakopmund. Das haben Sie bestimmt nicht mehr erhalten?« Cecilie schüttelt den Kopf. »Nein«, sagt sie, »schade! Aber Lucy Fuchs wird es mir bestimmt hierher nachsenden.« Sie lächelt. »Ich bin doch schon vor zehn Wochen dort weg, nur ein paar Tage nach Ihnen.« Sie erzählt ihm nach und nach die ganze Geschichte, wie sie mit Lutter, der Ochsenkarre, Johannes und Abraham erst zu den Hereros in der Nähe von Otjimbingwe gekommen ist und danach in die kleine Missionsstation von Pastor Schwarz.

Nach einem sehr schlichten Abendmahl wandern sie auf die kahlen Hügel hinauf, zu den alten Schanzen Jonker Afrikaaners. Zu ihren Füßen liegen das Vermessungsamt mit seinem verwinkelten Grundriß an der Storestraße und ein wenig weiter weg der Bahnhof. Rot glüht der Himmel, durchstreift von mauvefarbenen Wolkenbändern. Ein letzter gelber Lichtschimmer verdunstet über den schwarzen Höhenzügen. Sie stehen schweigend und schauen über das abendliche Land, die blinzelnden Lichter von Windhuk im Talgrund. Grillen zirpen, und die Luft ist wohltuend kühl. Im Westen ist der Himmel noch violett, aber die Dunkelheit sinkt rasch herab. Da steigt im Süden, scheinbar gleich hinter der Feste, plötzlich ein glühender Punkt in die Höhe, senkrecht in den Himmel hinauf, und zieht einen ganzen Schweif goldener Funken hinter sich her. Jählings explodiert der Punkt zu einem grellen weißen Stern. Unterhalb dieses gleißenden Lichtes zittern schwarze Schlagschatten in alle Richtungen, von jeder Kuppe, von jedem Baum, von jedem Haus weg. Der Stern wird gelblich, dann rötlich, und er wird auch kleiner und sinkt taumelnd wieder abwärts, und das Licht wird schwächer und verglimmt als rotes Fünkchen, bevor es den Boden erreicht. Dort steigt ein zweiter Funke empor. »Was ist denn das? Sind das Raketen?« flüstert Cecilie. Ettmann fällt ein, was er vor dem Ritt nach Regenstein in der Kaserne gehört hat. »Glühkugeln«, sagt er, »oder Leuchtkugeln. Die Offiziere probieren eine Pistole aus, mit der man nachts Signale abschießen kann!« Cecilie fragt verwundert: »Das sind Signale?« Ettmann nickt. »Ja«, sagt er langsam, »Signalraketen. Natürlich muß man sich zuvor darauf verständigen, was sie bedeuten sollen. Das ist eine praktische Sache.« Der Stern blüht zu einem blendenden Lichtchrysanthemum auf und welkt schon wieder, fällt herab und erlischt, und der Abendhimmel wird dunkel wie schwarzer Samt. Cecilie sagt leise: »Es sieht schön aus! Ich wollte, sie würden noch so eine Glühkugel hinaufschießen.« Als hätte man sie dort gehört, steigt ein dritter Funke in den Himmel empor, tropft helle Glutpünktchen und strahlt aufblühend sein helles Licht über das Land.

Es wird recht kühl, und Cecilie fröstelt auf dem Weg hinunter. Sie hätte sich ihre Stola mitnehmen sollen, aber nachmittags war es so warm gewesen, daß sie gar nicht auf den Gedanken gekommen ist. Ettmann begleitet sie bis ans Hotel. Unter der großen Laterne über dem Eingang bleiben sie stehen und sehen sich an. Beinahe ohne etwas zu sagen, sind sie sich dort oben nahegekommen. Auf dem Wege hat ihn jähe Sehnsucht übermannt, und er hat für einen Moment mit dem Gedanken gespielt, sie einzuladen, mit ihm zu kommen, brachte es aber nicht über die Lippen. Es wäre eine Ungehörigkeit, bei ihrer doch recht flüchtigen Bekanntschaft. Zudem wird sie im Hotel in einem richtigen Federbett schlafen, und sein Lager im Beamtenhaus besteht nur aus einem Strohsack und alten Decken. Er würde nicht wagen, ihr das zuzumuten. Statt dessen fragt er sie nach ihren Plänen, und Cecilie antwortet: »Ich denke, ich werde mir ein Häuschen mieten! Ich habe gehört, daß in der Stadt mehrere zu haben sind. Dann werde ich einfach meiner Arbeit weiter nachgehen. Ich habe so viele schöne Aufnahmen schon auf dem Wege nach Windhuk gemacht, und es würde mich freuen, wenn Sie Gelegenheit fänden, sie sich einmal anzusehen.« Ettmann sagt: »Das könnte frühestens in vier Wochen sein. Sie wissen ja, morgen früh muß ich fort.« Cecilie nickt. »Ja, ich weiß«, sagt sie und reicht ihm die Hand. »Kommen Sie nur heil und gesund zurück!« Sie hebt sich ein wenig auf die Fußspitzen, es kommt ihm so vor, als wolle sie ihm zum Abschied einen Kuß geben, doch das hat er sich wohl nur eingebildet. »Auf Wiedersehen!« sagt sie und ruckt an der Klingelschnur. Ettmann hört es schrillen. Da dreht sie sich auf einmal um und küßt ihn auf den Mund. Die Tür öffnet sich, sie winkt ihm zu und geht hinein.

29. März (Dienstag):

Draußen geht die Sonne auf, aber in der nach Westen gelegenen Wachstube ist es noch dunkel, und auf dem Tisch brennen zwei Petroleumlampen. Unteroffizier Carl Ettmann beugt sich über die Karte, um genauer zu sehen. Der Oberleutnant zeigt mit der Bleistiftspitze auf einen Punkt westlich von Windhuk, mitten im Khomas-Hochland. »Heusis« steht da, winzig klein gedruckt. »Posten François liegt hier«, sagt der Oberleutnant und blickt Ettmann aus wasserblauen Augen an, »am alten Hauptweg nach Otjimbingwe, guter Tagesritt nach Westen. Hauptsächlich ist das ein Viehposten, aber momentan sind keine Tiere dort. Es gibt da aber ein kleines Fort, das haben wir Ende Februar mit einem Unteroffizier und sechs Mann besetzt.« Er klappt ein silbernes Zigarettenetui auf und nimmt sich eine Zigarette heraus, dann hält er Ettmann das Etui hin: »Nehmen Sie!« Ettmann bedient sich. »Danke, Herr Oberleutnant!« Der Offizier steckt sich seine Zigarette hinters Ohr, und Ettmann tut es ihm nach.

»Sie lösen die Besatzung ab! Aufgabe: Bewachung der Wasserstelle und Sicherung der Wegverbindung Windhuk– Otjimbingwe. Ansonsten: beobachten! Wenn wer lang kommt: ausfragen! Feindbewegung mit Kurier hierher melden. Nicht auszuschließen, daß Kaffernbanden da herumstreunen, also seien Sie wachsam!« Er gähnt, hält sich die Hand vor den Mund und sagt: »Pardongfallera! In vier Wochen werden Sie abgelöst, also am 29. April. Noch was: Sie kriegen ein paar Hottentotten mit! Sie wissen ja, daß es an Leuten fehlt, aber da draußen kommt es drauf an, auch Spuren zu erkennen und so was. Das können die ja. Die Brüder sind zwar stinkfaul, aber im allgemeinen zuverlässig. Trotzdem: Den Kerlen ist nicht zu trauen. Behalten Sie sie im Auge! Fragen?«

Ettmann, den Kopf voller Fragen, schüttelt den Kopf. »Nein, Herr Oberleutnant.«

Der Oberleutnant sagt, ohne Ettmann anzusehen: »Sie sind doch noch recht neu im Land, Unteroffizier. Sie haben zwei erfahrene Leute dabei, den Gefreiten Zähringer und den alten Gottlieb Druse. Zuverlässige Leute. Zögern Sie nicht, auf ihren Rat zu hören, die kennen sich aus.«

Unteroffizier Ettmann führt seine Sieben-Mann-Abteilung aus Windhuk hinaus. Sie besteht aus den Witboois Keister, Lambert und Windstaan, die vorneweg reiten, aus dem Gefreiten Zähringer, dem Reiter Schellenberg, dem Landwehrmann Druse und dem Seesoldaten Seelig. Alle haben sie heute morgen die neuen 98er Gewehre erhalten. Alle außer den Witboois natürlich, die alte 88er im Sattelschuh haben. Die 98er Munition ist nicht mehr im Blechpaket, sondern auf Ladestreifen aufgezogen. Die Kupfermantelgeschosse sind auch nicht rund vorne wie die der 88er, sondern beinahe nadelspitz, und der Abschuß soll vollkommen rauchlos sein.

Von der Feste den Weg hinunter trabt der kleine Trupp, über die Kaiserstraße und weiter nach Westen, durch das sandtrockene staubende Gammansrivier und vorbei an den niedrigen Bauten des Bakteriologischen Institutes und allmählich hinauf und hinein in die mit fahlgelbem Gras bewachsenen braunen Hügel.

Ettmann reitet den Grauschimmel, den er selbst vom Posten Regenstein geholt hat. Inzwischen nennt er ihn »Apian«. Schellenberg hat die Sanitätstasche und führt zwei Reservepferde. Angehängt trotten drei schwerbepackte Maultiere. Die Tiere tragen Proviant, Hafer, Munition und verschiedene Ausrüstungsgegenstände.

Den Landwehrmann Gottlieb Druse kennt Ettmann schon vom Ritt nach Regenstein. Der Gefreite Richard Zähringer, mit blondem Schnauzbart in einem zerknitterten Gesicht, ist siebenundzwanzig Jahre alt, aber auch ein alter Schutztruppenhase, sechs Jahre im Lande und mit allen Wassern gewaschen. Er war bei Frankes 2. Kompanie, Ettmann und er sind sich dort jedoch nicht begegnet.

Albert Seelig, der Seesoldat, ein junger Kerl von gerade zwanzig Jahren, ist ein Versprengter vom Marine-Expeditionskorps. In Windhuk hat er neues Khakizeug bekommen, aber den hohen Tropenhelm der Marine mit dem Adler & Anker-Emblem trägt er nach wie vor. Er und Druse reiten hinter den Packtieren und machen den Schluß.

Reiter Max Schellenberg, aktiver Schutztruppler, dreiundzwanzig Jahre alt, erholt sich von einem Unterarmschuß, der inzwischen fast verheilt ist. »Den Schuß hab ich gleich am ersten Tag des Aufstandes abbekommen, vor Okahandja, als wir versuchten, Munition und Verstärkung in den Ort zu bringen. Haben böse eins drauf gekriegt. Sieben Tote! Unser Leutnant Boysen ist da gefallen.« Ettmann nickt; davon hat er gehört. Er führt, nach der Karte und gelegentlich einem Blick auf den Kompaß; im Grunde bräuchte er aber nur hinter den Namas herzureiten, die die Gegend ja gut kennen. Hier, im südlichen Teil des Khomas-Hochlandes, berühren sich Hereroland und Namaland.

An der Wasserstelle Augeigas wollen sie die Pferde tränken. Die Wasserstelle ist ein Rinnsal, das sich durch Gras und Steine schlängelt, und ein kleiner Teich, eher eine Pfütze. Nur hier ist das Gras grün, sonst ist es überall schon zu hellem Gold vertrocknet. Eine Herde Paviane verzieht sich schimpfend, nach viel Zähneblecken und Gebell. »Hundsaffen« nennt sie Zähringer. Als Seelig einen Stein aufhebt und den Affen hinterherwerfen will, sagt Zähringer: »Tun Sie das nicht! Die Affen machen es Ihnen nach und werfen viel besser als Sie!«

Sie sind kaum eine Viertelstunde geritten, da ruft Druse, der am Schluß reitet: »Ho! Halt!« Eines der Maultiere hat eine Brotkiste verloren, das Trageschirr ist auf die Seite gerutscht. Ettmann reitet an die beiden anderen Tragtiere heran und stellt fest, daß auch hier die Geschirre nicht mehr fest sitzen. Eigentlich sind sie noch nicht so lange unterwegs, daß die Tiere ihr Futter verdaut haben und die Gurte nachgezogen werden müßten. Ettmann sagt ärgerlich: »Packt die Kiste da wieder auf und schnallt sie anständig fest!« Er will noch bei Tageslicht ankommen, denn die Vorstellung, in der Dunkelheit hier draußen herumzureiten, macht ihm Sorgen. Er schwingt sich aus dem Sattel und brummt: »Sehen besser bei den anderen auch nach!« Während er den Sattelgurt seines Grauschimmels prüft, der aber fest sitzt, rücken Druse und Schellenberg das Tragsattelgeschirr wieder gerade, Seelig packt mit Zähringer die Kiste auf. Das Maultier steht brav und geduldig. Druse zieht ihm den Sattelgurt ein wenig an, macht ihn aber nur locker zu und sagt zu Zähringer: »Kiste festhalten!« Dann beschäftigt er sich mit den Schlaufen, an denen die Kiste eingehakt ist. Das Tier stellt die Ohren auf und schielt nach hinten. Es beobachtet genau, was Druse macht. Der wendet sich ab, als wäre alles erledigt, pfeift ein paar Takte, nimmt sich mit der linken Hand die Mütze ab und fährt plötzlich mit der rechten Hand wie der Blitz unter die Sattelklappe, zieht den Gurt mit einem gemeinen Ruck drei Löcher an und schnallt ihn fest. Das Maultier haut wütend mit beiden Hinterbeinen aus, aber darauf ist Druse gefaßt und springt behende zur Seite. »Ha!« sagt er, und: »Nicht mit dem alten Druse!« und zu Ettmann: »Die verflixten Biester blasen sich nämlich beim Satteln auf wie Ochsenfrösche, und nachher lassen sie schön langsam die Luft wieder raus!« Die sonst so stoischen Maultiere schauen sich mit tückischem Blick nach dem Verräter um, alle drei zur gleichen Zeit. Das Tier, das die Kiste verloren hat, legt die Ohren zurück, stülpt die Oberlippe nach oben, entblößt die langen, gelben Zähne und läßt einen schauerlich unanständigen Ton aus seiner Kehle rollen. »Pfui Deibel, du Mistvieh!« schimpft Druse. Die Pferde schauen zu und machen kluge Gesichter.

In Windungen führt die Pad nach Westen, kurvt um Hügelflanken, senkt sich in Täler und erklimmt die Kuppen. Hinauf auf die nächste Höhe, vor Ettmann breitet sich ein neues Panorama aus, dasselbe Hügelmeer bis zum fernen Horizont, gebleichtes Gras unter blauem Himmel, da und dort zeigt sich schwarzes und rostbraunes Geklippe an Hängen und in den Tälern. Hier hat es schon lange nicht mehr geregnet, die heiße Luft riecht nach Staub und Heu und trocknet die Atemwege aus.

Immer nach Westen führt der Weg, über Gamuis und, kurz bevor man das Fort erreicht, durch Heusis. Zu sehen ist dort aber nichts, außer ein paar längst verlassenen Pontoks und in der Senke beim Rivier ein halbverfallenes Lehmziegelhaus. Am Weg liegt das Wrack einer alten Militärkarre ohne Räder, verworfenes, ausgedörrtes Holz, silbriggrau ausgebleicht, rostzerfressene, schwarzbraune Eisenbeschläge. Es muß schon seit den Tagen des alten François da liegen. Von der Plane sind ein paar mürbe Fasern geblieben, die sich an den windschiefen Spriegeln verfangen haben.

Es geht auf fünf Uhr zu, es kann jetzt nicht mehr sehr weit sein. Eine gute Stunde noch, dann wird es dunkel. Ettmann wechselt ein paar Worte mit Zähringer. Der Gefreite ist trotz seines Namens ein Bayer aus Landsberg am Lech; von der Burg der badischen Markgrafen weiß er nichts. »Aus Versehen« ist er nach Südwest gekommen, Anno 1898. Hat sich freiwillig gemeldet, um dem eintönigen Festungsdienst in Ingolstadt zu entkommen. Pionier, 4. Bataillon, Jahrgang 77. Schiffbrücken über die Donau und so.

Schweigsam hängen die Witboois auf ihren Pferden. Zähringer ist froh, daß die dabei sind: »Die meisten trauen denen ja nicht und halten auch nicht viel von. Aber glauben Sie mir, Herr Unteroffizier, den Kerlen entgeht nichts! Die sehen und hören alles, lange bevor wir es merken. Solange wir die auf unserer Seite haben, überrumpelt uns so schnell kein Herero.«

Der Weg, die alten Wagengleise und Hufspuren im ockergelben Staub, steigt zur x-ten Kuppe hin an. Die Pferde trotten langsam hinauf. Und plötzlich, auf dem nächsten grasgelben Hügel, liegt das Fort vor ihnen, ein kleines, schwarzes Rechteck gegen die tiefstehende Sonne. Noch brennt sie heiß ins Gesicht. Im Schritt staksen die müden Pferde hinab zur nächsten Senke und dann den sanft ansteigenden Weg hinauf, der im Bogen um den Südhang des Hügels kurvt, auf dem die Feste liegt. Jenseits des Forts senkt sich der Weg zum Heusis-Rivier hinab, quert dasselbe und steigt sogleich wieder steil nach Westen zu an, bevor er sich in den Hügeln verliert.

Vom Fort kommt ein Anruf: »Hee-da! Wer kommt da-aa?«, eine dünne Stimme in der heißen Luft. Ettmann krächzt eine Antwort, die man da oben bestimmt nicht hören kann, seine Kehle ist zu trocken. Er schwenkt statt dessen seinen Hut.

Unterhalb des Forts zeigt ein Brett den Hügel hinauf, an einen Pfosten genagelt. »Curt-von-François-Veste« steht in Brandmalerei darauf und kleiner: »Erb. 1890«. Darunter ist mit Kreide gekritzelt: »Trutzschuppen der Schutztruppen«.

Tarnnamen, denkt Ettmann, für den Arsch der Welt. Zwei Männer kommen den Hang herabgestolpert, nur in Hemd und Hose, Gewehr in der Hand. Feldwebel Kanther, mit mächtig langem Vollbart, begrüßt ihn mit: »Was wollt ihr denn mit den Hottentotten? Na, Hauptsache, ihr seid endlich da!« und Handschlag und gleich die Frage: »Was gibt's Neues?«

»Nicht viel Gutes, fürchte ich«, erwidert Ettmann beim Absteigen. »Schlechte Nachrichten von der Ostabteilung. Soll vor zwei Wochen im Busch bei Ovikokorero schwere Verluste erlitten haben, sechsundzwanzig Mann sollen gefallen sein.« Ettmann nickt zu Seelig hin: »Der Junge da war dabei.« Er gibt die Zügel dem stoppelbärtigen Begleiter des Feldwebels. Auch die anderen sitzen jetzt ab. »Am besten hier abladen«, sagt Kanther, »und dann bringt ihr die Tiere da hinunter zum Kraal. Martin, geh mit und zeig ihnen, wo der Kraal ist.« Er wirft noch einen scheelen Blick auf die Witbois, dann sagt er zu Ettmann: »Kommen Sie, Herr Kollege!« und stapft ohne weiteres den Hang hinauf zu der kleinen Befestigung. »Sechsundzwanzig Tote«, sagt er und pfeift

400

durch die Zähne, »mein lieber Schwan!« Ettmann sagt: »Es soll auch Typhus ausgebrochen sein. Steht schon in der Zeitung, wir haben eine dabei. Was noch nicht drin steht: Abteilung Estorff soll am Omatakoberg in einen Hinterhalt geraten sein, auch etwa zwei Wochen her. Dabei sollen zwei Mann von der 2. Kompanie gefallen sein.«

Kanther bleibt stehen und schüttelt den Kopf, dann fragt er: »Und der böse Feind? Wo stecken die Kaffern? Weiß man da was?«

Ettmann zuckt die Achseln. »Nichts Genaues. Die Hauptmacht der Hereros wird aber im Nordosten vermutet, Richtung Waterberg, auch am unteren Omurambo und am oberen Swakop.«

Mehr will der Feldwebel von der Lage nicht wissen: »Na Hauptsache, ihr habt was zu fressen dabei. Wir pfeifen hier auf dem letzten Loch, was Viktualien betrifft.« Er kneift ein Auge zu und sagt: »Bier?« Ettmann schüttelt den Kopf. Er will verdammt sein, wenn er sich das bißchen Bier, das sie mithaben, von Kanther und seinen Leuten wegsaufen läßt. Er hat in Windhuk gehört, daß das Kommando gern Säufer in das Fort kommandierte, damit sie hier »austrocknen«. Von seinen Leuten kommt ihm keiner so vor, als wäre er ein Alkoholiker. Wie Abstinenzler sehen sie aber auch nicht aus, den schmächtigen Marineinfanteristen vielleicht ausgenommen. Druse und Zähringer haben das Bier besorgt, mit seinem Wissen und einem Zwanzig-Mark-Beitrag von ihm. Mehr als dreißig Flaschen hat er nicht erlaubt. Es ist ja auch ziemlich teuer.

30. März (Mittwoch):

Die abgelöste Besatzung, bärtig und abgerissen, schlägt sich ordentlich den Bauch voll und reitet um halb sieben Uhr früh ab. Ihren Bambusen, den »Hausdiener« Abraham, hat sie der neuen Besatzung übergeben. Das ist ein Namakerlchen, vielleicht zwölf oder dreizehn Jahre alt, das vor Ettmann grinsend salutiert und ihm mit »Ja-woll Herr Untozier Baas!« antwortet.

»Na, was kannst du denn alles?« fragt Zähringer, und Abraham antwortet wie aus der Pistole geschossen: »Hol Wassa, hol Holz, mach Feua, mach Koffie, mach sauba, halt's Maul, wasch Zeug, bring her, hau ab!« Ettmann muß lachen, die anderen grinsen, nur die Witbois machen gleichgültige Gesichter.

Ettmann ist jetzt Kommandant der winzigen Festung, anstatt in Windhuk Landkarten zu zeichnen oder mit Cecilie das Land zu bereisen. Er kann dazu nur den Kopf schütteln. Was ist das für ein verrücktes Leben? Es ist wie in einem Karl-May-Roman! Wie kann das alles wahr sein? Wo ist das geregelte Leben in geordneten Bahnen hin, voraussehbar und langweilig bis hinein ins kühle Grab? Der Glaube an so ein Leben kommt ihm immer absurder vor. So läßt er sich treiben und versucht, trotzdem mit beiden Beinen fest auf dem Boden zu bleiben, denn die Verantwortung für die unterstellten Männer spürt er wie ein Gewicht auf den Schultern.

Feldwebel Kanther hat ihn gründlich unterrichtet, über die Umgebung, die Wasserstelle und daß sich die viereinhalb Wochen, die er hier auf Posten war, nicht das allergeringste ereignet hat. »Aber auch rein überhaupt nichts, Herr Kollege! Na, auf uns wartet jetzt das brausende Leben der Metropole Windhuk, hahaha!«

Mit Zähringer geht Ettmann zur Wasserstelle hinunter, rekognoszieren. Vögel fliegen zeternd auf, als sie über knirschenden Kies und durch raschelndes Gras ans Rivier kommen. Hier im flachen Einschnitt, unter einer mannshohen Klippe, zwischen Felsbrocken und braunschwarzen Steintafeln, schimmert klares, aufgestautes Wasser. Ein langgestreckter, tiefer und dunkelgrüner Tümpel, groß genug, um darin zu baden. Ringsum hat man längst fast alle Bäume abgehackt und als Brennholz verheizt, aber Klippen, Buschwerk und niedrige Akazien bieten nach wie vor Deckung genug für viele Angreifer. Der Dornbusch taugt nichts für Feuer, weil er nicht brennt, sondern nur glimmt und qualmt. Außerdem ist das Holz so hart, daß es die Äxte ruiniert.

Wieder oben angekommen, schickt er Lambert und Windstaan mit Abraham zum Kraal hinunter, die zurückgebliebenen Pferde tränken. Mit Zähringers Hilfe stellt er danach einen einfachen Dienstplan auf und regelt Wachdienst, Pferdepflege, Wasser, und Holzholen, Kochen, Gewehr- und Zeugpflege und dazu einen täglichen Patrouillenritt entlang der Pad, mal westwärts, Richtung Tsaobis, mal ostwärts, Richtung Windhuk. Für alle Besatzungen Pflicht ist das Freihalten der Hänge um die Feste und der Wasserstelle von Bewuchs. Zwei Äxte und eine Säge haben sie deshalb mitbekommen, außerdem eine Schaufel, einen Spaten, eine Spitzhacke.

31. März (Donnerstag):

Kurz nach Sonnenaufgang. Wohltuend ist die morgendliche Kühle, und köstlich zu atmen. Ettmann sitzt auf einem Klippstein an der Pad und zeichnet an einer Ansicht des Forts, wie es da vor ihm auf dem Hügel thront, die Ostmauer von der Morgensonne beschienen.

Die Curt-von-François-Feste sitzt wie ein Hütchen auf dem Hügel, ein geduckter Bau aus rohen, waagerecht liegenden Flachsteinen aufgeschichtet, ein Rechteck fünfzehn mal fünf Meter messend und mit Wellblech gedeckt. Keine Mauer drumherum, keine Palisaden. Nur dieses steinerne Blockhaus, wirklich lächerlich klein. Ein Trampelpfad führt den steilen Hang hinauf, da und dort helfen ein paar Stufen aus Steinplatten. Von den Außenmauern fällt der Hügel nach allen Seiten im ungefähren 35°-Winkel ab, aber an der Ostseite des Gebäudes schließt sich erst eine kleine Plattform an, die sogenannte Terrasse, auf welcher der Fahnenmast steht. Die Fahne hängt bewegungslos, von der Sonne grauweißrosa gebleicht. Eine Zeltbahn, vom Dach zu zwei Pfosten gespannt, spendet zwei Quadratmeter Schatten. Dort oben auf dieser flachen Terrasse wäre ein guter Platz, um einen Lichtsignalapparat aufzustellen oder ein kleines Geschütz. Beides wäre beruhigend; beides fehlt.

Betritt man die Fortifikation, sieht man sich einer aus flachen Steintafeln roh aufgeschichteten Zwischenwand gegenüber, mit einer Schießscharte in Augenhöhe darin. Linkerhand führen Steinstufen aufs Dach, das mit Wellblechplatten gedeckt und mit Flachsteinen beschwert ist, nur oberhalb der Treppe liegen ein paar Bretter, die sicheren Stand bieten sollen. Insgesamt ist das Fort in vier Räume unterteilt. Drinnen ist's düster und kühl, letzteres aber nur im Vergleich zu draußen. Durch die kleinen Schießscharten kann die Sonne nicht herein; die beiden Fenster nach Norden sind mit Decken verhängt. Im mittleren Raum stehen ein wackliger Tisch mit einer Petroleumlampe darauf und ein Stuhl. Zwei hölzerne Wasserfässer, auf die irgendein Witzbold »Rotwein« und »Weißwein« geschrieben hat. Strohsäcke und Decken liegen herum, ein Tornister, ein paar Kisten, Büchsen, leere Schachteln, Flaschen und ein zerfleddertes Buch.

Aus Fenstern und Scharten und besonders vom Dach hat man einen weiten Blick über das umliegende, wüste Land. Hügel hinter Hügel, bedeckt mit bleichgoldenem Gras und mit graugrünen Dornbüschen gesprenkelt. Flirrend heiße Luft. Im Norden kurvt das Rivier ums Fort, mit niedrigen Bäumen und Dornbusch bestanden, die Ufer teils felsig. In zahllosen Regenzeiten hat sich das Wasser hier einen Weg durch die Klippen und Hügel gefressen. Jetzt liegt der Fluß natürlich trocken, hell schimmert der Sand herauf. Das Rivier ist ein »Zufluß« des Kuiseb, der nach einigem Hin und Her bei der Walfisch-Bai in den Atlantik »fließt«.

Das Flußbett ist voll Sand, darin glitzert es wie Gold und Silber, aber es sind nur Glimmer und wertloses Katzengold. Mächtige Granitblöcke liegen herum, große, meist flache Stücke; runde Steinbrocken säumen die Ufer, und in schiefen Zeilen brechen da und dort schwarzbraune Klippen aus dem Gras wie riesige, aufgeborstene Schiefertafeln. Aus letzteren sind augenscheinlich die tafelartigen, flachen Steine gebrochen, aus denen der alte François das Fort hat bauen lassen und auch den Kraal auf der waagerechten, mit Gras bewachsenen und steinigen Fläche zwischen dem Fuß des Hügels und dem trockenen Flußbett.

Der Kraal, vom Fort überragt und aus Steinen schulterhoch aufgeschichtet, ist eine Einfriedung für Pferde und Ochsen und dient auch als Schutzmauer. Von hier kann auch die Wasserstelle aus guter Deckung verteidigt werden.

Ettmann rückt sich den Stuhl auf der Terrasse zurecht und zeichnet den Blick nach Norden, über Kraal und Rivier hin.

1. April (Karfreitag):

An der Wasserstelle flattert eine erschreckte Kapstelze auf. Das Wasser im Tümpel ist kühl und erfrischend nach der recht kalten Nacht. Der Morgen ist strahlend schön und wolkenlos. In den Büschen zwitschern und lärmen kleine, braunweiße Vögel. Zähringer und Willem Windstaan satteln zwei Pferde für den morgendlichen Patrouillenritt, und Druse weiht Seelig in die Geheimnisse der Pferdepflege ein. Oben beim Fort weht dünner Rauch im sanften Wind, Abraham röstet Kaffeebohnen auf der Terrasse. Ettmann sieht winzige Hufspuren im Sand zwischen den Steinen, kaum größer als ein Daumenabdruck, und schätzt, daß es Antilopen waren, eine ganz kleine Art. Er zeigt sie Melchior, und der sagt: »Dik-Dik!« Dabei hält er die Hand über den Boden, wenig höher, als ein Pudel ist, und sagt: »So klein!«

Später sagt ihm Druse: »Deuker-Antilopen! Ganz kleine Dinger, kaum einen halben Meter hoch. Schmecken gut!«

In der dünnen, heißen Luft trocknen die Nasenschleimhäute so aus, daß sie rissig werden. Wenn er mit dem Finger in der Nase bohrt, um sie mit Speichel etwas anzufeuchten, ist meistens ein wenig Blut daran.

2. April (Samstag):

Ettmann umreitet mit Keister und Seelig das Fort, erst den südlichen Bogen und dann das Rivier entlang. Kaspar Keister hat die Augen am Boden und schaut nach Spuren. Es sind aber keine zu sehen, die nicht schon alt wären oder von den Stiefeln ihrer Vorgänger herrührten. Albert Seelig ist schweigsam und melancholisch. Mit viel Geduld gelingt es Ettmann, ein paar Worte aus dem jungen Menschen herauszulocken. So erfährt er von dem Marsch der Seesoldaten durch den Dornbusch und wie sie immer kränker geworden sind, von den ersten Toten bei der Schwarzen Klippe und von dem Debakel bei Ovikokorero, und endlich von dem Hinterhalt, in dem Runkel gefallen ist. Außerdem macht Seelig sich Vorwürfe, daß er weggeritten ist, und sein bester Kamerad ist noch dort draußen, da soll jetzt der Typhus grassieren. Vielleicht hat der Junge dazu auch Liebeskummer, denkt Ettmann, das kommt schon vor, sechstausend Seemeilen von der Heimat, auf Monate weg von zu Hause. Er wird Angst haben, daß sich das Mädel einen anderen nimmt, und meistens kommt es wohl auch so. Den ganzen Ritt lang sucht er nach ein paar aufmunternden Worten, aber es will ihm nichts in den Sinn, das nicht letztendlich banal und leer klänge. Vielleicht scheint ihm das auch nur so, vielleicht ist das eine Folge von Elisabeths Tod? Er brummt: »Nun, das wird schon wieder werden« und räuspert sich. »Passen Sie mir bloß gut auf«, ermahnt er Seelig, »Umgebung immer scharf im Auge halten! Wollen doch lebendig wieder nach Hause kommen, was.« Warum fehlen mir immer die rechten Worte, denkt er ärgerlich, aber der Seesoldat nickt dankbar und sagt: »Jawohl, Herr Unteroffizier!«

Polychromoskopie

Der Sonnenuntergang ist ein herrliches Schauspiel. Cecilie sitzt am Hang unterhalb der Sperlingsluster Station im dürren Gras auf einem Stein, die Beine angezogen, die Ernemann-Minor-Kamera vor sich auf dem neuen leichten Stativ, der Objektivdeckel baumelt vorn an seiner Schnur herunter. Die Luft ist warm und trocken und riecht nach Staub und Heu, und von Klein-Windhuk her und von der Kaufmannsstadt herauf tönen die Kirchenglocken und rufen zur abendlichen Andacht, denn heute ist Ostersonntag.

Zu ihren Füßen liegt die Feste, und dahinter blinken die ersten abendlichen Lichter entlang der Storestraße, die nun schon im Schatten liegt. Im Westen ist die Sonne gerade hinter den Höhen des Khomas-Hochlandes versunken, in gelber Glut glimmen die unteren Ränder einer düsteren Wolkenbank vor dem rotflammenden Himmel. Schon verblaßt das feurige Bild zu violett, durchzogen von pastellnen, neapelgelben Schleiern. Das hätte Konrad gefallen, ihrem Maler. Ihm wäre es vielleicht gelungen, dieses Farbenspiel auf der Leinwand abzubilden, nach seiner Art, in seiner Technik, in wilden Wischern, eine dramatische Konfrontation roter Glut mit schwarzviolettem Gewölk, ein verzweifelter Griff nach dem perfekten Moment zwischen der Explosion und dem Verglühen der Farbenpracht. Lodernde Leidenschaft, das lebendige Herzblut gegen verholzte, nein, versteinerte, gleichsam erfrorene Kunst vergangener Geschlechter! Der Satz ist von ihm, von wem sonst, und sie hat ihn noch im Ohr.

Wenn man nur Farben auf die photographische Platte bannen könnte! Versuche in der Richtung gibt es schon lange, und die PHOTOGRAPHISCHE RUNDSCHAU hatte mehrfach darüber berichtet. 1892 hat ein Frederick Ives aus Philadelphia einen tragbaren Apparat konstruiert, das »Chromoskop«, welches drei stereoskopische Transparenzbilder zugleich aufnahm, die durch Filter in der jeweiligen Primärfarbe – rot, grün und blau – belichtet wurden. Sie hatte solche Bilder in London gesehen. Es waren dreidimensional wirkende Aufnahmen in leuchtenden und wirklichkeitsähnlichen Farben. Ein Jahr später war es John Joly in Dublin als erstem gelungen, ein einzelnes Farbbild herzustellen, das sich ohne besondere Apparate betrachten ließ. Bei ihm wurde die Platte durch eine Scheibe belichtet, die mit mikroskopischen kleinen roten, grünen und blauen Quadraten gerastert war. Doch richtig praktikabel ist das alles nicht und erfordert entweder aufwendige Spezialapparate oder komplizierte Entwicklungstechniken oder beides. Darum achtet sie jetzt weniger auf das Spiel der Farben, sondern mehr auf das Chiaroscuro, die Hell-Dunkel-Wirkung; auf Kontrast, Form und Bewegung, auf die Stellung der dunklen, verwischten Wolkenbänder zu den scharf gezeichneten, tuscheschwarzen Wellenkämmen des Hügellandes. Hier im weiten Südwest ist der Himmel ein wichtiges, ein entscheidendes Element der Landschaftsaufnahme, um eben diese Weite, die Freiheit, den ungehinderten Blick darzustellen.

Noch einmal drängt sich Konrad durch diese Gedanken nach vorn. Der Vorfall im Berliner »Kaffee Klose« fällt ihr ein. Gar nicht so lange her, es wird im vergangenen Dezember gewesen sein, es schneite an jenem Tag. Das Klose, Leipziger-, Ecke Mauerstraße, gegenüber vom Reichspostamt, schrieb sich eisern »Kaffee« statt »Café«. Konrad hatte sich über den Kaiser erregt, der sich schon wieder gegen die »modernistischen Tendenzen in der Sezessionsmalerei« gewandt hatte. Das Kultusministerium hatte deshalb den Ankauf eines Bildes von Walter Leistikow, einem der bedeutendsten Vertreter der Berliner Sezession, für die Nationalgalerie abgelehnt, obwohl es von der Landeskunstkommission einstimmig vorgeschlagen worden war. Das Bild an sich war harmlos genug und trug den Titel »Schneelandschaft aus dem Riesengebirge«.

»Speichellecker!« hatte Konrad geschrien, »Was versteht der Kaiser schon von Kunst! Wir quatschen ihm ja auch nicht in seine Scheißflotte hinein!« Konrad war außer sich und hatte den Tisch umgetreten, mit allem Drum und Dran, und wurde prompt des Lokals verwiesen! Schrecklich peinlich und im nachhinein auch schrecklich komisch. Dabei hatte er noch Glück, daß er nicht wegen Majestätsbeleidigung von der Polizei abgeführt wurde!

Danach trafen sie sich im Café Josty am Potsdamer Platz, das sowieso schöner und mondäner war. Aber Konrad neigte zu solchen Jähzornsausbrüchen und skandalösen öffentlichen Auftritten, und obendrein mußte sie ihm noch jedesmal Geld zustecken, damit er bezahlen konnte, wie es sich für einen Herrn in Damenbegleitung ziemt. Schließlich war sie froh, als sie nach England fuhr und die Geschichte damit zum Einschlafen verurteilt war. Sie hatte ihm seither nicht geschrieben und auch keinen Brief mehr von ihm erhalten. Er weiß wohl auch gar nicht, wo sie steckt. Schade ist es schon. Cecilie seufzt.

Am nächsten Morgen kommt Lutter vorbei, um ihr zu sagen, daß er eine Antwort von Oberst Leutwein erhalten habe. Er zeigt ihr den kurzen Brief. Natürlich ist Zacharias' Bitte um Frieden gegenstandslos geworden, seit der Stamm nach den Onjatibergen ausgebrochen ist und sich mit den übrigen aufständischen Stämmen vereinigt hat.

»Der alte Esel!« schreibt Leutwein. »Wär' er bloß daheim geblieben.«

Heimweh

4. April (Ostermontag):
In der »Franzensfeste«, wie Zähringer das Fort v. François nennt, gibt es einen großen Vorschlaghammer, und eine Spitzhacke haben sie ja auch. Das bringt Ettmann auf die Idee, bei den Klippen an der Wasserstelle mehr von den flachen Steinplatten herauszuschlagen und damit eine Brustwehr um die Terrasse zu bauen. Bis Sonnenuntergang hauen sie auf den Fels ein, aber es

macht erheblich mehr Mühe als gedacht. Es macht eine Menge Krach, und abends bringen sie nur ein paar Dutzend brauchbare Steintafeln hinauf. Immerhin, ein Anfang ist gemacht. Abraham hat kleinere Steine am Hang und im Rivier gesammelt, einen ganzen Haufen. Damit kann er die Zwischenräume zwischen den Steintafeln füllen.

Die Sonne geht unter, und sie kochen Makkaroni auf der Terrasse und braten dazu Corned beef in der Pfanne, ein Ostermontagsfestessen. Dazu gibt es eine Flasche Bier für jeden, unten im Wasser gekühlt. Nachher spendiert Ettmann jedem eine Zigarre, auch den Witboois, nur Seelig will keine, weil er nicht raucht.

Lange sitzen sie still und rauchen, lauschen dem leisen, millionenfachen Zirpen der Zikaden, und die Witboois hängen ihren Gedanken nach und die Deutschen ihren. Wie weit, wie unendlich weit weg ist die Heimat, wie fern und unerreichbar sind die Lieben dort! Wann wird man sie wiedersehen? Wird man sie überhaupt wiedersehen? So viele sterben hier, wie man hört und wie man in der Zeitung lesen kann, werden erschlagen, fallen im Kampf, krepieren am Wundfieber, an Blutvergiftung oder an der unerklärlichen Herzschwäche. Und wie fremd ist es hier, trotz der Kameraden und trotz der preußischen Backsteinarchitektur und der Maggifläschchen.

Und doch fühlt Ettmann, obwohl er nur gerade ein Vierteljahr in Südwest ist, wie er der seltsamen, unheimlichen Faszination des Landes erliegt, der berückenden Schönheit der kargen Landschaft, der unendlichen Weite, die der Phantasie noch Platz zum freien Fluge läßt. Ringsumher breitet sich die afrikanische Nacht, still, schwarz und geheimnisvoll. In unbeschreiblicher Pracht funkeln die Sterne. Was macht Cecilie in einer Nacht wie dieser? Schläft sie schon, oder macht sie einen Mondscheinspaziergang auf den Schanzenhügel hinauf? Oder steckt sie in ihrem Laboratorium mit der roten Lampe und ihren Säuren und Chemikalien? Da knackst es nun, unten am Wasser, dann hört man einen aufgeschreckten Vogel anschlagen: »Pring! Pri-ing!« Von irgendwoher antwortet es: »Tip! Tiptiptip – Zip!« Das Feuer glost in roter Glut und knackt und knallt dann und wann und sprüht einen

Schauer Funken. Mittendrin steht die hohe Kanne, in der der Kaffee brodelt. Am Nagel im Fahnenmast blakt die Petroleumlampe. Druse, der Wache steht, kommt und gießt sich noch eine Blechtasse voll mit dem schwarzen Kaffeegebräu, dann verzieht er sich wieder in die Schatten hinter dem Fort, wo er ungeblendet in die Nachtlandschaft hinaussehen kann. Schellenberg hat eine Mundharmonika und spielt nicht schlecht darauf, eine langsame und getragene, sehnsüchtige Melodie, und nach einer Weile wird Seelig mutig genug, dazu zu singen. Das hätte Ettmann ihm gar nicht zugetraut. Mit seiner hellen, leisen Stimme macht er sie ganz heimwehkrank:

>»Nach der Heimat möcht' ich wieder,
Nach dem teuern Vaterort,
Wo man singt die frohen Lieder,
Wo man spricht ein trautes Wort.«

Abraham lauscht mit großen Augen. Einen komischen Halsschmuck hat der Knabe um, Messingringe und Zahnräder, wahrscheinlich von einer alten Uhr.

Jäh schreckt Ettmann hoch. Zähringer, dicht an seinem Ohr: »Psst! Still!« Schon ist er auf den Knien, tastet nach dem Gewehr an der Wand, lauscht. Dunkel. Ein Nachtwind weht, sonst ist es still. Das Herz hämmert.

Sie ducken sich im Schatten der Mauer, bleiche Wolken ziehen über den Nachthimmel. Mal ist Mondschein genug, mal tauchen die Wolken alles in Schatten. Die Augen tasten den Hang ab. Suchen in den Schatten unter den Bäumen und Klippen am Rivier. Sie kauern, atemlos. Der warme Wind streicht mit leisem Brausen über das Gras, drückt es an den Boden, zaust ihm die Haare.

»Bei den Pferden!« wispert Zähringer. Tatsächlich, dort unten ist was, leises Poltern, sind das nur die Pferde, die sich da bewegen? Ein Raubtier am Kraal? Gibt's hier Löwen? Aber würden die Tiere dann nicht Krach schlagen?

»Wo sind die Witboois?« fragt Ettmann, und Zähringer flüstert: »Sind schon 'runter!«

Ganz lange ist es still. Keine Grillen, keine Nachtvögel. Kein Schnauben und Treten der Pferde mehr. Nur der Wind weht. Sie starren sich fast die Augen aus dem Kopf. Im bleichen Mondlicht glänzt das Gras silberweiß. Wirre schwarze Schatten unter Bäumen und Büschen, schwarzzackig die Klippen. Sie starren, bis die Augen tränen. Es regt sich nichts. Oder doch?

»Huuhuuuhuuuiii Deutschmann!« heult es plötzlich – wie Eis fährt der Schreck in die Glieder. Von weit her? Aus der Nähe? Sie sehen sich an, Gesichter bleich im Mondlicht. »Huuuiiii Deutschmann!« heult es wieder und jetzt: »Worry, worry, Deutschmann!«

Das kam vom Rivier unten, beim Pferdekraal oder kam es von der Pad? Von allen Seiten? Zähringer entsichert sein Gewehr, leise und sachte: Klick. Ettmann tut es ihm nach. Seine Knie beben vom Schreck, die Hand krampft sich um den Karabinerschaft, Finger am Abzug, die Augen bohren sich in die schwarze Nacht. Lauernde Stille. Nichts. Kein Sturm schwarzer Horden von allen Seiten, kein Speerhagel, kein Kriegsgeschrei.

Was ist zu tun? Er überlegt, ob er zwei der Leute zu den Pferden hinunterschicken sollte, entscheidet sich aber schnell dagegen. Sie sind ohnehin nur fünf hier oben, falls die Witboois nicht zurückkommen. Sie können aber doch nicht einfach hier sitzenbleiben und sich die Viecher klauen lassen! Ein Warnschuß kann nicht schaden, zeigen, daß man aufpaßt, kann vielleicht auch von den Witboois ablenken. So hebt er das Gewehr an die Schulter, wirft Zähringer einen Blick zu und sieht ihn zustimmend nicken Er zieht ab, und das 98er knallt scharf und haut ihm in die Schulter, ein Feuerblitz blendet, rote Kreise tanzen vor seinen Augen. Zähringer schießt neben ihm, und auch die Gewehre der anderen krachen jetzt. Ettmann repetiert, Patronenhülsen klingeln auf dem Boden. Sie starren in die Dunkelheit und lauschen hinaus, aber es bleibt still, bis auf den leise sausenden Wind. Die roten Kreise vor den Augen werden langsam grün und weichen endlich, nach langen Minuten, der Schwärze.

6. April (Mittwoch):

Nach endlosen Stunden dämmert der Morgen herauf. Hohläugig sehen sie sich an, bleiche Gestalten im grauen Licht. Der

Schrecken der Nacht verblaßt und schmilzt in der Sonne. Mit dem Becher schöpfen sie sich jeder einen Schluck Wasser aus dem Faß, solange es noch nachtkühl ist. Mißtrauisch spähen sie nach allen Seiten.

Schon steigt der Sonnenball über den Horizont, die ersten Strahlen schlagen goldene Schneisen ins Grau. Da kommen Keister und Lambert zurück, da unten beim Rivier, wo es noch dämmert, von Norden her, in aller Gemütsruhe. Und da kommt auch der dritte, Windstaan. Kaspar Keisters Gesicht ist ausdruckslos, als er seine Meldung macht:

»Meld' ich gehorsam, Herr Unteroffizier: Herero Orlogleut, amber zwanzig, ich mein': vielleicht! Stehl all die Pferd', stehl die Maultier niet. Wenn Sie schießen, da laufen alle davon.« Er grinst und weist mit einer Kopfbewegung nach Norden.

Ettmann fragt: »Was glauben Sie, was glaubst du, Keister, sind die noch in der Nähe?« Keister wiegt den Kopf: »Eine, zwei, vielleicht. Vielleicht verstecken auch Pferd' und komm wieder.« Er wiegt den Kopf, macht eine Grimasse, die wohl soviel bedeuten soll wie ein Achselzucken.

»Woher wißt ihr denn, wie viele es waren?«

Sie sehen ihn alle drei an, mit ihren schmalen schwarzen Augen. Kein Muskel zuckt in den breiten, braunen Gesichtern. Keister sagt schließlich: »Ich seh' Spur von zweimal zehn Leut. Auch fangen Herero, der war nicht weg'gangen. Frag' ihn aus.« Ettmann zieht die Augenbrauen hoch und wartet. Schließlich sagt Keister: »Sagt nicht, wieviel Leut. Woher, sagt nicht. Wohin, sagt nicht. Sagt gar nix. Ich stech ihn tot.«

Ein Mustersoldat, wie er so dasteht. Ettmann fragt sich, warum der Feldwebel auf der Feste so mit ihm umgesprungen ist, oder warum überhaupt die Witboois bei so vielen als verachtungswürdig gelten. Sie sind doch wahre Indianer, geschickt, zäh und mutig und hier in Südwest bestimmt den meisten Deutschen überlegen. Er versteht nun schon besser, warum der Bondelzwart-Stamm nicht so leicht zu besiegen war. Wenn sie nicht dieses kurze und krause, wollige Haar hätten, könnten sie tatsächlich ohne weiteres Apachen sein oder vielleicht Sioux. In den Unterschieden kennt er sich nicht so aus. Aber ihre Gesichter sehen doch indianisch aus, mit den breiten Backenknochen und den Augenschlitzen. Auch die Landschaft ringsum gleicht geradezu Karl-May-mäßig dem amerikanischen Westen, wie er beschrieben wird: rollende Hügel, goldenes Präriegras, segelnde Wolken in unendlichem Himmelsblau. Mehr Ähnlichkeiten fallen ihm ein: Rinderherden, Landraub an den Eingeborenen. The iron horse. Planwagen. Forts und Kavallerie. Händler, Schnaps und Gewehre. Der Hochmut der weißen Eroberer den eingeborenen Bewohnern des Landes gegenüber.

Alle zehn Pferde weg, auch Apian, sein Grauschimmel! Das schmerzt und ärgert ihn sehr. Bestimmt gibt es auch noch einen Anschiß vom Kommando deshalb. Er stolpert den Hang hinab zum Kraal. Die drei Maulesel stehen da und schauen her, als wollten sie sagen: Na, auf euch ist ja nicht viel Verlaß. Die Tiere standen nicht im gleichen Verschlag wie die Pferde, weil es manchmal zu Beißereien kam. Die Sättel, die an der Kraalmauer lagen, sind wenigstens noch da. Sonst ist alles ruhig. Weit und breit ist weder Mensch noch Tier zu sehen. Wäre einer von ihnen als Wache bei den Pferden geblieben, wäre er jetzt wahrscheinlich tot.

Er zieht mit Schellenberg, Keister und Lambert los, die Leiche des Schwarzen vergraben, den Keister erstochen hat. Der Nama hat sie unter einen Busch gezogen und so einigermaßen versteckt; die Fliegen haben sie aber längst entdeckt. Der Tote ist tatsächlich ein Herero, ein junger Kerl, vielleicht achtzehn Jahre. Blind starren die weit aufgerissenen Augen. Die Sonne brennt, und der Tote liegt im Schatten des Busches. Als Ettmann den Witboois einen Wink gibt, ihn hervorzuziehen, rühren die sich zu seiner Überraschung nicht. »Was ist los?« sagt er, »wollt ihr keine Toten anfassen?« Er selbst möchte das ja auch nicht, es schüttelt ihn bei der bloßen Vorstellung. Keister sagt: »Somi!« und rührt sich nicht weiter. Auch Lambert bleibt unbeweglich stehen. Also gibt Ettmann sich einen Ruck, sagt: »Fassen Sie mal mit an, Schellenberg!«, und zusammen ziehen sie den Toten an den Hosenbeinen unter dem Busch hervor. Schellenberg murrt: »Verdammte Drückeberger! Das sollten Sie den Kerlen nicht durchgehen lassen, mit Verlaub, Herr Unteroffizier!«

Die Leiche liegt jetzt in der Sonne. Die Haut ist von einem stumpfen Grau. Ettmann schaut auf sie herunter und erwidert: »Vielleicht ist das ja gegen ihre Religion, daß sie keine Toten anfassen dürfen oder so was.« Darauf Schellenberg: »Religion? Pah! Die sind bloß stinkfaul, das ist alles!« Ettmann hat genug und brummt: »Lassen Sie's gut sein! Los, graben wir ihn ein!«

Da streckt Keister die Hand nach dem Spaten aus und sagt: »Ich mach' tot – ich grab ein!« Die beiden Witboois machen sich an die Arbeit. Schellenberg tippt sich an die Stirn und sagt: »Jetzt hamm' se auf einmal keine Angst mehr vor Toten! Die hamm doch komplett 'nen Klaps, die Hottentotten!«

Der Boden ist zu hart zum Graben, zu steinig und zu viele Wurzeln. Im Riviersand will Ettmann den Toten aber nicht eingraben, denn wenn darunter Wasser laufen sollte, fließt es zu ihrer Wasserstelle hin und könnte sie womöglich vergiften. Die Witboois scharren daher eine flache Kuhle, und dann klauben sie Steine und Dornäste zusammen und decken das Grab damit zu.

Danach folgen sie ein Stück weit den Spuren der gestohlenen Pferde. Die führen direkt nach Norden, mitten in dem schmalen Nebenrivier, das bei ihrer Wasserstelle auf das große Flußbett trifft. Auch Fußabdrücke sind da, beschuhte wie barfüßige. Wie zum Teufel stellt Keister es an, herauszufinden, wie viele es waren? Nach etwa tausend Metern haben sich die Pferderäuber in zwei Trupps gespalten, die Tiere haben sie aufgeteilt. Ein Trupp bog nach Osten ab, in die Windhuker Richtung. Im Busch und auf steinigem Boden sind die Spuren kaum mehr zu sehen. Die Witboois finden sie dennoch, Pferdehaare an den Dornen, zertretene Halme und Steinchen; eine kleine Staubkugel, die Lambert als Blutstropfen erkennt, stammt wohl von einer Dornenverletzung. Es hat aber keinen Sinn, weiter in den flachen Einschnitten und den vielen Büschen herumzuirren.

»Kehren wir um!« sagt Ettmann. Ohne Pferde brauchen sie eine Verfolgung gar nicht erst zu versuchen, von der Möglichkeit, in einen Hinterhalt zu geraten, ganz abgesehen. Zwanzig Hereros, das muß allerdings nach Windhuk gemeldet werden. Einer von ihnen muß los, mit dem Maultier oder zu Fuß durch das unübersichtliche Hügelland. Die Chancen durchzukommen stehen

414

nicht besonders gut, wenn Banden in der Gegend sind und womöglich die Windhuker Pad belauern.

Er winkt Keister zu sich heran und sagt: »Einer von euch soll mit dem Maultier nach Windhuk, den Pferderaub melden. Wer soll gehen?« Keister sagt: »Ich geh! Reit jetzt, komm Freitag wieder.« – »Gut«, sagt Ettmann, »warte, ich schreib eine Meldung, die nimmst du mit, damit sie dir auch glauben.« Er reißt ein Blatt aus seinem Notizbuch und kritzelt seine Meldung darauf:

Posten François. Nacht auf 6. Apr. Überfall durch 20 Hereros, 10 Pferde geraubt. 1 Herero getötet. Hier keine Verletzten. Feind in 2 Trupps nach N und O abgezogen.
gez. Ettmann, Unteroffz.

Keister reitet los und Ettmann sucht vom Dach aus die Gegend mit dem Feldstecher ab, besonders das buschgesäumte Rivier. Als Mordwerkzeuge haben sie außer ihren Gewehren noch Zähringers Schrotflinte. Reichlich Munition. Ettmann hat außerdem seinen Artilleristenrevolver. Für den hat er auch noch eine Schachtel mit vierundzwanzig Patronen in den Satteltaschen. Die holt er jetzt heraus und verteilt sie auf seine Rocktaschen. Den Revolver schnallt er um. Dabei fällt ihm die seltsame Weigerung der Namas ein, den Toten unter dem Busch hervorzuziehen, und er erzählt es Druse. »Ja«, sagt der, »die Hottentotten fürchten sich vor Schatten, die abergläubische Bande! Schatten sind für die so eine Art Geister. Mit dem Toten hat das nichts zu tun, höchstens so viel, als Keister vielleicht ein schlechtes Gewissen hat, weil er ihn unter den Busch gelegt hat. Da war ihm der Schatten unheimlich, weil der Strauch sich ja ärgern könnte, daß er die Leiche verbergen soll!« Er ruft an Ettmann vorbei: »He, Lambert! Was heißt Schatten bei euch, auf Nama, mein' ich?« Lambert, der hinter ihnen im Schatten der Hauswand sitzt, antwortet: »Is Somi, Mijnheer!«

Ettmann sagt: »Scheinst dich ja ganz wohl zu fühlen, da im Schatten!« Lambert schaut ihn aus schmalen Augenschlitzen an und sagt: »Is geen Geist niet in doode Dingsda nie, bloß in Somi von lebendig Dingsda, in Somi von die Mense, von die Beeste, von die Bosch!«

Schellenberg lacht. »Ein Busch und lebendig! Da hört ihr's, echter Hottentottenquatsch!« Er tippt sich an die Stirn.

»Die Hereros«, will Ettmann wissen, »haben die auch Angst vor Schatten?« Druse brummt: »Nicht daß ich wüßte. Ich glaube, die fürchten sich mehr vor Gräbern und vor Totengeistern.« Er glaubt nicht, daß noch Hereros in der Nähe sind. »Die ziehen nicht gern allein ohne ihre Familien in der Gegend herum. Und zehn Pferde sind für sie eine schöne Beute, da fühlen sie sich bestimmt als Sieger.« Ganz sicher ist er natürlich auch nicht. »Kommt drauf an, was Zerauas Volk macht. Wenn die sich hierher in die Khomasberge zurückgezogen haben, sitzen wir ganz schön in der Klemme. Dann streifen sie nämlich überall herum und werden kaum lockerlassen, bis sie uns ausgeräuchert haben.« Zähringer wirft ein: »In Windhuk hieß es am Tag vor unserem Abmarsch, daß die Otjimbingwer Hereros nach den Onjatibergen abgehauen sind. Wenn das stimmt, haben wir es hier nur mit einer Nachhut oder ein paar Nachzüglern zu tun, die früher oder später doch wieder zu ihrem Stamm stoßen wollen.«

Druse sagt zweifelnd: »Wenn's stimmt. Vielleicht haben sie sich auch gespalten, ein Teil ist weg, ein Teil ist dageblieben. Hier im Hochland kennen sie sich aus, da sind sie doch sicherer als anderswo.« Ettmann schließt den kleinen Kriegsrat achselzuckend ab: »Wie auch immer. Wir können nicht mehr machen, als das Beste zu hoffen und auf das Schlimmste gefaßt bleiben. Nachts fürs erste zwei Posten, Ablösung alle zwei Stunden.«

7. April (Donnerstag):

Sobald es hell wird: Wasserholen im Rivier. Der Weg zur Wasserstelle führt vom Fort zur Pad hinab, rechts im Bogen um die Hügelflanke und durch einen kurzen Hohlweg zwischen Klippgestein und Dornbusch steil nach unten auf die ebene Wiese mit dem Kraal, die vom Rivier umrahmt ist. Lambert, Windstaan und Seelig gehen mit Wassersäcken und den beiden Eimern los, Ettmann und Schellenberg gehen als Bedeckung voraus und sichern mit schußbereiten Gewehren. Abraham turnt beim Hohlweg herum und sammelt dürres Gras und Zweige fürs Feuer. Zähringer und Druse beobachten vom Fort herab.

Ettmann steht im Inneren des Kraals, halb im Schatten der Steinmauer, das Gewehr aufgelegt, und beobachtet die buschbestandenen Hänge und Klippen jenseits der Wasserstelle. Hier an der Westseite des Kraals hat jemand einmal versucht, einen kleinen Garten anzulegen; vertrocknete Stauden zeugen davon, vergilbtes Möhrenkraut, zwei Beete, ordentlich mit faustgroßen Steinen eingefaßt. Grillen zirpen ringsumher, ein kleiner, honigfarbener Schmetterling taumelt vorbei. Bizarre, silbrig-grauschwarz verdorrte Bäume, Felsbrocken, Sand und dürres Gras. Die Luft ist heiß und still.

Friedlich ist es, aber die Finger krampfen sich um den Gewehrkolben, die Haare in seinem Nacken und an seinen Armen sträuben sich, elektrisch teilt sich Gefahr mit, oder ist es bloß Angst? Es bleibt weiter friedlich, aber trotzdem stimmt etwas nicht. Seelig und die Witbois kommen mit dem Wasser zurück, gemächlich, Lamberts Augen sind schmale Schlitze, und nun hustet er leise und sagt zu Ettmann: »Vielleicht niet all die Herero weg, Mijnheer Unteroffizier!« Am liebsten würden sie direkt den Hang zum Fort hinauflaufen, ein kurzer, aber steiler Weg. Für Heckenschützen wären sie aber unverfehlbare Zielscheiben. So ziehen sie sich den Hohlweg hindurch zurück, mit aller Vorsicht, Ettmann sichert nach hinten, Schellenberg paßt nach vorn und den Seiten auf, Gewehre im Hüftanschlag, die Wasserträger keuchen unter der Last. Nichts passiert. Dem Wasser fehlt nichts. Keine Tierkadaver darin. Sie kochen es trotzdem ab. Sie haben ja Zeit, und im Rotweinfaß ist noch genug kaltes Wasser. Oben berät er sich mit Druse und Zähringer. »Die Kerle sind garantiert weg!« sagt Zähringer. »Es kann aber gut sein, daß einer oder zwei zurückgeblieben sind und uns beobachten.« Das kommt Ettmann auch am wahrscheinlichsten vor. »Wenn man wüßte, wo die Kerle hocken!« meint Druse. Ein, zwei Leute können sich hier praktisch überall verbergen, sie brauchen eigentlich nur ruhig liegenzubleiben. Es gibt aber Stellen, wo man sich besonders gut verstecken und gleichzeitig das Fort beobachten kann, und das sind die Stellen, wo sich das Rivier im Westen und im Nordosten seinen Weg durch die Klippen gebahnt hat. »Wir gehen hin und verjagen sie!« entschließt sich Ettmann. »Erst zu den Klippen beim

Wasser! Druse, Sie bleiben mit Abraham hier und halten die Festung! Wir anderen gehen alle!«

Ettmann führt seine Ausfallabteilung am Kraal vorbei kerzengerade übers Rivier nach Norden und schwenkt dann im weiten Bogen nach links, um sich den schwarzen, zerklüfteten Klippen oberhalb der Wasserstelle von hinten zu nähern. Niemand ist dort. Lambert und Windstaan finden auch keine Anzeichen dafür, daß hier Hereros lagen. Nun zu den Nordost-Klippen. Das ist ein wilder Platz, ein vom Rivier durchschnittener Höhenzug, nicht hoch, aber im Flußbett liegen riesige Felsbrocken und kantige Klippsteintafeln, dazwischen wuchern Dornbüsche. »Da gehen wir besser mit Krawall ran«, sagt Zähringer, »tun so, als wären wir viele!« Und das tun sie, mit Rufen und schußbereiten Gewehren, und schmeißen Steine in die Klüfte, aber es regt sich nichts, außer ein paar aus dem Mittagsschlaf gescheuchten Vögeln. Lambert und Windstaan lauschen eine Weile, schauen auf dem Boden herum und schnuppern in der Luft und sagen dann beide: »All' weg. Kein Herero mehr da niet.«

Den Rest des Tages verdösen sie auf der Terrasse unter der Plane. Schellenberg und Zähringer spielen Dame mit hellen und dunklen Steinchen. Abraham schläft zusammengerollt im Schatten an der Hauswand. Die Witboois schwatzen leise. Ettmann hat Wache und wandert oben auf dem schmalen Grat um das Fort herum, dicht an der Mauer. Alle paar Schritte hält er an und lauscht. Nach zwei, drei Umkreisungen steigt er aufs Dach und hält von dort Ausschau. Das Wellblech ist glühend heiß. Dann steigt er wieder hinab und wandert ums Fort, andersherum. Und so weiter, bis Seelig ihn ablöst.

Fliegen summen aufdringlich ums Gesicht herum. Einmal fliegt Ettmann eine dicke Schmeißfliege in den Mund. Er hustet und spuckt sie wieder aus. Ekelhaft. Seither läßt er den Mund zu und atmet durch die Nase, wenn er die Biester hört.

8. April (Freitag):

Um zehn Uhr kommt Keister angeritten, auf dem Maultier, auf dem er auch losgezogen ist. Die Meldung hat er auf der Feste abgeliefert. »Soll ich bestellen«, sagt er, »is das mit die Pferd 'stohlen ein schöne Mist, halt' zu Gnaden, Mijnheer!« Neue Pferde hat man ihm natürlich nicht mitgegeben.

Seit es im Norden die Bahn gibt, kommt hier niemand mehr durch. Auch die Ochsenwagen nehmen von Windhuk aus lieber den Umweg über Okahandja, schon wegen dem steilen und nur mühsam zu bewältigenden Paß auf halbem Weg zur Küste. Und jetzt, im Aufstand, gibt's hier sowieso niemanden – außer umherschweifenden Hererobanden. Kein Händler wagt es mehr, allein durchs Land zu reisen, und die Buren schließen sich zu Trecks zusammen und verlangen Eskorten.

Ettmann nimmt sein Gewehr auseinander und reibt die Metallteile sorgfältig ab. Rostspuren sind jetzt, in der trockenen Zeit, nicht zu sehen.

Das Wellblechdach knackt in der Hitze; wenn sich ein größerer Vogel darauf niederläßt, klingt es fast wie Schritte, und mehr als einmal ist er mit dem Gewehr in der Hand aus der Tür gesprungen, um zu sehen, was da oben los ist, obwohl doch draußen zwei Posten stehen.

9. April (Samstag):

Ettmann hat von Cecilie geträumt, aber was, weiß er nicht mehr. Er hascht nach den schnell verschwindenden Erinnerungsfetzen, aber sie entgleiten ihm natürlich, und schließlich ist er gar nicht mehr sicher, ob er überhaupt geträumt hat. Er hat die erste Wache am Morgen und setzt sich mit seiner Blechtasse Kaffee aufs Dach, schlürft das heiße Gebräu und wartet, bis er nach und nach wach wird. Gemächlich schlendert er nachher ums Fort herum, immer an der Wand entlang, und raucht eine Mexicana dabei. Die Karrenspur, die Pad von Windhuk nach Otjimbingwe, senkt sich zu seinen Füßen zum Einschnitt des Riviers hinunter und steigt drüben wieder an und wird im gelben Gras und im graubraunen Staub unsichtbar. Nichts rührt sich auf ihr, niemand kommt gegangen, geritten oder gefahren. Ettmann gähnt. Die Sonne brennt durch das dünne, schmutzige Hemd. Eine Weile sieht er einem Raubvogel zu, der weit oben seine Kreise zieht. Der Vogel ist größer als ein Falke oder Bussard, ist aber kein Geier. Er geht um die Hausecke herum, sieht Zähringer und fragt ihn: »Was ist das für ein Vogel?« Zähringer beschattet die Augen mit der Hand und blinzelt hinauf in das gleißende Himmelsblau. »Ein Kaffernadler«, meint er, »mit der größte Adler, den es hier gibt! Ist aber kleiner, als die bei uns sind!« Der Vogel entfernt sich langsam kreisend. Unten am Kraal sitzt Abraham auf der Mauer bei den Maultieren und hält ihnen einen Vortrag, so sieht es jedenfalls aus. Die Tiere lauschen ihm mit steil aufgestellten Ohren.

Nachher, als Zähringer Wache hat und die schlimmste Mittagshitze vorbei ist, geht Ettmann zum Kraal hinunter, das Zeichenbrett unterm Arm, und fischt sich mit der verbeulten Blechtasse Wasser aus dem Tümpel. Er sucht sich einen schönen Platz im Schatten eines dürftigen Bäumchens und setzt sich an den Rivierrand. Seinen Aquarellkasten hat er hervorgekramt und seine drei Pinsel und versucht sich nun in dieser lange nicht geübten Kunst. Mit Goldocker skizziert er eine flache, weite Ebene, läßt sie zum Horizont hin heller werden und wischt dann ein wenig waagerechtes Graubraun hinein, Bodenwellen und Schatten zu modellieren. Danach tupft er da und dort graugrüne Punkte ins nasse Papier, die Dornbüsche sollen das sein. Sie blühen auch schön auf und verästeln sich fein nach allen Seiten.

Er schaut eine Weile stirnrunzelnd auf das Blatt. Was er gemalt hat, ist eine Buschlandschaft, wie er sie vom Ritt von Okahandja nach Omaruru etwa in Erinnerung hat, Grassavanne, mit dichtem Dornbusch bewachsen. Er legt das Brett neben sich, kramt die Pfeife aus der Rocktasche und steckt sie an. Eine Weile sitzt er nur und raucht, lauscht unsichtbaren Vögeln, die in den Büschen zetern, dann legt er das Brett wieder auf seine Knie, benetzt den breitesten Pinsel und macht sich daran, die weiße Fläche, die der Himmel werden soll, naß zu malen. Schon will er Coelin als Himmelsblau in die Nässe malen, aber da taucht er den Pinsel plötzlich in das dunkle Chromgelb und streicht es auch schon mit waagerechtem Schwung hin. Im gleichen Orangegelb leuchtete der Himmel gestern abend auf seiner Farbenreise von Blau zu Rot. Und nun weiß er auch, warum der Himmel abendgelb sein soll über dem grüngrauen und sandgelben Buschland, und mischt sich ein feines, fast durchsichtiges Blaugrau zusammen. Damit trennt er nun Erde vom Himmel, mit fernen Bergketten, die in der flimmernden Luft über dem Busch zu schwimmen scheinen.

Er hält das Brett mit ausgestreckten Armen von sich und betrachtet es mit zusammengekniffenen Augen. Kein schlechtes Bild, findet er, aber es hätte doch mehr Tiefe, wenn es irgend etwas im Vordergrund hätte, vielleicht ein Ochsengespann, nein, lieber etwas Senkrechtes, einen Baum oder vielleicht einen Menschen. Einen Reiter? Oder einen Eingeborenen, einen Witbooikrieger oder einen alten Damara, der auf die Stadt der Weißen blickt? Einen Herero mit verschränkten Armen, Stolz und Hochmut in der Haltung? Oder Zorn und Trotz? So überlegt er und malt doch schon, überläßt es der Hand, so wie sich ein Reiter seinem Pferd überläßt, es wird den Weg schon wissen, und die Hand malt einen vorsichtig-durchsichtigen, nachdenklich geschwungenen Umriß hin, ja, das sieht aus wie eine Gestalt, aber eher wie eine Frau, eine Frau in einem langen Kleid. Er tönt den Umriß hell, fast weiß, um ihn noch weiter in den Vordergrund treten zu lassen. Nicht schlecht, findet er ein zweites Mal und verdunkelt die Gestalt an der Schattenseite etwas, gibt ihr eine frauliche Form, schon sicherer, ein hübscher Schwung ist das, etwas von der Anmut einer Jugendstilgrazie, einer Circe, wie sie etwa den Titel einer avantgardistischen Zeitschrift zieren könnte. Eine junge Frau ist angedeutet, die das in der Abendsonne liegende Land betrachtet. Beinahe wie Cecilie sieht sie aus, wenngleich nur von schräg hinten gesehen, und er malt den Rock etwas dunkler, macht ihn blaugrau, wie sie neulich einen anhatte. Erst will er die Gestalt mit einem weißen Hut krönen, aber dann wird er mutiger und malt kräftiges Kastanienbraun hin, formt es, wie sie ihr Haar trägt. Schließlich, warum nicht, baut er noch ein Stativ vor ihr auf und montiert einen Photoapparat oben drauf. Die untergehende Sonne ist nicht zu sehen, aber ihr Licht blitzt auf dem Messing der Kamera und läßt das braune Haar rot aufglühen.

Er lehnt das trocknende Bild an einen Buschstumpf und betrachtet es lange. Ob er es ihr zeigen soll, nach der Rückkehr? Lieber nicht, es würde ihn irgendwie verlegen machen. Und wer weiß, ob ihr das Bild überhaupt gefällt, er ist ja schließlich kein

Maler. Nein, er wird es gut trocknen lassen und dann einpacken, damit es keiner sieht.

Abends hockt er mit den anderen am Feuer, den Mantel um die Schultern gehängt, die heiße Blechtasse mit dem schwarzen Kaffee in der Hand, und starrt in die flackernden Flammen. Die Nächte werden kühler. Auch Seelig oben auf dem Dach hat sich eine Decke umgehängt. An der Mauer lehnen die Gewehre, geladen und griffbereit. Sie sitzen schweigend und rauchen ihre Pfeifen. Gegen zehn oder elf Uhr abends ist das Feuer heruntergebrannt und glost nur mehr rot in der Asche. Der Mond ist aufgegangen, hängt rund und voll im wolkenlosen Nachthimmel und gießt sein kalkhelles, blaubleiches Licht über die Landschaft. Silbrig glänzen die Grasberge, wie dunkle Wölkchen schwimmen die Büsche auf den Hängen. Der Sand im Rivier leuchtet herauf wie reines Silber. »Hu-hu!« macht es da unten in den Bäumen, »hu-hu-hu-ti!« Im Gras am Abhang huscht und raschelt es, da feiern die Mäuse Hochzeit.

Klein-Windhuk

Vorige Woche hat Cecilie das Häuschen am nördlichen Ende des Klein-Windhuk-Tales bezogen. Das hatte einem Beamten, nämlich dem Landesrentmeister Jager, gehört, welcher aus Gesundheitsgründen nach Deutschland zurückkehren mußte. Die Immobilie wird von der Siedlungsgesellschaft für Deutsch-Südwestafrika vermietet.

Der Garten ist ziemlich verwildert, das simple und völlig schmucklose Backsteinhäuschen steht seit Monaten leer. Alles mögliche Unkraut hat sich in der Regenzeit breitgemacht, ist aber schon wieder verdorrt. Es stehen dafür ein paar schöne, hohe Sonnenblumen da. Vorne am Wegrand wachsen niedrige, strauchartige Liliazeen. Der Landesrentmeister scheint ein Pflanzenkenner gewesen zu sein, denn ein etwas verwittertes Holzschildchen, halb im Unkraut verborgen, bezeichnet die seltsamen Sträucher mit ihren fleischigen, graugrünen und lanzenförmigen Blättern genau: Liliaceae. Aloe ramosissima Pillans.

Bis gestern abend hat sie mit Lutters und Johannes' Hilfe an dem Häuschen herumgewerkelt und saubergemacht, bis es einigermaßen bewohnbar war. Das Häuschen steht auf einem Zementfundament und ist deshalb nicht von Termiten befallen; ein großes Glück, sagt Lutter, denn diese mit den Schaben verwandte Ameisenart frißt alles, was aus Holz ist, und Leinwand und Papier dazu. Der Fußboden besteht aus gestampftem Lehm, den sie noch einmal dick mit Leinöl eingestrichen haben. Unterhalb des Wellblechdaches war starker Kattunstoff von Wand zu Wand gespannt, der aber ganz verrottet und löcherig war. Mit viel Mühe haben sie den morschen Stoff durch neuen ersetzt. Das bildet nicht nur eine hübsche Zimmerdecke, sondern sorgt vor allen Dingen für eine kühlende Luftschicht zwischen Dach und Wohnraum, denn ein Wellblechdach wird in der Sonne glühend heiß und strahlt Hitze ab wie ein Ofen. Faustgroße Öffnungen in den Wänden sorgen oben zwischen Stoff und Dach für Luftaustausch.

Eine kaputte Fensterscheibe mußte ersetzt werden, die schief hängende Haustür wurde repariert, und endlich galt es noch, den Windmotor zu schmieren. Aus Backsteinen hat ihr Lutter eine behelfsmäßige Kochstelle eingerichtet, gleich vor der Veranda, und Johannes hat ihr einen komischen kleinen Ofen gebracht, der scheinbar aus einem Blechfäßchen gemacht ist.

Am Morgen macht sich Cecilie eine Tasse Tee, setzt sich an das wacklige Tischchen unter dem Fenster und schreibt an ihre Freundin Eva Charlotte:

Windhuk, Sonntag, den 10. April 1904
»Liebe Eva, liebste Freundin!
Geht es Dir gut? Ich habe so lange nichts von Dir gehört, aber das ist auch nicht verwunderlich, denn erst jetzt konnte ich das Postamt in Swakopmund veranlassen, mir meine Post nach Windhuk nachzusenden.
Ach, Eva, es ist so ganz anders hier, als ich es mir gedacht habe! Zum einen ist es ganz fürchterlich. Ich spreche gar nicht vom Kriege, denn dessen Fürchterlichkeit versteht sich wohl ganz von selbst. Ich muß Dir gestehen, daß mich weit Oberflächlicheres

bewegt. Es ist einmal die Stimmung, die hier in Windhuk herrscht, zum anderen ist es die Stadt selbst, die diese Bezeichnung ja gar nicht verdient und von ihren Bewohnern auch ganz selbstverständlich ›das Dorp‹ genannt wird. Es ist ganz schrecklich provinziell! Es gibt nichts. Kein Café, keinen Walzerabend, keine Soiree, keinerlei Unterhaltung! Zwar gibt es einen ›Ludwigschen Tanzsaal‹, eine Art kleines Ballhaus, aber veranstaltet wird dort nichts, des Krieges wegen. In den Restaurants serviert man hausbackenes Essen, mit ohne Kartoffeln und mit Lücken, wie man die häufigen Versorgungsengpässe nennt, aber es gibt kein einziges Restaurant, das auch nur den allerbescheidensten Ansprüchen eines ganz und gar nicht verwöhnten Gourmets zu genügen vermöchte. Reis und Nudeln, Dörrobst und Fleisch sind zu haben, auch noch Mehl und Milch, und damit hat es sich beinahe schon. Ein Ei oder gar eine Tomate sind schon ein seltener Leckerbissen. Der einzige Lichtblick in kulinarischer Hinsicht ist die Konditorei Eilers.

Vielleicht denkst Du Dir jetzt, na, die hat Sorgen! Tatsächlich sollte ich mich schämen. Ich bin ja so frei wie ein Vogel, brauche mir um nichts und niemanden Sorgen zu machen, habe keine Familie hier, und niemand hat mir die Farm abgebrannt. Die meisten Frauen sind verhärmt vor Sorge um ihre Männer, die im Felde stehen, andere sind durch den Aufstand verwitwet und zur Gänze verzweifelt. Natürlich gibt es auch Frauen, die ihren guten Humor bewahrt haben, aber alles in allem ist die Atmosphäre hier doch auch dem bescheidensten Amüsement abträglich. Die Männer, die hier sind, sind mit ihrem Kriegsspiel beschäftigt und haben kaum Zeit für uns Frauenzimmer, und die Mehrzahl von ihnen scheint das Ganze durchaus zu genießen. Es sind natürlich alles Etappensoldaten, denn hier um die Hauptstadt wird ja nicht mehr gekämpft. Wie wichtig sie sich nun vorkommen! Mit klirrenden Sporen eilen sie hierhin und dorthin, mit der Linken immer den höchst überflüssigen Säbel festhaltend, ihre Augen blitzen, aus den Bärten sprühen buchstäblich elektrische Funken. Nun können sie poltern und schwadronieren nach Herzenslust, und der Dienst am Vaterland nimmt sie auch den ganzen Abend in Anspruch, wo es bei schäumenden Bierhumpen gilt, dem Vaterlande die alleraufrichtigste Treue zu schwören. Man mag dem Vaterlande wünschen, daß sie es aufrichtiger meinen als mit dem ›schwachen Geschlecht‹.

Doch genug! Ich gestehe, mit mir geht ein wenig die Langeweile durch. Wie schön wäre es, wenn Du hier wärst! Zusammen könnten wir doch einiges an Vergnügen haben. Aber natürlich kann ich Dir nicht allen Ernstes wünschen, hier zu sein, da ja schließlich Krieg ist. Es wäre nur egoistisch von mir. Statt dessen wünsche ich nichts sehnlicher, als daß das schreckliche Morden endlich enden möge. Dann könnte ich meine Arbeit tun und die schönsten Plätze dieses ja wirklich schönen Landes aufsuchen und im Bilde festhalten. Natürlich muß zuvor das Land befriedet sein.

Auf dem Wege von Swakopmund hierher habe ich mich in Begleitung eines sehr freundlichen deutschen Pastors, des Herrn Lutter, befunden und habe dann einige Wochen auf der kleinen Missionsstation von Pastor Schwarz verbracht. Die Pastoren sind beide der Ansicht, die Erhebung der Schwarzen sei nur die logische Folge der verächtlichen Behandlung, die diese durch die Deutschen erführen, während man ihnen zur gleichen Zeit ihr Land und ihr Vieh wegnehme. Deutscherseits scheue man dabei auch vor Übervorteilung und Betrug nicht zurück. Es scheint mir so einfach, solche Probleme durch Verhandlung und guten Willen aus dem Wege zu räumen, aber es muß doch ein ganzes Stück schwieriger sein, wenn es zu solchem Haß und Blutvergießen kommt. Das Militär erlaubt Zivilpersonen nicht, die Stadt zu verlassen, es ist wohl noch nicht ganz ungefährlich und alle paar Tage hört man von Hererobanden, die angeblich in der Gegend gesehen wurden. Mir scheinen das zwar nur Gerüchte zu sein, aber wer weiß?

Herr Ettmann, der Kartograph, dessen Schutz mich McAdam-Straßfurts anbefohlen haben, ist gleich ein paar Tage später zur Truppe eingezogen worden, ist aber seit Ende März wieder hier in Windhuk. Er ist Berliner, ein sehr zurückhaltender, aber sympathischer Mann mit blauen Augen, Anfang der Dreißig. Seine Frau ist vor einem Jahr an der Diphtherie verstorben, und er muß doch sehr darunter leiden, obwohl er sich nach außen hin nichts anmerken läßt. Ich muß Dir sagen, ich mag ihn sehr, er hat eine ganz eigentümlich beruhigende Wirkung auf mein Gemüt. Er ist das gerade Gegenteil von Konrad. Ich hoffe sehr, daß er nicht noch einmal ins Feld muß, denn die Kämpfe sollen sehr grausam sein.

Nun aber: Ich habe mich in einem Häuschen eingemietet, das in einem recht hübschen, ein wenig verwilderten Garten liegt. Stelle Dir nun aber keine Villa vor! Das Häuschen ist klein und schlicht, nicht einmal verputzt, und hat ein simples Wellblechdach. Es hat nur zwei Zimmerchen und reicht mir gerade hin. Elektrische Beleuchtung oder Gaslicht gibt es natürlich nicht, einen Herd auch nicht, dafür eine Zisterne im Garten, was hier durchaus als Luxus gilt und sich im Mietpreis niederschlägt. Das Schönste an meinem Häuschen ist, daß es eine kleine überdachte Veranda hat, die hier Stoep genannt wird. Auf der läßt es sich herrlich sitzen. Das Häuschen liegt zwar für sich, aber doch im Klein-Windhuker Siedlungsgebiet, und es gibt Nachbarhäuser an allen Seiten, wenn auch in einiger Entfernung und hinter Gebüsch und Bäumen verborgen, denn das Tal ist beileibe keine Wüstenei. Platz gibt es zur Genüge, und städtische Enge ist hier ganz unbekannt. Es ist mir ein klein wenig unheimlich, es könnten sich doch Aufständische in den Ort schleichen, aber es geht jetzt auch eine Streife einmal am Tag hier entlang und sieht nach dem Rechten. Das ist beruhigend, weniger wegen der abschreckenden Wirkung der Streife auf etwaige Aufständische, sondern eher deshalb, weil die beiden braven Landwehrmänner so ungeschoren ihrer Pflicht nachgehen können. Der eine, der Schullehrer Wilhelm Rave, ist ein unglaublich dicker Mensch, der schon die Anstrengung des Gehens jedesmal nur mit Mühe überlebt, und der andere ist ein grauhaariger Alter, der einen steifen Arm hat. Wenn sie vorbeikommen, geht es natürlich nicht ohne ein Schwätzchen ab, und sie bekommen jeder eine Tasse Kaffee von mir, denn ich habe den starken Verdacht, daß sie bei den Nachbarn für ihre anstrengende und gefährliche Tätigkeit mit zuviel Schnaps traktiert werden.

Meine nächste Nachbarin ist eine Frau During, deren Mann im Felde steht, und ich habe ihr gestern einen Besuch gemacht, wie es sich gehört. Frau During ist eine ganz annehmbare Person, Mitte der Dreißig, hager und, wie mir scheint, recht lebenstüchtig. Sie ist überzeugt, daß ich in kürzester Zeit hier im Lande einen Mann finden und heiraten werde, und es nützt gar nichts, wenn ich ihr sage, daß ich hier nur meinem Beruf nachzugehen gedenke. Das ist doch Unsinn, sagt sie dazu und lacht, als ob sie es besser wüßte! Sie will mir jedenfalls eine Eingeborene besorgen, die mir im Haus hilft und vielleicht im Garten. Sie rät mir auch, Gemüse und Salat anzupflanzen, weil die Versorgung so schlecht sei. Ich als Gärtnerin! Kannst Du Dir das vorstellen?

Nun tun mir die Finger vom Schreiben weh, und es wird bald dunkel, es ist schon nach sechs Uhr, dann geht hier nämlich die Sonne unter, sommers wie winters.

Bitte, liebe Eva, schreibe mir baldmöglichst, postlagernd Windhuk, wie es hier üblich ist, denn es gibt keinen Briefträger. Man muß sich seine Briefe selbst auf dem Postamt abholen! Schreibe mir den neuesten Klatsch und berichte mir alles über die Mode und Du weißt schon was alles.

Sei umarmt von
>   Deiner Dich liebenden Freundin
>   Cecilie.«

Cecilie legt die Feder weg und schraubt den Deckel auf das Tintenglas. Schon ist der Talgrund in Schatten getaucht, mitsamt ihrem Garten. In der Luft liegt ein angenehmer Duft nach dürrem Gras und Harz, nach Staub und Wärme. Der Sand atmet noch die Hitze des Tages aus. Über den grüngrauen, schon abenddunklen Laubkronen der Bäume glüht der nahe Hang auf der südlichen Seite in den letzten Strahlen der sinkenden Sonne in weichen, warmen Orangetönen. Über dem Hang ist der Himmel noch taghell, von einem beinahe weißen Taubenblau. Auf der anderen Seite aber, nach Nordosten zu, wächst samtene, grauviolette Dämmerung über dem dunklen Umriß des Schanzenhügels empor, und darin blinkt strahlend der Abendstern. Hinter dem Schanzenhügel, auf der Seite der Kaufmannsstadt, schlägt hell das Glöckchen der Rheinischen Missionskirche an und gleich darauf die ein wenig tiefer klingende Glocke der katholischen Kirche. Klar und rein schwingen die Töne in der kühlen Abendstille. Ella During ist voller Neugier: »So werden Sie also wirklich nur so lange bleiben, bis Sie alle diese Photographien aufgenommen haben? Das wäre aber doch schade! Ich bin ganz sicher, daß Sie dieses Land so liebgewinnen würden wie ich, wie wir alle hier, wenn Sie sich nur einmal ganz offen und unbefangen auf seine Schönheit einließen!« Dann fällt ihr der Krieg ein, und sie schüttelt den Kopf und sagt: »Ach Gott! Wenn nur diese schrecklichen Geschichten nicht wären!«

Frau Durings Nase ist lang und spitz, mit einem scharfen Rükken und mit Sommersprossen gesprenkelt. Die Sonne von Südwest hat ihr ein Spinnennetz winziger Fältchen um die Augen graviert. Ihre Haare sind von einem farblosen Blond, die Augen blaßgrün. Sie lebt allein, ihr Mann ist bei der Truppe, und die Ehe ist kinderlos geblieben. Dennoch beschäftigt sie drei Dienstboten: »Die Kaatje mit ihrer Tochter hilft mir im Haus aus. Dann ist da noch der alte Lukas, ein Klippkaffer, der Trottel ist aber grade mal zum Grassammeln zu brauchen.«

Frau During erhebt sich und sagt: »Nun, meine Liebe, ich will noch zu Eilers! Ich schicke Ihnen morgen früh die Gloria vorbei, das ist ein Hottentottenmädel, eine Nichte von meiner Kaatje, die kann Ihnen die Wäsche machen und da und dort ein bißchen zur Hand gehen. Geben Sie ihr ab und zu eine Handvoll Kaffee oder Tabak dafür und vielleicht einmal eine alte Bluse oder so was, und scheuen Sie sich nicht, ihr dann und wann ein paar überzuziehen, die Luder sind nämlich alle stinkfaul, und gestohlen wird auch, wenn Sie ihnen nicht ständig auf die Finger schauen!«

Cecilie schaut sie erschrocken an: »Aber ich bitte Sie, Frau During! Ich kann das Mädchen doch nicht schlagen!«

Frau During hebt eine tadelnde Augenbraue: »Liebes Fräulein Orenstein, das ist gewißlich eine Einstellung, die Ihnen alle Ehre macht, sie verrät mir aber zugleich, daß es Ihnen an Erfahrung mit den hiesigen Kaffern und Hottentotten mangelt! Gelegentliche Haue sind da ganz und gar nicht fehl am Platze und tun dem faulen Volk letztendlich nur gut.« Sie lächelt versöhnlich: »Ich behandle meine Dienstboten und da vor allem die Mädchen gut und gerecht, und wenn hin und wieder die Reitpeitsche vermittelnd eingreifen muß, so achten sie mich doch dafür um so mehr. Milde und Mitleid würden die mir sofort als Schwäche auslegen.«

Frau During legt ihr die Hand auf den Arm und sagt: »Junge Dame, glauben Sie mir, Sie kennen die Verhältnisse hier nicht! Ohne Härte und Züchtigung läßt sich der Neger nun einmal nicht erziehen, diese Erziehung liegt aber doch in seinem ureigensten Interesse. Er ist nur zu dumm, das zu begreifen. Lassen Sie sich jedenfalls nicht von Humanitätsaposteln irremachen, die in notwendiger Strenge nichts als private Willkür und eingefleischte Grausamkeit sehen. Das gerade Gegenteil ist der Fall!« Frau During tätschelt ihr die Hand und erhebt sich. »Ich muß nun leider wirklich los, meine Liebe, sonst bekomme ich keine Brötchen mehr! Zum Selbstbacken fehlt mir einfach die Zeit.«

Am Dienstagvormittag kommt Lutter und bringt Johannes mit. Der alte Namamann lacht sie zahnlückig an und hält seinen Hut vor die Brust, verbeugt sich und sagt: »Hochge – ehrt, gnä' Frulein!« Cecilie erwidert seinen Gruß, und dann fällt ihr etwas ein: »Johannes, ich brauche jemanden, der mir hin und wieder hilft, die Kamera und verschiedene Gerätschaften zu tragen. Willst du das machen?« Sie blickt abwechselnd Lutter und Johannes an. »Da ist der Johannes doch ganz der richtige Mann dafür!« sagt Lutter und gibt ihm einen Klaps auf die Schulter. »Nicht wahr, Johannes? Oder hast du etwa keine Zeit?« Johannes schüttelt den Kopf und nickt dann: »Oh, heb ik viel Zeit, Herr Lutter – Missus! Stief vi-i-i-iel Zeit!« Er zieht das Wort »viel« ganz unglaublich in die Länge, um zu zeigen, daß er wirklich eine Menge Zeit hat.

Am nächsten Morgen geht sie ganz früh, gleich nach Sonnenaufgang, zwischen roten Backsteinmauern zur Talstraße hinunter, wo Karl Bauer seine Felsenkellerbrauerei in den Hang gebaut hat, und von dort weiter über den von dürren Binsen gesäumten Riviergrund von Gammams. Johannes trägt die größere Kamera mit dem Stativ über der Schulter und am Riemen die Tasche mit den Platten. Immer noch hat er die speckige, grün-weiße Studentenmütze auf, aber er trägt inzwischen einen schwarzen Anzug, den ihm Lutter geschenkt hat, und macht eine ganz respektierliche Figur darin. Cecilie geht mit der kleinen Kodak voraus und sucht nach Motiven. Sie photographiert das bakteriologische Institut im harten, scharfen Licht der Morgensonne, ein einsamer Bau am Hang vor den weichen Wogen der Khomasberge, darüber der weite, leere, unendliche Himmel, dessen herrliches Blau sie nicht abbilden kann, der aber auch so die Einsamkeit des Hauses im goldenen Gras vor den fernen Bergen unterstreicht. Die oberen drei Viertel des Bildes zeigen nichts als diesen Himmel. Danach dreht sie die Kamera um und macht eine Panoramaaufnahme von Windhuk mit der Feste auf der gegenüberliegenden Höhe. Johannes hockt auf der Erde und schaut ihr zu und schmaucht sein Pfeifchen.

So nimmt sie dies und das auf im Lauf der Zeit, das Denkmal im Truppengarten, die Kette der Auasberge. Das Postamt, das Vermessungsamt, das Proviantamt, das Gericht. Einmal begegnet sie einem Trupp berittener Soldaten, die mit einem Maschinengewehr vom Schießplatz herkommen. Der Offizier läßt für sie halten, und sie photographiert die Reiter, mit dem Turmdach des Gouverneurshauses im Hintergrund.

Gloria besorgt inzwischen Einkäufe, hängt die Schlafdecken zum Lüften auf, kehrt den Staub aus den Zimmerchen und wäscht die Sachen. Cecilie ist bis jetzt recht zufrieden mit ihr. Gloria kocht den Kaffee und steckt den Kopf zur Tür herein und sagt: »Missis is die Koffie klaar!«, wenn er fertig ist.

Gloria ist klein und zierlich, hat eine hellbraune Haut, kurze, wollige schwarze Haare und die breite Nase der meisten Nama. »Ja, Nama«, sagt sie in ihrer atemlosen Art zu reden, »und ich bin achtzehn Jahr' alt, Missis! Fru Kaatje, die is mein' Tante, aber is nicht mein' Mutter!« Sie kichert. »Dis is mein Kleid!« Das Kleid ist weiß und mit talergroßen roten und gelben Blumen bedruckt. Gloria zieht den Rock nach beiden Seiten auseinander, um das Muster zu zeigen. Dabei faßt sie den Stoff mit Daumen und Zeigefinger und spreizt die anderen Finger ab, so weit es geht, und sagt voller Stolz: »Dis hab ich selber 'näht, aber mein Tante Kaatje, die hat mir die Stoff geben!« Sie kichert wieder. Sie kann kaum eine Minute ernst bleiben und fängt beim geringsten Anlaß an zu lachen. Nur als Cecilie sie fragt, ob sie einen Freund hat oder bald heiraten will, wird sie verlegen und zerknautscht ihre Schürze in den Händen und macht: »Huuh!«

In Klein-Windhuk, nicht weit von der Avispforte, begegnet Cecilie einer Basterfamilie mit Eselskarre auf dem Weg in die Stadt; Mann, Frau, ein uraltes, runzliges Weib, neun Kinder, drei Hunde, ein halbes Dutzend magere Ziegen. Diese Baster tragen europäische, allerdings sehr abgetragene Kleidung und sind so hellhäutig, daß man sie für Weiße halten möchte. Sie sind sogar blond, ihr Haar ist aber kraus wie das der Nama. Malerisch sehen sie aus, der Mann unter einem wagenradgroßen Hut, die Frau mit einer seltsamen weißen Haube, die irgendwie holländisch aussieht. Cecilie hält sie mit freundlichen Worten an und stellt ihre neue Goerz-Tenax-Kamera auf dem Dreibein vor ihnen auf. Sie nimmt den Objektivdeckel ab und öffnet den Verschluß, steckt den Kopf unter das schwarze Tuch und späht durch das Objektiv. Sie muß sich mit dem Apparat ein paar Meter zurückziehen, bis die Leute mitsamt ihren Tieren in den Bildausschnitt passen und klar und scharf auf der mattierten Glasplatte zu sehen sind. Alle, Mann, Frau, Großmutter, Kinder, Hunde und Ziegen, stehen unbeweglich und starren mit großen Augen in die Linse. Das Licht fällt von seitlich hinter ihr ein und modelliert die Personengruppe sehr plastisch mit weichen Schatten, sie hat das schon bei der Aufstellung beinahe unbewußt berücksichtigt. Nun, zufrieden mit Ausschnitt, Lichteinfall und Aufstellung, schließt sie den Verschluß wieder, klappt die Glasplatte in der Kamera hoch, schiebt an ihrer Stelle die Kassette ein und zieht die Abdeckung der lichtempfindlichen Seite an der kleinen Stoffschlaufe nach oben weg. Johannes hat sich diesmal nicht abseits gesetzt, sondern mit wichtiger Miene neben ihr aufgebaut.

Sie stellt den Universal-Momentverschluß auf 1/10 Sekunde ein, steckt den Kopf unter das Tuch und sagt mit erhobenem Zeigefinger warnend: »Nicht bewegen!« Zugleich drückt sie den Gummiball, der den Verschluß auslöst. Klick-klack macht es, und die Basterfamilie ist auf die photographische Platte gebannt. Sie schiebt die Abdeckung wieder über die Platte, nimmt sie heraus und verstaut sie in einer Blechkassette, dem Wechselkasten. Den Bastern gibt sie ein halbes Pfund Kaffeebohnen für den Aufenthalt, darüber freuen sich die Leute sehr und verabschieden sich mit viel Nicken und Winken.

Zu Hause macht sie sich in ihrer provisorischen Dunkelkammer ans Entwickeln. Sie legt die belichtete Bromsilber-Gelatine-Trockenplatte in eine Porzellanschale, übergießt sie mit Rodinal-Entwickler und läßt die Flüssigkeit so lange über der Platte hin- und herfließen, bis sie im schwachen Schein ihrer abgedunkelten Rotlichtlaterne das Bild entwickelt sieht. Nun spült sie es in einer zweiten Schale gründlich mit Wasser ab und legt es anschließend in ein Fixierbad aus unterschwefligsaurer Natronlösung. Nach ganz kurzer Zeit ist die Fixage erledigt, die nicht vom Licht reduzierten Silbersalze sind fortgewaschen, und die Platte kann jetzt normalem Licht ausgesetzt werden. Sie wäscht sie gründlich ab, dann ist das Negativ fertig. Einen Papierabzug fertigt sie nicht an, sie verstaut die Glasplatte in einem der Holzkästen, die sie für diesen Zweck gekauft hat. Auf jedes Negativ klebt sie einen kleinen Papierstreifen und beschriftet ihn sorgfältig: »Basterfamilie bei Avispforte. 13. Apr. 04. C. Orenstein phot.«

Nach und nach nimmt sie auf, was die Gouvernementshauptstadt zu bieten hat: eine Ansicht der Kaiserstraße nach Süden und dito von Norden. Landschaftspartie bei Pokkiesdraai. Blick über das Klein-Windhuk-Tal. Johannes ist immer dabei, hilft ihr beim Aufstellen und Tragen, pafft sein Pfeifchen und blinzelt mit zusammengekniffenen Augen in die Gegend. Sie macht eine Aufnahme der Missionskirche, das Blechdach des spitzen Türmchens blitzt in der Sonne. Die Feste mit wehender Fahne. Die »Burgruine« Sperlingslust, aus deren bröckeligen Mauern Dornzweige wachsen.

Einen Sonnenschirm trägt sie nicht, das käme ihr doch ein wenig affig vor. Der Hut mit der breiten Krempe reicht ihr als Schutz gegen die Sonne. Die Frauen hier, soweit sie beobachten konnte, putzen sich weit weniger heraus als in der Heimat. Nur sonntags und auch dann nur gelegentlich sieht man einmal Frauen in der Stadt im großen Aufputz und mit weißen oder pastellfarbenen Schirmchen herumlaufen. Die gute Garderobe ist in der Regel knapp und wird für besondere Anlässe geschont, für den Kirchenbesuch, für Feiertage, gelegentliche Ansprachen oder auch einmal ein Platzkonzert, die jetzt allerdings kaum mehr stattfinden. Leichte Kleidung ist hier durchaus üblich, und Frau During hat ihr sogar verraten, daß sie in der warmen Zeit ganz auf Korsetts und ähnliches verzichtet und etwaige figürliche Mängel im Bereich der Büste leicht mit Rüsche und Spitze kaschiert werden könnten. Frau During ist mager, an ihrer Taille ist nichts auszusetzen. Cecilie ist ebenfalls schlank und ohnehin Anhängerin der Reformkleidungsbewegung, die ohne die gesundheitsschädlichen Korsetts auszukommen sucht und für leichte, luftige und vor allen Dingen nicht einschnürende und beengende Kleidung ist.

Es soll übrigens, so Frau During, sogar Farmersfrauen geben, die sich nicht scheuen, in Hosen herumzulaufen, und wohl gar noch nach Männermanier reiten! Amazonen! Gesehen hat sie derlei freilich noch nicht, aber man hört eben so manches.

Heusis

11. April (Montag):

Ettmann läßt sich von Abraham Wasser heiß machen und rasiert sich vor der fleckigen Spiegelscherbe. Sein Rasierspiegel ist ihm vor ein paar Tagen zerbrochen. Von den anderen hat keiner einen, so unglaublich es klingt. Die Scherbe gehört zum Inventar des Forts.

Ein paar Meter weiter hocken Lambert und Windstaan am Hang und unterhalten sich in ihrer Namasprache, langsam und ruhig, mit langen Pausen, in denen sie nur an ihren Pfeifen ziehen. Ettmann lauscht dem Klang der Sprache, von der er kein Wort versteht. Faber in Swakopmund fällt ihm ein, der Pensionswirt. Was hat der noch mal zur Namasprache gesagt? Verrücktes Geschnatter? Das ist nun ganz und gar nicht wahr! Die Sprache klingt ihm sehr angenehm in den Ohren, gewiß fremdartig, manchmal näselnd, aber melodiös und im Rhythmus ihrer Betonungen beinahe – aber nur beinahe – wie Gesang. Dazwischen klickt und schnalzt es, wie willkürlich eingestreuter Zungenschlag, nicht laut, nicht auffällig, eben Teil der Sprache und vielleicht nur deshalb bemerkenswert, weil es so unmöglich scheint, es nachzumachen. Es soll aber Deutsche geben, die das ganz gut beherrschen.

Er geht ein paar Schritt näher hin und lauscht auf diese seltsamen Laute. Einer tönt wie ein Fingerschnippen, einer mehr wie ein Schmatzen, die einen klingen hell, andere dumpf. Ein dumpfer Schnalzlaut wiederholt sich öfter, er klingt wie das Entkorken einer Flasche, und Ettmann versucht, ihn nachzumachen. Das gelingt ihm auch ziemlich schnell, indem er die Zungenspitze an den Gaumen legt und dann schnell nach hinten abzieht. Den Laut aber flüssig an den Anfang eines Wortes zu setzen, wie er es von den Namas hört, das gelingt ihm nicht. Außerdem klingen viele Wörter, als seien sie durch die Nase gesprochen. Er läßt es gut sein, bevor ihn einer sieht, wie er dasteht und mit rundem Mund und geschürzten Lippen versucht, diese leisen Zungenschnalzer von sich zu geben. Er trocknet sich das Gesicht ab, wischt das Rasiermesser sauber und legt es ins Etui zurück.

Draußen ist alles in Ordnung. Seelig hat Wache, da sitzt er unter seinem Tropenhelm auf dem Dach und hält Rundschau. Ettmann beobachtet ihn heimlich eine Weile und stellt fest, daß der junge Mann aufpaßt und auch immer mal nach allen Seiten schaut, das freut Ettmann. Einen Grashalm hat er im Mund, er raucht ja nicht, weder Pfeife noch Zigarren, und Tabak kaut er auch nicht. Unten bei den Maultieren sind Keister, Schellenberg und Zähringer beschäftigt, sie füttern den Viechern Hafer, von dem reichlich da ist, seit die Pferde weg sind. Der aberwitzige Gedanke schießt ihm durch den Kopf, die Maultiere hätten den Überfall vorgetäuscht und die Pferde davongejagt, um den Hafer alleine fressen zu können. Er schwankt eine Sekunde, ob er lachen oder sich Sorgen um seinen Geisteszustand machen soll, und sagt schließlich: »Quatsch!«

Druse ist nirgends zu sehen. Er geht um den kleinen Steinbau herum, bis er nach Süden und Westen sehen kann. Da unten ist Druse, mit dem Spaten bei der Latrine beschäftigt. Alle da, all accounted for.

Später stolpert er den Hang hinunter. Hier liegen schwarzbraun verrostete Konservendosen, runde und viereckige. Die viereckigen sind die Corned-beef-Dosen. An der Mauer am Kraal liegt einer der Blechkästen, in denen das Dauerbrot kommt, auch dunkelrostig von der Regenzeit und von vielen Übungsschüssen durchlöchert. Er setzt sich auf die Mauer und baumelt mit den Beinen. Was für eine brütende Hitze! Ringsum im ockergoldenen Hügelland flirrt und flimmert die Luft. Es ist totenstill. Die Zeit tropft zähflüssig wie Melasse, jede Minute zieht einen sechzig Sekunden langen Faden.

Abends zirpen die Zikaden, fiüp – fiüp – fiüp – fiüp. Die Ohren hören sie, aber der Verstand nimmt sie nicht mehr wahr; zu sehr ist er daran gewöhnt. Das Geräusch gehört zur Umgebung wie die Luft, das Gras, die Steine.

Es dämmert, und es wird dunkel, auf die Augen ist kein Verlaß mehr. Jetzt ist das Gehör an der Reihe. Der Verstand lauert durch die Ohren auf knackende Zweige, rollende Steinchen. Auf metallisches Klicken. Auf Zähneknirschen und feindlichen Herzschlag. Die Nase paßt mit auf, prüft die Luft nach Spuren von Rauch, von Schweiß, von Tabak.

Nachts kommt die Angst. In der Nacht, da schleichen sie den Hügel hoch, Hunderte, geräuschlos, von allen Seiten, und der Posten döst und hört nichts, bis ihm das Messer in der Kehle sitzt.

12. April (Dienstag):

Ereignislos geht der Tag vorbei. Die Witboois sind schweigsam und rauchen ihre Pfeifen, in denen sie Dagga und Tabak zusammen verbrennen. Manchmal murmeln sie miteinander. Sie können stundenlang auf einem Fleck sitzen, ohne sich zu rühren. Hin und wieder hört er sie hüsteln. Warum verschwinden sie nicht einfach, denkt Ettmann, es wäre doch kinderleicht in dieser unendlichen Rauf-und-Runter-Savanne, und wer wollte sie schon wiederfinden, in dem riesengroßen Land? Es muß an Hendrik Witbooi liegen, ihrem Kapitän. Der hat sie zu den Dütschmen geschickt, wegen dem Vertrag, den er mit Leutwein gemacht hat, als der ihn in der Naukluft endlich besiegt hatte. Sie gehorchen einfach ihrem Kapitän, so wie er letztlich seinem Kaiser gehorcht.

Es ist nicht leicht einzuschlafen, wenn man Angst hat, eventuell ein warnendes Geräusch zu überhören. Ettmanns Geist hält ihn mit gehörten oder gelesenen Schreckensgeschichten von Massakern an Weißen wach, etwa das am Little Bighorn River, als 1876

General Custers 7. Kavallerieregiment von Dakota- und Chey-enne-Indianern niedergemacht worden war. Oder Isandhlwana, wo Lord Chelmsfords Expeditionstruppe von zwanzigtausend Zulus überrannt und bis auf den letzten Mann abgeschlachtet worden war. Das war drüben in Südostafrika, in der Natal-Pro-vinz, und ist jetzt fünfundzwanzig Jahre her. Lord Chelmsford hat tausenddreihundert Mann verloren; er selbst war gerade nicht in der Gegend.

Hier in Südwest ist natürlich alles kleiner, unwichtiger und we-niger aufsehenerregend. Vor drei Monaten erst, zu Anfang des Aufstandes, haben Hereros auf der Waterbergstation dreizehn ah-nungslose Deutsche totgeschlagen. Er hat darüber in der Zeitung gelesen, als er vor vier Wochen nach Windhuk kam, an seinem Ge-burtstag. Sieben Polizisten waren unter den Toten, hieß es da, und mehrere Mitglieder einer Kommission, die die Wasserverhältnisse in der Region erforschen wollte. Er erinnert sich deshalb daran, weil unter den Toten am Waterberg ein Wasserbautechniker na-mens Watermeyer war. Was für ein sonderbares und tragisches Geschick, so zu heißen und so einen Beruf zu haben und dann fern der Heimat am Waterberg totgeschlagen zu werden!

Mit zusammengebissenen Zähnen lauscht er ins Dunkel hinaus, aber alles bleibt totenstill. Oder beinahe. Ist das Druse, der so schnarcht? Er schläft weg, eine Stunde lang. Schrickt hoch. Raunen. Tuscheln. Er liegt wach und lauscht. Döst. Treibt wieder davon.

13. April (Mittwoch):

Zähringer und Schellenberg hocken wieder über ihrem Müh-lespiel mit Steinchen, aber nach einer Viertelstunde verlieren sie die Lust. Die Witboois sind unten am Kraal und tränken die Maul-tiere. Druse schnitzt an einem Kameldornstöckchen. Seelig liegt auf dem Bauch, den Kopf auf die Arme gelegt, und scheint zu schlafen.

Ettmann sitzt im Schatten der Plane auf der Terrasse und starrt über das Rivier hinweg in die hügelige, mit Dornsträuchern ge-sprenkelte Wüstenei, die sich in der Ferne in blauem Dunst ver-liert. Ödnis und Fliegengesumm. Es ist fürchterlich heiß. Ein kleiner Schluck lauwarmes, brackiges Wasser, gründlich den

Mund damit spülen. Er macht den Zeigefinger naß und bohrt damit in der Nase, die ausgedörrten Schleimhäute befeuchten. Nach ein paar Atemzügen schon sind sie wieder trocken. Der Atem raschelt buchstäblich.

Seelig ist aufgewacht und radebrecht mit Abraham herum. Ettmann wendet sich halb um, um zu hören, was die beiden reden. Abraham sagt: »Mein Mutta, Mista, mein Mutta sind alle tot! Mein Vatta sind auch alle tot, Mista.« Seelig schüttelt den Kopf: »Nein! Meine Mutter ist tot! Mein Vater ist tot!« Abraham nickt und sagt: »Mein Mutta und mein Vatta auch all alle tot, Mista, und auch mein Schwesta und mein Brüda, all die sind«, er breitet die Arme aus und sagt kläglich, »weiß nicht, wo.«

14. April (Donnerstag):

Ettmann sattelt mit Druse zwei Maultiere und macht sich mit ihm auf zu einem Patrouillenritt. Sie reiten auf der Pad ein gutes Stück nach Westen, schön langsam, denn mit den störrischen Biestern ist ohnehin kein richtiger Trab zu wagen. Nach zwei Stunden kommen sie an die Stelle, die auf der Karte Heikeibdikus heißt. Dort hängt an einem rostigen Nagel ein völlig verwittertes Schild nach unten, auf dem sich der Name gerade noch entziffern läßt. »Heikeibdingsbums« sagt Druse dazu. Sonst ist hier überhaupt nichts zu sehen, das auf einen Ort schließen ließe, kein Haus, kein Pontok, nicht einmal verfallene Reste. Ein kleines und ganz ausgetrocknetes Rivier kreuzt hier die Pad, vermutlich könnte man hier Wasser finden, wenn man nur tief genug graben würde. Das wird der Grund für das alte Schild sein, das sicherlich von Hauptmann v. François und seinen Reitern aufgestellt wurde, die des öfteren diesen Weg von Swakopmund nach Windhuk nahmen. Am Rivier, das nur eine zwei Meter breite Rinne voll Sand und Steinen ist, wächst oder wuchs ein kleiner Baum, der völlig blattlos ist und nur etwa eineinhalb Mann hoch. In eine Hälfte seiner kahlen Krone haben Webervögel ihr Nest hineingebaut, das im Lauf der Zeit zu ansehnlicher Größe herangewachsen ist. Diese kleinen Vögel sind gesellig, leben in großen Gemeinschaften zusammen und bauen ihre Nester auf Bäumen und manchmal sogar auf Telegraphenstangen oder auf einem Termitenhügel.

Auf dem Rückweg erzählt Druse von seiner Farm am weißen Nossob und den sieben harten Jahren, bis die Hereros sie bei Aufbruch des Aufstandes niederbrannten, seinen Farmhelfer erschlugen und sein Vieh forttrieben.

»Der Südwester Farmer ist ein armer Hund, Herr Unteroffizier!« sagt er. »Sie können sich nicht vorstellen, was es an Mühe und Schweiß kostet, eine Farm aufzubauen, vom Gelde ganz zu schweigen. Ich hatte damals noch Glück, weil ich eine schöne Wasserstelle am Nossob auf meinem Land hatte, da blieb mir die elende Schinderei erspart, Wasser zu erschließen oder einen Brunnen zu graben. Aber die Schwierigkeiten sind fast nicht aufzuzählen. Einzäunen, Einrichten von Viehposten, Hausbau, Wegebau, alles mit den eigenen Händen und einem oder zwei Helfern. Für die muß natürlich auch eine Unterkunft her. Und Kosten, Kosten, Kosten! Holz ist fast unbezahlbar, hier wächst ja kaum etwas außer den krummen Akazien, und das Schlagen grüner Bäume ist in Südwest bei Strafe verboten, weil es so wenig gibt. Der Kaufpreis muß getilgt werden, Zinsen wollen bezahlt sein, dazu Steuern aller Art, Wagensteuer, Haussteuer und so weiter. Kommt die Truppe durch oder ein Beamter vorbei, müssen Wasser und Weide umsonst gestellt werden, das nennt sich dann Tränklast und Ausspannlast. Zur Abwechslung mal ein Heuschreckenschwarm, Dürrejahre, Raubzeug, Krankheit, was weiß ich. Schwierigkeiten noch und nöcher! Und kaum hat man einen kleinen Viehbestand zusammen und denkt, es geht vielleicht allmählich ein klein bißchen aufwärts, da wird ihnen das Vieh krank und verreckt. Ich hatte zwei Dutzend schöne Damararinder damals, mein erster Bestand, langbeinige Beester mit langen Hörnern, anspruchlos und fruchtbar, nur Milch gaben sie nicht viel. Die sind mir allesamt an der Lungenseuche eingegangen, im vierten Jahr.«

Er schüttelt traurig den Kopf und sagt: »Ich hab dann neu angefangen, mit Afrikanern, mehr Fleisch und mehr Milch, dafür wollen sie mehr Wasser, aber das hatte ich ja. Gleich in der zweiten Nacht sind mir fünf gestohlen worden, die anderen zwölf sind dann im Sommer an der Rinderpest krepiert. Da waren noch zwei übrig, die sind geimpft worden und daran eingegangen. Zum Ver-

438

zweifeln. Schließlich hab ich zwanzig Damararinder günstig kaufen können, die wurden dann der Grundstock für die schöne kleine Herde, die sich Anfang des Jahres die Hereros genommen und meinen Franz dabei totgeschlagen haben.«

Ettmann fragt ihn: »Sie hassen die Hereros bestimmt, nicht wahr?« Druse schiebt die Unterlippe vor und sagt: »Na ja, die den Franz umgebracht haben, schon. Die würde ich glatt über den Haufen schießen, wenn sie mir vor die Flinte kämen, obwohl er davon auch nicht wieder lebendig würde. Aber ich weiß ja nicht, welche das waren.« Er überlegt eine Weile und sagt: »Aber hassen, die Hereros allesamt, nein, eigentlich nicht. Es gibt ja solche und solche, genau wie bei uns.«

Nach einer Weile fragt Ettmann: »Und was werden Sie machen, wenn das hier vorbei ist? Wieder von vorn anfangen?« Druse zuckt die Achseln. »Vielleicht. Ich weiß es noch nicht. Bin auch nicht mehr der Jüngste. Aber nach Deutschland zurück will ich auch nicht.«

15. April (Freitag):

Ein Tag vergeht wie der andere. Keine Spur von Hereros, kein verdächtiger Rauch, nichts. Wer soll sich da draußen in dieser endlosen Graseinsamkeit schon herumtreiben und wozu. Da fällt am Nachmittag plötzlich ein Schuß, nicht sehr laut. Alle schrecken hoch. Vögel flattern auf, ziehen einen schwirrenden Kreis über der Wasserstelle und versinken wieder in den Büschen. Nichts weiter geschieht, niemand kommt in Sicht. Es klang auch nicht sehr nahe. Kann ein Herero gewesen sein, der sich ein Perlhuhn geschossen hat oder einen Pavian. Kann auch sein, daß ein Leopard jemanden angefallen hat. Kann aber auch sein, daß man sie überfallen will und ein Schuß versehentlich losgegangen ist. Aufklärung tut not, und die Witbois ziehen zu zweit los, diesmal bleibt Lambert hier. Am frühen Abend sind sie wieder da. Spur von einem Mann mit Nagelschuhen und einem ohne Schuhe, wahrscheinlich ein Bur' mit seinem Bambusen, Spur kommt von Süden und führt nach Westen. Sonst haben sie nichts gefunden. Worauf der Fremde auch immer geschossen hat, getroffen hat er wohl nichts.

Ettmann kaut lustlos auf dem Hartbrot herum, das er mit Corned beef belegt hat. Dazu gibt's kalten Tee mit zu wenig Zucker, denn es ist nur noch ein kleiner Rest da. Es fehlt ihm etwas Süßes zu essen, und Obst fehlt ihm auch. Er würgt den trockenen, salzigen Bissen herunter und verspürt auf einmal eine geradezu wahnwitzige Gier nach Birnen. Nach Butterbirnen, nach den steinharten, kleinen grünen Dingern, wie sie längs des Treidelweges wuchsen, am Ludwigs-Donau-Main-Kanal zwischen Nürnberg und Fürth. Herb, aber süß waren die und eine wunderbare Erfrischung an einem heißen Sommertag. Die kleinen krummen Birnbäume, der sandige Pfad, der verträumte Kanal, auf dem nie viel los war, mit seinem schwarzen Wasser und dem Schilf am Ufer, die malerischen engen Schleusen, aus denselben großen Quadern gebaut wie die Burg und die Stadtmauer, wie das ganze Nürnberg, schwerer, dunkel verrußter Sandstein, mit dem Taschenmesser konnte man leicht seine Initialen hineinritzen. Als Bub war er jedes Jahr einmal im Sommer eine, manchmal zwei Wochen bei den Großeltern in Nürnberg gewesen. Spaziergänge mit dem Großvater am Kanal entlang oder in den Pegnitzauen und Kanäle in den Putz kratzen im Stiegenhaus.

Nachts passen sie alle auf, hocken auf der Terrasse, Gewehr griffbereit, kauern unter den Fenstern. Dösen. Hochschrecken. Lauern. Einnicken. Keiner schläft richtig, keiner traut der Wache, denn jeder weiß, wie leicht sie trotz aller Wachsamkeit überrumpelt werden könnten. Ab und zu knackt das Wellblech über ihren Köpfen. Das Blech kühlt ab, oder der Posten auf dem Dach hat sich bewegt.

16. April (Samstag):

Ettmann steht auf der Terrasse und genießt die kühle Morgenluft kurz vor Sonnenaufgang. Abraham hockt am Feuer mit der Pfanne, röstet Kaffeebohnen und singt dazu: »Koffie, Koffie, Koffie, Koffie!« Immer nur das eine Wort, rauf und runter.

Ettmann bespricht sich mit Zähringer. Sind sie die einzigen Menschen weit und breit, oder gibt es da draußen doch Aufständische? Sind die Otjimbingwe-Hereros alle davongezogen, oder haben sie sich hier im Hochland versteckt? Abraham sagt unvermittelt: »Niet kein Herero, Mista, kein mehr hier! All' Leut von Otjimbingwe, all Orlogsleut, all Beeste, all Kinda, Frumenscha, all geh stief weit weg!« Er zeigt mit ausgestrecktem Arm nach Osten.

»Was?« sagt Ettmann, und: »Was sagst du da?« Der Kleine nickt ernsthaft und legt eine Hand aufs Herz. »All fort!« Zähringer mustert ihn mißtrauisch. »Woher willst du das denn wissen, du Knirps?« Abraham hebt die mageren Schultern und läßt sie wieder fallen: »Weiß!« Zähringer sagt: »Er will sich bloß wichtig machen.« Aber da schüttelt Abraham heftig den Kopf und sagt: »Abraham bei Hereroleut un' hör dis!«

Ettmann fragt ihn: »Wann warst du denn bei Hereroleut?«, und der Knabe sagt: »Vor die Febel Bartmann.« Damit meint er Feldwebel Kanther, das wissen sie schon. Abraham macht jetzt ein ganz ernsthaftes Gesicht und hebt einen Finger: »Abraham Swakopmund!« Er hebt einen zweiten Finger: »Treck mit die Beeste nach Otjimbingwe!« Dritter Finger: »Viel viel Hereroleut un' Abraham bleib da un' Johannes un' Mista Lutta ganz lang. Un' Missis Nurfru bleib auch ganz stief viel lang!« Zähringer schüttelt zweifelnd den Kopf. Ettmann fragt: »Missis Nurfru? Wer soll das sein?«, und Abraham lacht glücklich und sagt: »Zezel Ornstein heißt!«

Der Kleine ist also der Namaknabe, von dem Cecilie ihm erzählt hat! Er muß von dem Hererolager weggelaufen sein, nachdem Cecilie sich auf den Weg zu dem Einsiedlermissionar Schwarz gemacht hat. Abraham ist also los, immer nach Osten, ganz allein mit seiner Kürbisflasche Wasser, und nach ein paar Tagen haben ihn plötzlich zwei Soldaten eingefangen und hier aufs Fort gebracht, wo der Bartmann der Baas war. Getan haben sie ihm nichts, sie haben ihn nur ausgefragt. Dann haben sie ihm zu essen gegeben, also ist er dageblieben.

Druse breitet die Arme aus, holt tief Luft und singt wie ein Opernsänger hinunter ins Heusis Tal: »Am liebsten säu-häuft das Wa-harzenschwein – den ganzen Ta-hag nur schwa-harzen Wein!«

»-aharzen – ein!« kommt ein schwaches Echo aus dem flachen

Tal zurück. Ettmann starrt ihn ungläubig an. Schellenberg sagt, ohne von seiner Knopfannäherei aufzusehen: »Südwesterkoller! Holen sich die meisten hier.«

18. April (Montag):

Ettmann erwacht vom Brausen und Pfeifen des Nachtwindes. Es ist noch stockdunkel. Eine Weile versucht er, wieder einzuschlafen, aber der Wind weht heute außergewöhnlich stark. Er brummt und tost, und jetzt fängt eine Ecke des Blechdaches an zu klappern. Nun werden auch die anderen wach. Draußen weht es ihn fast um. Unmöglich, Feuer anzumachen, selbst drinnen nicht, der Wind pfeift durch die Scharten und Fenster und wirbelt den Staub auf. Schließlich wird es hell. Mit Sonnenaufgang wird der Wind allmählich schwächer, aber diesmal schläft er nicht ein. Es weht den ganzen Vormittag stetig von Osten her. Mittags ziehen Wolken auf und türmen sich immer höher übereinander. Immer mehr schieben sich von Osten heran, wachsen gewaltig in die Höhe, eine himmelhohe Wand grauer, quellender Wolken. »Sturm!« sagt Zähringer und Druse sagt: »Jau!« Er weist mit dem Kopf zum Kraal hinunter und sagt: »Müssen sehen, daß die Viecher nicht 'rauskönnen, besser, wir binden sie an!« Mit Lambert läuft Druse hinunter.

Wolkenschatten wandern über das Land, verdunkeln das goldene Gras zu stumpfem Silber, die rote Erde zu grauer Asche. Sausend kommt eine Bö angefegt, Windstöße drücken die Grashalme an den Boden, wie Wellen fliegt es über die Hänge und Kuppen, reißt Staubfahnen aus dem Boden, läßt sie wie Geister in pfeifenden Wirbeln dahertanzen. Ettmann schaut nach oben. Die verblaßte Fahne steht waagerecht vom krummen Mast weg und knattert wie ein Feuerwerk. »... besser runter ... reißt sie noch ab!« schreit ihm Schellenberg ins Ohr. »Ja!« erwidert Ettmann. »Machen Sie das!« Ein paar Minuten später kommen Druse und Lambert zurück. Ettmann schaut zum Kraal hinunter. Die Maultiere stehen hinter dem Steinwall, die Köpfe im Wind, die Ohren flach. Staubschleier jagen das Rivierbett entlang. Auf einmal wird der Wind wieder schwächer, säuselt nur noch.

Die Wolkengebirge wachsen weiter in den Himmel und verdunkeln die Sonne. Düsternis senkt sich schwer auf das Land und Beklemmung aufs Gemüt. Der Wind legt sich ganz, es wird geradezu unheimlich still. In diese Stille hinein rumpelt und grummelt ferner Donner. Nach Windhuk zu ist der ganze Horizont bedrohlich blauschwarz. Rötlichgelb flackert Wetterleuchten im dunklen Gewölk. Sie stehen alle auf der Terrasse und schauen. Abraham kauert zu Keisters Füßen, die Arme um die Knie geschlungen. »Wird Winter!« sagt Druse. Sein Bart und seine Haare sträuben sich, Fünkchen irrlichtern blau knisternd in seinen Haaren. Ettmann sieht es mit plötzlicher Furcht.

Jäh fegt ein Windstoß heran, eine heulende, schrillende Sturmbö, die Ettmann beinahe von den Füßen reißt. Er taumelt, fängt sich, sucht Halt an der Wand. Druse reißt es die Mütze vom Kopf und bläst sie gegen die Wand, dort klebt sie, bis Druse sie sich wieder holt. Flach liegt das Gras an den Boden gedrückt, wie gekämmt. Ein Blitz fährt blendend weiß über den Himmel, ein fürchterlicher Donnerschlag kracht. Der Schreck jagt Ettmann einen kalten Schauer über den Nacken. Huuuu-huuu-huii! pfeift der Wind. Im Osten flammt der ganze Himmel auf, Blitze zacken waagerecht, mehr als ein Dutzend zugleich, mit furchtbarer Gewalt kracht der Donner und rollt und brüllt. Das Gewitter tobt, in den schwarzen Wolkenwänden flackert es, als wäre eine gewaltige Schlacht im Gange. Es fällt kein einziger Tropfen Regen, aber der Wind legt noch einmal zu und orgelt und jault wie tausend Furien und zerbläst die Wolken zu grauen Nebeln und Fetzen. Wie Geister jagt das über ihnen dahin, jagt nach Westen, hinunter in die Namib, in die glühende Wüste. Das Pfeifen des Windes hat einen hohlen Klang, ebbt ab, schwillt wieder an, flaut endlich ein wenig ab. Allmählich entfernt sich das Donnergrollen. Sonnenstrahlen stechen da und dort durch die jagende Wolkendecke, gelbgold leuchtet das Gras auf. Nach einer halben Stunde sind die Wolken bis auf ein paar Schleier verschwunden. Dann legt sich der Wind.

Im Westen versinkt die Sonne, rot glimmt der Horizont. Von Osten wandert die Nacht heran, schnellen Schrittes und samten blau, aber der rote Schein am westlichen Horizont will nicht verlöschen. Da hat wohl ein Blitz das Gras entzündet. Noch stundenlang flickert und flackert es rot hinter den Hügeln.

443

20. April (Mittwoch):

Dünne weiße Wolkenfelder segeln träge über das Land. Kaum zu glauben, daß gestern so ein Sturm war. Ettmann steht auf dem Blechdach und schaut durchs Fernglas. Weit weg, drei, vier Hügelwellen weiter, klein im unruhigen, zusammenschwimmenden Doppelkreis des Feldstechers bewegen sich Tiere, Pferde vielleicht. Schwer zu sagen in der flimmernden Luft, manchmal sieht es aus, als würden die Tiere über einer glitzernden Wasserfläche schweben. Doch, nun sieht er es genauer, kein Zweifel: Es sind Zebras. Fünf oder sechs Zebras, die langsam über den Hügel streifen, stehenbleiben und grasen und wieder weiterwandern. Auf die Entfernung ist ihre Streifenzeichnung kaum zu sehen, er erkennt die Tiere mehr an ihrer Haltung und an dem typischen Kamm der steifen Mähnenhaare. Schließlich kommen sie in einer Talsenke außer Sicht.

Später sitzt er am Hang und schaut über das Land, über die Hügel mit dem fahlen Gras, die sich nach allen Seiten bis zum Horizont ziehen. Die Grasbüschel stehen mal mehr, mal weniger weit auseinander, da und dort wächst ein besonders hohes Büschel, halbrund wie ein Stachelschwein, die Halme zielen nach allen Seiten. Aus der Nähe sieht man zwischen den Gräsern den ausgetrockneten Boden, mal puderfeinen Staub, mal Sand, mal kiesige Steinchen, scharfkantige Schotterbrocken, flache Steinsplitter. Je nach Licht und Tageszeit nimmt die Erde ganz verschiedene Farben an. Morgens leuchtet sie hellorange, mittags in der heißen Sonne ist sie gelbbraun und ockerstaubig, manchmal beinahe rostrot; im Wolkenschatten oder an einem trüben Tag ein stumpfes Nußbraun, manchmal fast farblos, grau wie Asche, dann wieder flammt sie in der Abendsonne wie Zinnober. Hier und da blinkt Glimmerschiefer oder leuchtet ein schneeweißer Quarzstein. Im Mondlicht wird das Goldgras zu Silber, und der Sand schimmert im matten Glanz von blankem Gußeisen.

24. April (Sonntag):

Der Tag vergeht wie alle anderen, außer, daß es zum Abendessen Perlhühner gibt. Zähringer hat die fetten Vögel gestern geschossen. Lambert und Abraham rupfen die Hühner und braten sie über der Glut. Dazu gibt's Reis und Kaffee.

Abends schreibt Ettmann ins Postenbuch: Sehr heiß. Wolkenlos. Vergangene Nacht kalt, etwa 5° C. Er starrt auf das Geschriebene und denkt, da fehlt noch: Stumpfsinn.

Nachts liegt er schlaflos und lauscht der Stille. Solche Stille kennt er nur aus der Nürnberger Wohnung der Großeltern, wenn er als Kind in dem weichen, dicken Federbett lag, in dem er versank wie in einem Schlaraffenland-Pudding, und lauschte, ob denn gar nichts zu hören sei. Und wirklich, da pochte es von fern und wurde zu leisem Klopfen und endlich zu Schritten und bog in die Straße ein, vorne von der Fürther Straße her, und wurden laute, hallende Absätze auf dem Trottoir – Tock! Tack! TOCK! TACK! Tock! Tack! – und gingen vorbei und wurden allmählich wieder leiser, oder aber es klingelten Schlüssel, und dann knarrte und quietschte eine Tür und fiel endlich ins Schloß, und es war wieder Ruhe.

In Berlin hatten sie, bevor sie nach Friedenau zogen, eine Zeitlang in der Teltower Straße gewohnt, Ecke Großbeeren, in der Beletage, an sich eine schöne Wohnung mit viel Platz. Aber es war laut. Feinheiten wie Schritte oder das Gebrabbel Betrunkener waren da nicht zu hören, denn nur einen Block weiter lag der Anhalter Güterbahnhof, und dort wummerten Tag und Nacht die Puffer, pfiffen die Lokomotiven und schrillten die Pfeifen der Rangierer. Auf dem Pflaster ratterten die Eisenreifen der Fuhrwerke, die elektrischen Läutwerke der Straßenbahnen schrillten, Räder kreischten in engen Kurven. Tagsüber kamen dazu die Geräusche vom Kasernenhof. Nach hinten hinaus lag nämlich die Kaserne des 1. Garde-Dragoner-Regiments, und wenn er sich ganz weit aus dem Fenster im Dienstbotentreppenhaus lehnte, konnte er zwischen den Hinterhäusern ein Stückchen vom Exerzierplatz sehen. Jeden Tag, vormittags wie nachmittags, kletterten da kleine, weiß gekleidete Gestalten die hölzerne Eskaladierwand hinauf und sprangen auf der abgewandten Seite wieder hinunter. Den ganzen Tag kam Gebrüll von dort, das leider unverständlich blieb, aber auch viel Gepfeife mit Trillerpfeifen. Von den Pferden der Dragoner war vom Fenster aus nichts zu sehen, aber gelegentlich konnte er die Ställe riechen, wenn der Qualm der Lokomotiven vom Anhalter nicht gerade in die Richtung zog.

Die Kaserne lag an der Belle-Alliance-Straße, fast am Blücher-
platz beim Halleschen Ufer, und wenn eine Schwadron zum Tem-
pelhofer Feld ausrückte, rannten alle Buben, was sie rennen konnten, zum Kasernentor, um sich das Spektakel anzusehen. Am
besten war es natürlich, wenn das gesamte Regiment ausmar-
schierte, mit Fahnen und Musik und allem Drum und Dran, an
Kaisers Geburtstag zum Beispiel. Der war damals natürlich am
22. März, denn das war noch zu Wilhelms I. Zeiten.

Und hinterher, fällt ihm plötzlich wieder ein, hinter den letzten Dragonern, kam der alte Knesebeck mit seiner Schiebekarre
und dem Kehrblech, die Pferdeäpfel aufsammeln. Dem liefen sie
dann nach und sangen: »Knesebeck, Knesedreck, mach de Pfer-
descheeße weg!«

Für ihn, den Knaben Carl, und für seine Kumpane war die Gegend natürlich großartig, und sie verbrachten Stunden bei den
Brücken über die Yorckstraße, oben an den Gleisen im Gebüsch
versteckt, wo die Lokomotiven vorbeidonnerten, hinein in die
Stadt oder hinaus in die weite Welt, stählerne Ungetüme, tobend
und brüllend vor ihren langen Wagenschlangen, mit glühenden
Augen in weißen Dampf gehüllt und mit schwarzen Qualmstö-
ßen den Himmel verfinsternd.

29. April (Freitag):

Eintrag ins Postenbuch:
Posten François an ablösende Besatzung übergeben.
Übergebender Postenführer: gez. Carl Ettmann, Unteroffz.
Ablösender Postenführer: gez. Kuenz, Vizewachtmstr.

30. April (Samstag):

In Windhuk schreibt Ettmann, an den täglichen Eintrag ins
Postenbuch gewöhnt, in sein Notizbuch: »Gestern endlich ab-
gelöst. Entsatz 14 (!) Mann stark, mit Tragetieren und Zelten.
Rekonvaleszenten, ein Vizewachtmeister führte. Heute vor Son-
nenaufgang aufgebrochen, Abraham mitgenommen, 2 Stdn. nach
Sonnenuntergang Windhuk an. Bericht.«

Und ein Briefchen hat man ihm auf der Feste ausgehändigt:

Lieber Herr Ettmann,

man konnte oder wollte mir in der Kaserne den Zeitpunkt Ihrer Rückkehr nach Windhuk nicht nennen. Darf ich Sie daher bitten, mich aufzusuchen, sobald es Ihre Zeit erlaubt? Ich habe für einige Zeit ein kleines Haus angemietet. Sie finden es, wenn Sie von der Feste der Bergstraße zu den alten Schanzen folgen und dort nach rechts den Schanzenweg bergab gehen, bis er auf den Klein-Wind-huker Fahrweg trifft, gleich jenseits des Riviers. Dort sehen Sie halb hinter Binsen verborgen ein kleines Backsteinhaus mit grün angestrichenem Dach. Dabei steht ein Windrad. Hier wohne ich bis auf weiteres.

Ich verbleibe in der Hoffnung, Sie recht bald und wohlauf begrüßen zu dürfen,

Ihre aufrichtige Freundin

Cecilie Orenstein.

TEIL IV

Die Kürze der Röcke

In der Heimat werden die Röcke kürzer und beinahe, aber nur beinahe, knöchelfrei. Die ILLUSTRIERTE FRAUENZEITSCHRIFT vom 15. März, gerade mal sechs Wochen alt, schreibt dazu:

»Die Kürze der Röcke läßt allerdings nichts zu wünschen übrig, aber es wäre überflüssige Höflichkeit, verschweigen zu wollen, daß, so kurz wie es hier getragen wird, für starke Damen, aber auch für solche mit nicht tadellosen Figuren, es mit skeptischen Augen betrachtet sein will.«

Cecilie sitzt im knarzenden Korbsessel auf ihrer Veranda und blättert sich durch das Journal. Es ist ein schöner, schattiger Platz an der Nordseite des Häuschens, um die Dachstützen rankt sich grüner Kap-Efeu. Weiße Wolkenschleier streifen den blauen Himmel. Nahe beim Rivier, aber noch in ihrem Garten, quietscht das Windrad auf seinem Eisengestell und pumpt Wasser in ein kleines Wellblechbassin, natürlich nur, wenn wie jetzt ein wenig Wind geht.

Sie vertieft sich in die Illustrationen. Die Mode hält sich auch in diesem Jahr an die unbequeme Sans Ventre-Linie, bei der ein eng geschnürtes Korsett unverzichtbar bleibt. Die schmale Taille wird durch blusige Oberteile mit breiten Schulterkragen betont. Die Röcke liegen eng um die Hüften, sind im Saum aber fünfundsiebzig Zentimeter weit! Darunter werden nach wie vor seidene Unterröcke getragen, die für das lockende »Frou-frou«, das geheimnisvolle erotische Rascheln, sorgen.

Beliebt sind jetzt, so sieht sie, helle Pastellfarben in Lila, Hellblau, Rosa oder weichen Gelbtönen, dazu scheinen Streublumenmuster, Millefleurs genannt, in Mode zu kommen. Bevorzugte Stoffe bei den Abendroben sind Tüll, Voile, Chiffon, Seidenmusselin und Crêpe de Chine. Dazu handbemalte Aufsätze, Bändchen und gestickte Blumenmuster; Blusen sind mit Biesen und Einsätzen verziert. Bolerojäckchen und Etonmieder werden gern getragen, letzteres ist der Etonjacke für Knaben nachempfunden.

Sie trinkt einen Schluck kalten Tee und blättert weiter. Kostüme sind schlichter und sachlicher geworden, auch im Frühjahr aus schweren Wollstoffen in Fischgrät oder Nadelstreifen. Die Jacken reichen fast bis zu den Knien, tailliert und mit Revers gearbeitet. Die Röcke behalten zwar die Schleppe, die etwas maskuline Linie wird aber durch Herrenhemden mit Umlegekragen und Krawatte noch betont.

Nach wie vor sind Matrosenkleider auch für Damen populär, aber die sind nichts für sie. Sie werden von zu vielen getragen, besonders die Kinder steckt man mit Vorliebe in den Kieler Matrosenanzug, selbst hier in Afrika.

Viel interessanter findet Cecilie, daß man zum erstenmal der Reformkleidung mehr Platz einräumt. Hierbei geht es nicht nur um die Unabhängigkeit vom Pariser Modediktat, sondern in erster Linie um gesunde und nicht beengende und behindernde Kleidung. Durch die gerade, fließende Form kommt diese Mode ganz ohne einschnürende Korsetts aus. Ärzte, Künstler und nicht zuletzt Frauenrechtlerinnen setzen sich vehement dafür ein. Ein nicht zu unterschätzender Vorteil der Reformkleidung ist auch, daß sie nach entsprechenden Vorgaben leicht selbst zu schneidern und damit auch für finanziell nicht so gut gestellte Frauen zu haben ist. Dabei läßt sie der individuellen Phantasie genug Spielraum. In Swakopmund, so hat sie von Lucy Fuchs gehört, war die Reformmode gerade im letzten Herbst der letzte Schrei geworden, sie paßte ja weit besser zum Klima, nur in Windhuk blieben die Damen da konservativer. In der DEUTSCH-SÜDWESTAFRI-KANISCHEN ZEITUNG finden sich immerhin schon Annoncen für Buttrickschnittmuster zum Selbstschneidern.

Die schlichte Linie der lang herabfallenden Gewänder spricht Cecilie stark an, sie hat aber auch die passende Figur, ziemlich schlank, mit vielleicht etwas zu klein geratener Büste. In konservativen Kreisen spottet man allerdings über die »Reformsäcke« und nennt sie Nachthemden und Teekleidchen.

Sie hört Schritte und erschrickt. Wer kommt da? Schnell steht sie auf, um über die Büsche am Zaun sehen zu können, da hört sie Carl Ettmanns Stimme: »Fräulein Orenstein? Sind Sie zu Hause?« Ausgerechnet jetzt! Jetzt hat sie den schlichten blauen Rock und die blaue Bluse an, ihr Gartenzeug, und ihre Haare sind ganz durcheinander, weil sie sie beim Lesen mit den Fingern zerwühlt hat. Da kommt er schon über den Weg dahergeschritten. Sie unterdrückt den ersten Impuls, ins Haus zu laufen und sich zurechtzumachen, und sie unterdrückt den zweiten Impuls, ihm entgegenzulaufen, bleibt statt dessen stehen und blickt ihm in würdevoller Haltung entgegen. Das gibt ihr gerade so viel Zeit, ihre Fassung wiederzufinden. Dann reicht sie ihm lächelnd die Hand und sagt: »Herzlich willkommen! Ich wünschte wirklich, Sie würden Cecilie zu mir sagen! Meinem Familiennamen fehlt es doch ein wenig am gefälligen Klang!«

Lazarettpflaumen

1. Mai (Sonntag):

Ettmann spült den letzten Bissen mit einem Schluck Kaffee hinunter und tupft sich die Mundwinkel mit der Serviette ab. »Das war ausgezeichnet«, sagt er zu ihr, »haben Sie vielen Dank für die Einladung, Fräulein – verzeihen Sie, Cecilie!« Sie haben zusammen in ihrem Garten zu Abend gegessen, Cecilie hat selbst gekocht, nämlich Makkaroni und eine Sauce aus frischen Tomaten, dazu haben sie Rotwein aus der Kapkolonie getrunken, den Ettmann mitgebracht hat. Zum anschließenden Kaffee hat sie einen selbstgebackenen Kuchen serviert, mit Pflaumen belegt. »Lazarettpflaumen!« sagt sie lachend, »Trockenpflaumen aus dem Lazarett, in Rum eingelegt. Frische Pflaumen sind ja leider nicht aufzutreiben. Ich hoffe, es schmeckt Ihnen trotzdem, Carl!« Sie berührt seinen Arm, zieht ihre Hand aber gleich wieder zurück und erreicht dadurch, daß er unwillkürlich nach ihrer Hand faßt. Nun macht er ein verlegenes Gesicht, als hätte ihn seine eigene Kühnheit überrascht, aber sie sagt rasch: »Ich würde mich freuen, wenn wir ›du‹ zueinander sagen könnten!« Sie sehen sich an, zum erstenmal ohne Scheu, und sie beugt sich vor und gibt ihm mit gespitzten Lippen ein Küßchen auf den Mund. »Du bist doch einverstanden?« sagt sie mit einem Anflug von Sorge, lächelt aber sogleich und hat zwei ganz reizende Grübchen in den Wangen. Sie sitzen eine Weile ganz still, Hand in Hand. Die Befangenheit, die er ihr gegenüber empfunden hat, die Angst davor, sich zu verlieben, die Furcht, es könnte sich alles wiederholen, bleibt dieses Mal aus, und aus der Berührung ihrer Hände fließt ihm eine wärmende und beruhigende, fast frohe Zärtlichkeit ins Gemüt. Ihre Augen strahlen, und es wird ihm bewußt, daß er lächelt, ebenso wie sie. Es tut wohl, nur so dazusitzen, nichts sagen zu müssen und sich nicht alleine zu fühlen.

So sitzen sie eine ganze Weile, da sind Schritte zu hören. Es kommt ein Mann den Weg vom Schanzenhügel her und ist schon fast am Zaun. Cecilie drückt seine Hand und sagt: »Das ist der Pastor, Herr Lutter! Endlich begegnet ihr euch einmal!« Ettmann nickt, ein wenig unwillig ob der Störung, erhebt sich und schaut dem Besucher entgegen. Der Pastor ist ein großer, kräftig gebauter Mann, vielleicht Ende Vierzig, trägt einen schwarzen Anzug mit Weste und Krawatte und einen recht flotten Strohhut auf dem Kopf. Als der Besucher grüßend seinen Hut lüftet, sieht Ettmann, daß er bis auf einen Haarkranz völlig kahl ist. Er trägt dafür einen kurzgestutzten Vollbart. Cecilie stellt vor, und Ettmann und Lutter schütteln einander die Hände. »Herr Ettmann«, sagt der Pastor, »der Kartograph! Fräulein Cecilie hat mir von Ihnen erzählt! Ich freue mich sehr, Sie einmal zu treffen!« Der Pastor ist Ettmann auf Anhieb sympathisch, und der leise Anflug von Eifersucht, der ihn beim Anblick des Besuchers überkam, schwindet sofort. »Bitte, lieber Herr Lutter, so setzen Sie sich doch und trinken Sie eine Tasse Kaffee mit uns!« sagt Cecilie. »Wenn ich nicht ungelegen komme, meine Liebe«, antwortet Lutter und läßt sich ächzend in den angebotenen Korbsessel sinken, »dann gern, liebend gern! Mir tun die Füße weh, ich bin heute von früh an auf den Beinen!« Er lehnt seinen Spazierstock an die Hauswand und fügt hinzu: »Ich sollte mich von Eingeborenen in einer Sänfte herumtragen lassen. In Kamerun soll man in der Beziehung ja keine Hemmungen haben. Aber hier sähe es doch allzu dämlich aus.«

Der Pastor kommt aus dem Lazarett, wo er Pfarrer Anz vertreten und einem Sterbenden den letzten Trost gewährt hat. »Nein«, sagt er, »mehr erzähle ich nicht, ich möchte Ihnen die

454

Stimmung nicht verderben!« Er zwinkert erst Cecilie zu, dann Ettmann. Ob er das Küßchen gesehen hat? Während ihm Cecilie Kaffee eingießt, beugt er sich nach vorne und schnuppert und sagt: »Pflaumenkuchen? Ei, wo haben Sie denn die Pflaumen her?«

3. Mai (Dienstag):

Am späten Nachmittag sperrt Ettmann das Amt ab und macht sich auf zur Feste, um seine Bestandsliste abzugeben. Er ist schon am Postamt vorbei, da kehrt er auf einen Impuls hin um und betritt den Schalterraum, um nach Post für sich zu fragen. Der Beamte geht nachsehen und kehrt mit einem Holzkistchen zurück. »Vom Zoll geöffnet!« sagt der Beamte streng, als wäre das seine Schuld. »Es sind sieben Mark und neunundvierzig Pfennige Zollnachzahlung zu entrichten!«

Das Paket ist von den Eltern. Irgendein Zollbeamter hat es zwar aufgebrochen und durchwühlt, aber der Inhalt ist unbeschädigt, und es scheint nichts zu fehlen. Er bezahlt, gibt seine Liste auf der Feste ab und trägt das Kistchen eilig nach Hause. Er geht so schnell, daß er einmal beinahe hingefallen wäre.

»Lieber Carl«, schreibt seine Mutter, »Dein Vater und ich senden Dir zum Osterfest einige Dinge, die Du vielleicht gebrauchen kannst. Man hat uns gewarnt, daß die Sendung lange Zeit unterwegs sein kann, darum haben wir darauf verzichtet, Ostereier mit hineinzulegen.«

Ostern war vor einem Monat. Es ist aber wirklich nichts Verderbliches in der Schachtel, sondern Unterwäsche und wollene Socken und zwei schöne, weiße Hemden. Ein Kistchen Zigarren und eine Flasche Rasierwasser, für die der Zoll die Nachzahlung verlangt hat. Odol-Mundwasser und Maggi, die Fläschchen dick in Zeitungspapier gewickelt. Eingemachte Heidelbeeren und Marmelade in Blechbüchsen. Auch ein paar Zeitungen, die neueste die BERLINER MORGENPOST vom 12. März, seinem Geburtstag. Und ein Buch von Theodor Fontane: AUS DEN TAGEN DER OKKUPATION. EINE OSTERREISE DURCH NORDFRANKREICH UND ELSASS-LOTHRINGEN 1871. Dieses Buch kennt er überhaupt nicht. Es ist alt und noch aus dem Verlag der Königlichen Geheimen Oberhofbuchdruckerei. Er freut sich sehr darüber, er hat bald alles von Fontane gelesen, nicht nur die IRRUNGEN UND WIRRUNGEN ODER DIE WANDERUNGEN DURCH DIE MARK. Sogleich setzt er sich vors Haus in die Abendsonne, steckt sich eine Zigarre an und läßt sich ins besiegte Frankreich entführen.

Der Eingießer

Cecilie spaziert die Storestraße entlang, nach Norden aus der Stadt hinaus, auf der Suche nach einem schönen Photomotiv, Johannes hinter ihr drein, mit Stativ, Kamera und Utensilientasche beladen. Das Wetter ist ganz herrlich, blauer Himmel mit gemächlich treibenden Wattebauschwolken, die Sonne scheint ihr ins Gesicht, und sie summt eine Walzermelodie vor sich hin: »Schlösser, die im Monde liegen«. Am Bahnhof geht sie vorbei und ist schon auf freiem Feld. Nun senkt sich der Fahrweg ab und kreuzt ein schmales Rivier, in dem ein paar Wasserpfützen stehen. Danach führt er wieder ein wenig aufwärts und quert nach etwa hundert Metern das gleiche Rivier noch einmal. Der Trockenfluß beschreibt hier eine Schleife, Cecilie kann das an den Bäumen, die ihn säumen, ganz gut erkennen. Von dieser zweiten Furt her hört sie Stimmen, und beim Näherkommen sieht sie einen Ochsenwagen in der Senke stehen. Sechzehn Ochsen zählt sie, und an den Leitochsen zerrt gerade ein schwarzer Bub, wohl im selben Alter wie Abraham, mit einem viel zu großen Hut auf. Die Ochsen machen ein paar Schritte und bleiben wieder stehen, und Cecilie erkennt, daß man die Tiere hier saufen läßt, ein Paar nach dem anderen, so wie sie an die Pfütze kommen, die sich hier just quer über der Pad gehalten hat. Diese Szene möchte sie photographieren, läßt Johannes das Stativ aufstellen und schraubt die Kodak obendrauf. Am Gespann entlang läuft sie dann zum Wagen hin, der nicht mit einer Plane gedeckt ist, sondern sie an einen Heuwagen erinnert, nur ein paar Säcke liegen darauf. Der schwarze Treiber mit der langen Swip schaut sie mit großen, rund erstaunten Augen an, wie sie da über die Pfütze hüpft und an ihm vorbeiläuft. Der Fahrer oder Besitzer ist ein eher städtisch gekleideter Deutscher mit hellem Filzhut. Er trägt aber Reitstiefel zum Anzug und hält eine Schrotflinte in der Hand. Nun zieht er seinen Hut vor ihr und schaut sie fragend an. Cecilie erklärt ihm, daß sie das Gespann photographieren möchte, und der Mann hat nichts dagegen, wenn es nicht zu lange dauert. »Es dauert höchstens zwei Minuten«, versichert sie ihm, »haben Sie vielen Dank« und läuft zurück zur Kamera. Der Bub hat sich an den Wegrand gesetzt, das Leittau in der Hand, und schaut ihr zu, wie sie das Gespann ins Visier nimmt. Sie setzt den Photoapparat noch einmal um und macht dann ihr Bild, klick und klack. Der Bub unter dem zu großen Hut macht es gleich nach: »Klick! Klack! Klick! Klack!« und hört nicht mehr auf damit.

Donnerstag nachmittag kommt Cecilie aus der Post und will sich auf den Heimweg machen, da hört sie lautes Gelächter. Auf dem Mäuerchen an der Ecke des Truppengartens, wo die Bergstraße zur Feste hinaufführt, lümmeln ein paar Uniformierte herum und auch zehn oder mehr Zivilisten. Siebzehn schwarze Burschen, Damaras wohl und zwischen fünfzehn und zwanzig Jahren alt, stehen da im Halbkreis aufgestellt. Alle haben den Kopf in den Nacken gelegt und den Mund weit aufgesperrt. Ein Soldat im Khakizeug schreitet von einem zum anderen und gießt aus einem winzigen Kännchen jedem etwas in den weit aufgerissenen Rachen. Das Seltsame ist aber: Diejenigen, an denen er schon vorbei ist, stehen nach wie vor mit aufgesperrtem Mund da, den Kopf in den Nacken gelegt. Die Zuschauer wollen sich schieflachen, aber Cecilie kann sich keinen Reim darauf machen, was hier vor sich geht.

»Guten Tag!« grüßt sie einen der Soldaten auf dem Mäuerchen und fragt: »Sagen Sie, was geschieht denn da?« Der junge Mann blickt verdutzt zu ihr hoch, steht auf, nimmt seine Mütze ab und stottert: »Die-die Ka-kaffern kriegen was zu – ich meine, Ru-rumausgabe an Eingeborene, wenn die gnädige Frau gestatten!« Dabei wird er rot. Seine Kameraden grinsen und stoßen sich gegenseitig mit den Ellenbogen an.

Der »Eingießer« ist fertig und sagt etwas zu den Damaras. Die klappen alle gleichzeitig den Mund zu und den Kopf nach vorn und grinsen. Der »Eingießer« stellt das Kännchen auf das Tablett, das ihm der kleine Bambuse hinhält, und macht Anstalten zu gehen. Cecilie spricht ihn an: »Verzeihen Sie, haben Sie den Burschen da eben Rum zu trinken gegeben?« Der Soldat hat silberne Winkel am Ärmel wie Ettmann, allerdings drei, nicht nur einen. »Jawohl, meine Dame«, antwortet er zögernd, »aber warum fragen Sie?« Cecilie sagt: »Es ist nur, weil ich zu gern eine Photographie von dieser Szene machen würde! Geschieht das denn jeden Tag?« – »Ach! Madam sind Photographin!« sagt der Soldat, mit einem Ausdruck im Gesicht, als hätte sie gesagt: Ich bin Hochseilakrobatin! Er wundert sich wohl auch, warum sie keine Kamera bei sich hat. Dennoch, es entgeht ihm nicht, daß sie jung und attraktiv ist, und er antwortet geschmeichelt: »Na ja, wir machen das ab und zu mal, als Belohnung sozusagen. Natürlich nur, wenn die Brüder sich nicht allzu dumm angestellt haben!« Er zieht seine Taschenuhr unter dem Rock hervor, blickt darauf und sagt: »Wenn gnädige Frau allerdings befehlen … morgen um dieselbe Zeit, drei Uhr, wenn's konveniert, das ließe sich wohl einrichten! Aber nicht hier, sondern bei der Schlachterei. Sie wissen, wo das ist?« Cecilie nickt: »Ja, das weiß ich, ich werde pünktlich dort sein. Haben Sie vielen Dank, Herr …?« Jetzt klappt er die Hacken zusammen, verbeugt sich und schnarrt: »Padetzke, gnädige Frau, wenn gnädige Frau gestatten! Vizefeldwebel Padetzke, zu Diensten!«

Keister

7. Mai (Samstag):

Ettmann sperrt das Vermessungsamt auf und geht hinein, zieht die Vorhänge auf und öffnet die Fensterflügel, um noch ein wenig morgendliche Kühle einzufangen. Die Fenster im Zeichensaal gehen nach Osten auf den Hof und können mit Jalousien aus Holzbrettchen gegen die Sonne verschlossen werden, aber auf der sonnenlosen Südseite des Gebäudes genügen einfache Leinenvorhänge. Er tritt auf die Veranda hinaus, gähnt ausgiebig und schaut die Storestraße entlang nach Süden hinunter, während er sich eine Morgenpfeife anzündet und einen ersten tiefen Zug nimmt. Es ist noch nicht einmal sieben Uhr, und die Häuser und Bäume werfen lange Schatten über den breiten Fahrweg. Ganz dort hinten bewegt sich etwas, da tauchen Reiter auf. Er kneift die Augen ein wenig zusammen, um seinen Blick schärfer zu machen. Drei Reiter sind es, von denen jeder drei Pferde am Zügel führt. Als sie näher kommen, erkennt er sie: Die Heiligen Drei Könige! So geht er auf den Platz hinaus, die Hände in den Taschen, und sagt: »Morgen, Keister! Morgen, Leute!« und nickt den beiden anderen zu. Die drei halten an, und Keister nimmt seinen Hut ab, grüßt zurück und sagt: »Morro, Mijnheer Unteroffizier!« – »Wo wollt ihr hin?« fragt Ettmann. Keister erwidert: »Wieder zu ons Hott, mit hierdie Pferd.« – »Na also«, sagt Ettmann, »hat man euch endlich Gäule gegeben!« Keister hüstelt und schaut ihn an und sagt nichts. Die Sonne scheint ihm von der Seite ins Gesicht, die Hälfte mit der Narbe ist im Schatten. Seine Augen glitzern. Lambert und Windstaan sitzen schweigend auf den Pferden, krumm und schief, wie es Hottentottenart ist, die Hüte höflich vor der Brust. Ettmann kommt der Verdacht, daß sich die Witboois einfach ein paar Pferde geschnappt haben und sich nun ohne Befehl damit aus dem Staub machen. Lange genug waren die drei ja kassiert worden und mußten auch noch den ganzen April im Fort mit absitzen. Das geht mich nichts an, entscheidet er, außerdem mag er Keister, ohne daß er sagen könnte, warum. So zuckt er die Achseln und sagt: »Na, dann gute Reise!« Er reicht Keister die Hand und sagt: »Leb wohl, Keister, und ihr zwei auch!« Keister erwidert den Händedruck und sagt ernst: »Dankie, Mijnheer! Leben Sie auch wohl!« Er ruckt an den Zügeln der Pferde, die er führt, schnalzt mit der Zunge und reitet an. Windstaan und Lambert reiten schweigend vorbei, die Hüte noch immer artig vor der Brust, und nicken ihm zu.

Buschmann

Petrus ist mit Zacharias und seinem Volk von den Onjati-Bergen nach dem Nordosten gezogen. Nun wandern sie in großen und kleinen Gruppen den Eiseb entlang, an dessen Ufern sich hin und wieder mal ein dürres Bäumchen krümmt mit vertrockneten Blättchen an den stacheligen Zweigen. Es herrscht eine große Hitze hier im Sandfeld, aber nachts wird es schon kühl. Der Winter wird nicht mehr lange auf sich warten lassen mit seinen beißend kalten Nächten.

Petrus geht neben Zacharias. Gerade hat der Häuptling eine lange Unterhaltung mit Kort Frederick gehabt, aber Kort ist wieder zurück zu seinen Orlogsleuten. Kort schützt den Zug mit seiner Nachhut. Zweimal dreißig Krieger, denn er hat sie in zwei Gruppen geteilt. Wo immer er eine günstige Stelle findet, so hat er zu Zacharias gesagt, und Petrus hat es auch gehört, läßt er eine Gruppe Stellung beziehen und auf Verfolger warten, um sie aufzuhalten. Mit der zweiten Gruppe zieht er ein Stück weiter, bis sich wieder eine gute Gelegenheit für einen Hinterhalt bietet. Auf diese soll sich die erste Gruppe der Nachhut zurückziehen, wenn der Druck des Feindes zu stark wird. Kort hat bei den Deutji nicht nur Violinespielen gelernt. Er hat Zacharias gesagt, daß sie nicht verfolgt werden, und er hat auch gesagt, daß er das wunderlich findet.

Unbehelligt ziehen die Hereros durchs Feld, und wenig Wasser gibt es auf dem Weg. Durst! brüllen die Ozongombe, die Stiere und die Ochsen, die Kühe und die Kälber, aber Durst haben sie alle. Es ist das Sandfeld der Omaheke, das heiße und trockene, aber hier im südlichen Teil ist es keine Sandwüste wie die Namib, sondern eine weite Busch- und Grassteppe. Die Erde ist zu Pulver vertrocknet, und Staub hüllt die Herde ein und die Menschen. Heiß und trocken vergehen die Tage, Augen, Ohren, Nase, Mund vom Staub verstopft. Du-urst! brüllen die Ozongombe, Du-u-u-urst! Am Wasserplatz Oparakane graben sie tief in den schweren Sand im Bett des Eiseb, so tief, daß zwei Männer übereinanderstehen können, und erst da unten gibt es ganz wenig schmutziges Wasser, und der Sand rutscht von allen Seiten nach. Eine Handvoll Wasser für jedes von den vielen, vielen Ozongombe, und das Tränken dauert drei Tage lang, weil das Wasser so langsam nachsickert.

Hier queren sie den Eiseb und ziehen nach Nordwesten, in Richtung Nachmittagssonne. Immer trockener und trostloser wird das Feld. Ein Meer aus hüfthohem, vertrocknetem Gras, so weit man schauen kann. Das Gras raschelt und staubt. Blattloses Dorngestrüpp, wirr, verdorrt und eisenhart. Erbarmungslos brennt die Sonne, und der Sand glüht. Du-u-urst! brüllen die Ozongombe. Die Menschen schweigen, zu trocken ist der Mund zum Sprechen.

Einmal sehen sie drei Buschmänner auf einer Kuppe. Die sieht man nur, wenn sie sich zeigen wollen. Drei kleine Gestalten, schmächtige Schattenrisse vor der Abendsonne. Man sagt es Zacharias. Der hört zu und nickt und sagt: »Buschmann! Die San, die wilden kleinen Leute! Sie sagen: Das ist unser Land!« Zacharias schaut Petrus an und sagt: »Geh, Petrus, und bring ihnen Tabak von mir!« Er holt eine halbe Platte aus seiner Rocktasche und zerbricht sie über dem Handballen. Eine Hälfte hält er Petrus hin: »Leg das dorthin, wo die kleinen Leute waren, und gehe wieder, und schau nicht über die Schulter.«

Petrus nimmt den Tabak und geht. Von den Buschleuten weiß er wohl, aber gesehen hat er noch keinen. Sie sollen höchstens halb so groß wie ein Hereromann sein, aber sie sind gefürchtet. Wie Geister sind sie, unsichtbar, und sie schießen lautlos mit vergifteten Pfeilen, der kleinste Kratzer soll den sicheren Tod bedeuten. Petrus spürt, daß die kleinen Jäger da sind, er fühlt ihre Blicke auf der Haut, aber so sehr er auch alle Sinne anstrengt, zu sehen bekommt er sie nicht. Er legt die Gabe oben auf der kleinen Anhöhe nieder und wendet sich zum Gehen. Es kribbelt ihm im Nacken, ob ihn der Pfeil trifft, aber es kommt kein Pfeil geflogen. Statt dessen sieht er eine Bewegung aus dem Augenwinkel und wendet sich halb um, und da steht ein Buschmann im kniehohen Gras und sieht ihn an. Es ist kein ganz junger Mann mehr, das Gesicht ist von Sonne und Trockenheit verrunzelt und zerfurcht, und die schwarzen Augen blicken weise. Er ist wirklich klein und würde Petrus nicht einmal bis zur Brust reichen. Seine Hautfarbe ist ein rötliches Hellbraun, und er ist nur mit einem Lendenschurz aus abgeschabtem Fell angetan. An der linken Seite hat er einen langen Köcher umgeschlungen, aus dem gefiederte Pfeile schauen, in der Faust hält er einen Bogen, so groß wie er selbst. Die kugeligen schwarzen Haarbüschelchen sind bis auf einen handballengroßen Fleck auf dem Haupt geschoren, und um den Hals hat er Ketten hängen aus durchbohrten Steinchen und Straußeneierschalen. Am Ende der Kette hängt eine Patronenhülse, die grün angelaufen ist. Petrus sieht all dies und bewegt sich nicht, und der Buschmann bewegt sich auch nicht und sieht ihn nur an aus seinen schmalen dunklen Augenschlitzen. So vergeht eine schöne Weile, während sie sich stumm ansehen, der kleine braune Mann und der große schwarze. Da hört Petrus ein fernes Muhen von der Herde her und schaut sich um und gleich wieder zurück, aber in diesem winzig kleinen Augenblick ist der Buschmann verschwunden. Kein Rascheln, kein Halm bewegt sich. Es ist wirklich, als wäre er unsichtbar geworden.

Petrus bleibt noch ein bißchen stehen, dann kehrt er zu Zacharias zurück. Dick und gelb hängt der Staub über dem Zug der Hereros. Wie ein Strom wälzt sich der Stamm dahin, mit den vielen, vielen Ozongombe, braun und rot, schwarz und weißgefleckt, mit dem kleinen Viehzeug und den schwarzen Menschen und ihren paar Wagen. Langsam fließt das Volk, viel, viel langsamer als das Wasser in der Regenzeit. Das Wasser fließt zum Meer hin, über das die Deutji gekommen sind. Sie, sie ziehen zum Berg, von dem das Wasser kommt. Zum Waterberg, der Wasser spendet nach allen Seiten. Frisches, gutes, kaltes Wasser aus dem Sandstein. Petrus kehrt heim und bringt ein paar Freunde mit. So sechs-, siebentausend werden es schon sein. Vielleicht auch mehr.

Preußens Gloria

Heute ist Pfingstsonntag, und Cecilie macht einen Morgenspaziergang. Sie hat sich mit Ettmann beim Denkmal verabredet. Dort, im alten Truppengarten oder Gouvernementsgarten, wie der kleine Park inzwischen heißt, hat sich nach dem Kirchgang eine Menschenmenge versammelt, Uniformen, schwarze Röcke und Zylinder, Damen in Weiß, Grau und Hellblau, Witwen in schwarz gefärbten Kleidern. Der Windhuker Spielmannszug hat sich im Halbkreis hinter dem Denkmal aufgestellt und schmettert munter Marschmusik in die frische Morgenluft, von einem graubärtigen Veteranen dirigiert.

Cecilie entdeckt einen dicken Herrn, der eine Kamera aufbaut und Denkmal und Musikzug ins Visier nimmt. Ein Kollege! Jetzt zieht der Mann seinen Rock aus, hängt ihn über die Kamera und krempelt sich die Hemdsärmel hoch. Cecilie geht ein paar Schritte näher hin, um einen Blick auf den Apparat zu werfen. Der Mann lüftet seinen Hut und stellt sich vor: »Jestatten, Bollmann und Scholz in einer Person, Photographenmeister!« Er hat kaum mehr Haare unter dem Hut, nur ein paar quer über den kahlen Schädel geklebte Strähnen. »Wolln Se nich vor die Linse, Madameken?« fragt er, »Ick mach ooch 'n scheenet Bild von Ihnen!« Cecilie muß wider Willen lachen. Sie schüttelt den Kopf und sagt: »Nein, haben Sie vielen Dank!« Er zuckt die Achseln und seufzt: »Na, wenn Se nich wollen«, und fügt ganz zusammenhanglos hinzu, »wo sinn wa hier nur hingeraten?« Er zwinkert ihr zu und berlinert: »Windhuk is und bleibt 'n Provinzkaff, wa, gnädjet Frollein, und wenn Se noch so oft Preußens Gloria spielen! Und et liegt noch nichmal inner Provinz, Madameken, et liegt mittenmang in Afrika und ooch da noch weeßjottewo.«

Sie sieht Ettmann von der Post heraufkommen und geht ihm ein paar Schritte entgegen, um Bollmanns etwas aufdringlicher Jovialität zu entkommen. Sie begrüßen sich, und sie hängt sich bei ihm ein. Der Musikzug packt die Instrumente weg, und es hat den Anschein, die Pfingstfeier sei zu Ende. Aber die Leute gehen nicht auseinander, und aus ihrer Mitte kommt ein Gitarrenakkord und dann Violinspiel, zart und süß nach der Marschmusik, und sie zieht Ettmann ein wenig näher hin. Diese Melodie – woher kennt sie sie nur? Und jetzt fällt es ihr ein: »Lorena«! Wie unerwartet, dieses Lied hier zu hören! Diese herrliche, bittersüße Melodie aus dem amerikanischen Sezessionskrieg, das schönste und zugleich traurigste Liebeslied, das sie je gehört hat, das Lied einer verlorenen Liebe. Die Gitarre strummt den schwingenden Walzertakt, und dazu singt die Geige und weint voll unstillbarer Sehnsucht. Tränen wellen ihr in die Augen. Sie drückt Ettmanns Arm und sieht, daß auch er ergriffen lauscht. In London hat sie sich die Worte aufgeschrieben, die Blätter hat sie noch, die Tinte da und dort von Tränentropfen verwischt. Die englischen Worte des zweiten Verses erinnern sie an ihre erste, längst verblaßte Liebe und zugleich an den Abend mit Ettmann auf dem Schanzenhügel, als die Leuchtsterne in den Himmel stiegen und wieder herabsanken:

> A hundred months have passed, Lorena,
> Since last I held thy hand in mine,
> And felt thy pulse beat fast, Lorena,
> Though mine beat faster far than thine.
> A hundred months – 'twas flowery May,
> When up the hilly slope we climbed,
> To watch the dying of the day
> And hear the distant church bells chime.

Am Montag besucht Cecilie auf seine Einladung hin Ettmann im Vermessungsamt. Er freut sich sichtlich und führt sie durch jeden Raum. »Hier bin ich Alleinherrscher!« sagt er fröhlich, »Kartenzeichner, Amtsvorsteher und Hausmeister, alles auf einmal! Aber das ist natürlich nur durch die Umstände bedingt und wird sich schnell genug ändern, wenn die Verhältnisse wieder normal werden.«

Sie betrachtet seine Kartenarbeit, die präzise gezeichneten Blätter, und läßt sich von ihm die typischen Signaturen und Zeichen einer Südwestafrikakarte erklären. Ettmann erzählt ihr, daß er, wann immer er etwas Interessantes sieht und Gelegenheit dazu ist, es abzeichnet, um das Objekt in seiner Dreidimensionalität zu verstehen, teils als Ergänzung zu seiner kartographischen Arbeit, teils ganz einfach zur Zerstreuung. Er zeigt ihr eine Skizze der Auasberge, von der Sperlingsluster Höhe aus gesehen. Die sei ihm besonders gut gelungen, findet er und kramt noch mehr Zeichnungen aus einer Kartonmappe. Allesamt sind sie fein und exakt gezeichnet, und Cecilie sieht, daß sie in der Ausschnittswahl wie auch im Blickwinkel ein durchaus bemerkenswertes künstlerisches Talent verraten.

Dann unterhalten sie sich eine Weile über ihr Fachgebiet, die Photographie, und nun ist sie an der Reihe, ihm die Grundzüge derselben zu erläutern. »Es ist gar nicht so kompliziert. Du könntest es ohne weiteres selbst!« Es macht ihr Spaß, sich mit ihm zu unterhalten, und er nimmt ihre Photographie ernst und interessiert sich dafür; ganz anders als Konrad, der kaum etwas anderes als sich selbst wahrnahm und dem sie besonders eine Bemerkung nie verziehen hat: »Photographie will Kunst sein und braucht doch einen Apparat dazu! Maschinenkunst!«

Das hat sie doch sehr verletzt. Immerhin hat sie bei den beiden berühmtesten Photographen Berlins studiert, Stadtphotographie bei Waldemar Titzenthaler und Landschaftsaufnahme bei F. Albert Schwartz, der diese quasi als Steckenpferd pflegte, zur Erholung von der Stadtphotographie, die sein eigentliches Arbeitsgebiet darstellte. Der alte Herr Schwarz war als Photographenmeister weit über Berlin hinaus berühmt und erfolgreich, man denke nur an die große teure Dachreklame, die er am Potsdamer Platz unterhielt, an der Ecke Bellevue, direkt über dem Café Josty. Was ihn betraf, war »studieren« vielleicht ein wenig zuviel gesagt, sie hatte lediglich dreimal an Exkursionen ins märkische Umland teilgenommen, zusammen mit zwei männlichen Studenten. Sie hatte sich von Anfang an mehr für die Landschaftsphotographie interessiert als für die Stadt- und Gebäudephotographie und zog sie sogar der Portraitphotographie vor. Herr Schwartz nannte seine Naturaufnahmen »Landschaftsskizzen«. »Was sehen Sie vor Ihrer Kamera?« pflegte er etwa zu sagen, »Sie sehen flaches Land. Vorn Wiese, im Hintergrunde der Waldstreifen, darüber der Himmel. Drei waagerechte Flächen, langweilig wie eine Trikolore! Nun verläuft dort linkerhand ein kleiner Bach, sehen Sie? Wechseln Sie Ihren Standort ein wenig, nur so weit, bis der Bach als Linie vom linken unteren Bildrand in Richtung Horizontmitte verläuft. Sogleich verleiht dies dem Bilde Tiefe!« Während sie und die beiden Studienkollegen ihre Kameras einrichteten, spazierte er auf und ab, die Hände auf dem Rücken, und dozierte weiter: »Es fehlt aber nun dem Bilde die Spannung! Diese wäre wohl leicht zu erzielen, stünde da ein Baum zwischen uns und dem Waldrande. Dem ist aber nicht so. Wir setzen uns aber in den Kopf, ein senkrechtes Spannungselement in das Bild zu geben, kontrastierend zu der waagerechten Trikolorenlandschaft und als Kontrapunkt zu der schrägen Linie des Baches! Was ist da zu tun?« Und obwohl weder sie noch die beiden männlichen Kollegen ein Wort sagten, fuhr er fort: »Richtig! Wir setzen den Menschen ein, der ja bekanntlich beweglich ist und eine senkrechte Form bildet, jedenfalls, solange er nicht schläft oder allzu betrunken ist. Sie, junger Freund, latschen Sie mal eben da hin, wo dieser Markstein oder was es ist, da am Rain liegt, und nehmen sie dort eine senkrechte Haltung ein!«

Wenn sie damals geahnt hätte, daß diese Landschaftsaufnahmen aus jener Lehrzeit über das Londoner Studium und ihre Landschaftsphotographie in Südengland direkt nach dem südwestlichen Afrika führen würden! Und dieser Gedanke wiederum führt sie zu Ettmann. Vielleicht ist Carl der Mann, mit dem sie glücklich werden kann, ohne um ihre Unabhängigkeit fürchten zu müssen? Gibt es das, eine Freundschaft zwischen Frau und Mann, ohne Ehe, ohne Zwang?

Am Dienstagvormittag, in der Windhuker Filiale der Swakopmunder Buchhandlung, betrachtet Cecilie mit Staunen die Titelseite des DAILY ILLUSTRATED MIRROR vom 22. März dieses Jahres: Zum erstenmal ist eine farbige Photographie auf dem Titel einer Zeitung gedruckt worden! Farbige Photographie! Nicht etwa nachträglich koloriert! Sie gerät ganz in Aufregung und wünscht sich sofort nach London oder nach Berlin, in eine der großen Metropolen, in denen sie der Entwicklung dieser famosen Technik nahe sein kann – vielleicht ist es ja endlich gelungen, eine einfache Art der Polychrom-Photographie zu entwickeln, ähnlich simpel wie das Aufnehmen mit modernen Kameras. Und es läßt sich offensichtlich drucken! Wie herrlich wäre es, das Bilderbuch über Südwestafrika mit farbigen Aufnahmen auszustatten! Dieser azurblaue Himmel! Die Farbenpracht der Sonnenuntergänge! Wie müßte das einem Betrachter in Deutschland gefallen! Vielleicht sollte sie ein Telegramm mit einer Anfrage an die Gesellschaft senden? Schmerzlich wird ihr bewußt, wie weit sie von Europa entfernt ist. Mindestens zwei Monate würden vergehen, bis sie das für Polychrom-Photographie nötige Material bekäme, wenn derlei denn wirklich schon erhältlich sein sollte. Dann müßte sie natürlich erst lernen und Erfahrung sammeln, bevor sie an die eigentliche Arbeit gehen könnte. Nein, für das Buch der South West Africa Company kann sie sich unmöglich so viel Zeit lassen. Andererseits rückt vielleicht das ganze Besiedelungsprojekt durch den Krieg in weite Ferne, wer weiß?

Wie es wohl um die Haltbarkeit von farbphotographischen Platten oder Films hier im afrikanischen Klima bestellt wäre, denkt sie auf dem Nachhauseweg. Die Hitze und diese außergewöhnliche Sonnenhelle! Und dann der feine, weiße Staub, den der Wind hier durch die Straßen bläst.

Cecilie findet eine Visitenkarte vor, mit einer blanken Reißzwecke an ihrer Tür befestigt:

Carl Kaiser
Dr. iur. und geschäftsführender Direktor
der Windhuker Niederlassung der
South West Africa Company Ltd.
vormals Damara u. Namaqua Handelsgesellschaft.
No. 109, Kaiser-Wilhelm-Straße. Fernsprechanschluß 53.

Ein Vertreter ihrer Auftraggeber! Neugierig dreht sie die Karte um und liest:

Sehr geehrtes Fräulein Orenstein,
    darf ich mir erlauben, Ihnen am morgigen Mittwoch, dem 25. Februar, um 2 Uhr n.m. meine Aufwartung zu machen? Im Falle, daß ich Sie nicht antreffe oder daß Ihnen mein Besuch zu einer anderen Zeit genehmer sein sollte, bitte ich um Nachricht an mein Bureau.
    Mit vorzüglicher Hochachtung, Ihr sehr ergebener Diener
gez. Carl Kaiser

Am Mittwochmorgen geht Cecilie auf die Post, um Lucy Fuchs in Swakopmund zu kabeln, sie möge ihr doch bei nächster Gelegenheit ihre beiden Reisekoffer nach Windhuk schicken. Der Schalterbeamte sagt zu ihr: »Frau Fuchs? Die Frau Gemahlin des Herrn Bezirksamtmanns? Dort gibt es eine Fernsprecheinrichtung! Rufen Sie an, wenn Sie wollen, das geht schneller und kostet weniger!« Natürlich! Das hatte sie ganz vergessen, dabei hatte Lucy Fuchs ihr noch voller Stolz den Apparat gezeigt!

Hier im Postamt ist der Fernsprechapparat in einer hölzernen Kabine untergebracht, eine altmodische Mix & Genestsche Wandstation, die wie eine Kreuzung zwischen Kuckucksuhr und Camera Obscura aussieht. Anders als beim Tischtelephon spricht man in die Öffnung in der Mitte, die bei der Kamera das Objektiv wäre, und hält sich dabei die beiden Hörtelephone an die Ohren.

Lucy Fuchs ist zu Hause und freut sich, von ihr zu hören. Sie verspricht ihr, die Koffer gleich morgen zum Bahnhof bringen zu lassen. Wann die Bahn sie dann nach Windhuk bringt, steht allerdings auf einem anderen Blatt. »Wundern Sie sich nicht, wenn es ein paar Wochen dauern sollte!« ruft Lucy Fuchs. Ihre Stimme klirrt und scheppert in den Hörtrichtern.

»Gnädiges Fräulein, darf ich Ihnen mein Entzücken darüber ausdrücken, nicht nur einer so namhaften Künstlerin, sondern zugleich einer so außergewöhnlich reizenden Dame zu begegnen!« spricht Herr Kaiser und beugt sich über ihre Hand. »Ich fühle mich ganz außerordentlich geehrt, Ihre Bekanntschaft zu machen!«

Herr Kaiser ist ein Herr von kleiner Statur, gut über die Fünfzig hinweg, mit gepflegtem Spitzbart in Grau und in feierlichem Schwarz mit altmodischem steifen Kragen. Er hält sich militärisch gerade, ein Ebenholzstöckchen nach Art des britischen Offiziers unter den linken Arm geklemmt. Herr Kaiser ist mit dem Wagen gekommen, einem leichten, zweirädrigen Dogcart, allerdings zweispännig. Sein Kutscher wartet vor dem Zaun, die Rappen am Trensenzügel.

Sie nehmen auf der Veranda Platz, in den knarzenden Korbstühlen, und Herr Kaiser blickt um sich und sagt: »Wirklich schön haben Sie es hier, ganz entzückend!« Er sitzt ihr gegenüber, freundlich lächelnd und aufrecht, die Hände auf den Knauf seines Stöckchens gestützt. »Ich bin ganz neu im Lande«, sagt er jetzt, »gerade vor vierzehn Tagen angekommen! Ich muß sagen, ich habe es mir bei weitem nicht so schön vorgestellt!«

Gloria kommt durch die Tür, das Tablett mit der silbernen Teekanne ängstlich in beiden Händen. Zu Cecilies Verwunderung serviert sie den Tee mit einem unerhört tiefen Knicks. Mit dem Tablett in der Hand bleibt sie dann in der Tür stehen und starrt den Besucher voller Neugierde an. »Gloria!« sagt Cecilie kopfschüttelnd und schickt sie mit einer Handbewegung ins Haus.

Herr Kaiser lächelt nachsichtig und nimmt ein vorsichtiges Schlückchen aus der Tasse, den kleinen Finger zierlich abgespreizt, auch dies wirkt durchaus englisch auf Cecilie. »Ich hatte bereits das Vergnügen, die Bekanntschaft Ihres Herrn Vaters zu machen«, sagt er sodann, »und darf hinzufügen, daß ich mich zu dem großen Kreis seiner Bewunderer zähle!«

Er läßt ihr keine Zeit, ihm für diese Artigkeit zu danken, sondern fährt fort: »Herr McAdam-Straßfurt hat mich in einem Schreiben gebeten, mich Ihres Wohlergehens zu versichern. Sie verstehen, die Situation im Lande … Ich sehe jedoch zu meiner Freude, daß Sie wohlauf sind, und werde mich beeilen, den Straßfurts entsprechende Nachricht zukommen zu lassen – die Gnädige Frau läßt Sie natürlich ebenfalls herzlich grüßen.«

Nach dieser Einleitung genügt für den eigentlichen Grund seines Besuches ein verhältnismäßig kurzer Satz: »Aus London darf ich bestellen, daß man den Ihnen erteilten Auftrag nach wie vor als valid betrachtet, daß man aber in Anbetracht der Lage ohne weiteres bereit ist, die ursprünglich vereinbarte zeitliche Zielsetzung auszusetzen.«

Ich kann mir also Zeit lassen, denkt Cecilie und erwidert: »Nun, das ist beruhigend, und ich danke Ihnen, daß Sie die Mühe auf sich genommen haben, mich aufzusuchen! Versichern Sie bitte auch Herrn McAdam-Straßfurt und die Gnädige Frau meiner Dankbarkeit, und was London angeht, so muß ich sagen, daß ich bis dato meinen Auftrag nur zur Hälfte erfüllt habe, denn mit Landschaftsaufnahmen des Hererolandes werde ich doch warten müssen, bis eine Bereisung gefahrlos möglich wird.«

Herr Kaiser ist ganz und gar voller Verständnis. »Das versteht sich wohl von selbst, und ich möchte nicht versäumen, Ihnen meine Hochachtung auszudrücken für Ihren Mut, denn unter solchen Umständen überhaupt im Lande zu bleiben ist mehr, als die Gesellschaft billigerweise erwarten dürfte! Es ist ein großes Malheur mit diesem unglückseligem Aufstand«, vertraut er ihr an,

469

»denn just das Hereroland eignet sich am besten für eine Besiedelung durch unsere Landsleute. Wenn wir von den Bodenschätzen wie Kupfer einmal absehen, läßt sich in Südwest doch nur die Rinderzucht mit einiger Aussicht auf Gewinn betreiben, und dafür kommt nun einmal nur das Hereroland mit seiner Grassavanne in Frage.«

Gloria kommt mit dem zweiten Kännchen Tee, und Herr Kaiser lehnt sich ein wenig zurück, um sie einschenken zu lassen. Wieder kann sich das Mädchen kaum vom Anblick des Besuchers trennen, und Cecilie muß ihr einen warnenden Blick zuschießen, bevor sie sich zögernd ins Haus zurückzieht.

»Sie wissen ja bestimmt«, fährt Herr Kaiser fort, »daß nach Otavi und Tsumeb hinauf eine Bahn gelegt wird, wo man die großen Kupfervorkommen abbauen will, die in dieser Gegend am Nordrand des Hererogebietes entdeckt worden sind. Für den Transport dieser Kupfererze zum Hafen Swakopmund wurde die Otavi-Minen-und-Eisenbahn-Gesellschaft gegründet. Hier gibt es einen Berührungspunkt mit Ihrer Familie«, strahlt er und verneigt sich sogar im Sitzen, »denn mit der Ausführung ist die Berliner Firma Arthur Koppel beauftragt, mit der die Gesellschaft Ihres Herrn Vaters« – noch eine leichte Verneigung – »ja schon seit 1876 verbunden ist. Die OMEG, die ihren Verwaltungssitz ebenfalls in Berlin hat, ist eine Tochtergesellschaft der South West Africa Company Ltd., die zu vertreten ich die Ehre habe, und zu ihren Großaktionären gehören unter anderem die Disconto-Gesellschaft, die Deutsche Bank und die Norddeutsche Bank, in deren Aufsichtsrat auch der wohlbekannte Reeder Adolph Woermann sitzt.«

Er rührt eine Weile schweigend seinen Tee um und fährt dann fort:

»Die Otavi-Bahn jedenfalls wird durch bestes Weideland führen, und was läge näher, als die zukünftigen Farmer entlang des Schienenstranges anzusiedeln. Bevor dieser Aufstand ausbrach, wollte man die Hereros dazu bewegen, der OMEG den Grund und Boden beiderseits der Bahnlinie in jeweils zwanzig Kilometer langen und zehn Kilometer tiefen Parzellen einschließlich der Wasserrechte zu überlassen, ohne Bezahlung, versteht sich. Das hat sich ja nun erledigt.« Er senkt die Stimme ein wenig: »Allgemein ist man der Ansicht, daß jetzt die Gelegenheit gekommen ist, mit den Schwarzen reinen Tisch zu machen, ein für allemal. Man wird sie in abgelegene Reservate stecken und dafür sorgen, daß sie keinem Weißen je wieder gefährlich werden können. Der deutsche Mann, der sich hier niederlassen und Kinder großziehen will, soll dies in Zukunft ohne Furcht und Bangen tun können!«

Herr Kaiser fährt ab, freundlich winkend, während sein Fahrer die Peitsche knallen läßt, und Cecilie geht in die kleine Küchen-stube und sagt ärgerlich: »Hör mal, Gloria, es schickt sich ganz und gar nicht, daß du einen Mann so anstarrst, und schon gar nicht, wenn es sich um den Besuch eines so hochgestellten Herrn handelt!«

Gloria blickt betreten zu Boden, aber gleich schaut sie wieder auf, macht große runde Augen und sagt halb reumütig, halb vor-wurfsvoll: »Aber die Herr Kaiser, Missis!« Sie druckst herum und platzt auf einmal heraus: »Un' warum is so klein? Un' is alt un' is arm is die Kaiser, kein Gold an die Rock un' kein golden Vogel auf die Kopf un' bloß ein mausklein Kutsch' mit bloß zwei Pferdbie-ster?«

Ein neuer Chef

23. Mai (Pfingstmontag):

Hauptmann Franke begegnet vor dem »Hotel Kronprinz« dem Pastor Theo Lutter. Er kennt ihn von früher, ihre letzte Begeg-nung ist aber schon über ein Jahr her. Der Hauptmann hat seinen Hund Troll dabei. Troll schielt mit schief gelegtem Kopf zu dem Pastor hinauf und zeigt für alle Fälle ein klein bißchen Reißzahn im hochgezogenen linken Mundwinkel. Sie schütteln sich die Hände. »Na, wieder im Lande?« sagt Franke. »Es läßt Sie wohl auch nicht los?«

Lutter wiegt den Kopf. »Ja und nein«, sagt er, »vom Krieg mal abgesehen, ist es jedenfalls um einiges ruhiger als in der emsigen Heimat. Es tritt einem nicht dauernd jemand auf die Füße.« Er

lacht: »Aber wem erzähle ich das!« Sie gehen ein paar Schritte.
»Es heißt, Sie sind hier auf Krankheitsurlaub, Herr Hauptmann?«
fragt Lutter, und Franke erwidert: »Die leidige Malaria. Dazu habe
ich mich doch auch ein wenig überanstrengt. Ich fühle mich aber
gut erholt und werde dieser Tage in den Dienst zurückkkehren.«

Sie bleiben stehen, und Lutter fragt ihn: »Sagen Sie, ist es denn
wahr, was man hört: daß der Kaiser dem Gouverneur einen General, einen gewissen v. Trotha, vor die Nase setzen will?«

Der Hauptmann zögert zuerst, aber dann zuckt er die Achseln
und sagt: »Ich fürchte: ja. Es ist ja wohl kein großes Geheimnis
mehr, auch wenn es der Herr Dr. Wasserfall noch nicht in seiner
Zeitung bekanntgemacht hat.« Er nimmt sein Mütze ab und fährt
sich mit den Fingerspitzen durch die kurzgeschnittenen Haare.
»Daß v. Trotha uns in Zukunft führen soll, ist eine böse Nachricht, Herr Lutter. Aber noch viel schlimmer ist, daß der Alte entschlossen ist, die Geschäfte abzugeben und nach Deutschland zu
gehen.«

Der Hauptmann schweigt und schaut nachdenklich auf seine
Stiefelspitzen, bevor er fortfährt: »Ich fürchte, daß wir einer bösen Zeit entgegengehen. Mit dieser Ansicht stehe ich nicht allein.
Auch Hauptmann Fromm ist überzeugt von den schlimmen Folgen dieses Kommandowechsels, und nicht nur er.« Er sieht Lutter abwägend an und sagt dann: »Wir waren sogar versucht, die Sache nach Deutschland an maßgebender Stelle bekanntzumachen.
Wegen der Telegrammzensur ist das natürlich nicht möglich.
Oberleutnant v. Winkler, der mir eine gehörige Portion Verstand
und lokaler Einsicht zu besitzen scheint, ist durchaus meiner Ansicht und will noch viel radikaler vorgehen: Er schlägt vor, an Majestät zu kabeln! Das ist natürlich Unsinn und würde höchstens
das Gegenteil der beabsichtigten Wirkung erzielen.«

Lutter wiegt bedenklich den Kopf und sagt: »Wenn Leutwein
ginge, wäre das wirklich schlimm, gar kein Zweifel. Aber was
macht Sie so sicher, Herr Hauptmann, daß dieser v. Trotha so ein
großes Unglück ist?«

Franke blickt Lutter an. »Ich kann mich doch auf Ihre Diskretion verlassen?« Er wartet gar nicht auf eine Antwort, sondern
sagt: »Dem Herrn geht leider kein allzu guter Ruf voraus. Im Chi-

nafeldzug hat er eine Brigade kommandiert, und davor war er eine Weile Kommandeur der Schutztruppe in Ostafrika. Dort hat er den letzten Anführer der Sklavenhändler unschädlich gemacht und gilt seither den Herren bei Hofe als alter Afrikakämpfer.«

Der Hauptmann schnaubt verächtlich.

»Major v. Estorff hat ihn kennengelernt, und auch v. Wissmann konnte sich keine sehr hohe Meinung von der Exzellenz bilden. Der General soll weder ein strategischer Denker noch ein guter Truppenführer sein. Es heißt, er sei ein selbstsüchtiger und kaltherziger Mensch.«

Schweigend gehen sie ein paar Schritte, beide betroffen von diesen harten Worten. Dann sagt Franke achselzuckend: »Man wird in Berlin wohl um den Charakter dieses Mannes wissen. Es heißt, seine Ernennung sei von Seiner Majestät gegen den Widerspruch des Reichskanzlers, des Chefs des Generalstabs und des Kolonialdirektors verfügt worden! Man will Erfolg um jeden Preis, und je rücksichtsloser der General vorgeht, um so besser könnte es für einen schnellen Sieg sein. Majestät haben jedenfalls genug von der Frechheit der Kaffern und wünschen, daß jetzt energisch Schluß gemacht wird.«

Mittlerweile sind sie an der Bergstraße angelangt, die zur Feste hinaufführt. Troll ist schon halb nach oben gerannt und schaut sich um, wo sein Herr bleibt.

»Inzwischen weiß ich«, sagt Hauptmann Franke, »daß ich wieder nach Omaruru gehen und dort die Geschäfte der Bezirksamtmannschaft übernehmen soll.« Er verzieht das Gesicht. Seine alte Kompanie steckt mit der Abteilung v. Estorff irgendwo zwischen Okahandja und dem Waterberg im Busch, erklärt er Lutter. Seine vielen Versuche, das Kommando über seine Kompanie wiederzubekommen, sind allesamt gescheitert. Die hohen Vorgesetzten wollten ihn nach seinem Siegeszug sogar nach Hause schicken, das konnte er mit Müh' und Not abbiegen. »Wissen Sie, Herr Pastor«, sagt Franke, »die neu aus Deutschland ankommenden Herren Offiziere, die Rotgefütterten, diese Monokelfritzen und Theatergeneräle, haben keinen Bedarf an erfahrenen Afrikanern und Truppenführern. Sie wissen alles besser!«

Ein paar Schritte gehen sie noch zusammen, dann schütteln sie einander die Hände. »Ich wünsche Ihnen alles Gute, Herr Hauptmann! Der Herr sei mit Ihnen, und passen Sie auf sich auf!« sagt Lutter zum Abschied. »Danke, Herr Pastor!« erwidert Franke. »Auch Ihnen alles Gute!«

25. Mai (Mittwoch):

Hauptmann Franke verlädt seine Pferde auf die Bahn und begibt sich zum Abschiedsfrühstück zum Kommandeur. Von Hauptmann Fromm erhält er eine 98er Büchse zum Geschenk. Er wird morgen nicht allein reisen, denn mit ihm fahren Major v. Glasenapp, der in Okahandja Etappenkommandant wird, und Fromm, der nach Swakopmund will. Franke wird wieder Bezirksamtmann und Militärkommandant von Omaruru und Distrikt. Leutwein hat Franke beim Frühstück über die Situation in Omaruru unterrichtet. Zur Zeit steht dort ein Zug von Hauptmann Haerings 3. Seesoldatenkompanie und meldet zunehmende Überfälle auf Viehposten und Signalstationen. »Also für mich sieht des doch ganz so aus«, hat Leutwein gesagt, »als ob mindeschtens ein Teil der Omaruru-Hereros in Ihren alten Bezirk z'rückgekehrt wär, oder was moinet Sie?«

Um die Ruhe wiederherzustellen, hat Leutwein versprochen, die neu aufgestellte und von Hauptmann Freiherr v. Welck geführte 12. Feldkompanie nach Omaruru in Marsch zu setzen.

Exzelsior

29. Mai (Sonntag):

Ettmann erwacht mit jähem Schreck aus einem Traum, den Anblick einer blutigen Leiche noch vor seinem inneren Auge; die des Feldwebels Müller? Ein flüchtiges, wiewohl schreckliches Bild von Toten auf einem Haufen, wie die, an denen sie ihre Kanone vorbeigeschoben haben, den Hang hinauf. Schon ist das Bild vergangen, aufgelöst, schon zweifelt er, war das der tote Feldwebel im Gefecht bei Omaruru? Waren es überhaupt Tote?

Er steht auf und macht Feuer im Herd, holt Wasser aus der

Rinne im Garten und sinnt über Träume nach. Wie schnell sie sich aus der Erinnerung verflüchtigen! Er hat von Toten geträumt, das ist alles, was er noch weiß, und das auch nur, weil er sich daran erinnert, darüber nachgedacht zu haben. Während er die gerösteten Kaffeebohnen abmißt, aus der Hand in die Mühle schüttet und anfängt zu mahlen, tastet er noch einmal nach dem Inhalt des Traumes, doch der ist nun ganz verschwunden. Die Bohnen knirschen und krachen. Er brüht den Kaffee auf, seiht ihn ab und wandert mit der dampfenden Tasse in der Hand auf die Veranda hinaus. Ein schöner, klarer Morgen, blauer Himmel, feines Wolkengeschleier im Norden. Irgendwo kräht ein Hahn. Die Luft ist recht kalt. Mit dem ersten tiefen Atemzug, mit dem ersten Schluck weicht der dumpfe Druck, den der Traum hinterlassen hat, und er setzt sich auf die Mauerbrüstung, Windhuk schattengestreift im frühen Morgenlicht zu seinen Füßen, mit seinen bescheidenen Morgengeräuschen: Ziegen meckern, ein Pferd wiehert, er hört einen Wagen rollen. Eine Kirchenglocke schlägt an, eine zweite fällt ein, und dazwischen beginnt die kleine Glocke der Missionskirche zu bimmeln. Sonntägliches Glockengeläut; kein tiefer, weithin schallender Klang wie in der Heimat, denn die Glocken hier sind klein.

Wie von selbst wandern seine Gedanken zurück, wagen zum erstenmal nach langer, langer Zeit eine vorsichtige Rückkehr zu seiner kurzen Ehe, zu jenen glücklichen Tagen. Er entsinnt sich der leisen Zweifel, die sich schon damals in ihm regten: Ihr junges Glück, war es nicht dazu verdammt, schal zu werden im Laufe der Zeit? Wie würde es sein, nach einigen Jahren? Der tägliche Gang zur Arbeit und daheim Elisabeth, die auf die paar Stunden wartete, die ihm der Beruf abends ließ, um sie mit ihr zu verbringen? Ihre Liebe zu ihm, mit der sie allein gelassen war, bis er müde und erschöpft aus der Verlagsanstalt zurückkehrte? Und natürlich gehörte auch der Sonntag ihr. Kaum, daß er noch die Zeit fand, ein Glas Bier mit seinen Freunden zu trinken. Für die war er im Ehestand verschwunden und dahin.

Und dann wurde sie krank und starb, binnen einer Woche. Noch einmal sieht er ihr weißes Gesicht vor sich, fieberfleckig, die schreckliche Angst in ihren Augen und seine eigene, erstickende

Hilflosigkeit, die Unfähigkeit, auch nur ein Wort des Trostes zu sagen, denn was gab es da zu sagen. So saß er stumm bei ihr und hielt ihre Hand, bis sich ein gnädiger Schleier über ihren Blick legte und aller Ausdruck aus den Augen wich.

Er starrt über das sonnenbeschienene Windhuktal und sieht es nicht. Die nächtlichen Grübeleien! Die schrecklichen Zweifel, ob es nicht auch seine Schuld war? Ob sie seine innersten Zweifel gefühlt hatte, auch wenn er sie nicht merken ließ, ja sie sich nicht einmal selbst eingestehen wollte? Ob sie daran erkrankte? Teilen sich unsere tiefsten, unsere innersten Empfindungen mit, wie sehr wir auch bemüht sind, sie zu verbergen, sie nicht zu fühlen und nicht zu denken?

Wie hat er sich verschlossen; alles im Herzen begraben! Nur nicht enden wie der junge Werther, zusammenbrechen unter der Last der eigenen Gefühle! Nie hatte er mit einem einzigen Menschen darüber gesprochen. Vielleicht sollte er das tun. Aber nicht mit Cecilie. Vielleicht mit Theo Lutter?

Er atmet tief ein und wieder aus, und da wird es heller in seinem Gemüt, als wäre ein Vorhang aufgezogen worden. Er stopft sich seine Pfeife, brennt sie an und trinkt den letzten Schluck Kaffee dazu. Wie wohl die frische Morgenluft tut!

Sonntag oder nicht, er macht sich auf ins Vermessungsamt, in Uniform, die Feldmütze auf dem Kopf. Seine Zivilanzüge, sorgfältig zusammengelegt im Koffer, hat er schon fast vergessen. Gewehr und Revolver nimmt er mit ins Amt, denn die darf er nicht ohne Aufsicht im Haus lassen. Er arbeitet den ganzen Vormittag, mißt, vergleicht und zeichnet, und sein Geist schweift ab und verirrt sich irgendwie zu Karl Friedrich Schinkel, dem großen Baumeister Berlins. Ettmann hat Zeichnungen und Aquarelle Schinkels gesehen, Entwürfe für Paläste am Mittelmeer, Bilder, die ihn sofort in ihren Bann geschlagen haben mit ihren verzauberten Landschaften, ihrer Detailtreue, der geschickten und ansprechenden Komposition. In jener Ausstellung sah er auch eine Karte oder, besser gesagt, einen Plan Schinkels, in dem dieser weit über die kartographische Darstellung hinausgegangen war, es war der Versuch einer Synthese zwischen Karte und Landschaftsbild, das Meer aquarelliert in verschieden blauen Tiefen, schaumgesäumte

Gestade, sandfarben oder roter Marmor, salbeigrün von Macchia überwuchert. Ettmann war fasziniert von dieser Karte, die nicht mit Symbolen arbeitete, sondern eher einer – allerdings farbigen – photographischen Aufnahme aus einem Luftballon glich.

Eine Weile sitzt er sinnend und kaut am Bleistiftende. All diese neuen Sachen! Man liest ja immer wieder von Luftschiffen und neuerdings auch von Versuchen mit Flugapparaten, und dazu die Photographie! Nun, so neu ist die Photographie nun auch wieder nicht. Dennoch, zeichnet sich hier etwa das Ende seines Berufes ab? Wird man womöglich in der Zukunft Landkarten nur noch aus Luftschiffen oder fliegenden Apparaten heraus photographieren? Dann wird man keine Kartenzeichner mehr brauchen.

1. Juni (Mittwoch):

Im Bureau des Offiziers vom Dienst surrt eine dicke Fliege herum. Es ist sonst ganz still hier oben auf der Feste. Der ältere Oberleutnant mit dem kurzgestutzten Schnurrbart und dem fast kahlgeschorenen Kopf tat auch Dienst, als er sich vor sechs Wochen zum erstenmal hier gemeldet hatte. Der Offizier sieht müde aus. »Regierungslandmesser Thiesmeyer ist tot«, sagt er, »bei Owikokorero gefallen.« Ettmann neigt bedauernd den Kopf, schweigt und wartet. Der Oberleutnant nimmt ein Telegrammformular vom Tisch, reicht es Ettmann und sagt: »Lesen Sie! Kam grad vor einer Stunde.« Ettmann liest:

Standortkommandantur Windhuk

Uffz. Ettmann 3. Juni Kdo. Okahandja melden u. Mitteilung machen betreff Bestand bzw. Bedarf Meßgerät im Vermessungsamt Windhuk.

Kommando d. Schutztruppe
i. A. gez. Techow, Oberleutnant.

»Na also, da kommen Sie doch noch nach Okahandja«, sagt der Oberleutnant, als ob es Ettmanns sehnlichster Wunsch wäre, in Okahandja zu sein, »im Vermessungsamt, gibt es da überhaupt Gerät?« Ettmann sagt: »Jawohl, Herr Oberleutnant, es gibt einen Lagerraum und auch reichlich Gerät darin. Ich kann Ihnen allerdings

477

nicht sagen, was im einzelnen.« – »Verlangt ja auch keiner«, brummt der Offizier, »ziehen Se also los und sehen Se nach, was da ist und was fehlt, und machen Se 'ne Liste! Die zeigen Sie mir aber, bevor Sie fahren, am besten noch heute nachmittag!«

Ettmann grüßt und geht durch die Schreibstube hinaus. Bevor er die Tür hinter sich zuzieht, hört er den Oberleutnant noch rufen: »Köhler! Komm' Se mal her und machen Se die Scheißfliege da tot!«

Ettmann nimmt im Lager für Vermessungsgeräte den Bestand auf. Material für Triangulationsarbeiten ist vorhanden, zwei sechzig Kilo schwere Hildebrandt-Universal-Theodoliten, ein Meissnerscher Fluidkompaß auf Stativ, zwei Freihand-Höhenmesser und ein Casella-Aneroid. Es gibt einen Danckelmannschen Siedeapparat mit zwei Siedethermometern und Schleuderthermometer zur Höhenmessung. Außerdem ist da ein 13 x 18-Photoapparat mit Dreibein und Zubehör für photometrische Aufnahmen. Sorgfältig schreibt er alles auf:

Maultierpacksättel: vier. Feldmeßtische, komplett: zwei. Zeiss-Gläser in Ledertaschen: zwei. Auch Eisenbolzen sind da, mit denen trigonometrische Punkte markiert werden; sogar Zement, um sie einzuzementieren. Endlich Meßstangen, Peilscheiben und kilometerweise Meßschnur.

Gegen drei Uhr schließt er das Amt ab und macht sich auf den Weg zur Feste, um dem Oberleutnant die Liste zu zeigen.

Am Postamt stehen Leute vor der Anschlagtafel und unterhalten sich. Auch Lutter ist dabei. Der sieht ihn kommen und winkt ihm zu: »Guten Tag, Herr Ettmann! Wie geht's? Haben Sie das schon gelesen?« Er nickt zur Anschlagtafel hin. »Der Gouverneur hat eine Proklamation an die Hereros erlassen! Er will wohl noch einmal versuchen, den Konflikt friedlich beizulegen. Man sagt, der Aufruf sei auch in die Hererosprache übersetzt und soll durch Boten im Land verteilt werden!«

Die Proklamation ist ohne Titel oder Briefkopf auf ein einfaches Blatt Papier gedruckt und lautet:

»Hereros!

Nachdem Ihr Euch gegen Euren Schutzherrn, den deutschen Kaiser, empört und auf seine Soldaten geschossen habt, so wißt Ihr, daß Ihr nichts anderes zu erwarten habt als den Kampf bis zum Tode. Vorher kann ich mit dem Kriege nicht aufhören. Aber Ihr könnt vorher aufhören, indem Ihr zu mir herüberkommt, Gewehre und Munition abgebt und die über Euch verhängte Strafe erwartet.

Mir ist aber wohlbekannt, daß viele von Euch an allen den bösen Sachen, die geschehen sind, keine Schuld tragen. Und diese können ruhig zu mir kommen; ihnen wird das Leben geschenkt. Keine Gnade aber kann ich denjenigen geben, welche weiße Leute ermordet und deren Wohnsitze ausgeraubt haben. Diese werden vor Gericht gestellt und müssen empfangen, was ihre Schuld wert ist. Ihr anderen aber, die Ihr solche Schuld nicht auf Euch geladen habt, seid klug und verbindet Euer Schicksal nicht weiter mit den Schuldigen. Verlaßt sie und rettet Euer Leben! Das sage ich Euch als Vertreter Eures obersten Herrn, des deutschen Kaisers.

Okahandja, 30. Mai 1904
gez. Leutwein«

»Sehen Sie, das ist Leutwein«, sagt Lutter, »divide et impera, seine alte Strategie!«

3. Juni (Freitag):

Ettmann steigt aus dem Zug und schaut sich erstaunt um. Okahandja ist kaum wiederzuerkennen. Hinter dem Bahnhof ist eine ganze Zeltstadt entstanden, und es herrscht ein ganz unglaublicher Trubel. Wagen werden angespannt, und Treckochsen brüllen, Treiber und Soldaten laufen durcheinander und schreien und fluchen, hochbeladene Karren schaukeln durch das Gewirr. Aufgewirbelter gelber Staub liegt dick in der Luft und mitten in der Staubwolke hängt ein gelber wurstförmiger Ballon nur gerade drei Meter über dem Boden. Der Ballon ist etwa so groß wie die Plane eines großen Frachtwagens. Auf einer Karre knattert und qualmt ein Benzinmotor. Ein mit mehreren Kabelrollen beladener Soldat stößt Ettmann versehentlich an und sagt: »Bitt' um

Verzeihung!« Hinter ihm kommen zwei Soldaten, die lange Stangen und Tuchrollen auf den Schultern tragen und unter dem Gewicht schwanken. Ein Unteroffizier läuft ihnen nach und schilt sie aus: »Nicht dorthin, ihr Blödmänner! Da hinüber, wo sie die Esel vorspannen! Habt ihr denn keine Augen im Kopf!«

Er blickt Ettmann an und dreht die Augen himmelwärts. »Nichts als Idioten!« sagt er laut und herzlich. »Jeden Schritt muß man ihnen erklären, und denn kapieren sie's noch immer nicht.« Ettmann macht ein Wem-sagen-Sie-das-Gesicht und ruft zurück: »Was ist denn hier los?« Der Unteroffizier sagt mit wichtiger Miene: »Funkentelegraphieabteilung des Luftschifferbataillons! Sind eben angekommen, vor drei Stunden!« Er gibt Ettmann einen freundschaftlichen Stoß mit dem Ellenbogen und fragt: »Schon länger im Lande? Sagen Sie mal, Herr Kamerad, wie ist es denn hier so? Haben Sie schon Kämpfe mitgemacht?« Ettmann zuckt die Achseln und sagt zögernd: »Nun, ja.« Der Unteroffizier will wissen: »Geht es sehr grausam zu?« und: »Wie kämpfen denn die Neger? Wie Indianer?« Ettmann weiß nicht, was er darauf antworten soll, und brummt: »Na ja, schwer zu sagen. Meistens sieht man sie nicht.«

Wie kämpfen sie schon? Sie versuchen es halt und laufen ins Feuer und kommen um oder laufen wieder davon. Oder sie knallen mal einen aus dem Hinterhalt ab. Er hebt noch mal die Schultern, läßt sie wieder fallen und sagt: »Die meiste Zeit sind sie nicht zu finden. Sie ziehen sich immer weiter in den Busch zurück.« Um den Mann abzulenken, fragt er: »Wozu ist der Ballon? Um einen Menschen zu tragen, ist der doch zu klein, nicht wahr?« Der Luftschiffer-Unteroffizier sagt: »Der trägt nur den Luftdraht für die Funken in die Höhe. zweihundert Meter ist der Draht lang und muß so hoch hinauf wie's geht.« Er schaut sich um, ob nicht etwa ein Offizier sieht, daß er ein Schwätzchen hält, und fährt fort: »Die Funker haben ihn zur Probe aufgeblasen, mit Wasserstoffgas! In der Nähe darf niemand rauchen!«

Vorn auf dem Ballon ist ein Wort aufgemalt. Ettmann kneift die Augen zusammen, um schärfer zu sehen, und entziffert »Exzelsior«! Der Unteroffizier sagt hilfsbereit: »Das heißt höher hinauf, was da auf dem Ballon steht!« Ettmann sagt: »Paßt ja!« und schaut sich eins der Karrenfahrzeuge der Funkentelegraphisten an. Es sieht aus wie zwei hintereinander gehängte Protzen. Zwanzig Ochsen sind vorgespannt. »Sind mordsmäßig schwer!« sagt der Unteroffizier. »Im vorderen Kasten sind der Empfangsapparat und die Gasflaschen, im Hinterwagen der Sendeapparat, der Motor, Induktor, Transformator und so weiter.«

Für jede der drei fahrbaren Stationen wird ein Ochsenwagen mit Gas, Benzin und Ersatzteilen beladen. Das Gas dient zum Füllen der Fesselballons, die den Antennendraht tragen, das Benzin speist die Motoren, die den elektrischen Strom erzeugen.

Telegraphieren ohne Kabel, mit unsichtbaren Wellen durch den Äther! Soweit Ettmann weiß, ist diese hochmoderne Technik bis dato nur bei Manövern in Deutschland erprobt worden. Gut möglich, daß die drahtlose Telegraphie hier zum erstenmal in einem kriegerischen Konflikt eingesetzt wird.

»Na, ich muß weiter!« ruft er dem Unteroffizier durch den Lärm zu. »Was sagt ihr Luftschiffer denn statt Mast- und Schotbruch?« Der Unteroffizier sagt: »Gute Frage!« und überlegt: »Vielleicht Drahtbruch und Ballonbrand?«

Auf der Schreibstube hackt ein bebrillter Gefreiter auf einer Remington-Schreibmaschine herum. Es geht sehr langsam. Wie ein Falke über dem Feld kreist sein Zeigefinger suchend über den Tasten. Hat er endlich die richtige gefunden, saust er herunter: klack! Der Mann ist so auf die Maschine konzentriert, daß er Ettmann gar nicht bemerkt. Ettmann schaut ihm eine Weile zu, dann erinnert er sich an seinen Rang und unterbricht den Mann: »Sie da! Unteroffizier Ettmann zu Herrn Major v. Estorff!« Der Gefreite blinzelt ihn kurzsichtig an: »Der Herr Major ist nicht da, Herr Unteroffizier! Ist ausgeritten!« – »Wann kommt er denn zurück?« fragt Ettmann ungeduldig. Der Gefreite zuckt die Achseln: »Das weiß ich nicht, bitte gehorsamst um Verzeihung. Wenn Sie morgen vormittag noch einmal ...?«

Ettmann geht durchs Tor der Feste hinaus und steckt sich eine Zigarre an. Geschrei und Staubwolken von einer Koppel her erregen seine Aufmerksamkeit, und er schlendert näher. Neuankömmlinge erhalten Reitunterricht, wahrscheinlich sind es welche von den Funkenfritzen. Amüsiert lauscht er dem Gebrüll eines Wachtmeisters: »Fäuste abrunden! Hacken herunter, Herrgottnocheinmal! Und die Fußspitzen nach innen, die dreimal verfluchten Scheißfußspitzen! Die Zehen! Nach innen! Geht das nicht in Ihren Schädel, Sie komplett verblödeter Stadtfrack, Sie!«

Die angehenden Reiter traben im Kreis um den Unteroffizier herum, wie Säcke hängen sie auf den Tieren und klammern sich angstvoll an die Mähnen. Ettmann muß an seine eigene Rekrutenausbildung bei der reitenden Artillerie denken und den Spruch, mit dem der Wachtmeister damals den Reitunterricht eröffnete: »Das Pferd, meine Herren, ist ein bitterböses Tier, welches dem Menschen nach dem Leben trachtet, und jeder Galoppsprung ist ein Blick ins offene Grab!«

Der Wachtmeister ist hochrot im Gesicht, sein grauer Schnurrbart zornig gesträubt. Sein Gebrüll muß im ganzen Ort zu hören sein: »Aufrecht sitzen, Sie elende Jammergestalt! Ellbogen ran an den Leib! Mensch, das ist doch zum Frösche kotzen!«

8. Juni (Mittwoch):

Ettmann hat nichts zu tun und wandert am Bahngleis entlang. Jenseits der Schienen steht kein Haus mehr, da ist nur Busch, so weit das Auge reicht. Ein spitzer Kegel ragt daraus hervor, und Ettmann wird neugierig und geht hin. Ein Termitenhaufen ist das, fast vier Meter hoch, ein Turmbau zu Babel en miniature, aus Lehmerde zusammengekleistert und rot in der Morgensonne glühend. Ettmann lauscht eine Weile, ob nicht etwa ein Feind in der Gegend herumschleicht, es scheint aber alles friedlich zu sein. Er legt sein Gewehr ab, holt sein Buch aus der Rocktasche und fängt an, den Termitenbau zu zeichnen.

Für Damaras und Hereros sind diese Insekten ein Leckerbissen, hat ihm Lutter in Windhuk erzählt. Zu Beginn der Regenzeit, wenn Millionen junger Termiten nach dem ersten Ausflug ihre Flügel abwerfen und auf dem Boden herumkriechen, zünden die alten Frauen um die Bauten kleine Feuer an und scharren davor Löcher in den Boden. Die Termiten, vom Licht angezogen, sammeln sich zu Abertausenden in den flachen Vertiefungen.

Frauen und Kinder schöpfen sie eimerweise heraus, um sie am Feuer zu rösten. Dann beginnt ein Festmahl, das die ganze Nacht andauert und erst aufhört, wenn sich die Leute so vollgefressen haben, daß sie mit prallgefüllten Bäuchen auf der Erde liegen und kaum mehr einen Finger rühren können.

Nachher ißt Ettmann mit fünf Unteroffizieren zu Mittag in der Bahnhofsrestauration, die als Kantine des Hauptquartiers dient. Es gibt Spiegeleier mit Speck und Dörrbratkartoffeln, dazu Tee. »Sagen Sie mal, Resemann«, sagt ein Vizefeldwebel zu dem Dienstältesten an der Tafel, einem Feldwebel, »ist denn nun etwas dran an der Story, daß alles angehalten wird?« Ettmann blickt zu dem Feldwebel hin, der am Kopfende des Tisches sitzt und vorerst ruhig zu Ende ißt. Feldwebel Resemann ist ein großer, gepflegter Mann mit schwarzem Vollbart. Jetzt legt er den Löffel beiseite, wischt sich mit einem seidenen Taschentuch den Mund ab, legt es sauber zusammen und steckt es wieder ein. Endlich nickt er und antwortet bedächtig: »Ja.« Alle warten gespannt, aber der Feldwebel scheint es bei dieser Antwort bewenden zu lassen, sucht umständlich in seinen Taschen herum und zieht schließlich eine Zigarre hervor, die er sich unter die Nase hält und genüßlich daran schnuppert. Ein paar lachen. »Na kommen Sie, Herr Feldwebel!« sagt der Vizefeldwebel. »Machen Sie es doch nicht so spannend!« Er wendet sich an die anderen und sagt: »Daß etwas dran ist, das haben wir schon selbst gemerkt, nicht wahr?« Ettmann macht eine vage bejahende Kopfbewegung, obwohl er gar nicht weiß, wovon die Rede ist. Der Sergeant neben ihm brummt: »Freilich, mir san doch net blind. Wann die Offizier' umananda laufn wia die aufgscheichtn Hühna! Do mecht ma doch wissen, wos los is!«

Der Feldwebel sagt, wobei er sie alle der Reihe nach anblickt: »Also gut, bevor Sie die Neugierde in Stücke reißt: Es ist ein Telegramm durchgekommen, an den Gouverneur im Lager bei Owikokorero. Kommt vom Berliner Generalstab, vor vier Tagen aufgegeben, und lautet: ›Alle Operationen einstellen, warten, bis Exzellenz von Trotha mit dem 2. Regiment Deimling eintrifft. So, nun wissen Sie Bescheid.«

Einen Moment lang Schweigen, dann reden alle durcheinander: »Operationen einstellen?!« – »Na, die hamm Nerven!« – »Die

wissen doch gar nicht, was hier los ist, die Generalstabsfritzen!«
– »Typisch jroße Berliner Blechbude!« – »Jaja, vom grünen Tisch,
da läßt sich's leicht befehlen!« – »Wird dem Oberst sauer aufsto-
ßen!«

Ettmann blickt mit Bedauern auf seinen sauber geleerten Tel-
ler und wartet, was es noch zu hören gibt. Feldwebel Resemann
steckt sich seine Zigarre an. Er weiß tatsächlich noch mehr. Der
erwartete Oberkommandierende, Generalleutnant v. Trotha, der
noch auf hoher See ist und erst am 11. Juni in Swakopmund eintreffen soll, hat schon jetzt per Telegramm den Kriegszustand für
das ganze Schutzgebiet erklären lassen. Dies sichert dem Militär
nach Artikel 68 der Reichsverfassung die absolute Vollzugsgewalt
im ganzen Gebiet Südwestafrika und gibt dem General sogar Befehlsgewalt dem kaiserlichen Gouverneur gegenüber.

»Der General befürchtet wohl, und ich schätze mal, nicht zu
Unrecht«, sagt der Feldwebel und zwinkert in die Runde, »daß
Leutwein und die alten Afrikaner noch vor seinem Eintreffen
einen entscheidenden Schlag gegen die Hereros führen. Vielleicht
erreichen sie sogar einen Friedensschluß. Da stünde er dann vor
vollendeten Tatsachen!«

Der bayerische Sergeant ergänzt: »Wia da Ochs vorm Berg.«

13. Juni (Montag):
Großer Bahnhof am Bahnhof Okahandja. Ettmann steht in
Reih' und Glied im Sand vor dem Bahnhof, Gewehr vor der Brust,
Augen rechts. Von dort kommt der Zug angedampft. Alle Offi-
ziere haben sich fein gemacht und stehen Hand am Hut. Der
Oberbefehlshaber entsteigt dem Zuge. Generalleutnant Lothar v.
Trotha ist ein großer und stattlicher Mann. Er ist glattrasiert bis
auf einen eisengrauen Schnurrbart, unter dichten, dunklen Brauen
blicken aufmerksame, kühle Augen hervor. Er trägt den üblichen
grauen Filzhut, jedoch mit feinster Seidenstickerei in Karmesin
und Silber gesäumt, eine weiße Uniformjacke mit karmesinroten
Revers und Silberknöpfen, graue Breeches, Ledergamaschen und
Schnürschuhe; in der Hand hält er einen silberbeschlagenen Spazierstock aus schwarzem Holz.

Der General bezieht mit seinem Stab fürs erste das Bahnhofsgebäude als Hauptquartier. Er hat bereits bei der Ankunft in Swakopmund den Befehl über sämtliche Truppen im Lande übernommen. Chef seines Stabes ist Oberstleutnant Chales de Beaulieu, der Stab selbst besteht aus Major Quade, einem wahren Hünen von Gestalt, sowie den Hauptleuten Bayer und Salzer. Auch die Adjutantur richtet sich im Bahnhof ein, Hauptmann von Lettow-Vorbeck und Oberleutnant v. Bosse. Kommandant des Hauptquartiers ist ein Neffe des Generals, Oberleutnant d. R. Thilo v. Trotha. Mit zum Hauptquartier gehören Feldsignalabteilung und Funkentelegraphen-Abteilung, Feldintendantur, Korpsarzt, ein Oberkriegsgerichtsrat und ein Stabsveterinär.

Unter der Reichsfahne auf dem Dach wird die Stabsflagge des Generals aufgezogen, die Stabswache stellt Posten unter Gewehr links und rechts des Einganges auf. Drinnen kurbelt Leutnant Rückforth schon am Telephon: »Windhuk? Hallo Windhuk?«

Trotha kontra Leutwein

16. Juni (Donnerstag):

Oberst Leutwein ist von General v. Trotha zur Besprechung ins Hauptquartier Okahandja gebeten. Am Nachmittag kommt es zu einem ersten Gespräch unter vier Augen zwischen dem General und dem Gouverneur.

Nach dem üblichen Austausch von Höflichkeiten äußert Gouverneur Leutwein zuerst Bedenken gegen die seiner Ansicht nach zu hohe Zahl der ins Land kommenden Truppen. Das karge Land könne eine so große Anzahl Menschen unmöglich ernähren, es machten sich jetzt schon überall Mängel bemerkbar. Der Nachschub per Ochsenwagen sei äußerst langsam, durch Überfälle gefährdet, und die Transporte nebst Eskorte würden einen großen Teil der Ladung unterwegs selbst verbrauchen. Für die Unmengen notwendiger Zug- und Reittiere seien im Feld weder ausreichend Futter noch Wasser zu beschaffen, die wenigen, weit verstreuten Wasserstellen im Hereroland könnten keinesfalls für viele Tausende von Tieren und Menschen ausreichen. Dazu würden sie ja auch von Eingeborenen und ihren Herden frequentiert.

Von Trotha wischt die Argumente vom Tisch. Das sei alles nur eine Frage der Organisation des Nachschubs; bloße Stabsarbeit. Und was, bitte schön, hätten denn Eingeborene, der Feind also, an den Wasserstellen zu suchen? Wäre ja noch schöner! Kommen wir hin! Diese Plätze sind von der Truppe zu besetzen, die Kaffern sind zu verjagen, ihre Herden zu beschlagnahmen!

Nach diesem Vorgeplänkel beginnt der ernste Teil der Unterhaltung. Leutwein überreicht dem General die von ihm verfaßte Proklamation an die Hereros, in welcher er ihnen gnadenvolle Behandlung versprach, wenn sie ihr Unrecht einsähen und reumütig zurückkehrten. Der General überfliegt den Text und sagt mit kaltem Blick: »Lassen Sie mich gleich klarstellen, daß ich für eine derartige Behandlung der Aufstandsfrage nicht das geringste übrig habe! Ich bin überzeugt, daß ein solches Verfahren den Intentionen Seiner Majestät ganz und gar zuwiderliefe.« Er reicht das Blatt an Leutwein zurück. »Meine Aufgabe«, fährt er fort, »ist die raschestmögliche Beendigung des Krieges und die totale Unterwerfung der Aufständischen, wenn es sein muß, ihre völlige Vernichtung.«

Leutwein geht es um die Zukunft der Kolonie. Er will den Krieg gegen die Hereros begrenzen, unnötiges Blutvergießen vermeiden, kein böses Blut für die kommenden Jahre schaffen. Ihm ist klar, daß hier mit bloßer Menschenfreundlichkeit nichts auszurichten ist, und er verwendet Argumente, von denen er hofft, daß sie nicht von vornherein auf taube Ohren stoßen. Er versucht dem neuen Befehlshaber zu erklären, daß eine totale Unterwerfung oder gar Vernichtung der Hereros die Wirtschaftskraft der Kolonie derart nachteilig beeinflussen würde, daß ein Wiederaufbau fast unmöglich wäre. Die Eingeborenen auszurotten wäre, christliche und moralische Bedenken einmal ganz außer acht gelassen, zumindest kurzsichtig. Die Arbeitskraft der Eingeborenen müsse im Gegenteil der wirtschaftlichen Entwicklung der Kolonie zugute kommen. Sinn und Zweck der Kolonien sei die wirtschaftliche Stärkung des Reiches, nichts Geringeres.

Doch bei v. Trotha kommt er damit nicht durch. Nicht etwa,

daß der Generalleutnant zu beschränkt wäre, die Argumente zu verstehen, das bestimmt nicht, aber die Exzellenz interessiert sich schlicht und einfach nicht für die Kolonie und auch nicht für ihre Wirtschaftlichkeit und erst recht nicht für die zukünftigen Beziehungen zwischen Kolonialmacht und Eingeborenen. Der Generalleutnant interessiert sich nur für seine ihm von seinem Kaiser und Freund übertragene Aufgabe, die da lautet: Feind unschädlich machen! Unschädlich heißt: weg mit dem Feind. »Ihre Darlegungen«, sagt Generalleutnant v. Trotha zu Leutwein und beendet damit die Unterredung, »haben mich in hohem Maße interessiert. Sie müssen jedoch gestatten, daß ich den Feldzug nach eigenem Ermessen führe!«

Es ist der Exzellenz in diesen langweiligen Friedenszeiten vor allem darum zu tun, sich diese seltene Gelegenheit zu einem hübschen kleinen Krieg nicht durch pazifistische Gefühlsduselei versauen zu lassen. Vom Boxeraufstand 1900 und ein paar Strafexpeditionen in Kamerun und Deutsch-Ostafrika abgesehen, herrscht doch seit dreiunddreißig Jahren der reinste Friede! Die besten Mannesjahre gehen nutzlos dahin! Für das Militär, für den Berufsoffiziersstand, für die Kriegerkaste der Junker heißt das Stillstand und Verweichlichung, keine Beförderungen außer der Reihe, keine Bewährung vor dem Feind, keine Bestätigung des Mannesmutes vor den Schrecken des Krieges. Man läßt das Schwert der Nation in seiner Scheide rosten, anstatt es blank und scharf zu halten!

Es ist zwar nur ein Kaffernaufstand am Arsch der Welt, kein richtiger Krieg, kein ernstzunehmender Gegner, kaum Lorbeeren zu holen. Aber es gibt nun mal nichts Besseres, was will man da machen. Man kann sich ja auch nicht von ein paar Negern auf der Nase herumtanzen lassen. Wo kommen wir hin? Das Reich würde zum Gespött der Nationen werden, würde das Gesicht verlieren, wenn es jetzt nicht entschlossen und mit äußerster Härte zupackte!

Die Exzellenz steht mit dieser Ansicht nicht allein, beileibe nicht! Das deutsche Volk, von ein paar sozialdemokratischen Negrophilen einmal abgesehen, verlangt nach Bestrafung der schwarzen Aufrührerbande, nach Sühne, ja, nach Rache!

Den beinahe allmächtigen Kapitalblock, also Banken, Handel, Industrie und ihre Vertreter im Reichstag, weiß der General geschlossen hinter sich, denn es läßt sich ja in so einem Fall immer ordentlich verdienen, an Uniformen und Ausrüstung, an Waffen und Munition, an Proviant und Medizin, an Frachtraten und Eilzuschlägen. Das Land kommt in Bewegung, die Schornsteine rauchen, die Arbeiter haben Arbeit und keine Zeit, mit den Sozis auf der Straße herumzupöbeln.

Und um die Neger ist es bestimmt nicht schade, wo man doch von allen Seiten hört, wie faul und frech sie sind. Es wird wohl Gottes Wille sein, daß sie dem weißen Manne weichen, der allein durch seine Tatkraft, seine schöpferische Intelligenz und seinen Fleiß dazu bestimmt ist, auf dieser Erde die Herrschaft zu übernehmen.

Theodor Leutwein wird nicht nur von einem großen Teil der Siedler, sondern vor allem auch von der Presse und gewissen Kreisen in Berlin Zaghaftigkeit vorgeworfen, Sentimentalität den Kaffern gegenüber, Mangel an Entschlußkraft. Die Rede ist vom Versagen des »Systems Leutwein«, ja sogar von Bevorzugung und Verhätschelung der Eingeborenen. Man sagt ihm das nicht offen ins Gesicht, er kann es ja selbst in den Zeitungen lesen, meist mit gehöriger Verspätung.

Das weiße Raubtier

17. Juni (Freitag):

Ettmann wird bei Tagesanbruch geweckt und zum Hauptquartier im Bahnhof befohlen. Er meldet sich dort bei Oberleutnant Thilo v. Trotha. Der Neffe des Generals rasiert sich im Freien vor einem Spiegel, den er an eine der Verandastützen gehängt hat. Sein Bursche steht neben ihm, Handtuch über dem Unterarm, und hält ihm die Seifenschüssel. Der Oberleutnant wirft Ettmann nur einen kurzen Blick zu und sagt: »Der ... äh ... Windhuker Unteroffizier? Sie befehligen die Eskorte, die den ... äh... den Herrn Gouverneur nach Windhuk begleitet! Acht Mann sind abgestellt, dort beim … äh … Zug, Abfahrt acht Uhr, nicht wahr! In Windhuk beim Kommando melden!« Dann rasiert er sich weiter und würdigt Ettmann keines Blickes mehr. Die acht Mann lungern am Zug herum, ein Fußverletzter mit Stock, ein Kopfverband, und die anderen sehen auch nicht gerade kerngesund aus, vermutlich Typhusrekonvaleszenten. »Morgen, Männer!« sagt Ettmann forsch und schaut sie sich genauer an. Jeder hat sein Gewehr, die Patronentaschen sind gefüllt, das läßt er sich zeigen. Dann verteilt er die Leute auf den Zug: »Ihr drei nach vorn auf den Wagen hinter der Lokomotive, ihr drei auf den letzten Wagen.« Die Übriggebliebenen nimmt er mit auf die Plattformen des Personenwagens, in dem der Gouverneur fahren wird. Erstaunt begrüßt er Pastor Lutter, der eine große Reisetasche im Gepäcknetz verstaut. Lutter schüttelt ihm die Hand: »Wir reisen also in Ihrer Obhut, der Gouverneur und ich!« Ettmann kann es sich nicht verkneifen zu sagen: »Und in der Obhut des Herrn!« Lutter lacht und sagt: »Das habe ich verdient!«

Der Gouverneur kommt, allein und ohne Adjutant, wird von den Offizieren des Hauptquartiers verabschiedet und steigt ein. Die Lokomotive pfeift, und der Zug setzt sich mit Geklirre in Bewegung. Langsam geht es aus dem Ort hinaus, am Augustineum vorbei und mit hohlem Poltern über die niedrigen und langen Brücken über das Osonarivier und den Swakop. Ettmann steht auf der vorderen Plattform und behält die Höhen im Auge, die an der linken Seite allmählich emporwachsen, steile Hänge, gelb vom dürren Gras, darüber tiefblau der Himmel. Ab und zu wirft er einen Blick durch die offene Tür in den schaukelnden Waggon, wo sich der Gouverneur mit dem Pastor unterhält.

Der Gouverneur macht ein bedrücktes Gesicht, und es scheint Ettmann, als sei das Gespräch mit dem neuen Oberbefehlshaber alles andere als gut verlaufen. Es wird wohl stimmen, was man überall erzählt: daß man Leutwein das militärische Kommando entzogen hat und er nur noch als Zivilgouverneur im Amt bleiben darf. Damit hat er praktisch überhaupt nichts mehr zu sagen, denn durch Trothas Kriegserklärung untersteht jetzt so gut wie jedes Ressort der Militärverwaltung. Dabei hat Leutwein in den fünf Monaten, in denen er die Leitung der militärischen Operationen hatte, doch unbestreitbar große Erfolge erzielt! Alle belagerten Orte sind befreit, die Aufständischen sind aus dem deutschen Siedlungsgebiet verjagt und haben sich zur Waterbergregion zurückgezogen, und die Truppe steht neu gegliedert und verstärkt bereit, sie dort einzuschließen. Es ist ein offenes Geheimnis, daß Leutwein plant, sie in eine militärisch aussichtslose Lage zu drängen und dann zum Aufgeben zu zwingen.

Leutwein und Lutter sitzen sich im Coupé gegenüber, der Gouverneur hat seinen Rock aufgeknöpft und den Hut neben sich auf die Bank gelegt. »Ich, lieber Theo«, sagt er jetzt zu Lutter, »ich hen die G'wißheit g'wonne, daß man im weite und weglose Südweschtafrika Eingeborene halt ehe bloß mit Hilfe von Eingeborene besiege kann.« Lutter nickt. Er kennt Leutweins Teile-und-herrsche-Politik und weiß, daß die deutschen Soldaten den Hereros oder den anderen Völkern weder in Landeskenntnis noch in Ausdauer gewachsen sind, sich im Fährtenlesen nicht auskennen und nur schwer Hitze und Durst ertragen können. Das ist auch ganz natürlich so.

»Und«, fährt Leutwein fort, auf einmal wieder um Hochdeutsch bemüht, »und daß man den Aufständischen nach genügender Bestrafung auch zur rechten Zeit wieder die Hand bieten muß, will man nicht die Gefahr heraufbeschwören, daß der Krieg bis ins Unendliche verlängert wird.« Der Gouverneur hebt die Schultern und läßt sie resigniert wieder fallen. Er wirkt niedergeschlagen und verbittert, als er fortfährt:

»Aber in der Heimat ist die öffentliche Meinung durch die Untaten der Hereros so empört, daß jetzt von allen Seiten nach gnadenloser Verfolgung und Bestrafung gerufen wird. Gege des G'schrei kommet sie net mehr an.« Eine Weile schaut er aus dem Fenster des schwankenden Waggons, auf das gelbe Gras, die braunen Hügel dahinter, die das Tal im Osten säumen.

»Wenn der Aufstand nicht bald beendet wird, und zwar mit einer Übereinkunft beendet wird, mit der beide Seiten leben können, dann wird es einen endlosen Krieg geben«, sagt er wie zu sich selbst, und Lutter muß sich vorbeugen, um im Geratter des Zuges die Worte zu verstehen, »einen jahrelangen Guerillakrieg, der noch viele, viele Opfer fordern wird, auf beiden Seiten.«

Lutter schweigt. Er weiß, der Gouverneur braucht nur einen stummen Zuhörer. Er weiß auch, die Eindringlinge sind sie, die Weißen, hier und jetzt eben die Deutschen. Es ist nur natürlich, daß sich die ursprünglichen Bewohner wehren, und bestimmt kein Wunder, so, wie man sie behandelt, und so, wie man sie übers Ohr haut und ihnen ohne große Faxen ihr Land wegnimmt. Dabei schien das Verhältnis zwischen Schwarz und Weiß in den Anfangsjahren ganz gut, beinahe ebenbürtig, als nämlich die Deutschen noch ganz wenige waren und man den Eingeborenen mit einigem Respekt begegnete, zum Teil, weil es sich so gehörte, aber zum weitaus größeren Teil natürlich aus gebotener Vorsicht.

Lutter seufzt. Es ließe sich durchaus friedlich und zum gegenseitigen Nutzen zusammenleben, das ist seine feste Überzeugung. Südwest ist weiß Gott groß genug. Doch längst hat die Gier die Oberhand gewonnen, die Gier nach Bodenschätzen, nach Vieh, nach Profit und nach schnellem Reichtum. Keine Geduld für eine friedvolle Entwicklung, für eine Aufteilung, eine kluge, weitsichtige Politik – wenn man schon einmal unbedingt hier auf dem fremden Kontinent bleiben will. Nein, es muß verdient werden, sofort, soviel wie möglich und um jeden Preis, erst an der Niederschlagung des Aufstandes und dann am Raub des Landes, und wo die Schwarzen im Wege stehen – weg damit! Nichts zählt da mehr, nicht Weitsicht und Klugheit, nicht Menschlichkeit, nicht einmal der gemeinste Anstand. Nach mir die Sintflut! Zusammenleben? Zum Teufel damit! Das weiße Raubtier bleckt die Zähne.

Leutwein schaut noch immer aus dem Fenster. Ettmann betrachtet ihn verstohlen durch die offene Tür. Was dem Oberst wohl durch den Kopf geht? Wie erstarrt wirkt er, er merkt es wohl gar nicht, wie der Waggon schwankt und schaukelt.

Südwinter

Die ganze Nacht über pfeift ein kalter, scharfer Wind aus Südwesten, von den Auasbergen her. Nach Tagesanbruch hört der Wind auf, dafür ist es frostig kalt, vier oder fünf Grad unter Null.

Eine dünne Eisschicht bedeckt das Wasser im Wellblechbassin, Reif haftet wie feiner Zucker an Blättern und Ästen. Der Himmel ist grau, und der Atem dampft vor Mund und Nase. Das komische kleine Blechöfchen steht nutzlos da, Cecilie friert, sie hat ja gar kein Heizmaterial, nur ein bißchen Holz zum Kochen. Schon läuft ihr die Nase. Sie zieht sich so warm an, wie sie kann, aber Wintersachen hat sie nicht. Sie schlüpft in das dünne Jackett, legt sich die gehäkelte Stola um die Schultern und macht sich mit Gloria auf zum Bahnhof.

Cecilie fragt den Bahnhofsvorsteher, ob ihre Koffer aus Swakopmund angekommen seien. Man schickt sie zur Güterabfertigung hinüber. Dort ist noch nichts angekommen. »Wenn Sie mir sagen, wo Sie wohnen, schicke ich Ihnen einen Boy, sobald die Sendung eintrifft, gnädige Frau!« sagt der Beamte, ein alter Mann mit weißen Haaren.

Im Kohlenlager beim Bahnhof kauft Cecilie fünfzehn Kilo Nußbriketts, die ihr ein alter Damaramann nachträgt. Weil es kein Feuerholz gibt, schickt sie Gloria los, Zweige und trockenes Gras zu suchen. Inzwischen haben sich die Wolken aufgelöst, die Sonne lacht von einem blauen Himmel. Lange bevor sie nach Hause kommt, ist es schön warm, bestimmt fünfundzwanzig Grad. Richtig heiß wird es aber selbst in der Sonne nicht.

Der Damara nimmt die zehn Pfennige nicht, die sie ihm geben will. »Nix-nix Geld, Missus!« sagt er zu ihr und streckt abwehrend die Hände aus: »Kaffer heb Geld, Deutschmann sag: Stehl, Klippkafferdreckschwein! Hau arm Kaffer mit Tschambock!«

Da gibt sie ihm ein Tütchen Kaffeebohnen und ein Stück Brot und sinnt darüber nach, wie der alte Kaffer, der wirklich nicht viel Deutsch kann, so ein verzwicktes Wort wie »Klippkafferdreckschwein« derart flüssig und geläufig hersagen kann.

Am Nachmittag kommt die Streife vorbei, der alte Grauhaarige und der dicke Lehrer. »Guten Tag, Fräulein Orenstein!« ruft Wilhelm Rave über den Zaun und schnauft dabei, als wäre er über den ganzen Schanzenhügel gerannt, sein rundes Gesicht glänzt vor Schweiß. »Schauen Sie, was wir Ihnen mitgebracht haben!« Er hebt einen zusammengeklappten Gartenstuhl hoch, als wolle er damit winken, sein Kollege hat auch einen unter dem gesunden

Arm. »Die schickt Ihnen Frau During, sie hat genug, sagt sie, und Sie hätten doch immer so viel Besuch!«

Cecilie bedankt sich bei den beiden und verkneift sich eine Bemerkung über Frau Durings Beobachtungsgabe. Gloria muß Kaffee kochen, und die Landwehrmänner hängen ihre Gewehre an den Baum und machen es sich auf den mitgebrachten Gartenstühlen gemütlich. Cecilie erzählt ihnen von dem alten Damara, der kein Geld nehmen wollte. »Jaja«, sagt Rave und köpft mit seinem Taschenmesser eine Zigarre, »das kann schon sein, daß dem keiner was verkauft. Und wenn, wird er höchstens übers Ohr gehauen.« Cecilie wundert sich: »Aber wie werden denn dann die Leute bezahlt, wenn sie was arbeiten? Gibt man ihnen denn immer bloß was zu essen dafür?« Rave klopft die Zigarre aus, steckt sie an und brummt: »Na ja, jetzt ist die Atmosphäre sozusagen vergiftet, will ich mal sagen. Es gibt ein paar Stores hier, die geben keinem Eingeborenen was, wenn es nicht Dienstboten sind, die sie gut kennen. Dieser Tage ist es besser, man gibt den Leuten kein Geld, sondern genug zu essen und vielleicht mal was anzuziehen oder mal einen Topf oder so was.«

Der Grauhaarige sagt: »Auf den Farmen ist das anders gewesen. Herr v. Falkenhausen, Gott hab ihn selig, hat seinen Farmarbeitern vor dem Aufstand Sixpence am Tag gegeben, das sind ja ungefähr fünfzig Pfennige, und dazu das übliche Pfund Fleisch und ein halbes Pfund Reis. Die meisten Farmer draußen im Land machen das so, denn die Leute kaufen natürlich für ihren Lohn bei ihnen ein, wo denn sonst, und so bleibt das Geld schön auf der Farm.«

Der Lehrer macht ein trauriges Gesicht und sagt: »Was soll jetzt bloß werden? Die blöden Hunde, die schwarzen Banditen, haben ja fast alle Farmer totgeschlagen und das Vieh davongetrieben.«

Am Montagvormittag sitzt Cecilie im Schatten unter dem Baum und näht Aufhänger an die Gardine, als sie ein kleiner Namabub vom Rivier herüber anruft: »Missus komm Bahnhof Missus! Komm Kist' für Missus!«

Mit Gloria und mit Johannes geht sie zum Güterschuppen und bezahlt die Fracht. Für die beiden Seekoffer, eigentlich richtige

Truhen, bräuchte sie nun eine Karre, denn anders als in Swakopmund gibt es hier keinen Lorenverkehr in den Straßen. Der Güterschuppenbeamte borgt ihr ein Rollwägelchen. Darauf paßt nur einer der großen Koffer. Zu dritt ziehen und schieben sie den Bollerwagen mit seinen wackligen Rädern über den Schanzenberg bis zu ihrem Haus. Gloria und Johannes kehren um, um den zweiten Koffer zu holen. Natürlich lassen sie sich endlos Zeit. Bis auch der zweite glücklich bei ihr ist, ist es Abend. Johannes verabschiedet sich und bringt das Wägelchen zum Bahnhof zurück. Cecilie packt die Truhen aus, Garderobe und Schuhe, Kosmetika, Bücher und ihre vier Lieblingsschallplatten. Den dicken Scheiben ist gottlob nichts passiert. Ragtime-Tanzmusik auf jeder von ihnen: Cotton Time, Hiawatha, Temptation Rag, Camp-meeting Cake-Walk. Leider sind auf den Etiketten die Musiker nicht genannt. Sie hat aber in London Eddie Lang gehört und in Berlin, im Apollotheater, John Pidoux und Olly Oakley. Jetzt muß sie sich ein Grammophon kaufen, gleich morgen in der Frühe. So etwas werden sie ja hoffentlich haben, bei Wecke & Voigts oder in Alfred Bergers Kaufhaus.

Deutsch-Auge

18. Juni (Samstag):

»Meinetwegen holen Sie sich zwei aus dem Kraal, aber bringen Sie die Viecher spätestens morgen früh zurück!« sagt der Oberleutnant.

»Jawohl, Herr Oberleutnant, und besten Dank!« sagt Ettmann mit der Hand am Mützenschirm. Er möchte mit Cecilie einen Ausritt machen, hat aber eigentlich nicht damit gerechnet, daß man ihm so einfach zwei Pferde gibt. Es freut ihn, und sie wird sich auch freuen, denn es ist ein herrlicher Tag, wolkenlos und nicht zu warm. Auf dem Weg zum Kraal läuft ihm Abraham über den Weg. Der Bub steckt in einem Truppenrock, der ihm bis zu den Knien reicht. Die Hosenbeine sind nicht einfach abgeschnitten, sondern mehrmals umgeschlagen. Auf dem Kopf hat er einen Hut mit einem blanken Messingadler darauf, der ist größer als

eine Männerhand. Ettmann kann nicht anders, er muß lachen.
»Wo hast du denn den Hut her?« fragt er, und Abraham verdreht
die Augen nach oben zu seiner Hutkrempe und strahlt und sagt:
»Dis schenk mich Mann Drusemann! Dis mach mich Groß-Ge-
neralbambus' von all Bambus'leut!« Er macht jetzt ein ernsthaftes Männergesicht, steckt seine Pfeife in den Mund und pafft eine
mächtige Rauchwolke. »Komm mit«, sagt Ettmann, »du kannst
mir helfen, Pferde satteln! Oder mußt du etwas anderes tun?«
Abraham geht mit, er hat Zeit, sagt er, ab und an hilft er Druse,
der jetzt für den Standortveterinär arbeitet. Ettmann schätzt jedenfalls, daß Abraham das meint, wenn er sagt: »Drusemann
mach helf die Roßmann, is krank die Pferd, mach helf die Pferd,
geh nix dood niet!«

Ettmann sucht eine Grauschimmelstute und einen dunkelbraunen Wallach aus, sattelt sie und macht sich auf zu Cecilie, Abraham führt die beiden Pferde am Handzügel.

Cecilie ist entzückt, als sie den kleinen Kerl erkennt. »Abraham! Wo hast du denn gesteckt? Groß bist du geworden! Und
was ist das für ein wunderschöner Adlerhut!« ruft sie lachend,
»Ich muß ein Bild von dir machen!« und läuft ins Haus und holt
ihre kleine Handkamera.

20. Juni (Montag):

Carl Ettmann ist am frühen Nachmittag mit dem fertigen Ent-
wurf der Karten ins Kasino bestellt. Dort soll er sie einem Hauptmann im Generalstab namens Bayer und einem Leutnant v. Geist
vorlegen. Hauptmann i. G. Maximilian Bayer ist ein großer,
schlanker Mann Ende Dreißig mit kurzgestutztem Schnurrbart
und von lässiger Manier. Er steckt in der grauen Korduniform,
aber nicht mit dem üblichen blauen Besatz; Kragen, Ärmelauf-
schläge und Hosenstreifen sind karmesinrot, die Farbe der Stabsoffiziere. Dazu trägt er den Degen, den man hier zunehmend seltener sieht.

Leutnant v. Geist geht am Stock, im Gefecht bei Onganjira hat
er einen Schuß durch die rechte Wade bekommen, den er hier in
Windhuk ausheilen muß. Er ist ein recht junger Mensch, poma-
diger Mittelscheitel, bartlos, mit spitzer Nase und einem Gesicht,

als müsse er ständig ein Grinsen unterdrücken. Auch der Oberleutnant aus der Feste, dessen Namen Ettmann immer noch nicht kennt, ist da und sagt gerade: »Es haben ja viele alles verloren! Die Farm niedergebrannt, das Vieh gestohlen! Von Witwen und Waisen ganz zu schweigen!« Hauptmann Bayer nickt und sagt: »Kann die Herrschaften in Berlin alles nicht rühren. Der Reichstag hat jedenfalls die Entschädigung der durch den Hereroaufstand Betroffenen verweigert! Man hört direkt die Häme durch: Selber schuld!« Der Hauptmann blickt zu Ettmann hinüber und sagt: »Genug davon! Sie sind der Mensch mit den Karten? Na, denn zeigen Se mal her!«

Auf dem großen Tisch breitet Ettmann die Vorlagen der neu zusammengestellten Operationskarte aus. Blatt für Blatt geht er mit den Offizieren die wichtigsten Änderungen und Ergänzungen durch und vergleicht sie mit den Aufzeichnungen des Hauptquartiers. Sie sind beim achten und letzten Blatt angelangt, da kommt Major a. D. Freiherr v. Liliencron mit zwei jüngeren Leutnants vom Seebataillon herein. Alle klappen die Hacken zusammen, und Hauptmann Bayer grüßt den Vorgesetzten: »Wünsche guten Tag, Herr Major!« Der Major grüßt leutselig zurück: »Meine Herren!« und sagt: »Nicht stören lassen!« und tritt an den Tisch und späht durch sein Monokel auf die Karte.

Der Major, schon ein älterer Herr mit schlohweißem Schnurrbart, steif und aufrecht wie ein Ladestock, ist als Berichterstatter für den Generalstab ins Land gekommen und wird in vierzehn Tagen die Rückreise nach Deutschland antreten. Obwohl es noch früh am Nachmittag ist, lädt er sie alle zu einem vorweggenommenen Abschiedstrunk ein und schließt Ettmann großzügig mit ein: »Ach was! Trinken Se Glas mit, der Mann!«

Ein hinkender Unteroffizier teilt Kognakschwenker aus, und ein Namabambuse in einer zu großen weißen Jacke bringt auf einem Tablett eine Flasche Kognak, schenkt reihum ein und macht das ganz richtig nach der Rangordnung, der Major zuerst, Ettmann zuletzt. Der Bambuse wird Schlitzohr gerufen und hat tatsächlich eine vernarbte Verletzung an der linken Ohrmuschel, einen kleinen Spalt.

»Majestät!« sagt der Major und hebt sein Glas. »Auf Seine Majestät, Herr Major!« antworten alle im Chor. Ettmann hält sich im Hintergrund, er steht neben der Tür, den Schwenker in der Hand, und schaut sich im Raum um. Das Offizierskasino ist ein fünfseitiger Raum im zinnengekrönten Eckbau des alten Kommissariats. Durch hohe Rundbogenfenster geht der Blick auf die Storestraße hinunter und über Heyns Gasthaus zum weiten, mit Binsen bestandenen Riviergrund.

Es gibt einen Kamin und davor ein großes Sofa und schwere Ledersessel um einen geschnitzten Rauchtisch. An einer Wand tickt ein Regulator. Unterhalb des Pendels ist eine kleine Messingplakette befestigt, darauf steht:

1893 – Kriegerverein Windhoek – 1894

Über dem Kamin hängt zwischen zwei Kerzenhaltern ein gerahmtes Goethezitat in verschnörkelter Schönschrift:

»Es ist eine Forderung der Natur,
daß der Mensch mitunter betäubt werde,
ohne zu schlafen.«

Über dem Sofa prangt ein großer, schön gerahmter Druck des Gemäldes von Carl Röchling: »The Germans to the Front!« Der englische Vizeadmiral Sir Edward Seymour soll das 1900, während des Boxeraufstandes in China, bei der Erstürmung des Hsiku-Forts befohlen haben.

Auf dem Bild sieht man ein deutsches Marinekontingent in schneeweißen Uniformen unter der wehenden Kriegsflagge vorgehen, vorbei an einer haltenden englischen Matrosenabteilung. Ein toter Mandschu-Soldat liegt am Wegesrand im Gras, ein englischer Seeoffizier zeigt in Richtung Feind. In Deutschland hat jedes patriotische Bürgerhaus, das etwas auf sich hält, dieses Bild im Wohnzimmer hängen. Es hängt auch in Ettmanns Elternhaus, denn Claus war ja in China dabei, wenn auch nicht bei der dargestellten Szene.

Leutnant v. Geist, Monokel ins rechte Auge gekniffen, besieht sich das Gemälde genau. Major v. Liliencron fragt ihn: »Suchen Se

wen?« Der Leutnant erwidert: »Mit Verlaub, Herr Major, ich halte
Ausschau nach Herrn Major!« Der Major sagt: »Vergebliche Lie-
besmüh', junger Freund! Stand hinter Maler Klecksel und habe
ihm über die Schulter geguckt!«

Gelächter. Von Geist fragt: »Hat es sich denn so zugetragen
wie auf dem Bilde da, Herr Major?«

Major Freiherr v. Liliencron ist Marineinfanterist und war sei-
nerzeit mit dem III. Seebataillon in China. Der Major nimmt die
Pfeife aus dem Mund und nickt, während er mit abgehärtetem
Daumen die quellende Glut in den Pfeifenkopf stopft.

»Na, im großen und ganzen schon!« sagt er. »Seymour hat das
befohlen, während der gescheiterten Expedition, die die belagerten Botschaften in Peking befreien sollte. Das war am – lassen Sie
mich nachdenken – am 22. Juni 1900, während des Rückzuges
nach Tientsin. Ich war zu der Zeit Hauptmann und Verbindungs-
offizier der Vorausabteilung des III. Seebataillons beim Führer
des deutschen Landungskorps, Kapitän zur See v. Usedom, dem
der fragliche Befehl von Seymour direkt gegeben wurde. Sie werden sich erinnern, daß die Seymoursche Expedition vierzig Meilen vor Peking steckengeblieben war, die Boxer hatten die Bahn
vor und hinter der Truppe zerstört. Es hatte Tote und Verwundete
gegeben, und Seymour war gezwungen, sich entlang des Flusses
nach Tientsin zurückziehen, die Artillerie mußte unterwegs aufgegeben und im Fluß versenkt werden. An jenem 22. nun kam
man an das stark befestigte Hsiku-Arsenal am Peiho-Fluß. Das
Arsenal sollte eingenommen werden, und das deutsche Landungskorps ging auf Seymours Befehl hin aus der Marschordnung
in Gefechtslinie vor. Wenn es hart auf hart kommt, geht eben
nichts ohne uns Deutsche; so hat man das nachher ausgelegt.«

Der Major pafft eine mächtige Rauchwolke in die Luft und
nickt den Offizieren durch die blauen Schwaden zu.

»Es muß aber gesagt werden, daß das alles andere als ein großes Gefecht war, noch nicht mal ein Scharmützel. Das Arsenal
war nur von einer schwachen Chinesenwache verteidigt, und nach
ein paar Minuten war es eingenommen, weil die Chinamänner
nämlich einfach davonliefen. Die Engländer hätten es ohne weiteres selbst einnehmen können.«

Der Major hustet eine Qualmwolke. Es sieht aus wie ein Kanonenschuß, und Ettmann denkt, siehe da, und zu Hause hieß es immer, die Engländer hätten uns Deutsche gebraucht, als es gegen die Chinesen nicht mehr weiterging.

»Wahrscheinlich wäre sogar der Schweizer Garde die Einnahme gelungen! Na, jedenfalls fanden sich im Arsenal Wasser, Reis, Waffen und Munition, daher beschloß Seymour, auch mit Rücksicht auf die Verwundeten, dazubleiben und auf Entsatz aus Tientsin zu warten. Der kam dann vier Tage später in Gestalt russischer Kosaken.«

Er blickt noch einmal auf das Gemälde und sagt: »Wußte doch, ist was nicht geheuer mit diesem Bildnis: schneeweiße Uniformen!« Er schüttelt den Kopf. Tagelange Gefechte! Rückzug durch Staub und Dreck! Ts, ts! Dazu die schlammigen und stinkenden Felder am Fluß!« Er geht noch einmal ganz nahe an das Bild heran, hält sich das Monokel vors Auge, und sagt: »Donnerwetter! Kerls haben ja auch blitzeblanke Stiefel an! Respekt, meine Herren! Scheibe abschneiden, was!«

25. Juni (Samstag):

Leutnant v. Nathusius' Armwunde aus dem Gefecht von Omaruru ist gut verheilt. Nach dem Mittagessen kommt Ettmann mit ihm ins Gespräch, und der Leutnant zeigt ihm das provisorische Gefangenenlager vor Windhuk, nördlich vom Bahnhof. Das gibt es hier erst seit vier oder fünf Wochen. Eine große, rechteckige Einfriedung aus Dorngestrüpp und Stacheldraht auf einem weiten, steinigen Feld, weit genug von Bahn und Straße, daß es nicht störend ins Auge fällt. Hier und beim Bahnhof ist ein Zug Schützen stationiert, der die Bahnhofswache stellt und dazu das Lager bewacht. Die Schützen sind ältere Reservisten oder Rekonvaleszenten wie Nathusius, ihr Zugführer.

Das Lager ist nur eine eingezäunte, staubige Fläche. Stille Gestalten, inzwischen vielleicht hundert oder mehr, sitzen, hocken stehen herum. Alles Männer, alte wie junge. Es gibt noch ein zweites Lager, wo die Weiber und die Kinder festgehalten werden, das ist in der Nähe der Feste. Die Gefangenen haben meist Lumpen und Fetzen an. Reste alter Herrenhemden, abgeschnittene

Anzughosen. Ein Frack ohne Ärmel. Gestreifte Arbeiterjacken. Lange Mäntel. Alles ist fadenscheinig, schmutzig und zerrissen. Manche haben nur eine Decke umhängen. Die Uniformteile oder Hüte, die manche von ihnen getragen haben, hat man ihnen abgenommen, erzählt v. Nathusius. Muß sein, immerhin sind es kaiserlich deutsche Uniformen. Man hat ihnen dafür alte Decken gegeben. Die Sachen wurden flüchtig durchgesehen, dann aber doch einfach hinter dem Magazin verbrannt. Zum Teil waren sie von Dornen zerrissen. Manche hatten auch Einschußlöcher und alte, braune Blutflecken, nicht sehr viele, denn wer im Busch mit einer blutigen deutschen Uniform erwischt worden ist, hat es meist nicht bis ins Lager geschafft, nach dem biblischen »Auge um Auge …« oder dem kaiserlichen »Pardon wird nicht gegeben!«

Die meisten deutschen Uniformteile stammten allerdings aus dem Güterzug, der am 13. Januar in Johann-Albrechts-Höhe von Hereros ausgeplündert worden war, und aus den Kleiderkammern in Okahandja und Johann-Albrechts-Höhe.

Die Gefangenen sind still. Manche hocken nur da und starren vor sich hin; andere schlafen, aber ein paar Grüppchen stehen immer am Drahtzaun und schauen hinaus, zum Bahnhof hinüber oder zu den Bäumen am Rivier oder in die Hügel. Viele sind ganz abgemagert, mit eingefallenen Wangen und tief in die Höhlen gesunkenen Augen; manche sind krank oder tragen schmutzige Verbände. Ettmann schaut über den Platz hin und denkt, die liegen da nachts auf dem blanken Boden, das geht doch nicht. Die Sonne scheint zwar jetzt warm, aber nachts wird es empfindlich kalt, die Temperaturen sinken bis zur Null-Grad-Marke, manchmal sogar darunter. Die Posten tragen nachts Mäntel und Handschuhe.

Er fragt v. Nathusius: »Was wird man denn mit denen machen, Herr Leutnant?« Der zuckt die Achseln. »Die kommen alle in irgendein großes Lager, sobald entschieden ist, wo.« Er zwirbelt sich die Schnurrbartspitzen zwischen Daumen und Zeigefinger und erläutert: »Weiber und Kinder bleiben im Lager hinter der Feste, da können die Weiber arbeiten.« Er schaut Ettmann von der Seite an und sagt: »Zeug waschen und so was.«

Die Gefangenen stehen reglos am Zaun und schauen zu ihnen herüber. Nathusius fährt fort: »Die Männer sollen alle in ein großes Sammellager, wahrscheinlich irgendwo an der Küste. Jedenfalls, irgendwann müssen die hier weg. Können die Banditen nicht ewig durchfüttern, was.«

Durchgefüttert werden die »Banditen« mit Reis, gelegentlich mit Konserven. Sie hungern trotzdem. Es fehlt ihnen die gewohnte Milch, und sie vertragen die Konserven nicht gut. Vor zwei Wochen, erzählt der Leutnant, hat man ihnen amerikanisches Büchsenfleisch gegeben. Die Folge war eine Diarrhöe-Epidemie. Sauerei! Vielleicht vertragen sie das Pökelsalz nicht. Wahrscheinlich aber war das Fleisch nicht mehr gut. In der windstillen Hitze tagsüber stinkt der Platz. Latrinen graben zu lassen wird für überflüssig erachtet.

»Aber in der Nacht, ist es da denn nicht zu kalt«, fragt Ettmann vorsichtig, »ich meine, so unter freiem Himmel und keine warmen Sachen?« Nathusius schüttelt den Kopf. »Ach wo«, sagt er, »die halten das aus.« Er holt seine Uhr aus der Tasche, wirft einen Blick aufs Zifferblatt und steckt sie wieder weg. »Na, ich muß los zum Kommando«, sagt er und wendet sich zum Gehen. Ettmann geht bis zum Bahnhof mit. »Letzte Woche«, erzählt ihm der Leutnant unterwegs, »hat einer von meinen Posten nachts einen Gefangenen erschossen, weil er geglaubt hatte, der Mann befände sich außerhalb des Stacheldrahtzaunes. Dem war aber nicht so. Der Posten ist erschrocken und hat geschossen, bevor er die Situation erkannte. Hab dem Kerl gesagt, er solle nächstes Mal genauer hinsehn!«

Nathusius hat um Feldverwendung gebeten, sein Arm ist ja wieder ganz in Ordnung. »Gestern neun Ringe geschossen! Ganz anständig, für 'nen frisch verheilten Armschuß, was!«

Ettmann geht in »sein« Vermessungsamt und setzt sich im Halbdunkel der Amtsleiterstube in den grünen Ledersessel. Es ist ihm gar nicht danach zu arbeiten. Der Anblick der gefangenen Hereros in der Umzäunung hat ihn verstört und alle möglichen Zweifel in ihm aufgewühlt. Wie ist er in diesen Schlamassel geraten? Die Karten haben ihn hierhergelockt, in ein Land, das ihm Arbeit und Ablenkung versprach, in dem die Erinnerung an Elisabeths Krankheit und Tod schneller verblassen könnte. Ist es ein Land, so denkt er, in dem ich, in dem wir, wir Deutschen, wir Menschen aus der Mitte Europas, auf der Suche nach uns selbst sind, aus Überdruß die Konfrontation mit einer harten und unerbittlichen Natur suchen, ja, mit fremden Völkern, die wir gar nicht verstehen? Fordern wir ein Schicksal heraus, das blind ist oder das wir nicht begreifen können, weil wir es sind, die blind sind und blindwütend dazu? Vielleicht ist das Leben, und mit ihm der Tod, nur zu begreifen, wenn das Leben in höchster Gefahr ist, wenn wir dem Tod in die leeren Augenhöhlen starren? Oder das Begreifen kommt, wenn wir selbst aus den schwarzen Augenhöhlen des Todes starren? Oder gar nicht? Erlöschen wie eine Kerzenflamme? Ist alles, unser Leben, unsere Wirkung, unser Fühlen, ist alles, was Menschen erreichen können, abhängig von der zufälligen Anwesenheit eines Zuschauers, in dessen Erinnerung wir in Bruchstücken weiterleben – solange nur dieser zufällige Zeuge weiterlebt? Und wer schaut da zu? Gott oder Mitmensch? Vielleicht ein Wesen, das sich ganz und gar unserer Vorstellung entzieht? Dessen Anblick wir nur als Tote ertragen können?

Mit einiger Anstrengung holt er sich »auf den Teppich« zurück, aus der schrecklichen Gewaltigkeit der Unwissenheit des Lebens, aus der menschlichen Urangst, die Motor und Lähmung zugleich ist. Er hat doch einen großen Schritt getan, als er hierherkam, aus schierer Verzweiflung, als mit Elisabeths Tod die erträumte Welt zusammenbrach mitsamt dem Glauben an sie. Einen Schritt, ja, einen Sprung in eine unbekannte Zukunft und, ohne es zu ahnen, in einen erbarmungslosen Krieg. Gehören wir nicht hierher? Soll jeder bleiben, wo ihn die Geburt hinsetzt? Und damit basta?

Manche Kameraden hat er von Flucht sprechen hören, von einem Ausweg aus der Enge daheim. Flucht vor einem Leben in Fabriken, Kontoren, Kasernen und Mietskasernen; Flucht vor dem keifenden Eheweib; Flucht vor der schablonierten Lebensführung mit ihrer absehbaren und streng geregelten Zukunft; Flucht aus der erstickenden Enge steifer Konventionen und erbarmungsloser Moralvorstellungen, Flucht aus der verfluchten Geborgenheit des preußischen Beamtenstaates mit seinen Regeln und Rentensätzen und Flucht aus einem Leben voller Arbeit und ohne Überraschungen: Karriere, Heirat, Kinder und dann ab aufs Altenteil! So ähnlich sprach daheim der junge Friedrich, der unbedingt zur See wollte, und schwärmte mit glühenden Wangen von der Freiheit der Meere, von der Bewährung im gnadenlosen Antlitz der Naturgewalten oder vor dem Feinde. Schwülstige, angelesene Wortgebilde: Geist und Körper stählen! Die Erde untertan machen! Im Ringen der Völker seinen Mann stehen!

Geflohen ist auch er, vor der Erinnerung. Aber es steckt natürlich mehr dahinter. Seit er denken kann, wollte er über den Rand der Heimat hinaussehen, sehen, was da noch ist, die Welt erleben. Nicht nur lesen, was andere glauben, mitteilen zu müssen, sondern selbst sehen, wie es wirklich ist; sehen, wie sich die Karten zur Wirklichkeit verhalten, sehen, wie genau sich die echte Welt zu Papier bringen läßt, sich sein eigenes Weltbild schaffen. Und sehen, wie andere diese Welt sehen; Erfahrungen im Ausland sammeln, die Welt begreifen.

Dahinter wiederum findet er zu seinem Unbehagen mehr Ursachen, wenn auch seichtere und nebulöse: Da ist Claus, der große Bruder, der schon als blutjunger Kadett in die Welt hinauszog und buchstäblich überall war: in Amerika und in der Südsee, in China, in Ostafrika, im Mittelmeer, im Indischen Ozean; während er, Carl, der Träumer, über seinen Landkarten hockte. Die papierne Welt war ihm lieber; an ihr war nichts bedrohlich; und doch beneidete er den Bruder.

Auch Patriotismus tanzt da im Reigen der Beweggründe vorbei: weniger einen Beitrag zu leisten zur Stärkung des jungen Reiches, eher für die Heimat Anerkennung in der Welt zu finden, als Deutscher anerkannt zu sein in der Weltfamilie, im Kreis der großen, modernen zivilisierten Nationen; damit kann aber eigentlich nur das weltumspannende England gemeint sein und natürlich noch Frankreich. Wohl kaum das marode Riesenreich des Zaren, höchstens noch die jungen Vereinigten Staaten von Amerika, von denen es heißt, sie befänden sich erst im Lausbubenalter einer Nation. Je nun. Machen ihn solche Wünsche zum Nationalisten oder zum Kosmopoliten? Ist er ein Nationalkosmopolit?

Aber all das ist nur eine, und zwar meine, Seite der Medaille, denkt er. Nun bin ich hierhergeraten und muß mithelfen, meine

Landsleute zu verteidigen, aber in Wirklichkeit helfe ich mit, den Afrikanern ihr Land wegzunehmen. Was hier geschieht, ist nichts als Landraub an den Hereros; der Aufstand im nachhinein ein willkommener Anlaß, reinen Tisch zu machen. Und wer da sagt: »Die Hereros haben angefangen mit dem Krieg«, der vergißt, daß die ursprüngliche Schuld bei dem liegen muß, der von außen in das Land kam. Die Hereros sind vielleicht nicht die Ureinwohner, aber immerhin Afrikaner und lange vor uns Deutschen hier gewesen. Man kann doch das Problem nicht dadurch aus der Welt schaffen, daß man einfach behauptet, das wären keine Menschen.

Genau das tun aber viele, und Ettmann hat es oft genug gehört, in vielerlei Variationen: Es sind ja nur Kaffern; im Grunde einfach Affen. Leichtsinn und Faulheit regieren ihr Leben, sie denken nicht ans Morgen und man kann ihnen keine Versicherungen verkaufen. Jedenfalls sind sie zu nichts zu gebrauchen und unfähig, aus ihrem Lande das Beste zu machen. Und wie sich zeigt, sind sie unberechenbar und gefährlich. Am besten weg mit dem ganzen Gesindel! Die so reden, nennen sich gern Realisten. So einer war der Farmer-Advokat in Windhuk, Erdmann oder so ähnlich hieß er, der von »unserer schmerzlichen, doch gottgewollten Pflicht« sprach, »einem durch eigene Schuld zum Aussterben verurteilten Volk den Gnadenstoß zu geben«.

Ettmann weiß aber, daß nicht alle so denken. Es gibt eine zweite Partei, die selbsternannten Humanisten, die sich gerne als Segens- und Kulturbringer sehen. Wir helfen dem Neger aus der Steinzeit heraus, so lautet ihr Hauptargument, bringen ihm was bei, als Gegenleistung wollen wir nicht viel, nur seine Arbeitskraft. Manus manum lavat, eine Hand wäscht die andere. Und irgendwer muß schließlich die ganze Arbeit machen. Der Neger kann froh sein, denn er lernt, und jede Werft kriegt eine Nähmaschine, und wir Deutschen sind ohnehin zu Höherem geboren und müssen uns »die Hände freihalten«, geistig gesehen.

So oder ähnlich drücken es die »Humanisten« aus, soweit Ettmann gehört hat. Zweifellos sind sie die Weitsichtigeren. Sie wollen eine friedliche, gewinnbringende Kolonie der »Ressourcenverwertung«, mit dem Fernziel der Schaffung eines Absatzmarktes für heimische Produkte, zum Beispiel Nähmaschinen. Billig Rohstoffe aus Afrika herausholen und dafür teure Waren importieren, das verspricht ihnen den größten Gewinn.

27. Juni (Montag):

Ettmann sitzt mit Cecilie und Pastor Lutter im Freien vor Heyns Gaststätte. Sie trinken roten Kapwein, mit Wasser vermischt, und schauen einem Frachtgespann nach, das auf der Storestraße vorbeirumpelt. Die Sonne sinkt schon hinter die Khomasberge und scheint ihr warmgelbes Licht durch die Plane, Ochsen und Wagen werfen lange Schatten in den Staub. Vom Ausspannplatz her kommen zwei Männer, und Ettmann erkennt Leutnant v. Geist und einen Soldaten. Der Leutnant geht heute ohne Stock und hinkt nur ein wenig. Jetzt sieht er Lutter und schwenkt auf ihren Tisch zu. »Herr Lutter«, ruft er, »aus dem Kaplande zurückgekehrt! Na so was!« Lutter übernimmt die Vorstellung, v. Geist verbeugt sich vor Cecilie, erkennt auch Ettmann wieder und nickt ihm zu. Auf ihre Einladung hin rückt der Soldat einen Stuhl für den Leutnant zurecht. Der Leutnant nimmt Platz, und der Mann baut sich hinter ihm auf. Ein Gefreiter, sieht Ettmann an den Knöpfen am Kragen. Leutnant v. Geist sagt über die Schulter: »Schnappen Sie sich einen Stuhl, Heppler, und stehn Sie nicht wie ein Ölgötze hinter mir herum!«

Lutter fragt: »Ich habe gehört, daß Sie verwundet wurden, Herr Leutnant?« und der Offizier erwidert: »Ja, Schuß in die Wade. Das Bein ist aber fast wieder wie neu, Herr Pastor!« Er tätschelt sein rechtes Knie, als wolle er das Bein loben, und erklärt: »Hab den Kerl nicht mal gesehen, der mir das Loch verpaßt hat! Piff, paff, aus dem Busch! Und kaum war ich aus dem Sattel, da schießen sie mir meine arme Lotte tot. Schweinebande«, sagt er ohne Groll, und zu Lutter: »Pardon, Euer Gesandtschaft, ich meine natürlich: böser, böser Feind.«

Er sagt, an Cecilie gewandt: »Gnädiges Fräulein, wenn Sie sicher sind, daß ich nicht störe, möchte ich Ihnen, und Ihnen selbstverständlich auch, meine Herren, den Gefreiten Heppler vorstellen, der eine meiner Ansicht nach ganz außerordentliche Erfindung gemacht hat!« Der Gefreite blickt verlegen zu Boden, als er ihre

Blicke auf sich gerichtet fühlt. Der Leutnant beugt sich vor und sagt mit leiser Stimme, als handele es sich um ein Staatsgeheimnis: »Heppler hat eine Kaffern-Erschreck-Brille erfunden!« Er befiehlt: »Zeigen Sie das Ding mal her!« Der Soldat knöpft seine Brusttasche auf und holt eine seltsam aussehende Brille hervor und hält sie ihnen hin. Auf ein Brillengestell ohne Gläser hat er zwei der schweren Hutkokarden gelötet. Die lackierten Messingkokarden sind immerhin fünfeinhalb Zentimeter im Durchmesser. Der schwarze Rand ist gezackt, und durch die rote Mitte der runden Abzeichen sind unauffällige kleine Löcher gebohrt, so daß man auch hindurchsehen kann. »Aufsetzen!« kommandiert der Leutnant. Heppler sieht schrecklich aus, mit den riesigen schwarzweißroten Glotzaugen. Ettmann muß lachen. Auch Cecilie lacht und will wissen, wie er auf diesen Einfall gekommen sei. Der Gefreite sagt, daß ihn Bilder von Eingeborenenmasken inspiriert hätten, besonders die der Südseeinsulaner. »Der Neger ist abergläubisch und daher schreckhaft«, behauptet er kühn hinter der Brille hervor, »ordentlich Angst einjagen, nimmt er gleich Reißaus!«

Leutnant v. Geist sagt: »Wollen Sie mir die Brille verkaufen? Ich gebe Ihnen fünf Mark dafür!« Der Gefreite sagt: »Freilich, gern, Herr Leutnant!« Er freut sich, steckt sein Fünfmarkstück ein und darf gehen. Der Leutnant dreht die Brille in seinen Händen und erzählt: »Er hat sie in meinem Beisein am alten Cornelius ausprobiert, das ist der Damara, der immer vor dem Lazarett hockt und um Essen bettelt. Der Cornelius hat sein ›Morro Mista‹ gesagt und darüber hinaus keine Falte in seinem weißbärtigen Runzelgesicht verzogen. Ich glaube ja, er ist blind wie ein Maulwurf. Danach hat Heppler sie Schlitzohr und ein paar Bambusen gezeigt. Die sind auch nicht erschrocken, statt dessen haben sie von einem Ohr zum anderen gegrinst. Seither heißt Heppler beim eingeborenen Hilfsdienstekorps Deutsch-Auge!«

Er hält die Brille Cecilie hin und sagt: »Haben Sie das Südwesterland schon einmal durch eine schwarzweißrote Brille betrachtet?«

28. Juni (Dienstag):

Ettmann zieht die Tür des Vermessungsamtes hinter sich zu, schließt ab und schickt sich an zu gehen, da sieht er Lutter und den Leutnant v. Geist vom Bahnhof her kommen. »Kommen Sie auf einen Sprung mit zu Heyn hinüber«, sagt der Pastor, »wir wollen ein Gläschen trinken und uns unterhalten! Oder haben Sie etwas anderes vor?« Ettmann hat sich um sechs mit Cecilie zum Essen verabredet, aber jetzt ist es erst drei, also geht er mit.

Der Leutnant bietet seine Nil-Zigaretten an, und Ettmann nimmt sich eine. Nach den ersten Zügen wird ihm ein wenig schwindelig. Es ist aber ein recht angenehmer Schwindel, irgendwie wohlig. »Starker Tobak«, erklärt v. Geist, »ägyptische Mixtur mit ungarischem Hanf!«

Er sieht erst Lutter, dann Ettmann an und sagt: »Na, was glauben Sie, wie es weitergeht mit Südwest?« Lutter steckt seine Zigarette an und antwortet: »Kommt ganz darauf an, ob sich die Vernunft durchsetzen kann, und zwar auf beiden Seiten.« Er blickt nachdenklich auf die Glut und sagt dann: »Ich bin der Ansicht, daß wir Deutsche in diesem Land nur dann eine Zukunft haben, wenn wir aufhören, mit den Eingeborenen um den Besitz des Landes zu kämpfen. Mit ihnen zusammen muß das Land entwickelt werden, so daß Deutsche wie Schwarze gleich viel davon haben und miteinander leben können, das ist doch der einzig mögliche Weg.«

»Ist das denn nicht eine Utopie«, fragt der Leutnant, »ein bloßes Wunschbild? Ist denn die Mentalität der Eingeborenen nicht so verschieden von der unseren, daß sich mit ihnen gar nicht richtig zusammenleben läßt?« Lutter wiegt den Kopf und sagt: »Vielleicht. Aber im Grunde glaube ich, daß wir Deutsche hier gar nichts verloren haben und uns, wenn schon, mit den Eingeborenen friedlich arrangieren müßten. Aber ich bezweifle sehr, daß die Gier der Händler und Geschäftemacher dies erlaubt. Ich bin gewiß kein Sozialdemokrat und halte es nur sehr gelegentlich mit dem Herrn Bebel, aber es kann doch auch nicht gut angehen, wie die Land- und Minengesellschaften das Land an sich bringen und zu ihrem Besitz erklären. Immer weiter nach Osten werden die Hereros gedrängt, bis in die Kalahari, bis ins wasserlose Land.

Und dann? Dann können sie dort verdursten!« Er schüttelt den Kopf. »Dabei gibt es hier doch wirklich Platz genug für alle, für uns und für alle Eingeborenen!«

Leutnant v. Geist macht ein zweifelndes Gesicht und sagt: »Tja, nun …« Lutter ist aber noch nicht fertig. »Und was soll die Welt von uns denken?« fährt er fort. »Soll man den deutschen Namen in einem Atemzug mit den Belgiern nennen?«

Da sind sie alle drei ein paar Minuten lang still. Ettmann hat wie die meisten von den Greueln gehört und gelesen, die die Belgier in ihrer Kongokolonie anrichten sollen. Es muß schon etwas dran sein, wenn sogar die Engländer eine Untersuchung verlangen. Der britische Konsul Roger Casement hatte im Sommer 1903 eine mehrmonatige Reise durch die Privatkolonie des belgischen Königs Leopold II. unternommen und nach seiner Rückkehr einen erschütternden Bericht vorgelegt. Von grauenhaften Mordtaten war da die Rede, von Massenhinrichtungen und abgeschlagenen Köpfen, von Kreuzigungen, Auspeitschungen und abgehackten Händen, wenn die Eingeborenen nicht genug Kautschuk herbeischaffen. All das soll mit größter Selbstverständlichkeit geschehen, so ist nicht der geringste Versuch unternommen worden, die Gewalttaten vor dem Konsul zu verbergen. Die Untaten sollen einen Umfang angenommen haben, der mittlerweile einen erheblichen Bevölkerungsrückgang im Kongo bewirke. Es ist sogar eine Congo Reform Association gegründet worden, die weltweit für eine Änderung der unmenschlichen belgischen Kongopolitik eintritt.

Ettmann fällt ein Buch von Joseph Conrad ein, das er in englischer Sprache gelesen hat, YOUTH AND TWO OTHER STORIES hieß es, und darin war auch eine Erzählung mit dem Titel »Heart of Darkness«, die im belgischen Kongo spielte. Besonders diese Erzählung hat einen tiefen Eindruck in ihm hinterlassen – und eine Abneigung gegen die tropischen Urwaldgebiete mit ihrem feuchtheißen Fieberklima. Es soll übrigens auch in der deutschen Kolonie Kamerun schlimme Mißstände geben. Auch dort wird Gummi gezapft, und die deutsch-belgische Konzessionsgesellschaft Süd-Kamerun soll sich ihre Arbeitskräfte beschaffen, indem sie Dörfer überfällt, die Bewohner gefangennimmt und zur Arbeit treibt, nicht anders als jeder arabische Sklavenhändler. Die

Deutschen wirtschaften aber doch sparsamer als die Angestellten König Leopolds und bringen ihre Arbeiter nicht einfach um. Ettmann erinnert sich an einen Satz aus den damaligen Zeitungsberichten, der in Abwandlung jener lausigen Bemerkung über die Indianer lautete: »Nur der tote Neger mag ein guter Neger sein, aber als toter Arbeiter ist er doch niemandem von Nutzen.«

Lutters Stimme holt Ettmann aus seinen Gedanken: »Übrigens, ich habe mich mit gefangenen Hereros unterhalten. Sie wissen schon, das neu angelegte Lager hinter der Feste. Ich wollte von ihnen auch hören, warum sie den Aufstand gemacht haben. Da haben mir ein paar gesagt, was sie am meisten angestachelt habe, seien die Vergewaltigungen ihrer Frauen und Töchter durch Weiße, durch Deutsche, gewesen. Es sollen sich böse Dinge ereignet haben auf den abgelegenen Farmen und Posten, und nicht nur dort, und es sollen auch Männer über den Haufen geschossen worden sein, wenn sie sich schützend vor ihre Frauen stellten. Die Vergewaltigungen hätten den meisten Haß und das meiste böse Blut hervorgerufen. Ohne das, so sagen sie, wäre es wohl nicht zu solchem Blutvergießen gekommen. Sie selbst bemühen sich im Orlog nämlich durchaus, die deutschen Frauen und Kinder zu schützen! Das sollte doch jedem anständigen Christenmenschen die Schamröte ins Gesicht treiben!« Ettmann sagt: »Es sind aber doch auch Frauen umgebracht worden, in Okahandja etwa?« Lutter nickt: »Ja, das stimmt. Es sind aber nur drei oder vier Fälle bekannt geworden, und rohe und gedankenlose Menschen gibt es eben in jedem Volke. Aber wo den Aufständischen Frauen und Kinder in die Hände fallen, bringen sie die in die Nähe von Deutschen, damit sie sich retten können. Denken Sie an Frau Joost von der Farm Etiro und ihre Kinder, oder an die Farmerfrauen, die die Hereros selber ins Missionshaus nach Otjozazu brachten. Solche Sorgfalt läßt unser Militär wohl kaum walten.«

Leutnant v. Geist sagt dazu nichts und Ettmann auch nicht.

1. Juli (Freitag):

Major v. Liliencron zu Ehren gibt es einen kleinen Abschiedsabend. Der alte Herr geht zurück in die Heimat, morgen früh wird er sich auf den Weg nach Swakopmund machen. Ebenfalls morgen früh wird die dritte Staffel zu ihrer Abteilung abmarschieren, in Richtung auf den Waterberg zu. Dort soll sich die Hauptmacht der Hereros versammelt haben. Man will einen Einschließungsring um die Waterbergregion bilden, der Feind soll nicht entkommen können. Ettmann ist zum 2. Feldregiment kommandiert und hat Befehl, sich am 19. Juli in Karibib zu melden.

Bäume stehen um das Kommissariat, die Sonne scheint durch die hohen Fenster. Es ist ein schöner Spätnachmittag, und Major v. Liliencron befiehlt: »Stühle raus!« Man sitzt so recht gemütlich im Freien, in den letzten rotgoldenen Strahlen der sinkenden Sonne mit Blick ins Groß-Windhuk-Tal hinab, und Schlitzohr serviert Kaffee und Kognak und bringt Zigarren. Man unterhält sich über dies und jenes und politisiert nach Geisteskräften. Swakopmund wird zu einem brauchbaren Hafen ausgebaut werden, und dann hat der Engländer in seiner Walfisch-Bai das Nachsehen. Ewig wird er dort ohnehin nicht bleiben können, mitten im deutschen Schutzgebiet und im Konfliktfalle ohne Landverbindung zur Kapkolonie.

Es ist bald sieben Uhr, und es wird kühl. Die Sonne ist hinter den Khomasbergen versunken, dort glimmt der Himmel noch rot. Blaue Dämmerung legt sich über das Land. Im Windhuktal funkeln die ersten Lichter, und Schlitzohr zündet hinter ihnen die beiden Petroleumlampen an der Wand an.

Ettmann steht ein wenig abseits, an einen Baumstamm gelehnt. Es sind nicht genug Stühle da, und als Unteroffizier muß er selbstverständlich den Herren Offizieren den Vortritt lassen und hat überhaupt im Hintergrund zu bleiben. Er ist müde, und der Kognak läßt ihm die Gedanken im Kopf zusammenschwimmen. Viel lieber hätte er diesen Abend mit Cecilie verbracht. Vor ihm sitzt Hauptmann Fromm in einem der Ledersessel und sagt zu Oberleutnant Techow: »Haben Sie schon gehört, Techow, daß das Preußische Abgeordnetenhaus einen Antrag bewilligt hat, wonach jeder Soldat bei seinem Dienstantritt kostenlos ein Gesangbuch als persönliches Eigentum erhalten solle?« Techow antwortet etwas, aber so leise, daß Ettmann es nicht versteht. Gelächter lenkt seine Aufmerksamkeit auf den Major, er hört ihn aber nur noch sagen: »… gespannt, was der Engländer sich dann einfallen läßt!« Ettmann verlagert sein Gewicht von einem Bein auf das andere und sinniert. Der Engländer! Immer wenn er das hört, sieht er einen einzelnen Engländer vor seinem geistigen Auge, mit englischem Walroßbart, früher auch im Schottenrock, als ihm die britischen Verhältnisse noch nicht richtig klar waren. Ein typischer, karierter Engländer, der sich Deutschlands Entwicklung in den Weg stellt, stellvertretend für die britischen Völker. Warum wird da nicht der Plural verwendet? Sieg über den Franzmann! (Gar leicht entdeckt man den Franzosen – in seinen roten Pluderhosen!) Der Chinamann (der Gelbe, der Zopfträger, das Schlitzauge) war es im Boxerkrieg, heutzutage ist's der Russe, der in Port Arthur und in Mukden gegen den Japaner (der Japse, der Nipponese, das Rühreigesicht) kämpft. Und natürlich der Neger (der Schwarze, der Kaffer, der Bimbo Wabumba)!

»Meine Herren!« Er schrickt aus seinen kognakduseligen Gedanken hoch. Major v. Liliencron schnarrt: »Liedvortrag! Nicht alle Tage! Aufgemerkt, was!« Sein Monokel blinkt durch die Tabakqualmwolke wie ein Scheinwerfer in einer Seeschlacht.

Drei Reiter haben sich hinter einem vollbärtigen Unteroffizier aufgestellt, breitbeinig, die Hände auf dem Rücken gefaltet.

Dazu gesellen sich jetzt zwei Trommler, zwei Pfeifer und ein Tubabläser, alle mit den blauweißen Schwalbennestern der Spielleute auf den Schultern. Hinter ihnen, im dunklen Talgrund, blinken die Lichter von Windhuk.

Die Trommler schlagen einen Wirbel. Die Pfeifen trillern eine jubilierende Introduktion, und die Tuba brummt dazwischen. Der Unteroffizier singt mit tiefer, volltönender Stimme:

»Drei Lilien, drei Lilien, die pflanzt ich auf mein Grab, fallerah!
Da kam ein stolzer Reiter und brach sie ab!«

Fröhlich fallen die drei Sänger mit dem Refrain ein:

»Juvifallerallerallerallerahah, juvifallerallerallerallerahah,
da kam ein stolzer Reiter und brach sie ab!

Ach Reiter, lieber Reitersmann, laß doch die Lilien stehn, fallerah!
Die soll ja mein Feinsliebchen noch einmal sehn.
Juvifallerallerallerallerahah, juvifallerallerallerallerahah,
Die soll ja mein Feinsliebchen noch einmal sehn!

Was schert mich denn dein Liebchen, was schert mich denn dein
Grab, fallerah!
Ich bin ein stolzer Reiter und brech sie ab.
Juvifallerallerallerallerahah, juvifallerallerallerallerahah,
Ich bin ein stolzer Reiter und brech sie ab!

Und sterbe ich noch heute, so bin ich morgen tot, fallerah!
Dann begraben mich die Leute ums Morgenrot.
Juvifallerallerallerallerahah, juvifallerallerallerallerahah,
Dann begraben mich die Leute ums Morgenrot!«

Momentan ist das der Favorit der Schutztruppenreiter. Mag der
Text auch morbide sein, das alte Lied ist fröhlich und schmissig
vorgetragen. Es gibt Applaus und Bravos. Der Unteroffizier und
seine Leute bekommen jeder eine Flasche Bier und ziehen zufrieden ab. Allmählich wird es recht kühl, und man verabschiedet
sich und bricht auf. Nur Oberleutnant Techow möchte noch ein
Weilchen sitzenbleiben. Ihm ist nicht kalt, sagt er, und es ist so ein
schöner Abend.

Haifischinsel

9. Juli (Samstag):
»Heut höre ich von Deimling – bin zu Tode erschrocken! –,
daß sich Techow erschossen hat. Wunderlich. Das thut mir in der
Seele leid u. ich empfinde fast Gewissensbisse, daß ich den Mann
immer so minderwertig taxiert habe. Kann mir auch gar nicht im
entferntesten vorstellen, was da eigentlich vorgefallen sein kann.
Traurig, schrecklich traurig; nun fordert dieser Krieg auch noch
derartige Opfer.«
Hauptmann Franke schaut eine Weile sinnend vor sich hin.

Schließlich seufzt er, klappt sein Tagebuch zu, steckt den Bleistift weg und steht auf. Er reckt sich, gähnt, und dann fällt sein Blick auf Troll, der vor der Tür sitzt und sie anstarrt, als würde sie sich dadurch öffnen. Sieg der Beharrlichkeit: der Hauptmann macht die Tür auf und sagt: »Raus mit dir!« Der Hund flitzt mit einem freudigen Beller hinaus und saust über den Platz, daß es nur so staubt, und scheucht alles in die Luft, was Flügel hat.

Ein Hauptmann Witt von den Eisenbahnbautruppen schaut bei Franke herein. Er kommt aus Swakopmund und ist einer dienstlichen Angelegenheit wegen für ein paar Stunden in Omaruru. Er erzählt Hauptmann Franke, die gefangenen Hereros sollen nach Lüderitz, an die Küste, transportiert werden. Der Entschluß für die Küste sei hauptsächlich deshalb gefallen, weil die Nachschubzüge von Swakopmund ohnehin leer dorthin zurückfahren. Dort könne man die Gefangenen dann auf einen Dampfer packen und in Lüderitz wieder ausladen. Lüderitz habe das perfekte Gefangenenlager, sagt Wirt, quasi von der Natur vorgegeben: die kleine Haifischinsel in der Hafenbucht. Der Aufwand zur Bewachung sei minimal: ein einziges MG auf der einzigen Brücke zur Insel genüge. Den Rest bewachten die Haie. Zudem könne von den Kaffern ja kaum einer schwimmen.

Negerherz

16. Juli (Samstag):

»Ich fahre morgen früh mit dem Zug«, sagt Ettmann im Garten am gedeckten Kaffeetisch. Er muß nach Karibib und sich beim 2. Feldregiment zum Dienst melden. »Ja«, sagt Cecilie, »ich weiß.« Ettmann hat es ihr schon vor einer Woche erzählt, als er den Befehl erhalten hat. Sie schaut ihn an, dann blickt sie zu Boden. Es entsteht ein kurzes Schweigen. Ettmann räuspert sich. »Man will versuchen, die Hereros am Waterberg einzuschließen, denn dorthin sollen sie sich geflüchtet haben«, sagt er und fügt hinzu: »Es sind natürlich alles nur Gerüchte, etwas Genaues weiß offenbar niemand.«

Er reicht Cecilie ein Buch und sagt: »Vielleicht interessiert dich das? Es ist von Fontane; AUS DEN TAGEN DER OKKUPATION.« Cecilie blättert es auf und sagt: »Das kenne ich gar nicht! Ja, ich lese es gerne! Ich habe seine IRRUNGEN UND WIRRUNGEN gelesen«, sie macht eine kleine Pause, »und CÉCILE. Kennst du das?« fragt sie und errötet ein wenig. »Es hat mich natürlich des Namens wegen interessiert. Es ist eine schöne Erzählung über eine schwärmerische Liebe, am Ende steht ein Duell mit tödlichem Ausgang. Sehr dramatisch, ein wenig in die Werthersche Richtung, doch nicht so tief. Ich war fast enttäuscht, daß die Namensverwandtschaft so ziemlich die einzige Ähnlichkeit zwischen mir und Fontanes Cécile darstellt!« Sie lacht ein wenig verlegen. »Es ist lange her, daß ich es gelesen habe.«

Da kommt Gloria aus dem Haus und balanciert die Kaffeekanne auf einem Tablett und sagt: »Missus is die Koffie klaar und bring die Kuchi auch gleich!« Sie stellt die Kanne ab, macht einen Knicks zu Ettmann hin und sagt: »Morro Mijnheer und wünsch ich ein' schön' Tag, dis wünsch ich!« und macht sich ans Einschenken.

Sie schauen sich Photographien an. Cecilie hat nur zwei Abzüge auf Karton, die Negative sind alle auf Glasplatten und lassen sich, gegen den Himmel gehalten, ganz gut betrachten. Unter anderem zeigt sie Ettmann die Photographie eines älteren Hereros namens Petrus, die sie Ende März in der Nähe von Barmen aufgenommen hatte. Das war, nachdem sie von Pastor Schwarz aufgebrochen waren, sie, Lutter und Johannes. Jener Petrus soll versucht haben, die Otjimbingwer Hereros vom Aufstand abzuhalten, erzählt sie Ettmann. Deren Häuptling, der alte Zacharias Zeraua, wollte ja auch nicht mitmachen, ist dann aber von seinen jungen Männern überstimmt oder, besser gesagt, kompromittiert worden.

Cecilie steckt die Glasplatte wieder in die Schachtel zurück und streicht sich eine Haarsträhne aus der Stirn. »Natürlich mache ich nicht nur Aufnahmen für das Buch, sondern auch zu meinem eigenen Vergnügen!« Sie blickt ihn sinnend an. »Ich bin mir gar nicht mehr sicher, ob es so gut ist, dieses Photobuch zu machen«, sagt sie, »es wird doch nur mithelfen, mehr Siedler ins Land zu holen, und das wiederum bedeutet für die Eingeborenen, daß sie noch mehr Land verlieren, nicht wahr?« Ettmann meint: »Nun ist es wahrscheinlich ohnehin zu spät. Letztendlich werden sie der Übermacht weichen müssen, und ich fürchte, man wird ihnen dann all ihr Land wegnehmen, als Bestrafung. Ich glaube nicht, daß das Buch einen großen Unterschied machen würde.«

Es wird Zeit. Unter der Tür sagt er ihr Lebewohl und sieht zu seiner Bestürzung, daß ihre Augen voller Tränen stehen. Auf einmal ist auch ihm die Kehle wie zugeschnürt. Wer weiß, was ihm bevorsteht. Vielleicht bleibt er dort draußen im Busch, oder er wird verwundet, oder, was das Allerärgste wäre, verstümmelt. Ein Krüppel ein Leben lang, angewiesen auf das Mitleid der Mitmenschen.

17. Juli (Sonntag):

Der alte Fahrplan aus der Friedenszeit gilt längst nicht mehr, Züge sind täglich unterwegs, beladen mit Truppen und Nachschub aller Art. Es wird gefahren, was das Material hergibt, und man fährt mit, wo gerade Platz ist.

Um acht Uhr morgens verläßt Ettmann Windhuk mit einem Zug, der außer Güterwagen noch einen Personenwagen führt. In zwei der Güterwagen sitzen gefangene Hereros, aneinandergekettet und von sechs Soldaten im nächsten Wagen bewacht. Diesmal teilt ihn niemand der Eskorte zu, und so steigt er in den 1. Klasse-Wagen mit dem doppelten Tropendach. In dem fährt es sich natürlich weit bequemer als im offenen Güterwagen, man sitzt auf Polsterbänken und kann die Landschaft durch gefärbte Scheiben betrachten. Fest angebrachte Blenden aus Holzbrettchen über dem oberen Teil der Fenster halten zudem die Sonne ab, aber es ist dennoch heiß und stickig im Wagen. Die Türen zu den Plattformen an den Stirnseiten stehen offen, aber es geht kaum ein Luftzug, weil das Bähnchen so langsam dahinschleicht. Statt dessen zieht hin und wieder der Qualm der Lokomotive herein. Nur wenige Leute sitzen in dem Wägelchen, eine blasse Frau in Trauerkleidung mit viel Gepäck, in Begleitung eines verdrossen dreinschauenden älteren Herrn, und drei verwundete Soldaten. Einer trägt den linken Arm in der Schlinge, der zweite hat den Hals verbunden, der dritte trägt einen Kopfverband. Sie kommen aus dem Windhuker Lazarett und fahren wahrscheinlich nach Abbabis weiter, wo man ein Erholungsheim eingerichtet hat. Hinten hocken die Gefangenen schutzlos in der Sonne, bewacht von pfeiferauchenden Schutztruppensoldaten.

Viermal wird unterwegs gehalten, um Wasser zu fassen, und einmal fängt das Gras am Bahndamm Feuer, da müssen alle mithelfen, die Flammen auszuschlagen, nur die Gefangenen nicht. Es ist vier Uhr vorbei, als das Bähnle endlich in Okahandja ankommt. Draußen ruft ein Soldat: »Aussteigen! Weiterfahrt morgen früh acht Uhr! Für Militärpersonen besteht Übernachtungsmöglichkeit in der Feste!«

Dort, in der Feste, läßt Ettmann drei Schachteln neugedruckter Karten für das Hauptquartier zurück. Die Karten sind allesamt auf Leinwand aufgezogen, säuberlich gefaltet und in Pappschachteln verpackt, jeweils zehn. Die letzte Schachtel soll er in Karibib bei Oberst Deimlings Stab abgeben und sich selbst beim 2. Feldregiment zum Dienst melden. Ein Exemplar hat er in seine eigene Kartentasche gesteckt.

19. Juli (Dienstag):

Ettmann ist gestern am späten Nachmittag in Karibib angekommen und hat beim Bahnhof in einem Truppenzelt übernachtet. Jetzt, um neun Uhr morgens, meldet er sich zur befohlenen Feldtauglichkeits-Untersuchung im Lazarett. Alle ins Feld gehenden Soldaten sollen noch einmal untersucht werden, wegen der vielen Todesfälle durch die Herzschwäche. Soeben setzt ein Lazarettgehilfe die Flagge vor dem Haus auf halbmast. In der Nacht ist hier ein Unteroffizier Hermann verstorben, an einer septischen Infektion des linken Unterarms, wie ihm eine weiß gekleidete Krankenschwester überflüssigerweise erklärt.

Nach einer Weile wird er von der Schwester in das Behandlungszimmer geführt. Der Stabsarzt ist ein kahlköpfiger alter Herr mit weißem Spitzbart, ein »Frikassierter« mit Schmissen auf beiden Wangen. Er sitzt hinter dem Schreibtisch, Bleistift über einem Vordruck gezückt, blickt Ettmann über den Kneiferrand hinweg an und schnarrt: »Wie alt? Wo gedient?« Auf Ettmanns

Antwort sagt er: »Bißchen alt! Na ja.« Der Stabsarzt erhebt sich und kommt um den Schreibtisch herum. Er ist einen guten Kopf kleiner als Ettmann, der selbst kein Riese ist. Unter der weißen Kittelschürze trägt er Khakihosen mit schwarzen Seitenstreifen. »Ziehn Se mal Rock und Hemd aus!« Der Arzt hört seine Herztöne ab und mißt ihm den Puls, eine laut tickende Taschenuhr in der Hand. »So«, sagt er und steckt die Uhr wieder ein, »Herzschmerzen? Stechen in der Brust? Atemnot?« Ettmann schüttelt den Kopf, wird sich bewußt, wie unmilitärisch diese Geste ist, und sagt schnell, während der Stabsarzt schon die Brauen hochzieht: »Nein, Herr Stabsarzt!«

Der Stabsarzt sucht nach Anzeichen der Herzschwäche. Er findet aber nichts. »Herz gesund und munter, soweit feststellbar«, sagt er, »volle Feldtauglichkeit! Danken Sie Ihrem Schöpfer!« Ettmann zieht sich sein Hemd über und fragt: »Bitte gehorsamst, was ist diese Herzschwäche eigentlich, Herr Stabsarzt?« Der Arzt antwortet vom Schreibtisch her: »Weiß man noch nicht genau. Zum einen ist es jedenfalls die Höhenlage, also die dünnere Luft, die das Herz zu erhöhter Leistung zwingt. Klima und Überanstrengung spielen natürlich auch eine Rolle.« Er notiert etwas in eine Kladde, legt den Stift weg und sagt: »Alkoholmißbrauch schon von jungen Jahren an ist meiner Überzeugung nach eine der Hauptursachen!«

Ettmann knöpft seinen Rock zu und fragt: »Und die Hereros, Herr Stabsarzt? Haben die keine Herzprobleme?« Der Arzt schüttelt den Kopf. »Nicht daß ich wüßte«, erwidert er. Ettmann, die Türklinke schon in der Hand, sagt leichthin: »Diese Menschen sind die Verhältnisse eben gewöhnt und wohl auch gesünder als unsereins.«

Der Stabsarzt setzt seinen Zwicker auf, blickt ihn streng durch die Gläser an und sagt in barschem Ton: »Menschen? Guter Mann! Wenn Sie den Neger für einen Menschen halten, heißt das nichts anderes, als daß Sie sich durch Äußerlichkeiten haben ins Bockshorn jagen lassen!«

Am späten Nachmittag, gegen sechs, geht Ettmann zum Bahnhofsplatz. Dort werden zweimal am Tag Mahlzeiten für durchreisende oder vorübergehend stationierte Soldaten ausgegeben.

Man hat ein paar klappbare Bänke und Tische aufgestellt, wie sie in Biergärten üblich sind. Sieben Leute sitzen dort schon, als er mit seinem Blechteller Platz nimmt. Es gibt Hackbraten mit Nudeln, dazu Tee. Ettmann hört von seinen Tischgenossen, daß Oberst Deimling, der Kommandeur des 2. Feldregiments, gestern hier in Karibib eingetroffen ist. Längst hätte auch zumindest eine Vorausabteilung seines Regiments hier ankommen sollen. Das Regiment, das auf fünf Schiffen nacheinander im Schutzgebiet eintraf und noch eintrifft, mußte schon bei der Anlandung in Swakopmund erhebliche Verzögerungen hinnehmen, da durch die zunehmende Versandung das Landen an der Mole sehr erschwert ist. Ein Unterveterinär, der ebenfalls gestern von Swakopmund gekommen ist, erzählt, daß mittlerweile eine Sandbarriere in der Einfahrt zum Leichterhafen entstanden sei, die nur noch bei Flut von dem Schlepper überwunden werden könne. Auch ein inzwischen eingesetzter Bagger schaffe es offenbar nicht, der fortschreitenden Versandung des Hafens Einhalt zu gebieten. Schon solle die halbe Länge der Mole im Sand liegen. Ein Dutzend Dampfer warte auf der Reede auf Abfertigung, sagt der Mann, und die Leichter müßten jetzt Tag und Nacht unterwegs sein, um Ladung an Land zu bringen.

Eine Weile ist es ruhig, nur die Löffel kratzen in den Blechgeschirren, und von der Eisenbahn her klingen Hammerschläge. Im Westen versinkt die Sonne in gelber und roter Pracht unter blauvioletten Wolkenstreifen. Ettmann gegenüber sitzt ein ziemlich dicker Soldat mit einem rosigen Kindergesicht. Der beugt sich jetzt vor und sagt in die Runde: »In Swakopmund müssen sich die Kaffern jetzt Blechmarken um den Hals hängen!« Der neben ihm fragt: »Wozu soll das gut sein?« Der Dicke erwidert: »Es ist eine Paßmarke! Jeder Kaffer kriegt eine Nummer und wird registriert!« Ein bärtiger Unteroffizier nickt beifällig. »Hätte man schon lange machen sollen«, brummt er, »kann das schwarze Gesindel doch nicht einfach im Land herumschweifen lassen, wie es ihm Spaß macht!«

Der Dicke weiß noch etwas zu erzählen: »Letzte Woche habe ich in Swakopmund einen gefangenen Kaffer gesehen, einen Herero mit Halseisen, den haben zwei Soldaten an der Kette geführt.

Der ist ein Spion, hat der eine zu mir gesagt, und morgen früh wird er aufgehängt! Aber heute darf er noch einmal einen Spaziergang machen!« Er lacht, als hätte er einen Witz erzählt. Alle sehen den Dicken an. Der errötet unter den Blicken und murmelt, als wäre es eine Entschuldigung: »Das haben die zu mir gesagt.« Schweigend wird zu Ende gegessen. Aufhängen ist kein Tischgespräch, denkt Ettmann, da ist der Dicke aber ins Fettnäpfchen getreten.

Ettmann liegt später lange wach. Der zum Tode Verurteilte, der noch einmal spazierengehen darf, geht ihm nicht aus dem Sinn. Die Vorstellung ist ihm schrecklich. Dabei hat er die Szene gar nicht erlebt, sondern nur von dem dicken Kerl davon gehört. War es überhaupt wahr? War es wirklich ein Spion? Ist er wirklich aufgehängt worden? Und wenn, wo? Am Strand, vor aller Augen? Oder im Zollhof hinter dem hohen Zaun? Und wie ist er gestorben? Mannhaft, wie es so schön heißt? Manchmal ist es ein Fluch, eine lebhafte Vorstellungskraft zu haben.

Ein oder zwei Häuser weiter geht es hoch her, dort wird gefeiert und gesungen und dazu gesoffen, was das Zeug hält. Bis tief in die Nacht ist das Johlen und Gröhlen der Betrunkenen zu hören.

20. Juli (Mittwoch):

In Karibib ist es noch dunkel, aber im Osten zeigt sich ein erster grauer Lichtschimmer. Der bedeckte Transport macht sich in zwei Staffeln auf den Weg nach Omaruru. Ettmann hat ein Pferd erhalten, einen abgemagerten Braunen mit ungepflegtem Fell und vernarbten Verletzungen an Keule und Unterschenkel; dazu Decke und Sattel, Packtaschen, Wassersack, Gewehr, Gewehrschuh und einen Schlafsack. Man hat ihn der vierzehnköpfigen Eskorte zugeteilt, die die erste oder schnelle Staffel begleitet. Die besteht aus dem Oberst Deimling mit seinem Stab und zehn Mann Stabswache und zwei Kapstädter Reisewagen mit einer Ladung aus Krankentragen, Sanitätskoffern, gekochtem und geklärtem Wasser in blauen Blechfässern, Laternen, Kerzen und Petroleum. Die Reisewagen sollen als Sanitätswagen verwendet werden. Sie werden von Mauleseln gezogen, von Soldaten gefahren und von Treibern begleitet, die zum Teil Namas, zum Teil Damaras sind.

519

Die langsame Staffel, eskortiert von achtzehn Reitern, wird gleich nach ihnen aufbrechen. Sie besteht aus drei schweren Ochsenwagen mit Munition, Proviant und verschiedenem Material wie Zelten, Decken, Stiefeln, Alaun zur Wasserreinigung, Gasflaschen für die Heliographenapparate und für die Ballons der Funkentelegraphenabteilung. Die langsame Staffel soll südlich von Omapju im Busch übernachten.

Oberst Berthold Deimling ist ein großer, schlanker Mann von einundfünfzig Jahren, mit wachen, eisblauen Augen. Die graumelierten, strohblonden Haare trägt er kurz geschoren, dazu einen Schnurrbart. Der Oberst sitzt aufrecht und gerade zu Pferde und trägt die gleiche Uniform wie alle, sandfarbenes Zeug, Reiterhut, Reitstiefel, dazu noch die Mauserpistole am Koppel. Begleitet wird er von seinem Regimentsadjutanten Oberleutnant Horn und dem Ordonnanzoffizier Oberleutnant v. Kummer. Oberst Deimling war zuletzt Regimentskommandeur in Mülhausen im Elsaß und hat noch keine Kriegserfahrung, gilt jedoch als hervorragender Taktiker. Ettmann hat sich vor dem Abmarsch bei Oberleutnant Horn gemeldet und ihm gesagt, daß er zum 2. Feldregiment befohlen sei und neue Karten mit sich führe. Horn hat genickt und gesagt: »Schön. Machen wir alles in Omaruru. Melden Sie sich dort noch mal.«

Die schnelle Staffel erreicht Omaruru spät am Nachmittag. Die Pad von Karibib führt, kurz bevor man in den eigentlichen Ort kommt, über das Gefechtsfeld vom 4. Februar. Nahe der alten Station werden sie von einer Feldwache angehalten und eingewiesen: »Grüß Gott! Mitsamt den Wagen dort vorne durchs Rivier, dann rechts halten und durch die Siedlung durch. Biwak am östlichen Ortsrand, da suchen Sie sich einen Platz!«

Hinter den letzten Häusern der Weißensiedlung dehnt sich eine weite, mit Gras bewachsene Fläche, am Südrand begrenzt durch die hohen grünen Bäume an den Ufern des trockenen Omaruru-Flusses. Auf dieser Fläche stehen schnurgerade ausgerichtet zwei Reihen hellbrauner Militärzelte, eins wie das andere, eins hinter dem anderen. Hier ist das Etappenmagazin eingerichtet, ein wenig abseits ein Munitionsdepot. Die Wagen einer Feldbäckerei parken hintereinander. Dort raucht es und duftet nach

frischem Brot. Bäckersoldaten in weißem Zeug und langen Schürzen stapeln Brote auf langen Brettern. Zwei große Zelte mit dar-
übergespanntem Sonnensegel und Rotkreuz-Fahne bilden das
Etappenlazarett. Auch das Feldlazarett IV lagert hier und wartet
auf Transportmittel, um der Truppe zu folgen. Daneben parken
sie jetzt ihre Kapstädter Reisewagen mit dem Sanitätsmaterial und
schirren aus und satteln ab. Die Tiere werden mit Grasbüscheln
abgerieben, kriegen ihre Spannfesseln um die Vorderbeine und
bekommen eine Handvoll Hafer. Ein paar Leute stechen mit dem
Spaten Kochlöcher in den Boden und machen Feuer. Der Oberst
stolziert unter den Bäumen hin in den Ort und schlägt bei jedem
Schritt mit der Reitgerte gegen seinen Stiefelschaft.

Stacheldraht

Hauptmann Franke bekommt hohen Besuch in seiner Wohnung
bei der neuen Kaserne, Oberst Deimling »weilt in den beglück-
ten Mauern Omarurus«. Spät abends, vor dem Schlafengehen, notiert der Hauptmann in sein Tagebuch:

»Deimling möchte mich gern mithaben; aber ich weiß wirkl.
nicht, ob ich es thun soll oder nicht: Diese Kerls behandeln einen
ja wie einen dummen Jungen. Wenn es nicht absurd wäre, möchte
ich der Gesellschaft wünschen, daß sie von den Hereros Kloppe
bekommt, dann würde sie vielleicht von ihrem Größenwahn ab-
kommen.«

21. Juli (Donnerstag):

Hauptmann Victor Franke hat Geburtstag, heute wird er acht-
unddreißig Jahre alt. Morgens um acht Uhr trifft er sich mit
Oberst Deimling zu einem Ausritt zur Omaruru-Kuppe. Dem
Oberst wird ein ungeträntes und ungefüttertes Pferd vorgeführt.
Der Oberst tobt. Er beschimpft und beleidigt den Mann, der das
Pferd gebracht hat, derart grob, daß es Franke peinlich ist. Selbst
der Adjutant des Obersten blickt betreten zur Seite.

Am Nachmittag, nach dem Ausritt, trinkt Hauptmann Franke

eine Flasche Bier mit den Leutnants. Abends ist er bei Deimling zum Abendbrot eingeladen. Die versammelten Offiziere bringen ein Hoch auf den Helden von Omaruru aus. Deimling spendiert Kognak und Zigarren. Danach kommt es zu einem längeren Gespräch über die geplante Umzingelung des Waterberges.

Hauptmann Franke bezweifelt, daß die Hereros sich so einfach einschließen lassen werden. Bis jetzt hat es nach allen vorliegenden Meldungen aber ganz den Anschein. Der Hauptmann warnt den Oberst davor, die Hereros zu unterschätzen. Wie die meisten der neu ins Land kommenden Offiziere ist der Oberst der Ansicht, die Hereros seien mehr oder weniger Wilde, verstünden nichts von Taktik und seien nicht in der Lage, einen geordneten Krieg zu führen und etwa ihren Nachschub zu organisieren. Er hört dem Hauptmann immerhin aufmerksam zu. Zweifel am Erfolg der Operation hat er nicht. In Okahandja ist ja auf Befehl des Generals v. Trotha bereits ein großes Lager für achttausend Gefangene angelegt worden. Es ist weiter nichts als eine Umzäunung aus Dornbusch und Stacheldraht. Oberleutnant Horn beugt sich vor und sagt mit feinem Lächeln: »Stacheldraht, damit sie schön drin bleiben, und Dornbusch, damit sie sich wie zu Hause fühlen!«

Okombahe

Ettmann wird bei Oberleutnant v. Kummer, Deimlings Ordonnanzoffizier, vorstellig. Der Oberleutnant sitzt in Hemdsärmeln vor dem Stabszelt an einem Klapptisch und schreibt in eine Kladde. Ein paar Schritte neben dem Tisch hockt ein Damarabambuse auf dem Boden und wienert Reitstiefel blank. Von Kummer blickt auf und sagt: »Ettmann? Ja, richtig, der Unteroffizier, der die neuen Karten gebracht hat!« Er legt den Bleistift weg, lehnt sich zurück und überlegt: »Ja nun! Was machen wir mit Ihnen? Abteilungsstab ist ja vollzählig! Warten Sie mal hier!« Er steht auf und verschwindet im Stabszelt. Nach ein paar Minuten kommt er schon wieder heraus und sagt: »Wir teilen Sie fürs erste Hauptmann Franke zu, als zweite Ordonnanz! Außerdem

522

können Sie den Vormarsch aufzeichnen.« Er faltet eine von den neuen Karten auseinander und breitet sie auf dem Tisch aus. »Sehn Se mal her!« Er zeigt Ettmann auf der Karte den beabsichtigten Vormarschweg der Abteilung, die kompanieweise, aber auch in kleineren Gruppen, auf dem Weg zum Waterberg ist. »Verstehen Sie sich auf Ortsbestimmung? Gut! Nehmen Sie die Karte hier, und tragen Sie fürs Kriegstagebuch die Bewegung der Abteilung ein, und machen Sie, wo nötig, erläuternde Notizen: Tagesmarschleistung, Uhrzeiten und so weiter. Machen Sie das lückenlos, soweit möglich, wird später für die Feldzugsdokumentation gebraucht. Die Regimentsadjutantur wird Sie außerdem zur Stabswache einteilen.«

Nachher verzieht sich Ettmann an den östlichen Rand des Feldlagers und setzt sich dort in den Schatten eines Baumes. Die Landschaft glüht in der Mittagshitze. Er klappt sein Notizbuch auf und fängt an, einen markanten Baum gegenüber zu skizzieren, der gefällt ihm mit seinem filigranen Astgewirr gegen den tiefblauen Himmel. Hinter dem Baum ist nichts als Buschland.

Am Nachmittag kommt Hauptmann Franke mit Wachtmeister Wesch von seinem Ausritt zurück. Ettmann macht seine Meldung: »Melde Herrn Hauptmann: Unteroffizier Ettmann, zu Herrn Hauptmann als Ordonnanz kommandiert!« Franke, der gerade aus dem Sattel gestiegen ist, reicht seinem Diener Ben die Zügel und mustert Ettmann. »Sie kenne ich doch?« sagt er. Ettmann erwidert: »Jawohl, Herr Hauptmann, habe Anfang Februar als Kanonier in der 2. Feldkompanie gedient!« Frankes kleiner Hund Troll kommt angeschlichen, schlapp und müde von dem langen Ausflug, und beschnüffelt Ettmanns staubige Stiefel. Der Hauptmann zieht sich die Handschuhe aus und sagt: »Dann waren Sie in Omaruru dabei? So, na gut.« Er nimmt seine Mütze ab und fährt sich mit gespreizten Fingern durch die kurzen Haarstoppeln. »Es scheint, ich bekomme meine Kompanie portionsweise zurück, jeden Mann einzeln. Mit Wesch und Ihnen sind es nun schon zwei.« Ettmann weiß nicht, was er darauf erwidern soll und sagt nur: »Zu Befehl, Herr Hauptmann!« Franke sagt: »Ich kann einen zweiten Mann gut brauchen. Haben Sie ein Gewehr?«

Ettmann verneint, die Waffe, die man ihm für den Ritt nach Omaruru gegeben hatte, mußte er wieder abgeben. Der Hauptmann bückt sich nach seinem müden Hund und nimmt ihn auf die Arme. Dabei sagt er zu seinem Wachtmeister: »Wesch, der Unteroffizier bleibt bei uns! Besorgen Sie ihm ein Gewehr, und sehen Sie zu, wie Sie ihn unterbringen.«

23. Juli (Samstag):

Ettmann reitet eins von den Pferden des Hauptmanns, den braunen Darius. Im Sattelschuh hat er ein nagelneues 98er Gewehr, das er noch einschießen muß. Ettmann begleitet Hauptmann Franke und Wachtmeister Wesch nach Okombahe, Ben kutschiert die mit Proviant beladene Eselskarre. Otto, der Pferdepfleger Frankes, ist auch dabei. Wesch erklärt Ettmann: »Der Hauptmann will in Okombahe verschiedene Angelegenheiten regeln und vor allem dafür sorgen, daß die Farmer in seinem alten Bezirk, die im Aufstand Tiere verloren haben, mit Beutevieh entschädigt werden.« Er erklärt Ettmann außerdem, daß Bens junge Frau in der Nähe von Okombahe lebe. Ettmann ist schon aufgefallen, daß der Damara abwechselnd singt und lacht und dazu strahlt wie ein Weihnachtsbaum. »Freut sich auf das Wiedersehen! Hat sein Frauchen letzten September geheiratet, aber seither hat er sie erst zwei- oder dreimal gesehen!« grinst der Wachtmeister.

Der Weg führt am Omaruru-Rivier entlang fast genau nach Westen, am linken Ufer ragen die Erongo-Berge auf. Von Weg kann eigentlich keine Rede sein. Mal geht es durch weichen, tiefen Riviersand, dann wieder aufs Ufer hinauf und über harten steinigen Boden, die Pferde tasten sich durch tief ausgewaschene Löcher voller Wurzeln. Steinbrocken liegen herum, Dornäste müssen mit dem Gewehr beiseite gebogen werden. Über die schwankende Karre hinweg ruft der Hauptmann Ettmann zu: »Das ist eine Chaussee, was! Würde manchem Europäer die Haare auf dem Kopf emporrichten!«

In Okombahe leben Bergdamaras mit ihrem Häuptling Cornelius, erfährt Ettmann unterwegs. Ben und Otto kommen auch von dort. Der Stamm ist etwa achthundert Köpfe stark und lebt hauptsächlich von Viehzucht und Feldwirtschaft. Wenn die Regenzeit vorbei ist und sich die Wasser des Omaruru-Flusses verlaufen haben, bauen sie am und auch im Flußbett Weizen, Mais, Kürbisse und Melonen an.

Die Sonne ist schon verschwunden, als sie endlich nach Kawap kommen, einem Viehposten. Hier will der Hauptmann über Nacht bleiben, sich morgen früh die restlichen Kompaniepferde und das Beutevieh anschauen und dann nach Okombahe weiterreiten.

24. Juli (Sonntag):

Gleich morgens besichtigt Franke Stuten und Füllen aus seinem alten Kompaniebestand von Sorris-Sorris. Dies ist einer der wenigen Plätze im Bezirk Omaruru, auf dem die Pferdesterbe nicht auftritt. Während der Regenzeit wurden dort die Pferde der Outjoer und der Omaruruer Feldkompanie untergebracht. Die Tiere, die noch da sind, sind in schlechtem Zustand und werden dem Anschein nach nur oberflächlich und lieblos gepflegt. Der Hauptmann überläßt Ben eins der Pferde und gibt ihm einen Tag Urlaub. »Damit der gute Kerl mal für vierundzwanzig Stunden sein junges Frauchen genießen kann«, sagt er zu Wesch und Ettmann. Anschließend schaut sich Franke das Beutevieh an, an die siebzig Rinder, und macht sich Notizen. Mittags reiten sie ab.

Nach einem Ritt von drei Stunden kommen sie nach Okombahe, und Otto hält die Karre vor der kleinen Feste an. Die Feste ist eine Unterstation von Omaruru, ein flacher Bau mit einem nur wenig höheren viereckigen Turm, der oben mit Zinnen bekränzt ist. Zwei Schutztruppler sollen hier den Polizeidienst versehen, da kommen sie um die Ecke geschlurft, in Hemd und Hose, mit herabhängenden Hosenträgern und einer sogar mit einer Bierflasche in der Hand. Als sie den Hauptmann erkennen, erschrecken sie mächtig und nehmen Haltung an. Mit so hohem Besuch haben sie nicht gerechnet.

»Man hat doch dazugelernt und die Besatzung verdoppelt«, sagt Franke zu Ettmann, während er sich aus dem Sattel schwingt, »im Aufstand war hier nämlich nur ein einziger Mann auf der Station!« Er wendet sich an die beiden Soldaten, schaut sie von oben

525

bis unten an und sagt mit leiser, aber messerscharf schneidender Stimme: »Das nennt ihr aufpassen? Wo sind eure Gewehre? Solch verfaulten Schlafmützen wie euch vertraut man einen ganzen Ortsbezirk an? Gute Nacht, kann ich da nur sagen!«

Die beiden schleichen mit hängenden Köpfen in den Bau. Gleich sind sie wieder draußen, aber jetzt in kompletter Felduniform, umgeschnallt, Hut auf und Gewehr um, und bauen sich vor Franke auf. »Besatzung Unterstation Okombahe zur Besichtigung angetreten, Herr Hauptmann!« meldet der Ältere und fügt gleich hinzu: »Bitten Herrn Hauptmann gehorsamst um Verzeihung! Soll nicht wieder vorkommen!«

Der Hauptmann sagt: »Wer's glaubt, wird selig.«

Der Damarahäuptling Cornelius kommt und begrüßt sie, und Hauptmann Franke setzt sich mit ihm unter einen Baum. »Jetzt hält er ihm einen Vortrag über Treue und Arbeitsfleiß«, sagt Wesch zu Ettmann und nickt zu dem Hauptmann hin, »und über die Gefahren unmäßigen Alkoholgenusses! Könnte er sich alles sparen, meiner Meinung nach.«

Ettmann und Wesch setzen sich auf eine der großen, flachen Steintafeln, die im Flußbett liegen. Klares, kühles Wasser quillt hier aus dem Geröll und zwischen den Steinblöcken hervor und bildet einen kleinen Bach. Sie packen mitgebrachtes Brot aus und schmieren ordentlich Streichwurst darauf.

»Als der Aufstand losbrach, war hier nur ein einziger Soldat, der sich noch dazu die rechte Hand gebrochen hatte!« sagt Wesch kauend und nickt zu dem kleinen Okombaher Fort hin. »Zu der Zeit waren nur zwei deutsche Frauen mit drei Kindern im Ort, denn die Männer waren allesamt eingezogen worden und waren mit den Kompaniepferden von Sorris-Sorris nach Omaruru unterwegs, man hatte den Ort praktisch schutzlos gelassen. Die Frauen, Frau v. Eckenbrecher und Frau Merker, hatten sich mit den Kindern in die Feste geflüchtet und dazu eine ganze Basterfamilie. Die Hereros von Omaruru haben den alten Cornelius wochenlang gedrängt, die paar Deutschen endlich totzuschlagen, aber er wollte nicht recht. Er war so richtig in der Zwickmühle, denn die Deutschen mochte er zwar nicht, hatte aber doch eine

Menge Vorteile gehabt und wollte ihnen daher nichts tun. Andererseits hatte er einen Heidenbammel vor den Hereros. Wie auch immer, er hat es jedenfalls irgendwie geschafft, sich so lange aus dem Aufstand herauszuhalten, bis wir Anfang Februar mit der Kompanie nach Omaruru zurückkamen und die Kaffern verjagt haben. Na, Sie waren ja dabei an dem Tag.«

Der Hauptmann hat seine Unterredung mit Cornelius beendet. Der Damarahäuptling geht, kommt aber nach einer Weile mit einer ganzen Schar Frauen und Kinder zurück. An die läßt Hauptmann Franke jetzt den Proviant von der Karre austeilen.

»Komischer Vogel, der Cornelius«, sagt Wesch, »er haßt uns, daraus macht er gar kein Hehl. Mir hat er gar nicht lange vor dem Aufstand gesagt, dem weißen Mann gehöre jetzt das Damaraland, und ihre Zeit sei vorbei und auch die der herrischen Hereros. Er liebe den weißen Mann nicht, aber er gehorche ihm, denn der Weiße bestimme jetzt über das Land und über das, was wird!«

Stabshengst

Als die Sonne untergeht, bricht Hauptmann Franke mit seinen Begleitern und der Karre auf. In der Dunkelheit reiten sie bis Kawap, wo der Hauptmann, wie beim Herritt auch, unter freiem Himmel übernachten will. Vor dem Schlafengehen schreibt er in sein Tagebuch:

»In Okombahe verteile ›Kost‹ aus ersparten Beständen an die hungernden angehörigen Frauen u. Kinder der Männer, die an unserer Seite gegen die Hereros kämpfen. Traurige Wahrheit, daß man solch ganz selbstverständliches Liebeswerk gewissermaßen geheim betreiben muß.«

Die Männer, die der Hauptmann meint, sind Damaras wie Ben und Otto, die bei der Truppe als Hilfssoldaten, Treiber, Pferdepfleger oder Bambusen dienen. Ihre Familienangehörigen müssen sehen, wo sie bleiben, denn die eingeborenen Helfer erhalten keinen Sold, werden aber wenigstens in der Truppe mitverpflegt. Einer von ihnen ist im Kampf um Omaruru gefallen, von Hereros erschossen. In den Verlustlisten werden die Hilfssoldaten nicht einmal erwähnt. Also gibt es offiziell auch keine Hinterbliebenen, um die man sich kümmern müßte.

25. Juli (Montag):

Hauptmann Franke besichtigt morgens die Bokkies, die inzwischen hierhergetrieben worden waren. Es handelt sich ebenfalls um beschlagnahmtes Vieh, das den Hereros gehört hat. Ein paar der Ziegen gibt der Hauptmann Ben und den Familien der bei der Truppe dienenden Damaras. Mittags geht es zurück, und um acht Uhr abends ist Franke mit seinen Begleitern wieder in Omaruru.

28. Juli (Donnerstag):

Ben kocht das Mittagessen, Rindsbraten mit Grünkohl und Kohlrabi, für den Hauptmann und seinen Gast, Oberst Deimling. Der Hauptmann ist nun offiziell dem Stab des Obersten als landeskundiger Berater zugeteilt. Hauptmann Franke hört, daß eine Patrouille der Abteilung v. Estorff am 6. Juli einen Gefangenen eingebracht hatte, der berichtete, Salatiel Kambazembi, der Häuptling der Waterberg-Hereros, wolle nicht mehr länger Samuel folgen und möchte mit den Deutschen um Frieden verhandeln. Major v. Estorff schickte daraufhin am 12. Juli Boten an den Hererohäuptling mit einer Einladung zu Unterhandlungen. Heute morgen nun kam Antwort von Salatiel, der seine Bereitschaft zu Verhandlungen erklärte.

Zu spät. Generalleutnant v. Trotha hat aus seinem Hauptquartier Owikokorero alle Truppenführer angewiesen, Verhandlungsangebote des Feindes durchweg abzulehnen.

Nachmittags um zwei Uhr reitet Oberst Deimling mit Oberleutnant Horn und dem größten Teil der Stabswache ab, in Richtung Waterberg. Der Oberst wollte eigentlich, daß der Hauptmann ihn gleich begleite, aber Franke hat unerledigte Geschäfte vorgeschützt. Er will lieber später nachkommen, als mit diesem »europäischen nervösen Stabshengst« zu reiten. Zudem plagt ihn sein Magen, und die wenigen Bissen, die er nachher zu sich nimmt, erbricht er nach einer halben Stunde wieder. Danach fühlt er sich so elend, daß er Zuflucht bei seinem alten Zaubermittel sucht. Die Morphiumspritze vertreibt die Magenschmerzen und richtet ihn so weit auf, daß er noch einen ausgiebigen Abendspaziergang mit Troll machen kann.

29. Juli (Freitag):

Hauptmann Franke packt für den Marsch ins Inland, als sich Unteroffizier Ettmann bei ihm meldet. Bevor ihm der Hauptmann eine Aufgabe zuweisen kann, klopft ein Offizier des Seebataillons an die Tür und stellt sich als Oberleutnant v. Brockdorff vor, auf dem Wege nach Outjo. Er erzählt dem Hauptmann von den Zuständen bei der Hauptabteilung. Die Abteilung kommt überhaupt nicht vorwärts, denn dort krepieren die Pferde zu Dutzenden an Hunger, Rotz, Überanstrengung und miserabler Behandlung. Die berittene Infanterie kriecht im Schneckentempo durch den Busch, von ausholender Aufklärung kann überhaupt keine Rede sein. Hauptmann Franke, der vor sechs Wochen General von Trotha genau davor gewarnt hat, vermerkt dazu in seinem Tagebuch:

»Ja, nun kann ich mir die knabenhafte Wut des Hohen Herrn erklären, darüber, daß ein gewöhnlicher Hauptmann gewagt hat, ihm, dem großen, weisen Heerführer, das vorauszusagen.«

Zum Waterberg

30. Juli (Samstag):

Ettmann, Hauptmann Franke, Wachtmeister Wesch und Ben reiten um 4 Uhr 15 nm. mit vier Pack- und Reservepferden aus Omaruru nach Nordosten ab. Der Hauptmann sieht ein wenig besser aus, denkt Ettmann und betrachtet ihn verstohlen von der Seite. Er hat sich während seines Krankenurlaubs in Windhuk einigermaßen erholt. Auch die Malaria scheint ihn soweit in Ruhe zu lassen.

Die vier Reiter kommen um Viertel nach sieben in Omburo an. Es ist längst dunkel. Im Sternenlicht unterscheidet sich der unbewohnte Platz, nur nach einer Wasserstelle benannt, in nichts von der übrigen Landschaft. Schmutziges Wasser steht kaum fingerhoch in einem Sandloch, Staub, Grassamen und tote Fliegen schwimmen auf der Oberfläche. Sie reiten noch eindreiviertel Stunden weiter und schlagen dann ihr Nachtlager auf, das heißt, sie satteln ab, reiben die Pferde ab, koppeln sie an und füttern Hafer. Dann schauen sie Ben zu, der das Abendessen kocht. Bens rundes, schwarzes Gesicht glänzt im Feuerschein, während er mit dem Patentbüchsenöffner zwei Büchsen Corned beef aufschneidet. Das gepökelte Rindfleisch brät er zusammen mit zerbrökkeltem Hartbrot im Kochgeschirr an, dazu kocht er Reis und den unvermeidlichen Kaffee. Der Hauptmann liest am Feuer in einem Buch. Ettmann unterhält sich eine Weile mit Wesch, während Ben außerhalb des Feuerscheins Wache hält. Einer von ihnen wacht immer für zwei Stunden, auch der Hauptmann.

31. Juli (Sonntag):

Der Weiterritt nach der Wasserstelle Omatarassu dauert nur eine halbe Stunde. Der Weg ist hier ausnahmsweise einmal eine kerzengerade, saubere Pad, Büsche sind ausgerissen, die Löcher sind aufgefüllt, Steine sorgsam an den Rand geräumt worden. Die fünfundzwanzig Kilometer können darum in flottem Trab zurückgelegt werden. Auf einer Doppelkuppe in der Nähe befindet sich die Heliographenstation Okuwakuatjiwi, die nach Süden mit Omaruru und Karibib, im Norden mit Outjo Verbindung hält. Die Wasserstelle selbst ist ein in den Sand des Riviers gegrabenes Loch, etwa eineinhalb Meter tief. Dreißig Zentimeter einigermaßen sauberes Wasser stehen darin. Ben steigt hinunter, vorsichtig, um das Wasser nicht mit Sand zu verschütten, und reicht Ettmann und Wesch die gefüllten Wassersäcke hinauf.

Rast in den heißen Mittagsstunden. Ettmann sitzt mit dem Rücken an einen runden Steinbrocken gelehnt, die Beine von sich gestreckt, den Hut ins Gesicht gezogen. Der Gewehrstahl glüht, das Schaftholz schwitzt kleine Ölperlen aus. Die Pferde stehen mit gesenkten Köpfen. Tiefe Stille herrscht ringsum, nichts regt sich.

Die Landschaft hier ist kahl und steinig. Weit auseinander wachsen die bleichen Grasbüschel, die Erde besteht aus ocker-

farbenem Staub. Ein paar Dornbüsche stehen herum, jedoch vereinzelt, längst nicht so viele wie im dichten Busch unten in der
vor ihnen liegenden Ebene. Sie geben nicht so viel Schatten, daß
Ettmann sich in Reichweite ihrer Dornen begeben möchte.

So ein Dornbusch strebt aus dem Boden als knotiges Bündel
silbrig-graubrauner Stämme, die sich wie Wurzeln umeinander-
schlingen und wie ein aufgedrehtes Hanfseil in einen Wirrwarr
von Ästchen und Zweigen auffächern. Die Äste sind dicht mit
den silberhellen fingerlangen Dornen und mit kleinsten Blättchen
besetzt und formen die typische breite Blätterkrone der Schirmakazie. Manche Büsche sind ganz ohne Laub, vielleicht abgestor-
ben, ihre Zweige bilden gespenstisch verdrehte und verdorrte
Krallen, als hätten sie versucht, in der trockenen Luft Tautröpf-
chen zu fangen, und wären dabei erstarrt.

Nachmittags geht es gemächlich im Schritt weiter, eine halbe
Stunde bis zur Werft Omatarassu. Von dort sind noch vierzehn
Kilometer bis Otjihinamaparero zu reiten. Vier tote Pferde liegen am Weg, nahe beieinander, ein wenig weiter der Kadaver eines
Treckochsen. Zwei Geier hüpfen unwillig zur Seite und schielen
scheel nach den Reitern. Die Tierleichen sind schwarz von Fliegen, süßlichfauler Verwesungsgestank steigt in die Nase. Aufge-
triebene Bäuche, ein Bein ragt steif in den Himmel. Die Pferde
schnauben und rollen die Augen und drängen nach der Seite weg.

Gegen halb sechs am Nachmittag erreichen sie die Wasserstelle
Okonjati. Auf Ettmanns Karte ist der Platz als Konjati eingezeichnet, am südwestlichen Ende einer niedrigen Hügelkette, die
kaum der Rede wert ist, aber in der Karte »Omboroko-Berge«
heißt. Das nordöstliche Ende dieser Hügelkette weist wie ein
Zeiger auf den Waterberg. Bis dorthin wären noch gut hundert
Kilometer zu reiten.

Okonjati ist eine Grasfläche unterhalb des Höhenzuges mit ein
paar da und dort verstreuten Büschen. Hier lagert die 3. Kompanie von Hauptmann v. Hornhardt. In die trockenen Sandrinnen,
die sich die Omboroko-Hänge herunterziehen, sind zwei Wasserlöcher gegraben. Eines ist trocken, im anderen steht eine Handbreit milchigtrübes Wasser, das nach jeder Entnahme nur langsam

wieder nachsickert. Neben dem Wasserloch ist eine Zeltbahn zwischen vier kurzen Pflöcken lose aufgehängt und bildet so einen behelfsmäßigen Tränktrog für die Tiere. Es ist jetzt kein Wasser darin. Die angepflockten Pferde stehen in Gruppen herum und lassen die Köpfe hängen, zwei Heeresfeldwagen parken. Ihre hellen Planen waren schon von weitem zu sehen. Die Kompanie hat Zelte aufgeschlagen, drei Dutzend kleine, graugrüne Zwei-Mann-Zelte, auch zwei oder drei größere für die Offiziere. Strümpfe trocknen über einem der Zelte, auf einem anderen breitet ein Hemd die Arme aus. Wesch beugt sich zu Ettmann hinüber und sagt: »Die blöden Hunde waschen ihr Zeug! Dabei reicht das Wasser noch nicht mal für alle Leute, von den Tieren ganz abgesehen!« Er schüttelt ärgerlich den Kopf. Eine lange Reihe Sättel liegt im Gras, ordentlich ausgerichtet, davor die Gewehrpyramiden. Unter den Gewehren liegen Patronentaschen, Feldflaschen und Bajonette. Die Leute stehen und hocken um Kochlöcher herum, aus denen dünner blauer Rauch aufsteigt. Posten stehen am Rand des Lagers und schauen ins weite Land hinaus. Lang sind die Schatten schon, die Sonne sinkt rasch auf den Horizont herab. Gegen halb sieben, es ist schon dunkel, sind plötzlich Schüsse zu hören. Fünf-, sechsmal schießt es in nordöstlicher Richtung, ein paar Kilometer ab. Hauptmann v. Hornhardt läßt auf Frankes Rat die Sicherungsposten verstärken.

Abendessen am eigenen Feuer, ein wenig abseits der Kompanie. Der ewige Reis hängt Ettmann zum Halse heraus. Einigermaßen erträglich schmeckt er noch mit angebratenem Corned beef vermischt. Wachtmeister Wesch hat ein Fläschchen Worcestersauce, das paßt gut zu dem Zeug.

»Sagen Sie, Ettmann, sind Sie eigentlich verheiratet?« fragt Wesch mit vollem Mund. Ettmann erwidert: »Verwitwet. Meine Frau ist vor einem Jahr gestorben.« Wesch ist betroffen: »Das tut mir leid, Herr Kamerad!« Ettmann fragt zurück: »Und Sie, Wesch? Sind Sie verheiratet?« Wesch schüttelt den Kopf: »Nein, Gott sei's gedankt!«

Nach einer Weile sagt er: »Wenn ich's wäre, wüßte ich bestimmt nicht mehr, wie meine Frau aussieht, bei dem Leben.« Der Hauptmann sitzt dabei und stochert lustlos in seinem Reis herum. Ett-

532

mann weiß, daß Franke nicht verheiratet ist. Er soll mit einer Nama und auch mit einem Damaramädel aus Okombahe was gehabt haben, haben jedenfalls die Reiter bei der 2. Feldkompanie erzählt. Ob es wahr ist, weiß Ettmann nicht, und es ist ihm auch egal. Nur Ben ist also verheiratet, und das auch noch glücklich, wie es scheint. »Na, Ben«, sagt Wesch plötzlich, als wäre er Ettmanns Gedanken auf dem Fuße gefolgt, »fehlt dir dein Frauchen?« Ben nickt und macht ein kummervolles Gesicht. »O ja, Herr Wachtmeister, jawohl! Fehlt mir mein Frau-chen ganz viel arg schlimm.«

Später, gegen Mitternacht, geht Ettmann bei den Pferden Wache, das Gewehr umgehängt. Er geht ein paar Schritte hierhin und ein paar Schritte dorthin und bleibt immer wieder lauschend stehen. Schweigend breitet sich das Land nach allen Seiten, ein fast noch voller Mond scheint hell auf das Buschdickicht herab. Von fern kommt das klagende Gebell eines Schakals, und die Pferde drängen sich zusammen und stampfen mit den Hufen.

1. August (Montag):

Bedeckter Himmel. Hauptmann Franke schickt Wachtmeister Wesch und einen dicken Zahlmeister-Aspiranten auf Patrouille. Nach vier Stunden kommen sie zurück. Sie haben fünf frische und mehrere ältere Hererospuren gefunden, jeweils wenige Leute ohne Tiere. »Obacht!« sagt Hauptmann Franke. »Immer gut aufpassen! Schleichen in der Gegend herum, die Brüder!« Er schaut Ettmann an und sagt: »Gewehr immer griffbereit! Nicht ablegen!«

So gegen vier Uhr nachmittags kommt mutterseelenallein ein Leutnant Holtz, der Führer der Nachschubkolonne, angeritten. Franke sagt, als der junge Leutnant absteigt: »Na, Sie sind gut! Reiten hier ganz alleine im Busch herum?« Der Leutnant macht ein verblüfftes Gesicht: »Verzeihen, Herr Hauptmann?« Er scheint keine Ahnung zu haben, daß er durch gefährliches Gebiet reitet. Eine Stunde später kommt seine Kolonne an, genauso ahnungslos.

2. August (Dienstag):

Mittags muß Ettmann den Hauptmann begleiten. Franke will mit Leutnant Holtz zum Heliographenposten auf der »Funkenkuppe«. Es ist ein mühseliger Aufstieg über Klippen und Geröll bei großer Hitze. Dazu die dünne Luft, man war ja unten schon mehr als sechshundert Meter über dem Meer. Ettmann hält sich hinter den beiden Offizieren, die Kletterei macht ihm zu schaffen. Er hört den Hauptmann zu Leutnant Holtz sagen: »Das sollten Sie mal im Sommer machen! Dann ist es hier wirklich heiß. Jetzt im Winter hat die Sonne ihren Biß verloren!« Der Leutnant sagt: »So? Na, ich danke!« Sein Gesicht ist vor Anstrengung und Hitze hochrot, aber er hält tapfer durch.

Die vier Signalleute haben den hohen Besuch wahrscheinlich schon lange kommen sehen, denkt Ettmann. Ordentlich zugeknöpft haben sie sich aufgebaut und grüßen stramm, Hand an der Mütze. Die Männer hausen hier oben auf der flachen Kuppe unter der sengenden Sonne, kein Baum und kein Busch spendet Schatten, nicht einmal ein Grashalm wächst. Aus losen Steinen haben sie sich einen kleinen Unterstand aufgeschichtet und mit einer Zeltbahn abgedeckt, daneben noch ein kleines Zelt aufgebaut. Davor steht ein Tisch aus Kistenbrettern, mit einer alten Decke als Tischtuch und ein paar Flaschen und leeren Dosen darauf. Eine Kiste, ein Blechfäßchen und ein großer Stein bilden die Sitzgelegenheiten. Das Signalgerät steht in einem saubergefegten, mit hellen Steinen eingefaßten Kreis. Aus Langeweile haben die Leute auch die kurzen Wege zum Zelt und zum Unterstand gefegt und ordentlich mit Steinen gesäumt. Es sieht aus wie der Versuch einer Parkanlage ganz aus Steinbrocken, Sand und Staub. Lampe und Sonnenspiegel wie auch das Teleskop sind nach Westen gerichtet, zur Relaisstation Okowakuatjiwi der Linie Omaruru – Outjo.

Während sich Hauptmann Franke die letzten Heliogramme im Signalbuch zeigen läßt, klettert Ettmann noch ein paar Meter höher auf den eigentlichen Gipfel, einen Felsenkegel. Von hier aus öffnet sich eine grandiose Aussicht über das Land. Im Südwesten geht der Blick bis zu den Erongobergen, an deren Fuß Omaruru liegt. Auch der Kegel des Omaruru-Berges ist in der flimmernden

Luft zu erkennen. Weit im Nordosten, kaum zu sehen, schwimmt blau die flache Silhouette des Waterberges über dem Busch. Schon ruft der Hauptmann von unten: »Kommen Sie 'runter! Wir wollen wieder zurück!«

Beim Abstieg unterrichtet Hauptmann Franke den Leutnant kurz über das, was er aus den Heliogrammen erfahren hat: »Der Aufmarsch rund um den Waterberg ist fast abgeschlossen. Bis auf Abteilung Deimling stehen alle mehr oder weniger in ihren Ausgangsstellungen. Feind nach wie vor südlich des Waterberges versammelt. Patrouillen Damm und Trotha haben eine Werft bei Omuweroumwe überfallen, zwanzig Hereros getötet, vierundvierzig Rinder erbeutet.« Der Leutnant fragt: »Trotha?« Franke nickt: »Thilo v. Trotha. Neffe der Exzellenz.«

Nachmittags, um halb fünf Uhr, reitet Ettmann mit Wesch und Ben hinter dem Hauptmann her, nach der erwarteten Kompanie Humbracht Ausschau zu halten. Die Luft ist so trocken, daß die Lider brennen. Es ist immer noch heiß, aber die Sonne färbt sich schon orangegelb. Von der Kompanie ist nichts zu sehen, dafür begegnen sie der Batterie des Hauptmanns Remmert. Vier Geschütze, siebzig Kanoniere, ein Munitionswagen und zwei Karren schleichen in einer Staubwolke auf der Pad daher, bedeckt von einem Zug Reiter. »Mein Gott, wir sind fast verdurstet!« krächzt Hauptmann Remmert, staubüberpudert, und Franke sagt: »Na, bis zum Wasser sind es nur ein paar hundert Meter!« und zeigt die Richtung. Remmert freut sich: »Gott sei Dank! Wir haben das letzte Mal in Otjihanamaparero getrunken, das ist gut drei Stunden her!« Ettmann und Wesch sehen sich an. »Grünhörner!« sagt Wesch und tippt sich an die Stirn. »Na, die werden auch noch merken, was Durst ist.«

3. August (Mittwoch):

Hauptmann Franke beschlagnahmt bei der Nachschubkolonne zweihundert Pfund Hafer für seine acht Pferde. Jedem der vier Reservepferde werden fünfzig Pfund aufgeladen. »Da ist er eisern«, sagt Wesch, »fünf Pfund Hafer pro Pferd und Tag!« Sie zurren die Säcke auf den Tieren fest. »Das ist nicht zuviel! Bei der britischen Betschuana-Polizei füttern sie vierzehn Pfund pro Tier und Tag! Soviel kriegen wir hier natürlich nie zusammen. So, fertig, mein Schöner!« Er klopft dem Tier, einem Fuchs, liebevoll den Hals.

Ettmann zeichnet ein Grab im Busch: ein großer Steinhaufen, von dem vier Arme wie ein Kreuz ausgehen, alles aus großen, schneeweißen Quarzsteinen. Es gibt keinen Hinweis, wer hier begraben ist. Die Steine alle zusammenzutragen, muß mühsam gewesen sein. Kleine Stückchen davon liegen überall, aber faustgroße sind schon seltener, und manche der Steine hier sind so groß wie Kohlköpfe.

4. August (Donnerstag):

Um halb zwei Uhr nachts beginnt die Batterie Remmert, sich auf den Abmarsch vorzubereiten. Es dauert aber bis halb sechs Uhr, bis sich Geschütze und Train endlich auf den Weg machen. Hauptmann Franke reitet mit dem Gardefeldartilleristen Leutnant v. Plotho voraus nach Ehuameno. Der Edle Herr und Freiherr Leutnant v. Plotho, wie sein voller Titel lautet, ist Geschützführer in Remmerts Batterie und ein netter Kerl, frei von der Arroganz, mit der sich viele der adligen Herrschaften unbeliebt machen. Ettmann und Wesch halten sich ein paar Pferdelängen hinter den beiden Offizieren, Ben macht den Schluß. Wieder liegen tote Pferde am Weg, erst drei, nach ein paar Kilometern noch eins, dann vier auf einmal und schließlich noch ein Esel. »Verdammte Tierschinderei! Das ist doch zum Kotzen!« hört Ettmann den Hauptmann fluchen. Fünfzehn Kilometer weiter in nördlicher Richtung kommen sie nach Omike am Fuß der Omboroko-Berge. Hier ist ein Verpflegungsdepot eingerichtet, befehligt von einem dicken Zahlmeister. Der ist besoffen und schwankt hin und her. Von ihm hören sie von einem Gefecht bei Okateitei, zwei Tage zuvor und nicht ganz zwanzig Kilometer nordöstlich von hier.

Okateitei

5. August (Freitag):

Nach einer ruhigen Nacht bricht Hauptmann Franke mit Wesch, Ettmann und Ben kurz vor neun Uhr auf, in Richtung Nordosten. Achtzehn Kilometer weit geht der Ritt durch dichten Busch nach Okateitei, dem Schauplatz des Überfalles vor drei Tagen. Wenn das stimmt, was der versoffene Zahlmeister gestern erzählt hat, sind hier die vorausreitenden Witbooispäher der 3. Kompanie von hundertfünfzig Hereros überfallen worden. Zwei Witboois wurden getötet und einer verwundet. Die Kompanie eilte zu Hilfe und schlug den Angriff ab, dabei wurden zwei Unteroffiziere schwer und drei Mann leicht verwundet. Fünfzig Tote sollen die Hereros auf dem Platz gelassen haben. Wesch glaubt nicht, daß es so viele waren: »Ich wette, es waren nicht mehr als fünf. Da wird immer schwer übertrieben.«

Nach dem Überfall hat die 3. Kompanie ihr Lager auf eine freie Fläche verlegt, jedoch fast sechs Kilometer vom Wasser entfernt. Gestern war auch Hauptmann Mangers 2. Kompanie eingetroffen und lagert nun ebenfalls hier. Man kümmert sich kaum um die Pferde. Sie werden nur gelegentlich getränkt, selten gefüttert und überhaupt nicht gepflegt und stehen die ganze Nacht angekoppelt unterm Sattel. Die Tiere sind schwach und durstig, und gerade, als der Hauptmann hinsieht, fällt eines um. Sieben Mann sind nötig, um es wieder auf die Beine zu stellen. Die Rippen stehen wie Gitterstäbe durchs ungepflegte, glanzlose Fell. An mehreren Stellen ist es wund vom Sattelzeug. Franke wird wütend. »Die Tiere sind ja am hellichten Tag angebunden!« schimpft er los. »Werden nicht gefüttert und nicht getränkt und können noch nicht einmal weiden! Himmelherrgott noch mal! Verfluchte Tierquälerei!« Er stapft los zum Zelt von Hauptmann Manger. »Denen sagt er jetzt die Meinung!« sagt Wesch und nickt zu den Offizierszelten hin. Tatsächlich kommen nach ein paar Minuten ein paar mürrische Reiter angeschlurft und fangen an, die Tiere abzusatteln.

Am Nachmittag kommt Hauptmann i.G. Maximilian Bayer vom Hauptquartier her angeritten. Franke sagt, als er seiner ansichtig wird: »Da kommt Balduin Bäh-Lamm! Zweifellos schwer beladen mit weitsichtigen und klugen Anweisungen der Hohen Generalität!«

Hauptmann Bayer steigt aus dem Sattel und schüttelt Hauptmann Franke die Hand. Mit dem Kinn weist er auf die Satteltaschen an seinem Gaul. »Guten Rotwein dabei!« sagt er. »Zur Feier des Tages: Deutsch-Südwestafrika ist heute seit zwanzig Jahren Schutzgebiet!«

Hauptmann Bayer hat aber nicht nur Rotwein mitgebracht, sondern auch Generalleutnant v. Trothas »Direktiven für den Angriff gegen die Hereros«.

Der Generalleutnant hat sein Hauptquartier bei Erindi-Ongoahere aufgeschlagen, mitten im Busch und ungefähr fünfzig Kilometer südlich der Waterbergstation. In sechzehn Absätzen hat er mit seinem Stab niedergelegt, wie die den Waterberg umschließenden Abteilungen nachts in ihre Ausgangsstellungen vorrücken und auf Signal gleichzeitig um 6 Uhr vm. angreifen sollen. Die Angriffsziele der einzelnen Abteilungen sind genau festgelegt. Der Angriffstag ist vom Eintreffen der Abteilung Deimling abhängig und wird noch bekannt gegeben werden. Alles andere ist genau geregelt und vorgeschrieben: Aufklärung durch Reiterpatrouillen, Wegeerkundung und Stellungswahl. Die Verbindung mit dem Hauptquartier und den Nachbarabteilungen ist je nach Ausstattung durch Blitzen, Funkentelegraph oder Nachrichtenoffizier zu halten. Sicherung der Flanken und des Rückens während des Gefechts durch die Witbooi- und Bastardabteilungen. Diese sind durch deutsche Unteroffiziere und Reiter zu verstärken, weil ihnen der General nicht über den Weg traut. Weitere Absätze behandeln den Verpflegungs- und Munitionsnachschub, den Sanitätsdienst und die Standorte der Feldlazarette. Es wird außerdem, quasi als Postskriptum, auf die bereits befohlenen einheitlichen Uhrzeitangaben für den Signal- und Nachrichtenverkehr hingewiesen.

»Dem Herrn Generalleutnant scheint es noch auf hoher See in den Sinn gekommen zu sein«, sagt Hauptmann Bayer mit hochgezogenen Brauen, »per Truppenbefehl chronometrische Vorschriften zu erlassen! Statt beispielsweise 7 Uhr 45 soll jetzt und in Zukunft geschrieben werden: 0745 h, wie bisher jedoch mit den Zusätzen nm. für nachmittag bzw. vm. für vormittag. Der Herr Generalleutnant möchte das ›Nullsieben-fünfundvierzig Uhr vau-em‹ ausgesprochen hören!«

Franke sagt: »Das wird ein schönes Durcheinander geben!«

Hauptmann Bayer nimmt einen Schluck aus seinem Glas und hält es gegen die Lampe auf dem Tisch. Der Wein funkelt dunkel rubinrot. »Ist doch kein schlechter Tropfen!« sagt er gutgelaunt. »Wissen Sie was? Die Exzellenz hatte eine Strafe verhängt, damit sich das auch wirklich schnell durchsetzt: bei Verstoß war zur Abendbrotzeit eine Flasche Wein fällig! Wer von den Offizieren die Zeit in falscher Form ansagte, mußte die Flasche aus Trothas Beständen auslösen, sei es vom Sold, sei es vom Taschengeld. Viele der jungen Herren empfangen letzteres ja reichlich. Wein gab's genug, zuerst auf dem Schiff, dann in Okahandja und jetzt im Troß. Stellen Sie sich vor, zwanzig Ochsen ziehen – unter anderem natürlich – den mobil gemachten Stabsweinkeller der Exzellenz. Und zehn Esel sein Bett! Bleibt aber unter uns, haha!« Er merkt, daß seine Zigarre ausgegangen ist, und klopft auf seine Rocktaschen nach einem Feuerzeug, aber Franke kommt ihm zuvor und gibt ihm Feuer. »Danke sehr!« sagt Hauptmann Bayer mit der Zigarre zwischen den Zähnen und fährt fort: »Natürlich hat Trotha mit der Strafe einen fürchterlichen Bock geschossen! Kein taktischer Denker! Die jüngeren Offiziere überboten einander darin, der Exzellenz die Uhrzeit falsch anzusagen. Da floß der Wein in Strömen! Der Flaschenbestand schrumpfte bedrohlich, dem General wurde sein marschierendes Hauptquartier zu heiter. Es blieb ihm nichts übrig, er mußte die Weinstrafe annullieren; statt Wein gab es auf einmal ein fürchterliches Donnerwetter. Hätten die Leutnants mit den Ohren schlackern sehen sollen! Na, jetzt klappt die Sache mit der Uhrzeit, jedenfalls in Hörweite der Exzellenz.«

Spät am Abend kommt Hauptmann Remmert von einem Erkundungsritt zurück und ärgert sich über Oberst Deimling. Der hat den Remmert, der seit gut fünf Jahren Batteriechef ist, gefragt, ob er schon einmal ein Manöver mitgemacht habe. Remmert ist erbittert ob solcher Gedankenlosigkeit. Er erzählt Franke, daß man im Hauptquartier nun an eine Vernichtungsschlacht am Waterberg denke. Franke weiß das längst. Dort soll, sagt er nachher kopfschüttelnd zu Wesch und Ettmann, der liebe Feind still und brav in der Mausefalle sitzen und geduldig warten, bis sie zuschnappt. Der Berg ist nur noch fünfunddreißig Kilometer entfernt.

Auf dem Waterberg

»Petrus«, sagt Zacharias, »ich weiß es nicht, wie das noch werden soll.« Im Schatten der Hutkrempe ist von seinem schwarzen Gesicht fast nichts zu sehen, nur das Weiße seiner Augen. Er hebt die Schultern und läßt sie wieder fallen, wie es die Deutji machen. Dann spricht er weiter: »Da sind wir jetzt alle am Waterberg.« Er nickt und zieht eine Grimasse und schabt sich mit der Hand das stoppelige Kinn. »Das ist ein schönes Land hier«, sagt er schließlich, »denn der Berg gibt viel Wasser. Aber die schwarzen Menschen sind so viele, und die Ozongombe sind so viele, und das Wasser wird nicht reichen und reicht jetzt schon nicht mehr. Und die Deutji kommen von allen Seiten, sogar vom Mittag her, vom Ovamboland her und von Grootfontein her, und vom Owangowa-Veld her auch.«

Petrus sitzt mit Zacharias ganz oben am südwestlichen Rand des großen Waterberges. Dabei sitzen Zacharias' Bruder Elias und, ein wenig abseits, seine Tochter Amanda. Unter ihnen liegt das Tal von Omuweroumwe in der Sonne, und auf der anderen Seite erhebt sich der Kleine Waterberg mit seinem spitzen Kegel. Dahinter, im Süden, dehnt sich Buschland, flach, graubraun und staubig, soweit das Auge reicht.

Am Fuß der hohen Klippen und des steilen Abhanges, unter Bäumen und Sträuchern, wimmelt es von Menschen und Tieren, da summt es von Hunderten von Stimmen, und da muht und brüllt und blökt es. Gras tragen sie da unten zusammen und Zweige oder zerstampfen eine Handvoll Mais oder sitzen auch nur da und kauen Tabak und schwatzen miteinander oder sagen vielleicht auch gar nichts. Petrus schaut auf das Volk herunter und denkt, auf einmal, jetzt in der Not, sind das nicht mehr nur die Hereros vom Waterberg oder die von Otjimbingwe oder die von Gobabis, auf einmal sind wir ein ganzes Volk, nicht nur der Stamm von Zacharias oder der von Michael oder von Tjetjo oder die Eanda oder der Oruzo und »Die, die kein Fleisch von Tieren ohne Hörner essen«. Wir sind eine Nation, so wie die Deutji eine sind und die Engelsmänner. Petrus seufzt. Die Weissagung des alten Ezechiel liegt wie ein schweres, trauriges Gewicht auf ihm. Es geht zu Ende mit dem Volk, noch bevor es begonnen hat, sich als solches zu begreifen. Es fällt ihm ein, was er über den blutigen Kampf bei Onganjira gehört hat: wie Samuel Maharero mit dem Tschambock auf seine Krieger eingeschlagen hat, als sie vor den Deutji geflohen sind. »Ihr habt ihn gewollt, den Orlog«, soll er gebrüllt haben, »nun freßt ihn auch auf!« Viele sind dort ums Leben gekommen, und von denen, die verwundet wurden und die sie bis hierher getragen haben, sind nun auch viele gestorben, und immer noch liegen viele hier, und ihre Wunden wollen nicht richtig heilen. Traurig ist ihm ums Herz, wie er so nach unten schaut. Vielleicht, vielleicht waren sie auch zu stolz und zu eingebildet. Vielleicht waren sie auch nicht besser als die Deutji.

Noch brennen die Ahnenfeuer, aber nicht mehr dort, wo die Ahnen einst wohnten, wo ihre Werften waren, am Wasser des Swakop, des Omaruru, des Omuramba oder am Schwarzen und am Weißen Nossob. Die Hereros sind aus ihrem Land, dem Damaraland, vertrieben, hierher nach dem Waterberg. Östlich davon gibt es kein Wasser mehr, dort beginnt das Durstland. Wird der Wind die Asche ihrer Feuerstellen noch weiter in den Osten blasen, wie es eine alte Prophezeiung sagt, ins Sandfeld der Omaheke? Er grübelt eine Weile, aber es will ihm nicht mehr so recht gelingen, sich die alte Überlieferung ins Gedächtnis zu rufen. In das Veld, über dem die Sonne aufgeht, wird das Volk der Hereros ziehen, hieß es so? Und dort wird es kein Wasser finden, nur den Tod, oder liegt dort vielleicht die Rettung, wo doch über dem Veld die Sonne aus der Erde steigt, Morgen für Morgen? Ist das nicht ein gutes Zeichen?

Tief unter ihm stochert eine Frau mit dem Grabstock im Boden, winzig wie eine Termite. Ein Kind hat sie mit dem Tuch auf

den Rücken gebunden und sucht nach Wurzeln oder Ointjes, in
der heißen Sonne, in all dem Staub da unten. Andere treiben die
Ozongombe von dem Bächlein, das aus dem Berg rinnt, weg, damit die Tiere das bißchen Wasser nicht zu Schlamm zertrampeln.
Die armen Rinder brüllen vor Durst. Es sind einfach zu viele, und
bald ist es nicht mehr möglich, die einzelnen Herden ausein-
anderzuhalten. Schon ist alles Gras abgeweidet, und die Ozongombe wandern in den Busch auf der Suche nach Futter und laufen durcheinander und hierhin und dorthin, und die Hirten
können doch nicht allen hinterherlaufen.

So ist das ringsum, soweit das Auge von hier oben in den Busch
hineinsehen kann, denn sie sind alle hier, nicht nur Zacharias und
die Leute aus Otjimbingwe, sondern auch Michael aus Omaruru
mit seinem Volk, Paul, Asser, Samuel, Tjetjo, alle mit ihren Orlogsleuten und ihren Weibern und Kindern und allen Alten und
allen Ozongombe, die noch übrig sind. Auch alle Ovazorotua
sind da unten; Bergdamaras und Namas und auch ein paar Bastards, die für die Hereros arbeiten müssen.

Beinahe jedes freie Plätzchen im Busch ist besetzt. Pontok neben Pontok beim Missionshaus und beim Haus, wo die Deutji-
Polizisten totgeschlagen worden sind, noch viel mehr Pontoks im
Tal von Omuweroumwe, bei Hamakari, bei Okakarara, überall,
wo es noch Wasser gibt und ein Büschelchen Gras. Meist sind es
nur ein paar krumme Stangen in den Boden gesteckt, ein paar alte
Felle oder löcherige Decken darüber geworfen, die Wände sind
das Dornengewirr der krummen Büsche. Erbärmliche, armselige
Schlafzelte, elende Lumpen, unter denen sich stolze Hereros vor
der Nachtkälte verkriechen müssen.

Viele, viele Rauchsäulen steigen von den Feuerstellen empor,
und sogar hier oben riecht es nach Rauch und Grasbrand. Es ist
ein windstiller, klarer Morgen, der Himmel wölbt sich tiefblau,
nur fern im Süden hängen dünne Wolkenschleier über dem flir-
renden Horizont. Ringsum breitet sich die Dornensavanne, das
unendliche, pulvertrockene Meer aus Sand und fahlem Gras und
Buschgewirr, abweisend, einsam und friedlich in der Hitze.

Aber weit weg im Westen weht es aus dem Busch empor wie
dünner, gelber Rauch. Dieser feine Rauch hängt auch im Süd-

westen über dem Busch und auch im Süden. Auch nach Südosten hin Staubfahnen, seit vielen Tagen aus dem Boden getreten von Hunderten von Soldaten und Tieren und Rädern. Nur langsam kommen die Staubwolken näher, ganz langsam, aber unerbittlich, und sind nur noch einen, vielleicht zwei Tageswege entfernt.

Zacharias Zeraua sagt: »Weißt du, Petrus, wir werden hier stehen müssen und kämpfen. So sagt das der Omuhongere Omunene, der Feldhauptmann Kajata, und der Edle Asser Riarua sagt es auch. Es bleibt uns gar nichts übrig. Die Deutji sind bald rings um uns her. Ihre Hauptmacht kommt aus dem Süden und aus dem Westen, auch schon vom Norden her. So können wir nicht mehr ausweichen, nicht nach Süden, nicht nach Westen, und wegen dem Berg auch nicht mehr nach Norden. Da bleibt nur der Weg nach Osten. Wir wollen aber nicht nach dem Osten. Wir wollen unser Land doch nicht verlassen.« Zacharias schweigt eine Weile und blickt mit tief gefurchter Stirn in das Land hinaus. Schließlich sagt er: »Der Osten ist das Betschuana-Land, da sind die Englishmen. Mit denen haben wir keinen Streit. Aber es ist ein schrecklich weiter Weg, und er geht durch das große Sandveld, in dem es kein Wasser gibt.«

Ob Zacharias von der alten Überlieferung weiß? Petrus kennt das große Sandveld, die gefürchtete Omaheke. Das ist die steinige Sandwüste, in der nur ein paar Dornbüsche wachsen. Weglos und wasserlos ist das Veld, und der Tod durch Verdursten droht jedem, der sich hineinwagt. Nur die Zwerge leben dort, die kleinen Buschmänner, und auch von denen nicht viele. Der alte Ezechiel hat recht gehabt. Vielleicht sind sie alle verloren. Kein Ausweg mehr. Etwas Böses ist da von weit her gekommen in ihr Land. Die Otjirumbu, die gelben Dinger, die weißen Dinger, die Otjideutji.

Neben Petrus sitzt Elias und spielt mit der goldenen Uhr und klappt den Deckel auf und zu und wieder auf und wieder zu. Jedesmal macht ein unsichtbares Glöckchen in der Uhr: Ding! Sein Gesicht sieht er innen im Deckel, wie in einem Taschenspiegel, wie die Petrine einen hat. Aber hier ist sein Gesicht ganz wie aus dunklem Gold. Vielleicht ist das seine Seele, die ihn da anblickt, dieselbe Seele, von der Missionar Olpp immer geredet hat? Er muß an den Eibis denken, der in Barmen gestorben ist, weil die Deutji ein Loch in ihn geschossen haben, und ob die Seele vom Eibis jetzt in so einem Deutschmann ist. Aber vielleicht ist das schwarzgoldene Gesicht in dem kleinen Uhrdeckel nicht seines, sondern das von dem Deutschmann, dem die Uhr gehört hat. Wenn das so wäre, wären die Seelen von den Deutschmännern auch schwarz, sie wären innen drinnen so schwarze Menschen wie er auch. Es ist doch schade, daß er nicht gelernt hat, wie man die kleinen Zeichen verstehen kann, da in den goldenen Deckel hineingeritzt.

Abteilung Deimling

6. August (Samstag)

Oberst Deimling gibt sich lebhaft interessiert an Hauptmann Frankes Ansichten zur Lage, zum Gegner, zur Natur des Landes und dergleichen, kümmert sich aber letztendlich nicht darum, was der Hauptmann rät. Franke hat im Grunde nichts zu tun. Seine Bemühungen, etwas für die durstenden und mißhandelten Pferde und Ochsen zu tun, verlaufen fast spurlos im Sande. Alle nicken wenn er Ratschläge zur Behandlung der Tiere gibt, und drücken ihre Zustimmung aus, aber niemand rührt einen Finger. Man schert sich einen Dreck um seine Vorschläge, obwohl doch die Beweglichkeit der Truppe und der gesamte Nachschub vom Zustand der Tiere abhängen! Die Tiere hungern und dursten, lahmen, stehen mit unversorgten Wunden herum, verlieren ihren Lebenswillen, legen sich hin und sterben. Franke mag ein Held sein, aber den forschen Offizieren aus der Heimat gilt der Kolonialsoldat doch nur als eine Art Hinterwäldler. Wen kümmert's, wenn ein paar Dutzend Ochsen oder Pferde verrecken! Es gibt Wichtigeres zu tun!

Mehr als Ratschläge geben kann Franke nicht, denn er hat keine Befehlsgewalt, da ihm kein Truppenkörper unterstellt ist. Er hat Wesch und Ettmann als eine Art Ehrenwache und dazu Ben und Otto als Burschen. Wachtmeister Wesch ist Ettmann vorgesetzt, denn dessen Rang entspricht dem Feldwebel, der ja über dem

Unteroffizier steht. Das ist auch ganz in Ordnung so, denn Wesch ist Aktiver und Berufssoldat und Ettmann nur Reservist.

Hauptmann Franke liest bei Oberst Deimling Trothas »Direktiven für den Angriff auf die Hereros« und macht sich eine Abschrift davon in sein Tagebuch. Dazu notiert er sich abschließend:
»Die ganze Anlage des Angriffs macht einen durchaus sachgemäßen u. verständigen Eindruck, wenn es nur nicht so sehr am Aller-Allernotwendigsten bei den Truppen mangelte: An gutem Geist, an Verständnis u. Liebe für ihre Pferde u. dementsprechender Pflege, an Wasser auf den Anmarschwegen, an geordnetem Nachschub von Proviant u. Munition, an Abschließung nach Süden zwischen den Abteilungen u. an den Flügeln der Gesamtaufstellung unserer Truppen! Es dürfte ein wenig erfreuliches Bild geben, wenn der Feind, während er – vorwärts im Busch vermutet – mit der Gesamtstreitmacht angegriffen wird, durch diesen selten dicken Busch geschützt durch die Zwischenräume mit starken Kommandos ausbricht u. sich auf unsere schwachen Etappen stürzt u. diese vernichtet oder doch wenigstens ausraubt.«

Schönschrift

Ettmann vergleicht das Land um ihn herum mit seinen Kartenbildern und ist, wenn auch nur vom kartographischen Aspekt her, rundum zufrieden. »Kartenpassion« hat es ein Kollege einmal ausgedrückt; von der Kartenpassion befallen! Wenn es nichts zu tun gibt, sitzt er in der Sonne, die Karte auf den Knien, und mißt und vergleicht im Kopf. Deimlings Adjutanten Horn und v. Kummer haben bereits gemerkt, daß Ettmann jeden beliebigen Otjisonstwas-Ort sofort auf der Karte zeigen kann, ganz ohne Suchen.

Nachmittags kommt Franke von einem Ausritt zurück. Er wollte mit dem Oberst bis nahe an den Waterberg heranreiten, wo Leutnant Thilo v. Trotha auf einer Klippe als vorgeschobener Beobachterposten sitzt.

»Die Herren Befehlshaber haben immer einen Sohn oder mindestens Neffen dabei«, bemerkt Hauptmann Franke nach seiner Rückkehr zu Ettmann und Wesch. »Erst der kleine Leutwein, jetzt ein kleiner Trotha.« Ettmann sagt: »Fehlt nur noch ein kleiner Deimling, Herr Hauptmann!« Franke grinst und sagt: »Das lassen Sie den Herrn Oberst besser nicht hören!« Schon halb im Zelt, sagt er noch über die Schulter: »Der ist imstande und zieht einen aus dem Rockärmel!«

Später fragt Ettmann Wesch: »Der Hauptmann trägt den Säbel nicht mehr?« Wesch nickt: »Abgeschafft! Die Herrschaften tragen jetzt ein Gewehr, wie wir normalen Leute.« Ettmann fragt: »Und warum das?« Wesch sagt: »Weil sie immer drüber gestolpert sind, über den Säbel. Nein, im Ernst, es heißt, die Hereros haben zu viele Offiziere abgeknallt. Die Scheißkerle picken sich immer die Führer raus. Oft reicht schon 'ne entsprechende Armbewegung!« Wesch schnippt mit den Fingern: »Peng-futsch ist der Leutnant! Teurer Spaß! Die meisten tragen deshalb auch keine Rangabzeichen mehr.«

7. August (Sonntag):

Das 2. Feldregiment ist endlich einsatzbereit und liegt in Okateitei im Biwak. Es ist zwanzig Offiziere und vierhundertachtundsiebzig Mann stark und hat sechs Geschütze. Aus welchen Einheiten es sich im einzelnen zusammensetzt, hat Ettmann säuberlich auf eine große Schiefertafel gemalt, die jetzt an der Fahnenstange vor dem Kommandeurszelt hängt:

2. Kompanie, Hauptmann Manger

3. Kompanie, Hauptmann v. Hornhardt

4. Kompanie, Hauptmann Richard

6. Kompanie, Hauptmann Frhr. V. Humbracht

7. Batterie, Hauptmann Remmert (4 Geschütze)

1. (Halb-)Batterie, Hauptmann v. Oertzen (2 Geschütze)

1 Pionierzug

1 Eingeborenen-Detachement (Bethanier-Hottentotten)

»Hier, Sie können doch so schön schreiben«, hatte Oberleutnant Horn zu Ettmann gesagt, »schreiben Sie das mal auf die Tafel da!« und hielt ihm einen Zettel hin. Ettmann schrieb das also schön auf die Tafel ab, mit der quietschenden Kreide, und Oberleutnant Horn sah ihm über die Schulter und paßte auf, daß er auch alles richtig schrieb. Ettmann kam sich vor wie in der Schule.

Jetzt schaut er zu, wie sich der Oberleutnant von Hauptmann Manger neben dieser Tafel ablichten läßt, den rechten Fuß etwas vorgesetzt, linke Hand in die Seite gestützt, rechte nachdenklich am Kinn, den Blick in die Ferne gerichtet.

Patrouille Bodenhausen

Hauptmann Franke erfährt, daß die Patrouille des Leutnants v. Bodenhausen vermißt wird. Die Nachricht kam über Heliograph und per Meldereiter. Der Hauptmann reitet mit Oberleutnant Horn die etwa fünfzig Wasserlöcher in der Umgebung ab. Sie finden niemand.

Spät am Abend kommt die traurige Bestätigung: Patrouille Bodenhausen, mit ihrem Führer zwölf Mann stark, ist am Waterberg in einen Hinterhalt geraten und niedergemacht worden. Nur zwei Mann sind lebend zurückgekommen. Zwölf neue Gewehre mit 1200 Schuß sind dem Feind dabei in die Hände gefallen.

Neun Tote, zwei Verwundete, heißt es auf deutscher Seite. In Wirklichkeit sind es zehn Tote und zwei Verwundete, es werden ja auch zwölf Gewehre abgeschrieben. Der eingeborene Hilfssoldat Friedrich, ein Herero, hat das Schicksal der deutschen Reiter geteilt, aber als Schwarzer wird er nicht mitgezählt.

8. August (Montag):

Im Morgengrauen wird ein Posten dicht beim Lager überfallen und durch die Hand geschossen. Im Busch wird kein Feind gefunden, es war vermutlich nur ein einzelner Schütze. Hauptmann Franke sagt bissig: »Das zeigt einmal, wieviel Furcht und Respekt die Hereros vor uns haben.«

Oberst Deimling lädt den Hauptmann zum Frühstück ein. Auf dem Tisch vor dem Stabszelt haben die Bambusen eine Mahlzeit aufgebaut. Kaffeekannen, Wasserflaschen, blanke Gläser aus einem mit roter Seide gefütterten Korbgeflechtkoffer, Brot, Speck und geräuchertes Fleisch, ein großer irdener Mostrichtopf und eingemachtes Bohnengemüse, sogar Pflaumenmus.

Der Oberst zeigt ihm den Befehl aus dem Hauptquartier, wonach am 11. um 6 Uhr vm. der allgemeine Angriff zu erfolgen hat. Deimling gegenüber äußert sich der Hauptmann nicht zum Operationsbefehl, notiert sich später aber, im warmen Halbdunkel seines Zeltes:

»Ich sehe manch schwache Stelle in dem Aufbau u. wenn der Gegner verzweifelten Widerstand leistet, wird es ein hartes, blutiges Ringen werden. Werden sich die Truppen in der Hand ihrer Führer bewähren? Werden die Pferde aushalten? Wird gemeinsames Handeln möglich sein? Werden sich die Hereros nur auf die Verteidigung von Waterberg beschränken, oder werden sie durch die reichlich vorhandenen Lücken unserer Aufstellung unsere auf höheren Befehl zurückgelassene Bagage pp. überfallen, dann unseren Rücken oder auch unsere Etappen bedrohen? – Mein einfacher Wachtmeister Wesch hat recht, wenn er sagt, daß alles, was wir erreicht, durch diese monatelange Untätigkeit wieder verlorengegangen ist, daß jetzt wir einem gefährlicheren Gegner gegenüberstehen als vor Monaten. Wird ihn doch der sichere Tod vor Augen zum Äußersten anspornen.«

Mittags trifft Hauptmann v. Fiedler zu einer Besprechung mit dem Oberst ein. Fiedler hat dunkle Schatten unter den Augen. Er hat mit seinen Leuten die Leichen der Patrouille Bodenhausen geborgen. Als er sie fand, waren sie nackt und verstümmelt: Kehlen durchgeschnitten, Schädel eingeschlagen, Augen ausgestochen, Hände abgehackt. Ob sie noch am Leben waren, als sie so zugerichtet wurden? Hauptmann v. Fiedler hebt die Schultern und läßt sie wieder fallen: »Wer weiß? Vielleicht. Sache der Mediziner, das herauszufinden. Der General hat eine ärztliche Untersuchung befohlen.« Er starrt eine Weile vor sich hin und sagt dann: »War kein schöner Anblick. Seien Sie froh, daß Sie nicht dabei waren.«

Franke, der den jungen Freiherrn v. Bodenhausen vor ein paar Wochen getroffen hat, sagt: »War der arme Kerl nicht stark kurzsichtig? Darauf hätte man doch Rücksicht nehmen sollen!« Hauptmann v. Fiedler reibt sich die Nasenwurzel mit Daumen und Zeigefinger und sagt dann leise: »Er war vor allem jung und unerfahren. Er hat nämlich, nachdem er seinen Auftrag bereits erfüllt hatte und schon auf dem Rückweg war, absatteln lassen, um die erschöpften Pferde auszuruhen. Dabei war er noch in Reichweite der Feinde! Die sind dann auch prompt über die Patrouille hergefallen.«

Cannae Africanae

Ettmann hört die böse Geschichte abends am Feuer. Gräßliche Einzelheiten werden erzählt. Ein paar Männer fluchen. »Die Säue! Die verdammten Dreckshunde!« Einer sagt durch zusammengebissene Zähne: »Niederknallen muß man die verfluchten Schweine, allesamt! Das sind wir den armen Kameraden schuldig!« Ein paar murmeln Zustimmung. Die meisten sitzen schweigend. Das Erzählen und Frotzeln und Plaudern ist ihnen vergangen. Es ist eine dunkle Nacht, der Mond nur eine dünne Sichel. Kalt funkelt das Kreuz des Südens vom südwestlichen Himmel. Zwölf oder mehr Feuer flackern und glimmen in Erdlöchern, ihr schwacher rötlicher Schein läßt die Gesichter der Soldaten glühen, feine Rauchschleier weben sich zwischen den Feuern und verwehen, da und dort sind ein paar Zelte zu erkennen. Am Rand der Dunkelheit stehen die Posten und starren und lauschen in die weite, nächtliche Landschaft hinaus. Still ist es, nur Schritte knirschen leise. Das ist die Unteroffiziersronde, die den Postenkreis kontrolliert.

Ein schweres, lastendes Schweigen hat sich über das Lager gelegt. Nacht und ringsumher fremdes Land! Was verbirgt sich da draußen im Busch, in dieser gewaltigen Weite? Ettmann kann die Angst sehen. Er sieht sie in den jungen Gesichtern, im Feuerflackerglanz in den Augen. Er sieht sie in der Haltung der Posten, sieht, wie sie sich spannen unter der Last der Verantwortung. Er spürt Furcht in sich selber: Die Augen sehen NICHTS in der

Schwärze außerhalb der verglimmenden Feuer. Die Ohren machen ihn schier verrückt, weil sie NICHTS hören. Da draußen ist NICHTS und sind weiß Gott wieviele Hereros, die NICHTS anderes im Sinn haben, als sie alle so schnell wie möglich abzumurksen. Er lauscht, wie alle anderen, über das Knistern der Feuer hinaus. Lange, lange ist NICHTS, dann auf einmal, weit weg, das keckernde Gelächter eines Schakals, das jäh abbricht, als wolle das Tier die große Stille, die große, unendliche, lebensgefährliche Leere, durch sein plötzliches Verstummen noch unfaßbarer machen.

Ettmanns Gedanken treiben ziellos in dieser Leere, und es weht ihm seine Kinderkarten in den Sinn. Die nennt er so, weil sie aus seinen kindlichen Zeichnungen von Schatzinseln und Phantasiekontinenten entstanden sind. Im Lauf der Jahre war ihm das Zeichnen selbsterfundener Landkarten zu einem lieben Steckenpferd geworden, und allmählich hatte er es darin zu einer sehenswerten Kunstfertigkeit gebracht. Er verstand ja auch etwas davon und wußte in der Geographie Bescheid: seine Inseln waren, wie Inseln sein sollten, hatten ihre schroffe Wetterseite, vorgelagerte Untiefen und Klippen und umgekehrt ihre Berge, Täler, Hügel, Steilränder, Schuttkegel oder Moränen. Seen gab es, umrandet von Höhenlinien, Teiche, Weiher und Bäche. Flüsse, von Gleithang zu Prallhang sich windend, mündeten mal in sumpfigen Deltas, wenn die Karte eine südliche sein sollte, mal in Lagunen oder Buchten oder in einer eisschollenbedeckten kleinen Hudson Bay. Es gab Wüsten und Wiesen, Haine, Wälder und Urwälder. Es zog ihn, die Karten mit Details zu füllen, die erfundene Welt deutlicher auszumalen, ihr mehr Gestalt zu verleihen, und von Karte zu Karte zog ihn diese Welt immer näher an sich heran, bis er endlich einzelne Palmen oder Bäume sah und die Pfade, die sich zwischen ihnen hindurchschlängelten, durch tropisches Buschwerk und unter Lianen hindurch, und die Luft war gesättigt vom schweren, süßen Duft der Orchideen, und in den Wipfeln zwitscherte und kreischte und kicherte es von Paradiesvögeln und flinken, kleinen Äffchen. Er versank für Stunden in solchen inneren Welten und erfand und erforschte und schuf herrliche kleine Kunstwerke, bepflanzt mit Tausenden millimeterhohen Palmen, feinste, filigrane Federzeichnungen, mit unendlicher Geduld inszeniert, ausgearbeitet und ausgeschmückt.

Aber das genügte ihm nicht, er wollte hinein in seine Karten, und so suchte er sich darin den schönsten Platz aus, an einem Bach gelegen, vielleicht mit Blick auf den blauen Ozean, und zeichnete mit der Tuschefeder ein winziges Rechteck: 1 x 3 mm, das war sein Haus, und noch einen 1 x 1 mm Schuppen daneben. Ums Haus rodete er ein bißchen, damit Platz war für eine hübsche Blumenrabatte und was man so brauchte an Gewürz und Gemüse. So im Sinnen und Spinnen kam dann da und dort ein Hüttchen dazu, ein Häuschen für die Eingeborenen, die es da ruhig geben konnte, dann hatte er jemand zum Plaudern und Tauschen und mußte vielleicht auch nicht alles selber machen. So ersann er freundliche und geschickte Südseeinsulaner und baute zu ihrem und zu seinem Schutz ein kleines Fort, nicht weit vom Haus, gegen Piratenüberfälle und so. Man weiß ja nie.

Und nun, als erwachsener Mann, nicht mehr zufrieden mit den »mikronesischen« Inselwelten seiner Phantasie, hat er sich in die große, in die echte Welt hinausziehen lassen, in die schöne und häßliche und oft gefährliche Wirklichkeit, in der alles Wunderbare untrennbar mit dem Furchterregenden verbunden ist und alles Leben zum Tode führt.

1899, zwei Monate nach der Vermählung, hatte Ettmann mit Elisabeth eine schöne Dreizimmerwohnung im Zentrum, am Spittelmarkt 11, bezogen. Das Haus war das Eckhaus an der Einmündung der Kurstraße, und durch die Erkerfenster konnte man nicht nur auf den Platz hinabsehen, sondern auch auf die Gertraudenbrücke und an der Petrikirche vorbei zum Fischmarkt. Der Spittelmarkt war ein betriebsamer Platz, auf dem sich eine Vielzahl von Straßenbahn- und Omnibuslinien kreuzten. Es wimmelte von Fuhrwerken, Taxametern und Handkarren, es war ein Geschiebe und Gedränge von Fußgängern und Radfahrern. Zwischen Gertraudenstraße und Wallstraße lag vor dem Konfektionskaufhaus Heinemann eine kleine Parkanlage, die eine Verschnaufpause am Rande des Verkehrsgetümmels bot. Dort plätscherte der Spindlerbrunnen, der eigentlich nach seinem Stifter hieß, wegen des dunkelbraunen Granits, aus dem er erbaut war, aber Schokoladenbrunnen genannt wurde. Tag für Tag saßen da zwei Spreewälder Ammen mit ihren weißen Flügelhauben und weißen Schürzen und roten Röcken und hielten ein Kindchen im Arm oder wiegten einen Kinderwagen, während sie miteinander schwatzten.

Vom Spittelmarkt hatte er es nicht weit zur Arbeit, einfach die Leipziger entlang Richtung Potsdamer Platz, aber vorher links in die Friedrichstraße und wieder rechts ein kurzes Stück durch die Kochstraße bis zur Wilhelmstraße, und schon war er da. Es war ein Fußweg von gerade mal fünfzehn Minuten durch die verkehrs-reichsten Straßen Berlins. In der Leipziger wie in der Friedrich-straße pulste das Leben der Großstadt, wie es sich lebhafter nicht denken ließ. Berlin stand hier London oder Paris in nichts nach.

Vom Zeichenbureau der Geographischen Verlagshandlung Die-trich Reimer, vormals Ernst Vohsen, konnte er auf den Park des Prinz-Albrecht-Palais hinaussehen. Er hatte zu dieser Zeit fast alle Abteilungen des Hauses durchlaufen, einschließlich der Li-thographie, kannte sich in jedem Winkel seines Berufes aus, ob es sich nun um Topographie, Schraffen, Meßtischtachymetrie oder um mittelabstandstreue zylindrische Abbildungen mit längen-treuem Äquator handelte. Neunundzwanzig war er damals, vor fünf Jahren, und stand bereits einer kleinen Abteilung vor; zwei Zeichner, einen Gehilfen und zwei Lehrlinge unter sich. Er ar-beitete zehn Stunden täglich außer sonntags, und sein Jahresver-dienst betrug 2520 Mark, davon verschlang die Wohnung allein 732 Mark.

Von der Wohnung waren es zum Schloß, zum Lustgarten oder zum Dom nur zehn Minuten, und ebenso schnell war man Un-ter den Linden, die er und Elisabeth gerne sonntags nach dem Es-sen entlangflanierten, durchs Brandenburger Tor hinaus in den Tiergarten, um am Neuen See eine Kahnpartie zu machen. Das taten sie bei gutem Wetter beinahe jeden Sonntag. Elisabeth brachte den kleinen Picknickkorb, den Adele, ihr Mädchen für alles, gepackt hatte, und dann verbrachten sie den Nachmittag im Kahn treibend oder unter hängenden Zweigen im Schatten eines Uferbaumes, manchmal auch beim Großen Weg, wo sie den Sonntagsspaziergängern zusehen konnten; Damen und Herren unter Sonnenschirmchen und Melonen, zu Fuß oder im Einspänner, Leutnants in Blau oder im grauen Mantel, per pedes oder zu Pferde, würdige Herren mit Rauschebart und steifem Hut. Stille Pärchen Arm in Arm, Familien mit weiß und blau angezogenen Kindern, Pudel und Terrier an der Leine. Droschken klapperten vorbei, die Kutscher mit weißen Zylindern auf dem Kopf. Stets stand irgendwo ein Schutzmann und überwachte das Treiben mit strengem Blick unter blanker Pickelhaube hervor, Säbel an der Seite.

Die Kähne hatten Frauennamen, »Olga«, »Felicia« und so weiter und es gab auch eine »Elisabeth«. Nach einer Weile bürgerte es sich ein, daß er dem Kahnverleiher zum Bootsabonnement noch 10 Pfennig extra gab, wenn er ihm die »Elisabeth« reservierte. Ettmanns Frau freute sich darüber sehr. Bei Sonnenschein war die Nachfrage nach Kähnen ganz gewaltig. In der Zeitung hatte es schon geheißen, daß man doch gleich den ganzen See mit einer soliden Plattform aus Kähnen überbauen könne.

Im Sommer, wenn es lange genug hell war, bummelte er nach Feierabend gern ein wenig in der Köllner Altstadt herum, mal mit Elisabeth, mal alleine. So war er einmal auf die seltsame Sonnenuhr gestoßen.

Elisabeth war ihre Schwester besuchen gefahren, und er war an jenem verregneten Frühsommerabend auf der Gertraudenbrücke über die Friedrichsgracht hinübergegangen und weiter zum Fischmarkt und hatte die Spree auf der Mühlendammbrücke überquert. Vom Molkenmarkt war er in die enge Gasse Am Krögel geraten und zwischen der Stadtvogtei und den Höfen zur Spree hinuntergegangen. Die Gasse war schmal und düster, mit schimmelfleckigen Ziegelmauern, von denen der Putz in großen Fladen abgefallen war. Vor den Fenstern hing feuchte, graue Wäsche, Blumentöpfe mit Geranien standen da und dort schief auf einem Fensterbrett, Licht- und Klingelleitungen liefen die Mauern entlang. Kindergeschrei drang aus den Wohnungen, das Schimpfen einer Frau, Husten, Wasserplätschern, das Geklapper von Blechgeschirr. Weil es regnete, war niemand zu sehen außer einem blassen Frauengesicht in einem offenen Fenster, ein traurig trillernder Kanarienvogel im Käfig der einzige Farbtupfer im Grau. Der

»Krögel« war gerade breit genug für eine Eselskarre und mit runden Kopfsteinen gepflastert, im Rinnstein gurgelte das Regenwasser, das aus den Traufen und Dachrinnen gluckerte. Die Gasse endete unten an der Spree an einem hölzernen Geländer. Übers graue Wasser ging der Blick zu den kantigen Umrissen der Mietskasernen an der Fischerbrücke. Davor hatten Schlepper festgemacht, dreizehn Schornsteine zählte er an jenem Sonntag, das weiß er noch genau.

Zurück ging er durch die Höfe. Zweistöckige Querbauten überbrückten die Durchgänge, bildeten Torbögen und boten darüber noch eine winzige Wohnung. Eine einsame Gaslaterne war an einer Hauswand befestigt, brannte aber nicht, da es noch Tag war. Im Großen Hof war über dem Torbogen die Sonnenuhr angebracht, die gerade mal von morgens zehn bis mittags um zwei von der Sonne beschienen wurde. Er erfuhr erst später, daß die Uhr trotz ihrer versteckten Lage stadtbekannt war, und zwar wegen ihrer Inschrift. Sie lautete: »MORS CERTA HORA INCERTA«, womit gemeint war: »Der Tod ist sicher, seine Stunde ungewiß«.

Der Berliner zog seine eigene Übersetzung vor: »Todsicher jeht die Uhr nich richtig«.

9. August (Dienstag):

Ettmann sitzt auf einem Klappstuhl an einem Tisch vor Frankes Zelt und vervielfältigt einfache Kartenskizzen, die Einzelheiten des Angriffsbefehls illustrieren und an die Zugführer der Kompanien verteilt werden sollen. Die Skizzen fertigt er nach der Übersichtskarte des Waterberggebietes an, die im Hauptquartier nach Erkundungen der Offiziers-Patrouillen gezeichnet worden war. Hauptmann Bayer hat sie vor ein paar Tagen mitgebracht.

Soeben kommt Hauptmann Franke von Oberst Deimlings Stabszelt her, in Begleitung zweier junger Leutnants von v. Hornhardts Kompanie. Wie sie näher kommen, hört Ettmann den einen Leutnant sagen: »Damit haben wir den Feind ja wohl im Sack, Herr Hauptmann!«, und sein Kollege ergänzt enthusiastisch: »Ich sehe nicht, wie sich die Kaffern aus dieser Einschließung befreien könnten. Ein klassisches Cannae wird sich vor unseren Augen entfalten, vielleicht sogar ein afrikanisches Sedan!«

Der Hauptmann bleibt stehen und sagt ärgerlich: »Wie wollen Sie denn mit fünfzehnhundert Mann sechzigtausend oder meinetwegen auch nur dreißigtausend Hereros einschließen? In einem Gebiet, das etwa achtzig mal vierzig Kilometer umfaßt und fast nur aus dichtem Busch besteht, in dem Sie nicht die geringste Übersicht haben? Da stecken Sie mit ihren Leuten im Gestrüpp, und hundert Meter weiter können ein paar hundert Hereros vorbeiziehen, ohne daß Sie das geringste davon merken! Und von Ihren fünfzehnhundert Mann haben Sie noch nicht einmal alle zur Verfügung, denn von dieser Zahl sind Pferdewachen abzuziehen, Funkentelegraphisten und Signalleute, Kanoniere, Lazarettgehilfen, Kranke und so weiter.«

Der Hauptmann läßt die Leutnants stehen und verschwindet in seinem Zelt.

Nachher nimmt Ettmann seinen neuen Militärpaß von Oberleutnant Horn entgegen. Auf dem Umschlag steht: KAISERLICHE SCHUTZTRUPPE FÜR SÜDWESTAFRIKA. Vor dem Stabszelt blättert er ihn rasch durch. Unter der Nummer 6 steht: *Versetzung zur Schutztruppe: 11.1.04 als Reiter / Kanonier (Res.)*, und unter Beförderungen: *12.2.04 z. Unteroffizier.* Unter Nr. 10, Feldzüge, Verwundungen, hat der Oberleutnant seine derzeitige Verwendung eingetragen: *Feldzug gegen die Hereros.* Er steckt den Paß ein, und sein Blick fällt auf die Schiefertafel, auf die er vorgestern die Einteilung des 2. Feldregiments schreiben mußte. Just da kommt der Oberleutnant aus dem Zelt und sagt: »Ach, Ettmann, wo Sie gerade da sind, schreiben Sie mir noch einmal etwas auf die Tafel da!« Er holt ein Taschentuch hervor und wischt die Kreideschrift ab. »Schreiben Sie oben drüber: ›Feldzug zum Waterberg‹«, sagt Oberleutnant Horn, »und drunter: ›Vormarsch in sechs Abteilungen‹!« Darunter schreibt Ettmann die Gesamtstärke der Truppe, wie sie ihm der Oberleutnant diktiert:

»96 Offiziere, 1488 Unteroffiziere und Mannschaften,
12 Maschinengewehre, 30 Geschütze.
Ca. 2500 Pferde und Tragtiere und 1500 Treckochsen.«

»Na, Horn, füttern Sie uns wieder mit Zahlenmaterial?« sagt eine forsche Stimme, und Ettmann sieht einen unbekannten Offizier herankommen. Der Mann sagt: »Schreiben Sie auch hin, wieviele Krieger der Feind hat? Das interessiert mich nämlich!« Horn sagt: »Genau weiß das keiner, Herr Assistenzarzt. Das Hauptquartier schätzt, daß mit Frauen und Kindern fünfzigtausend, höchstens sechzigtausend Hereros am Waterberg sind. Davon sollen fünftausend Krieger sein, die mit Gewehren ausgerüstet sind. Dazu käme dann noch eine unbekannte Anzahl von Männern, die nur mit Kirris und Speeren bewaffnet sind.« – »Soll ich das hinschreiben, Herr Oberleutnant?« fragt Ettmann, aber Horn winkt ab und sagt: »Ach wo.« Der Assistenzarzt sagt: »Also mir hat ein Reiter gesagt, er glaube nicht, daß mehr als dreißigtausend Hereros am Berg seien, und daß sie vielleicht zehn- oder zwölftausend Stück Großvieh dort hätten. Die vorhandenen Wasserstellen und die Weideverhältnisse, sagt er, würden für mehr Menschen und Tiere einfach nicht ausreichen. Der Mann hat zehn Jahre eine Farm in der Gegend betrieben und müßte sich eigentlich auskennen!«

Horn zuckt die Achseln: »Na, besser zu hoch gegriffen als unliebsame Überraschungen.«

Hin und wieder wirft Ettmann einen Blick in Richtung Stabszelt, um zu sehen, ob sich Oberleutnant Horn auch diesmal vor der Schiefertafel ablichten läßt. Und richtig, da kommt der Hauptmann Manger gegangen und schlenkert seinen kleinen Photoapparat in der Hand.

Nach dem Abendessen sucht Ettmann noch einmal Oberleutnant Horn auf, um die Skizzen abzuliefern. Deimlings Stabsoffiziere und mehrere Kompaniechefs sitzen in Klapp- und Liegestühlen, Gläser und Zigarren in der Hand, und genießen den farbenprächtigen Sonnenuntergang. Gerade kommt Oberst Deimling aus seinem Zelt und sagt: »Ah! Kriegerschar in Betrachtung der sinkenden Sonne versunken! Welch hehres Bild!« Oberleutnant v. Kummer rückt dem Chef einen Stuhl zurecht und sagt: »Vor der Schlacht! So müßte das Bild heißen, Herr Oberst!«

10. August (Mittwoch):

Abteilung Deimling steht vollzählig, marsch- und gefechtsbereit in ihrer Ausgangsstellung Okateitei, fünfundzwanzig Kilometer südwestlich vom Waterberg.

Es ist ein heißer Nachmittag. Ettmann hat die große Karte auf dem Tisch ausgebreitet und die Ecken mit Steinen beschwert, denn es weht ein leichter Wind. Die kleine schwarzweißrote Fahne über dem Eingang von Oberst Deimlings grünem Zelt schlängelt sich sacht, hin und wieder laufen Wellen über das Sonnensegel, das als Schattenspender über das eigentliche Zelt gespannt ist. Ettmann steht ein wenig abseits und schaut den Offizieren zu, die sich um den Tisch versammelt haben.

Oberst Deimling steht mit der Hand am Kinn und starrt auf die Karte herunter. Neben ihm stehen seine Oberleutnants Horn und v. Kummer und warten darauf, daß ihr Chef etwas sagt. Schweigend warten auch die Chefs der vier Kompanien, die beiden Batteriechefs, die Adjutanten der Bataillonskommandeure und ein bärtiger Major Meister, der gestern angekommen ist. Auch Hauptmann Franke ist da, hält sich einen Schritt hinter den anderen und macht ein unbeteiligtes Gesicht.

»Gut«, sagt Oberst Deimling endlich und räuspert sich, »gut! Noch mal zur Erinnerung: Feind steht bei Omuweroumwe und bei der Station Waterberg! Hauptmacht des Feindes hat sich um Hamakari herum verschanzt.« Er blickt die Offiziere der Reihe nach an, bevor er fortfährt: »Unser erstes Angriffsziel: der Paß von Omuweroumwe! Zeigen Sie mal drauf, Kummer.« Der Oberleutnant beugt sich vor und tippt mit dem Zeigefinger auf die Lücke zwischen dem Südwestrand des Waterberges und dem kleinen Waterberg. Der Oberst schaut zu Franke hin und fragt: »Wie sieht die Gegend da aus, Herr Hauptmann?« Die Offiziere machen ihm Platz, und Franke tritt an den Tisch und sagt: »Flaches Tal, Herr Oberst, an der engsten Stelle zirka sechs Kilometer breit. Hier verläuft das Rivier.« Er zeigt den Flußverlauf auf der Karte und fährt fort: »Gelände ist steinig, Busch dicht, aber passierbar. Im Norden und Süden von den Berghängen begrenzt, die steil ansteigen und nicht begehbar sind.«

»Gut!« sagt Oberst Deimling wieder und zupft an seinen

Schnurrbartenden. »Gut. Wir gehen am Nordhang des kleinen Waterberges entlang vor, halten hier und beschießen die Werften um die Wasserstelle Omuweroumwe erst einmal mit der Artillerie. Stellung ist bereits erkundet, exactement hier.« Der Oberst, den Zeigefinger senkrecht auf der Karte, verharrt in seiner vorgebeugten Haltung und blickt die Offiziere mit seinen hellen blauen Augen an, bevor er weiterspricht: »Abteilung v. Fiedler steht hier, nördlich von uns, und geht gleichzeitig mit uns vor, und zwar entlang des Südrandes des Sandsteinplateaus hier. Fragen dazu, die Herren?« Der Oberst blickt in die Runde. Die Offiziere schütteln die Köpfe, nur Hauptmann Manger fragt: »Weiß man ungefähr, wie viele Hereros den Paß besetzen, Herr Oberst?«

Deimling richtet sich auf, zieht eine Zigarre aus seiner Rocktasche, riecht daran und sagt: »Nun, nicht genau. Ein paar Tausend. Die Omaruru-Hereros sollen da ihre Werften haben.« Er wischt mit der linken Hand über das Gebiet südlich des Waterberges: »Die anderen Häuptlinge haben sich mit ihren Stämmen hier angesiedelt, längs des Hamakari-Riviers, von Omuweroumwe bis Hamakari, wo Tjetjo und Samuel stecken sollen. Ganze Gegend wimmelt von Kaffern! Regelrechtes Wespennest! Haben ja schon gehört: An die sechzigtausend sollen da drinstecken, Weiber und Kinder mit eingeschlossen.« Sein Adjutant neben ihm grinst und kneift ein Auge zu, um dieses Bonmot zu unterstreichen, läßt sein Feuerzeug aufschnappen und hält es dem Oberst hin. Oberst Deimling brennt die Zigarre an, macht einen tiefen Zug und sagt durch den Rauch, den er ausatmet: »Aber mal zurück zu Omuweroumwe: Wir treiben alles, was sich da aufhält, vor uns her nach Osten! Was sich in den Weg stellt, wird zerschmissen!« Der Oberst schlägt mit der Hand auf die Karte, quer über das Tal. »Damit ist der Westen abgeriegelt: Klappe zu, Affe tot!«

Die Offiziere nicken nachdenklich. Deimling fährt fort: »Dann haben wir die Kaffern alle auf einem Haufen und schön im Sack. Die stehen mit dem Rücken am Waterberg, nach Norden können sie also nicht weg, außerdem steht dort Volkmann mit seiner Abteilung. Von Osten kommt Estorff anmarschiert, von Südosten her v. d. Heyde. Und vom Süden, über Hamakari her, kommt die

Hauptabteilung.« Er zieht an der Zigarre, schaut eine Weile stumm auf die Karte und wendet sich dann an Oberleutnant v. Kummer: »Machen Sie mal weiter, Kummer.«

Der Oberleutnant sagt: »Jawohl, Herr Oberst! Ich darf noch bemerken: Abteilung v. Volkmann, hier, nördlich des Waterberges, schickt einen Trupp auf den Waterberg hinauf, um oben am Nordrand, also direkt über den Köpfen der Hereros, eine Lichtsignalstation einzurichten! Die soll die Verbindung zwischen allen Abteilungen sicherstellen!«

Deimling brummt: »Bin mal gespannt, ob das klappt.«

Der Oberleutnant fährt fort: »Hauptmann Welcks 8. Kompanie wird in Zusammenwirken mit der von Otjenga heranrückenden Abteilung Volkmann zum Nordrand des Sandsteinplateaus – hier – vorstoßen, um zu verhindern, daß uns der Feind am Felsrand entlang nach Nordwesten entwischt. Kompanie v. Zülow, die ebenfalls zur Abteilung Volkmann gehört, sperrt die Pforte, so heißt der Einschnitt zwischen dem Sandsteinplateau und dem eigentlichen Waterberg, sehen Sie, hier.« Er deutet mit dem Finger und fährt fort: »Nach Besetzung des Passes und wenn die Umstände dies irgend gestatten, soll unsere Abteilung nach Südosten abbiegen, um den Angriff der Hauptabteilung auf die Wasserstelle Hamakari unterstützen.«

Der Oberst wird ungeduldig: »Gut, schön, das wär's in groben Zügen! Alles andere ist ja bereits besprochen, Aufklärung, Verbindung mit den Nachbareinheiten et cetera. Losungswort nicht vergessen: Viktoria! Bleuen Sie das Ihren Leuten noch einmal ein: Wer nicht antwortet, wird über den Haufen geschossen! Noch Fragen?« Er schaut einen nach dem anderen an, aber alle schütteln die Köpfe. Er holt seine Taschenuhr heraus, klappt sie auf und befiehlt: »Uhrzeit vergleichen!« Alle holen ihre Uhren hervor, und der Oberst sagt: »Sieben Minuten vor vier oder nulldreidreiundfuffzig Uhr enn-em nach neuerer Lesart. Wie auch immer, in zwei Stunden und sieben Minuten geht's los, meine Herren!«

»Auch ein Südwestdeutscher, der Oberst, nicht wahr«, sagt Ettmann, dem die leichte Dialektfärbung Deimlings nicht entgangen ist, zu Wesch. Der Wachtmeister nickt: »Badenser. Gebürtiger Karlsruher, hab ich gehört.« Er nuschelt ein wenig, denn er hat eine geplatzte Lippe. Wesch ist gestern aus vollem Lauf heraus mit dem Pferd gestürzt, dem Fuchs, der Hauptmann Franke gehört. Von der Lippe und einem geprellten Knie abgesehen, ist es noch einmal gut gegangen, dem Fuchs ist überhaupt nichts passiert.

Der dicke Hauptmann Detwig v. Oertzen kommt und schüttelt Franke die Hand: »Freue mich, Sie zu sehen! Freue mich aufrichtig!« Er strahlt über das ganze Gesicht. »Wissen Sie, daß man mich nach Argentinien geschickt hat, zum Pferdekaufen? Zum Pferdekaufen! In Zivil! Statt in schmucker Schutztruppenuniform in den frischfröhlichen Kampf zu ziehen, hahaha! Bin grade noch rechtzeitig hier angekommen! Hatte schon Angst, Sie beenden den Krieg ganz alleine, nach allem, was man so von Ihnen hört!«

An den Verpflegungswagen sammeln sich die Leute. Eiserne Rationen werden ausgegeben, für jeden Mann sechs Tagesportionen, Reis, Hartbrot und in Streifen gedörrtes und gesalzenes Rindfleisch, Bülltong genannt. Ben sattelt die Pferde, und Ettmann hilft Wesch, Hauptmann Frankes Zelt abzubrechen.

Der Hauptmann führt nicht weit davon eine erregte Unterhaltung mit Oberleutnant v. Kummer. Ettmann hört seine zornige Stimme: »… wirklich schon mehr als kümmerliche Wasserverhältnisse! Da steht eine Unmasse durstiger Tiere herum, die müssen doch getränkt werden, Himmelherrgott noch mal! Kein Mensch denkt daran, nach Wasser zu graben! Ist man sich beim Stab zu fein, die nötigen Arbeiten zum Aufmachen anzuordnen? Nicht ein einziger Spatenstich eingestochen! Soll das Detachement mit halbverdursteten Pferden in den Kampf ziehen? Treckochsen bekommen überhaupt kein Wasser! Das ist doch nichts als grenzenloser Unverstand, von der geradezu unbeschreiblichen Herzlosigkeit ganz zu schweigen! Die Tiere verhungern und verdursten buchstäblich vor unseren Augen!«

Am frühen Abend um sechs Uhr tritt Abteilung Deimling in langen Reihen ihren Vormarsch an, die vier berittenen Kompanien, die Batterie Remmert und v. Oertzens halbierte Batterie. Der größte Teil des Trosses wird befehlsgemäß und wegen Wassermangels als Wagenburg in Okateitei zurückgelassen. Die Bethanier-Hottentotten bewachen das Lager, der Pionierzug hat zudem einen Schützengraben im Viereck um die Wagen gezogen.

Ettmann hält sich eine Pferdelänge hinter Hauptmann Franke, Wesch reitet neben ihm. Hinter ihnen sinkt die Sonne blutigrot auf den Busch hernieder, Reiter, Büsche und Steine werfen lange Schatten. Weit voraus leuchten die steilen Klippen des Waterberges über der grauen Dämmerung des Dornfeldes wie glühende Kohlen, bis die Sonne endgültig versinkt und den Brand löscht. Nach einer Stunde kurzer Halt zum Nachziehen der Sattelgurte, Ettmann schlüpft in seinen Mantel, die meisten anderen auch, denn es wird allmählich empfindlich kühl.

Tief über dem Busch hängt eine dünne Neumondsichel. Gegen zehn Uhr geht sie unter, und die Dunkelheit wird fast undurchdringlich. Auf einmal sieht Ettmann weit vor sich, vom oberen Rand des Waterberg-Plateaus her, ein Licht blinken, das müssen die Heliographenleute sein, die von der Abteilung Volkmann über den Nordrand hinaufgeschickt worden sind. Von der Südseite, wo die Hereros lagern, soll nur ein einziger und sehr schwieriger Kletterpfad hinaufführen, der leicht von ein paar Schützen zu sperren ist.

Bis auf eine eineinhalbstündige Ruhepause wird die ganze Nacht marschiert, teils durch dichten Busch, teils über Sand und Geröll. Es ist Befehl gegeben worden, lautlos zu marschieren. Aber natürlich rumpeln die Räder der Geschütze, klopft dumpf der Hufschlag, dazu das Knirschen und Treten hunderter Stiefel, wenn die Pferde geführt werden. Gemurmel, unterdrückte Flüche, Rosse schnauben. An den Protzen und Karren klirren Ketten, einmal schlagen Eimer blechern aneinander. Eisig funkeln die Sterne am schwarzen Himmel, es ist bitterkalt. Nur langsam geht es vorwärts, lange Strecken müssen die Reittiere geführt werden. Wieder eine lange Stockung, Buschdickicht ist im Weg, es dauert, bis die Spitze einen passierbaren Weg außen herum findet. »Ein richtiges Begräbnistempo!« knurrt Hauptmann Franke. Pferde und Treckochsen sind müde und halb verdurstet. Die Tiere stolpern und schwanken.

Die ganze Zeit blitzt die Lampe auf dem Waterberg ihre Nachrichten über die Köpfe der Tausende von Hereros hinweg: Kurz-kurz. Lang-kurz. Lang-lang-kurz. Längere Pause, dann ganz lang für: Verstanden. Ein paar Minuten bleibt es dunkel, dann blinkt sie schon wieder los: Kurz-lang, kurz-lang, kurz-lang für: Achtung!

11. August (Donnerstag):
Bald nach halb sechs Uhr beginnt es zu dämmern. Schemenhaft werden Gestalten sichtbar, stolpernde Männer führen Pferde am Zügel, alles grau in grau. Es geht über Geröll und durch Klippen, da und dort stehen spitzblättrige Aloen wie Hände mit gespreizten Fingern. Voraus wird ein zerklüfteter Felsrand sichtbar, düster drohend gegen den Osthimmel, der sich schon gelblich färbt. Ettmann friert, der Atem raucht vor dem Mund. »Aufsitzen!« wird durchgesagt und weiter wiederholt: »Aufsitzen!« Wie ein falsches Echo kommt kurz darauf zurück: »Befehl ist durch!« Ettmann ist müde und steif vor Kälte. Dreimal muß er ansetzen, bis er in den Sattel kommt. Der Gaul prustet unwillig und schüttelt die Mähne. Kaum sitzt Ettmann im Sattel, wird es hell. Gleißend kocht der Sonnenrand über den Horizont, schießt schmerzhaft blendende Strahlen in die Augen. Der Große Berg erglüht orangegelb im Licht der Morgensonne, ein mächtiges Tafelbergmassiv mit steilen Hängen, Bäume und Büsche wuchern die Geröllhalden empor, oben umkränzt ein wild gezackter, senkrechter Felsrand das flache Plateau wie die Wehrmauer eine Burg. Gegen die Sonne scheint das ganze Bild mit einem weichen, hellen Goldschleier verhangen, beinahe vernebelt. Es ist ein bezaubernd schöner Anblick, und Ettmann trinkt ihn in sich hinein wie ein Verdurstender. Er nimmt einen tiefen Atemzug, die Brust weitet sich, und es ist ihm, als wäre er gerade erwacht. Ein dumpfer Druck fällt von ihm ab, und nun erst fühlt er die Beklemmung in der Brust und die starre Spannung der Furcht im Nacken. Er reckt sich im Sattel hoch, schüttelt Kopf und Schultern lose und füllt noch einmal die Lungen bis zum Bersten mit kalter Morgenluft.
Reiter traben von hinten heran, eine lange Reihe, v. Hornhardts Kompanie ist das. Einweiser winken mit den Armen: »Dritte Kompanie? Links, hier nach links! Dort hinüber!« Die anmar-

schierenden Truppen werden in die schon vor Tagen erkundeten Ausgangsstellungen eingewiesen. Jetzt reitet ein Leutnant an Franke heran, Hand an der Mütze, ein Monokel baumelt ihm vor der Brust und blinkt in der Sonne: »Herr Oberst läßt Herrn Hauptmann bitten! Wenn Herr Hauptmann die Güte hätten!« Franke trabt mit dem Leutnant nach vorn, Wesch, Ben und Ettmann schließen sich an. Wesch ist grau im Gesicht vor Müdigkeit, und Ettmann tränen die Augen vom Gähnen. Ob der nächtliche Anmarsch so eine gute Idee war? Sie müssen nun alle ohne Schlaf ins Gefecht. Das Gelände steigt sacht an, und sie kommen auf eine Fläche, die einen freien Blick auf das vor ihnen liegende Gelände bis hin zum Paß erlaubt. Deimling ist hier mit ein paar Offizieren, alle zu Pferde und suchen das Gelände mit Ferngläsern ab. Der Oberst grüßt Franke mit zwei erhobenen Fingern. Er wirkt recht frisch, wie er da mit dem Hauptmann spricht. Ettmann hält sich mit Wesch im Hintergrund. Wesch hat sich, im Sattel sitzend, eine Dose Wurst aufgeschnitten und futtert. Dabei starrt er mit rotgeränderten Augen ins Leere. Ben sitzt hinter ihnen auf seinem Gaul, behält seinen Hauptmann im Auge und macht ein sorgenvolles Gesicht.

Hufschlag und Räderrollen, Gerassel und laute Befehle: Hauptmann Remmerts Batterie fährt auf. Die Gespanne fächern auseinander und traben einen Halbkreis, bis die Mündungen der Geschütze nach Osten zeigen. Die Batterie führt vier moderne Feldgeschütze C.96 vom Kaliber 7,7 cm. Hauptmann v. Oertzen protzt die beiden 5,7-Zentimeter-Schnellfeuergeschütze seiner Halbbatterie direkt daneben an der rechten Flanke ab. Die Kanoniere hängen ab, und die Protzen werden ein paar Meter den nur schwach geneigten Hang hinuntergefahren und geparkt. An den Geschützen werden Bremsräder festgedreht, Mündungsdeckel abgenommen, Granaten werden herangetragen und gestapelt. Die Kanoniere arbeiten mit aufgekrempelten Ärmeln. Verschlüsse werden auf- und zubewegt, Stahl klirrt und klingt. Auf den blanken Rohren gleißt das frühe Sonnenlicht. Lang und scharf sind die Schatten.

Hauptmann Remmert kommt und meldet dem Oberst mit der

Hand am Hut Feuerbereitschaft, gleich nach ihm kommt v. Oertzen, sein bärtiges Vollmondgesicht strahlt. Er freut sich, daß es endlich ins Gefecht geht. Hinter ihnen stehen und knien die Kanoniere an den Geschützen und blicken gespannt zu den Offizieren hin. Langes Suchen mit den Ferngläsern, aber vom Feind ist weit und breit nichts zu sehen. Im Paß, zwei Kilometer entfernt, regt sich nichts. Dort sollen die Werften der Omaruru-Hereros um die Wasserstelle Omuweroumwe herum verstreut liegen. Gegen die tief stehende Morgensonne ist kaum etwas zu erkennen.

»Nichts zu sehen. Schlafen wohl noch. Dann schießen Sie eben auf die Sonne!« sagt der Oberst vom Pferd herunter zu den beiden Batteriechefs.

Ettmann faltet die Karte zusammen und steckt sie in die Ledertasche, als plötzlich drei oder vier Stimmen zugleich rufen: »Der Ballon! Da ist der Ballon!« Tatsächlich, im Süden, ein wenig nach Osten zu, steigt ein gelber Fleck über den Busch, ganz klein, aber schon so hoch, daß er gegen den blauen Himmel steht. Ettmann späht durch sein Fernglas. Der Ballon ist eine gelbe Wurst. Darunter, noch in der Luft, tanzt ein dunkler Punkt. Er stellt das Glas schärfer ein und erkennt eine kleine Flagge, die wohl an dem Seil befestigt ist, das den Ballon festhält. Der Ballon trägt die Antennenkabel der Funkentelegraphenstation und markiert gleichzeitig den Standort von Trothas Hauptquartier.

Oberst Deimling hat seine Uhr in der Hand und blickt auf das Zifferblatt. »Ich sehe mit Genugtuung, daß es auch im Hauptquartier sechs Uhr ist!« sagt er laut und zu Remmert und v. Oertzen: »Also, meine Herren: halbe Stunde Wirkungsschießen! Lassen Sie Feuer eröffnen!« Beide Offiziere salutieren, drehen sich auf dem Absatz herum und winken mit den Armen.

Die sechs Geschütze feuern gleichzeitig ab – ein ohrenzerreißender, krachender Schlag, der in einem schrillen, metallischen Kreischen verklingt. Alle zucken zusammen. Eine gewaltige Staubwolke wirbelt vor der Batterie aus dem Busch und vernebelt die Sicht auf das Dornfeld. Donnernd bricht sich der Schall an der Felswand und rollt grollend wieder über die Stellung hinweg. Ettmanns Pferd wirft den Kopf hoch, tritt und schnaubt, und er muß ihm beruhigend den Hals klopfen. Vögel flattern in der Staubwolke herum.

Otjirumbu im Himmel

Die Sonnenscheibe sitzt noch auf der Erde und brennt doch schon auf der Stirn. Es wird ein heißer Tag werden. Der Himmel ist unten weiß und oben blau, so wie immer, aber auf einmal gibt es einen Donnerschlag! Mächtig staubt es da im Westen, und zum Omuweroumwe-Tal hin bricht es aus dem Boden, als hätte sich die Erde selbst aufgetan. Hoch spritzt der Sand, höher als jeder Baum, und Büsche, Äste und dunkle Brocken wirbeln durch die Luft. Grau und gelb ballt sich Rauch und steigt hoch und weht davon. Und noch einmal donnert es, und wieder spritzt der Dreck in die Luft, dort und dort und dort drüben auch, und schon donnert es wieder. Die Deutji sind da und schießen mit ihren Grootrohrs! Noch ist das ein gutes Stück weg, wo die Grootrohrgranaten platzen. Sie platzen nicht mehr am Boden, sie platzen jetzt in der Luft und machen weiße und graue Wolken dabei, puffende Rauchballen, die gleich wieder verschwinden. Bumbum! macht es in den Ohren, bumbum!

In Zerauas Werft rennt alles durcheinander und ruft und schreit. Schüsse gehen los. Rinder brüllen, Esel blöken, Bokkies springen meckernd hierhin und dorthin. Mit Gekreische und mit Stöcken werden die Ozongombe angetrieben, weg sollen sie, bevor sie von den schrecklichen Grootrohrs zerrissen werden, und weg sollen auch die Alten und die Kinder. Sie raffen zusammen, was sie in der Eile finden, und laufen los, weg von den Deutji, die einen zur Station der toten Polizisten und die anderen nach Hamakari hin. Ein ganzer Haufen junger Kerle rennt mitten hindurch in die andere Richtung, Flinten und Kirris und Stöcke schwingend. Eine Mutter rafft alle möglichen Habseligkeiten zusammen, Decken, einen Topf, eine Kalebasse, dann wirft sie alles wieder weg und fängt ihre Kinder ein und läuft davon, an jeder Hand zwei. Schreiende Weiber und Kinder rennen den Häuptling fast um, und er taumelt, bis Petrus ihn am Arm faßt. Aber Zeraua mag so alt sein, wie er will, er ist immer noch ein großer und starker Mann und macht sich unwillig los, während es vom Westen her donnert: Bom! Bom! Bom! Zacharias sucht auf dem

565

Boden nach seinem Hut, findet ihn, richtet sich wieder auf und drückt ihn sich auf den Kopf. »Michael wird die Deutji aufhalten!« schreit er Petrus ins Ohr, und Petrus nickt mit dem Kopf, weil es zu laut ist ringsumher. Michael mit seinen Orlogsleuten von Omaruru hält den Paß im Westen besetzt. Er wird vor den Soldaten nicht weichen. Ein Junge faßt Petrus am Arm und zeigt zum Wasser von Hamakari hin. Was ist das? Petrus kneift die Augen zusammen, um seinen Blick schärfer zu machen. Dort, weit weg, vielleicht zwei Stunden zu laufen, dort hängt etwas in der Luft, schwebt über den Dornbüschen wie ein Kaffernadler, aber längst nicht so hoch, und es steht auch ganz still in der Luft und ist ein gelbes dickes Ding. Es sieht aus wie ein Hartebeest ohne Kopf und ohne Beine oder wie die dicke Wurst, die er einen Deutschmann einmal hat essen sehen. Der Junge neben ihm schnauft laut und reißt die Augen auf. »Otjirumbu im Himmel! Zauberschweine sind sie, die Deutji!« schreit er und läuft davon, mit langen, schlenkernden Sprüngen in den Busch hinein, einen krummen Stock in der Faust. Petrus schaut ihm nach.

Bombombom! donnern die Grootrohrs, und bumbumbum! platzen die Wolken in der Luft.

Angriff

Ettmann sieht durch sein Fernglas, zwischen den Offizieren hindurch, wie die Einschläge aus dem Busch spritzen, mehr als zweitausend Meter weit weg. Die Geschütze schießen im Salventakt, drei Lagen Sprenggranaten, dann drei Lagen Schrapnell, immer abwechselnd. Die Schrapnells krepieren hoch über dem Boden, es gelingt ihm nicht abzuschätzen, wie hoch. In den Pausen zwischen den Abschüssen hört man das ferne, dumpfe Bum!, mit dem sie explodieren. Die Kanoniere arbeiten schnell, alle fünfzehn Sekunden kracht eine Salve. Einhundertzwanzig Schuß sollen in den befohlenen dreißig Minuten verfeuert werden. Nach jeweils drei Salven wird das Feuer um hundert Meter weiter vorverlegt. Hinter dem Paß und auch südlich davon quellen jetzt immer mehr Staubwolken auf. Die Hereros fangen wohl an, ihr Vieh abzutrecken.

Drei Reiterkompanien sind aufmarschiert und bilden eine lange Linie, ein paar hundert Meter vor den Kanonen. Die vierte Kompanie hält als Reserve in der Nähe der Batterie. Ettmann holt seine Taschenuhr hervor und wirft einen Blick auf das Zifferblatt: 6 Uhr 12. Die Geschütze feuern gerade mal seit zehn Minuten. Er sieht die Reiter zum Gefecht absitzen und wie sich die zum Pferdehalten abgeteilten Männer, jeder mit fünf Tieren am Zügel, ein paar Schritt zurückziehen. Die Pferde sind unruhig und schwer zu halten, der Lärm der Kanonade erschreckt sie. Die abgesessenen Reiter pflanzen Seitengewehre auf, die blanken Bajonette blitzen in der Sonne.

Oberst Deimling, immer noch im Sattel, beobachtet alles mit Gelassenheit, in Feldherrenpose, eine Hand in die Seite gestützt, in der anderen den Feldstecher. Jetzt beugt er sich zu seinem Adjutanten hinüber und ruft ihm etwas ins Ohr. Er gibt wohl den Befehl zum Angriff auf den Paß, denn der Stabstrompeter bläst das Avanciersignal, das sogleich links und rechts von anderen Trompetern aufgenommen und wiederholt wird. Zu beiden Seiten der feuernden Batterie gehen die Kompanien vor, zu Fuß und in langer, dünner Linie, beinahe über den ganzen Talgrund gezogen. Mit schußbereiten Gewehren schreiten die Leute einen leichten Hang hinab in den Busch. Die Dornbüsche stehen hier ziemlich dicht. Meist ist genug Platz, um zwischen ihnen hindurchzugehen, aber ab und zu müssen sich die Reiter mit dem Seitengewehr einen Weg bahnen. Das eigentliche Problem hier ist, daß die Nachbarn nicht zu sehen sind und man daher langsam vorgehen muß, um die Verbindung nicht zu verlieren. Wegen des Geschützdonners ist kaum ein Wort zu hören. Da und dort schwankt an einer Stange eine grüne Fahne über den Büschen, das Erkennungszeichen der Abteilung Deimling, für den Fall, daß man auf eine der anderen Einheiten stößt.

Die ganze Zeit feuern die Geschütze, immer alle sechs zur gleichen Zeit, unermüdlich und ohne Pause. Die Abschüsse schlagen wie Ohrfeigen auf die Trommelfelle, und Ettmann klappt den Mund ein paarmal auf und zu, um seine Ohren frei zu bekommen. Ein dumpfer Druck lastet auf den Schläfen. Unruhig tritt der Gaul hin und her. Sie sind zu nahe an der Batterie, aber solange der Stab hier hält, kann er sich nicht einfach entfernen. Es riecht scharf und beißend nach dem verbrannten Treibpulver der Kartuschen, gelblicher Dunst aus aufgewirbeltem Staub und Pulvergasen hängt in der Luft und mildert die stechende Sonne.

Nach nicht einmal dreihundert Meter erhalten die vorgehenden Infanteristen Feuer auf etwa fünfzig Schritt. Das ist verdammt nahe an der Batterie, denkt Ettmann, als er die dünn klingenden Schüsse in den Salvenpausen hört. Gegen die Kanonen kommt ihm das kaum lauter als das Schnippen von Fingernägeln vor. So nahe sind die Hereros also. Er hätte sie erst beim Paß erwartet. Es scheinen aber nur schwache Kräfte zu sein, vermutlich Vorposten. Sie weichen vor den Soldaten aus und ziehen sich feuernd auf ihre Werften zurück.

Mit einem Mal schweigen die Geschütze. In den Ohren singt es. Rauchgasschwaden treiben gelblichgrau über den Busch hin, werden dünner und lösen sich auf. Auch der Staub setzt sich allmählich wieder. Die Stabsoffiziere sind endlich von ihren Gäulen gestiegen und starren weiter durch ihre Ferngläser. Ettmann hält die aufgefaltete Karte, auf der Oberleutnant Horn mit dem Bleistift herumpickt und unverständliche Worte murmelt. Franke kommt dazu, schaut auf das Blatt, klopft mit dem Zeigefinger auf einen Punkt und sagt: »Hier, sehen Sie, hier!« Sein Gesicht ist grimmig. Ettmann hat keine Ahnung, um was es geht. Die Sonne brennt heiß, und die Männer der Stabswache ziehen ihre langen Mäntel aus und rollen sie zusammen. Ein staubiger Reiter kommt herangelaufen und salutiert vor dem Oberst. Fetzen hängen von seinem zerrissenen Kordärmel herunter, auch seine Hose hat ein paar lange Risse. Er hält dem Oberst einen Zettel hin, den v. Kummer ihm aus den Fingern schnappt, auffaltet und liest. »Danke, keine Antwort!« sagt der Oberleutnant, und der Reiter grüßt, macht eine Kehrtwendung und läuft zurück in den Busch. Das Schießen hat sich entfernt. Es wird unregelmäßig, mal schießt es da, mal dort, dann eine Weile gar nicht, dann klackert eine dünne, unregelmäßige Salve. Franke hat das Glas vor den Augen, und Ettmann hört, wie er zu niemand im besonderen sagt: »Schon fast beim

Wasser! Leute laufen uns davon! Zeit, daß sich die Herrschaften wieder in den Sattel schwingen!« Der Hauptmann wirft einen ungeduldigen Blick in Richtung Deimling. Franke fühlt sich beim Stab fehl am Platze, denkt Ettmann, er ist es gewöhnt zu führen; im Kampf gehört ein Offizier nach vorn zu seinen Männern.

Endlich tut sich etwas um den Oberst herum. Richtig, da kommen die Pferdehalter mit den Tieren gelaufen, und die Offiziere sitzen auf. Es geht los, den vorgehenden Schützen nach. Neben Deimling reitet der Stabstrompeter, eine Ulanenlanze in der Faust, an der ein schwarzweißroter Wimpel flattert. Hier ist der Chef, verkündet der Wimpel. Ringsum ausgeschwärmt reitet die Stabswache. Hinter Franke und Ben her folgen Ettmann und Wesch den Stabsoffizieren in den Busch. Zur Linken ragt das sogenannte Sandsteinplateau auf, durch eine Schlucht vom eigentlichen Waterberg getrennt. Das ganze Massiv ragt etwa zweihundert Meter hoch aus der Savanne empor. Was eben noch wie ein undurchdringliches Dickicht aussah, erweist sich nun als recht lichter Busch, durch den sich ganz gut reiten läßt. Dennoch stehen die Büsche dicht genug, um schon auf fünfzig Meter jeden zu verbergen, der nicht gesehen werden will. Die meisten Büsche sind so hoch, daß man auch vom Sattel aus keinen Überblick über das Gelände bekommt. Es sind alles Wart-ein-bißchen- oder Hakkiesdornbüsche mit den fingerlangen, gefährlichen Dornen. Dazu wächst hier hohes, vertrocknetes Gras, das einem Fußgänger bis zur Brust reicht. Im Trab geht es hindurch, an einzelnen Leuten vorbei.

Plötzlich kommen sie aus dem Busch heraus. Vor ihnen liegt eine weite Grasfläche, aber das Gras ist größtenteils abgeweidet, der nackte, staubigrote Boden ist zu sehen. Quer zur Marschrichtung zieht sich die breite Sandfläche des Hamakari-Riviers. Deimling und Stab reiten in flottem Trab hinüber. Am anderen Ufer drängen sich Pferde, zwei Dutzend vielleicht, ein paar Soldaten als Pferdehalter dabei, Ettmann sieht einen von ihnen strammstehen und zum Oberst hin grüßen. Kleine Gruppen von Soldaten sind zu Fuß unterwegs. Gelegentlich hört man Schüsse von vorn, aber nicht mehr viele. Nun kommen wieder Büsche, erst vereinzelt, dann immer mehr. Ettmann sieht Pontoks, flüchtig gebaut, mit alten Decken behängt, manche nur Grashütten, alles scheinbar in wilder Flucht verlassen. Ein Lagerfeuer raucht noch, ein halbverbrannter Stuhl darin. Töpfe, Flaschen, Decken liegen verstreut umher, sogar ein Sattel. Zwei Soldaten bewachen Gefangene: drei gebrechliche alte Leute, die am Boden hocken und schicksalsergeben dreinschauen. Die runzlige alte Frau hält ein ganz kleines Kind in den Armen, höchstens ein Jahr alt ist das schwarze Würmchen. Ein Offizier tritt in den Weg und hebt die Hand, der Oberst reitet ihn fast über den Haufen, zügelt sein Pferd und hält. Der Offizier ist Leutnant von Marées, einer von Hornhardts Zugführern, alte Hugenottenfamilie. Ettmanns Pferd steigt und wiehert und wirft ihn beinahe ab. Mit Mühe zwingt er es zur Ruhe und sieht gleichzeitig, was es so erschreckt hat: die gräßlich zerrissenen Kadaver zweier Kühe, offensichtlich von einer Granate zerfetzt. Dunkel ist der Boden vom Blut, eine Wolke von Fliegen schwärmt. Die Büsche sind versengt, Fleischfetzen hängen in den Dornen. Die Wirkung einer Sprenggranate! Übelkeit steigt ihm in die Kehle, er schaut weg und lenkt das Pferd zur Seite.

Der Stabstrompeter bläst »Das Ganze halt!« und rammt die Lanze mit Deimlings Wimpel in den Boden. Die Offiziere schwingen sich aus den Sätteln, der Leutnant stapft an ihnen vorbei, sieht Franke und grüßt: »Wünsche guten Morgen, Herr Hauptmann!« Franke grüßt zurück und fragt: »Wo ist Hornhardt?« Der Leutnant zeigt hinter sich in den Busch: »Vorn beim 1. Zug, Herr Hauptmann! Sind schon über die Wasserstelle hinaus!«

Ein Dutzend Löcher bildet die Wasserstelle. Sie sind tief, zwei Meter und mehr, und zum Teil zugetrampelt und verschüttet. Mehrere Leute arbeiten schon mit den Spaten, um sie freizuschaufeln. Die Pferde müssen getränkt werden. Ein Zug von Hornhardts Reitern steht außen herum und sichert. Auch hier sitzen ein paar Gefangene am Boden, von einem Reiter bewacht. Es sind ebenfalls ganz alte Leute, zu alt und schwach, um mit den anderen zu fliehen. Einer ist ein weißhaariger Greis, fast nackt und mager wie ein Skelett. Ein paar Schritte weiter liegt die Leiche eines jüngeren Hereros auf dem Rücken, Arme ausgebreitet wie ein Gekreuzigter. Der Mund des Toten steht weit offen, ein stummgemachter Schrei. Nicht weit von ihm hängt an einem Busch eine geschlachtete Ziege mit dem Kopf nach unten, schwarz von Fliegen. Verwesungsgestank tränkt dick und süß die heiße Luft.

Wesch sagt zu Franke: »Das Wasser wird nicht weit reichen, Herr Hauptmann, nicht für alle Tiere!« Franke nickt. Ettmann tastet nach dem Wassersack, den er am Sattel hängen hat, und findet ihn halbvoll. Das Wasser ist schon warm unter der gummierten Segeltuchhülle. Das Pferd zuckt mit den Ohren, als es den Gluckser hört.

Um acht Uhr ist die ganze Abteilung Deimling um die Wasserstelle versammelt. Hier soll auf Fiedlers Abteilung gewartet werden, die von Osondjache, von Westen her, anmarschiert kommt. Es ist windstill und sehr, sehr heiß. Die Luft ist voll aufgewirbeltem Staub, der in der Hitze schweben bleibt. Ettmann nimmt einen Schluck aus der Feldflasche und spült gründlich den Mund aus, bevor er das Wasser hinunterschluckt. Es ist warm und schal und hat einen unangenehm blechernen Geschmack, beinahe wie Blut.

Um halb zehn hört Ettmann, daß Fiedler mit seiner Abteilung kommt, eine halbe Stunde später beginnt der gemeinsame Vormarsch, gemäß Trothas Direktiven in Richtung Hamakari. Es fallen keine Schüsse, und Ettmann vermutet, daß die Omaruru-Hereros vor der Truppe nach Osten ausweichen.

Bis Mittag reitet Ettmann bei Deimlings Stab langsam hinter der vorgehenden Truppe her. Die Sonne brennt gnadenlos. Auf einer großen Lichtung im Busch wird haltgemacht, fahlgelbes Gras wächst hier, ein paar vereinzelte, niedrige Kameldornbäume. Hundert, hundertfünfzig Männer und Pferde stehen im hüfthohen, teils brusthohen Gras herum. Die Stabswache sitzt ab, und Ettmann nimmt sein Pferd am Trensenzügel und schaut sich um. Deimlings Stabswimpel hängt schlaff an der Lanze. Die Geschütze sind nachgezogen worden, und auf eine der Protzen werden zwei Munitionskisten gestellt und von ein paar Leuten festgehalten. Ein Leutnant steigt auf diese wacklige Angelegenheit hinauf und kann nun einigermaßen den Busch überblicken. Darunter stehen Deimling und ein paar andere Offiziere und schauen gespannt zu dem Leutnant hinauf. Ettmann geht näher hin, um zu hören, was es zu sehen gibt. Ein Reiter ist auf die Protze gestiegen und hält den Offizier am Rock fest, während der einen schnellen Rundblick nimmt. »Staubwolken!« ruft er jetzt und zeigt die Richtung und späht dann durch sein Glas. »Viel Staub, Herr Oberst! Sieht aus, als würden die Kaffern ihr Vieh abtrekken!« Nach einer kleinen Weile ruft er: »Bewegen sich nach Nordosten, zu dem Haus unterhalb des Berges hin!«

Das kann nur die Missionsstation Waterberg sein. Oberleutnant Horn winkt Ettmann heran. »Karte!« sagt er. Ettmann zieht das Blatt Otavi aus der Tasche, faltet es auseinander und hält es dem Oberleutnant hin. Das helle Kartenleinen blendet im Sonnenlicht. Deimling kommt und späht Horn über die Schulter, die anderen Offiziere scharen sich um sie. Von Kummer sagt: »Eigentlich sollten die ja nach Südosten abhauen, Herr Oberst, in Richtung Hamakari. Aber die Scheißkaffern ziehen zum Berg hin. Wollen sich wahrscheinlich bei der Station verschanzen. Sie könnten aber auch unsere linke Flanke umgehen und nach Westen ausbrechen.« Er sieht den Oberst mit schiefgelegtem Kopf an, abwartend.

»Müssen der Bande auf den Fersen bleiben«, sagt Deimling, »und ihr den Weg zur Station abschneiden!« Er zieht die Brauen zusammen und sagt: »Sollten sie eigentlich gleich gegen den Berg drängen und dort zusammenhauen!«

Der Oberst schaut sich um, sein Blick fällt auf Hauptmann Richard, der, seinen Braunen am Zügel haltend, gerade neben ihm steht, und er sagt: »Hauptmann Richard, haben Sie Ihre Kompanie beisammen?« Der Hauptmann erwidert: »Ich habe drei meiner Züge hier, Herr Oberst, mein vierter hat keine Pferde mehr und deckt die Artillerie!« Deimling überlegt. Er schaut in den Himmel hinauf und zieht seine Unterlippe zwischen die Zähne. Dazu schneidet er eine Grimasse und wiegt den Kopf hin und her. Schließlich faßt er einen Entschluß. Er strafft sich und befiehlt: »Los, aufs Pferd, Richard! Reiten Sie wie der Teufel und legen Sie sich den Kerlen vor! Halten Sie die Brüder auf, damit sie uns nicht durch die Lappen gehen! Wir kommen hinterher, so schnell es geht!«

Der Hauptmann salutiert und sagt: »Jawohl, Herr Oberst!« Er schwingt sich in den Sattel und feuert Befehle ab: »4. Kompanie – Aufsitzen! Offiziere zu mir!« Der Gaul spürt die Aufregung, wiehert und steigt mit den Vorderläufen, der Hauptmann schimpft ungehalten: »Na! Wirste wohl!« und zwingt ihn zur Ruhe. Er trabt ein paar Schritte zur Seite und sieht sich nach seinen Mannen um, die bereits im Sattel sitzen und eilig herankommen. Schon sind die Zugführer bei ihm, und er weist sie ein: »Feindkolonne geht nach Nordosten! Wir legen uns vor! Tempo, meine Herren!« Sein Ton ist barsch, aber Ettmann sieht, daß sein Gesicht vor Stolz und freudiger Erregung strahlt. Er schaut zu Deimling hin und legt die Hand an den Hut, dann gibt er seinem Gaul die Sporen und kommandiert: »Kompaniekolonne! Im Galopp folgen!« Schon prescht er davon, seine neunzig Reiter jagen hinter ihm her, die Hufe trommeln. Schnell sind sie im Staub verschwunden.

Ettmann faltet die Karte zusammen und steckt sie ein. Er wundert sich, daß der Oberst so eigenmächtig handelt. Nach allem, was er gehört hat, sind die Hereros erst einmal richtig eingekreist worden, etwa in der Art, daß die verschiedenen Abteilungen südlich des Waterberges einen Topf formen, in dem die Hereros sitzen und dessen Deckel der Waterberg bildet. Die Hereros sollten dann von den Abteilungen Deimling und Estorff nach Süden gedrängt werden, bis sie auf die Hauptabteilung stoßen, die ihnen, verstärkt durch die Abteilung v. d. Heyde, von Hamakari her entgegenkommt. Da sollten sie dann von allen Seiten in die Mangel genommen werden, bis sie sich ergäben.

Deimling winkt schon seinem Pferdehalter, steigt auf und befiehlt: »Nachstoßen!« Er läßt die ganze Abteilung in nordöstliche Richtung abdrehen, um den Hereros zu folgen. Hauptmann v. Oertzen, der sich gerade mit Franke unterhalten hat, schwingt sich in den Sattel, erstaunlich behende für so einen fülligen Mann, denkt Ettmann, und ruft Franke zu: »Der Oberst wittert seine Chance, nicht wahr! Sein eigenes kleines Sedan im großen Cannae, was!« Er klatscht seinem Pferd den Hut an den Hals und trabt los zu seinen Kanonen, ausgelassen den Hut schwenkend, seine Glatze glänzt in der Sonne. Hauptmann Franke schaut ihm nach und macht ein mißbilligendes Gesicht. Jetzt schaut er sich

573

nach Wesch und Ettmann um und winkt sie mit der Hand heran.
»Weiter geht's!« sagt er nur kurz.

Es ist drei Uhr nm., als Ettmann mit dem Gros der Abteilung
die Station Waterberg erreicht. Sein Pferd ist erschöpft und müde.
Unterwegs sind sie mehrmals von beiden Seiten aus dem Busch
angegriffen worden. Es gab jedesmal eine kurze Schießerei, die
wenigen Angreifer sind aber immer schnell vertrieben worden.

Deimling steigt beim Missionshaus vom Pferd, und Oberleutnant Horn läßt die Stabswache absitzen und einen Ring um Haus
und Stab bilden. Ettmann steht an der Ostseite des Hauses und
hat nichts weiter zu tun, als mit dem Gewehr in der Hand aufzupassen, daß keiner auf die Offiziere losgeht. Die eigentliche
Kampfhandlung spielt sich ein paar hundert Meter nördlich von
ihm ab, oberhalb der Missionsstation. Bäume versperren Ettmann
größtenteils die Sicht dorthin, aber er hört den Gefechtslärm, der
immer heftiger wird. Die Hereros sitzen dort in den Klippen, am
steilen Abhang unterhalb des Berges, und leisten erbitterten
Widerstand. Fast eine Stunde schießen sich die 4. und die 6. Kompanie jetzt schon mit den Hereros herum, und es scheint überhaupt nicht vorwärts zu gehen. Kurz vor vier Uhr hört Ettmann
hinter sich Lärm und laute Kommandos und sieht, daß zwei Geschütze auf der Fläche beim Haus auffahren. Deimling wird den
Einsatz der Artillerie befohlen haben, um den Gegner endlich aus
den Klippen zu vertreiben. Ettmann kann nicht zusehen, er hat
aufzupassen, und das tut er, zusammen mit den Kameraden der
Stabswache. Von den Klippen abgesehen, ist das Gelände hier oben
ziemlich übersichtlich, nicht allzuviel wächst hier ums Missionshaus herum, nur ein paar Weißdornbüsche und die verhältnismäßig hohen Bäume mit ihren wirren, kahl wirkenden Kronen, nur
wenige und ganz kleine Blätter haben die meisten, manche sind
ganz und gar blattlos. Da krachen die Kanonen hinter Ettmann,
daß ihm der Schreck in die Glieder fährt, obwohl er darauf gefaßt
war. Scharf zischend sausen die Granaten über ihn hinweg und
bersten schon, während er noch den Kopf einzieht. Der Teufel ist
los, Abschüsse, Einschläge und Widerhall krachen und donnern
wie ein gewaltiges Urgewitter. Staub, Dreck und Splitter fliegen
da vorn, Steinlawinen brechen aus dem Hang unterhalb der Steil-

wand und prasseln herunter, reißen entwurzelte Bäume und Büsche mit sich.

Oberst Deimling gibt Befehl zum Sturmangriff, die Hörner blasen »Kartoffelsupp! Kartoffelsupp!« Aber der Angriff stößt ins Leere, die Hereros haben sich während der Beschießung abgesetzt. Deimling rückt nach, und Ettmann muß wieder in den Sattel, mit dem Oberst nach vorn, dorthin, wo sich das Gefecht abgespielt hat. Im Trab vorbei an zersplitterten Bäumen, aus Steinen aufgehäuften Schanzen. Eine Werft am Fuß der Klippen. Die Pontoks sind verlassen, einer zerschossen, Feuer glimmen und rauchen noch, Töpfe und Decken liegen herum. Zwei tote Hereros liegen nebeneinander im Staub, ganz ordentlich ausgestreckt, wahrscheinlich haben Soldaten sie so hingelegt. Hier wuchert dichtes Buschwerk, verängstigtes Vieh irrt herum, verletzte, blutende Kühe, jämmerlich meckernde Ziegen. »Sie hauen ab«, ruft Wesch zu Ettmann hinüber, »ihre Beester lassen die Kaffern nur in der größten Not im Stich!« Seine Stimme ist heiser, seine Augen sind rot und entzündet vom Staub.

General v. Trothas Plan, die Hereros in Richtung Hamakari zu drängen und sie dort von allen Seiten anzugreifen, scheitert, bevor mit seiner Ausführung richtig begonnen wurde. Deimlings ungestümes Vordrängen treibt die Aufständischen am Fuß des Waterberges entlang nach Osten, wo sie früher oder später auf die von dort anmarschierende Abteilung Estorff prallen müssen.

Um fünf Uhr nm. kommt Leutnant Auer v. Herrenkirchen, der die Blinkstation auf dem Waterberg kommandiert, vom Berg heruntergestiegen und überreicht Oberst Deimling einen Befehl Generalleutnant v. Trothas. Fünf Minuten später weiß die ganze Stabswache, Ettmann eingeschlossen, wie der Befehl lautete:

»Abteilung Mühlenfels verbleibt heute an der Wasserstelle Hamakari, wohin Abteilung Heyde gleichfalls herangezogen wird. Dortseits beabsichtigter Angriff auf Waterberg heute nicht mehr vornehmen. Für morgen gemeinsames Vorgehen aller Abteilungen auf Waterberg beabsichtigt. Befehl hierüber folgt. Hauptquartier verbleibt heute Hamakari.«

Mit »Abteilung Mühlenfels« ist die Hauptabteilung gemeint, bei der sich auch das Hauptquartier aufhält. Die Anweisung kam drei Stunden zu spät, weil die Heliographie mit den vielen hin- und hergehenden Meldungen nicht mehr mitkam. Deimling hat inzwischen alle Hereros vom Fuß des Waterberges verjagt.

Generalleutnant v. Trotha wird seinen Plan umschmeißen und an die Situation anpassen müssen, denn »erstens kommt es anders, und zweitens, als man denkt«, hört Ettmann Oberleutnant v. Kummer zu Horn sagen.

Auch von einem erst eine Stunde alten Heliogramm des Generals, daß nämlich Hamakari von der Hauptabteilung erobert wurde, erfährt Deimling erst jetzt und schließt daraus, daß seine Anwesenheit dort nicht mehr dringend erforderlich sei. Da auch die Pferde und Treckochsen seit Tagen nicht richtig gefüttert wurden und sich erholen müssen, beschließt er, die Nacht über bei der Station Waterberg zu biwakieren und erst am nächsten Morgen nach Hamakari abzurücken.

Ettmann ist todmüde, er muß sich zwingen, die Augen offen zu halten; es muß gegen elf Uhr sein oder später. Die Nacht ist dunkel, es ist um Neumond herum, aber am Himmel sind keine Wolken, und die Sterne blitzen und funkeln in der klaren, kalten Luft. Er kauert am Hang, hinter dem krummen Stamm eines Kameldornbaumes, um sich herum eine Wirrnis von Dornbuschästen und -zweigen, die sich mit Tausenden von Krallen in den Nachthimmel bohren. Wenn er über die Schulter blickt, sieht er den Zackenrand des Waterberges schwarz zwischen den Bäumen aufragen. Ein kaum wahrnehmbarer heller Fleck rechts von ihm ist ein Reiter, den er nicht kennt. Links von ihm hockt auch einer, ist aber nicht zu sehen. Irgendwo zweihundert Meter weiter da unten hockt Deimling mit dem Stab. Hinter ihm knackst etwas. Nun gibt es ein leises Knirschen, Steinchen rollen. »Wer da?« flüstert eine Stimme, und gleich kommt eine leise Antwort: »Viktoria! Hier Hauptmann Richard!« Der Hauptmann, als vage erkennbarer, etwas hellerer Umriß im schwarzen Gewirr der Dornäste, kommt geduckt ein paar Schritt näher, und der Reiter rechts neben Ettmann sagt leise: »Alles ruhig, Herr Hauptmann!« Der Offizier murmelt: »Wach bleiben, Männer, nicht einlullen lassen, daß euch die Schufte nicht überrumpeln!«

Der Hauptmann kontrolliert die Posten, denkt Ettmann, auf allen vieren durchs Strauchwerk, Kinderspiel um Leben und Tod. Winnetou und Old Shatterhand, just eine solche Nacht ist dort beschrieben, aber in welchem Band war das? Oder war es bei den Skipetaren? Im wilden Kurdistan? Oder ganz woanders?

Er lauscht in die Nacht hinaus, ruhig ist es da draußen, vollkommen still. Es herrscht ein geradezu mächtiges, ein überwältigendes Schweigen. Kein Schakal bellt, kein Nachtvogel läßt sich hören, der Schlachtenlärm des Tages hat alles Getier auf fünfzig Meilen im Umkreis erschreckt und verjagt. Und doch ist etwas spürbar, in all der nächtlichen Stille, die Anwesenheit, die Gegenwart von Menschen, einer großen Menge von Menschen, vieler tausend. Ettmann starrt in die Nacht hinaus, aber die Lider sind schwer und sinken herab, die Sterne werden zu großen, verschwommenen Lichtscheiben und schwimmen aus dem Blickfeld und vergehen. Ein plötzlicher Sturz in schwarzes Nichts, jäher Schock – eingeschlafen! Er schwankt, wäre hingefallen, fängt sich ab. Scharfe Steine zerkratzen ihm den Handballen, Gewehr festhalten, daß bloß nichts klappert! Noch immer ist es still. Kein Geräusch stört diese erhabene Ruhe, kein Schrei, kein Schuß, nichts. Dabei müssen doch Tausende von Rindern da im Busch herumstehen. Schlafen die auch alle? Kalt blinzeln die Sterne, am südlichen Horizont schwach erkennbar rötlicher Widerschein von Feuer. Die Landschaft liegt dunkel und geheimnisvoll im Sternenlicht, Busch und Gras sind aber gut zu unterscheiden. Ettmanns Augen haben sich an die Dunkelheit gewöhnt, aber die Kälte ist schneidend, trotz des schweren Mantels, und er beißt die Zähne zusammen, daß es mahlt und knirscht. Pong! hallt von fern ein Schuß, und gleich antworten ihm zwei, drei: Pop! Pop! Peng! Stimmen sind zu hören von da unten, wo die Stabsheinis sitzen.

Nun ruft ihn von hinten einer an, mit unterdrückter Stimme: »Viktoria! Zwo Uhr! Weitersagen! Zwo Uhr! Weitersagen!« So sagt er dasselbe nach rechts und links ins schwarze Schattengespinst unter den Büschen, und wirklich antwortet es da auch: »Zwo Uhr! Weitersagen!« Gemurmel verliert sich nach links und nach rechts. Das kommt ihm so blödsinnig vor, daß er einen Moment lang ganz fassungslos ist. Nur langsam dringt ein Sinn in sein Bewußtsein durch: Leute wachhalten. Merken, wer wo ist. Nicht zuletzt: zeigen, daß man nicht allein ist.

Pop! macht es da draußen. Poppop, wirft der Waterberg das Echo zurück.

Die Dunkelheit des Todes

Michael mit seinen Orlogsleuten von Omaruru ist doch vor den Deutji-Soldaten gewichen und vor den schrecklichen Feuerkoppies aus den Grootrohrs. Und es ist ihm schlecht ergangen, und die Grootrohrs haben ihm acht Krieger zerrissen und auch zwei Weiber und an die zwanzig Ochsen! Einer ist angelaufen gekommen, der war ganz mit Blut bespritzt, der hat die Arme hochgerissen und geschrien: »Alle tot! Hundert Krieger! Tausend Ozongombe!« Petrus schaudert. Als junger Mann hat er gegen die Nama gekämpft, im großen Kampf bei Osona und zwei Jahre später bei Okahandja. Beide Male hat der Kapitän Hendrik Witbooi versucht, die Hereros zu unterwerfen, und beide Male hat er sich eine blutige Abfuhr geholt. Im Kampf bei Osona hat ein Witbooikrieger Petrus in die Brust geschossen. Die Kugel ist vom Brustbein abgelenkt worden, oberhalb der rechten Brust wieder ausgetreten und dann durch die rechte Schulter gefahren, weil er gerade den Arm nach vorn gestreckt hat. Vier Löcher von einer einzigen Kugel! Aber der Schuß ist ihm eben nicht durch die ganze Brust gegangen, und darum hat er überlebt. Beim zweiten Male, beim Kampf um Okahandja, hatte Petrus selbst ein Gewehr, eine englische Flinte, die so lang war wie er selbst, und er war selbst für einen Herero ein großer Kerl. Jetzt haben ihn die Jahre ein bißchen krumm gemacht, aber er weiß doch noch, wie es mit dem Kämpfen ist und mit dem Schießen. Es ist eine Sache, wenn man Auge in Auge dem Feind gegenübersteht und aufeinander schießt, da trifft es dann eben den einen oder den anderen oder gar keinen oder alle beide. Aber daß es in der Luft heult und kreischt wie vierzig irrsinnig gewordene alte Weiber und: kritschkratsch! die Leute und die Ochsen auseinanderreißt in blutige Lappen und die Fetzen in die Dornen klatscht, das ist eine ganz andere Sache. Das kommt von so weit her geflogen, daß man nicht weiß, woher, und nicht weiß, wohin, und wo man steht, kann der falsche Platz sein, auch wenn gar kein Deutschmann in der Nähe ist. Da packt dann die meisten die Angst und die armen Ozongombe natürlich auch, die hierhin und dorthin rennen und sich im Busch verfangen und brüllen. Und am Wasser von Hamakari, wo Tjetjo und Samuel ihre Werften aufgebaut haben, da ist es zu einem fürchterlichen Gemetzel gekommen, und die Orlogsleute, die schwarzen Menschen und die gelben Dinger, haben sich den ganzen Tag lang um die Wasserlöcher totgeschossen und totgestochen und totgehauen. Petrus ist da hingeraten, und er hat das Schießen gehört, und das Tack-tack der Deutji und das Geschrei: »Assa! Kajata! Twindi konganda!« Und das Kriegsgeschrei der Deutschmänner: »Dreck-schwei-ne!« und: »Hurraaa!« oder: »Munition vor! Munition vor!« Keiner hat den anderen richtig gesehen, prallt da im Dickicht auf einen Feind und schießt und haut und sticht und schreit oder dreht um und rennt davon, und Petrus ist in dem Durcheinander herumgeirrt, wirr von all dem Lärm, beinahe blind im aufgewirbelten Staub, zwischen schreienden und blutenden Kriegern und kreischenden und singenden Frauen und brüllenden Rindern, und ist über den toten Deutschmann gefallen und hat sein Gewehr genommen, aber es wollte nicht schießen, wie er es versucht hat; da hat er es wieder weggeworfen. In Wirklichkeit aber hat er das Gesicht von dem alten Ezechiel gesehen, die Runzeln und die fast blinden alten Augen und den weichgelutschten Pfeifenstiel im zahnlosen Mund. Da hat er sich gedacht, daß der alte Ezechiel vielleicht über ihn wacht, und daß der Alte böse wird, wenn er einen totschießt, auch wenn's bloß ein Weißmann ist, und daß ihn dann auch einer totschießt, ihn, den Petrus. Und ist er selbst, sein Innendings, seine Seele, dann in dem Deutschmann, der ihn geschossen hat? Ist er dann ein Hereromann mit einer weißen Haut, wie ein Mopanewurm in einer dicken Made? Es läßt ihn nicht los: Und wenn er einen Deutschmann schießt, kommt dann die Deutschmannseele in ihn hinein? Und was ist dann? Macht dann die weiße Seele seine schwarze tot? – Fhiing! pfeift es an ihm vorbei und zischt in den Busch, da erschrickt er und wacht auf und duckt sich. Und noch einmal ist da Ezechiel in seinem Kopf und sagt: »Es ist ganz umgekehrt, ganz und gar andersrum. Wenn du glaubst, du wachst auf, dann schläfst du ein. Und wenn du glaubst, du schläfst ein, dann erst wirst du wach!«

Petrus hat aber jetzt keine Zeit, über solch rätselhafte Worte nachzudenken. Ein ganzer Haufen kommt gelaufen, Leute von Samuels Werft, Männer und Weiber, und die Weiber schreien und jammern, und er rennt mit und merkt erst da, wie ihm das warme Blut an den Armen und Beinen herunterläuft von den Dornen. Und von hinten schreien welche: »Bleibt da! Lauft nicht weg! Jagt die Deutji fort, treibt sie nach dem Süden!« Es wollte aber keiner hören. Bloß weg! Bis nach Okakarara sind sie gelaufen, bis keiner mehr konnte, und viele sind zurückgeblieben. Im Busch haben die Deutji sie nicht gesehen, obwohl es dauernd links und rechts geschossen und geschrien hat. Und es waren nur mehr ein Ongombe und zwei Bokkies dabei, und es gab nicht einen Tropfen Wasser. Denn auch bei Okakarara am Rivier saßen die Deutschmänner rings um die Wasserlöcher, und da mußten sie im Busch bleiben und sind endlich, als es dunkel wurde, ganz leise davon, immer weiter nach Osten zu, in die dunkle Nacht, und da sitzt er nun im Busch und kann nicht mehr weiter. Um ihn herum ist Schluchzen und Jammer in der Dunkelheit, und es ist Ondorera jondiro, die Dunkelheit des Todes, die um sie herum ist und bei ihnen bleiben wird, denn sie können sich von dieser Dunkelheit nicht befreien, sie können sie nicht abwaschen in der Klage um die Toten, die sie hinter sich im Busch lassen müssen, Väter und Söhne, Mütter und Kinder und Freunde. Unbestattet, unbetrauert liegen sie, um sie herum nur die Stiefel der Deutji, bald Fraß für den Schakal und die Geier, die Knochen im Busch verstreut, ihre noch vertrauten Gesichter bald vergessen.

Später in der Nacht kommt er an den Buschrand, wo man auf die offene Fläche des Riviers hinaussehen kann. Dunkel ist das Land, und der Mond geht schon unter und war ohnehin nur ein ganz, ganz dünnes Horn, das kaum Licht gab; nur die Sternfeuer blinzeln herab. Weit weg im Süden oder Südwesten flackert rötlicher Widerschein über dem Busch, als wenn dort die Savanne brenne. Petrus hört Flüstern und Raunen. Hier sitzen welche vom

Otjimbingwe-Volk, ganz versteckt in den Dornen. Ist das der Elias? Ja, und die Deutji haben ihm ein Stück Fleisch aus dem Arm geschossen, und er fragt den Petrus: »Petrus, sag, hast du den Zacharias gesehen?« und Petrus sagt: »Kako, nein«, und braucht nun den Elias nicht mehr fragen, ob der den Zacharias gesehen hat. Petrus hockt sich zu ihm hin, und der Elias wispert: »Weißt du, Petrus, die Ahnen schlagen uns zur Strafe! Es sind nicht die Deutji, nein, nein! Die Deutji sind bloß der Stock, mit dem uns die Ahnen prügeln! Die Väter schlagen die Otjiherero!« Er hockt im Sand neben Petrus, die Arme um die Knie geschlungen und wiegt sich hin und her. Seine Stimme ist rauh und kratzig, sein Atem pfeift. »Hinao ondjo!« murmelt er: Ich habe keine Schuld!

»Petrus«, sagt er jetzt, »nicht wahr, wir haben uns an den Ahnen versündigt, als wir anfingen, unsere Rinder an die Otjirumbu zu verkaufen? Die Ozongombe, die uns doch von den Ahnen vererbt waren, damit wir sie mit aller Liebe tränken und füttern und uns um sie sorgen, als Dank dafür, daß sie das Volk ernähren! Wir hätten aber doch die Ozongombe auch vererben sollen, an die Kinder und an die Kindeskinder, auf daß das Volk ewig lebe.« Er schweigt eine Weile. Auf die Armwunde hat er Asche oder Sand gestrichen, Petrus kann im schwachen Sternenlicht nicht genau erkennen, was. Die Wunde scheint nicht mehr zu bluten. Elias spricht weiter und wiegt den Kopf dabei: »Es waren so viele! Es waren so viele tausend und hundert und noch mal tausend Ozongombe, da hat ein jeder gedacht, ein paar davon kann ich gut mal hergeben und da auch noch ein paar, und es sind immer noch so viele, daß ich sie nicht alle auf einmal sehen kann, auch wenn ich auf einen Baum hinaufklettere. Wir haben sie verkauft, Petrus, du weißt das ja, für Kleider und Suppi, und die Buren und die Deutji haben die armen Ozongombe vor ihre schweren Wagen gespannt und zu Tode geschunden, oder sie haben sie totgeschlagen und aufgefressen.« Eine Träne glitzert ihm auf der Wange.

»Und nicht nur die Ozongombe haben wir verkauft, auch das Land und sogar das Wasser. Und die Deutji sind davon immer gieriger geworden und wollten immer mehr, und was sie nicht kaufen konnten, das nehmen sie sich jetzt mit Gewalt. Die Ahnen strafen uns! Sie haben genug von uns Otjiherero, denn wir haben sie betrogen! Wehe, wehe!«

Hamakari

12. August (Freitag)

Die Sonne geht auf, und es wird fast unerträglich hell. Ettmann hört eine Trompete, »Sammeln!« wird geblasen, durchgerufen und wiederholt, die Abteilung macht sich für den Abmarsch nach Hamakari fertig. Das gleißende Licht tut den Augen weh, der Rücken schmerzt, die Beine sind schwer wie Blei. Ettmann hat höchstens eine Stunde geschlafen und torkelt fast vor Müdigkeit. In der Feldflasche ist nur noch ein kleiner Rest Kaffee, der schmeckt ekelhaft bitter, es wird ihm beinahe schlecht davon. Den Hang hinab, über Felsgeröll stolpernd. Auf dem zerstampften, ausgetrockneten Boden unterhalb der Waterbergstation treten die Kompanien an, Pferde werden herangeführt, Vorratswagen schwanken und knarren hinter halbtoten Ochsen oder Eseln. Das Feldlazarett muß unter Bedeckung hier bei der Station zurückbleiben, denn viele Verwundete sind nicht transportfähig. Ettmann sieht Hauptmann Franke, schon im Sattel, und bei ihm Ben, der ihre Pferde hält. Oberst Deimling kommt angeritten, seine Adjutanten im Schlepptau, erwidert Frankes Gruß und ruft putzmunter: »Auf nach Hamakari! Dort fällt heute die Entscheidung!«

Die Abteilung marschiert ab, im Eiltempo auf der Pad, fast genau nach Süden, Marschzahl auf dem Kompaß 170°. Beiderseits des Weges Busch; vom Ballon, der über dem Hauptquartier stehen sollte, ist nichts zu sehen. Ettmann reitet bei der Stabswache, die einen Ring um Oberst Deimling und seinen Stab gebildet hat. Obwohl fast alle beritten sind und der Oberst Eilmarsch befohlen hat, geht es doch nur in Fußgängergeschwindigkeit vorwärts, wegen der langsamen Versorgungswagen und Geschütze. Die müssen beim Haufen bleiben, damit sie nicht etwa abgeschnitten und aufgerieben werden. Ab und zu wirft Ettmann einen Blick auf den Oberst, der seine Ungeduld kaum beherrschen kann und wohl am liebsten im Galopp losgeprescht wäre. Nach vorne zu hängt Staub in der Luft, viel Staub, und Ettmann denkt gerade, das sieht aus, als wäre die ganze Hauptabteilung auf dem Marsch, so viel Staub; kommen die uns entgegen? Da gibt es auf einmal Geschrei von vorn, und Schüsse krachen, peng, peng und peng! Ein Zusammenstoß! Deimling kann sich nicht mehr zügeln, er haut seinem Pferd die Sporen in die Weichen und jagt es vorwärts und brüllt dabei: »Da sind die Halunken!« und: »Los und drauf!« Die Stabswache darf natürlich nicht zurückbleiben, im Galopp müssen sie hinter dem Herrn Oberst her, und vorne schießt es und ballt sich der Staub zu dichten Wolken. Ettmann sieht Rinder im Gras vor sich, dazwischen Hüte und graubraune Kordröcke, das ist die Vorhut, Hauptmann Klein entwickelt seine Kompanie gegen den Feind, seine Schützen schwärmen nach beiden Seiten aus. Rinder brüllen, es müssen Hunderte sein, überall laufen welche, jetzt kommen ihm zwei, drei in die Quere, und er muß sein Pferd zügeln und um die erschreckten Tiere herumlenken. Vorne läßt das Feuer nach, das Geschrei und das Blöken der Beester aber nicht. Da haben sie den Oberst endlich eingeholt, sein Pferd tänzelt aufgeregt, und er redet auf Hauptmann Klein ein und fuchtelt mit der Hand in der Luft herum. Ettmanns Pferd fällt von selbst in Trab, und die Stabswache schließt wieder ihren Kreis um den Kommandeur. Da kommt nun Hauptmann Franke angeritten, mit mürrischem Gesicht, und jetzt geht es ein paar Schritte hinter Klein her auf der Pad, da weitet sich der Busch zu einer Lichtung, und da liegt ein totes Hereroweib auf dem Gesicht. »Was«, sagt Deimling, »ist das alles, das alte Weib da?« Ein Soldat dreht sie mit dem Fuß um, sie ist durch den Hals geschossen und schon verblutet. »Großartig!« sagt es zornig hinter Ettmann, er schaut sich um, Franke hat das gesagt, und über seine Schulter guckt das runde, schwarze Gesicht Bens, neugierig und ängstlich zugleich. Der Oberst redet vom Gaul herunter mit einem unbekannten Offizier, und jetzt wird er laut: »Scheiß auf das Vieh! Soll es meinetwegen verrecken! Keine Zeit verlieren! Sammeln und Marsch!«

Weiter, weiter, durch das Gerümpel, das die Hereros, mit denen sie eben zusammengestoßen sind, auf ihrer wilden Flucht weggeschmissen haben, Decken, Stiefel, Kisten mit Straußenfedern, Flaschen, ein umgekippter Wagen und ein toter Ochse, Stoffballen, Kupferringe und anderer Schmuck, aufgeplatzte Säcke, eine Kaffeemühle.

Fünf uralte Leute, fast nackt, ein armseliges Häufchen, furchtsam aneinandergekauert, schauen sie mit großen Augen den Soldaten entgegen. Vorbei. Wagenspuren werden gekreuzt, Ben springt aus dem Sattel und untersucht sie. »Zehn Wagen, zwölf Wagen, Herr Hauptmann!« ruft er Franke zu. »Auch viel Fußspur! Herero! Spur all' ganz frisch, vielleicht ein Stund', vielleicht zwei!« Die Spuren führen nach Osten, und dort, schätzungsweise zwei Kilometer weit entfernt, ballen sich gewaltige Staubwolken und verdunkeln beinahe den Himmel. Man zeigt es dem Oberst, aber den kümmert das nicht weiter, denn jetzt ist endlich der Ballon der Funker beim Hauptquartier wieder sichtbar. Eine Zeitlang war die gelbe Wurst verschwunden, aber dort hängt sie wieder, über den Wasserlöchern von Hamakari, und darunter schlängelt sich die Kommandeursflagge am Luftdraht, ein unruhiger kleiner Fleck. »Richtung auf den Ballon!« befiehlt Deimling, und die Kolonne schwenkt nach Westen ab, weg von den Staubwolken und von den zwölf Wagen, die ihren Weg gekreuzt haben, und weg von den Hereros, die dort mit mehreren tausend Rindern auf dem Marsch sein müssen, den gewaltigen Staubmassen nach zu urteilen. »Horn!« ruft der Oberst seinem Adjutanten zu. »Reiten Sie mal voraus und melden Sie dem General unsere Ankunft!« Horn salutiert und will losreiten, aber der Oberst hält ihn noch einmal auf: »Bringen Sie dem General auch die schöne Siegesbotschaft, daß der Paß von Omuweroumwe vom Feind gesäubert ist und daß auch die Waterbergstation von uns erobert ist!«

Viertel nach neun, sieht Ettmann auf seiner Uhr, Hamakari kann nicht mehr weit sein. Jeden Moment müßte die Spitze auf Vorposten der Hauptabteilung treffen. Der Busch rückt von beiden Seiten dichter an die Pad heran, und Oberleutnant v. Kummer ruft: »Stabswache heranschließen!« Vor Ettmann reiten ein paar Männer von Hauptmann Kleins Kompanie, die lenken ihre Pferde jetzt links und rechts um etwas herum, das da auf der Erde liegt. Es ist der Leichnam eines Hereros, so voll Staub, daß er kaum vom Boden zu unterscheiden ist. Ettmanns Pferd scheut, er klopft ihm beruhigend den Hals und lenkt es um den Toten herum. Er reckt sich im Sattel hoch und versucht, über den Busch hinauszusehen. Da und dort sieht er Hüte von Reitern über dem grauen Gewirr. Der Geruch von verbranntem Holz steigt ihm in die Nase, was ist da los, da haben Büsche gebrannt, seltsam, die brennen doch sonst nicht. Schwarz verkohltes Dornengewirr, verbranntes Gras, ein flacher Trichter. Granatwirkung, denkt Ettmann, wahrscheinlich die neuen Brisanzgranaten, weil der Trichter so flach ist. Die ganze Gegend ist hier wie verwüstet, sieht er auf einmal, aus dem Boden gerissene Büsche, und was liegt da alles herum? Ein Stiefel, Stofflappen in den Dornen, eine Feldflasche. Ein totes Pferd streckt zwei steife Beine in die Luft, und da liegt noch eine Leiche, auch ein Schwarzer, um ihn herum blinken Patronenhülsen. Immer ärger wird die Verwüstung, Gewehre liegen da, Hüte, noch eine Leiche. Hier ist offensichtlich schwer gekämpft worden. Ettmann wird beklommen zumute. Ist die Hauptabteilung von den Hereros überrannt worden? Niedergemacht? Der Feind ausgebrochen? Er sieht sich nach Deimling um. Der Oberst reitet nur ein paar Schritt hinter ihm, er hat seinen Hut abgenommen und fächelt sich damit Kühlung zu. Der Oberst ist blaß unter der Bräune und hat die Brauen zusammengezogen. Ettmann fragt sich, was er wohl denkt.

Halb zehn Uhr morgens ist es, als die Abteilung Deimling im Lager Hamakari eintrifft, um viele Stunden zu spät. Die Hauptabteilung hat den ganzen gestrigen Nachmittag und Abend um den Besitz der Wasserlöcher gekämpft und hohe Verluste gehabt. Weder v. d. Heyde noch Deimling sind ihr zu Hilfe gekommen. Im Feldlazarett operieren die erschöpften Ärzte immer noch. Das Hauptquartier hat die vergangene Nacht hinter Dornverhau und in Schützenlöchern verbracht, in ständiger Erwartung weiterer Angriffe. Der Feind steht inzwischen weit im Südosten und strebt dem Omuramba-Omatako-Rivier zu.

Es stellt sich heraus, daß die Hereros, auf die die Abteilung eine Stunde zuvor geprallt war, am gestrigen Nachmittag gegen die

585

Abteilung v. d. Heyde gekämpft und nicht weit von ihr die Nacht im Busch verbracht hatten. Noch vor Sonnenaufgang waren sie alle dem Waterberge zugeströmt, wohl in dem Glauben, nach Südosten sei ihnen der Weg versperrt, da es ihnen nicht gelungen war, v. d. Heydes Truppe zu überrennen. Als sie auf die heranrückende starke Abteilung Deimling stießen, griffen sie nicht an, sondern flohen in hellem Schrecken nach allen Seiten in den Busch. Sie ließen alles zurück, was ihnen bei der Flucht hinderlich war, alte Leute, Weiber und Kinder, ihr Vieh, allen Hausrat und alle Ausrüstung und die eine tote Frau.

»Schlachtfeld abpatrouillieren, Richtung Südost! Verwundete und Tote bergen, Waffen einsammeln! Wo noch einzelne Feinde angetroffen werden, erschießen oder einfangen! Weiber und Kinder wegjagen! Versprengtes Vieh hat euch nicht zu kümmern, das wird später erledigt. Marsch, ab!«

So lautet der Befehl. In Schützenlinie ausgeschwärmt geht es in den Busch, zu beiden Seiten des Streitwolfschen Weges. Ettmann ist ganz an die linke Flanke geraten, neben ihm geht ein Gefreiter namens Vizenty. Links von ihnen, nach dem Nordosten zu, ist niemand mehr, aber eigentlich sollten sie hier auf Posten der Abteilung v. d. Heyde stoßen. Es ist dumm, daß man nicht über die Büsche hinaussehen kann. Ettmann streift durch das dünne, aber hohe Gras, Gewehr halb im Anschlag und den Finger am Abzug, und späht ins Dornendickicht und sucht das Gras nach Bewegung ab. Hinter Vizenty sieht er zwei, drei andere Männer, die er nicht kennt, die streifen durchs Gras gerade so wie er, Gewehr schußbereit, Hut in die Stirn gedrückt, Augen verkniffen. Den Rest der Schützenlinie hat der Busch verschluckt. Das spärliche Gras wird immer weniger, bald ist fast kein Büschel mehr zu sehen, die Erde ist von Rinderhufen zertreten.

Unter seinen Stiefelsohlen staubt die rote Erde, da und dort blinken Patronenhülsen. Die Sonne brennt schon sengend heiß. Viel zurückgelassenes Vieh beweist, wie überstürzt die Hereros geflohen sind. Die Tiere wandern herum und brüllen vor Durst und Hunger. Hier ist alles ratzekahl abgeweidet, nirgendwo mehr ein Grashalm, kein Blatt mehr an den Büschen, sogar die Rinde ist von den wenigen Bäumen gefressen.

Es stinkt, Tierkadaver liegen im Busch, tiefe Löcher sind in den Sand gegraben, Wasserlöcher, aber alle sind nur noch zertretener und vertrockneter Schlamm. Überall Rindermist und Millionen und aber Millionen scheußlich aufdringlicher Fliegen. Eine Karre mit zerbrochenen Rädern steht schief, Felle, Decken und Hausrat darauf oder drum herum verstreut, dazwischen Schreibhefte, Schiefertafeln und Griffel, ein schwarzer Lehrer muß hier sein Schulzeug im Stich gelassen haben. Weiter rechts wird gerufen, dort sind sie auf Hereroleichen gestoßen. Die müssen sie jetzt zusammentragen. Was wird mit denen geschehen, grübelt Ettmann, werden sie verbrannt wie in Omaruru oder nur mit Kalklösung übergossen und liegengelassen? Oder eingegraben, wozu immer die eingeborenen Helfer 'ran müssen?

Ein Dornverhau, durch eine Lücke geht es hindurch. Hier wächst wieder hohes Gras zwischen den Büschen. Plötzlich ruft Vizenty: »Holla!« und reißt das Gewehr hoch, und Ettmann sieht Bewegung im Busch direkt vor ihm, ein Gewehrlauf blinkt – Hereros, keine zwanzig Meter weg! Vizentys Schuß knallt, und Ettmann wirft das Gewehr hoch und an die Backe – klick! entsichert der Daumen – und späht über den Lauf, aber jetzt sieht er niemand mehr, nur Zweige schnellen und zittern, dafür prasseln Schüsse los, die anderen feuern alle in den Busch, da schießt er auch, mitten hinein ins Dickicht, sicher ist sicher, abgeschossene Zweige und Äste wirbeln. Lautes Geschrei, Schreckensrufe und wütendes Gebrüll, die Trillerpfeife eines Offiziers schrillt. Ettmann steht, ein wenig geduckt im hohen Gras und schaut über seinen Gewehrlauf um sich, aber er hört nur unverständliches Gerufe, zu sehen ist niemand außer Vizenty. Da wackelt es im Busch, und dort streift es im Gras, und da prasseln die Äste, und beißend scharf zieht ihm Korditrauch in die Nasenlöcher und macht ihn niesen, hatschi! und noch mal: hatschi! und Vizenty schaut in seine Richtung, nur der Kopf ist im hohen Gras zu sehen, und ruft tatsächlich: »Prost!«

Ein einzelner Schuß knallt ganz nah, irgendwo aus dem Busch da vorn, und Ettmann duckt sich und zielt in die Richtung, aber alles, was er sieht, ist ein rasch verdunstender Rauchstreifen. Er schießt dorthin ins Dorngestrüpp, auch nur einen Schuß, repetiert und wartet. Eine im Lauf, noch zwei in der Kammer, sagt er sich vor. Nichts geschieht, nichts regt sich. Er geht ein paar Schritte weiter und späht und hofft, daß er keinen übersieht, der auf ihn losgehen könnte. Ein Stück Stoff liegt auf dem Boden, blaues Zeug, ganz verstaubt. Er schaut sich nach den anderen um, keiner zu sehen. Wo ist Vizenty? Er hält sich nach rechts, die müssen hier doch irgendwo sein, und will gerade rufen, da sieht er im Gras einen Knopf blinken. Da liegt Vizenty auf dem Rücken und ist tot, da gibt es gar keinen Zweifel, obwohl kein Blut zu sehen ist. Ein Blick genügt, nur ein Toter kann mitten in einem Gefecht so ungerührt und selbstvergessen daliegen. Er kniet bei dem Mann nieder und dreht seinen Kopf zu ihm her. Die Haut ist noch warm, Vizenty hat die Augen offen, aber sein Blick ist starr wie der einer Puppe. Nun sieht er doch Blut, ein dunkler Fleck unter dem Arm, zögernd hebt er den Arm an, dort ist die Kugel in den Brustkorb eingedrungen und hat nur ein kleines Loch im Rock hinterlassen.

Wie er sich erhebt, sieht er, daß er ganz allein ist mit dem Toten. Wo sind die anderen geblieben? Wo sind die Hereros, auf die sie eben gestoßen sind? Die erschrockenen schwarzen Gesichter, die für einen Moment im Dornenwirrwarr zu sehen waren? Davongelaufen, aber einer von ihnen hat Vizenty erschossen. Er schaut auf ihn herunter und denkt: Wir sind gerade mal eine halbe Stunde nebeneinander her gelaufen, und daß du Vizenty heißt, weiß ich auch nur, weil vorhin der Mann auf der anderen Seite »He, Vizenty!« geschrien hat! Als mich eben der Pulverrauch zum Niesen gebracht hat, hast du »Prost!« gerufen, und ich hab nicht einmal danke gesagt. »Prost, das war sein letztes Wort, dann trugen ihn die Englein fort«, schießt ihm durch den Kopf, und er schämt sich dafür.

Vizenty schweigt und schaut in den grausam blauen Himmel hinauf, ohne zu blinzeln. Es ist auf einmal still ringsum, als wäre nie geschossen oder geschrien worden. Nichts bewegt sich, nicht einmal die Rispen auf den trockenen Grashalmen zittern. Der Gefreite ist wohl schon daheim, wo immer das ist, das endgültige

588

Zuhause. Oder ist er jetzt unterwegs ins nächste Leben? Ettmann bückt sich nach Vizentys Gewehr und hängt es sich über die Schulter. Es wird ihm bewußt, daß er die Richtung verloren hat. Weit und breit ist kein Mensch zu sehen, kein Laut zu hören. Er kramt in den Rocktaschen nach dem Kompaß und merkt sich, wo Süden ist, und geht los durch den Busch, mit dem Gewehr Zweige beiseite biegend. Es fällt ihm ein, daß er dem Toten hätte die Augen schließen sollen, das macht man doch so, aber nun will er nicht mehr zurück. Hier ist der Dornenverhau zu dicht, da muß er außen herum, bis eine durchlässigere Stelle kommt. Nun hört er zwei, drei Schüsse von weit her, aber aus welcher Richtung, kann er nicht sagen. Es riecht nach Verwesung. Hier liegen zwei tote Kühe, er weicht aus, aber da tritt er beinahe auf einen Menschen, ein Herero liegt da, die Zähne gebleckt, ein Arm erhoben, der Ärmel von Dornen festgehalten. Ettmann erschrickt beinahe zu Tode, sein Herz setzt einen Schlag aus, bis ihm bewußt wird, daß der Herero tot ist. Zugleich sieht er, daß ein Bein abgerissen und das andere ganz zerschmettert ist. Wie schnell er auch den Blick abwendet, er hat schon zuviel gesehen, und saurer, scharfer Saft steigt ihm in die Kehle und würgt ihn, daß es ihn schüttelt. Er stolpert vorbei und hat das Gefühl, der Tote sehe ihm nach mit den weißlichen Augen; es kribbelt ihm im Genick. Stoffetzen hängen im Gebüsch, eine Kalebasse liegt im Staub, ein Stiefel. Wieder fernes Schießen. Der Busch wird lichter, das Gelände senkt sich, und nun ist die weite Sandfläche eines Riviers zu sehen. Gleich hier liegen drei tote Hereros nebeneinander und übereinander, gräßlich verstümmelt. Ettmann beißt die Zähne zusammen und stolpert weiter. Das auseinandergerissene Gerüst eines Pontoks, Fetzen von Decken, eine Flasche. Ein entsetzlicher Pestgestank schwängert die heiße Luft, Ettmann hält sich den Ärmel vor das Gesicht und versucht, durch den Stoff zu atmen, das hilft kaum, es wird ihm schlecht. Mehr Pontoks, geborsten und auseinandergerissen. Eine Kuh steht unbeweglich mit gesenktem Kopf, ein erbarmungswürdig abgemagertes Tier. Ein umgeworfener Wagen. Noch mehr Tote, da und dort umgemäht, zwei kleine Kinder dabei. Alte Leute halb unter einen Busch gekrochen, zwischen ihnen Kinder mit weit aufgerissenen Augen.

»Sch!« zischt ein uralter Mann mit Gras in den weißen Haaren und zeigt Ettmann eine zitternde Knochenfaust. »Scht! Scht!« Ein Huhn irrt herum und gackert.

Ettmann kümmert sich nicht um die alten Leute, und um die Toten erst recht nicht, er ist allein, und die Furcht sitzt ihm im Nacken er will nur so schnell wie möglich zu den eigenen Leuten zurück. Da vorne sind Bäume, nur drei oder vier, weit auseinander, aber doch regelrechte Bäume, da muß auch ein Wasserloch sein. Er schwenkt in die Richtung, da hängen lange weiße Girlanden in den Büschen, was ist denn das? Es sieht aus wie die Festdekoration für eine Buschhochzeit! Mullbinden sind es. Wer hat die aufgerollt und in die Büsche gehängt? Der Wind? Er schaut noch zu den Girlanden hinüber, da stolpert er in zweites Mal beinahe über die Beine eines Toten, der ist so voll Staub, daß er sich kaum vom Boden abhebt. Der Tote liegt halb unter einem Busch auf dem Rücken und war ein junger und großer, muskulöser Herero, wahrscheinlich gestern abend gefallen, die Lippen haben sich schon weit von den Zähnen zurückgezogen. Eine Hand hat er ins zerfetzte, blutige Hemd gekrallt, die andere Hand liegt mit nach oben zeigender Handfläche über seinem Kopf, als wolle er etwas werfen. Neben den verkrümmten, grauen Fingern glänzt eine goldene Taschenuhr. Ettmann hebt sie auf und pustet den Staub weg. Ein Stück Uhrkette hängt noch an der Öse. Die Zeiger sind auf 4 Uhr 17 stehengeblieben. Ettmann klappt den Deckel auf und liest die feine Gravur darin:

V. A. Ernstl
k. u. k. I. R. No 14
Linz, 1899.

Der arme Ernstl! Gott sei ihm gnädig! Ettmann schaut auf die Uhr in seiner Hand hinunter und muß an die Sonnenuhr im Krögel denken: Mors certa, hora incerta.

Ettmann ist zum Hauptquartier zurückgekommen. Er hat Ernstls Uhr abgegeben und Vizentys Tod gemeldet, aber nicht die fünf toten Hereros, an denen er vorbeigekommen ist. Er fürchtet, daß die alten Leute mit den Kindern, die er dort gesehen hat, dann gefangen oder womöglich erschossen werden. Vielleicht kommen sie so ja davon und überleben, irgendwie.

Am Abend steht fest, daß die Einkesselung fehlgeschlagen ist. Wie von Oberst Leutwein und Major v. Estorff vorausgesagt, wurde die Einschließung an der schwächsten Stelle durchbrochen. Die Hereros, die gestern vor der übermächtigen Abteilung Deimling nach Osten ausgewichen waren, wurden dort von der Abteilung v. Estorff aufgehalten. Den Weg nach Norden versperrte ihnen der unübersteigbare Waterberg. So wandten sie sich nach Südosten und stießen in die klaffende Lücke nördlich von Hamakari zwischen der Hauptabteilung und v. d. Heyde, dessen Abteilung sich im Busch verirrt hatte. In der vergangenen Nacht strömte das Herero-volk mit einem Großteil seines Viehs hindurch, und ein Teil prallte auf v. d. Heydes verirrte und erschöpfte Abteilung, die als einzige keine Maschinengewehre hatte. Die Abteilung konnte die Hereros nicht aufhalten, sie konnte im Gegenteil von Glück reden, daß sie nicht ganz überrannt und niedergemacht wurde. Die abgekämpfte Hauptabteilung war nicht in der Lage, v. d. Heyde zu Hilfe zu kommen. Deimlings Abteilung, die am Abend des 2. in Hamakari hätte eintreffen sollen und die die Lücke hätte schließen können, verbrachte die Nacht ahnungslos bei der Station Waterberg.

Mit solch einer Entwicklung hatte General v. Trotha, allen Warnungen zum Trotz, nicht gerechnet. Nun sieht er sich nicht nur mit dem Vorwurf ungenügender Planung, sondern auch mit der Gefahr eines langjährigen Guerillakrieges konfrontiert und setzt daher alles daran, den ausgebrochenen Gegner zu stellen, bevor der sich in zu viele kleine Gruppen aufsplittern kann und nicht mehr zu packen ist.

Den heutigen 12. braucht die Truppe aber unbedingt als Ruhetag. Morgen jedoch soll noch vor Sonnenaufgang die Verfolgung der fliehenden Hereros aufgenommen werden.

Die Gesamtverluste für gestern und heute werden überschlagen. Auf deutscher Seite belaufen sie sich auf fünf Offiziere, einundzwanzig Mann tot; verwundet wurden sieben Offiziere und dreiundfünfzig Mann. Die Verluste der Hereros werden auf hundertzwanzig bis hundertfünfzig Gefallene geschätzt.

Ettmann ist todmüde. Nach der Rückkehr von der Patrouille wurden die gefundenen Leichen zusammengetragen, aufgesammelte Waffen und Munition mußten abgegeben und registriert werden. Vizenty war geholt und noch am Nachmittag begraben worden, die anderen Gefallenen sind bereits bestattet. Für die toten Feinde ist von Gefangenen eine große Grube geschaufelt worden.

Wesch ist seltsam, findet Ettmann und fragt ihn: »Was ist los, Wesch?« Der Wachtmeister nickt in Richtung Generalszelt und knurrt: »Die gemeinen Säue haben ein Kaffernweib und ihr kleines Kind erschossen, dort drüben, heute nachmittag!« – »Was«, sagt Ettmann, »ein kleines Kind? Hier im Hauptquartier?« Wesch nickt. »Wesch«, sagt Ettmann, »wieso ein Kind?« Der Wachtmeister macht nun ein mürrisches Gesicht und brummt: »Das Weib hat spioniert, hat es geheißen. Ich war ja nicht dabei, hab nur die Schüsse gehört.« Er will weiter nichts sagen. Er beißt nur die Zähne zusammen und schüttelt den Kopf.

Ettmann kann sich das gar nicht vorstellen. Man erschießt doch keine Frau und schon gar kein Kind! Und dazu mitten im Hauptquartier, womöglich noch vor dem General! Hat man das Kind erschossen, um die Mutter zu einer Aussage zu zwingen? Oder hat man das Kind nach der Frau erschossen, weil es nun keine Mutter mehr hatte? Waren die Offiziere besoffen und haben sich einen Spaß gemacht? Er schaut noch einmal zu Wesch hin. Aber der macht nun ein ganz und gar verschlossenes Gesicht, da will er ihn nicht weiter fragen.

Als es längst dunkel ist, baut Ettmann mit Wesch das Zelt des Hauptmanns auf, keine hundert Meter von Trothas großem Generalszelt entfernt, während Ben sich um ihre Pferde kümmert. Keiner sagt ein Wort. Endlich fertig, scharrt er sich ein Stück Boden frei, legt sich auf die Pferdedecke und rollt sich in seinen Mantel. Ein paar Stunden Ruhe, bis man ihn zur Nachtwache weckt. Im Nu ist er eingeschlafen.

Kaiserlicher Dank

18. August (Donnerstag):

Eine Woche nach der Schlacht am Waterberg trägt Hauptmann Franke in sein Tagebuch ein:

»Meine Verachtung für diesen edlen General wächst von Tag zu Tag. Auf seine lügnerische Meldung von einem herrlichen Siege erhält der Mann folgende Depesche vom Kaiser:

Wilhelmshöhe, 16. August 1904. – Mit Dank gegen Gott und hoher Freude habe ich Ihre Meldung aus Hamakari über den erfolgreichen Angriff des 2. August auf die Hauptmacht der Hereros empfangen. Wenn bei dem zähen Widerstand des Feindes auch schmerzliche Verluste zu beklagen sind, so hat die höchste Bravour, welche die Truppen unter größten Anstrengungen und Entbehrungen nach Ihrem Zeugnis bewiesen, Mich mit Stolz erfüllt und spreche ich Ihnen, Offizieren und Mannschaften Meinen Kaiserlichen Dank und Meine vollste Anerkennung aus.

Wilhelm.

Wie berührt es einen angesichts dieses Telegramms, daß der tapfere Sieger sich nach dem Siege verschanzt und mit Gewehr im Arm kaum 1500 Meter neben dem »geschlagenen« Feinde die Nacht verbracht hat! Anstatt diese Nacht auszunutzen u. den ausgebliebenen Erfolg wenigstens einigermaßen zu erringen! Arme, brave Kameraden, die Ihr Euer Leben in dieser Schlacht lassen mußtet. Gott tröste Eure armen Eltern.«

Ins Namaland

2. Oktober (Sonntag):

Blendend steht die Sonne über den Kuppen und Zacken der Karubeams-Berge, eine weißflammende Scheibe. Vor nicht ganz drei Stunden, nach Lutters sonntäglicher Morgenandacht, ist die kleine Gruppe von Rehoboth aufgebrochen. Das ist nun der dritte Reisetag seit Windhuk, und jetzt und hier, ungefähr zehn Kilometer südlich von Rehoboth, überschreiten sie den Wendekreis des Steinbocks und verlassen die Tropengebiete. »Oder Äquinoktialgegenden!« sagt Ettmann zu Cecilie, die an seiner Seite reitet. »Damit ist die Erdzone um den Äquator zwischen den Wendekreisen gemeint! Die Wendekreise sind Isothermen von annähernd 20° mittlerer Jahrestemperatur!« erklärt er ihr.

»Und was bitte«, will Cecilie wissen, »sind Isothermen, wenn die Frage erlaubt ist?« Ettmann antwortet verlegen: »Isothermen sind nur Linien um den Globus, die Breiten oder Zonen gleicher Temperatur bezeichnen.« Cecilie fragt: »Wird es also kühler, weil wir uns dem Südpol nähern?« – »Nein«, sagt Ettmann, »oder, besser gesagt: ja und nein! Tatsächlich wird es tagsüber heißer, nachts jedoch kälter. Zudem wird es trockener, denn wir kommen in den südlichen Wüstengürtel!«

Sie sind nun im Namaland, im Reich der Hottentotten oder Khoi-Khoin, wie diese sich selbst nennen. Khoi-Khoin soll heißen: die wahren Menschen.

Ettmann hält sein Pferd an und wartet, bis Cecilie wieder mit ihm auf gleicher Höhe ist. Er ist immer noch in Uniform, gut sechs Wochen nach der Schlacht am Waterberg, wie das Gefecht inzwischen allgemein genannt wird. Die Truppe schickt ihn nach Gibeon, und Cecilie begleitet ihn, um in dieser Gegend Aufnahmen zu machen. Hinter ihr reitet Lutter auf dem Falben und führt die beiden Reservepferde am Seil, und am Schluß geht Johannes vor der Eselskarre. Darauf sind die Meßgerätschaften verladen, der schwere Theodolit, der Meissner-Kompaß mit Stativ und die Höhenmesser, Meßlatten und Peilscheiben, dazu Cecilies photographische Ausrüstung, die beiden Zelte und nicht zuletzt Proviant und Futter. Die sechs Esel haben schwer zu ziehen.

Durch karges und hügeliges Land führt der Weg nach Süden, über ausgetrocknete Flußbetten hinweg, alle Zuflüsse des Oanob-Riviers. Die Karre mahlt sich durch den feinen Sand des fünften Riviers seit Rehoboth. Sie sind auf der großen Pad nach dem Süden, die über Gibeon und Keetmannshoop und weiter über Warmbad führt und endlich bei Ramansdrift den Oranjefluß in die Kapkolonie überschreitet. Bis dorthin sind es beinahe achthundert Kilometer, aber so weit wollen sie gar nicht. Ihr Ziel ist zuerst einmal Narib, achtzig oder hundert Kilometer vor Gibeon, im oberen Fischflußtal gelegen.

Obwohl dies der Hauptweg von Windhuk nach Süden ist, ist die Pad auch hier nur an alten Wagenspuren zu erkennen, gelegentlich bleichen die Knochen von Ochsen oder Maultieren in der Sonne, leere Büchsen oder Flaschen liegen da und dort im Sand. Im großen und ganzen folgt die Pad der Heliographenlinie Windhuk–Keetmannshoop, die auf Ettmanns Karte rot eingezeichnet ist.

Inzwischen ist es nach neun Uhr und schon sehr heiß. Schatten gibt es nirgendwo. Bei solchen Temperaturen wäre ihm in Deutschland der Schweiß in Strömen heruntergelaufen, aber hier in dieser pulvertrockenen Luft kühlt keine Spur von Schweiß die Haut. Cecilie hat sich den Hut mit einem weißen Chiffonschleier um den Kopf gebunden, um sich so vor der Sonne zu schützen. Hinter ihr kommt Lutter in Hemdsärmeln und aufgeknöpfter Weste, seinen schwarzen Rock hat er seinem Pferd über die Kruppe gebreitet. Johannes geht vor der Karre und führt den vordersten Zugesel am Strick. Ihm macht die Sonne nichts aus.

Sie rasten eine kurze Weile und trinken einen Schluck Wasser aus den Flaschen, dann ziehen sie langsam weiter.

»Waren Sie schon einmal in Gibeon, Herr Lutter?« fragt Ettmann. Der Pastor nickt und sagt: »Na ja, ich habe einmal dort übernachtet, als ich auf dem Weg in die Kapkolonie war. Ein ziemlich armseliges Nest. Das ist aber drei Jahre her.« Er nimmt seinen Strohhut ab und fächelt sich damit Kühlung zu. »Wie heißt der Mann noch mal, den Sie treffen sollen?« Ettmann erwidert: »Gärtner, Landmesser Gärtner. Soll schon ein älterer Herr sein. Er arbeitet am Weißrand, irgendwo in der Gegend zwischen Kuis und Marienthal, und wir haben uns verabredet, uns bei Narib zu treffen, im Lauf der kommenden Woche. Da gibt es genug Wasser, hieß es.«

Lutter nickt zur Karre hin und sagt: »Warum müssen Sie denn den schweren Theodoliten mitschleppen? Landmesser Gärtner hat doch ganz bestimmt einen?« Ettmann erwidert: »Er sollte einen haben, aber man hat mir gesagt, er hätte seinen nach Lüderitz abgeben müssen.«

Eine Weile reiten sie schweigend. Cecilie fragt ihn: »Was mußt du denn nun eigentlich tun, wenn wir in Narib sind?« Ettmann sagt: »Ich denke mal, ich werde parallel zu Gärtners Vermessungen an der Planzeichnung arbeiten, also seine Meßergebnisse gleich in die Karte übertragen. Vielleicht teilen wir uns auch nach Gebieten auf, er mißt und zeichnet da, ich woanders. Ich habe die Grundlagen der Messerei übrigens auch erlernt, bin aber keineswegs geübt darin. Gärtner macht das aber schon zehn oder mehr Jahre hier im Lande. Falls er keinen Meßgehilfen haben sollte, könnte ich immerhin einspringen.«

Lutter sagt: »In dem Fall würden Sie also als Meßdiener arbeiten? Damit nähern Sie sich nun meiner Profession an, allerdings der römisch-katholischen Spielart. Sie sollten ein Meßgewand tragen!«

Ettmann muß lachen. »Ich glaube nicht, daß es soweit kommt«, sagt er, »wenn ich mich recht entsinne, arbeiten ›Hochwürden‹ Gärtner mit einem ›Meßdiener‹ namens Otto Junga. Hat man mir jedenfalls in Windhuk gesagt.« Er sagt über die Schulter: »Es ist alles nur vorübergehend. Bis aus Deutschland Ersatz für die ums Leben gekommenen Landmesser kommt, soll ich bei Gärtner mithelfen, einen oder höchstens zwei Monate lang. Danach geht es nach Windhuk zurück, und ich kann mich endlich der Kartenzeichnerei widmen. Aber Sie, Herr Pastor«, fragt er Lutter, »warum gehen Sie in den Süden?« – »Warum?« Lutter schweigt eine Weile und sagt dann: »Ich gehe, weil ich im Lande bleiben möchte, denn ich habe es liebgewonnen. Ich will aber nicht länger im Norden bleiben, ich ertrage nicht mehr, wie man mit den Verlierern dieses unglücklichen Krieges umspringt.«

Lutter hatte sich gegen die Zustände in den Gefangenenlagern und gegen die Hinrichtungen von Kriegern gewandt, schriftlich und mündlich, und war sogar in Streit mit dem Missionar Meier geraten. Daß die Anführer hingerichtet wurden, konnte er zwar nicht gutheißen, aber immerhin noch begreifen. Trotha aber läßt jeden Hereromann aufhängen, der mit einer Waffe angetroffen wird, und es werden auch Unbewaffnete aufgehängt oder erschossen, es heißt dann einfach: Der hat sein Gewehr weggeworfen, wie er uns gesehen hat. Niemand verlangt die Waffe als Beweis zu sehen. Es sind auch Damaras erschossen worden, die mit dem Aufstand eigentlich nichts zu tun haben, unerfahrene Soldaten können sie nicht von Hereros unterscheiden. Zu allem Überfluß begegnete die Führung den Missionaren mit dem größten Mißtrauen, denn die Tatsache, daß sie von den Hereros verschont wurden, wurde von vielen Deutschen so ausgelegt, als wären die Missionare von den Hereros eingeweiht gewesen und hätten nichts unternommen, ihre Landsleute zu warnen. Daran war natürlich kein Wort wahr.

»Zur Exzellenz hat man mich gar nicht vorgelassen«, sagt Lutter, »sondern mich nach einigem Hin und Her an den Oberkriegsgerichtsrat verwiesen. Wissen Sie, was dieser feine Herr zu mir gesagt hat? Fahren Sie heim nach Deutschland und kurieren Sie dort Ihren Philanthropenkoller aus!«

Eine Weile reiten sie stumm nebeneinander her. »Mal sehen«, sagt Lutter endlich, »ob ich vielleicht im Gibeoner Bezirk irgendein Plätzchen finde, an dem ich mich für eine Weile niederlassen und in Gottes Sinne wirken kann. Wissen Sie, was ich am liebsten tun würde? Eine kleine Schule aufmachen, da, wo es not tut.«

Der Weg kreuzt nicht nur ein Rivier nach dem anderen, völlig trocken liegende Flußbetten voll Felsgeröll, Steinen und Sand, sondern führt dazwischen immer wieder über flache Höhenrükken. Ettmann wirft ab und zu einen Blick auf seinen Kompaß. Die Richtung bleibt stets Südsüdost.

»Es gibt ja auch Stimmen, die sagen, man solle die Eingeborenen in ihrem natürlichen, also unwissenden Zustande belassen. Aber das hieße doch nur, sie dem weißen Mann auf Gedeih und Verderb auszuliefern!« Lutter wirft ihm einen kurzen Blick zu, um zu sehen, wie er darauf reagiert, aber Ettmann nickt nur.

»Die Weißen sind nun einmal hier«, fährt Lutter fort, »und wer es mit den Eingeborenen gut meint, sollte ihnen doch ein Mindestmaß an Schulbildung zukommen lassen. Ohne wenigstens lesen, schreiben und rechnen zu können, werden sie doch nur immer wieder übers Ohr gehauen.« Ettmann sagt: »Da haben Sie recht!«

»Wie ist es Ihnen denn nach der Waterbergschlacht ergangen?« will Lutter wissen. Ettmann zupft an seinem Schnurrbart und sagt: »Man hat mich der Kompanie zugeteilt, die das Lazarett bei der Waterbergstation beschützen mußte. Wir haben Wache geschoben und bei der Versorgung der Verwundeten geholfen, die Station wieder benutzbar gemacht und die Patienten dorthin umgebettet. Es war eher erholsam. Drei Wochen nach der Schlacht hat man mich nach Omaruru geschickt, und dort, nach einem Ritt von acht Tagen, habe ich erfahren, daß es einen Irrtum bei der Heliographie gegeben hat und daß ich eigentlich nach Okahandja gesollt hätte. Jedenfalls war ich bei der Verfolgung der Hereros nicht dabei. Bekanntlich sind sie ja nach Südosten zu ausgebrochen und haben dann versucht, ins britische Betschuana-Land zu fliehen. Die meisten sollen aber in der Omaheke umgekommen sein, mitsamt ihrem Vieh.« Lutter nickt. »Ja, ich habe davon gehört; sie sind fast alle verdurstet.« Er schüttelt den Kopf. »Es soll zwar ein paar dürftige Wasserstellen in der Omaheke geben, aber für so viele tausend Menschen und Tiere reicht das natürlich nicht.«

Sie reiten eine Weile schweigend.

»Man hat sie ja ein Stück weit verfolgt und ihnen dann den Rückweg abgesperrt, soweit das überhaupt möglich war«, sagt Ettmann. »Ich meine, da geht es ja um vierhundert Kilometer oder mehr in wasserloser Wüste, da kann man ja keine Postenkette hinstellen. Das kann man höchstens abpatrouillieren.« Er zuckt die Achseln.

»In Windhuk hieß es, v. Trotha habe von Anfang an den Plan gehabt, die Hereros in die Wüste zu treiben, damit sie dort umkämen!« sagt Lutter. Ettmann schüttelt den Kopf und erwidert: »Das kann ich mir nicht vorstellen. Nein, davon war auch nie die Rede. Geplant war doch, die Hereros einzukreisen und entscheidend zu schlagen. Es soll einen Befehl v. Trothas an die Offiziere gegeben haben, keine Gefangenen zu machen, soweit es sich um bewaffnete Hereros handele. ›Sind ohne Verhandlung zu erschießen, auch wenn sie sich ergeben haben‹ oder so ähnlich.«

Ettmanns Kehle ist so ausgetrocknet, daß er erst einen Schluck aus der Feldflasche nehmen muß, bevor er weitersprechen kann.

»Alle anderen«, fährt er fort, »sollten aber gefangengenommen werden; zu diesem Zweck ist ja der große Gefangenenkraal in Okahandja angelegt worden. Hauptmann Franke hat mir ein paar Tage nach der Schlacht erzählt, daß der General v. Trotha schon vor der Einkreisung tausend Halseisen und Ketten für gefangene Hereros in Berlin bestellt hat! Wissen Sie, was Frankes Kommentar dazu war? ›Welch armer Mann, trotz seiner 150 000 Mark Gehalt!‹«

Lutter läßt ein unfrohes Lachen hören. »Soviel zahlt man einem General im Jahr?« Er schüttelt den Kopf und fährt fort: »Je nun, Franke hat das Herz auf dem rechten Fleck. Ihn, ihn hätte man den Feldzug gegen die Hereros führen lassen sollen, und Leutwein hätte man den Oberbefehl nicht wegnehmen dürfen. Na ja«, er zuckt die Achseln, »das ist natürlich Blödsinn. Geschehen ist geschehen, und ein grausamer Krieg wäre es auch dann geworden, aber ich glaube doch, daß man den Hereros nachher auch eine halbwegs anständige Chance gelassen hätte. Mein Gott! Die Leute in der Wüste verdursten lassen! Denken Sie nur an die kleinen Kinder!« Er starrt mit gerunzelter Stirn auf die Mähne seines Falben. »Mir kommt unwillkürlich der 1. Petrusbrief in den Sinn, Vers 5,6, der da lautet: ›So demütigt euch nun unter die gewaltige Hand Gottes!‹«

Ettmann nimmt die Zügel in die linke Hand und klopft seinem Pferd den Hals. Das Tier stellt die Ohren auf und nickt mit dem Kopf. Er sagt zu dem Pastor: »Um auf Trothas Absichten zurückzukommen, Herr Lutter, ich habe ja als Ordonnanz von Hauptmann Franke einiges mitgekriegt. Die Hereros sind dem General schlicht und einfach durch die Lappen gegangen! Hauptmann Franke hatte ihn gewarnt, daß die Kräfte für eine Einschließung einfach nicht ausreichten. Ich meine, fünfzehnhundert Mann, für so ein großes Gebiet! Alle sollen ihn gewarnt haben, auch v. Estorff und Leutwein, er hat aber auf niemand gehört. Soll ein ganz sturer Hund sein. Jedenfalls hat er, nachdem die Hereros bei seinem Cannae nicht mitspielen wollten, einfach erklärt, es sei von Anfang an seine Absicht gewesen, sie in die Wüste zu treiben, damit sie dort verdursten.«

Lutter sagt: »Er wird wohl keinen Fehler eingestehen wollen, oder ein Versäumnis. Die militärische Karriere ist doch weitgehend vom Erfolg abhängig, denke ich, und um so mehr, je näher einer dem Hofe sein möchte. Übrigens munkelt man, daß es zu schweren Zerwürfnissen zwischen General v. Trotha und seinem Stabschef, Oberstleutnant Chales de Beaulieu, gekommen sei. Dieser habe sich krank gemeldet und sei auf dem Weg nach Swakopmund, um nach Deutschland zurückzukehren. Er wolle von Trotha nichts mehr wissen. Es sei um die Art seiner Kriegführung gegangen.«

Ettmann sagt nach einer Weile: »Eines verstehe ich nicht. Warum sind die Hereros bloß da am Waterberg sitzengeblieben, bis sie umzingelt waren? Sie hatten doch ihre Späher im Busch und haben uns schon lange kommen sehen. Warum sind sie denn nicht ausgewichen? Zeit genug hätten sie jedenfalls gehabt.«

Tsumis, gegen fünf Uhr nachmittags. Die Sonne steht schon weit im Westen, ein glühender, orangegelber Ball. In den Rinnen und Klüften, die die Abflüsse ins Land gefressen haben, zeigen sich die ersten Schatten. Es gibt einen Store in Tsumis und einen zur Zeit unbesetzten Polizeiposten. Fünf, sechs verlassene und halbverfallene Häuser stehen da, eines ein schiefer Wellblechschuppen. Cecilie schiebt die morsche Leinwand, die als Türvorhang dient, beiseite und schaut hinein. Der einzige Raum ist leer und voller Staub. Hitze wie aus einem Backofen schlägt ihr ins Gesicht und nimmt ihr den Atem, schnell tritt sie zurück. Die anderen Bauten sind bröckelige Lehmziegelhäuser, eines, das älteste wohl, ist aus Bruchsteinen aufgemauert und hat kein Dach. Ein paar Bäume stehen herum und recken wunderlich gewundene Äste, die teils kahl sind, teils mit grünlichgrauen Blättern bewachsen. Weiter unten am Gamgam-Rivier gibt es noch ein paar Pontoks und ein niedriges Hartebeesthaus mit eingesunkenem Rieddach. Davor haben sich Baster versammelt und schauen zu ihnen hinauf, zwei Männer unter Schlapphüten so groß wie Wagenräder, gut zwanzig Kinder aller Größen und mehrere Basterfrauen in langen Kleidern aus Buntdruck und unter großen altmodischen weißen Hauben, wie sie die Holländerinnen einmal trugen.

In dem kleinen, dunklen Store herrscht eine Affenhitze. Es gibt dort nichts, das sie brauchen könnten, nur Kattun und Ballen Buntdruck, Zwirn, Kämme, Zündhölzer, Messer, Schrotpatronen, Reis, Kaffee und Tabak. Davon haben sie selbst genug dabei.

Sie tränken die Esel und Pferde und machen sich ans Weiterreiten. »Einen langen Weg hat Tsumis vor sich«, ruft Lutter über die Schulter, »wenn es einmal eine anständige Metropole werden will!«

3. Oktober (Montag):

Schon frühmorgens ein heißer Tag. Die Luft ist still und klar. Der Weg führt durch zerklüftetes, von Abflüssen und Rivieren zerschnittenes Land. Spärlich wächst Gras, Gebüsch säumt die ausgetrockneten Flußläufe. Der Karte nach zieht sich die Pad an der Kudu-Hochebene entlang.

Der Sommer steht vor der Tür, und bald wird die Regenzeit beginnen. Je weiter sie nach Süden kommen, desto unwahrscheinlicher wird es aber, daß tatsächlich Regen fällt. Manchmal regnet es fünf, sechs Jahre hintereinander kein einziges Mal, sagt Lutter, und das ist dem Lande wohl anzusehen.

Lutter ist weit vorausgeritten, und Ettmann und Cecilie reiten langsam hinter der Karre her und unterhalten sich. »Ich muß damals zwölf gewesen sein«, sagt Ettmann zu Cecilie. Es geht um die Hochzeit des damaligen Prinzen Wilhelm, jetzt Kaiser Wilhelm II., mit Prinzessin Auguste am 27. Februar 1882. Cecilie will wissen, ob Ettmann den Hochzeitszug gesehen hat. Sie selbst war damals erst zwei Jahre alt.

»Wenn mich nicht alles täuscht, war es ein Montag; ich weiß noch, daß wir schulfrei hatten. In der ganzen Stadt läuteten die Glocken, und es wurde Salut geschossen, es war ein infernalischer Lärm!« Nach und nach fällt ihm alles wieder ein. »So viele Leute waren unterwegs, daß beinahe kein Durchkommen mehr war! Jedenfalls stand ich mit meinem Bruder und den Eltern in der Menschenmenge an der Charlottenburger Chaussee im Tiergarten und sah dann auch den Hochzeitszug, als er vom Schloß Bellevue herkam. Es war ein prachtvoller Aufzug, vorneweg ritt die Gardekavallerie, dann marschierten die Gardegrenadiere mit ihren Fahnen vorbei und die Musik, und danach kam endlich die Prunkequipage des Hochzeitspaares mit einer großen goldenen Krone auf dem Dach, gezogen von achtundzwanzig Pferden! Es waren alles Schimmel, und daß es gerade so viele waren, habe ich später einmal gelesen, das Anspannen soll die halbe Nacht lang gedauert haben!«

Er unterbricht sich für einen Augenblick, der Weg führt ein kurzes Stück ziemlich steil abwärts, und das Pferd steigt langsam und steifbeinig hinab. Sie warten, bis die Karre das schwierige Stück bewältigt hat, und folgen ihr dann.

»Und weiter?« fragt Cecilie. Ettmann überlegt: »Nun ja, danach kamen eine Menge prächtiger Kutschen, der Hof und die Würdenträger, Equipage hinter Equipage und mittendrin ein Reklamewagen der Nähmaschinenfabrik Singer!« Er grinst. »Für mich war das der schönste Wagen, lustig grün und rot lackiert! Ich war schließlich erst zwölf! Von da an glaubte ich eine Zeitlang allen Ernstes, daß ein Nähmaschinenwagen unabdingbarer Bestandteil jeder anständigen Hochzeitsfeier sei!« Cecilie lacht. »Wie romantisch! Ich glaube«, sagt sie, »das würde heute niemand mehr wagen!« Sie muß noch mehr lachen. »Stell dir vor, bei der nächsten Hochzeit eines kaiserlichen Prinzen führe ein Zirkusreklamewagen mit!«

Voller Steinbrocken ist das Land. Nur noch hin und wieder wächst ein dünnes Büschel verdorrtes Gras, einmal krümmt sich ein verkrüppeltes kleines Bäumchen am Weg, ganz und gar blattlos. Cecilie ruft Lutter, der vorne reitet, zu: »Wo sind denn nun die Köcherbäume, Herr Lutter? Sollen die nicht hier im Namalande wachsen?« Lutter verhält sein Pferd und lacht. »Nur Geduld, meine Liebe, ich denke doch, daß Sie welche zu sehen bekommen werden. Es ist allerdings schade, daß Sie nur bis Gibeon reisen, denn weiter im Süden, in der Keetmannshooper Gegend, gibt es sogar einen ganzen Wald!«

Er fügt für Ettmann hinzu: »Unsere junge Begleiterin hat sich nämlich mehrfach darüber beklagt, daß sie noch keinen einzigen der berühmten Köcherbäume zu Gesicht bekommen hätte! Die Kap-Engländer nennen ihn übrigens Quiver-Tree, die Buren sagen Kokerboom. Soviel ich weiß, wachsen sie nur im südlichen Namaland.«

Ettmann fragt: »Was ist so besonderes an diesem Köcherbaum?« Lutter zuckt die Achseln: »Nun, zum einem, daß er überhaupt da wächst, in dieser trostlos vertrockneten Landschaft! Es gibt ja kaum Wasser, und regnen tut es nur alle paar Jahre einmal und dann nicht genug. Sie werden es ja sehen.« Sie reiten eine Weile schweigend. Die Eselskarre knarrt und ächzt hinter ihnen her. »Aber es ist wirklich eine sehr seltsame Art von Baum!« fährt Lutter fort. »Haben Sie noch keine Abbildung gesehen?« Ettmann schüttelt den Kopf.

Lutter erklärt: »Merkwürdig sind in erster Linie die seltsamen Proportionen, die so gar nicht unserem gewohnten Baum zu Hause ähneln. Auffällig ist zunächst einmal der unverhältnismäßig dicke, gelbe Stamm. Aus dem wachsen oben ein paar ziemlich kurze Äste heraus. An deren Enden wiederum stehen stachelartig lange, lanzenförmige graugrüne und gelbe Blätter und bilden die kreisrunde Krone. Manche sehen auch aus wie Kandelaber, sie bilden mehr Äste aus, die alle gerade nach oben stehen. Der Anblick ist in jeden Fall sehr fremdartig. So stellt man sich vielleicht Bäume vor, die auf dem Mars wachsen könnten.« Cecilie kann es sich nicht verkneifen zu fragen: »Wie lautet denn der wissenschaftliche Name? Den lassen Sie doch sonst nie weg?« Lutter zögert keine Sekunde: »Aloë dichotoma, wertes Fräulein!«

Am Nachmittag kommen sie nach Sendlingsgrab, das kein Ort ist, sondern nichts weiter als ein Dutzend in den Sand gegrabene Wasserlöcher und ein großer, runder Stein am Ufer, in den ein Kreuz und die Buchstaben, »F. V.« gekratzt sind und ein verwittertes Datum: »3. Febr. 1867«. Eine Menge Tierspuren aller Art sind im Sand zu sehen, aber kein einziges Tier.

Die Wasserlöcher im Rivier sind verschüttet, und Ettmann, Lutter und Johannes graben eine halbe Stunde lang und eineinhalb Meter tief, bis erst der Sand schwer und feucht wird und schließlich trübes, braunes Wasser hereinsickert. Mühsam ist diese Arbeit, denn immer wieder rutscht der Sand nach, so daß es mit einem einfachen Loch nicht getan ist, sondern ein richtiger Trichter gegraben werden muß. Endlich ist das Loch tief genug. Sie kleiden es mit einem Stück Kattun aus und warten. Es dauert noch einmal eine halbe Stunde, bis sich genug Wasser angesammelt hat, um die Esel zuerst notdürftig zu tränken. Johannes hat sie inzwischen ausgeschirrt und ihnen mit Spannfesseln die Vorderbeine zusammengebunden, damit sie nicht davonlaufen. Erst als es schon dunkel ist, reicht das Wasser auch für eine Kanne Kaffee. Über Nacht wird genug nachsickern, um die Feldflaschen und Wassersäcke zu füllen. Ettmann hat eine Weile über der Karte gebrütet, jetzt faltet er sie zusammen und steckt sie weg. »Der Karte nach«, sagt er zu Lutter, »ist alles Land hier Farmland von Wecke & Voigts! Möchte mal wissen, was es hier zu farmen gibt, hier wächst doch nichts als Steine!« Lutter schaut um sich und sagt: »Die Gebrüder Voigts sind nicht auf den Kopf gefallen. Wird sich schon noch als gute Investition beweisen. Wer weiß, vielleicht schütten sie eines schönen Tages einen Staudamm hier auf, bewässern das Land und bauen Orangen oder Melonen an.« Ettmann nickt nachdenklich und sagt dann: »Und eröffnen einen Kahnverleih für die Hottentotten!«

4. Oktober (Dienstag):

Bei Tagesanbruch hat sich tatsächlich reichlich Wasser angesammelt. Johannes kann die Feldflaschen, die Wassersäcke und die beiden Eimer füllen. Das kalte Wasser in den Eimern bleibt erst mal stehen, damit es sich erwärmen kann, bevor sie die Pferde und Esel tränken.

Lager abbrechen. Aufbruch um sieben, eine Stunde nach Sonnenaufgang. Frisch und klar ist die Luft. Bald aber wird es warm, und gegen neun Uhr ist es heiß. Cecilie fragt nach einer Weile: »Sagen Sie, Herr Lutter, wie lange würde man von Gibeon nach Keetmannshoop zu reiten haben? Auf der Landkarte sieht es mir so aus, als seien es etwa drei Tage.« Lutter verhält sein Pferd, bis Cecilie mit ihm auf gleicher Höhe ist, und sagt: »Wegen der Köcherbäume? Na ja, drei Tage müßten Sie tatsächlich rechnen. Ich möchte Ihnen aber dringend abraten, diese Reise zum jetzigen Zeitpunkt zu unternehmen! Keinesfalls sollten Sie weiter in den Süden als bis Gibeon gehen, denn ich halte das ehrlich gesagt für zu gefährlich!«

Ettmann wechselt einen Blick mit Cecilie, reitet näher an Lutter heran und sagt: »Haben Sie nicht vor der Abreise noch einmal mit dem Gouverneur gesprochen? Haben Sie denn etwas gehört, wie es im Namaland aussieht?« Cecilie fragt an Ettmann vorbei: »Meinen Sie, es könnte gefährlich werden im Süden? Daß die Witboois aufstehen oder so etwas?«

Lutter antwortet nachdenklich: »Nun, das glaube ich eigentlich nicht. Der alte Hendrik hat gewiß genug vom Kämpfen, er ist doch nun schon an die achtzig Jahre alt. Freilich«, sagt er stirnrunzelnd, »Unruhe gibt es schon, aber weit unten im Süden. Im Bezirk Warmbad, also im Gebiet der Bondelzwarts, treibt sich ein gewisser Jakob Morenga oder Marengo mit seiner Bande herum und überfällt Farmen und stiehlt das Vieh. Soll ein gebildeter Mensch sein, Vater Herero, Mutter Nama, hieß es in der Zeitung, und er muß zudem ein außergewöhnlicher Mann sein, wenn er sich als Schwarzer zum Anführer von Hottentotten aufschwingen konnte. Es sollen auch hauptsächlich Bondels in seiner Bande sein, die waren ja schon immer unsichere Kantonisten. Jedenfalls wird ein Teil der Truppe in den Süden verlegt, und ich sollte mich nicht wundern, wenn Ihr derzeitiger Auftrag indirekt etwas damit zu tun hätte.«

Er wendet sich an Cecilie und fährt fort: »Sie sollten sich aber keine Sorgen machen, meine Liebe. Gouverneur Leutwein ist felsenfest überzeugt, daß auf Hendrik Witbooi Verlaß ist. Der alte Kapitän genießt bei seinen Leuten ja nach wie vor große Autorität. Und auch die anderen Kapitäne werden einsichtig genug sein, sich zu sagen, daß jeder Auflehnungsversuch ihnen und ihren Stämmen zum Verderben gereichen müßte. Außerdem, solange die Witboois Frieden halten …« Er spricht den Satz nicht zu Ende und überlegt, Ettmann und Cecilie warten schweigend. Schließlich fährt der Pastor fort und wiegt bedenklich den Kopf dabei: »Dennoch, ganz sicher scheint mir der Friede auch nicht zu sein. Ich wollte, unsere Landsleute würden mit etwas mehr Überlegung und weniger Hochmut handeln. Wird doch seit Monaten in der Zeitung die Frage öffentlich behandelt, was nach der Niederwerfung der Hereros mit den übrigen Eingeborenen, insbesondere den Hottentotten, geschehen solle. Da kann dann jeder Nama, der Deutsch spricht, und das sind ja die meisten, lesen oder sich vorlesen lassen, daß es höchste Zeit sei, sie zu entwaffnen, ihre Kapitäne zu entmachten oder einzusperren und die

Stammesverbände aufzulösen! Sie können sich denken, mit welchen Gefühlen die Witbois derlei aufnehmen, nachdem sie den Deutschen zehn Jahre lang die Treue gehalten und Heerfolge geleistet haben!«

Während der Mittagsrast fragt Lutter Ettmann und Cecilie: »Haben Sie in der Deutsch-Südwestafrikanischen Zeitung den Artikel über die Witbooi-Deserteure gelesen?« Ettmann schüttelt den Kopf, und Lutter sagt: »Es geht da um neunzehn Witboois, die sich nach den Gefechten um den Waterberg heimlich von der Truppe entfernt haben. Der Gouverneur verständigte Kapitän Witbooi heliographisch davon, worauf der ihm antwortete, er habe das mit Bedauern vernommen und vermute, daß falsche Stories daran die Schuld trügen. Er erwarte, daß alle Namas, die noch im Felde ständen, treu ihre Pflicht täten, und sende gleichzeitig einen Brief von Gibeon an sie ab.«

Ettmann sagt: »So? Mehr kann man doch eigentlich nicht verlangen.« Er denkt an Keister. Ob der einer der neunzehn ist?

»Das denke ich auch«, sagt Lutter, »und man sollte auch nicht vergessen, daß die Witboois schon fast ein ganzes Jahr im Feld stehen. Eine derart lange Kriegsdauer ohne Ruhepause dazwischen ist in den Kriegen der Eingeborenen niemals üblich gewesen. Worauf ich aber eigentlich hinauswill, ist, daß in dem Artikel ganz unverhohlen gesagt wird, man solle mehr Truppen in den Süden verlegen. Vom ›unruhigen Sinn der Hottentotten‹ war da die Rede und daß die Kapitäne in ihrem Bestreben, ihre Stämme von Torheiten zurückzuhalten, durch die Anwesenheit von Truppen unterstützt würden.« Lutter schüttelt den Kopf. »Eines ist mir unbegreiflich«, sagt er, »nämlich, wie man so dumm und kurzsichtig sein kann. Die Kapitäne in ihren Friedensbemühungen durch die Anwesenheit von Truppen unterstützen! Das heißt doch nur, Öl ins Feuer zu gießen! Hendrik Witbooi hat sich peinlich genau an den Friedensvertrag mit Leutwein gehalten, war stets geachtet und mit Leutwein und dem Bezirksamtmann von Gibeon, v. Burgsdorff, sogar befreundet!«

Ettmann sagt: »Ich fürchte, daß er sich von seinen davongelaufenen Kriegern anhören muß, daß man seine Leute nicht wie Verbündete behandelt hat, sondern mit Mißtrauen und Verachtung. Trotha hat das Witbooi-Kontingent im Waterbergfeldzug mit deutschen Unteroffizieren und Reitern ›verstärken‹ lassen, weil er ihnen nicht traute. Natürlich haben die Witboois das als Bewachung und Beleidigung empfunden. Und natürlich wird er hören, wie erbarmungslos Trotha gegen die Hereros vorgeht und wie man sie ins Sandfeld getrieben hat und die Überlebenden in Ketten in Gefangenenlager bringt!«

Lutter seufzt. »Und nicht zuletzt: Man hat ihnen all ihr Vieh weggenommen und sich auf ihrem Land festgesetzt, als wären sie schon tot und ausgestorben. Tja, die Namas werden sich denken: Nach den Hereros sind wir dran!«

Hadab, ein Punkt auf der Karte, weiter nichts, nur ein paar Wasserlöcher im Sand des Oanob. Hier schlagen sie ihr Nachtlager auf, ein paar Meilen hinter Kuis und nicht weit von der Stelle, wo sich Bloomfish-Rivier und Oanob zum Großen Fischfluß vereinigen. Johannes macht Feuer mit Gras und Zweigen. Obwohl die Sonne gleich untergehen wird, ist es immer noch schrecklich heiß und schier erstickend trocken. Unendlich einsam und leer ist es ringsum, die Luft flimmert, schwer lastet die Stille auf dem Land. Cecilie filtert Wasser durch Kattun in die Kanne und gibt sie Johannes, der sie ins Feuer stellt und ausbalanciert. Lutter hat ein aufgeklapptes Buch in der Linken und sagt zu Ettmann und Cecilie: »Hier, liebe Freunde, hören Sie mal, was der alte François über die Hottentotten schreibt:

›Der Hottentott ist außerordentlich genügsam, abgehärtet und ausdauernd, ein guter Reiter und Schütze. Sein scharfes Auge, seine Geschicklichkeit beim Aufspüren des Feindes, im Verbergen seiner Spur, seine Findigkeit im Gelände, seine Gewandtheit in der Erkennung der Schwächen des Gegners, seine Verschlagenheit, List und Geistesgegenwart sind ganz erstaunlich.‹«

Johannes hat aufmerksam zugehört und sagt jetzt ernsthaft: »Dis is ganz tru un' wahr is dis!«

Cecilie sagt: »Wenn es Mohikaner statt Hottentott hieße, könnte das ohne weiteres aus dem LEDERSTRUMPF sein!«

Das Thema »Unruhe unter den Namas« läßt Lutter keine Ruhe. »Da soll es so einen seltsamen Propheten namens Klaas Sheppart

Stürmann geben, der versucht, die Namas aufzuhetzen. Der ist ein Hottentott aus dem Betschuana-Land, nennt sich Prophet Gottes und faselt etwas von einer äthiopischen Bewegung, deren Sendbote er sei. Mit Äthiopien soll das nichts zu tun haben, vielmehr bezieht er sich auf einen Mann namens Aethiops, der in der Lutherbibel als ›Kämmerer aus dem Morgenland‹ erwähnt wird. Dieser Aethiops soll jedenfalls der erste afrikanische Christ oder sogar Apostel gewesen sein. Der Stürmann predigt nun den Hottentotten, daß sie den Weißen durchaus gleichgestellt seien und sie aus dem Lande verjagen sollten.«

Ezechiel

Petrus taumelt vor Erschöpfung. Tag um Tag und Nacht für Nacht hat er nichts anderes getan als laufen, laufen, laufen. Erst durch das östliche Hereroland, dann ist er in der Nähe von Gobabis dem Schwarzen Nossob gefolgt, immer nach Süden, bis dorthin, wo der sich bei Lehmwater mit dem Weißen Nossob vereinigt und zum Großen Nossob wird. Dort hat er das trockene Flußbett verlassen. Nun ist er in einem trostlos kargen, einsamen Land ohne Wasser und voller Steine, weißverstaubt, und die Sonne sengt und brennt erbarmungslos auf ihn herunter. Seit zwei Tagen hat er keinen Tropfen Wasser getrunken, sein Gaumen ist wie altes Leder, vertrocknet und rissig. Seine Hose ist von Dornen in Streifen und Fetzen gerissen, und was von seinem roten Hemd übrig war, hat er sich auf den Kopf gebunden, damit ihm die Sonne nicht den Schädel verbrennt.

Nirgends Schatten, nirgends ein Busch, auch kein Baum, in dessen Schatten er sich bergen könnte für ein wenig Schlaf. Er ist nun schon so lange auf den Beinen. Die Nacht nach dem großen Kampf am Waterberg war eine schwarze Nacht, denn der Mond war nur ein ganz, ganz dünnes Horn und spendete kein Licht. Seither ist der Mond einmal rund geworden und wieder ganz mager und noch einmal rund, und bald wird er wieder mager sein.

Sie sind nicht so tief in das Sandfeld hineingegangen wie die anderen, die in die Omaheke geflohen sind, sondern nach Süden abgebogen und über den Otjombindi entkommen, trotz der vielen Deutschmänner dort, die zu dem großen Rivier Epukiro sagen. Sie wollten nach den Bergen im Süden, die keiner von ihnen je gesehen hatte. Wilde, unzugängliche Berge sollen das sein, so hatten sie von den Hottentotten gehört, da kommen die Deutji nicht hin mit ihren Pferden, und wenn, ist es ein leichtes, sich zu verbergen und zu warten, bis sie wieder weg sind. Und wo Berge sind, ist meist auch Wasser.

Er ist jetzt ganz allein, aber als sie an Gobabis vorbeigeschlichen sind, da waren sie noch sieben Männer und zwei Weiber und zwei Kinder, aber keine Ozongombe mehr und keine Bokkies. Sie wären besser im Osten um Gobabis herum, durch das leere Khauasland, aber es war nicht anders gegangen, sie mußten ja Wasser haben und wollten nicht vom Fluß weg. In der Gegend, wo sich die beiden Nossob vereinigen, da gab es Wasser, aber wohl auch Farmplätze der Deutji und auch ein paar Werften, in deren Nähe sie sich nicht wagen durften. Und just, als sie in der Nacht über das breite weiße Sandbett des Nossob schlichen, just da kamen die Reitersoldaten. Es war eine helle Nacht mit einem dicken, runden Mond. Die Deutji, nur fünf oder sechs, kamen im weichen Sand daher auf ihren Pferden und waren nicht zu hören, und als sie sie sahen, da war es schon zu spät, da waren sie schon über ihnen. Sie sind um ihr Leben gerannt, in die Uferklippen, ins magere Gesträuch, im Zickzack über den Sand. Es hat geschossen, und Petrus hat Schreie gehört, und dann war er kopfüber zwischen die Steine gefallen und hat nicht gewagt, sich zu rühren, bis der Mond unterging und alles vollkommen still war. Als er sich vorsichtig aus seinem Versteck erhob, mit schmerzenden Gliedern von der langen Reglosigkeit, war er allein. Im Sand lag eine der Frauen mit ihrem Kind tot und nahe am Uferrand einer der Männer. Die anderen sind wohl entkommen, oder die Deutji haben sie gefangen und mitgenommen. Petrus hat sich nicht damit aufgehalten, nach Spuren zu suchen, sondern er ist querfeldein davon, weg vom Fluß, denn die Deutji werden jetzt wohl an den Wasserlöchern lauern und warten, ob nicht vielleicht noch ein durstiger Herero daherkommt oder zwei.

Mehr als zehn Tage ist das her, seit sie den Deutji in die Hände gelaufen sind, vielleicht auch noch länger, er weiß es nicht mehr genau. Die Sonne brennt ihm so auf den Schädel, daß ihm die Lust zum Nachdenken vergeht. Es schwindelt ihn ein wenig, und vielleicht sollte er sich hinlegen. Aber er wagt es nicht, nicht unter dieser Sonne und in diesem leeren Feld. Wenn die Deutji kämen, könnten sie ihn von weitem sehen, und er wäre verloren oder gefangen. Besser, er läuft auf die fernen Berge zu, die da vorne in der heißen Luft flimmern, denn dort muß es Schatten geben und Wasser. Aus den Bergen läuft ja der Regen ab und gräbt seine Rinnen und Schluchten und bildet unten im Sand seine Riviere, erst kleine, dann große, breite, die sich ihren Weg durch das Land suchen. In den Bergen ist immer irgendwo Wasser, wenn es die Ahnen gut mit ihm meinen, sogar in irgendeinem schattigen Felsbecken, denn bald wird er zu schwach sein, danach zu graben.

So trottet er dahin mit bloßen Sohlen auf heißen Steinchen und Sand, und ringsum nichts als Stille und Hitze. Vor ihm läuft sein Schatten, und er hebt den Blick gar nicht mehr zum Horizont, sondern beobachtet, wie der vorderste Rand seines Schattens über die Steinchen hüpft und über den Sand fließt, wie eine Wasserzunge im trockenen Rivier dahergeflossen kommt, gleitend, leise gluckernd und plätschernd und in der Sonne glitzernd den staubigen Sand verschluckt, immer weiter fließend, immer vorwärts, plätschernd, glucksend, gurgelnd und zischend.

In seinen Ohren rauscht es, und glühende Pünktchen tanzen ihm vor den Augen. Er löst den Blick vom dahinfließenden Schattenrand und hebt den Kopf und sieht sich wieder selbst im Schatten, den die Sonne in seinem Rücken vor ihm auf den Boden brennt. Er sieht, daß er langsam und mit unsicheren Schritten geht, schon ein wenig taumelnd, nach Luft ringend, halb verdurstet. Genauso bewegt sich auch der Schatten neben seinem, und auch der ist eine vorwärtsleckende Wasserzunge, ganz genauso wie sein Schatten, ein Bruder seines Schattens! Er hebt den Blick und schaut nach links und sieht Ezechiel neben sich gehen. Den alten, den uralten Ezechiel, der gar nicht mehr richtig stehen konnte, als er ihn vor zehn oder elf Monden verlassen hat, um seine Botschaft ins Hereroland zu tragen. Aber da läuft er nun neben ihm her, als hätte er nie etwas anderes getan, und hat seine

Pfeife im Mund, und jetzt blinzelt er ihn an mit seinen gelben Schlitzaugen und sagt: »Wo willst du denn hin, Petrus, eh?«

Petrus sagt: »Omurangere, ich weiß es nicht.« Er weiß es wirklich nicht. Wer weiß, ob es die sagenhaften Berge im Süden wirklich gibt. Er ist einfach immer nur in die gleiche Richtung gegangen, ohne darüber nachzudenken. Er will Ezechiel fragen, wie es kommt, daß er so plötzlich hier ist, aber statt dessen sagt er: »Omurangere, ich bin mit deiner Botschaft nicht schnell genug gelaufen. Es tut mir leid. Ich bin zu spät gekommen, zu spät nach Osona, zu spät zu Zeraua. Überall war der Orlog schon losgegangen. Überall haben sie ›Ovita!‹ geschrien und deine Worte nicht mehr hören wollen aus meinem Mund.«

Ezechiel hat seine alte blaue Decke um die Hüften geschlungen und über eine Schulter und ein paar helle Muscheln und Federchen ins Haar gebunden und Reifen und Bänder um die mageren Handgelenke. Er geht so langsam wie Petrus, aber ganz leicht und mühelos. Er sagt nun: »Du mußt dir nichts vorwerfen, Petrus! Du bist gelaufen, und du hast ihnen gesagt, was ich dir gesagt habe, und es hat keiner richtig auf dich gehört. Es hat eben nicht anders kommen sollen. Nun haben die Otjirumbu die Hererokrieger geschlagen und die Ozongombe eingefangen, und im Blut ertrunken sind die Werftfeuer.« Er singt mit tiefer Stimme:

>»Stäbe verborgen beim Häuptlingsgrab! Ha!
>Am Omumborombongabaum! Hu!
>Aus der Nacht ein Stern, ein Funke vom Feuer der Ahnen! Ho!
>Ein Funke vom Feuer! Das Volk wird leben!
>Leben im alten Land! Leben im Hereroland! Iih! I-ih!«

Die gesungenen Worte klingen wie Glas, kullern perlengleich durch die Luft, vergehen in der Stille. Weich wölbt sich der Sand empor und wiegt sich, freundlich und verlockend. Petrus lauscht Ezechiels Gesang nach und grübelt und sagt schließlich: »Omurangere, sag mir, wie ist es mit den totgeschossenen Hereromenschen? Sind ihre Seelen jetzt in den Deutschmännern drin? Und sind jetzt die Seelen von den toten Otjideutji in den Hereromenschen drin? Haben die Deutschmänner überhaupt eine Seele?«

Ezechiel sagt: »Alles hat eine Seele. Mann und Weib, schwarz oder gelb oder braun oder weiß. Jedes Tier und jeder Grashalm, jeder Stein und jeder Käfer. Der Blitz und der Regen.« Ezechiel zieht seinen blauen Umhang fester um sich und sagt: »Was fragst du? Du hast keinen Deutschmann totgeschossen!« Petrus schüttelt denn Kopf. »Nein«, sagt er, »ich habe keinen Deutschmann totgeschossen. Vielleicht einmal einen Namamann, früher, als die die Hereros in Osona überfallen haben, aber ich weiß es nicht. Mich hat ein Hott' geschossen, aber ich bin nicht gestorben.«

Ezechiel aber sagt nichts, und Petrus bleibt stehen und schaut zu ihm hin. Der alte Mann hat die Augen geschlossen und dreht sich einmal im Kreis, als ob er tanzen wolle, und dreht sich noch einmal und immer weiter und immer schneller. Petrus kann ihn gar nicht so recht sehen, die Sonne blendet, und der Mann ist wie Rauch, und auch sein Schatten wird immer heller, und auf einmal ist da kein Ezechiel mehr, nichts mehr, nur die flimmernde, heiße, trockene Luft.

Marienthal

Es ist später Nachmittag, als sie nach Narib kommen. Ja, dort steht ein kleines Zelt, just da, wo die Pad ein Nebenrivier des Fischflusses kreuzt. Ansonsten gibt es hier nur einen halb eingefallenen Schuppen und die Ruine eines Lehmziegelhauses. Als sie beim Zelt ankommen, ist niemand zu sehen. Es ist sicher Gärtners Platz, obwohl kein Gepäck zu sehen ist, nur eine Kochstelle mit kalter Asche, eine Blechkanne liegt umgekippt darin. Auch Pferde oder Maulesel sind keine zu sehen, an dem verkrüppelten und abgestorbenen Bäumchen neben dem Zelt hängt kein Geschirr oder Zaumzeug. Nun, der Landmesser wird irgendwo in der Gegend herumklettern und nur zum Schlafen hierher zurückkommen. Vielleicht ist er auch weiter weg und übernachtet irgendwo im Feld da oben auf der Weißfläche, wie die Hochebene oberhalb der Klippen heißt. Oder er ist nach Marienthal geritten, dem nächsten Ort mit einem Store.

Ettmann sucht die Umgebung mit dem Zeissglas ab. Dort am

Hang blinkt etwas, in der steinigen Rinne, die einer der Abflüsse der Hochebene in die Klippen gefressen hat. Es ist weit weg, aber er glaubt doch zu erkennen, was es ist: irgend etwas auf einem Dreibein. Ein Theodolith ist es aber nicht. Er versucht es mit Rufen: »Herr Gärtner!« Keine Antwort außer einem schwachen Echo aus den nicht sehr hohen Weißrandklippen. Die Zikaden sind verstummt. Er ruft noch einmal: »Hallo? Herr Gärtner? Niemand da?« Es bleibt still. Schließlich fangen die Zikaden wieder an zu zirpen. »Scheinen irgendwo unterwegs zu sein.« sagt Ettmann gerade zu Lutter, als ihm etwas auffällt. Er hebt das Glas an die Augen.

Sitzt da nicht einer? Die Luft flimmert über dem heißen Sand. Aber ja, oben in der Rinne bei dem Dreibein sitzt ein Mann in der Sonne an einen Stein gelehnt und schläft. »Na also!« sagt er zu Lutter und geht ein paar Schritte in die Richtung und schaut noch einmal durchs Glas. Das Ding auf dem Dreibein ist ein einfaches Visierfernrohr mit Peilscheibe. Richtig, Gärtner hat keinen Theodoliten, deswegen bringt er ja den von Windhuk mit. Er richtet das Glas noch einmal auf den Mann und stellt es schärfer ein. Ziemlich weit weg, ganz klein ist die Figur und scheinbar außer Hörweite. Aber komisch ist es schon, daß der Kerl da in der prallen Sonne schläft, nicht mal 'nen Hut auf, auch sitzt er irgendwie merkwürdig da, so sorglos. Eine böse Ahnung beschleicht ihn. Er schaut sich nach Lutter um, der Pastor ist nur ein paar Schritte hinter ihm. Er hält ihm das Glas hin und zeigt hinauf und zieht eine Grimasse. Lutter späht lange und angestrengt hindurch. »O weh!« sagt er nur und reicht ihm das Glas zurück. Ettmann sagt zu Cecilie: »Wir steigen mal da hinauf. Bitte bleib mit Johannes hier beim Zelt, bis wir zurück sind!« Durch loses Geröll und Sand steigen sie in der Rinne hinauf, es ist eine mühsame Kletterei. Wie sie näher kommen, sehen sie den großen dunklen Fleck auf dem Hemd der sitzenden Gestalt. Es ist ein grauhaariger und graubärtiger Mann von fünfzig oder mehr Jahren, der blicklos auf die Steine vor seinen Stiefeln starrt. In der Stirn, über dem rechten Auge, ist ein daumendickes, rundes Loch. Blut ist über das Gesicht gelaufen und aufs Hemd getropft, längst ist es eingetrocknet. Fliegen krabbeln auf dem starren Gesicht herum.

Es sind keine Totenflecken zu sehen, und Lutter sagt: »Das sieht mir nicht aus, als wäre es lange her. Vielleicht nur ein paar Stunden.« Er sieht sich unruhig um. »Die Mörder könnten noch in der Nähe sein!«

Neben dem Toten liegen ein Bleistift auf dem Boden und ein Notizbuch. Ettmann hebt es auf und schaut auf das Etikett auf dem Wachstuchumschlag. Da steht in sauberer Handschrift: »Gärtner. II/1904«.

Schließlich finden sie auch den Meßgehilfen, Herrn Junga. Eine Blutspur weist den Weg. Er muß die Rinne nach oben geflohen sein, aber er ist nur hundert Meter weit gekommen. Junga liegt auf dem Rücken, ein vielleicht dreißigjähriger Mann mit blondem Haar und Bart. Er hat einen Schuß in der linken Wange, der ihm den Kieferknochen zerschmettert hat, und zwei weitere Schüsse in Brust und Bauch. Seine Mörder haben ihn bis auf die Unterhosen ausgezogen. Dann haben sie die blutigen Sachen aber doch fallen lassen.

Lutter holt ihn ein, schwer atmend, und nimmt seinen Hut ab und spricht ein kurzes, stummes Gebet. Dann kniet er bei der Leiche nieder und berührt sie mit dem Handrücken. Er sagt: »Muß heute morgen passiert sein.« Er ist blaß und sichtlich erschüttert. Er sieht sich nach Cecilie um, die weit unten beim Zelt mit Johannes wartet, und nickt Ettmann zu und sagt: »Tragen wir ihn hinunter zu Gärtner. Dort begraben wir sie beide. Danach machen wir besser, daß wir hier wegkommen!«

Nicht weit von Narib, auf der anderen Seite des Fischflusses und nur zehn oder zwölf Kilometer Luftlinie entfernt, ist der Heliographenposten Remmhöhe der Windhuk–Keetmannshoop-Linie. Es gibt aber keine Blickverbindung dorthin, und die Höhe ist nur von der abgewandten, der Westseite des Bergzuges zugänglich. Es wäre ein Ritt von mindestens fünf Stunden. In der Zeit kämen sie auch bis Marienthal, dem nächstgelegenen Ort mit einem Polizeiposten. Inzwischen wird es Nacht. Sie brechen trotzdem sofort auf. Sie kommen etwa zehn Kilometer weit auf dem Weg, der sich auf halber Höhe die Klippen entlang zieht. Dann aber machen die Tiere allmählich schlapp. Steinhaufen bilden eine Art natürliches Versteck, und sie beschließen, hier ein paar Stunden zu schlafen.

6. Oktober (Donnerstag):

»Da ist Marienthal!« sagt Ettmann erleichtert und holt seine Uhr hervor. Ein paar Minuten vor elf. Die breite Sandfläche eines Riviers, eine Handvoll kümmerlicher, blattloser Bäume, ein paar weitverstreute weiße und braune Häuser; alles flimmert in der glühenden Hitze. Nichts rührt sich, der ganze Ort schläft. Mittagsruhe in einem mexikanischen Dorf, denkt Ettmann, alles, was fehlt, sind die typischen Kandelaberkakteen, Saguaros, jawohl, so heißen die. Er reitet voran, Schritt auf der breiten, staubigen Straße nach Marienthal hinein, die anderen folgen. Es fehlen auch die Peónes, die im Schatten ihrer Sombreros an den Wänden hocken und Siesta halten. Außer dem dumpfen Klopfen der Hufe und dem Knarren der Karre hinter ihm ist kein Geräusch zu hören, keine menschliche Stimme, kein Hund schlägt an, nicht einmal das Gackern von Hühnern, das doch sonst an keinem bewohnten Platz fehlt. Er spürt, wie sich ihm die Haare im Nacken sträuben, und nun steigt ihm auch ein unverkennbarer Geruch in die Nase. Sein Pferd schnaubt und will nicht weiter, aber Ettmann drückt ihm die Absätze in die Weichen und zwingt es, weiterzugehen. Was liegt da vorn auf dem Weg? Säcke? O Gott! Es sind die Leichen zweier Polizisten, die da nebeneinander vor der Polizeistation liegen, in blutbesudelten Uniformen, gräßlich aufgedunsen in der Hitze, die Röcke aufgeplatzt. Ettmann sieht sich nach seinen Begleitern um. Cecilie hält sich entsetzt die Hand vor den Mund. Lutter sitzt wie versteinert im Sattel. Da liegt noch ein Toter auf dem Hauptweg, auf dem Rücken, die Arme ausgebreitet, ein älterer Mann mit langem, grauem Vollbart, das entstellte Gesicht blauviolett. Ein erschlagener Hund, der vielleicht seinen Herrn verteidigen wollte. Der weiß gekalkte Bau mit dem Schild »Kaiserliche Post-Expedition« ist ausgebrannt, leere, verrußte Fensterhöhlen, das Blechdach eingestürzt. Ein Toter sitzt an die Wand gelehnt, in den Kopf geschossen. In einem Hauseingang liegt eine weitere Leiche, halb im Haus, das Gesicht im Staub, der Schädel zertrümmert. Blut ist an den Türrahmen gespritzt und dunkelbraun angetrocknet. Ein widerliches Gekrabbel und Gebrumme von Fliegen.

Die Sonne glüht auf die Leichen herab. Marienthal ist eine Totenstadt. Niemand ist mehr am Leben. Es herrscht eine lähmende, bedrückende Stille, kein Lüftchen regt sich, dick hängt der faule Leichengestank über dem Ort.

Ettmann fühlt sich schwach und mutlos. Angesichts dieses Gemetzels erscheint ihm das ganze Leben mit einem Male so sinnlos, daß er am liebsten aufhören würde, sich zu bewegen. Doch der Gestank ist einfach zu unerträglich. Er hält sich den Rockärmel vor die Nase und versucht, durch den verstaubten Stoff zu atmen. Lutter krächzt mit brüchiger Stimme: »Also doch! Sie haben alle umgebracht!«

Cecilie fragt: »Es sind alles Männer, nicht wahr? Wo sind denn die Frauen? Es müssen doch Frauen und Kinder hier gelebt haben!« Sie ist blaß.

Lutter steigt aus dem Sattel, mit müden, resignierten Bewegungen. Er schaut zu Ettmann hinauf und sagt: »Kommen Sie, wir müssen in den Häusern nachsehen! Vielleicht ist noch jemand am Leben!« Er wendet sich zu Johannes um und sagt: »Halt die Pferde und bleib bei dem Fräulein, Johannes!«

Ist da jemand, könnten sie rufen, aber keiner von ihnen wagt es in dieser Totenstille. Stumm gehen sie durch den Ort und schauen in jedes Haus, aber sie finden keinen Menschen mehr. Die Häuser sind ausgeplündert, Schubladen herausgerissen und ihr Inhalt verstreut, Schränke umgestürzt und aufgebrochen. Fenster, Lampen und Mobiliar sind zerschlagen. Lebensmittel, Kleidung und Waffen hat man offensichtlich geraubt. Die Tiere wurden wohl ebenfalls fortgetrieben, sie finden nicht einmal eine Ziege oder ein Huhn. Aber im Feld draußen, hinter den Häusern, da schleichen und lauern geduckt zwei Schakale, das graugelbe Nackenfell gesträubt, und schauen zu ihnen her. Ettmann will schon nach dem Gewehr greifen, um sie zu verjagen, aber das Schießen läßt er doch besser, falls die Mörder noch in Hörweite sind. Langsam kehren er und Lutter zu Cecilie und Johannes zurück, die sich mit den Tieren an den Ortsrand zurückgezogen haben. »Ich denke«, sagt Lutter, »daß man Frauen und Kinder verschont hat. Es sieht so aus, als hätten die Hottentotten sie auf einen Wagen geladen und fortgebracht. Vielleicht haben sie sie nach Gibeon gehen lassen. Wer weiß.«

Cecilie fragt: »Was sollen wir tun?« Furcht schwingt in ihrer Stimme mit. »Nach Gibeon!« sagt Ettmann und bemüht sich, ein Beben in seiner Stimme zu unterdrücken. »Die Feste dort mag sich gehalten haben, und es ist ohnehin unsere einzige Chance, denn es gibt keinen anderen größeren Ort in der Nähe!« Lutter sagt mit zusammengezogenen Brauen: »In Rehoboth wären wir sicher, aber das ist nun mehr als sechs oder sieben Tage entfernt. Sie haben recht, nach Gibeon, und das so schnell wie möglich!«

Ohne behelligt zu werden, reiten sie zwei Stunden und kommen so nach Koichas, das nur ein trockenes Wasserloch in einem kleinen Nebenrivier ist, welches sich hier links der Pad einen Weg durch die Klippen des Kalkrandes gefressen hat. Ein wenig trübes, in der Sonne fast heiß gewordenes Wasser steht hier, es reicht gerade, die durstigen Pferde und Esel notdürftig zu tränken. Dann geht es gleich weiter. Die Pad senkt sich allmählich ins Fischflußtal hinab, das hier weit und einigermaßen flach ist. Die heiße Stille legt sich wie eine schwere Last aufs Gemüt. Der Staub, den die Hufe aufwirbeln, hängt noch lange hinter ihnen über dem Weg.

In weitem Bogen kurvt die Pad nach links und folgt einer flachen Rinne. Zu beiden Seiten ziehen sich sanft geneigte Hänge voller Steine und Klippen empor. Cecilie reitet neben Ettmann, und jetzt beugt sie sich herüber und berührt ihn am Arm. »Da kommt einer!« sagt sie heiser. Ettmann hat den Reiter aber schon gesehen. Er wechselt die Zügel in die linke Hand und läßt die rechte auf dem Schenkel ruhen, bereit, das Gewehr aus dem Schuh zu ziehen.

Aus dem Einschnitt, vom Fischfluß her, kommt ein Hottentott mit dem weißen Hut der Witboois langsam auf sie zugeritten, auf einem klapperdürren Pferd. Er hat ein blaßblaues Hemd an, ein Gewehr im Sattelschuh und einen Gurt mit Patronentaschen über der Brust. Jetzt hält er an, zieht höflich den Hut und wartet, bis sie heran sind. Da halten auch sie ihre Tiere an, zehn Meter vor dem fremden Reiter. Der Nama sieht sie an und hustet. Seine Haut ist kupferbraun, sein Gesicht ganz unbewegt.

Was will der Kerl? Warum sagt er nichts? Aus dem Augenwinkel sieht Ettmann eine Bewegung links am Hang. Da lugt ein braunes Gesicht hinter einer Klippe hervor, und es lugt über einen blinkenden Gewehrlauf. Und da ist noch einer, und da erhebt sich einer hinter einem großen Steinbrocken, der hat einen langen dunkelblauen Gehrock an, Schlapphut auf, Pfeife im Mund. In der Hand hält er ein kurzes Gewehr, ein Martini-Henry. Noch mehr tauchen auf, erheben sich ganz gemächlich. Ettmann spürt einen seltsamen Schauer, wie ein Frösteln, zwischen den Schulterblättern.

Neben ihm sagt Lutter aus dem Mundwinkel: »Fassen Sie nur Ihr Gewehr nicht an!« Ettmann nickt, er läßt seine Hände, wo sie sind. Der mit dem blauen Gehrock kommt ganz gemütlich den Hang heruntergeschlendert, er hat es nicht eilig, jetzt bleibt er stehen und reißt ein Streichholz an, entzündet sein Pfeifchen und macht einen Zug. Der Kerl lächelt sogar! Er ist klein und fast zierlich, wie die meisten Nama, dünn kräuselt sich grauschwarzes Barthaar auf seiner Oberlippe und ums Kinn. Sein Rock ist voller Staub, die Hose an den Knien zerrissen. Er macht ein paar Schritte auf Ettmann zu und blinzelt verschmitzt zu ihm hinauf. Ettmann starrt auf ihn hinunter. Sein Pferd wird unruhig und schnaubt, es macht ein, zwei Schritte zur Seite, und Ettmann zieht den Zügel an und brummt: »Ruhig, ruhig!« Der Nama nimmt die Pfeife aus dem Mund und läßt den Rauch aus seinen Nasenlöchern strömen und sagt: »Geb die Gewehr, Dütschmann, geb du hierdie Gewehr ons Hott'!« Er streckt die Hand aus und hüstelt und blinzelt dabei vergnügt aus seinen geschlitzten Augen. Ettmann wirft einen raschen Blick auf den berittenen Nama, der immer noch mitten auf dem Weg wartet, und blickt in eine Gewehrmündung. Der Kerl zielt auf ihn, ruhig und sicher, über die Ohren seines Gauls hinweg. Ettmann starrt ihn an, und es schießt ihm jene Anekdote über Friedrich den Großen durch den Kopf, der einem Kroaten, der auf ihn anlegte, zurief: »Kerl, Er hat ja gar kein Pulver auf der Pfanne!« Solche Schlagfertigkeit soll dem König damals das Leben gerettet haben, aber ihm nützt das hier und jetzt gar nichts, das Gewehr ist ein deutsches 88er, und die Pulverpfanne ist längst aus der Mode gekommen. Zudem hat er immer bezweifelt, daß jener Kroate damals in Mähren die deutschen Worte des Königs verstanden haben soll. So sitzt er da, den Blick auf das kleine, kreisrunde Loch der Mündung gerichtet, und wundert sich über seine Ruhe und die abstrusen Gedanken, die ihm durch den Kopf gehen.

»Du Dütschmann, geb die Gewehr, Dütschmann!« sagt der Kerl im blauen Rock noch einmal und schnippt dabei mit den Fingern, als wolle er ihn aus einer Trance aufwecken. Ettmann hebt die Schultern und läßt sie wieder sinken, und zieht das Gewehr aus dem Schuh, recht langsam, und reicht es dem Mann hin. Dabei denkt er sich, daß er es ihm eigentlich vor die Füße schmeißen sollte. Wenigstens eine trotzige Geste! Er tut es nicht. Der Nama nimmt das Gewehr entgegen, und nun strahlt er richtig und nickt zufrieden.

Ein zweiter Kerl stellt sich neben ihn, der hat verschlissenes Schutztruppenzeug an und den weißbezogenen Hut ins Gesicht gedrückt. Der Blaugekleidete reicht ihm wortlos Ettmanns 98er. Der Witbooi öffnet die Kammer halb, überzeugt sich, daß der Schloßkasten gefüllt ist, schließt sie wieder und hängt sich die Waffe ohne weiteres um. Jetzt nimmt er den Hut ab und hält ihn vor die Brust und sagt: »Dagsê, Mijnheer Unteroffizier!« Ettmann sagt verblüfft: »Keister!«

Keister sagt etwas zu dem im blauen Rock in seiner Namasprache. Der nickt und pafft an seiner Pfeife, ohne Ettmann aus den Augen zu lassen. »Auch bitte die Patron', Mijnheer Unteroffizier!« sagt Keister höflich. Ettmann bleibt keine Wahl. Er schnallt sein Patronentaschengeschirr ab und hält es Keister hin. »Dankie!« sagt der. Auf einmal sagt Lutter hinter ihm etwas, Ettmann versteht nicht, was, Deutsch war das mal sicher nicht, kann Lutter etwa Nama? Der Blaue zieht die Brauen hoch und hält den Kopf schief und schaut Lutter an. Der Pastor wiederholt, was immer er da gesagt hat, und jetzt gibt es einen raschen Wortwechsel zwischen dem Anführer der Hottentotten, Keister und Lutter. Ettmann wendet sich halb im Sattel um, um nach Johannes zu sehen. Der steht stocksteif neben der Karre, hundert Meter zurück. Daß Lutter diese Sprache beherrscht! Hin und her fliegen die Worte, es klickt und schnalzt, und jetzt fangen sie alle drei an, laut zu lachen. Er wirft einen Blick auf Cecilie. Auch sie lauscht, mit zusammengezogenen Brauen. Nun sieht sie ihn fragend an. Ettmann zuckt die Achseln. Alle schweigen jetzt. Der Blaue saugt an seinem Pfeifchen, pufft Wölkchen aus dem Mundwinkel und scheint nachzudenken. Sein Blick wandert von Ettmann über Cecilie zu Lutter und wieder zu Ettmann. Schließlich wendet er sich direkt an ihn:

»Geh mit die Gottsmann, Dütschmann, geh du mit hierdie Fru nach die Plats Gibeon, wo gehört ons Hott', wo hat gewohnt ons Kaptejn Hendrik Witbooi. Ik bin Feldkornett Ismael Jod.«

Ettmann sieht zu Lutter hinüber. Der Pastor nickt. Er sieht erleichtert aus. »Sie lassen uns gehen«, sagt er, »nach Gibeon. Das ist allerdings belagert.«

Ismael Jod nickt ernsthaft. »Ja, rings um die Plats ons Hott'. Kann geen Dütschmann niet raus. Aber ihr kann rein.« Er zeigt mit dem Pfeifenstiel auf die Eselskarre: »Die Wage nehm ons, die kann ons gut brauche, un' die Donkeybeester.« Er steigt auf die Karre hinauf, wühlt in den Vorräten herum und wiederholt: »Kann ons gut brauche, is Hafer un' is Brot un' Zeug.« Er ruft: »Du Dütschmann, was is dis?« Er hat den Theodoliten entdeckt und versucht, ihn unter den Säcken hervorzuzerren, aber das Gerät ist zu schwer. Ettmann sagt: »Das ist nur ein Theodolit, ein Entfernungsmesser, zum Landvermessen.«

Jod springt von der Karre herab und sagt: »Fort mit hierdie Dingsda! Komm, Dütschmann, hilf, un' du auch, Salomon!« Ettmann steigt ab und muß helfen, den schweren Theodoliten samt seinem Dreibein herauszuzerren. Sie tragen ihn ein paar Schritt zur Seite und lassen ihn einfach fallen. Da liegt er im Staub, und das Messing blitzt in der Sonne wie Gold. Was mag er wert sein, denkt Ettmann, zweitausend Mark? Fünftausend Mark? Er hat keine Ahnung, und Jod gibt dem Ding einen Fußtritt und sagt: »Muß nie die Land niet messen, Dütschmann, is dis onse Land, is dis Land von ons Khoikhoin, von ons Hott'!«

Er schaut Ettmann an, ob der etwas dagegen hat, aber Ettmann sagt nichts und schaut ihn nur seinerseits an. Jod schmatzt mit den Mundwinkeln und grinst, dann dreht er sich zu Johannes um und fragt ihn auf deutsch, ob er mit ihnen gehen will, aber der

620

Nama schüttelt den Kopf: »Herr Lutter is mein guter Herr. Bleib ich – bei ihm, dis will ich.«

Sie rasten eine Stunde in der Nacht, nicht weit vom Heliographenposten Falkenhorst. Es ist um Neumond und stockdunkel. Niemand findet Schlaf. Der Blaugekleidete redet eine Weile auf Lutter ein, auf Nama. Lutter antwortet nur einsilbig.

Gegen zwei Uhr morgens geht es weiter. Die Witboois haben es jetzt eilig, sie reiten Trab. Aber schon nach ein paar Minuten werden sie wieder langsamer, denn die Eselskarre kommt nicht mit. Die Tiere sind erschöpft. Zwischen Ismael Jod und einem anderen Nama bricht ein heftiger Wortwechsel aus. Lutter übersetzt leise: »Sie ärgern sich über die langsame Eselskarre. Der da, der Kerl mit der Straußenfeder am Hut, will sie zurücklassen, aber Jod will sie mitnehmen. Natürlich sind Karre und Esel wertvoll für die Leute!« Ettmann schaut sich nach der Karre um. Johannes führt den vordersten Esel am Zügel, und ein Nama mit geschultertem Gewehr schreitet neben ihm her und redet auf ihn ein. Johannes hat seine Pfeife im Mund und pafft. Ettmann fragt Lutter: »Was hat Ihnen der Jod heute nacht alles erzählt? « Lutter verzieht das Gesicht. »Nichts Gutes. Ganz im Gegenteil! Die Hottentotten sind überall im Aufstand! Hendrik Witbooi hat den Deutschen den Krieg erklärt, und sie sind ihm überall gefolgt, die Witboois, die Bondels, die Feldschuhträger, wahrscheinlich auch die Fransmann-Hottentotten, die Bethanier und die Rote Nation! Vor zwei Tagen haben sie den Bezirksamtmann von Gibeon erschossen, den Hauptmann v. Burgsdorff.« Er schüttelt den Kopf. »Furchtbar! Unbegreiflich! Burgsdorff war ein guter Mensch und mit Hendrik Witbooi eng befreundet! Es will mir gar nicht in den Kopf. «

Der Blaugekleidete schaut sich nach ihnen um, sagt aber nichts. Lutter fährt mit finsterem Gesicht fort: »Burgsdorff ist nicht in Marienthal, aber ganz in der Nähe erschossen worden. Er war ein großer Mann mit schwarzem Bart. Er wollte zu Hendrik Witbooi nach Rietmond, wahrscheinlich, um ihm den Aufstand auszureden, denn angeblich hatte er von ihm eine schriftliche Kriegserklärung bekommen.«

Ettmanns Pferd fängt auf einmal an zu tänzeln und will nach der Seite ausbrechen. Mit Zügeln und Schenkeldruck zwingt er es an Lutters Seite zurück. Lutter beugt sich zu ihm herüber und sagt leise: »Sie haben sich auch darüber gestritten, ob sie auch Sie nach Gibeon gehen lassen sollen. Sie sind schließlich Soldat! Es hat sich aber der, der Keister heißt, für Sie eingesetzt! Da haben Sie großes Glück gehabt, mein Lieber!«

Es wird zu mühsam, sich im Sattel zu unterhalten. Links und rechts ragen Klippen empor und werfen das Klopfen der Hufe vielfach zurück. Die Räder der Karre knarren. Schweigend reiten sie durch die sternenhelle Nacht. Rechts weichen die Klippen zurück, ein Tal öffnet sich, und der Nachtwind beginnt zu wehen.

7. Oktober (Freitag):

Strahlend geht die Sonne über dem Kalkrand auf. Der Morgenwind summt und braust in den Ohren und zaust die Mähnen und Schweife der Pferde. Ein, zwei Stunden reiten sie so dahin und niemand sagt ein Wort. Der Wind schläft ein, und es wird immer heißer. Felsen und Sand strahlen eine enorme Hitze aus, und die Luft wabert und zittert in der Sonnenglut. Die Augen schmerzen vom grellen Licht. Mit hängenden Köpfen trotten die armen Eselchen vor der Karre her.

Die Pad verläuft hier oberhalb des Großen Fischflusses und biegt um eine Kuppe, und der vorderste Namareiter ruft »Aitsa!« und zügelt jäh sein Pferd, daß es mit den Vorderläufen hochsteigt. Ettmann traut seinen Augen nicht: Vor ihm breitet sich ein weiter, glitzernder See, und darauf schwimmt eine Insel, gekrönt von einer schneeweißen Festung. Er dauert ein paar Sekunden, bis ihm klar wird, daß der See eine Luftspiegelung ist, eine regelrechte Fata Morgana. Das weiße Fort ist die Feste Gibeon, wie er sie auf Postkarten gesehen hat, ein ganz merkwürdiger Bau, der einem sitzenden Schwan mit ausgebreiteten Schwingen gleicht mit dem hohen, fensterlosen Mittelturm und den geschwungen, zinnenbekrönten Flügelmauern, die sich an den Enden tatsächlich wie Flügelspitzen zu Turmbauten erheben. Ein Backsteinschwan der Schutztruppenarchitektur, von Feinden umringt. Wie er noch hinsieht, löst sich die Illusion auf, der See verflimmert zu steinigem braunen Grund, und da vor ihm, zu Füßen des Forts, liegt Gibeon im kahlen Land.

Der im blauen Rock zeigt zur Feste und sagt ein paar rasche Worte zu Keister. Keister nickt, springt aus dem Sattel, und sagt zu Ettmann: »Ihr steig' all hier ab un' geb' ons die Pferd! Muß jetzt zu Fuß gehn nach Gibeon.« Ettmann steigt ab, ohne etwas zu sagen. Keister nimmt die Zügel seines Pferdes, das schnaubt und nervös hin- und hertritt, aber schnell Ruhe gibt. Er schwingt sich flink in den Sattel, verhält das Tier noch einen Augenblick und schaut Ettmann an und neigt in einer höflichen Geste den Kopf. Dann zieht er das Pferd herum und trabt mit den anderen davon. Ettmann schaut ihm nach. In den Satteltaschen sind sein Revolver, seine Notizbücher, seine Karten, sein Kompaß. Die Reiter kommen schnell hinter dem steinigen Hang außer Sicht. Auf der Kuppe sieht Ettmann die Gestalten von Namakriegern, da oben stehen sie und schauen zu ihnen herunter, kleine schwarze Figuren vor dem tiefen Blau des Himmels. Da stehen die Sieger, denkt er, die armen Kerle, was für ein Bild der Verlassenheit! Tränen steigen ihm in die Augen. Die Sonne sticht und blendet ihn, er blinzelt und wendet sich ab, und Cecilie ist an seiner Seite. »Das wird noch ein ganz schöner Fußmarsch!« sagt sie und beschattet ihre Augen mit der Hand gegen das grelle Sonnenlicht, »Ich denke, wir sollten uns auf den Weg machen.« Lutter seufzt: »In Gottes Namen! Gehen wir!«

ENDE.

Epilog

Oberst Berthold Deimling wurde 1905 in den Adelsstand erhoben und war 1906 und 1907 Kommandeur der Schutztruppe. Im Weltkrieg kommandierte er als General ein Armeekorps an der Westfront. Nach dem Kriege wandelte sich Berthold v. Deimling zum Pazifisten und trat in der Weimarer Republik für Frieden und Abrüstung ein. Auch wandte er sich gegen eine neue Kolonialpolitik und forderte ein Selbstbestimmungsrecht der kolonialisierten Völker. Er starb 1944.

Major Ludwig v. Estorff nahm am Feldzug gegen die Nama teil und wurde 1907 Kommandeur der Schutztruppe. Als solcher schrieb er, nachdem er das Gefangenenlager auf der Haifischinsel in Lüderitzbucht besichtigt hatte, am 14. April 1907 an das Kommando der Schutztruppe in Berlin:

»Von September 1906 sind von 1795 Eingeborenen 1032 auf der Haifischinsel gestorben. Für solche Henkersdienste, mit welchen ich auch meine Offiziere nicht beauftragen kann, übernehme ich keine Verantwortung.«

Ludwig v. Estorff nahm 1911 seinen Abschied von der Schutztruppe. Er starb am 5. Oktober 1943 in Uelzen.

Carl Ettmann kehrte im Januar 1905 zusammen mit Frl. Orenstein nach Windhuk zurück. Vermutlich blieb er bis Ende 1906 im Lande; weiter ist über seinen Verbleib nichts bekannt geworden.

Hauptmann Victor Franke erhielt 1905 für seinen Einsatz im Hereroaufstand durch Kaiser Wilhelm II. persönlich den höchsten deutschen Orden Pour le mérite überreicht. Kurz nach Ausbruch des 1. Weltkrieges wurde er Kommandeur der Schutztruppe, die nach verlustreichen Kämpfen den südafrikanischen Truppen unterlag. Am 9. Juli 1915 unterzeichnete er, inzwischen

Oberstleutnant, mit Gouverneur Seitz in Khorab die Kapitulation der Truppe. Victor Franke wurde nach dem 1. Weltkrieg als Generalmajor verabschiedet und starb am 7. September 1936 in Hamburg.

Gouverneur Oberst Theodor Leutwein wurde 1905 als Generalmajor verabschiedet. Er starb am 13. April 1921 72jährig in Freiburg i. Br.

Pastor Theodor Lutter blieb zwei Jahre im Süden und arbeitete als Seelsorger und Krankenpfleger in verschiedenen Lazaretten. Ende 1906 zog er nach Okombahe und führte dort eine kleine Eingeborenenschule. Er verheiratete sich im Jahr 1908 und starb 1946 in Swakopmund.

Häuptling Samuel Maharero erreichte nach der Schlacht am Waterberg im Oktober 1904 das Betschuana-Land und bat den britischen Magistrat um Asyl, das ihm und etwa 1800 Überlebenden gewährt wurde. Samuel Maharero starb am 14. März 1923 in diesem fernen Land. Seine Leiche wurde nach Okahandja überführt und dort feierlich bestattet.

Cecilie Orenstein reiste Ende Februar 1905 nach Deutschland und übergab ihre Photographien an die South West Africa Company Ltd. Das geplante Buch ist nie erschienen, einzelne ihrer Aufnahmen aber in verschiedenen Publikationen. Schon am 14. Mai 1905 kehrte sie mit der »Lulu Bohlen« nach Deutsch-Südwestafrika zurück. Über ihren weiteren Verbleib ist nichts bekannt.

Petrus blieb verschollen.

Generalleutnant Lothar v. Trotha hatte am 2. Oktober 1904 seinen berüchtigten Schießbefehl auf zurückkehrende Flüchtlinge erlassen (der in Gibeon im beschriebenen Zeitraum allerdings nicht mehr bekannt wurde). Dieser Befehl und das Drama in der Omaheke riefen in Deutschland Empörung hervor. Der General

wurde angewiesen, den Befehl zurückzunehmen und Rettungs-
maßnahmen der Missionare nicht mehr zu behindern. Nach
Niederschlagung des Hereroaufstandes leitete er den Feldzug gegen die Hottentotten. Wegen seiner unerbittlichen Verfolgung
der Eingeborenen wurde er im November 1905 abberufen. Generalleutnant Lothar v. Trotha nahm 1906 seinen Abschied und
starb im Jahr 1920.

Der Trothasche Schießbefehl (Auszug):
»Innerhalb der deutschen Grenze wird jeder Herero mit oder
ohne Gewehr, mit oder ohne Vieh, erschossen, ich nehme keine
Weiber und Kinder mehr auf, treibe sie zu ihrem Volke zurück,
oder lasse auf sie schießen.

Dies sind meine Worte an das Volk der Herero.
Der große General des mächtigen deutschen Kaisers.«

Seesoldat Albert Seelig kehrte im März 1905 nach Kiel zurück
und heiratete sechs Monate später Margret Biese. Er fiel 1915 an
der Westfront.

Häuptling Zacharias Zeraua von Otjimbingwe ergab sich am
9. Januar 1905 in Owinaua-Naua dem Major v. Estorff. Bei ihm
waren noch 133 Männer, 337 Frauen und Kinder, laut Estorff
»entkräftete und zum Entsetzen abgemagerte Leute«. Seine Tochter Amanda hat ebenfalls überlebt.

In die Feste Gibeon hatten sich viele Ansiedler mit ihren Familien geflüchtet. 175 Frauen und Kinder fanden in ihren Mauern
Schutz, und 85 Männer unter dem Befehl von Feldwebel Beck
bildeten die Besatzung. Die Feste konnte sich halten, bis sie am
13. Dezember 1904 endgültig von Oberst Deimling befreit wurde.
Der Krieg zwischen Deutschen und Nama dauerte noch vier
Jahre, erst 1908 legte der letzte Stamm die Waffen nieder.

1915 wurde Deutsch-Südwestafrika von Truppen der Südafrikanischen Union besetzt.

Erläuterungen

Schreibweisen: Am 1. Januar 1903 trat in Deutschland, Österreich und der Schweiz eine Rechtschreibreform in Kraft (Duden, 7. Auflage, 1902). Diese Reform ersetzte in der Hauptsache veraltete Schreibweisen wie z. B. Thor oder Curs durch die modernere Schreibung Tor oder Kurs. Im Zuge dieser Reform wurde auch die Schreibweise von Windhoek in Windhuk geändert (heute schreibt man wieder Windhoek). In Aufzeichnungen, Berichten und Zitaten aus dem Jahr 1904 finden sich häufig neue und alte Schreibweisen nebeneinander.

Die Schreibweisen der nichtdeutschen Ortsnamen weichen oft stark voneinander ab; zudem wurden die Namen seither vereinfacht oder geändert. Die Ortsbezeichnungen orientieren sich im Zweifelsfall an der Kriegskarte von Deutsch-Südwestafrika, Ausgabe vom April 1904.

Uhrzeit: Die 24-Stunden-Uhrzeit war 1904 nicht gebräuchlich. Statt z. B. 15 Uhr sagte oder schrieb man 3 Uhr und setzte nachmittags (nm.) dazu, bzw. vormittags (vm. / oder auch abends oder morgens.

Abkürzungen zu militärischen Rangbezeichnungen:
a. D. = außer Dienst
d. L. = der Landwehr
d. R. = der Reserve
i. G. = im Generalstab
z. S. = zur See

Herero- und Nama-Worte, Südwester
Sprachgebrauch und militärische Begriffe
von 1904:

Adjutant: Beigeordneter Offizier zur Befehlsübermittlung und zur
»Papierkriegführung«.
Aitsa: Nama: Ausruf der Überraschung.
Anciennität: Dienstalter.
Arrieregarde: Nachhut.
Assagai: Speer.
Avantgarde: Vorhut.

Baas: Boss.
Bambuse: Persönlicher Diener, Bursche.
Bantu: Sprachgruppe und Bezeichnung für alle schwarzen Völker
Afrikas südlich 5° nördl. Breite, ausgenommen Namavölker und
Buschleute.
Baster: Auch: Bastards. Volksgruppe um Rehoboth, südlich von
Windhuk. Baster entstammen Verbindungen zwischen weißen
Männern und Namafrauen. Sie tragen die Familiennamen ihrer
meist burischen Väter, sind auf ihre gemischte Abstammung
stolz und sprechen von sich selbst sich als Bastards oder Baster.
Bataillon: Aus Fußtruppen gebildeter Verband in Stärke von 4 bis 6
Kompanien, 500 bis 1000 Mann stark; bei der Schutztruppe meist
weniger. Teil eines Regiments. Geführt von einem Major.
Batterie: Taktischer Verband der Artillerie. 4 bis 6 Geschütze. Ge-
führt von einem Hauptmann.
Beritt: Bei der Kavallerie Teil eines Zuges, bei der Feldartillerie Mann-
schaft und Pferde eines Geschützes.
Blaudruck: Mit Mustern in blauer Farbe bedruckter Stoff.
Bokkie: Auch: Bockie. Ziege (großohrige Hereroziege).
Breeches: Englisch: Reithosen.
Bülltong: Von kap-holländisch: Biltong. Gedörrtes, in Streifen ge-
schnittenes Fleisch.

Cake-Walk: Seit 1902 auch in Berlin populärer »Negertanz« aus den
USA. Der Berliner Operettenkomponist Paul Lincke hat u. a.
1903 für das Apollotheater die Cake-Walk-Revue »Coon's Birthday« geschrieben.
Cannae: Ort im unteritalienischen Apulien; hier besiegte 216 v. Chr.
Hannibal die Römer. Gilt als klassisches Beispiel für eine Vernichtungsschlacht durch Umzingelung des Gegners.

Dagga: Auch: Dacha. Hanf.

Donkey: Esel.

Drei Lilien: Beliebtes altes Soldatenlied. Melodie nach dem Liede »Unter den Linden grüne« von 1601. Worte vermutlich um 1830 nach der »Ballade vom Nachtjäger«; aufgezeichnet im Jahre 1777 von F. Nicolai.

Drell: Drillich; Zwillich; Leinengewebe aus Hanf oder Baumwolle.

Gilet: Französisch: Weste.

Hartebeesthaus: Haus aus Riedbinsen, die mit einer Mischung aus Lehm und Rindermist beworfen sind; auch aus so hergestellten luftgetrockneten Ziegeln. Die Bezeichnung steht in keinem Zusammenhang mit den gleichnamigen Antilopen, sondern leitet sich vermutlich vom burischen Ausdruck »harte biesies« für harte Riedbinsen ab.

Herzschwäche: Die Ursache dieser in Südwest verbreiteten Krankheit war Kaliummangel, der die Fähigkeit des Herzmuskels, sich zusammenzuziehen, beeinträchtigt. Kalium wurde mit anderen Salzen durch Schweiß ausgeschieden, aber in der Nahrung nicht ersetzt. Das wußte man 1904 nicht.

Hottentotten: Vielleicht von holländisch: Stotterer, oder lautmalerisch für die Klickkonsonanten der Khoisan-Sprache. Bezeichnung der Namavölker im südwestlichen Afrika, die sich selbst Khoi-Khoin nennen. Die Bezeichnung »Hottentotten« gilt heute als geringschätzig.

Illing: Bezeichnung für die allein fahrende Hälfte der Heeresfeldbahn-Zwillingslokomotive.

Kaffer: Von arabisch »kâfir«, Ungläubiger. Gruppe der Bantuvölker im südöstlichen Afrika vom Kapland bis zur Delagoabai. Besonders im südlichen Afrika als Bezeichnung für Schwarzafrikaner gebraucht. Die Bezeichnung Kaffer galt und gilt als geringschätzig.

Kalebasse: Kürbisflasche.

Kap-holländisch: Die in Südafrika gebräuchliche holländische Sprache, Vorläufer des Afrikaans.

Kattel: Bettgestell mit kreuzweise verspannten Lederriemen in den großen Fracht- und Reisewagen.

Kattun: Von englisch »cotton«; Baumwollstoff.

Kirri: Kriegskeule der Hereros, aus hartem Dornwurzelholz mit einem verdickten, oft kugelförmigen Ende, ca. 60 bis 100 cm lang.

Kompanie: Taktischer Verband der Infanterie. 100 bis 150 Mann; geführt von einem Hauptmann.

Kraal: Auch: Kral. Einzäunung für das Vieh der Herero. Auch für: Hererodorf; siehe: Onganda.

Ligroin: Benzinähnliches Petroleumdestillat, für Lampen verwendet.
Litewka: Polnisch: Uniformrock.

Maulesel: Kreuzung zwischen Pferdehengst und Eselstute. Eselähnlich.
Maultier: Kreuzung zwischen Eselhengst und Pferdestute. Pferdeähnlich.
Mesalliance: Französisch: Nicht standesgemäße Heirat oder Liebe.

Neger: Seit dem 17. Jh. bezeugte Bezeichnung für die auf dem afrikanischen Kontinent lebenden Menschen, die eine dunkelbraune bis schwarze Hautfarbe haben. Der Begriff stammt von dem gleichbedeutenden französischen Wort »nègre« ab, das seinerseits auf das lateinische Wort, niger, für schwarz zurückgeht.

Omaheke: Östlich des Waterberges gelegenes wasserarmes Sandfeld.
OMEG: Otavi Minen- und Eisenbahn-Gesellschaft.
Omeire: Hererowort: Gegorene Milch, Hauptnahrungsmittel der Hereros.
Omuhonge: Hererowort: Herr, Lehrer.
Onganda: Hererowort: Dorf, Werft. Meist ein Dutzend Wohnhütten, um einen zentralen Viehkraal erbaut.
Ordonnanz: Zu besonderem Dienst kommandierter Soldat.
Orlog: Auch: Orloog. Sprich: Orloch. Holländisch: Krieg; auch für: Streitmacht.
Otjirumbu: Hererowort: Gelbe Dinger. Ausdruck für Weiße.
Ovauke: Hererowort: Seher.
Ovazorotua: Hererowort: Schwarze Sklaven. Gemeint sind die von ihnen unterjochten Bergdamara oder Klippkaffern.
Ovita: Hererowort: Krieg.
Ozongombe: Hererowort: Rinder. Singular: Ongombe.

Pad: Weg, meist nur ausgefahrene Wagenspur im Sandfeld oder Busch. Auf Pad: Unterwegs, auf Reisen.
Paviansbüchse: Auch: Paviansbautze. Geringschätzige Bezeichnung für alte Vorderladergewehre der Hereros.
Per pedes apostolorum: (lat.) Zu Fuß wie weiland die Apostel.
Persenning: Segeltuchbezug für Lukendeckel oder Waren.
Pferdesterbe: Durch Stechmücken übertragene, tödliche Virusinfektion der Pferde. In der Zeit des Auftretens (etwa November bis Ende März) mußten Pferde im Landesinneren auf über 1500 Meter gelegene Weideplätze getrieben werden. In dieser Höhe kam die Mücke nicht vor.
Pforte: Gebirgspaß.
Pontok: Runde Schlafhütte der Hereros. Gerüst aus Ästen, mit Zweigen durchflochten, mit Rinde, Lehm und Rindermist abge-

dichtet, auch mit Fellen, Stoff oder Blech bedeckt. Hererowort: Ozondjuwo.

Protze: Zweirädriger Vorderwagen des Geschützes zum Anspannen der Zugpferde und zum Transport der Bereitschaftsmunition. Abprotzen: Geschütz in Stellung bringen; Aufprotzen: Geschütz fahrbereit machen.

Pütz: Wasserloch.

Regiment: Teil einer Division, bestehend aus drei und mehr Bataillonen, geführt von einem Oberst.

Remonte: Für den Militärdienst bestimmtes junges Pferd.

Rivier: Kap-holländisch: Trockenes Flußbett, das nur während der Regenzeit periodisch Wasser führt, oft nur einige Stunden lang. In der Trockenzeit konnte in den Rivieren nach Grundwasser gegraben werden. Wegen des Fehlens von Straßen oft von Ochsenwagen als Fahrweg benutzt.

Schwadron: Taktischer Verband der Kavallerie. 100 bis 150 Reiter. Geführt von einem Rittmeister.

Sergeant: Sprich: Serschant; Dienstgrad zwischen dem Unteroffizier und dem Vizefeldwebel.

Sterbe: Siehe: Pferdesterbe.

Store: Laden, Geschäft, Handelsfirma.

Story: Gerücht, Erzählung.

Suppi: Von kap-holländisch »Sopie«: Schnaps.

Tesching: Französisch; auch: Teschin. Kleinkalibrige Pistole.

Tout à fait impensable: (franz.) Ganz und gar undenkbar.

Tschambock: Auch: Tjambock, Sjambock. Peitsche aus Nilpferdhaut.

Ultima Ratio Regis: (lat.) Des Königs letztes Wort. Seit 1742 in Preußen Inschrift auf Kanonenrohren.

Veld: Feld, Landschaft, Gegend.

Verve: (franz.) Schwung.

Vley: Auch: *Vlei.* Senke oder Kalkpfanne, die in der Regenzeit Wasser hält.

Werft: Hererodorf. Siehe: Onganda.

Woilach: Pferde- oder Satteldecke.

Zug: Unterabteilung der Kompanie, Schwadron oder Batterie, geführt von einem Leutnant. Eine Kompanie der Schutztruppe war in 3 bis 4 Züge unterteilt.

Hier fehlende Begriffe sind im Buchtext erläutert.

Nachbemerkung

Dieser Roman wurde im August 1999 in Namibia begonnen. Das Quellenstudium umfaßte über 200 Bücher sowie Material aus verschiedenen Archiven. Aus der Fülle der Veröffentlichungen einige der wichtigsten Quellen in alphabetischer Folge:

Grimm, Hans
Das Deutsche Südwester Buch
Albert Langen, München, 1929

Großer Generalstab (Kriegsgeschichtl. Abt. I)
Die Kämpfe der deutschen Truppen in Südwestafrika
Band 1: Der Feldzug gegen die Hereros. Berlin, 1906
Band 2: Der Hottentottenkrieg. Berlin, 1907

Krüger, Gesine
Kriegsbewältigung und Geschichtsbewußtsein
Realität, Deutung und Verarbeitung des deutschen Kolonialkriegs
in Namibia 1904 bis 1907
Vandenhoeck & Ruprecht, Göttingen, 1999
ISBN 3-525-35796-6

Nuhn, Walter
Sturm über Südwest
Der Hereroaufstand von 1904 – Ein düsteres Kapitel der deutschen kolonialen Vergangenheit Namibias
Bernhard & Graefe, Koblenz 1989
ISBN 3-7637-5852-6

Rautenberg, Hulda
Das alte Swakopmund 1892–1919
Swakopmund, Neumünster 1967

Rheinische Mission
Die Rheinische Mission und der Herero-Aufstand – Erlebnisse und Beobachtungen Rheinischer Missionare
Heft 1–4, Barmen, 1904

Schmidt, Rochus
Deutschlands Kolonien
Verlag des Vereins der Bücherfreunde, Schall & Grund, Berlin,
1898, Nachdruck durch: Weltbild-Verlag, Augsburg, 1998
ISBN 3-8289-0301-0

Voigt, Bernhard
Die Farmer vom Seeis-Rivier
Bd. 3 der Südwest Trilogie
Verlag C. Bertelsmann, Gütersloh, 1936

Mechow, Ulf von
OJONJEMBO – oder das Jahr des Gewehres
Dokumentarfilm; Namibia
Hessischer Rundfunk / Arte 1993

Unveröffentlichte Quelle:

Franke, Viktor; Nachlaß
Tagebuch vom 5. 9. 1903 bis 18. 12. 1904
im Bundesarchiv Koblenz: BArch, NL 30/3 (1–16)
Maschinenschriftliche Transkription von Dr. K. H. Minuth

und zur Überprüfung der Schreibweisen:

Ammon, Prof.
Wörterverzeichnis der deutschen Rechtschreibung
mit Beigabe des amtlichen Regelbuchs
München, 1903

Duden
Rechtschreibung der Buchdruckereien deutscher Sprache, 1903

Amtliches Wörterverzeichnis für die deutsche Rechtschreibung
zum Gebrauch in den preußischen Kanzleien,
Berlin 1903

Für ihre Hilfe bedanke ich mich besonders bei
Mathias Bröckers – Eberhard Delius – Dr. Wolfgang Ferchl
Wolfgang Hörner – Isascar Katuuo – Israel Kaunatjike
Dr. Christoph Ludszuweit – Ulf v. Mechow – Ziska Riemann
Sylvia Seyfried und meinen Eltern, Fritz und Luise Seyfried.

Inhalt

Teil I

Kartenland	7
Petrus	21
Swakopmund	22
Ovakuru	41
Molenstory	49
Deutji	66
Einladung	67
Ovita	72
Zülows Zug	77
Der Ovauke	115
Okahandja	117
Cecilie Orenstein	125
Kirchenschändung	138

Teil II

Hauptmann Franke	145
Albert Seelig	160
Belagert	162
2. Feldkompanie	172
Auf Pad	177
Neumond	181
Anawood	183
Otjimbingwe	190
Wem gehört Hereroland?	195
Entsatz	200
Kaisers Geburtstag	203
Kaiser-Wilhelm-Berg	205
Die faule Grete	211

Brandungsneger 214

Omaruru 216

Schafsköpfe 229

Manasses Haus 231

Leutnant v. Wöllwarth 235

Kartätschen 237

Bilanz 243

Am Aussib 248

Brennzünder 249

Termiten 266

Liewenberg 268

Das Grote Rohr 271

Morphium oder Rum? 272

Der arme Mann 274

Barmen 276

Eisabs Geist 281

Rückkehr 282

Pastor Schwarz 283

Teil III

Die Ostabteilung 295

Kommißbrot 299

Marsch der Seesoldaten 304

Korts Nachhut 319

Im Busch 321

Der alte Römer 333

Owikokorero 335

Windhuk 340

Der Omumborombongabaum 352

Die Heiligen Drei Könige 356

Seeligs Ritt 377

Hotel »Stadt Windhoek« 380

Kaendie vandje! 380

Sterbeposten Regenstein 388

Wiedersehen 391

Fort François 392
Polychromoskopie 406
Heimweh 408
Klein-Windhuk 422
Heusis 433

Teil IV

Die Kürze der Röcke 451
Lazarettpflaumen 453
Der Eingießer 456
Keister 458
Buschmann 459
Preußens Gloria 462
Ein neuer Chef 471
Exzelsior 474
Trotha kontra Leutwein 485
Das weiße Raubtier 488
Südwinter 491
Deutsch-Auge 494
Haifischinsel 512
Negerherz 513
Stacheldraht 521
Okombahe 522
Stabshengst 527
Zum Waterberg 529
Okateitei 537
Auf dem Waterberg 540
Abteilung Deimling 544
Schönschrift 545
Patrouille Bodenhausen 547
Cannae Africanae 549
Otjirumbu im Himmel 565
Angriff 566
Die Dunkelheit des Todes 578
Hamakari 582

Kaiserlicher Dank................................... 593
Ins Namaland 593
Ezechiel 608
Marienthal 612

Anhang

Epilog... 625
Erläuterungen 629
Worterklärungen................................... 630
Nachbemerkung.................................... 634
Dank.. 636